Sur l'auteur

Tour à tour typographe, pilote sur le Mississippi, chercheur d'or et journaliste, l'écrivain Mark Twain (1835-1910) fut l'un des fondateurs de la littérature américaine moderne. Auteur des célèbres aventures de *Tom Sawyer* et *Huckleberry Finn*, il signa aussi nombre de textes humoristiques et satiriques, ainsi que des récits de voyages. C'est au cours d'un long séjour en Europe (1891-1895) que ce père de trois filles écrira son grand roman sur Jeanne d'Arc, livre qu'il dédie à son épouse dévouée.

MARK TWAIN

LA SAGA DE JEANNE D'ARC

Traduit de l'anglais (États-Unis)
par Patrice Ghirardi

Préface de Francis Lacassin
Postface de Mark Twain

10
18

WOMBAT

Une première édition de ce livre est parue en 2001
aux éditions du Rocher sour le titre
Le Roman de Jeanne d'Arc.

ISBN : 978-2-264-07752-3
Dépôt légal : février 2021

Préface

LE MYSTÈRE DE LA CHARITÉ DE MARK TWAIN

Deux personnages de l'Histoire de France – ceux-là mêmes dont l'Angleterre a fait des martyrs – fascineront à jamais les peuples de langue anglaise.

Le culte de Napoléon atteint outre-Manche des extrémités insoupçonnées en France. Les admirateurs du « petit caporal » le savent : pour vendre au meilleur prix ou pour acquérir les moindres instruments du culte – boutons en tout genre, caricatures, autographes, uniformes, épées et autres armes, imprimés divers, bouteilles munies pour bouchon de l'indispensable et fragile bicorne –, mieux vaut s'adresser à Londres qu'à Paris, à Sotheby's plutôt qu'à l'hôtel Drouot. Une manifestation posthume et inextinguible du célèbre « fair-play » envers le seul homme qui a fait trembler les Anglais…

Le culte de Jeanne d'Arc est plus subtil, plus feutré et tient plus du mea culpa que de l'admiration déguisée en manifestations fétichistes. Il se traduit par le débat intérieur qui taraude certains écrivains et penseurs célèbres et explose périodiquement sous forme de livres, allégories et pièces de théâtre, ouvrages distingués et repentants ; au nom du public silencieux et embarrassé, ils ratifient l'opinion navrée de l'un des représentants du roi d'Angleterre face aux cendres fumantes du bûcher de Rouen : « Nous avons brûlé une sainte[1]... »

« Toute l'eau de la mer, a dit le comte de Lautréamont, ne saurait effacer une tache de sang intellectuel. » Les crimes contre l'esprit sont à jamais inexpiables, et la destruction physique d'une jeune fille de dix-neuf ans ne peut escamoter l'assassinat de la légende qu'elle incarnait.

C'est pourquoi, depuis cinq siècles, Jeanne d'Arc continue de fasciner les descendants de ceux qui l'ont brûlée et les descendants de ceux qui l'ont pleurée. Et c'est pourquoi elle n'a pas cessé d'inspirer, selon les beaux vers d'Aragon, « ceux qui croyaient au ciel et ceux qui n'y croyaient pas ». La liste de ces derniers est longue : de l'Anglais Bernard Shaw à l'Allemand Bertolt Brecht, en passant par le républicain Michelet et le voltairien Anatole France, tous ont voulu, comme l'incroyant Charles Péguy, explorer le mystère de la charité de Jeanne d'Arc et sont tombés sous le charme de sa légende. Aucun d'eux, pourtant, n'a dépassé ces lignes ferventes :

« Si vous prenez l'amour, la pitié, la charité, le courage, la guerre, la paix, la poésie, la musique, et que sais-je encore, vous trouverez maintes personnalités des deux sexes pour les symboliser. Mais si vous prenez l'amour de la patrie, alors une fragile jeune fille, dans sa prime jeunesse, la tête ceinte de la couronne du martyre, la main serrant l'épée qui lui servit à trancher les liens qui retenaient son pays sous le joug de la servitude, détient, seule, le droit de le symboliser, jusqu'à la fin des temps. »

1. Cité par Michelet, « Jeanne d'Arc », dans l'*Histoire de France*.

Un hommage d'une gravité et d'un respect inattendus chez un homme qui a obtenu le succès par la dérision et l'irrespect. Un humoriste plus connu pour son pessimisme que pour son altruisme. « Je n'aime pas le progrès. Il permet à une lettre venue de l'autre bout du monde de m'apprendre les malheurs de gens que je ne connais pas… »

Il s'agit de l'Américain Mark Twain : le conteur de *La Célèbre Grenouille sauteuse du comté de Calaveras*, le romancier truculent de *Huckleberry Finn*. Son parcours littéraire et social ne laissait pas deviner en lui un futur admirateur inconditionnel de Jeanne d'Arc.

Mort en 1910 à Redding (Connecticut), Mark Twain est né en 1835 (sous le nom de Samuel Clemens), à Florida dans le Missouri. C'est sur la rive gauche du Mississippi, à Hannibal, que s'écoule son enfance, dès l'âge de cinq ans. Il en a treize lorsqu'il débute comme typographe, à l'imprimerie du journal local, le *Missouri Courier*. À partir de 1853 et jusqu'en 1857, il poursuit cette carrière typographique dans les divers journaux fondés, jusqu'en Idaho, par son frère aîné, Orion Clemens : la *Western Union*, le *Muscatine Journal*. De 1857 à 1861, l'ouvrier typographe se métamorphose en pilote des bateaux à aubes, qui descendent et remontent le Mississippi, de Saint Louis du Missouri à La Nouvelle-Orléans.

Après un bref passage dans une milice, pendant la guerre de Sécession, il entreprend un voyage alors difficile, aventureux, en direction de Carson City, capitale du Nevada. Son frère Orion est secrétaire d'État auprès du gouverneur de ce territoire dépeuplé et désertique, mais riche en petites mines d'or et d'argent. Le jeune Clemens se délecte à explorer une contrée sauvage et à fréquenter les camps de prospecteurs. Il le raconte dans des lettres si vivantes et si « instructives » que le secrétaire d'État les communique au journal de Virginia City, le *Territorial Enterprise*. Enfin sédentarisé, Clemens junior en deviendra le collaborateur régulier sous le pseudonyme de Mark Twain, emprunté à l'argot des pilotes du Mississippi.

Un peu plus tard, l'histoire de la grenouille sauteuse recueillie dans un camp de chercheurs d'or en Californie fera de lui l'humoriste national, répandu dans les grands journaux. Il se doit donc, humour oblige, de raconter de façon satirique ses reportages et voyages à travers le monde : Hawaii, Tanger, Gibraltar, l'Espagne, Marseille, Paris, l'Italie, Athènes, Constantinople, la Syrie, la Palestine, les Lieux saints, l'Égypte, l'Allemagne, l'Autriche, la Suisse, l'Angleterre, l'Amérique centrale, l'Océanie, l'Australie, la Nouvelle-Zélande, l'Inde, Ceylan, l'Afrique du Sud…

C'est en 1895, au retour d'un séjour de quatre ans en Europe, qu'il publie, dans le magazine new-yorkais *Harper's*, la biographie romancée, intitulée *Personal Recollections of Joan of Arc* (« Souvenirs personnels sur Jeanne d'Arc »). Les feuilletons ne portent aucune signature, prétendument traduits par un certain Jean François Alden : craignait-il de décevoir le public habitué à sa verve, à sa prose plaisante ou hilarante ? En tout cas, il embarrasse la critique un an plus tard, lorsque son œuvre paraît en volume sous son nom. Critiques et lecteurs sont déconcertés par le choix d'un sujet étranger à la culture protestante américaine. Et plus encore par la gravité, la piété même avec laquelle il le traite : pas un clin d'œil, pas la plus infime note d'humour, ni la moindre réserve. On s'interroge sur un acharnement à représenter la pureté absolue sous prétexte d'un récit de péripéties historiques.

On a attribué cette quête de l'Absolu à un trou noir de son existence, attristée par une série de deuils et de déconvenues. Si tel est le cas, Jeanne d'Arc lui a servi de catharsis pour ressortir, purifié, de ses épreuves car il a repris ensuite le cours de sa carrière d'humoriste grinçant, un rien désabusé.

Or ce livre ne doit sa naissance ni à un « coup de cœur » ni à une dépression passagère. Son écriture soignée, incompatible avec une improvisation hâtive, délivre un message produit par une indispensable maturité. L'auteur l'a conçu – peut-être y pensait-il auparavant – pendant son long séjour en Europe (1891-1895). Séjour mis à profit pour réunir une documentation inexistante dans les bibliothèques américaines.

On peut supposer qu'il a voulu profiter du recul procuré par un éloignement durable pour se mettre en congé du personnage dans lequel le succès l'avait enfermé. Les clowns, acteurs comiques et humoristes sont souvent plus tristes, ou plus graves qu'on ne croit dans leur existence privée. L'émotion, l'érudition avec lesquelles Mark Twain traite un sujet en rupture avec l'image qu'on gardait de lui sont le signe qu'il voulait prouver – ou se prouver – qu'il était plus qu'un bouffon voué à divertir ses contemporains.

Les Américains provoquent toujours quelques appréhensions – même au temps où Hollywood reste à inventer – quand ils abordent l'Histoire de France. Grâce à de récentes productions hollywoodiennes, les Français ont ainsi appris que Richelieu avait transformé les caves du Louvre en salles de tortures (avec chaînes, crocs de boucher et tenailles rougies au feu) destinées à lui permettre d'épouser Anne d'Autriche et devenir ainsi roi de France. Objectif non atteint : une autre production de même origine révèle en effet que Louis XIV est en fait le fils d'Anne d'Autriche et du plus célèbre des Trois Mousquetaires : d'Artagnan !

Ce genre de gags fantasmatiques ne se retrouve pas chez Mark Twain. Il n'a pas eu la tentation de faire de Jeanne d'Arc un cow-boy au féminin, une justicière ou une Calamity Jane qui rétablirait un propriétaire terrien dans les droits dont il aurait été frustré par un gang d'anciens vachers dévoyés, au service d'un mauvais voisin expansionniste et cupide. Il ne lui est pas non plus venu à l'idée de faire de l'humble bergère une réplique féminine et charitable de Huckleberry Finn. Il témoigne au contraire d'une fidélité photographique à la figure de Jeanne transmise par les témoins de sa vie et par les pièces d'archives.

Mark Twain ne décoche même aucune repartie assassine à l'encontre des ennemis et faux amis de Jeanne, comme si l'esprit de générosité et de charité de son héroïne avait éteint en lui son naturel sarcastique. Tout juste qualifie-t-il l'évêque Cauchon de « chef d'un groupe de prélats corrompus », aux ordres de l'envahisseur. De Charles VII, qu'il n'apprécie pas, il se contraint à donner un portrait balancé, compensant son indifférence ingrate lors du procès de Jeanne.

« Plus tard, après la mort de Jeanne, sous l'influence de Richemont, le roi allait devenir un homme, un vrai roi, un brave guerrier, entreprenant et courageux. Six ans à peine après Patay, il allait prendre lui-même la tête de plusieurs assauts, combattant avec de l'eau jusqu'à la ceinture au fond des douves des forteresses, escaladant des échelles de siège sous un feu nourri avec une audace qui lui aurait gagné l'admiration de Jeanne d'Arc. »

La seule infidélité de Mark Twain envers la vérité historique relève de la « licence poétique » accordée à tout créateur. Il a imaginé de toutes pièces un Louis de Conte âgé de deux ans de plus que Jeanne, élevé par le curé de Domrémy qui lui a appris à lire et à écrire. Camarade de jeux et d'enfance de l'héroïne, premier fidèle parmi les fidèles, il l'a escortée à Vaucouleurs, à Chinon, à Orléans, à Reims, à Compiègne, lui servant d'écuyer et de secrétaire auquel elle dictait les lettres et proclamations conservées par les archives. Il vécut avec elle le temps de l'espérance, et sans elle le temps de la fidélité. Après la capture de Jeanne à Compiègne, un concours de circonstances le fait engager comme secrétaire par le greffier du procès de Rouen. Il assistera même à sa crémation. Sa vision complète de l'équipée de Jeanne le désignait comme narrateur de la biographie romancée proposée par Mark Twain.

Donner la plume à Louis de Conte a permis au véritable auteur d'éviter une contradiction irréductible entre son agnosticisme et son exposé fidèle des événements surnaturels enregistrés par l'héroïne. S'abritant derrière Louis de Conte, Mark Twain traite avec le souci d'authenticité les prodiges de Jeanne d'Arc dont la réalité héroïque est indiscutable et tous les aspects surnaturels de sa mission. Pas un instant l'auteur masqué ne donne l'impression de douter de la réalité des « Voix » qui ont sublimé la jeune bergère. En recourant au narrateur fidèle, il a écarté une approche uniquement rationnelle de la vie de Jeanne d'Arc et s'est refusé à l'« hygiène des miracles » opérée par Ernest Renan dans sa *Vie de Jésus*.

Certains des événements merveilleux certifiés par les témoins de l'époque ont cependant disparu du récit du pourtant fidèle ami-narrateur. Un soudard dont les avances sont repoussées par Jeanne éructe un blasphème aussitôt sanctionné par une vision-condamnation : « Tu renies Dieu, alors que tu es si près de ta fin… » ; l'homme se noiera un peu plus tard. Ces rares coups de gomme concernent chaque fois un phénomène surnaturel dépourvu de toute coloration sacrée et étranger à la mission impartie par les Voix. Mark Twain ne pouvait oublier que la publication dans *Harper's* s'adressait en priorité à des lecteurs de Nouvelle-Angleterre descendants des chasseurs de sorcières, et très enclins à trouver l'intervention du démon dans le plus infime événement paranormal…

En donnant une image lumineuse et sans tache de la figure de Jeanne d'Arc, Mark Twain a renoncé, Dieu merci, à résoudre l'énigme – quel mortel le pourrait ? Il prend sa vie comme un chef-d'œuvre qu'il serait vain d'expliquer. Il s'est gardé de comprendre comment une jeune bergère illettrée s'est transformée en stratège et comment elle a pu imposer à ses généraux sa conception de la guerre, dont elle ignorait tout. Son ascendant sur les plus puissants qu'elle, et en particulier sur le roi Charles VII, il l'attribue à un charisme irrésistible. Comme son regard. Comme ses yeux.

« Ils étaient incomparables : profonds, riches, merveilleux au-delà de toute expression. (…) Un regard, un simple regard de Jeanne avait des effets renversants ; il était capable de convaincre un menteur de confesser son imposture, de rabattre l'arrogance d'un homme fier pour lui imposer l'humilité, d'insuffler la bravoure dans le poltron, de mater la témérité du plus brave, d'apaiser les haines les plus féroces, d'imposer le calme et l'obéissance à la passion la plus tumultueuse, de convaincre le sceptique, de rendre l'espoir au désespéré, de purifier l'impur, de persuader… »

Un charisme assez fort, après quatre siècles, pour faire tomber sous son charme un vieil humoriste sarcastique et ronchon…

Mark Twain reconnaît à Jeanne d'Arc cinq exploits prodigieux – et un mérite plus grand encore : la délivrance d'Orléans, chef-d'œuvre de stratégie militaire ; la victoire de Patay ; la réconciliation du roi et du connétable Richemont à Sully-sur-Loire ; la marche triomphale en pays ennemi, sans verser une goutte de sang, en direction de Reims ; le sacre du roi, prouesse diplomatique qui, en la légitimant, anéantit les prétentions anglaises. Quant au grand mérite, c'est l'invention de ce qu'on n'appelait pas encore le patriotisme, car la notion de patrie était inexistante. La France était une étiquette adhésive réunissant tant bien que mal un conglomérat de fiefs étrangers les uns aux autres. Jeanne les a transcendés en personnifiant la France, comme un être charnel et sensible, meurtri, blessé. Sur ses souffrances, elle ne cesse d'apitoyer les Français : ses enfants, si humbles qu'ils soient, quel que soit le fief dont ils relèvent.

Une constatation ratifiée par Michelet, le grand animateur de l'Histoire de France : « Souvenons-nous toujours, Français, que la patrie chez nous est née du cœur d'une femme, de sa tendresse et de ses larmes, du sang qu'elle a donné pour nous. »

FRANCIS LACASSIN, 2001

NOTE À PROPOS DE LA TRADUCTION

Le texte original comporte un certain nombre d'anachronismes, qui correspondent à l'idée que Mark Twain et ses contemporains se faisaient du Moyen Âge. Aujourd'hui, grâce aux travaux des médiévistes, nous en savons davantage sur cette époque. Afin d'éviter certaines incongruités qui risqueraient de faire sourciller le lecteur averti, j'ai gommé ces anachronismes et, par endroits, adapté un peu le texte en fonction de nos connaissances actuelles sur Jeanne d'Arc et son temps.

Dans les dialogues, Mark Twain paraphrase parfois les véritables paroles de Jeanne d'Arc, telles que les procès de condamnation et de réhabilitation nous les ont transmises. Certains passages en sont même la traduction fidèle. L'auteur américain emploie alors un anglais un peu archaïque, proche du style adopté par les médiévistes français quand ils citent l'héroïne. Dans ces cas-là, il m'a semblé préférable de puiser à la source plutôt que de retraduire en français ce que l'auteur avait traduit dans le sens inverse. Cela explique les légères différences de style (qui apparaissent aussi, très nettement, dans le texte original) que le lecteur rencontrera parfois dans les interventions parlées de Jeanne. Pour traduire les passages qui reprennent les paroles de la Pucelle, ainsi que pour sa lettre de sommation aux Anglais, et pour certains témoignages de contemporains utilisés par Mark Twain, je me suis librement inspiré des ouvrages suivants :

— Jeanne d'Arc*, de Régine Pernoud et Marie-Véronique Clin (Fayard, 1986).*

— Vie et Mort de Jeanne d'Arc, les témoignages du procès de réhabilitation 1450-1456*, de Régine Pernoud (Hachette, 1953).*

— Procès de condamnation de Jeanne d'Arc*, traduction de Pierre Tisset et Yvonne Lanhers (Société de l'Histoire de France, 1970-1971).*

— Sur les pas de Jeanne d'Arc*, d'Alain-Gilles Minela et John Foley (Tallandier, 1999).*

PATRICE GHIRARDI

LA SAGA DE JEANNE D'ARC

Souvenirs personnels sur Jeanne d'Arc
par le sieur Louis de Conte
(son page et secrétaire)

Traduits librement du vieux français
en anglais moderne,
d'après le manuscrit inédit des Archives nationales
de France, par Jean François Alden

« Songez à cette singulière et imposante distinction : depuis que l'Histoire nous est contée, Jeanne d'Arc reste l'unique personne, de l'un et l'autre sexe, à avoir commandé les forces armées d'une nation à l'âge de dix-sept ans. »

Louis Kossuth

À mon épouse, Olivia Langdon Clemens, l'offrande de cet ouvrage, le jour anniversaire de notre mariage, en témoignage de gratitude pour ses vingt-cinq ans de précieux services comme ma conseillère littéraire et mon éditrice.

1870-1895
L'auteur

REMERCIEMENTS

Les ouvrages de référence suivants ont été consultés pour vérifier la véracité historique du récit :

— Jules Quicherat, *Procès de condamnation et de réhabilitation de Jeanne d'Arc dite la Pucelle.*

— J. Fabre, *Procès de condamnation de Jeanne d'Arc.*

— H. A. Wallon, *Jeanne d'Arc.*

— M. Sepet, *Jeanne d'Arc.*

— Jules Michelet, *Jeanne d'Arc.*

— Berriat de Saint-Prix, *La Famille de Jeanne d'Arc.*

— Comtesse A. de Chabannes, *La Vierge lorraine.*

— Monseigneur Ricard, *Jeanne d'Arc la Vénérable.*

— Lord Ronald Gower, *Joan of Arc.*

— John O'Hagan, *Joan of Arc.*

— Janet Tuckey, *Joan of Arc the Maid.*

PRÉFACE DU TRADUCTEUR

Pour apprécier à sa juste valeur le caractère d'une personne de renom, il faut le juger selon les critères de son époque, et non de la nôtre. Mesurés à l'aune des valeurs d'un siècle donné, les personnages les plus nobles d'un siècle antérieur perdent de leur lustre ; si l'on prend la norme d'aujourd'hui, il devient pratiquement impossible de citer un seul homme illustre d'il y a quatre ou cinq siècles qui soit irréprochable à tous égards. Mais le caractère de Jeanne d'Arc échappe à la règle. On peut l'évaluer selon les normes de toutes les époques sans le moindre doute ni la moindre appréhension quant au résultat. Quels que soient les critères choisis, il demeure sans tache, il reste parfait, il occupe, encore et toujours, la place la plus haute à laquelle un être humain puisse aspirer, la plus élevée jamais atteinte par aucun autre simple mortel.

Quand on songe au siècle où elle vécut, le plus brutal, le plus cruel, le plus corrompu de l'Histoire depuis l'âge des ténèbres, on ne peut que s'émerveiller devant le miracle d'un fruit aussi noble issu d'une telle glèbe. Jeanne contraste avec son siècle comme le jour et la nuit. Elle parlait vrai quand le mensonge était le langage commun ; elle restait honnête quand l'honnêteté n'était plus qu'une vertu oubliée ; elle tenait parole quand personne ne songeait plus à l'exiger de quiconque ; elle nourrissait son bel esprit de pensées vastes et de mobiles élevés quand les plus grandes intelligences de son temps se perdaient en fariboles et en mesquines ambitions ; elle demeurait modeste, fine et délicate quand fracas et vulgarité étaient d'usage universel ; elle était pleine de pitié quand une implacable cruauté faisait loi ; elle restait inébranlable à l'heure où tout vacillait, honorable en un âge qui avait perdu jusqu'à la notion de l'honneur ; elle gardait ses convictions en un temps où les hommes ne croyaient plus en rien et se gaussaient de tout ; elle n'obéissait qu'à la vérité tandis que régnait le plus noir mensonge ; elle conservait intacte sa dignité sous le règne de la flatterie et de la servilité ; sa bravoure faisait l'admiration de tous alors qu'espoir et courage avaient déserté les cœurs de sa nation ; elle restait pure de corps et d'esprit en un temps où la plus haute société se vautrait dans la fange ; toutes ces qualités étaient siennes alors que le crime était l'occupation favorite des seigneurs et des princes, et que les personnages les plus illustres de la Chrétienté accomplissaient l'exploit de se distinguer aux yeux d'une époque aussi cynique et de surprendre les plus endurcis par le spectacle abject de leurs existences que souillaient nombre de félonies, massacres et actes de bestialité.

Elle est peut-être l'unique personnalité parfaitement désintéressée dont le nom figure au panthéon de l'Histoire profane. On chercherait en vain la moindre trace d'égoïsme dans ses paroles ou dans ses actes. Après avoir tiré le roi de ses vagabondages pour lui poser la couronne sur le front, elle se vit offrir honneurs et récompenses : elle les rejeta tous. Son unique requête – soumise au bon vouloir de son roi – se borna à demander la permission de retourner dans son village pour veiller de nouveau sur ses brebis, se blottir dans les bras de sa mère et l'aider à veiller sur leur maisonnée. Là se limitait l'ambition de cette modeste enfant, général en chef d'armées victorieuses, compagnon de bataille des princes, idole d'un peuple débordant de gratitude.

Si l'on considère les conditions de l'entreprise, les obstacles qui lui barraient la route et les moyens dont elle disposait, la tâche accomplie par Jeanne d'Arc se range parmi les plus remarquables de l'Histoire. César porta loin ses conquêtes, mais il le fit avec l'aide de vétérans sûrs et entraînés, et il était lui-même un soldat aguerri ; Napoléon balaya les armées les plus disciplinées d'Europe, mais il était, lui aussi, un soldat de métier et il commandait des bataillons de patriotes enflammés et animés par le souffle nouveau de la Liberté propagé par la Révolution, jeunes et fougueux apprentis du splendide métier de la guerre, et non de vieux hommes d'armes, usés et brisés, pathétiques survivants d'une succession sans fin d'invariables défaites. Or, Jeanne d'Arc, encore dans son adolescence, ignorante, illettrée, humble villageoise inconnue de tous et sans soutien, trouva une grande nation enchaînée, sans recours, désespérée, subissant une domination étrangère, sa trésorerie en faillite, ses armées en déroute, son peuple privé de la moindre étincelle d'esprit et de courage à la suite de longues années d'outrages et d'oppressions, dirigée par un roi velléitaire, résigné à son sort, disposé à fuir le pays ; elle étendit les mains sur cette nation – sur ce cadavre – et celle-ci se releva, prête à la suivre. Elle la mena de victoire en victoire, inversa le cours de la guerre de Cent Ans, porta un coup fatal à l'omnipotence anglaise, avant de mourir, auréolée du titre on ne peut plus mérité de « Libératrice de la France » qu'elle détient encore à ce jour.

Et, pour toute récompense, le roi de France, qu'elle avait pourtant couronné, demeura indolent et indifférent, tandis que des prélats français se saisissaient de la noble enfant, la plus innocente, la plus belle, la plus adorable que les âges aient jamais conçue, pour la brûler vive sur le bûcher.

JEAN FRANÇOIS ALDEN

UNE PARTICULARITÉ DE L'HISTOIRE DE JEANNE D'ARC

Les détails de la vie de Jeanne d'Arc composent une biographie unique en son genre : elle est la seule qui nous soit parvenue sur la foi du serment, en provenance directe de la barre des témoins. Les procès-verbaux du procès d'Inquisition de 1431, puis, un quart de siècle plus tard, du procès de réhabilitation, ont été précieusement conservés par les Archives nationales de France. Ils décrivent, de façon remarquablement détaillée, les faits et gestes de l'héroïne tout au long de son existence. Aucune autre vie de cette époque lointaine ne nous est connue avec une telle minutie et une telle abondance de détails.

Dans ses *Souvenirs personnels*, le sieur Louis de Conte reste fidèle à l'Histoire officielle. Pour l'essentiel, la véracité de son récit ne fait pas l'ombre d'un doute. Quant aux anecdotes qu'il a cru bon d'ajouter, elles n'offrent pas d'autre garantie que celle de sa parole.

LE TRADUCTEUR

Souvenirs personnels sur Jeanne d'Arc

LE SIEUR LOUIS DE CONTE À SES ARRIÈRE-PETITS-NEVEUX ET ARRIÈRE-PETITES-NIÈCES

Nous sommes en l'an de grâce 1492. J'ai quatre-vingt-deux ans. Ce que je vais vous conter, j'en fus le témoin direct durant mon enfance et ma jeunesse.

Tous les récits, ballades et histoires sur Jeanne d'Arc, que vous-mêmes et les autres enfants du monde lisez, chantez ou étudiez dans les livres produits par l'art récent de l'imprimerie, mentionnent mon nom, le sieur Louis de Conte. Je la servais en qualité de page et de secrétaire. Je fus à son côté depuis le début et le restai jusqu'à la fin.

Je grandis dans le même village qu'elle. Nous jouions tous les jours ensemble, quand nous étions enfants, comme vous jouez avec vos compagnons. À présent que nous percevons combien elle était remarquable, que son nom s'est répandu dans le monde entier, il est difficile de prêter foi à mes paroles ; c'est un peu comme si une misérable et périssable chandelle se mêlait de discourir du soleil éternel qui chevauche le firmament et disait : « Il était mon ami, mon compagnon, du temps que nous étions chandelles ensemble. » C'est pourtant la vérité pure, je vous l'assure. Je fus vraiment son camarade de jeux, et j'ai guerroyé à son côté. Je garde encore en mémoire l'image claire et précise de sa silhouette si chère et si menue, la poitrine penchée sur l'encolure de son destrier lancé au galop, chargeant l'ennemi à la tête des armées de France, la chevelure flottant au vent, son armure d'argent se fondant de plus en plus profond au cœur de la bataille, disparaissant parfois derrière les poitrails de chevaux cabrés, noyée dans la houle furieuse des épées brandies, des panaches qui fouettaient les airs et des boucliers levés en défense. Je fus avec elle jusqu'à la fin. Quand advint ce jour ténébreux dont l'ombre accusatrice noircira à jamais la mémoire de ces vils Français, esclaves mitrés de l'Angleterre, qui furent ses assassins, et de cette France, qui se tint coite au lieu de se porter à sa rescousse, ma main fut la dernière qu'elle étreignit.

Tandis que dérivaient les années, puis les décennies, et que le souvenir du passage bref comme l'éclair de ce flamboyant météore dans le firmament de la France en guerre et de son extinction dans la fumée opaque du bûcher s'estompait dans le lointain pour devenir de plus en plus étrange, merveilleux, divin, pathétique, je compris enfin et sus reconnaître ce que cette étonnante enfant avait été : la plus noble existence jamais née au monde, hormis Une.

LIVRE Ier

DOMRÉMY

1

Moi, sieur Louis de Conte, suis né à Neufchâteau, le 6 janvier 1410, deux ans jour pour jour avant que Jeanne d'Arc ne vînt au monde à Domrémy. Ma famille, originaire des environs de Paris, s'était réfugiée dans cette contrée reculée au début du siècle. En politique, mes parents étaient des Armagnacs, des patriotes : ils tenaient pour le roi de France, si fou et impuissant fût-il. Les gens du parti bourguignon, qui soutenaient les Anglais, les avaient dépouillés, sans y aller de main morte. Ils leur avaient tout pris, hormis la petite noblesse de mon père. À son arrivée à Neufchâteau, ce dernier se trouvait dans un complet dénuement, le moral au plus bas. Mais l'atmosphère politique y était à son goût, ce qui était déjà un avantage. Après avoir laissé loin derrière un pays peuplé de fous furieux et de démons, pour qui le crime était le passe-temps quotidien et la vie de l'homme ne valait pas un liard, il découvrait une région relativement paisible. À Paris, la nuit, des bandes se répandaient dans les rues en vociférant, pillant, incendiant, massacrant, en toute impunité et sans interruption. Le soleil se levait sur les ruines fumantes de maisons mises à sac ; des cadavres mutilés, étendus de-ci de-là, jonchaient les rues et les ruelles, au hasard de leur chute, dénudés par les voleurs, ces glaneurs sinistres qui suivent les émeutiers. Nul ne trouvait le courage de ramasser les corps pour leur donner une sépulture, aussi se décomposaient-ils sur place, devenant des foyers de peste.

Et la peste s'ensuivait, inéluctablement. Les épidémies fauchaient la populace. Les rares enterrements avaient lieu de nuit, car on avait banni les funérailles publiques de peur que la découverte de l'ampleur de la pestilence ne décourageât la population et ne la plongeât dans le désespoir. Survint alors, pour couronner le tout, l'hiver le plus glacial que la France eût à subir depuis cinq cents ans. Famine, peste, tueries, bises et glaces, Paris connut tout cela à la fois. Les cadavres s'amoncelaient dans les rues et, en plein jour, les loups pénétraient dans la cité pour les dévorer.

La France était tombée bien bas, affreusement bas ! Depuis plus de trois quarts de siècle, les crocs des Anglais étaient plantés dans sa chair. Déroutes et défaites avaient démoralisé ses armées au point que l'on répétait, comme la chose la plus naturelle du monde, que la simple apparition d'une armée anglaise suffisait à faire décamper les Français.

Je n'avais que cinq ans lorsque s'abattit sur le royaume de France la terrible calamité d'Azincourt. Le roi d'Angleterre retourna célébrer sa victoire parmi les siens. Il laissait derrière lui un pays prostré dans sa honte, livré aux bandes de maraudeurs à la solde du parti bourguignon. Une nuit, l'une de ces hordes fondit sur Neufchâteau. À la lueur de l'incendie d'un toit de chaume, je vis tous ceux qui m'étaient chers en ce monde (à l'exception de l'un de mes frères aînés, votre ancêtre, demeuré à la Cour) se faire égorger en implorant merci, et j'entendis les rires gras des bouchers qui se gaussaient de leurs prières et singeaient leurs suppliques. Personne ne me prêtait attention et je pus m'enfuir sans dommage. Après le départ de ces brutes, je sortis de ma cachette et pleurai jusqu'à l'aube, en contemplant les maisons en flammes. J'étais seul, avec comme unique compagnie les morts et les blessés, car tous les rescapés avaient pris la fuite pour se terrer.

On m'envoya à Domrémy, chez le curé, dont la gouvernante devint comme une mère pour moi. Il m'apprit, au fil du temps, à lire et à écrire ; le curé et moi étions les seules personnes du village à posséder ce savoir.

J'avais six ans quand le presbytère de ce bon prêtre, Guillaume Fronte, devint mon foyer. Nous vivions à l'ombre du clocher et le jardinet des parents de Jeannette jouxtait l'église. La famille de Jeanne se composait de Jacques d'Arc, le père, de son épouse, Isabelle Romée, de leurs trois fils, Jacques, dix ans, Pierre, huit ans, Jean, sept ans, puis venait Jeanne, quatre ans, suivie de sa petite sœur Catherine, un nourrisson d'un an environ. Dès mon arrivée, ces enfants furent mes compagnons de jeux. J'en eux quelques autres, quatre garçons en particulier : Pierre Morel, Étienne Roze, Noël Rainguesson et Edmond Aubrey, dont le père était alors le maire du village. Il y avait aussi deux fillettes, de l'âge de Jeanne, qui devinrent ses amies intimes : l'une s'appelait Hauviette et l'autre était la petite Mengette. Elles appartenaient à des familles de fermiers, comme Jeannette. Quand elles furent en âge, elles épousèrent de simples laboureurs. Elles étaient d'humble condition. Pourtant, quelques années plus tard, aucun visiteur, quelle que fût l'élévation de son rang, ne manquait de rendre une visite de courtoisie à ces deux modestes aïeules qui, dans leur enfance, avaient été honorées de l'amitié de Jeanne d'Arc.

Tous étaient de bons enfants, rejetons de paysans ordinaires ; pas très malins, bien sûr – comme on peut s'y attendre –, mais le cœur sur la main, sociables, respectueux de leurs parents et du curé du village. En grandissant, ils s'imprégnèrent de l'étroitesse d'esprit et des nombreux préjugés que leur transmettaient leurs aînés et qu'ils adoptaient sans aucune réserve et, cela va sans dire, sans le moindre examen. Ils héritèrent également de leurs idées religieuses et de leurs opinions politiques. Jan Hus et ses semblables avaient beau critiquer l'Église catholique, à Domrémy, cela ne perturba la foi de personne. J'avais quatorze ans quand survint le schisme. Nous nous retrouvâmes avec trois papes à la fois. Mais, à Domrémy, personne ne se demanda un seul instant lequel choisir : celui de Rome était forcément le bon, puisque, hors de Rome, un pape ne saurait être pape. Tous les habitants du village étaient des Armagnacs, donc des patriotes. Et, si nous autres, enfants, ne haïssions personne d'autre au monde, nous n'en détestions pas moins souverainement tout ce qui portait un nom anglais et bourguignon.

2

Notre Domrémy ressemblait à n'importe quel modeste hameau de la région : un dédale de ruelles sinueuses, de sentes et d'allées obscurcies par les surplombs des toitures de chaume abritant ce qui ressemblait plutôt à des granges qu'à des maisons. D'étroites fenêtres aux volets de bois massif – en réalité, de simples percées dans les murs en guise de fenêtres – dispensaient une lumière avare à l'intérieur des maisons. Le sol était de terre battue, le mobilier rudimentaire. La pâture des vaches et des moutons constituait la source principale de revenus ; tous les jeunes gens étaient occupés à garder les troupeaux.

L'endroit était de toute beauté. D'un côté du village s'étendait une plaine parsemée de fleurs, dont les pentes douces descendaient jusqu'à la Meuse ; de l'autre, le hameau s'adossait à une prairie pentue dominée par la lisière d'une vaste forêt de chênes. Cette forêt profonde, impénétrable et ténébreuse intriguait vivement les enfants que nous étions, car, jadis, nombre de crimes y avaient été commis par des hors-la-loi et, à une époque encore plus reculée, elle abritait de fabuleux dragons dont les naseaux crachaient des flammes et des vapeurs empoisonnées. D'ailleurs, l'un d'entre eux y demeurait encore. Sa gueule, disait-on, dépassait le faîte des arbres et son tronc avait la circonférence d'une barrique ; les écailles qui le couvraient avaient la taille d'ardoises ; ses yeux couleur rubis étaient aussi larges qu'un chapeau de cavalier ; sa queue en patte d'ancre était aussi grosse que je ne sais quoi, mais fort grosse, assurément, d'une grosseur exceptionnelle même, pour un dragon, comme le juraient tous ceux qui s'y entendaient en matière de dragons. La rumeur disait qu'il était d'un bleu luisant moucheté d'or, mais comme personne ne l'avait jamais vu, cette affirmation manquait de fondement : ce n'était rien de plus qu'une opinion. Opinion qui n'était pas mienne, en tout cas. J'estime en effet qu'il est imprudent de se forger une opinion tant que manquent les preuves pour l'étayer. Si vous fabriquez un bonhomme sans lui faire de squelette, son apparence donnera le change, mais il sera trop flasque pour se tenir debout ; or, à mes yeux, les preuves forment le squelette d'une opinion. Mais je reviendrai là-dessus plus tard et à loisir, ce qui me permettra de vous prouver la justesse de ma position. Quant au dragon, tout me porte à croire qu'il était doré, sans la moindre trace de bleu, car l'or a toujours été la couleur favorite des dragons. Un fait attesta que ce dragon avait élu domicile pendant quelque temps à l'orée de notre bois : un beau jour, Pierre Morel, qui s'était aventuré à proximité, l'avait senti et reconnu à son odeur. On frémit à la pensée terrifiante qu'un danger mortel puisse ainsi se tapir dans notre voisinage immédiat sans qu'on en ait le moindre soupçon.

Dans l'ancien temps, une bonne centaine de chevaliers, en provenance des provinces les plus reculées du royaume, se seraient portés à la rencontre du monstre pour le pourfendre et recevoir la récompense. Mais, de notre temps, cette méthode primitive n'avait plus cours et la responsabilité de débarrasser les lieux des dragons incombait au curé local. Pour nous, ce fut donc le père Guillaume Fronte qui s'en chargea. Pour exorciser le dragon, il organisa une procession, avec force chandelles, encens et bannières, qui parcourut la lisière de la forêt. Après cela, nul n'en entendit plus parler, bien que, d'après nombre de personnes, son odeur persistât. Ce qui ne veut pas dire que ces personnes l'avaient réellement sentie, car nul ne l'avait sentie ; voyez-vous, ce n'était là encore qu'une simple opinion, totalement dénuée de squelette. Pour résumer, je tiens pour certain que la brute se tapissait dans les parages jusqu'au jour de la cérémonie d'exorcisme ; ensuite, je ne saurais jurer de sa disparition ou de sa non-disparition.

Au milieu d'une vaste prairie située sur les hauteurs en direction de Vaucouleurs s'étendait la gigantesque ramure d'un hêtre majestueux qui ombrageait alentour ; à ses pieds s'écoulait une source limpide et fraîche. Les jours d'été – chaque été depuis plus de cinq cents ans –, les enfants s'y rassemblaient pour danser et chanter ensemble pendant des heures, en se désaltérant à la source ; le spectacle était charmant. Les enfants tressaient des guirlandes de fleurs dont ils ornaient l'arbre et la source à l'intention des fées qui y demeuraient. Rien ne pouvait ravir davantage ces innocentes, paisibles et minuscules créatures que sont les fées car elles raffolent de choses jolies et délicates comme les fleurs sauvages ainsi arrangées. En retour, les fées manifestaient toute l'amitié possible aux enfants, en veillant en particulier à ce que la source dispensât en permanence une eau abondante, claire et fraîche, et en éloignant tous les serpents venimeux et les insectes piquants. Jamais la moindre malveillance ne ternit la relation entre les fées et les enfants durant plus de cinq cents ans – la tradition parle même d'un millier d'années ; une affection des plus chaleureuses, et une confiance parfaite et constante les unissaient. S'il arrivait qu'un enfant meure, les fées en portaient le deuil, à l'exemple de ses camarades de jeux. Elles le prouvaient de façon indubitable car, peu avant l'aube du jour des funérailles, elles suspendaient une petite immortelle au-dessus de la place favorite de l'enfant sous le hêtre. Je l'ai vérifié de mes propres yeux ; ce n'était pas une opinion. Une preuve confirmait que ces fleurs provenaient bien des fées : elles étaient noires et d'une espèce inconnue ailleurs en France.

Depuis des temps immémoriaux, les enfants élevés à Domrémy étaient appelés les Enfants de l'Arbre. Ils chérissaient cette désignation car elle s'accompagnait d'un privilège mystique singulier qui leur était réservé : quand l'un d'entre eux s'éteignait, à travers le voile obscur de son esprit moribond lui apparaissait une vision de l'Arbre, éclatante de douceur, de richesse et de munificence – si toutefois tout allait bien pour l'âme du moribond. En tout cas, c'est ce que certains racontaient. D'autres, en revanche, mentionnaient une vision en deux étapes : la première survenait comme une sorte de présage, un ou deux ans avant le décès, à l'intention des âmes dévorées par le péché. En ce cas, l'Arbre apparaissait sous un aspect hivernal et lugubre, ce qui frappait l'âme coupable d'une terreur salutaire. Si repentir et pureté de vie résultaient de cette première vision, l'Arbre faisait une seconde apparition dans la splendeur estivale de ses magnifiques frondaisons ; dans le cas contraire, la vision ne se renouvelait pas et l'âme passait de vie à trépas en proie à un funeste pressentiment. Mais d'autres encore disaient que la vision n'était accordée qu'une seule fois à tous ceux dont le cœur était pur et qui se mouraient dans la solitude de terres lointaines, tourmentés par la poignante nostalgie du souvenir de leur village natal. Or, quelle réminiscence pouvait davantage les toucher que celle d'une dernière vision de leur Arbre, qui avait été l'objet de leur adoration, le compagnon de leurs joies et le réconfort de leurs chagrins tout au long des jours divins de leur jeunesse envolée ?

Voilà pour ce qui est des diverses traditions que je vous ai présentées, les uns croyant en celle-ci et les autres en celle-là. Quant à moi, je tenais l'une d'entre elles pour vraie, et c'était la dernière. Je me garderai bien de dire quoi que ce soit à l'encontre des deux autres, qui étaient peut-être également vraies. Je sais seulement que la dernière l'était, or je crois que si quelqu'un s'en tient aux choses qu'il sait, sans se mêler de celles dont il ne peut être certain, son esprit ne peut qu'en être plus équilibré – ce dont il peut tirer profit. Je tiens donc pour certain que, lorsque les Enfants de l'Arbre décèdent en terre lointaine, s'ils ont vécu en paix avec Dieu, au moment où leur regard intérieur se tourne avec nostalgie vers leur contrée natale, alors leur apparaît, brillante et lointaine, comme à travers une trouée dans les nuées qui obscurcissent le ciel, la merveilleuse vision de l'Arbre aux fées auréolé d'une gloire de lumière d'or ; et ils voient leur prairie en pleine floraison qui s'incline en pentes douces vers la rivière ; et leurs narines s'emplissent de la senteur délicate et fugitive des fleurs de leur village natal. Ensuite, la vision s'évanouit jusqu'à disparaître – mais ils savent, oh ! ils savent ! et leur visage transfiguré vous le révèle à vous aussi, qui vous tenez à leur chevet ; oui, vous savez vous aussi quel message leur a été délivré, en provenance du paradis.

Jeanne et moi-même partagions la même conviction à ce propos. Mais, de leur côté, Pierre Morel, Jacques d'Arc et d'autres étaient persuadés que la vision apparaissait à deux reprises au pécheur. En fait, ils allaient même jusqu'à jurer qu'ils le savaient. Probablement parce qu'ils le tenaient de leurs pères qui l'avaient su avant eux ; bien des convictions nous parviennent de seconde main en ce monde.

Cependant, il convient de mentionner un petit détail qui venait à l'appui de la possibilité d'une double apparition de l'Arbre. Depuis des temps immémoriaux, quand on croisait l'un de nos villageois dont le visage livide trahissait une terreur profonde, la force de l'habitude nous faisait glisser à l'oreille du voisin : « Oh ! il doit être dans le péché : il vient de recevoir son présage ! » Et le voisin de frissonner à cette évocation et de répondre invariablement : « Oui, le pauvre, il a vu l'Arbre. »

Ce genre de témoignage pèse de tout son poids ; on ne peut le balayer d'un revers de main. Ce qui est attesté par l'expérience accumulée de plusieurs siècles tend à ressembler de plus en plus à une preuve absolue ; quand le fait se répète et se répète, il finit un beau jour par faire autorité – or l'autorité est un roc inébranlable et persistant.

Au cours de ma longue vie, j'ai connu plusieurs cas d'apparition de l'Arbre en signe prémonitoire d'une mort encore lointaine ; mais aucune de ces personnes n'était en état de péché. Ces apparitions s'accompagnaient au contraire d'une grâce particulière. Au lieu d'annoncer la nouvelle de la rédemption future de cette âme à l'heure de son décès, l'apparition préfigurait l'événement et apportait la paix – une paix que rien ne pouvait plus troubler –, l'éternelle paix de Dieu. Moi-même, qui suis vieux et las, j'attends la fin en toute sérénité, car j'ai reçu la vision de l'Arbre et cette vision m'a rasséréné.

De tout temps, quand les enfants se prenaient par la main pour danser une ronde autour de l'Arbre aux fées, ils chantaient une chansonnette dédiée à l'Arbre, intitulée *L'Arbre Fée de Bourlemont*. Ils la chantaient sur un air étrange et poignant – un air d'une douceur apaisante, qui n'a jamais cessé de me revenir en mémoire, tout au long de ma vie, chaque fois que je me sentais las et morose. Il me réconfortait aussitôt et me ramenait chez nous, en dépit de la nuit et des distances. Aucun étranger ne peut deviner ni éprouver l'importance de cette chanson, à travers la dérive des siècles, pour les Enfants de l'Arbre, qui erraient, le cœur lourd, loin de leur foyer, dans des contrées lointaines aux dialectes et aux mœurs inconnus. Elle vous paraîtra désuète, cette chanson, voire un peu simplette, peut-être ; mais si vous gardez en mémoire ce qu'elle représentait pour nous, ce qu'elle évoquait quand elle hantait nos souvenirs, alors vous en viendrez à votre tour à la respecter et vous comprendrez pourquoi nos yeux se mouillent de larmes et nos voix se brisent, nous rendant incapables de chanter le dernier refrain :

Et quand, dans l'errance de l'exil,
Nous reviendra désir de te revoir,
Oh ! Montre-toi vite à nos yeux !

Souvenez-vous que, dans son enfance, Jeanne d'Arc la chantait, cette chanson, quand elle dansait avec nous, autour de l'Arbre, et qu'elle l'aimait. Cela devrait suffire à l'ennoblir, n'est-ce pas ?

L'ARBRE FÉE DE BOURLEMONT

Chanson des Enfants

Qui fit si vertes tes feuilles,
Arbre Fée de Bourlemont ?
Ce sont les larmes des enfants !
Ils t'apportent leurs chagrins,
Et tu panses leur cœur blessé,
Et, sur leur joue, coule une larme
Qui ravive la feuille du rosier.

Qui te fit si robuste,
Arbre Fée de Bourlemont ?
C'est l'amour des enfants !
Depuis mille ans qu'ils t'aiment,
Que de chansons ils te nourrissent,
Que de jeunesse ils te réconfortent,
Mille années de jeunesse !

Reste vert à jamais dans nos cœurs,
Arbre Fée de Bourlemont !
Et jeunesse nous garderons,
Indifférents au temps qui passe.
Et quand, dans l'errance de l'exil,
Nous reviendra désir de te revoir,
Oh ! Montre-toi vite à nos yeux !

Il y avait encore des fées quand nous étions enfants, mais nous ne pouvions les voir. En effet, un siècle auparavant, un curé de Domrémy, au cours d'une cérémonie tenue sous l'Arbre, avait dénoncé les fées comme des parentes du Malin, exclues de la Rédemption. Et il leur avait interdit de se montrer et de suspendre de nouveau des immortelles, sous peine de bannissement perpétuel de sa paroisse.

Tous les enfants étaient intervenus en faveur des fées, disant qu'elles étaient leurs amies, qu'elles leur étaient chères et qu'elles ne leur avaient jamais fait le moindre mal, mais le curé s'était obstiné en répétant que c'était péché mortel et grande honte que d'entretenir ce genre d'amitié. Les enfants inconsolables s'étaient répandus en lamentations. Puis, en grand secret, ils avaient décidé qu'ils allaient continuer à pendre des guirlandes de fleurs aux branches de l'Arbre en signe d'amour éternel pour les fées afin de leur montrer qu'eux leur restaient fidèles, quand bien même elles étaient devenues invisibles à leurs yeux.

Or, au plus profond d'une nuit sans lune, survint un grand malheur. La mère d'Edmond Aubrey passa à proximité de l'Arbre, tandis qu'une ribambelle de fées étaient occupées à danser, sans se douter de sa présence. Elles étaient toutes à leur joie, ivres d'un bonheur sauvage, après avoir avalé force rasades de rosée corsée au miel, au point qu'elles ne lui prêtaient aucune attention. Dame Aubrey, abasourdie et fascinée, put ainsi les observer à loisir. Elle vit ces minuscules et fantastiques créatures – au moins trois cents d'entre elles – se tenir par la main et se lancer en tourbillonnant dans une farandole effrénée qui décrivait un anneau aussi large que la moitié d'une chambre à coucher, se jetant en avant, en arrière, chantant et riant à gorge déployée – tant et si bien qu'elle pouvait les entendre très distinctement –, et levant la jambe au moins à trois pouces au-dessus du sol, dans un parfait abandon d'impudeur et d'hilarité – oh ! quel ballet ! vraiment le plus fou et le plus envoûtant que cette femme ait jamais vu !

Au bout d'une minute ou deux, les pauvres et misérables créatures découvrirent la présence de dame Aubrey. Quelle ne fut pas leur panique ! Elles se dispersèrent aussitôt en poussant des cris aigus et pathétiques de terreur ; elles s'enfuirent, éplorées, en se frottant les yeux de leurs poings minuscules grands comme des noisettes ; et elles disparurent.

La mégère cruelle – disons plutôt l'idiote, car elle manquait davantage de jugeote que de cœur – courut dès l'abord conter la nouvelle partout dans le voisinage. Pendant ce temps, nous autres, les vrais amis des fées, dormions du sommeil du juste, sans nous douter de la calamité qui venait de nous tomber dessus, ignorant qu'il eût mieux valu nous lever en hâte pour faire taire ces funestes ragots. Au petit matin, tout le monde jasait. C'était une catastrophe, car comment cacher au curé ce qui était su de tous ? Nous nous précipitâmes en pleurant vers le père Fronte pour l'implorer ; le brave homme ne put retenir ses larmes à la vue de notre douleur, car il était bon et compatissant de nature. Si cela ne tenait qu'à lui, jamais il ne bannirait les fées, nous dit-il, mais il n'avait pas le choix. Il avait été décrété qu'elles devraient partir si elles se hasardaient à se montrer de nouveau.

Ce drame se déroulait au pire moment possible, car Jeannette était couchée, frappée par la fièvre, en plein délire. Que pouvions-nous faire, nous autres qui ne possédions pas ses dons de raisonnement et de persuasion ? Nous nous rassemblâmes en essaim à son chevet en criant : « Jeannette, réveille-toi vite ! réveille-toi ! Il n'y a pas une minute à perdre ! Viens plaider pour les fées ! Toi seule peux les sauver ! »

Hélas ! Son esprit divaguait et elle n'était pas en mesure de nous entendre. Nous sortîmes de chez elle en sachant que tout était perdu. Oui, tout était perdu, à jamais perdu ! Les petites amies des enfants, dont la fidélité datait de plus de cinq cents ans, allaient devoir s'en aller, pour ne plus jamais revenir.

Quel jour amer pour nous tous que celui où le père Fronte tint cérémonie sous l'Arbre pour bannir les fées ! Afficher un deuil trop apparent nous était interdit ; il fallut donc nous contenter d'un lambeau de tissu noir attaché discrètement sur nos frusques. Mais, dans nos cœurs, nous portions le deuil, un deuil grandiose, noble et solennel, car nos cœurs, au moins, nous appartenaient et nul ne pouvait les atteindre pour nous l'interdire.

Par la suite, le bel Arbre – au joli nom d'Arbre Fée de Bourlemont – ne fut plus tout à fait le même qu'auparavant, même s'il n'a jamais cessé de nous être cher. Il m'est d'ailleurs toujours aussi cher. Et je lui rends visite une fois l'an – ce qui est bien assez, à mon grand âge – pour m'asseoir sous sa ramure et raviver le souvenir des camarades de jeux de mon enfance ; je les rassemble en esprit autour de moi ; leur visage m'apparaît à travers l'écran de mes larmes, et cela me brise le cœur. Ah, non, ce lieu n'est plus tout à fait le même qu'auparavant ! Il ne l'est plus pour deux raisons : comme il ne bénéficie plus de la protection des fées, la source a grandement perdu de sa fraîcheur et de sa limpidité, et plus des deux tiers de son débit ; en outre, les serpents venimeux et les insectes piquants y sont revenus et s'y sont multipliés, comme autant de nuisances ; ils y pullulent encore aujourd'hui.

Quand notre sage petite Jeanne fut rétablie, nous avons constaté combien sa fièvre nous avait coûté, car nous avions raison de penser qu'elle détenait le pouvoir de sauver les fées. Elle éclata d'une colère orageuse, pour d'aussi insignifiantes créatures, et partit tout droit chez le père Fronte. Il était assis. Elle le toisa de tout son haut, lui fit sa révérence et lui demanda :

— Les fées ne devaient être bannies que si elles se montraient de nouveau aux villageois, n'est-ce pas ?

— C'est bien cela, mon enfant.

— Si, à minuit, un homme vient épier une femme par sa fenêtre alors qu'elle est à demi nue, commettriez-vous l'injustice d'accuser cette femme de s'être dévêtue devant lui ?

— Eh bien… non ! répondit le bon curé, quelque peu troublé et embarrassé.

— Le péché reste-t-il un péché dès lors qu'il n'y a aucune intention de le commettre ?

Le père Fronte leva les bras au ciel en s'écriant :

— Oh, ma pauvre enfant, je commence à percevoir l'étendue de mon erreur !

Il la fit asseoir à côté de lui, la prit dans ses bras et tenta de la réconforter, mais la colère de Jeanne était si vive que ce geste conciliant ne suffit pas à l'apaiser. Elle enfouit sa tête dans la poitrine du père Fronte et poursuivit en sanglotant :

— Donc, les fées n'ont pas péché puisqu'elles n'avaient pas l'intention de commettre une faute ; elles ne savaient pas que quelqu'un les observait. Et comme ce sont de petites créatures qui ne pouvaient s'exprimer pour se défendre et clamer que la loi n'interdit pas un acte innocent mais seulement l'intention de commettre le mal, et comme elles n'avaient aucun ami pour comprendre une chose aussi simple et pour prendre leur défense, elles ont été expulsées de chez elles pour toujours… C'est une injustice ! Une injustice a été commise !

Le bon père, la serrant plus fort dans ses bras, lui répondit :

— Comme il est vrai que les paroles de l'innocent condamnent l'étourdi et l'irréfléchi ! Si seulement Dieu me permettait de rappeler ces petites créatures, pour ton bien ! Et pour le mien aussi, oui, pour mon propre bien, car j'ai été injuste, je le reconnais. Allons, allons, ne pleure plus… Personne n'est plus désolé que moi, ton pauvre vieil ami. Ne pleure pas, je t'en prie, mon enfant !

— Mais je ne puis m'arrêter si vite, j'ai besoin de pleurer. C'est très grave ce que vous avez fait là, mon père. Vous êtes « désolé »… mais est-ce une pénitence suffisante pour un tel acte ?

Le père Fronte se détourna car, si Jeanne le voyait rire, elle n'en serait que plus peinée. Il lui répondit :

— Oh, mon impitoyable mais très juste accusatrice, non, le remords ne suffit pas. En guise de pénitence, je vais me vêtir d'un sac et me couvrir de cendres. Maintenant, es-tu satisfaite ?

Les sanglots de Jeannette commencèrent à se calmer. Levant un regard inondé de larmes vers le vieil homme, elle lui dit en toute simplicité :

— Oui, cela devrait convenir – si cela suffit à vous purifier.

Le père Fronte en aurait volontiers ri de nouveau s'il ne s'était souvenu à temps qu'il venait de passer un contrat, et pas des plus agréables. Le moment était venu de s'exécuter. Il se leva donc et se dirigea vers l'âtre. Intriguée, Jeanne ne le quittait pas des yeux. Il ramassa une pelletée de cendres qu'il était sur le point de déverser sur sa tête grisonnante, quand il lui vint une meilleure idée. Il demanda à Jeanne :

— Veux-tu bien m'assister, mon enfant ?

— Comment, mon père ?

Il s'agenouilla, courba très bas la tête et lui répondit :

— Verse ces cendres sur ma tête.

Comme vous vous en doutez, l'affaire en resta là. Le curé sortait victorieux de l'épreuve. On imagine sans peine combien la simple idée d'une telle profanation suffisait à paralyser Jeanne, ou n'importe quel enfant du village. Elle se précipita vers lui, tomba à genoux et lui dit :

— C'est trop affreux ! J'ignorais ce que signifiait votre histoire de sac et de cendres… Relevez-vous, mon père, je vous en supplie !

— Je n'en ferai rien tant que je ne serai pas pardonné. M'accorderas-tu ton pardon, Jeanne ?

— Moi ? Mais vous ne m'avez rien fait, mon père ! C'est à vous-même que vous devez pardonner l'injustice que vous avez commise à l'encontre de ces innocentes créatures. Relevez-vous, mon père, je vous en prie !

— Me voici dans une situation pire que la précédente. Je pensais mériter ton pardon, mais, si je dois me pardonner à moi-même, il ne sied point que je fasse preuve d'indulgence. Que puis-je faire, à présent ? Seule ta sagesse peut m'aider à sortir de ce dilemme !

En dépit des suppliques de Jeannette, le père ne bougeait pas. Elle était sur le point de retomber en sanglots quand l'inspiration lui vint. Elle s'empara de la pelle et déversa un déluge de cendres sur sa propre tête en bégayant en dépit de sa toux suffocante :

— Voilà, tout est accompli ! Maintenant, mon père, relevez-vous, je vous prie !

Le vieil homme, ému et amusé en même temps, la serra contre son cœur.

— Incomparable enfant ! lui dit-il, ton martyre est bien insignifiant, et pas assez esthétique pour en faire un tableau, mais l'esprit de vérité et de droiture s'y trouve tout entier. De cela, je puis témoigner.

Il secoua les cheveux de Jeannette pour faire tomber les cendres et l'aida à se nettoyer le visage et le cou. Il se sentait en grande forme, à présent, prêt à entamer une nouvelle joute. Il prit un siège et invita Jeannette à s'asseoir à côté de lui. Il lui demanda :

— Jeanne, tu avais toi aussi pour habitude de tresser des guirlandes de fleurs sous l'Arbre aux fées avec les autres enfants, n'est-ce pas ?

Il débutait toujours ainsi quand il voulait m'acculer pour me faire avouer quelque chose – il affectait un ton affable et indifférent qui dupait son interlocuteur, le menait droit au piège et, sans qu'il se doutât de rien, refermait la trappe sur lui. Ce petit jeu l'amusait beaucoup. Il s'apprêtait clairement à semer du grain devant le nez de Jeanne pour l'appâter.

— Oui, mon père, lui répondit-elle.

— Les suspendais-tu toi-même à l'Arbre ?

— Non, mon père.

— Tu ne les suspendais donc pas ?

— Non.

— Pourquoi ne le faisais-tu pas ?

— Je… eh bien, parce que je ne le souhaitais pas.

— Tu ne le souhaitais pas ?

— Non, mon père.

— Que faisais-tu alors de tes guirlandes ?

— Je les suspendais dans l'église.

— Mais pourquoi pas à l'Arbre ?

— Parce qu'on nous avait enseigné que les fées étaient parentes du Malin et que c'était péché de les honorer ainsi.

— Pensais-tu que c'était mal de les honorer ainsi ?

— Oui, je pensais qu'il valait mieux n'en rien faire.

— Mais alors, si cela n'était pas bien de les honorer ainsi et si elles étaient parentes du Malin, leur compagnie présentait bien quelque danger pour toi et les autres enfants, n'est-ce pas ?

— Sans doute… oui, je le crois.

Le père Fronte marqua une pause, ce qui me fit penser qu'il était sur le point de lancer son filet, et je ne me trompais pas. Il conclut :

— Résumons l'affaire : les fées étaient donc des créatures damnées, d'une origine douteuse, et leur compagnie était un danger potentiel pour les enfants. Maintenant, donne-moi, je te prie, une raison valide, si tu en vois une, qui te permette d'affirmer que c'était une erreur de les bannir et qui te fasse regretter de n'être pas intervenue pour les sauver de ce châtiment. Autrement dit, quelle perte as-tu subie dans cette affaire ?

Quel sot d'avoir gaspillé ainsi son avantage ! Je l'aurais volontiers giflé s'il s'était agi d'un garnement du village. Sa progression était parfaite jusqu'au moment où il a tout gâté par son imprudente et fatale conclusion : quelle perte Jeanne avait-elle subie ? Mais ne voyait-il pas quel genre d'enfant était Jeanne ? Ignorait-il que Jeanne se moquait comme d'une guigne de ses propres pertes ou de ses propres gains ? Quand allait-il enfin se mettre dans la tête que le moyen le plus sûr de la faire sortir de ses gonds était de lui prouver que quelqu'un d'autre risquait de souffrir d'une injustice, ou d'une blessure, ou d'un deuil ? Il venait de tomber lui-même dans le piège qu'il avait tendu, c'était tout ce qu'il avait gagné.

En effet, à peine ces mots franchissaient-ils ses lèvres que la colère de Jeanne reprenait de plus belle et que les larmes inondaient de nouveau ses joues. Elle donna vent à son indignation avec une énergie et une passion qui surprirent le père Fronte, mais qui ne m'étonnèrent guère. Il avait mis le feu aux poudres en terminant ainsi sa malencontreuse conclusion.

— Mon père, comment pouvez-vous parler ainsi. À qui appartient la France ?

— À Dieu et au Roi.

— Elle n'appartient donc pas à Satan ?

— À Satan, mon enfant ? Mais la France est le siège du Très-Haut. Satan ne possède pas la moindre parcelle de cette terre.

— Alors qui accorda leur demeure à ces pauvres créatures, sinon Dieu ? Qui les a protégées tout au long des siècles, sinon Dieu ? Qui leur a permis de danser et de jouer durant tous ces siècles sans y voir de malice, sinon Dieu ? Et qui s'est permis de réprouver l'approbation de Dieu et de les menacer, sinon un homme ? Qui les a surprises dans une activité innocente, autorisée par Dieu mais interdite par l'homme, et qui a exécuté la sentence, et qui les a chassées de la demeure que le bon Dieu leur avait accordée dans sa bonté et sa miséricorde, Lui qui répandait sur elles sa pluie, sa rosée, les rayons de son soleil, depuis plus de cinq cents ans, en témoignage de sa paix ? C'était leur demeure. L'Arbre leur appartenait par la grâce de Dieu et de son Sacré Cœur. Aucun homme n'avait le droit de les en priver. Les fées étaient les amies les plus gentilles et les plus fidèles que les enfants aient jamais eues. Elles leur ont rendu de précieux et merveilleux services pendant cinq longs siècles sans jamais leur faire le moindre mal. Et les enfants les aimaient. Ils portent leur deuil à présent et rien ne pourra soulager leur douleur. Or, qu'avaient fait les enfants qui méritât un coup aussi cruel ? Les pauvres fées, dit-on, auraient pu être un danger pour eux ? Peut-être, mais l'ont-elles jamais été ? Depuis quand « auraient pu » est-il un motif valide d'accusation ? « Parentes du Malin », dites-vous ? Et alors ? Les parentes du Malin n'ont-elles pas aussi des droits ? Or, celles-ci en avaient. Et les enfants, n'ont-ils pas des droits eux aussi ? Or, ceux-ci en avaient. Si j'avais été là, j'aurais eu mon mot à dire. J'aurais plaidé la cause des enfants et des fées. J'aurais retenu votre bras et les aurais tous sauvés. Mais, à présent, il est trop tard, tout est perdu ! Nous avons tout perdu, et il n'y a plus d'espoir !

Pour terminer, elle réfuta l'idée que, sous prétexte que les fées étaient parentes du Malin, on devait les exclure, leur refuser sympathie et amitié parce qu'elles n'avaient pas droit au salut éternel. Elle plaida au contraire que c'était précisément pour cette raison qu'il fallait les prendre en pitié, leur témoigner des marques de gentillesse et d'amitié, afin de leur faire oublier le sort implacable dont elles avaient été frappées par un accident de naissance, et non pour une faute quelconque qu'elles auraient commise.

— Pauvres petites créatures ! répétait Jeanne. De quoi est fait le cœur d'une personne qui prend en pitié un enfant chrétien, mais qui refuse sa pitié à une enfant du démon qui en a mille fois plus besoin ?

Elle s'était arrachée des bras du père Fronte et elle pleurait à chaudes larmes en se frottant les yeux et en tapant furieusement du pied sur le sol. Soudain, elle sortit en coup de vent de la pièce et elle disparut, sans nous laisser le temps de nous remettre de nos émotions après cette tempête de paroles et cette tornade de passion.

Le père, qui s'était relevé vers la fin de la tirade, en resta tout penaud et pantois. Il se passait la main sur le front comme le fait une personne émue et troublée. Il se retourna et se dirigea lentement vers la porte de son petit cabinet de travail, dont il franchit le seuil en murmurant d'un ton navré :

— Ah ! quelle pitié ! Pauvres enfants, pauvres fées ! Ils ont des droits, en effet, Jeannette dit vrai, je n'y avais pas songé. Que Dieu me pardonne, c'est ma faute !

Ces mots confirmèrent mon pressentiment : il s'était tendu un piège à lui-même, dans lequel il venait bel et bien de tomber. Y voyant comme un encouragement, je me demandai si, par hasard, je ne serais pas capable de le prendre au piège à mon tour. Mais, après mûre réflexion, le cœur me manqua, car je n'étais pas doué pour ce genre de chose.

3

Cette évocation ravive en moi le souvenir de nombre de péripéties, d'anecdotes que je pourrais certes narrer mais que je préfère taire pour l'instant. Mon humeur présente m'incite à offrir simplement un aperçu du bon temps, candide et anodin, que nous coulions au sein de nos demeures villageoises durant ces jours paisibles – plus particulièrement en hiver. En été, nous autres enfants passions la journée, de l'aube à la nuit tombée, sur les hauteurs venteuses où nous menions les troupeaux et où nous pouvions nous livrer à toutes sortes de turbulentes espiègleries ; mais c'était l'hiver qui nous offrait les moments les plus chaleureux, les plus douillets. Nous nous rassemblions souvent dans le spacieux rez-de-chaussée au sol de terre battue de la maison de Jacques d'Arc. Devant un grand feu de cheminée, nous jouions à toutes sortes de jeux, chantions des ballades, disions la bonne aventure, écoutions les anciens du village nous conter récits, fables et légendes jusqu'à minuit.

Une nuit particulièrement glaciale, au cours de cet hiver qui fut appelé par la suite et pendant de nombreuses années le « cruel hiver », nous étions réunis chez Jacques d'Arc. Dehors, soufflait la bise. Les mugissements terrifiants de la bourrasque ne manquaient pas, je dois le dire, d'une certaine grandeur ; qu'y a-t-il, en effet, de plus beau, impressionnant et majestueux que d'entendre le vent rugir, tempêter et trompeter de la sorte, dès lors que l'on est soi-même confortablement à l'abri ? Or, confortables, nous ne pouvions l'être davantage. Dans l'âtre ronflait un feu d'enfer que les flocons ou les gouttes de neige fondue qui tombaient par le conduit de cheminée faisaient crépiter d'aise ; histoires, rires et chansons s'enchaînaient sans interruption ; ils se poursuivirent jusqu'à environ dix heures du soir ; nous soupâmes alors d'une bouillie brûlante aux haricots, accompagnée de galettes d'orge beurrées, en quantité suffisante pour combler nos appétits d'ogres.

Jeannette, assise à l'écart sur un coffre, son bol et son quignon de pain posés sur un autre, donnait à manger à la ribambelle d'animaux familiers qui l'entouraient. Elle en avait bien plus que de raison. Tous les chats errants du voisinage s'attachaient à elle, ce qui fait que, l'apprenant, les animaux privés de foyer ou en mal d'affection rappliquaient à leur tour ; la nouvelle se répandait chez d'autres créatures qui ne manquaient pas, elles aussi, de tenter leur chance ; il n'était pas jusqu'aux oiseaux et aux petits hôtes timides et sauvages de la forêt qui, loin de fuir quand ils la rencontraient, assurés d'avoir affaire à une amie, ne se liassent d'amitié avec elle pour se faire inviter. Jeannette recueillait tous les animaux, sans distinction ; chez elle, un animal était toujours le bienvenu, en raison de sa simple qualité d'animal, sans considération aucune de race ou de pedigree. Comme il n'était question ni de cage, ni de collier, ni d'entraves, toutes ces créatures, libres d'aller et venir comme elles l'entendaient, étaient ravies et n'hésitaient pas à s'inviter ; le problème, c'est qu'elles avaient tendance à s'incruster et à devenir autant de charmantes calamités, ce qui suscitait de vigoureux jurons de la part de Jacques d'Arc. Mais sa femme allait répétant que c'était Dieu qui avait accordé ce don exceptionnel à l'enfant, qu'Il devait savoir ce qu'Il faisait quand Il l'avait fait, qu'il valait mieux y consentir de bonne grâce et que la prudence élémentaire recommandait de ne pas se mêler des affaires divines à moins d'y être invité. Les animaux familiers jouissaient donc d'une paix royale sous la protection de Jeannette.

Comme je le disais, donc, une flopée de lapins, oiseaux, écureuils, chats et même reptiles entouraient l'enfant, tous vivement intéressés par le menu de son souper et se servant à qui mieux mieux. Un écureuil se tenait perché sur son épaule, droit sur son séant comme le font les écureuils ; il tournait et retournait dans ses pattes minuscules et noueuses la miette rassise d'un antique gâteau aux châtaignes en quête des coins les plus tendres, saluait chaque découverte d'une petite secousse de sa queue touffue, fièrement dressée, et de ses oreilles pointues, en signe de gratitude et de surprise, et se mettait à limer énergiquement l'angle approprié avec ces deux dents effilées de devant que tout écureuil qui se respecte possède à cet effet, et non pas, comme on le prétend, pour faire joli, car elles sont loin d'être ornementales, ce que savent tous ceux qui les ont observées.

La soirée se déroulait harmonieusement, dans une atmosphère de joviale bonhomie, quand, soudain, des coups frappés à l'huis interrompirent nos éclats de rire. C'était l'un de ces nombreux vagabonds déguenillés que les guerres incessantes jetaient sur les routes et les chemins. L'homme entra, couvert de neige, frappa vigoureusement le sol de ses chausses boueuses, secoua ses loques maculées, puis referma la porte. Il retira son couvre-chef informe et troué, le battit énergiquement une ou deux fois contre sa jambe pour en faire tomber les stalactites glacées qui s'y étaient agglutinées, puis il se mit à dévisager la maisonnée. Un air de contentement éclaira sa face hâve ; une lueur de convoitise s'alluma dans son œil à la vue des victuailles. Après une salutation empreinte d'une conciliante humilité, il nous déclara que, par une nuit pareille, c'était une bénédiction que de jouir d'une aussi belle flambée, d'un toit solide pour s'abriter, d'une aussi bonne chère, et de tant d'amis avec lesquels bavarder son content – oui, ma foi, c'était bien la vérité, termina-t-il, « et puisse Dieu venir en aide aux sans-logis et à tous les miséreux contraints de patauger dans les ornières des chemins par un temps aussi peu chrétien ! ».

Nul ne pipa mot. Embarrassé, le pauvre hère demeura tout penaud sur le seuil en nous jetant à tour de rôle un regard implorant. Ne décelant rien sur nos visages qui indiquât qu'il était le bienvenu, toute trace de sourire s'évanouit petit à petit de sa propre figure ; il baissa le regard et des tics nerveux secouèrent les muscles de sa face ; il cacha de sa main un signe aussi peu viril de faiblesse.

— Assise !

Cet éclat de tonnerre provenait de Jacques d'Arc et s'adressait à Jeanne. Interdit, l'étranger retira aussitôt la main qu'il tendait. La fillette se tenait debout devant lui et lui offrait son bol de bouillie.

— Que le Dieu tout-puissant te bénisse, ma chère enfant !

Des larmes de gratitude coulèrent le long des joues du miséreux, mais il avait bien trop peur pour saisir le bol.

— Tu entends ? Je t'ai dit de t'asseoir !

Nulle enfant n'était plus facile à raisonner que Jeannette, mais la méthode manquait de doigté. Son père faisait preuve d'une absence navrante de talent dans ce domaine ; il était, en outre, bien incapable de l'acquérir.

— Père, il est affamé, lui dit Jeannette. Je le vois bien.

— Qu'il besogne pour gagner sa pitance, alors ! Si ça continue, ces gens-là nous mettront sur la paille. Je me suis juré de ne plus les recevoir et je tiendrai parole. De plus, il m'a tout l'air d'un coquin et d'un scélérat. Assieds-toi, te dis-je !

— Coquin ou non, il a faim, père, insista la fillette, et il mangera ma bouillie. Je n'en ai plus envie.

— Obéis, te dis-je, sinon gare !… Les vauriens ne sont pas dignes de l'aide des honnêtes gens et ils ne recevront ni pain ni soupe dans ma maison ! Jeanne… ?

Jeannette reposa son bol de bouillie sur le coffre et s'avança vers son père furibond dont elle affronta la colère :

— Père, lui dit-elle posément, si vous l'interdisez, il en sera fait selon votre volonté, mais je vous prie de réfléchir un peu. Vous verriez alors qu'il est injuste de châtier une partie de cet homme pour une faute commise par une autre partie. C'est la tête de ce pauvre inconnu qui commet le mal. Or, ce n'est pas sa tête qui est affamée, mais son ventre qui, lui, n'a fait de mal à personne et n'a rien à se reprocher. Son estomac est totalement innocent, incapable de faire du tort à quiconque, même s'il en avait l'intention. S'il vous plaît, Père, permettez…

— Quel étrange argument ! Je n'ai jamais rien entendu d'aussi sot, l'interrompit Jacques d'Arc.

Notre maire, Aubrey, intervint. Il était friand de controverses, exercice dans lequel il excellait, selon l'avis de tous. Il se leva, posa fermement ses deux poings sur la table, promena lentement son regard sur son auditoire avec l'aisance et la prestance de l'orateur confirmé, puis il se lança, d'un ton agréablement persuasif :

— Je ne m'accorde pas avec toi sur ce point, compère, et je vais du reste m'efforcer de démontrer à l'auguste assemblée (il nous regarda les uns après les autres en hochant la tête d'un air d'intense conviction) que les propos de l'enfant ne manquent pas de bon sens. Voyez-vous, il est exact et parfaitement démontrable que, chez l'homme, c'est bien la tête qui commande et qui contrôle le corps dans son entier. Nous sommes bien d'accord sur ce point. Qui serait assez fou pour le nier ?

Il regarda alentour, et tous d'opiner du bonnet.

— Très bien, donc. Puisqu'il en est ainsi, il est évident qu'une autre partie du corps ne peut être tenue pour responsable des résultats de l'exécution d'un ordre commandé par la tête. Il s'ensuit inéluctablement que la tête est l'unique coupable des crimes commis pas les mains, les pieds, ou l'estomac d'un homme. Comprenez-vous ? Ne suis-je pas dans le vrai jusqu'ici ?

Un « oui ! » enthousiaste lui répondit. Certains allèrent jusqu'à chuchoter que, décidément, ce soir le maire semblait dans une forme exceptionnelle et qu'il donnait le meilleur de lui-même – ce qui plut extrêmement au maire en question qui avait entendu ces commentaires flatteurs et dont les yeux brillaient de plaisir. Il poursuivit, d'une verve aussi prolixe qu'ingénieuse :

— À présent, examinons la signification du terme « responsabilité » et ses incidences sur le cas qui nous préoccupe. La responsabilité ne tient un homme pour responsable que des choses dont il est à proprement parler responsable.

D'un geste auguste, le maire fit décrire à sa cuillère un ample cercle pour bien démontrer la nature incommensurable du type de responsabilité qui rendait les gens responsables. Des voix enthousiastes s'élevèrent :

— Il a raison ! Il vient de résumer toute la complexité de l'affaire en une simple formule. C'est magistral !

Après une courte pause destinée à laisser l'admiration gagner en volume et en ampleur, le maire reprit :

— Fort bien ! Prenons le cas d'une paire de tenailles qui chuteraient malencontreusement sur le pied de quelqu'un en le blessant cruellement. Exigeriez-vous que les tenailles fussent châtiées pour ce forfait ? Vous venez de répondre clairement à la question : je lis sur vos visages que vous tiendriez une telle proposition pour absurde. Maintenant, dites-moi, pourquoi est-elle absurde ? Elle est absurde parce que nulle faculté de raisonnement – c'est-à-dire nulle faculté de maîtrise de soi – n'étant présente dans la paire de tenailles, la responsabilité individuelle des actes commis par les tenailles est totalement absente d'icelles. L'absence de responsabilité entraîne *ipso facto* l'invalidité du châtiment, n'est-ce pas ?

Un tonnerre d'applaudissements ponctua son raisonnement.

— Examinons à présent le cas de l'estomac humain. Comme vous le verrez, l'exemple de la paire de tenailles lui correspond à merveille. Veuillez, je vous prie, me prêter une oreille attentive. Un estomac humain peut-il préméditer un meurtre ? Non. Peut-il préméditer un vol ? Non. Peut-il préméditer un incendie criminel ? Non. À la bonne heure ! Répondez, à présent, à la question suivante : une paire de tenailles peut-elle… ?

Des hurlements admiratifs l'interrompirent : « Non !… L'exemple est parfait ! l'argument admirable !… »

— Par conséquent, chers amis et voisins, un estomac qui ne peut préméditer un crime ne peut pas non plus le commettre, c'est évident. Voilà déjà notre affaire considérablement simplifiée. Nous l'allons à présent simplifier davantage. Un estomac peut-il, de son propre chef, participer à un crime ? La réponse est évidemment non, car il ne possède aucun contrôle, aucune faculté de raisonnement, aucune volonté propre – tout comme les tenailles. Nous saisissons à présent que l'estomac ne saurait en aucun cas être tenu pour responsable de crimes qu'il pourrait être amené à commettre, soit en totalité, soit partiellement, n'est-il point vrai ?

La question ne suscita que des encouragements à conclure.

— Quel sera notre verdict ? Tout bonnement qu'il n'existe pas, dans ce monde, d'estomac qui soit coupable ; que le corps du pire des malandrins recèle en son sein un estomac pur et innocent ; qu'en outre, quoi qu'ait pu commettre son propriétaire, cet estomac doit rester sacré à nos yeux ; et qu'enfin, puisque Dieu dans sa miséricorde infinie nous accorde le don d'intelligence qui nous permet d'entretenir de justes, charitables et honorables pensées, notre devoir, qui est aussi un privilège, demande, exige même, non seulement que nous accordions pitance à l'estomac famélique qui réside en chaque vaurien, par compassion pour sa détresse et ses nécessités, mais encore que nous le fassions dans un élan de joie, de gratitude, de reconnaissance envers cet estomac qui a su préserver, avec une loyauté et une obstination qui l'honorent, une pureté et une innocence sans tache en dépit de multiples tentations et de mauvaises fréquentations que ses sentiments élevés réprouvent. J'ai terminé.

Si vous aviez vu l'effet produit ! Tous se levèrent – l'assemblée tout entière comme un seul homme – pour l'applaudir, l'acclamer, vanter ses mérites. Les uns après les autres, tout en l'applaudissant et en l'acclamant, s'approchèrent de lui, certains les yeux humides de larmes, pour lui serrer la main et le congratuler ; le maire débordait de fierté béatifique ; il ne pouvait ajouter mot, car sa voix se fût brisée d'émotion, je vous l'assure. C'était vraiment touchant. Tout le monde lui dit qu'il n'avait jamais aussi bien parlé et qu'il ne ferait jamais mieux. Tel est le pouvoir indéniable de l'éloquence. Même le vieux Jacques d'Arc, ému aux larmes pour la première fois de sa vie, s'écria :

— C'est entendu, Jeanne ! Tu peux lui donner ta bouillie !

Embarrassée, Jeannette, ne sachant trop quoi répondre, préféra se tenir coite. Il y avait belle lurette, en effet, qu'elle avait donné sa bouillie à l'étranger, lequel s'était empressé de l'engloutir. Quand on lui demanda pourquoi elle n'avait pas attendu la décision finale, elle répondit que l'estomac de l'homme était tellement affamé qu'il n'eût pas été raisonnable d'attendre davantage, d'autant plus qu'elle ignorait quelle serait la nature de la décision. L'argument parut plutôt sensé de la part d'une enfant.

L'individu n'avait d'ailleurs rien d'un chenapan. C'était même un excellent homme que la chance avait tout bonnement déserté ; dans la France de l'époque, ce n'était certes pas un crime. À présent que l'innocence de son estomac venait d'être prouvée, il lui fut permis de se mettre à l'aise. Sa panse rassasiée, sa langue se délia ; il lui laissa la bride sur le cou et il faut avouer qu'il savait s'exprimer avec beaucoup de noblesse. Il guerroyait depuis des années. Les récits qu'il nous fit et sa manière de les conter nous enflammèrent d'amour pour la France, nous firent bondir le cœur dans la poitrine et bouillir le sang dans nos veines. Petit à petit, sans crier gare, il nous permit de revivre avec lui les anciennes heures de gloire de la France. Nous vîmes surgir, comme dans un rêve, à travers les brumes du passé, les formes titanesques des douze paladins confrontés à leur destin. Nous entendîmes le piétinement sourd des armées innombrables lancées à leur poursuite pour les anéantir. Nous contemplâmes le flux et le reflux de ces houles humaines venues mourir aux pieds de cette poignée de héros ; nous vécûmes chaque détail de chaque minute de ce jour le plus prodigieux, le plus dramatique, mais aussi le plus vénéré et le plus glorieux de l'histoire légendaire de la France. Nous parcourûmes, en long, en large et en travers, le vaste champ de bataille sur lequel s'amoncelaient les cadavres et les moribonds, témoins de cet exploit-ci, de cette prouesse-là, et de ce paladin qui assenait des coups d'une puissance prodigieuse d'un bras de plus en plus las que la force désertait ; l'un après l'autre, nous vîmes ces preux s'effondrer, jusqu'au moment fatidique où il n'en resta qu'un : celui qui n'avait pas de pair, celui qui donna son nom au chant des chants, à cette chanson qu'aucun Français ne peut entendre sans éprouver, au tréfonds de son être, de surprenants élans de patriotisme et de fierté nationale. Enfin, scène des plus grandioses et des plus pitoyables, nous assistâmes à la mort pathétique du dernier des héros. Cloués sur nos séants, bouche bée, le souffle court, nous restions suspendus aux lèvres de cet homme ; notre mutisme ressemblait au silence tragique qui se répandit sur le champ de bataille après que le dernier survivant eut rendu l'âme.

Rompant notre solennel recueillement, l'étranger tapota affectueusement la tête de Jeanne et lui dit :

— Que Dieu te garde, petite damoiselle ! Cette nuit, tu m'as ramené du trépas pour me rendre à la vie. Maintenant, écoute, voici ta récompense.

Il profita de l'émotion du moment pour nous faire une surprise à fendre l'âme. Sans prévenir, de la voix la plus belle et la plus tragique qui se puisse entendre, il entonna la célèbre *Chanson de Roland* !

Imaginez la scène, devant un auditoire de Français exaltés et prêts à tout ! Quelle qu'avait été son éloquence, ce qu'il nous avait conté précédemment pâlit en comparaison de cette apothéose… Oh ! qu'il nous parut beau, cet étranger, et imposant, et inspiré, tandis qu'il se dressait devant nous et que surgissaient, de ses lèvres et de son cœur, les accents sublimes de cette puissante épopée, qui transfigurait tout son être, et jusqu'à ses haillons !

D'un bond, l'assemblée s'était levée, pétrifiée, et resta debout pendant tout son chant. Le visage extatique, les yeux brûlants de passion, les joues inondées de larmes, l'assistance commença involontairement à osciller au rythme de la mélodie ; les poitrines se soulevaient et haletaient ; des gémissements profonds, des exclamations sourdes se firent entendre ; lorsque Roland se retrouva seul, à l'agonie, qu'il contempla le champ de bataille avec tous ces cadavres répandus comme l'andain après la moisson, qu'il retira son gantelet et le tendit vers Dieu d'une main tremblante, et que ses lèvres blêmes murmurèrent sa sublime et ultime prière, tous fondirent en larmes et se répandirent en lamentations. Et quand, la chanson terminée, la dernière note s'éteignit, tous se précipitèrent vers le chanteur, ivres d'amour pour lui, débordants de fierté pour la France, pour ses hauts faits et son antique renommée, et ils le serrèrent dans leurs bras jusqu'à l'étouffer. Mais Jeannette les avait précédés ; elle fut la première à se blottir contre sa poitrine et à lui couvrir le visage de baisers d'adoration.

Dehors, se déchaînait la tempête. Mais quelle importance à présent ? L'étranger avait trouvé un foyer, pour aussi longtemps qu'il lui plairait.

4

Tous les enfants ont des surnoms, nous avions donc les nôtres. Très tôt, nous en recevions un, et un seul, que nous conservions. Plus fortunée que nous, Jeannette, à mesure que le temps passait, en reçut un deuxième, puis un troisième, et ainsi de suite, que nous lui octroyâmes. Elle finit ainsi par se retrouver en possession d'une demi-douzaine de surnoms, dont certains lui sont restés. En général, les filles de la campagne sont d'un naturel timide, mais Jeanne l'était plus que quiconque ; un rien la faisait rougir et la présence d'étrangers l'embarrassait au plus haut point ; nous l'avions donc surnommée la Farouche. Nous brûlions tous de patriotisme, mais nos élans les plus enthousiastes envers notre pays paraissaient froids en comparaison des siens, aussi l'appelions-nous la Patriote. Nous la surnommions aussi la Belle, en hommage rendu, non seulement à la beauté sans pareille de son visage et de sa silhouette, mais aussi à son caractère tout aussi adorable. Elle conserva ces surnoms, auxquels s'ajouta celui de Vaillante.

Nous croissions ensemble, dans cette lourde et placide contrée, et nous devînmes de grands garçons et de grandes filles – assez grands en tout cas pour en savoir aussi long que nos aînés sur les guerres incessantes qui ravageaient l'ouest et le nord du pays, et pour nous sentir aussi concernés qu'eux par les nouvelles intermittentes qui nous parvenaient des champs de bataille rougis de sang humain. Certains jours me sont restés clairement en mémoire, comme ce mardi, par exemple. Ce jour-là, nous étions quelques-uns à danser et à chanter autour de notre Arbre favori, en attachant des guirlandes à ses branches en souvenir de nos charmantes petites amies les fées que nous avions perdues, quand la petite Mengette s'écria :

— Regardez ! Qu'est-ce que c'est ?

Ce genre d'exclamation, exprimant à la fois surprise et inquiétude, ne pouvait qu'alerter notre attention. Nos poitrines haletantes et nos visages rougeauds se regroupèrent instantanément ; nos regards scrutèrent avidement la même direction, au bas de la pente, vers le village.

— C'est un drapeau noir.

— Un drapeau noir ! Non… vraiment ?

— Regarde toi-même. Tu verras bien que ça n'est rien d'autre.

— C'est bien un drapeau noir, à n'en point douter ! En avez-vous déjà vu de semblable ?

— Qu'est-ce que ça veut dire ?

— Quelque chose de funeste, assurément. Quoi d'autre ?

— Nous voilà bien avancés ! On s'en doute bien, mais quoi, exactement ? C'est la question…

— Heureusement, son porteur saura y répondre, si vous patientez jusqu'à son arrivée.

— Il court bien vite… Qui est-ce ?

Certains avancèrent un nom, d'autres en proposèrent un autre, mais il apparut assez vite que le porte-étendard n'était autre qu'Étienne Raze, surnommé le Tournesol en raison de ses cheveux jaunes et de son visage rondelet marqué par la petite vérole. Ses lointains ancêtres étaient allemands. Il progressait vers le sommet de la pente de toute la vitesse de ses courtes jambes, en brandissant de temps à autre le plus haut possible le bâton qui lui servait de hampe et en fouettant l'air de son noir symbole de malheur. Nos yeux restaient rivés sur lui, nos langues ne parlaient que de lui, et nos cœurs battaient à l'unisson d'une égale impatience d'apprendre la nouvelle qu'il apportait. Enfin, il fut parmi nous, il planta sa hampe en terre, et s'écria :

— Attention ! Attention, vous tous ! Représentez la France à ma place pendant que je reprends mon souffle. Elle n'a que faire d'un autre étendard, à présent !

Nos bavardages inconsidérés cessèrent aussitôt, comme sous la nouvelle d'un décès. Dans le silence de mort qui suivit ces mots, on n'entendait que le souffle haletant du garçon qui reprenait haleine. Dès qu'il fut en mesure de parler, il nous annonça :

— De sombres nouvelles nous sont parvenues. Un traité vient d'être signé à Troyes, entre les Français, les Anglais et les Bourguignons. La France y est trahie, livrée pieds et poings liés à nos ennemis. Cette perfidie est l'œuvre du duc de Bourgogne et de la diablesse qui nous tient lieu de reine de France. Ce traité inique se conclut par les épousailles d'Henry d'Angleterre avec Catherine de France.

— Ce ne peut être vrai ! Une fille de France… partager la couche du boucher d'Azincourt ? Ce n'est pas crédible ! Tu as dû mal entendre.

— Jacques d'Arc[1], mon vieux, si tu ne me crois pas, tu n'es pas au bout de tes peines, car le pire est à venir. En effet, tout enfant né de leur lit, fille ou garçon, héritera à la fois des trônes d'Angleterre et

1. Il s'agit ici du frère aîné de Jeanne. *(N.d.T.)*

de France, et cette double possession appartiendra à jamais à leur postérité !

— Alors ça, ce ne peut être qu'un mensonge, puisque c'est en flagrante contradiction avec notre loi salique. Ce qui n'est pas légal ne peut prendre effet, dit Edmond Aubrey.

Nous le surnommions le Paladin en raison du nombre impressionnant d'armées qu'il se faisait fort d'anéantir le jour venu. Il aurait volontiers vitupéré davantage, mais ses propos se noyèrent dans le tumulte général provoqué par cette clause du traité jugée particulièrement insultante. Tout le monde parlait en même temps, personne n'écoutait personne, jusqu'au moment où Hauviette intervint pour nous calmer.

— Ce n'est pas juste de briser ainsi le fil de son discours, nous dit-elle. S'il vous plaît, laissez-le parler. Vous ne prêtez pas foi à son histoire parce qu'elle vous déplaît, mais, si c'étaient des menteries, vous en ririez au lieu de vous emporter. Poursuis, Étienne.

— Je n'ai rien à ajouter que ceci : notre roi, Charles VI, continuera à régner jusqu'à sa mort ; ensuite, Henry V d'Angleterre sera régent du royaume de France jusqu'à ce que l'un ou l'autre de ses rejetons soit assez mûr pour…

— Quoi ! ce monstre va nous régenter ? Ce boucher ? Balivernes, ce ne sont que balivernes ! s'écria le Paladin. En plus, dis-moi, que devient notre dauphin, hein ? Que dit le traité à son sujet ?

— Rien. Le traité lui retire son trône et le destitue.

En réponse, tous se mirent à hurler et à répéter que ces nouvelles ne pouvaient être qu'erronées ; ragaillardis, ils ajoutèrent :

— De toute manière, notre roi devra le contresigner pour le valider. Jamais il ne le fera quand il verra le sort que le traité réserve à son fils.

— Laissez-moi vous poser une question, interrompit le Tournesol. D'après vous, notre reine est-elle ou non capable d'approuver un pacte qui déshériterait son fils ?

— Cette vipère ? Elle l'est, certainement. Nul ne lui adresse la parole. On ne peut rien espérer de bon de sa part. Aucune trahison n'est assez vile pour satisfaire sa rancœur, or, c'est bien connu, elle déteste son fils. Par bonheur, sa signature n'a aucune valeur. C'est au roi qu'il appartient de contresigner.

— En ce cas, encore une question. Dans quel état d'esprit se trouve notre roi ? N'est-il point vrai qu'il est fou ?

— Oui, mais les petites gens ne l'en aiment que davantage. Ses misères le rendent plus proche d'eux et la pitié leur inspire de l'amour pour sa personne.

— Ce que tu dis est vrai, Jacques d'Arc, mais qu'advient-il avec un dément ? Est-il conscient de ses actes ? Non. Ne fait-il pas ce que les autres lui dictent de faire ? Assurément. Alors, à présent, apprenez qu'il a signé le traité.

— Qui l'a poussé à le signer ?

— Ce n'est pas sorcier à deviner : la reine, bien sûr !

Le tumulte reprit de plus belle. Tous, à l'unisson, couvrirent la reine d'opprobre. Jacques d'Arc finit par dire :

— Mais il y a tant de fausses nouvelles qui nous parviennent. Nous n'avons rien entendu jusqu'ici d'aussi honteux, d'aussi profondément blessant, rien qui rabaissât davantage la France. L'espoir demeure que cette histoire ne soit qu'une rumeur sans fondement. Où l'as-tu apprise ?

Le visage de sa sœur Jeannette pâlit. Elle redoutait la réponse. Son instinct ne la trompait pas.

— Le curé de Maxey nous l'a rapportée.

La consternation fut générale. Nous le connaissions, voyez-vous, comme un homme de confiance.

— La tient-il pour véridique ?

Nos cœurs cessèrent de battre. La réponse tomba comme un couperet :

— Bien sûr. Et ce n'est pas tout : il détient les preuves qu'elle l'est.

Quelques filles se mirent à sangloter ; atterrés, les garçons restaient muets. La détresse qui se peignait sur le visage de Jeanne ressemblait à celle d'une bête sauvage blessée à mort. L'animal supporte la douleur en silence et ne geint point : c'est ainsi que Jeanne la supportait, sans mot dire. Jacques, son frère aîné, lui posa la main sur la tête et lui caressa les cheveux en témoignage de sympathie ; elle ramena la main sur ses lèvres et l'embrassa pour le remercier, toujours sans mot dire. Les garçons se reprirent et se lancèrent de nouveau dans la conversation.

— Quand serons-nous enfin des hommes ? fit Noël Rainguesson. C'est tellement long de grandir ! La France n'a jamais eu autant besoin de soldats qu'aujourd'hui pour laver dans le sang une aussi noire insulte.

— Que notre jeunesse est haïssable ! s'écria Pierre Morel, que nous surnommions la Libellule en raison de ses yeux globuleux. Il nous faut toujours attendre, attendre, et encore attendre… Cette maudite guerre se déroule depuis cent ans et nous attendons notre chance d'y prendre part. Ah ! que ne suis-je un soldat !

— Personnellement, je ne puis attendre davantage, dit le Paladin. Je vais me lancer, sans plus tarder, dans la bataille et vous en entendrez parler, c'est moi qui vous le dis. Certains couards préfèrent se planquer à l'arrière quand on monte à l'assaut des murailles d'un château fort ; avec moi, ce sera l'avant-garde, ou rien ! À part les officiers, je ne souffrirai personne devant moi.

Même les filles se sentaient d'humeur belliqueuse.

— Moi aussi, si j'étais un homme, je partirais sur l'heure ! dit Marie Dupont, avec fierté, en regardant autour d'elle en quête d'applaudissements.

— Et moi de même ! s'écria Cécile Letellier en reniflant l'air avec l'impatience d'un destrier qui hume l'odeur de la bataille. Je vous assure que je ne déserterais pas, quand bien même l'Angleterre tout entière se tiendrait devant moi.

— Fariboles ! interrompit le Paladin. Les filles ne sont bonnes qu'à se vanter. Si vous voulez savoir ce que courir veut dire, alignez-en un millier face à une poignée de soldats aguerris. Tiens, même notre Jeannette – si ça continue, elle aussi va nous menacer de devenir soldat !

L'idée était tellement plaisante qu'elle nous fit rire aux larmes, ce qui encouragea le Paladin à exploiter le filon.

— Pourquoi riez-vous ? Mais regardez-la ! Voyez-la plonger au cœur de la bataille comme un vétéran ! Oui, ma foi, et pas comme des piétons miteux comme nous autres, mais comme un officier, en armure de pied en cap, le mézail de son armet rabaissé de peur qu'on ne la voie rougir parce que l'armée adverse ne lui a pas encore été présentée. Que dis-je, un officier ? Elle sera capitaine ! Capitaine, rien de moins, à la tête d'une centaine d'hommes – à moins que ce ne soient des femmes ! Et alors, mes amis, quand elle commandera la charge du camp ennemi, ce sera comme si un déluge s'abattait sur ces pauvres bougres !

Il poursuivit dans cette veine ; à force de rire, nous en avions des crampes à l'estomac ; c'était irrésistible, car l'idée était des plus comiques – à cette époque en tout cas –, je veux dire l'idée de cet adorable bout de chou, qui n'aurait pas fait de mal à une mouche, que la vue du sang faisait fuir, délicate et sensible, montant à l'assaut à la tête d'une compagnie de brutes. Pauvre petite ! Elle était décontenancée et honteuse d'être la visée des moqueries. Et pourtant, au même instant, se préparait un événement propre à renverser le cours des choses ; les moqueurs n'allaient pas tarder à vérifier la véracité de l'adage : « Rira bien qui rira le dernier ! »

En effet, un faciès, que nous connaissions bien et que nous avions de bonnes raisons de craindre, apparut soudain de derrière l'Arbre aux fées. « Mon Dieu ! Benoît le Fol s'est libéré de sa cage ! Notre dernière heure est arrivée ! » fut la seule pensée qui nous vint à l'esprit. L'affreuse créature, toute velue, en haillons, contourna l'arbre et s'avança vers nous en brandissant une cognée. Nous nous dispersâmes en détalant comme des lapins dans toutes les directions ; les filles hurlaient de terreur. Non, pas toutes les filles, ou plutôt toutes, sauf une, Jeanne. Elle resta plantée sur ses jambes et attendit le sinistre individu sans broncher. Parvenus à la lisière de la forêt qui borde les pâturages, nous plongeâmes dans les taillis pour nous mettre à l'abri. Deux ou trois d'entre nous risquèrent un œil en arrière pour voir si Benoît le Fol nous poursuivait ; le spectacle qu'ils découvrirent les stupéfia : debout, Jeannette faisait face au forcené qui progressait vers elle la hache levée. Bouleversés par cette scène hallucinante, nous tremblions comme feuilles au vent, incapables du moindre geste. Je ne voulais surtout pas voir un meurtre aussi affreux s'accomplir, mais je ne parvenais pas à détourner le regard. C'est alors que Jeanne se porta à la rencontre de l'individu. Je crus que mes yeux me jouaient un tour. L'homme s'arrêta.

Il brandit sa cognée d'un air menaçant, comme pour lui interdire d'approcher plus avant. Sans y prêter la moindre attention, Jeanne continua d'avancer ; elle se retrouva face au monstre, sous la menace directe de la hache. Elle parut engager la conversation avec lui. C'est alors que je défaillis ; la tête me tournait et tout chavira autour de moi. Je ne vis plus rien pendant un moment – long ou court, je ne saurais dire. Cette sensation passa. Je rouvris les yeux : Jeannette se dirigeait tranquillement vers le village, en compagnie de l'homme qu'elle tenait par la main ; dans l'autre, elle tenait la cognée.

Nous nous risquâmes hors de nos cachettes. Ébaudis, la bouche entrouverte de stupéfaction, incrédules, nous vîmes ces deux silhouettes incongrues pénétrer dans le village où nous les perdîmes de vue. C'est alors que nous avons donné à Jeannette le surnom de Vaillante.

Nous laissâmes l'étendard noir poursuivre seul son office funèbre, car nous avions d'autres chats à fouetter. Nous courûmes vers le village de toute la vitesse de nos jambes pour donner l'alerte et mettre Jeannette hors de danger ; bien que, d'après ce que j'avais vu, aussi longtemps qu'elle garderait la hache, les chances pencheraient en sa faveur. Arrivés au village, nous avons constaté qu'il n'y avait plus de danger et que le forcené avait été écroué. De tous les côtés, on accourait devant le porche de l'église pour commenter l'événement, s'exclamer et s'émerveiller. Pendant plusieurs heures, le village en oublia jusqu'à la sombre nouvelle du traité.

À tour de rôle, les femmes, en larmes, serraient Jeannette dans leurs bras et l'embrassaient en louant son courage ; de leur côté, émus, les hommes lui tapotaient la tête en répétant qu'ils regrettaient qu'elle ne fût pas de leur sexe, car ils l'enverraient faire la guerre où, à n'en point douter, elle accomplirait nombre d'exploits dont on entendrait parler. Jeanne s'éclipsa discrètement et partit se cacher, tant ces honneurs froissaient sa modestie.

Évidemment, les gens se mirent à nous questionner sur les détails de la scène dont nous avions été les témoins. Honteux de ma couardise, après avoir prié le premier venu de m'excuser, je me retirai pour échapper à des questions trop embarrassantes pour moi. Revenu auprès de l'Arbre aux fées, j'y retrouvai Jeannette qui, de son côté, fuyait des compliments trop embarrassants pour elle. L'un après l'autre, nos compagnons échappèrent à leur tour aux questionneurs et nous rejoignirent. Alors, nous entourâmes Jeannette pour lui demander d'où lui était venue cette audace.

— Vous en faites une affaire, nous répondit-elle avec simplicité, mais détrompez-vous, ce n'était pas grand-chose. Cet homme ne m'est pas étranger. Je le connais depuis longtemps, il me connaît aussi, et il m'aime bien. Je lui ai souvent donné à manger à travers les barreaux de sa cage. En décembre, quand on lui a coupé deux doigts pour lui apprendre à ne plus saisir les passants et les frapper, tous les jours, je lui ai pansé la main jusqu'à ce qu'elle fût guérie.

— Fort bien, dit la petite Mengette, mais c'est un fou furieux, ma mie. Quelles que soient ses inclinations, sa gratitude et son affection pour toi, rien ne compte plus dès lors qu'il devient enragé. Tu as couru un trop grand danger.

— Bien sûr, renchérit le Tournesol. Ne t'a-t-il pas menacée de sa hache ?

— Oui…

— Ne t'a-t-il pas menacée plus d'une fois ?

— Oui…

— Et tu n'as pas eu peur ?

— Non… enfin, pas trop… Un tout petit peu.

— Et pourquoi n'as-tu pas eu peur ?

Jeannette réfléchit un moment, puis répondit très simplement :

— Je ne sais pas…

Tout le monde éclata de rire. Le Tournesol nous fit observer que c'était un peu comme un agneau qui se demanderait, mais en vain, comment il en était arrivé à manger le loup.

— Pourquoi ne t'es-tu pas enfuie avec nous ? lui demanda Cécile Letellier.

— Parce qu'il fallait bien le ramener à sa cage, sinon il aurait fini par tuer quelqu'un. Alors, c'est aussi à lui-même qu'il aurait fait du tort.

Notons que cette réponse, qui prouve que Jeanne ne tenait aucun compte du danger qu'elle courait pour ne penser et n'agir qu'en vue de la protection des autres, ne provoqua pas le moindre commentaire de la part d'aucun d'entre nous. Elle fut admise par tous comme une évidence. Cela montre à quel point le caractère de Jeanne était déjà affirmé, et sa réputation solidement établie.

Il y eut un moment de silence. Peut-être pensions-nous à la même chose : quelle piètre figure nous faisions, dans cette mésaventure, en comparaison de Jeannette ! Pour ma part, je tentai vainement de trouver quelque justification à ma fuite éperdue, qui me fit abandonner une fillette à la merci d'un fou dangereux armé d'une hache, mais les explications qui me vinrent à l'esprit me parurent si dérisoires que j'abandonnai et préférai me taire. D'autres n'eurent pas cette sagesse. Noël Rainguesson s'agita un moment avant d'accoucher d'un commentaire révélateur du fond de sa pensée :

— En fait, j'ai été pris par surprise. C'est l'unique raison. Si j'avais eu le temps de réfléchir, je n'aurais pas davantage songé à fuir que si je m'étais trouvé face à un nouveau-né. Après tout, pourquoi devrions-nous avoir peur de Théophile Benoît ? Bah ! quelle idée de craindre ce pouilleux ! Si seulement il se représentait devant nous maintenant, je lui ferais voir de quel bois je me chauffe…

— Et moi, donc ! affirma Pierre Morel. Je le ferais grimper à cet arbre en moins de temps qu'il n'en faut pour le dire ! Prendre les gens par surprise comme ça, quelle honte ! Du reste, je ne voulais pas réellement m'enfuir, je veux dire courir pour de vrai ; c'était pour rire. Quand j'ai vu Jeannette face à cet individu qui la menaçait, je me suis retenu à grand-peine de lui courir sus et de le mettre en pièces. Ce n'était certes pas l'envie qui m'en manquait ! Si c'était à refaire, je vous assure que je n'hésiterais pas ! Qu'il revienne me narguer, un peu, pour voir, je lui montrerai…

— Foutaises ! interrompit le Paladin d'un ton méprisant. À vous entendre, on croirait qu'il faut un héroïsme prodigieux pour affronter et terrasser cette loque humaine. Fi donc ! J'affirme qu'il n'y a pas grand mérite à l'affronter. Donnez-m'en une centaine dans son genre, et j'en fais mon affaire. Qu'il s'avise de revenir dans les parages, un peu, pour voir ! J'irai à sa rencontre, aussi vrai que je vous parle, je le fixerai dans le blanc des yeux – il pourra toujours me menacer de sa hache que je m'en moquerai comme d'une guigne –, et je lui dirai…

Et il se mit à pérorer de long en large sur les courageux propos qu'il tiendrait et les fabuleux exploits qu'il réaliserait ; et les autres de surenchérir, à intervalles, avec les détails des prouesses sanglantes qu'ils ne manqueraient pas d'accomplir pour peu que ce forcené eût la malencontreuse idée de croiser à nouveau leur chemin. La prochaine fois, ils se tiendraient prêts à lui administrer une sévère leçon ! Si cet énergumène s'imaginait qu'il allait pouvoir les surprendre une seconde fois parce qu'il avait réussi à le faire une première, il se trompait lourdement !

C'est ainsi qu'ils finirent par recouvrer leur dignité perdue. Ils en rajoutèrent même quelque peu. En effet, quand notre assemblée se dispersa, ils avaient tous une bien plus haute opinion de leur petite personne qu'ils n'en avaient jamais eue auparavant.

5

Paisibles et agréables, les jours heureux de notre jeunesse s'écoulaient sans incident majeur, du moins en règle générale. Nous vivions, en effet, à l'écart du théâtre des combats. Cependant, de temps à autre, des bandes de maraudeurs s'aventuraient à proximité et il nous arrivait d'apercevoir, au loin, des rougeoiements sinistres qui embrasaient le ciel nocturne, témoins de l'incendie de fermes ou de villages. Nous savions, ou du moins pressentions tous qu'un jour ou l'autre l'une de ces hordes nous rendrait visite ; notre tour viendrait alors d'en subir les brutalités. Cette sourde menace pesait sur notre moral. Deux ans après le traité de Troyes, ce péril s'était terriblement aggravé.

Cette année-là fut désastreuse pour la France. Un soir, nous revenions de l'une de ces rixes qui, à l'occasion, nous opposaient à nos ennemis exécrés, les garçons bourguignons du village de Maxey ; ceux-ci venaient de nous étriller ; meurtris et démoralisés, nous profitions de l'obscurité pour franchir le gué vers notre rive quand nous entendîmes sonner le tocsin. Courant à perdre haleine, nous déboulâmes sur la place du hameau, noire de villageois excités ; les torches fumantes projetaient sur la scène des lueurs sinistres.

Sur les marches de l'église se tenait un étranger, un prêtre bourguignon ; il haranguait nos gens et leur assenait de terribles nouvelles dont la teneur provoquait moult pleurs, lamentations, cris de rage et jurons : notre vieux roi fou venait, semble-t-il, de décéder et, de ce fait, nous-mêmes, la France et la Couronne étions devenus la propriété d'un nourrisson anglais qui somnolait dans son berceau de Londres ; nous devions, disait-il, prêter serment d'allégeance à cet enfançon, et devenir ses fidèles et loyaux serviteurs ; en contrepartie, nous allions enfin bénéficier d'un gouvernement fort et stable ; quant aux armées anglaises, elles n'allaient pas tarder à se mettre en route pour leur dernière campagne, qui serait brève, car il ne leur restait à soumettre que les quelques arpents de terre du pays demeurés obstinément fidèles à cette guenille rarement aperçue et quasiment oubliée : la bannière de France.

Nos gens fulminaient et vociféraient à son encontre ; une bonne douzaine d'entre eux tendaient un poing menaçant dans sa direction par-dessus une houle de visages furibonds, éclairés par le brasillement des torches ; la scène créait une impression de violence et de sauvagerie ; le prédicateur y tenait le premier rôle car il affrontait les regards assassins et l'ire de l'assistance en affichant la plus flegmatique et hautaine indifférence ; il suscitait l'envie furieuse de le brûler en place publique, mêlée à un sentiment confus d'admiration pour son imperturbable sang-froid. Sa conclusion fut des plus effrontées. Il raconta à nos gens comment, aux funérailles du vieux roi, le connétable de France avait brisé son bâton de commandement sur le cercueil de « Charles VI et de sa dynastie », en clamant haut et fort : « Vive notre souverain seigneur Henry, roi de France et d'Angleterre ! » Puis le scélérat eut l'audace de nous inviter à approuver cette trahison en chantant, en chœur, avec lui, un amen enthousiaste !

Blancs et muets de rage, ses auditeurs rongeaient leur frein. Mais Jeannette, qui se tenait au premier rang, le regarda bien en face et lui lança, avec une sobre ferveur :

— Plût au Ciel que ta tête soit décollée de ton corps !

Elle marqua une pause, puis ajouta en se signant :

— Si telle est, toutefois, la volonté de Dieu…

L'épisode est mémorable, car ce furent là les seuls propos durs et sévères que Jeanne ait jamais prononcés de toute son existence. Quand je vous aurai conté les épreuves, les vilenies et les persécutions qu'il lui a fallu endurer, vous serez émerveillés à la pensée qu'elle se soit contentée, sa vie durant, de cette unique expression d'amertume.

À la suite de ces nouvelles désastreuses, le tocsin ne cessa de sonner car les hordes de pilleurs sévissaient quasiment sur le seuil de nos portes ; nous restions sur le qui-vive, cependant, jusqu'ici, les attaques en règle nous avaient épargnés.

Mais, au printemps de l'an 1428, l'inévitable finit par arriver. Au plus profond d'une nuit sans lune, les Bourguignons attaquèrent en faisant grand fracas ; nous nous enfuîmes à toutes jambes, dans un grand désordre, en direction de Neufchâteau ; tout le monde s'évertuait à rester en tête de la cohue, provoquant une bousculade qui paralysait nos mouvements. Seule Jeannette conserva son sang-froid ; assumant le commandement, elle rétablit l'ordre dans ce chaos. Elle s'affaira tant et si bien, faisant montre d'autorité, de promptitude et d'esprit de décision, que, très vite, notre fuite éperdue se mua en une retraite calme et ordonnée. Avouez que, pour une si jeune personne et une fille, de surcroît, ce fut là un bel accomplissement.

Elle avait seize ans. Gracieuse et harmonieusement proportionnée, elle était d'une beauté si frappante que, quelques hyperboles que j'utilise pour la décrire, je serai encore au-dessous de la réalité. La douceur, la sérénité et la pureté de son visage reflétaient la profonde spiritualité de sa nature. Jeanne était fort pieuse. Cette qualité donne souvent un air mélancolique à l'expression d'une personne, mais ce n'était pas du tout le cas chez elle. Sa foi religieuse ne lui procurait que du plaisir et de la joie ; l'inquiétude et la souffrance se peignaient parfois sur son visage et modifiaient son comportement, mais seul le triste sort de son pays les inspirait ; la religion n'y était pour rien.

Le gros du village avait été détruit. Quand nous avons pu y revenir en sécurité, nous avons découvert quel sort funeste les populations des diverses régions de France avaient subi pendant tant d'années, voire des décennies. Pour la première fois, nous découvrions les restes calcinés de nos maisons détruites et, au hasard des ruelles et allées, les cadavres épars de pauvres bêtes, massacrées sans pitié, parmi lesquels des agnelets et des petits veaux qui avaient été les animaux familiers des enfants ; quelle douleur de voir ces derniers se lamenter de leur perte !

Et puis les impôts, toujours plus d'impôts ! Cette pensée nous hantait tous. L'état désastreux de notre commune allait alourdir un fardeau déjà trop pesant ; les visages s'assombrissaient à cette idée.

— Verser des impôts, fit remarquer Jeanne, alors qu'il n'y a plus rien pour les payer, c'est ce que le reste de la France a dû faire durant toutes ces années. Cette épreuve nous avait été épargnée, mais nous allons devoir la subir maintenant.

Elle poursuivit sur ce sujet, qui lui tenait visiblement à cœur au point de constituer l'essentiel de ses préoccupations.

C'est alors que nous découvrîmes un affreux spectacle : Benoît le Fol, tailladé et poignardé à mort, gisait dans une mare de sang, prisonnier de sa cage de fer, à l'angle de la place du village ! La scène était horrible à voir. C'était la première fois que nous autres, jeunes gens, étions mis en présence d'un homme qui avait péri de mort violente. Son cadavre, tel un pantin désarticulé, exerçait sur nous une fascination morbide ; nous ne pouvions en détacher nos regards. Je tiens à préciser qu'il exerçait cette fascination sur nous tous, à l'exception notable de Jeanne. Horrifiée, elle détourna aussitôt les yeux et refusa farouchement de s'en approcher par la suite.

Voilà un rappel frappant que nous ne sommes que des créatures régies par nos us et coutumes ; un rappel aussi que le destin nous traite parfois avec une injuste rigueur. En effet, le sort n'avait-il point ordonné que ceux d'entre nous que la vue d'un cadavre mutilé et ensanglanté fascinait le plus allaient jouir d'une existence paisible, tandis que celle qui, d'emblée, en avait éprouvé une profonde répulsion, allait devoir en affronter le spectacle quotidien, voire familier, sur le champ de bataille ?

Comme vous pouvez l'imaginer, nous ne manquions pas de matière à discussions, à présent. Le raid sur notre village était en effet devenu, de très loin, l'événement le plus dramatique qui fût jamais survenu dans le monde. Nos paysans rustauds avaient cru naïvement percevoir la gravité de certains événements précédents, d'une portée mondiale, dont la notion avait filtré à grand-peine jusqu'à leurs esprits embrumés, mais, en vérité, il n'en était rien. Une simple épreuve, dure à avaler, certes, mais plutôt banale, survenue sous leurs yeux et ressentie dans leur chair, prit aussitôt une dimension plus prodigieuse que les épisodes les plus marquants de l'histoire universelle dont ils avaient eu connaissance par ouï-dire. Le souvenir des protestations indignées de nos anciens m'amuse encore. Ils geignaient et fulminaient de belle manière.

— Fichtre, commenta le vieux Jacques d'Arc, nous voilà dans de beaux draps ! Le roi doit en être informé sur-le-champ. Il serait grand temps qu'il cesse de rêvasser et de fainéanter pour se mettre au travail.

Il parlait de notre jeune roi, Charles VII, déshérité, traqué et en fuite.

— Voilà qui est bien dit ! renchérit notre maire. Il faut qu'il l'apprenne sur l'heure ! C'est une honte que soient tolérés de tels agissements ! Quoi ? Nous ne serions plus en sécurité dans nos propres lits tandis que Sa Majesté se pavane tout à son aise ? Nous le ferons savoir, c'est moi qui vous le dis : la France entière l'apprendra !

À les entendre, les milliers de rapines et d'incendies qui, jusqu'ici, avaient ravagé la France n'étaient que broutilles en comparaison de la tragédie survenue ici, promue soudain au rang de seul et unique forfait d'importance. Il en est souvent ainsi : les belles paroles suffisent pour soulager les misères du voisin, mais dès lors que le malheur nous frappe personnellement, il devient urgent que le roi s'éveille et agisse.

Bien entendu, cet événement ne manqua pas d'alimenter aussi nos conversations, à nous autres, jeunes gens. Nos bavardages ne tarissaient pas tandis que nous faisions paître les troupeaux. Nous commencions à prendre de l'assurance. Je venais d'avoir dix-huit ans et les autres étaient mes aînés de un à quatre ans. Nous entrions dans l'âge adulte.

Un jour, le Paladin, avec son outrecuidance habituelle, se lança dans une critique acerbe des chefs de guerre les plus célèbres du royaume de France :

— Tiens ! Prenez Dunois, le Bâtard d'Orléans… Tu parles d'un général ! Qu'on me mette à sa place, juste une fois… Qu'importe ce que je ferais, ce n'est pas à moi de me vanter. Les cancans ne sont pas mon fort. J'agis et je laisse les bavardages aux autres. Mais qu'on me donne son rang, pour voir, juste une fois, cela suffira ! Quant à Xaintrailles… Pouah ! et ce fanfaron de La Hire… Tu parles d'un général !

Entendre traiter ces grands noms avec une telle désinvolture nous choqua profondément. À nos yeux, ces fameux soldats apparaissaient comme des demi-dieux que notre imagination auréolait d'une splendeur surhumaine ; leur ombre titanesque et terrifiante planait sur nos têtes. Il nous semblait impossible de commérer à leur sujet comme s'il s'agissait de simples mortels dont les actions pouvaient prêter flanc à la critique. Le visage de Jeanne vira au pourpre. Elle rétorqua :

— Je m'étonne que quiconque ose parler de façon aussi cavalière de ces hommes sublimes, qui sont les vivants piliers de la monarchie française, qui la soutiennent de toute leur force et la préservent, chaque jour que Dieu fait, au prix de leur propre sang. Quant à moi, je tiendrais pour un insigne honneur que l'on m'accordât le privilège de les contempler, ne serait-ce qu'une fois dans ma vie – de loin, bien sûr, car il ne sied point à mon humble condition de trop les approcher.

Ces propos décontenancèrent un peu le Paladin, qui voyait bien, à l'expression de nos visages, que Jeanne n'avait fait que formuler à voix haute les pensées de chacun. Mais sa vanité reprit le dessus et il renouvela ses critiques. Jean, le frère de Jeanne, l'interrompit :

— Si nos capitaines ne te satisfont pas, qu'est-ce qui t'empêche de t'engager toi-même dans la grande guerre pour prouver que tu peux faire mieux qu'eux ? Tu parles sans cesse de t'enrôler, mais tu ne le fais pas.

— Facile à dire, rétorqua le Paladin. Je vais vous le dire, moi, pourquoi je reste ici à me morfondre dans un pacifisme béat qui répugne à ma nature profonde. Je ne m'engage pas parce que je ne suis pas de la noblesse, voilà tout ! C'est l'unique raison. Dans un conflit de cette nature, que peut faire un simple soldat ? Rien ! Il ne peut ni se distinguer du lot commun ni sortir des rangs. Si j'étais noble, pensez-vous que je serais encore ici ? Pas une minute de plus. Je pourrais sauver la France – ah ! riez tant que vous voudrez, mais je me connais bien, allez ! Je sais ce que je vaux sous mes oripeaux de paysan. Je puis sauver la France, je vous le dis, et je suis prêt à le faire, mais pas dans les conditions présentes. S'ils me veulent, qu'ils viennent me chercher ; sinon, qu'ils en paient les conséquences. Je ne m'engagerai que si on me nomme officier.

— Las ! pauvre France ! la France est perdue ! ironisa Pierre d'Arc.

— Au lieu de te gausser des autres, pourquoi ne pas t'engager toi-même, Pierre d'Arc ?

— Oh, mais on ne m'a rien demandé, à moi non plus, et je ne suis pas plus noble que toi. Je m'enrôlerai néanmoins, promis juré ! Je servirai comme simple piéton, sous tes ordres, dès qu'on t'aura nommé capitaine.

Un éclat de rire général salua ces paroles.

— Si vite ? demanda la Libellule. Alors tiens-toi prêt à le faire. Tu seras peut-être appelé avant cinq ans, qui sait ? Je suis prêt à parier que tu partiras pour la guerre dans les cinq ans qui viennent.

— Il y sera bien avant, dit Jeanne.

Elle prononça ces mots à voix basse et d'un ton songeur, mais nous fûmes plusieurs à l'entendre.

— Comment le sais-tu, Jeanne ? fit la Libellule d'un air surpris.

Jean d'Arc le coupa :

— J'aimerais bien y aller, moi aussi, mais je suis trop jeune. J'attendrai, et j'irai avec le Paladin quand on le fera quérir.

— Non, murmura Jeanne, il partira avec Pierre.

Elle avait le ton de quelqu'un qui, sans s'en douter, se parle tout haut à lui-même. Nul, hormis moi, ne l'entendit. Je lui jetai un coup d'œil et vis que ses aiguilles à tricoter gisaient immobiles dans ses mains ; son visage affichait un air rêveur et absent ; ses lèvres remuaient furtivement, comme si elles prononçaient des bribes de phrases, mais aucun son n'en sortait ; j'étais pourtant assis à côté d'elle, mais je n'entendais rien. Je n'en tendis pas moins l'oreille car ces deux remarques m'avaient étrangement remué. Je suis en effet superstitieux de nature : un détail mystérieux ou insolite me trouble aisément.

Noël Rainguesson intervint :

— Il y a bien un moyen qui donnerait à la France une planche de salut. Puisque l'un d'entre nous appartient à la noblesse, je propose que le Savant échange son nom et son rang avec le Paladin, ce qui lèvera l'obstacle interdisant à ce dernier de devenir officier. Ainsi, la France pourra l'enrôler et il flanquera la vermine anglaise et bourguignonne à la mer.

Le Savant, c'était moi. On m'avait ainsi surnommé parce que je savais lire et écrire. L'approbation fut générale.

— Si fait ! renchérit le Tournesol. Le problème est résolu. Le sieur de Conte ne peut qu'approuver. Il fera campagne derrière le capitaine Paladin et il tombera très vite au champ d'honneur, couvert de la gloire posthume réservée au simple soldat.

— Il marchera avec Jean et Pierre, murmura Jeanne, et il vivra bien après que le souvenir de ces guerres aura disparu des mémoires. À la onzième heure, Noël et le Paladin les rejoindront, mais contre leur gré.

Sa voix était si basse que je ne saurais jurer que ce furent là ses paroles exactes, mais c'est ce qu'il me sembla entendre. J'en eus la chair de poule.

— Allons, poursuivit Noël, tout est arrangé ! Nous n'avons qu'à nous engager sous la bannière du Paladin, partir en campagne et sauver la France. Qui s'engage ?

Tous répondirent à l'appel, hormis Jacques d'Arc :

— Je vous demande pardon ! C'est bien beau de parler de la guerre, et je suis de tout cœur avec vous, mais, moi qui ai toujours cru que j'irais guerroyer un jour, je dois avouer que la vue de notre village incendié et de ce pauvre fou coupé en morceaux et baignant dans son sang m'a convaincu que je ne suis pas fait pour endurer ce genre d'activité et de spectacle. Je ne me sens pas à l'aise dans ce métier. Affronter épées et bombardes, risquer de périr de mort violente, non merci ! Très peu pour moi. En outre, je suis le fils aîné, le plus proche du soutien de la famille. Puisque vous emmenez Jean et Pierre avec vous, quelqu'un doit rester ici pour protéger Jeannette et sa benjamine. Je garderai la maisonnée et finirai mes vieux jours en paix.

— Il restera chez nous, mais il ne vieillira point, murmura Jeanne.

Nos bavardages se poursuivirent dans cette insouciante gaieté qui est l'apanage de la jeunesse. Nous obtînmes sans peine du Paladin qu'il nous exposât sa stratégie : comment il entendait mener ses campagnes, diriger ses batailles, remporter ses victoires, exterminer les Anglais, placer notre roi sur son trône et poser la couronne sur son chef royal. Nous le priâmes alors de nous révéler ce qu'il avait l'intention de répondre au roi quand ce dernier lui demanderait ce qu'il souhaitait recevoir en récompense. Le Paladin, qui avait déjà tout prévu, répondit aussitôt :

— Je me contenterai d'un duché, et le roi me désignera premier pair de la Couronne et connétable de France.

— Il te donnera aussi la main d'une princesse… L'aurais-tu oublié ?

Le Paladin rougit.

— Qu'il garde sa princesse, répondit-il. Je puis trouver épousailles plus à mon goût.

Il pensait à Jeanne, mais, à l'époque, nul ne s'en doutait. Sinon, nous aurions tourné sa vanité en ridicule. Il n'y avait pas un seul homme, dans tout le village, qui fût digne de Jeanne d'Arc. Nous lui aurions enfoncé cette évidence dans le crâne.

Ce fut à notre tour de décrire la récompense que nous demanderions au roi si, à la place du Paladin, nous avions accompli les hauts faits que ce dernier se vantait de réaliser. Nos réponses étaient des plus burlesques, chacun d'entre nous renchérissant sur son prédécesseur dans la demande de gratifications toutes plus extravagantes les unes que les autres. Arriva le tour de Jeanne. Nous dûmes l'arracher à ses rêveries et lui expliquer de quoi il en retournait car, toute au vagabondage de ses pensées, elle n'avait rien entendu de nos dernières facéties. Elle prit notre question au sérieux et y répondit en conséquence. Après mûre réflexion, elle nous dit gravement :

— Si le gracieux dauphin avait la bonté et la noblesse de me requérir : « À présent que nous voilà riche et rétabli sur le trône de France, quels que soient tes désirs, nomme-les, ils seront exaucés ! » je le prierais, à genoux, de donner ordre que notre village fût à jamais exempté d'impôts.

Ce fut dit avec une simplicité si touchante, venue tout droit du cœur, que nos rires s'éteignirent, nous laissant tout songeurs. Nous n'avons pas ri. Plus tard, le souvenir des paroles de Jeanne allait nous revenir en mémoire, avec un sentiment de fierté nostalgique ; et nous fûmes soulagés et heureux de n'avoir point ri, d'avoir su percevoir l'honnêteté intrinsèque de ces mots. Car, tous, nous avions été les témoins de la fidélité avec laquelle Jeanne avait tenu parole, ne demandant au roi, à l'heure des récompenses, que cette ultime faveur et refusant le plus infime présent pour elle-même.

6

Durant sa tendre enfance et jusqu'au milieu de sa quatorzième année, Jeannette était demeurée la fillette la plus vive et la plus gaie de tout le village, avec sa démarche bondissante, son rire espiègle et contagieux. Cette qualité, jointe à une nature chaleureuse, doublée d'un comportement franc et énergique, faisait d'elle la mascotte incontestée de tout le hameau. Son amour pour la patrie était tel que les nouvelles de la guerre assombrissaient parfois son enthousiasme ; elles lui brisaient le cœur et lui faisaient même venir les larmes aux yeux ; mais la tristesse ne durait guère, la gaieté revenait et sa nature enjouée reprenait le dessus.

Or, depuis un an et demi, la gravité dominait ; elle n'était pas à proprement parler mélancolique, mais plutôt pensive, distraite et rêveuse. Le sort de la France lui pesait sur le cœur d'un trop lourd fardeau. C'était, je le savais, ce qui la tourmentait, mais les autres attribuaient sa distraction à une tendance à la religiosité. Bien qu'elle ne partageât pas ses pensées avec tout le village, elle ne m'en livrait pas moins quelques aperçus, ce qui me permettait de savoir, mieux que les autres, ce qui l'absorbait.

Plus d'une fois, l'idée me traversa qu'elle détenait un secret, un secret qu'elle gardait jalousement par-devers elle, se défiant de moi comme des autres. L'idée m'en était venue car il lui était arrivé, à plusieurs reprises, au beau milieu d'une phrase, de s'interrompre et de changer brusquement de sujet alors qu'elle était visiblement sur le point de révéler quelque chose. Ce secret, je n'allais pas tarder à le connaître, mais, pour l'heure, il était encore trop tôt.

Le lendemain du jour où avait eu lieu la conversation que je viens de vous mentionner, je me trouvais avec Jeannette dans les pâturages et nous discutions, comme d'habitude, de la France. Pour la ménager, je m'étais jusqu'ici interdit d'en parler autrement qu'avec optimisme, ce qui revenait à mentir, car il ne restait décidément pas le moindre lambeau d'espoir auquel s'accrocher pour croire en la pauvre France. Mais cela me peinait de lui mentir. J'éprouvais de la honte à la tromper, elle qui était pure comme neige, incapable du moindre mensonge, de la moindre tricherie, au point de ne pouvoir soupçonner pareille bassesse chez les autres. Je me résolus donc à lui dire dorénavant la vérité, à tout lui révéler, à ne plus l'insulter davantage en lui contant des fariboles. Je m'engageai fermement sur la voie de cette résolution – après avoir débuté par un petit mensonge, tant est grande la force de l'habitude, vaine la prétention de s'en débarrasser en la jetant par la fenêtre, et préférable le souci de l'amadouer peu à peu – en lui tenant le discours suivant :

— Jeanne, la nuit dernière, après avoir mûrement réfléchi, je suis parvenu à la conclusion que nous nous sommes trompés tout du long. La France se débat dans une situation désespérée ; c'était déjà le cas après Azincourt, mais, aujourd'hui, la situation a empiré, elle est même tout simplement perdue.

Il me fut impossible de la regarder en face en prononçant ces mots. C'était au-dessus de mes forces.

Je me sentais honteux de lui briser ainsi le cœur, de fouler aux pieds ses espérances par un discours brutal et dénué de compassion. Quand j'eus terminé, je me sentis néanmoins libéré d'un fardeau ; ma conscience ainsi soulagée, je trouvai le courage de regarder son visage pour voir sa réaction.

Je n'en vis aucune. En tout cas, pas celle que je craignais. Tout au plus, une trace imperceptible d'étonnement voila brièvement son regard. Elle se contenta de me demander, d'un ton neutre :

— La France, un cas désespéré ? D'où tiens-tu cela, dis-moi ?

Il est toujours encourageant de découvrir que des propos qui risquaient de blesser une personne pour laquelle vous éprouvez de l'estime n'ont rien endommagé ! Soulagé, à présent, je pouvais lui livrer le fond de ma pensée, sans honte ni retenue. Je poursuivis :

— Faisons un moment abstraction de nos sentiments et de nos illusions patriotiques et regardons la vérité en face. Que voyons-nous ? La réalité s'étale sous nos yeux avec la brutale clarté des chiffres d'un livre de comptes. Il n'y a qu'à additionner les deux colonnes de chiffres pour constater que la maison France a fait banqueroute : le shérif anglais jouit de la propriété de la moitié de ses biens et l'autre moitié n'appartient à personne – à l'exception des fiefs de quelques routiers et chefs de bandes qui ne prêtent allégeance à personne. Notre roi, calfeutré en compagnie de ses maîtresses et de ses bouffons, plongé dans l'oisiveté, avili par une indigence déshonorante, se cache au milieu d'un minuscule lopin de terre du royaume, une sorte de terrain vague, si je puis dire. Il n'y exerce aucune autorité, ni là ni ailleurs, il ne possède pas un sou vaillant et ne commande aucune armée. Il ne combat pas, il n'a pas l'intention de combattre, il n'entend pas résister davantage. À la vérité, il n'a qu'une idée en tête : tout abandonner, jeter sa couronne aux orties et s'enfuir en Écosse. Voilà les faits. Sont-ils exacts ?

— Ils le sont.

— C'est bien ce que je te disais : à partir d'une simple addition, on obtient un total d'une aveuglante clarté.

Elle me demanda alors d'un ton calme et anodin :

— Quel total ? Que la France est un cas désespéré ?

— Forcément ! Les faits sont là, le doute n'est pas permis.

— Comment peux-tu dire une chose pareille ? Comment peux-tu éprouver un sentiment pareil ?

— Comment le puis-je ? Mais comment pourrais-je penser ou sentir autrement ? Jeanne, devant la fatalité de ces chiffres éloquents, as-tu encore le moindre espoir, un espoir réel et véritable, pour la France ?

— Un espoir ? Oh, mais c'est bien plus fort que cela ! La France gagnera sa liberté et la conservera. N'en doute point.

Il me parut que la clarté coutumière de son esprit devait être un peu embrumée, ce jour-là. Il devait en être ainsi car, autrement, l'évidence même des chiffres lui aurait sauté aux yeux. Si je les rassemblais de nouveau en bon ordre, elle y verrait peut-être un peu mieux :

— Jeanne, ton cœur, rempli d'adoration pour la France, est en train de duper ta tête. Tu ne perçois pas l'importance de ces chiffres. Tiens ! je vais te les dessiner sur le sol à l'aide de ce bâton. Voici en gros le pourtour de la France. En son milieu, d'est en ouest, je trace un fleuve.

— Oui, la Loire.

— Maintenant, regarde : la totalité de la partie nord du pays est entre les griffes des Anglais...

— Absolument.

— … tandis que cette moitié sud n'appartient à personne en particulier, selon l'aveu même de notre roi, qui n'envisage pas d'autre solution que de déserter et de se réfugier en terre étrangère. L'Angleterre y maintient des armées ; elle n'y rencontre aucune opposition sérieuse ; elle peut s'en emparer quand bon lui semble. En vérité, toute la France s'en est allée, la France est perdue, la France a cessé d'être. Ce qui fut jadis la France n'est plus, à présent, qu'une province anglaise. N'est-ce point vrai ?

Jeanne me répondit d'une voix basse, teintée d'émotion, mais claire :

— Oui, c'est ma foi vrai.

— Bien. Maintenant, ajoutons ce détail concluant pour compléter le tableau : depuis combien de temps les soldats français n'ont-ils pas remporté de victoire ? J'entends bien les Français… car les Écossais, eux, qui combattent sous la bannière de France, se sont sortis avec honneur d'une ou deux escarmouches, il y a assez longtemps. Depuis Azincourt, où, il y a une douzaine d'années, huit mille Anglais ont écrasé soixante mille Français, la bravoure de la France est paralysée. La plaisanterie la plus courante, aujourd'hui, consiste à dire qu'il suffit de cinq soldats anglais pour faire fuir cinquante soldats français.

— C'est grande pitié, mais malheureusement vrai.

— Alors, le temps de l'espoir n'appartient-il pas au passé ?

Je me disais que l'affaire était conclue, à présent. J'étais persuadé que Jeanne ne pouvait pas refuser plus longtemps de regarder l'évidence en face ; qu'elle admettrait qu'en effet l'espoir n'était plus permis. Mais – et quelle ne fut pas ma déception ! – je me trompais lourdement. Elle me répondit, d'un ton parfaitement assuré :

— La France se relèvera. Tu verras !

— Se relever... ? Comment le pourrait-elle avec le fardeau écrasant de toutes ces armées anglaises sur le dos ?

— Elle s'en débarrassera ! Elle les foulera aux pieds ! rétorqua-t-elle d'un ton vif.

— Sans l'aide du moindre soldat ?...

— Les tambours battront le rappel. Les soldats répondront. Et ils marcheront.

— Oui, à reculons, comme d'habitude...

— Non, de l'avant ! encore de l'avant ! toujours de l'avant ! tu verras.

— Et notre roi indigent ?

— Il montera sur le trône et il sera couronné !

— Eh bien, en voilà une bien bonne ! j'en ai la tête qui me tourne. À t'en croire, d'ici trente ans, la domination anglaise aura été rompue et la tête du monarque français coiffée d'une vraie couronne de souverain...

— Ces deux choses seront accomplies avant que deux ans ne soient écoulés.

— À la bonne heure ! et qui, s'il te plaît, accomplira ces sublimes impossibilités ?

— Dieu.

La note était basse, respectueuse, mais elle sonnait clair.

D'où Jeanne tenait-elle ces idées singulières ? La question me hanta pendant deux ou trois jours. Je songeai naturellement à quelque forme de folie, car comment expliquer autrement ces étrangetés ? La profonde pitié que lui inspirait le sort misérable de la France avait dû bouleverser la stabilité de son esprit, hanté par toutes sortes de pensées morbides et insolites. C'était la seule explication possible.

Mais, plus je l'observai, moins mon explication me semblait valide. Son regard était clair et serein, son comportement naturel, ses propos directs, francs et cohérents. Sa vive intelligence restait toujours, et de loin, la plus fine et la plus sûre de tout le village. Elle continuait à penser pour les autres, à prévoir pour les autres, à se consacrer aux autres, comme auparavant. Elle persistait à soigner les malades et à distribuer provende aux miséreux ; elle se montrait toujours disposée à céder sa couche au vagabond de passage et à se contenter du sol en guise de paillasse. Elle détenait bien un secret, mais aucune forme de démence n'en était la clef. C'était clair.

Cette clef n'allait pas tarder à me venir entre les mains. Je vous dirai comment. Ce qui suit est connu du monde entier, mais c'est la première fois que vous entendrez un témoin oculaire vous le conter de vive voix.

Un beau jour – le 15 mai 1428, exactement –, je redescendais de la colline en direction du hameau. Parvenu en lisière de la chênaie, je m'apprêtais à passer en terrain découvert dans la prairie où se dresse le hêtre sacré. Avant de m'aventurer, je hasardai un coup d'œil alentour quand je fis un bond en arrière pour rester dans la pénombre des sous-bois. J'avais en effet aperçu Jeannette ; je décidai sur-le-champ de lui jouer une plaisante surprise. Songez-y : une pensée aussi triviale ne précéda que d'un cheveu un événement qui était destiné à perdurer à jamais dans notre mémoire collective, à travers d'innombrables historiettes et chansons.

Le temps était couvert. Une pénombre douce et protectrice s'étendait sur le tertre verdoyant au milieu duquel s'élevait l'Arbre aux fées. Jeanne était assise sur le siège naturel formé par les entrelacs de ses racines puissantes et noueuses. Les mains entrouvertes de la jeune fille reposaient l'une dans l'autre sur ses genoux. Sa tête était légèrement inclinée. Elle paraissait égarée dans ses songes, plongée dans ses rêveries, inconsciente d'elle-même et du monde. C'est alors que j'aperçus une chose des plus étranges : une ombre blanche qui glissait lentement au-dessus des hautes herbes en direction de l'Arbre. Ample en était la forme – comme une immense traîne ailée –, et la blancheur de cette ombre ne ressemblait à aucune autre blancheur connue, à l'exception peut-être de celle de l'éclair ; mais l'éclair lui cède en intensité car on peut le regarder en face sans danger pour la vue, tandis que cette clarté m'aveuglait au point de me faire mal aux yeux et de les inonder de larmes. D'instinct, je me hâtai de me décoiffer car, de toute évidence, je me trouvais devant quelque chose qui n'appartenait pas à notre monde. Mon souffle se fit court et ténu : la terreur et la stupéfaction m'étreignaient.

Autre phénomène étrange : alors que, jusqu'ici, les bois étaient restés silencieux, comme frappés par la profonde immobilité qui survient quand une nuée orageuse plonge la forêt dans l'obscurité et que les bêtes sauvages se tapissent, muettes d'inquiétude, tout à coup, tous les oiseaux, ensemble, à l'unisson, se mirent à chanter avec une joie éclatante qui exprimait un bonheur extatique et inexplicable ; c'était tellement touchant et éloquent qu'il ne pouvait s'agir, à l'évidence, de la part de ces créatures, que d'un acte d'adoration. Aux premières notes lancées par les oiseaux, Jeanne se jeta aussitôt à genoux, ploya la tête et se croisa les mains sur la poitrine.

Elle n'avait pas encore vu l'ombre qui s'avançait. Les chants des oiseaux auraient-ils averti Jeanne de sa venue ? Cela m'en avait tout l'air. En ce cas, ce n'était certainement pas la première fois que le phénomène se produisait. Oui, cela ne faisait aucun doute.

L'ombre approchait lentement de Jeanne. Elle l'effleura délicatement de son extrémité, plana au-dessus d'elle, l'enveloppa de sa splendeur. Nimbé de cette lumière surnaturelle, le visage de Jeanne, paré jusqu'ici d'une beauté simplement humaine, se fit divin. Dans la gloire de cette apothéose, ses humbles vêtements de paysanne se transfigurèrent en une parure solaire telle qu'en revêtent les enfants du Seigneur que l'on voit se presser sur les gradins du Trône, dans nos rêves et nos imaginations.

Jeanne se leva. Debout, la tête légèrement inclinée, les bras le long du corps, le bout des doigts délicatement enlacés devant sa robe, baignée dans cette merveilleuse lumière, dont elle ne paraissait pas soupçonner l'existence, elle semblait à l'écoute – mais moi, je n'entendais rien. Peu après, elle leva la tête, comme pour contempler le visage d'un géant, puis, elle joignit les mains et les tendit très haut, dans un geste d'imploration. Elle se mit à supplier. J'ouïs des bribes de phrases :

— Mais je suis trop jeune ! oh, si jeune encore pour quitter ma mère et mon foyer, et partir dans le monde inconnu y entreprendre si grande tâche ! Ah ! comment pourrai-je parler aux gens d'armes, comment partager leur compagnie ? Ce sont de rudes soldats ! Ils me couvriront d'insultes, ils me molesteront, ils feront de moi un objet de risée et de mépris. Comment irai-je à la grande guerre et commanderai-je aux armées ? Moi, une simple fille, ignorante de tout, ne sachant rien du métier des armes, ni comment me tenir à cheval, ni chevaucher ? Cependant, si telle est votre volonté…

Sa voix faiblit et se mua en sanglots. Je ne pus en ouïr davantage. Je repris mes esprits. Je compris alors que je venais de m'immiscer dans quelque mystère divin – ne serais-je point châtié pour ma témérité ? Effrayé, je m'enfonçai au cœur de la forêt. Je tirai mon couteau et marquai d'une profonde entaille l'écorce d'un arbre, en me disant que, si la scène à laquelle je venais d'assister n'avait été qu'une illusion ou un sortilège, de retour sur le lieu, une fois assuré que je ne rêvais plus, je verrais bien si la marque s'y trouverait encore. Alors, j'en aurais le cœur net.

7

On m'appelait. C'était la voix de Jeanne. Interloqué, je me demandai comment elle avait bien pu deviner ma présence. « Ce doit être le rêve qui se prolonge, me dis-je. Tout ceci est un songe : la voix, la vision et tout le reste ; les fées en sont la cause. » Pour briser le sortilège, je fis le signe de la croix en répétant le nom du Seigneur. Je me calmai car je savais que j'étais maintenant réveillé et délivré, aucun ensorcellement ne résistant à ce puissant exorcisme.

C'est alors que je m'entendis de nouveau appeler par mon nom. Je sortis des fourrés et constatai qu'il s'agissait bien de Jeanne, en effet. Mais elle ne ressemblait pas à la Jeanne de mon rêve. D'abord, elle ne pleurait pas ; elle me fit, au contraire, penser à la Jeanne d'il y avait un an et demi, époque où elle avait le cœur léger et le moral au plus haut. Elle avait recouvré son énergie et son feu d'antan ; une certaine exaltation se reflétait sur son visage et dans son maintien. On aurait dit qu'elle était restée quasiment en transe, depuis lors, et qu'elle venait tout juste d'en sortir. Vraiment, c'était comme si elle nous avait quittés, s'était égarée un moment et venait de nous retrouver ; j'en éprouvai tant de joie que je faillis courir annoncer à tous la bonne nouvelle afin qu'ils lui souhaitassent la bienvenue. Tout à mon bonheur, je me précipitai vers elle :

— Enfin, c'est toi, Jeanne ? J'ai une histoire surprenante à te conter ! Tu n'en croiras pas tes oreilles. Je viens de rêver et, dans mon songe, tu te tenais précisément à l'endroit où tu es maintenant…

— Tu ne rêvais point, m'interrompit-elle en levant la main.

Je sentis la peur me ressaisir.

— Ce n'était pas un rêve ? Comment le sais-tu, Jeanne ?

— Es-tu en train de rêver, maintenant ?

— Non, je ne crois pas. Je suppose que je ne rêve point.

— En effet, tu ne rêves point. Je le sais bien. Et tu ne rêvais pas non plus quand tu as fait une entaille dans l'arbre.

Ces mots me glacèrent d'effroi. L'évidence que, loin d'avoir rêvé, j'avais été le témoin d'une scène qui n'appartenait pas à notre monde me sauta aux yeux. Il m'apparut soudain que mes pieds indignes étaient en train de souiller un endroit sacré : le sol sur lequel l'ombre céleste s'était posée. Je m'écartai vivement, glacé jusqu'aux os. Jeanne me suivit et me dit, d'un ton apaisant :

— Il n'y a pas lieu d'avoir peur. Viens avec moi. Allons nous asseoir au bord de la fontaine et je te dirai mes secrets.

Avant qu'elle ne commençât, je l'arrêtai pour vérifier un détail :

— Réponds-moi d'abord : tu ne pouvais pas me voir, dans les bois. Alors, comment sais-tu que j'ai fait une marque dans l'arbre ?

— Patience ! J'y viendrai assez tôt et tu comprendras.

— Mais dis-moi tout de suite ce qu'était cette ombre effrayante que j'ai vue ?

— Je te le dirai, mais tu n'as point à en avoir peur ; tu ne cours aucun danger. C'était l'ombre d'un archange, l'archange Michel, le chef et seigneur des armées célestes.

Je me signai en hâte, tremblant de honte d'avoir osé poser mes pieds sur cette terre sacrée.

— Et tu n'as pas eu peur, Jeanne ? As-tu vu son visage, sa silhouette ?

— Oui, je les ai vus. Je n'ai pas eu peur parce que ce n'était pas la première fois. La première fois, j'ai eu grand-peur.

— Quand était-ce, Jeanne ?

— Cela fera bientôt trois ans maintenant.

— Oh ! c'est si ancien ? L'as-tu vu souvent ?

— Oui, maintes fois.

— C'est donc cela qui t'a changée, qui t'a rendue si pensive, enfin, différente de ce que tu étais auparavant ? Je comprends maintenant. Pourquoi nous l'avoir caché ?

— Je devais le taire. Maintenant, il m'est permis de le faire savoir. Mais, pour l'instant, je ne le dis qu'à toi seulement. Car il importe de garder le secret encore pendant quelques jours.

— D'autres que moi ont-ils aperçu cette ombre blanche ?

— Non, personne. Elle m'était déjà apparue devant vous, mais vous ne pouviez la voir. Aujourd'hui, c'est différent et l'on m'a expliqué pourquoi ; mais elle se fera de nouveau invisible à tous.

— C'était donc un signe qui m'était destiné, un signe qui possède un sens caché pour moi ?

— Oui, mais je ne puis te le dire.

— C'est étrange… Comment cette lumière aveuglante peut-elle recouvrir quelque chose sous nos propres yeux tout en restant invisible ?

— Elle me parle aussi. Des saints me rendent visite, en grand nombre, environnés de myriades d'anges, et ils me parlent. J'entends leurs voix, qui restent muettes pour les autres. Elles me sont bien chères, mes Voix ! C'est ainsi que je les appelle.

— Que te disent-elles, Jeanne ?

— Toutes sortes de choses, à propos de la France.

— Que t'ont-elles déjà révélé ?

— Des désastres, répondit Jeanne avec un profond soupir, seulement des désastres. Et des humiliations. Elles n'avaient rien de mieux à me révéler.

— Elles te les ont annoncés avant qu'ils ne se produisent ?

— Oui. Elles me prévenaient de ce qui allait survenir. Cela m'attristait, tu l'as bien vu. Mais il ne pouvait en être autrement. Cependant, elles avaient toujours un mot d'espoir, toujours. Bien mieux : la France sera secourue, me disaient-elles ; elle va recouvrer sa grandeur et se libérer de ses chaînes. Mais, comment et grâce à qui ? Cela ne m'avait pas été révélé. Du moins avant ce jour.

Ses yeux se mirent alors à briller d'un éclat singulier qui, par la suite, j'allais le constater, devait s'allumer chaque fois que sonnerait la charge ; j'appelai cette lueur la « lumière-bataille ». Sa poitrine se souleva et le rouge lui monta aux joues. Elle reprit :

— Mais, aujourd'hui, je sais, enfin ! Dieu a choisi sa plus indigne créature pour accomplir sa besogne. Par son ordre, sous sa protection, avec sa force, et non la mienne, je conduirai les armées à la victoire, je délivrerai la France, je poserai la couronne sur la tête de son serviteur, le dauphin, qui sera roi.

Stupéfait, je lui dis :

— Toi, Jeannette ? Toi, une enfant, tu commanderas aux armées ?

— Oui. Pendant trop longtemps, cette idée a pesé sur moi d'un poids écrasant ; car tu dis vrai : je ne suis qu'une enfant, une enfant ignorante, de surcroît. Ignorante de tout ce qui touche à la guerre, inapte à endurer la rude existence des camps et la compagnie des soldats. Mais ces moments de faiblesse se sont envolés pour ne jamais plus revenir. J'ai prêté serment. Je poursuivrai ma tâche, avec l'aide de Dieu, aussi longtemps que le poing anglais étranglera la France. Jusqu'ici, mes Voix ne m'ont jamais menti ; aujourd'hui, elles ne m'ont pas menti davantage. Elles m'ont donné ordre de me rendre chez Robert de Baudricourt, capitaine de Vaucouleurs, qui me donnera une escorte armée et me conduira au dauphin. Avant un an, un coup fatal sera porté aux Anglais ; ce sera le début de leur fin, et leur fin sera brève et rapide.

— Où sera-t-il frappé, ce coup ?

— Mes Voix ne me l'ont pas révélé ; elles ne m'ont pas dit non plus ce qui se passera au cours de l'année qui précédera le coup. Je ne sais qu'une chose et une seule : ce coup, c'est moi qui devrai l'assener. Il sera suivi de moult autres, puissants et rapides, qui détruiront en dix semaines les longues années de dur labeur de l'Angleterre ; puis, par la volonté de Dieu, le dauphin sera couronné. Ce sont mes Voix qui me l'ont dit et il ne m'est pas permis d'en douter. Non, leurs paroles s'accompliront, car ce sont paroles de vérité.

C'étaient de bien prodigieuses révélations ! Incroyables pour les yeux de ma raison, elles sonnaient pourtant vrai à mon cœur ; et, tandis que ma raison doutait, mon cœur les crut – non content de les croire, à compter de cet instant il s'accrocha fermement à cette certitude.

Sur le moment, je répondis :

— Jeanne, j'ai foi dans les choses que tu m'as révélées. Maintenant me voilà heureux, car je partirai avec toi pour guerroyer à ton côté… enfin, si c'est bien toi que je dois suivre quand je me mettrai en route.

Surprise, elle me répondit :

— Il est bien vrai que tu me suivras quand je partirai à la guerre, mais comment le sais-tu ?

— Je partirai avec toi, ainsi que Jean et Pierre, mais Jacques ne nous suivra pas.

— Par ma foi, tu dis vrai. C'est bien ce qui a été ordonné, ainsi qu'on me l'a révélé par la suite, mais j'ignorais jusqu'à ce jour qu'il m'appartiendrait de prendre le commandement, ni même que j'allais participer. D'où tiens-tu cela ?

Je lui répondis que c'était elle-même qui l'avait prédit. Mais elle ne s'en souvenait pas. Je compris alors qu'à l'époque elle devait être dans un songe, ou en transe, ou en extase. Elle me recommanda de garder tout cela, ainsi que les autres révélations, par-devers moi, pour le moment. Je le lui promis et je tins ma promesse.

Aucun de ceux qui rencontrèrent Jeanne, ce jour-là, ne manqua de noter la transformation qui venait de s'effectuer en elle. Elle se mouvait et s'exprimait avec énergie et détermination ; une lueur qu'on ne lui avait jamais vue éclairait son regard ; son maintien et son allure étaient empreints d'une dignité nouvelle et surprenante. L'éclat de ses yeux et son port altier manifestaient l'autorité et les qualités de commandement qui venaient de lui être conférées par un décret de Dieu ; dénués de toute ostentation, ils n'en exprimaient pas moins cette nouvelle autorité avec une éloquence qui valait tous les discours. Cette dignité calme et consciente, qui allait de pair avec la tranquille insouciance de son expression extérieure, n'allait plus quitter Jeanne jusqu'à l'accomplissement de sa mission.

À l'instar des autres villageois, elle m'avait toujours traité avec le respect dû à mon rang. Mais, dorénavant, sans nous être consultés, d'un commun accord, nous échangeâmes nos fonctions : ses conseils devinrent des ordres, que j'accueillais avec toute la déférence due à un supérieur hiérarchique et que j'exécutais sans discuter. Le soir même, elle me dit :

— Je partirai avant l'aube. Tu seras seul à le savoir. Je m'en vais parler au capitaine de Vaucouleurs, comme on me l'a ordonné. Il m'accueillera avec dédain, me rudoiera et refusera sans doute d'entendre ma supplique. Je me rendrai en premier lieu à Burey, afin de persuader mon oncle Laxart de m'accompagner, car il ne sied point que je m'y rende seule. Il se pourrait que j'aie besoin de toi, à Vaucouleurs ; en effet, si le capitaine refuse de me recevoir, je te dicterai une lettre à son intention ; aussi aurai-je besoin de quelqu'un à mon côté qui sache l'art d'écrire et d'épeler les mots. Tu partiras demain, dans l'après-midi, et te tiendras à Vaucouleurs jusqu'à ce que je te mande.

Je jurai de lui obéir et elle se retira. Vous voyez à quel point elle gardait la tête claire, et un jugement sain et mesuré. Elle se garda bien de me commander de partir avec elle, afin de ne point ternir sa réputation en donnant prise aux ragots. Elle savait pourtant que Robert de Baudricourt, un seigneur, m'accorderait, en raison de mes propres titres de noblesse, une audience. Mais elle se refusa à user de ce stratagème. Une jeune paysanne pauvre qui soumet une requête par l'intermédiaire d'un jeune noble, que diraient les mauvaises langues ? Elle protégeait sa pudeur, ce qui lui permettrait de préserver son autorité jusqu'au bout. Je savais maintenant ce qu'elle attendait de moi : que je me rende à Vaucouleurs, et que je m'y tienne prêt à répondre à son appel.

Comme promis, je pris la route le lendemain dans l'après-midi. En ville, je louai un humble logis. Le jour suivant, je me rendis à la forteresse pour faire mes compliments à son capitaine ; celui-ci m'invita à déjeuner avec lui le lendemain. Robert de Baudricourt incarnait l'idéal du guerrier de l'époque : de haute taille, vigoureux, grisonnant, les traits burinés, émaillant ses discours d'une batterie de jurons extravagants glanés çà et là sur les champs de bataille, et qu'il polissait à l'instar d'un blason. La vie des camps, qu'il menait depuis son enfance, l'avait endurci. La guerre représentait pour lui le plus beau cadeau que Dieu jamais fît à l'homme. Il quittait rarement son armure ; ses chausses de cuir lui montaient au-dessus des genoux et une gigantesque épée pendait à son ceinturon. Son allure martiale et la bordée de jurons qu'il proféra en ma présence me convainquirent qu'il était vain de chercher en ces lieux la moindre touche de poésie et de délicatesse ; je me pris à espérer un refus de sa part qui épargnerait à notre petite villageoise la brutalité d'une telle confrontation, à laquelle je préférais l'inoffensive dictée d'une missive.

Le lendemain, à midi, je revins à la forteresse. On me conduisit dans une vaste salle à manger où l'on m'invita à prendre place à la droite du capitaine, devant une table plus petite que la table commune mais sise sur une estrade de deux marches plus élevée. D'autres invités de marque y étaient déjà attablés. La grande table était occupée par les officiers qui commandaient la garnison. Des gardes casqués, cuirassés et armés de piques encadraient l'entrée.

La situation désespérée de la France occupa l'essentiel des conversations. « La rumeur circule, dit l'un des convives, que Salisbury se prépare à marcher sur Orléans. » Cette nouvelle souleva un tumulte de commentaires animés ; les arguments tombaient lourds et drus. Certains affirmaient que l'Anglais se mettrait bientôt en route, d'autres, qu'il ne pouvait investir la ville avant l'automne, d'autres encore que le siège allait s'éterniser et qu'il serait âprement contesté ; mais toutes les voix finirent par s'accorder sur un point : « Orléans tombera, un jour ou l'autre, et la France avec elle. » Cette évidence mit fin aux interminables discussions. Un silence pesant s'abattit sur l'assemblée. Chaque convive parut plongé en lui-même, perdu dans ses pensées, oublieux de l'heure et du lieu. Après l'agitation précédente, la profonde gravité de ce calme subit donnait une apparence de solennité. Entra alors un valet qui murmura quelque chose à l'oreille du capitaine.

— Ils veulent me parler, à moi ? s'exclama Robert de Baudricourt.

— Oui, Votre Seigneurie.

— Fichtre ! Quelle drôle d'idée ! Qu'ils entrent…

C'était Jeanne, accompagnée de son oncle Durand Laxart. À la vue de tous ces grands hommes de guerre, le courage déserta le cœur du pauvre et vieux laboureur ; il s'arrêta à mi-chemin, incapable de faire un pas de plus, tordant et écrasant son couvre-chef dans ses mains calleuses, se confondant en courbettes dans cette direction-ci, dans cette direction-là, partout à la ronde, transi de crainte et d'embarras. Nullement impressionnée, la tête droite, Jeanne n'hésita pas à avancer et à se planter fermement devant le capitaine.

Elle me reconnut, mais n'en laissa rien paraître. Son entrée suscita des murmures admiratifs, de la part du capitaine aussi car je l'entendis murmurer : « Par Dieu, quel beau brin de fille ! » Après l'avoir examinée des pieds à la tête, il lui demanda :

— Eh bien, quel bon vent t'amène, mon enfant ?

— J'ai un message pour vous, messire Robert de Baudricourt, capitaine de Vaucouleurs. Il vous faut envoyer en toute hâte un messager prier le dauphin d'attendre et de ne point livrer bataille à ses ennemis, car Dieu lui enverra bientôt secours.

Cette étrange requête stupéfia l'assemblée. Certains murmurèrent : « La pauvre fille a perdu la raison. »

Quant au capitaine, il lui répondit en grommelant :

— Quelle sottise me dis-tu là ? Le roi, ou le dauphin comme tu l'appelles, n'a nul besoin de ce genre de message. Il attendra, si cela doit te rassurer. Il sait fort bien attendre, le dauphin… Qu'as-tu d'autre à me dire ?

— Je vous supplie, messire, de me bailler une escorte armée pour me conduire au dauphin.

— Dans quel but ?

— Il doit me nommer chef de guerre, car il m'a été ordonné de bouter l'Anglais hors de France. Ensuite, je poserai la couronne sur la tête du dauphin.

— Quoi ? Toi ? Mais tu es une enfant !…

— Pourtant, j'ai été choisie pour cette besogne.

— À la bonne heure ! Et quand, ma jolie, pourrons-nous nous réjouir de ces heureux événements ?…

— Le dauphin sera couronné roi l'an prochain ; ensuite, il conservera le trône de France.

Un éclat de rire général accueillit cette dernière phrase. Le capitaine attendit qu'il fût retombé pour demander à Jeanne :

— Qui t'envoie me porter ces extravagants messages ?

— Mon Seigneur.

— Qui est ton seigneur ?

— Le Roi des Cieux.

Certains murmurèrent : « Ah, la pauvrette, la pauvrette ! » D'autres : « Son esprit bat la campagne ! » Le capitaine fit approcher Laxart pour l'admonester :

— Écoute-moi bien, vilain ! Tu vas me raccompagner cette petite folle chez son père et lui administrer une bonne paire de claques. Il n'existe point, je le crains, de meilleur remède pour ses maux.

Avant de se retirer, Jeanne se retourna et lui dit simplement :

— Pourquoi me refuser vos gens d'armes, quand c'est mon Seigneur qui l'ordonne ? Oui, c'est bien Lui qui en fait commande. Je reviendrai, donc, encore et encore ; je finirai par l'avoir, mon escorte.

À peine eut-elle le dos tourné que les commentaires abasourdis fusèrent de tous côtés ; le soir venu, gardes et valets les colportèrent en ville ; de la ville, ils gagnèrent la campagne ; Domrémy bourdonnait déjà de commérages avant notre retour.

8

La nature humaine est partout la même : elle glorifie le succès et ne pardonne pas la défaite. Les Domrémois se sentaient ridiculisés par la façon grotesque que Jeanne avait eue de se donner en spectacle et par son échec cuisant. Les mauvaises langues se déchaînèrent contre elle, aussi venimeuses et amères qu'elles étaient véloces. Si les langues avaient été des crocs, Jeanne n'y aurait point survécu. Ceux qui ne lui faisaient point de reproches étaient de loin les pires ; ils étaient plus durs à supporter car ils la raillaient, se gaussaient d'elle et ne cessaient de la couvrir, jour et nuit, de quolibets, de sarcasmes et de ricanements. Seuls, nous trois, Hauviette, la petite Mengette et moi-même, lui restâmes fidèles, mais le tumulte était trop fort pour ses autres amis, qui la désertèrent ; ils avaient honte d'être aperçus en sa compagnie depuis qu'elle était devenue si impopulaire et ils craignaient les plaisanteries acerbes sur son compte. Elle, elle versait des larmes en grand secret, mais jamais en public. En public, elle conservait sa sérénité, ne montrait pas le moindre signe de détresse ou de ressentiment, attitude qui aurait dû adoucir toute amertume à son encontre, mais qui, malheureusement, n'en fit rien. La fureur de son père était telle qu'il s'emportait à la seule mention de son fol projet d'aller guerroyer comme un homme ; c'était pourtant ce dont il avait rêvé quelque temps auparavant ; son rêve, qui lui revenait en mémoire, ravivait sa colère et son appréhension ; il ne cessait de répéter que, plutôt que de voir Jeanne trahir son sexe et partir avec les armées, il préférerait ordonner à ses frères de la noyer dans la rivière, quitte à le faire de ses propres mains s'ils refusaient.

Mais rien de tout cela n'affectait Jeanne le moins du monde. Ses parents avaient beau la surveiller étroitement et lui interdire de sortir du village, elle répétait calmement que le temps n'était pas encore arrivé ; quand elle recevrait le signe que le moment du départ était venu, alors, toute surveillance serait vaine.

L'été passa. Voyant qu'elle poursuivait obstinément son dessein, ses parents saisirent l'occasion qui s'offrit à eux de mettre un terme définitif à son projet en recourant au stratagème du mariage. Le Paladin eut en effet l'effronterie de prétendre qu'elle s'était promise à lui quelques années auparavant ; et il se mit en tête de réclamer la ratification de ce prétendu engagement.

Jeanne répondit que c'était un mensonge et refusa tout net de l'épouser. Le tribunal ecclésiastique de Toul la cita à comparaître pour y répondre de son entêtement. Elle déclina les services d'un avocat, choisissant d'assurer seule sa défense, ce qui réjouit ses parents et ses adversaires qui la tenaient déjà pour battue. Leur erreur était compréhensible. Comment pouvaient-ils imaginer une autre scène que celle d'une jeune et ignorante paysanne de seize ans, paralysée et muette de frayeur en présence, pour la première fois de sa vie, de docteurs expérimentés de la loi présidant la froide et imposante solennité du tribunal ? Tous ces gens se trompaient. Ils se pressèrent en foule à Toul pour assister à la scène et jouir de sa frayeur, de son embarras et de sa défaite, mais ils en furent pour leurs frais. Conservant un maintien modeste, Jeanne était tranquille et parfaitement à son aise. Elle ne fit appel à aucun témoin, répondant qu'elle se contenterait d'interroger les témoins à charge. Après leurs dépositions, elle se leva et réexamina brièvement leurs témoignages, démontrant à quel point ils étaient flous, confus et dénués de fondement. Elle somma le Paladin de revenir à la barre et elle se mit à l'interroger. Sous l'assaut répété de ses ingénieuses questions, le témoignage que le fourbe avait donné précédemment s'effilocha peu à peu et tomba en lambeaux ; finalement, lui qui s'était présenté si richement vêtu de mensonges et de perfidie se retrouva nu comme un ver devant l'assemblée. Son avocat voulut entamer une plaidoirie, mais les juges refusèrent de l'entendre et déclarèrent le litige nul et non avenu. Ils ne manquèrent pas de vivement complimenter Jeanne, qu'ils qualifièrent de « merveilleuse enfant ».

Désormais, après une victoire aussi éclatante et l'hommage public rendu par des personnalités aussi importantes, le village inconstant fit volte-face et restitua à Jeanne le respect, la gratitude et la paix qui lui étaient dus. Sa mère la serra de nouveau sur son cœur ; son père changea d'opinion, lui aussi, déclarant à l'encan combien il était fier d'elle. Mais le temps lui pesait : le siège d'Orléans avait commencé, les nuages s'accumulaient de plus en plus sombres dans le ciel de France, et ses Voix lui commandaient d'attendre sans lui donner davantage de précisions. L'hiver s'installa, avec son manteau de grisaille et d'ennui. Enfin, le changement tant espéré survint.

LIVRE II

DANS LA COUR
ET DANS LES CAMPS

1

Le 5 janvier 1429, Jeanne, accompagnée de son oncle Durand Laxart, vint me trouver :

— Le moment est arrivé, me dit-elle d'un ton ferme. Mes Voix me parlent de façon claire, à présent. Elles m'ont dit ce que je dois faire. Dans deux mois, je serai aux côtés du dauphin.

L'allure martiale de Jeanne reflétait son moral d'acier. Par contagion, une impulsion irrésistible s'empara de moi, semblable au tressaillement que l'on ressent quand on entend le roulement des tambours et le martèlement sourd de soldats en marche.

— J'ai foi en toi, Jeanne, lui répondis-je.

— Moi aussi, je la crois, me dit Laxart. Si, d'emblée, elle m'avait déclaré que Dieu lui avait ordonné de délivrer la France, je l'aurais prise pour une folle ; je l'aurais laissée quémander seule son entrevue au capitaine et je me serais bien gardé de me mêler de l'affaire, persuadé qu'elle avait un grain. Mais je l'ai vue, debout, face à ces hommes de grande et puissante noblesse, ne manifestant aucune crainte, et je l'ai entendue proclamer ce qu'elle avait à leur dire ; or, sans l'aide de Dieu, elle n'aurait jamais pu agir de la sorte ; cela, je le tiens pour certain. Aussi, en toute humilité, je me mets à son service, prêt à agir selon sa volonté.

— Mon oncle est trop bon pour moi, dit Jeanne. Je l'ai fait quérir et il a obtenu de ma mère la permission de m'emmener chez lui pour veiller sur sa femme qui est souffrante. Tout est arrangé et nous partons demain à l'aube. De là, je me rendrai à Vaucouleurs où j'attendrai et bataillerai jusqu'à ce que mes prières soient exaucées. Louis, qui étaient donc ces deux chevaliers assis à ta gauche à la table du capitaine ce jour-là ?

— L'un était le sieur Jean de Metz et l'autre le sieur Bertrand de Poulengy.

— Du métal bien frappé ! Du bon métal, l'un et l'autre. Je les ai repérés pour faire partie de mes gens… Tu en fais, une tête ! En douterais-tu ?

Je m'efforçais de ne lui jamais celer la vérité, de lui parler sans fard. Je lui répondis donc :

— D'après eux, tu n'avais plus ta tête, et ils l'ont déclaré à la cantonade. Ton infortune, il est vrai, leur inspirait grand-pitié, mais ils pensaient que tu étais folle à lier.

Ma remarque ne l'affecta ni ne la blessa d'aucune façon. Elle se contenta de répondre :

— Le sage n'hésite pas à changer d'avis quand il perçoit son erreur. C'est ce qu'ils feront. Ils marcheront avec moi. Je m'en vais les rencontrer. Tu doutes encore, n'est-ce pas ?

— Non, plus maintenant. Il me revient simplement en mémoire que cela se passait il y a un an et qu'ils n'appartiennent pas à ce fief ; ils y faisaient une courte halte sur leur chemin.

— Ils reviendront. Quant aux affaires qui nous préoccupent, je suis venue pour te bailler mes instructions. Tu me rejoindras dans quelques jours. Prépare tes bagages en vue d'une absence prolongée.

— Jean et Pierre viendront-ils avec moi ?

— Nenni. Ils refuseraient, présentement, mais ils se joindront plus tard ; ils m'apporteront alors les bénédictions de mes parents, ainsi que leur consentement à la mission que j'entreprends. Je n'en serai que plus forte, car, pour l'instant, l'absence de leur assentiment m'affaiblit.

Jeanne marqua une courte pause car ses yeux s'emplissaient de larmes ; elle poursuivit :

— J'aimerais dire adieu à ma mie Mengette. Au chant du coq, menez-la à la sortie du village ; elle pourra faire un bout de route avec moi.

— Et Hauviette ?

— Non ! oh, non ! fit Jeanne en réprimant quelques sanglots. Elle est si chère à mon cœur : je ne saurais l'endurer, sachant trop que je ne reverrai jamais son tendre visage.

Le lendemain, j'emmenai Mengette avec moi.

L'aube était glaciale. Nous cheminâmes ensemble, tous les quatre, jusqu'à ce que le village fût loin derrière nous. Alors, les deux filles se dirent adieu, enlacées tendrement, épanchant leur douleur en mots d'affection et en larmes amères, spectacle déchirant à voir.

Puis Jeanne se tourna vers le village, dans le lointain, qu'elle contempla longuement ; ses yeux parcoururent lentement le paysage : l'Arbre aux fées, la profonde chênaie, les pentes douces de la prairie, la rivière au cours paisible. Elle tentait d'en graver l'image dans sa mémoire afin que le souvenir y demeure vivace et impérissable, car elle pressentait qu'elle ne les reverrait plus dans sa vie présente. Jeanne se détourna soudain et prit congé de nous. Elle pleurait. C'était le jour de son anniversaire ; c'était aussi le mien. Elle avait dix-sept ans.

2

Quelques jours plus tard, Durand Laxart conduisit Jeanne à Vaucouleurs. Il lui trouva un refuge chez Catherine Royer, l'épouse du charron, ménagère bonne et honnête. Jeanne assistait régulièrement à la messe et aidait aux tâches domestiques, pour mériter sa pitance ; quant à ceux qui souhaitaient s'entretenir avec elle au sujet de sa mission – les clients étaient nombreux –, elle les recevait volontiers pour discuter avec eux ouvertement, sans rien celer du sujet. Peu de temps après, je pris moi-même logis dans le voisinage, ce qui me permit d'observer les événements. Le bruit ne tarda pas à se répandre qu'une pucelle désignée par Dieu pour sauver la France venait d'arriver. Le peuple se pressa en foule pour la voir et lui parler. La jeunesse, la fraîcheur et la franchise de Jeanne lui gagnaient d'emblée l'adhésion des visiteurs, son enthousiasme et sa sincérité faisaient le reste. Les nantis, eux, hautains et méprisants, se tenaient à l'écart.

C'est alors que resurgit du tréfonds des mémoires une antique prophétie de Merlin l'Enchanteur, vieille de plus de huit cents ans, selon laquelle, dans un futur lointain, la France serait perdue par une femme, puis sauvée par une femme. Or, pour la première fois de son histoire, la France avait été trahie par une femme,

Isabeau de Bavière, la reine perfide. Comment douter à présent que cette belle et pure jeune fille ne fût l'envoyée du Ciel chargée d'accomplir la seconde phase de la prophétie ?

Cet élément donna à l'intérêt croissant un élan neuf et puissant ; l'excitation collective crût de jour en jour, suscitant l'espoir et la foi dans son sillage. Tant et si bien que, de Vaucouleurs, vague après vague, la houle de l'enthousiasme enfla comme le jusant pour se répandre sur tout le territoire, inondant chaque village jusqu'au moindre hameau. Soudain ranimés, revigorés, les enfants moribonds de la France endormie s'éveillèrent ; des alentours accouraient tous ceux qui désiraient voir de leurs propres yeux et entendre de leurs propres oreilles ; ils venaient, ils voyaient, ils entendaient : ils croyaient ! La ville débordait de gens : auberges et gîtes étaient pleins à craquer. La moitié des visiteurs ne trouvaient plus d'abri. Ils ne cessaient pourtant d'accourir, bravant les frimas ; quand l'âme est affamée, qu'importent les vivres et le toit pourvu que la faim la plus noble soit rassasiée ! Heure après heure, jour après jour, l'inondation ne cessait de s'étendre. Bouleversés, ahuris, stupéfaits, les Domrémois se répétaient : « Ainsi, cette merveille faisait partie de notre quotidien, durant tant d'années, et nous étions trop stupides pour le discerner ! » Jean et Pierre quittèrent Domrémy sous les regards d'envie et d'admiration ; on les suivait comme s'ils faisaient partie des grands de ce monde ; de toute la contrée environnante, la foule se pressa sur le chemin de Vaucouleurs pour leur faire un triomphe, pour apercevoir et acclamer les frères de celle qui conversait avec les anges et entre les mains de laquelle, sur ordre de Dieu, ceux-ci avaient remis le destin de la France.

Les frères de Jeanne lui apportèrent les bénédictions et les vœux de bonne route de ses parents, ainsi que leur promesse de venir, un beau jour, les lui exprimer en personne. Le cœur débordant de bonheur et d'espoir, Jeanne se rendit de nouveau chez le capitaine Robert de Baudricourt, bien décidée cette fois à l'affronter jusqu'au bout. Mais il se montra aussi récalcitrant qu'auparavant. Il refusa tout net de la conduire auprès du roi. Déçue, mais pas le moins du monde découragée, Jeanne lui dit :

— Messire, je reviendrai vous voir aussi longtemps que je n'aurai pas obtenu mon escorte ; c'est ce qui m'a été ordonné et rien au monde ne me fera fléchir. Je me rendrai auprès du seigneur dauphin, sur les genoux s'il le faut.

Ses frères et moi restions avec elle toute la journée, pour rencontrer les nouveaux arrivants et entendre les nouvelles qu'ils apportaient. Un beau jour, aussi vrai que je vous parle, survint le sieur Jean de Metz. Il aborda Jeanne, d'un ton badin et plaisant, comme s'il s'adressait à une enfant :

— Ma mie, que fais-tu en ce lieu ? Ne faut-il pas que le roi soit jeté dehors et que nous soyons anglais ?

Et Jeanne de répondre, d'un ton grave :

— Je suis venue ici pour parler à Robert de Baudricourt afin qu'il me conduise ou me fasse conduire au roi, mais il ne prête attention ni à moi ni à mes paroles.

— J'admire ton obstination. Vrai, un an entier n'a donc pas suffi à te faire oublier ton rêve ? Je t'avais vue, la première fois.

— Ce n'est point un rêve, c'est une volonté. Le capitaine y cédera. J'attendrai.

— Il n'est point sage de caresser tant d'assurance, ma mie. Le capitaine et ses pareils sont d'une nature opiniâtre, difficile à convaincre. Et s'il refusait d'exaucer tes prières ?…

— Il y répondra. Il le doit. Le choix ne lui appartient pas.

L'ironie souriante et indulgente du chevalier s'estompa. Quelque chose sur son visage révélait que l'assurance de Jeanne le gagnait peu à peu. Cela arrivait fréquemment : nombreux étaient ceux dont les badineries initiales se muaient bien vite en élan ardent. Il ne leur fallait guère de temps pour découvrir en elle une profondeur qu'ils n'avaient point soupçonnée. La sincérité manifeste de Jeanne et la puissance indomptable de sa conviction ne toléraient pas la légèreté, qui s'effondrait comme château de cartes en leur présence. Le sieur Jean de Metz resta songeur et silencieux pendant quelque temps. Puis il reprit, d'un ton plus ferme :

— Devras-tu te rendre bientôt auprès du dauphin ? Je veux dire…

— Avant que ce soit la mi-carême, il faut que je sois auprès du roi, dussé-je m'y user les pieds jusqu'aux genoux.

Elle prononça ces mots avec la fougue contenue qui déborde d'un cœur trop plein. Le visage du chevalier, et la lueur qui s'alluma dans ses yeux, valaient toutes les réponses ; la sympathie s'y lisait tout entière. Il s'exclama, avec ardeur :

— De par Dieu ! Je crois que tu l'obtiendras, ton escorte de soldats, et tout ce qui vient avec. Mais que comptes-tu en faire ? Quel espoir nourris-tu ? Quel est ton dessein ?

— Délivrer la France ! Il a été décrété que c'est à moi de le faire. Il n'y a personne, en effet, ni roi, ni duc, ni autre qui puisse recouvrer le royaume de France. Il n'aura secours si ce n'est de moi.

Le ton pathétique de ces paroles alla droit au cœur du bon chevalier. Cela se voyait. À voix basse, Jeanne ajouta :

— Bien que j'eusse préféré rester à filer auprès de ma pauvre mère, car ce n'est pas mon état, mais il faut que j'aille et que je fasse cela, car mon Seigneur veut que j'agisse ainsi.

— Qui est ton Seigneur ?

— Dieu.

Alors, le sieur Jean de Metz, en observance de l'antique et noble coutume de la chevalerie, s'agenouilla, mit sa main dans celle de Jeanne, en geste de foi, et lui promit que, Dieu aidant, il la conduirait vers le roi.

Le lendemain arriva le sieur Bertrand de Poulengy qui, lui aussi, prêta serment, sur son honneur de chevalier, de la protéger et de chevaucher à son côté, où il lui plairait d'aller.

Le jour même, à la vêprée, une rumeur courut dans tout le bourg : le capitaine en personne se préparait, disait-on, à rendre visite à la Pucelle dans son humble logis. Le lendemain, dès l'aube, les ruelles et sentiers étaient noirs de gens dans l'attente anxieuse de l'événement. Et il survint. Le capitaine, chevauchant en grand apparat, entouré de sa garde d'honneur, vint lui rendre visite ; la nouvelle se répandit à la ronde ; elle atténua le dédain des gens de qualité à l'égard de Jeanne dont la réputation grandit.

Le capitaine en était arrivé à la conclusion que Jeanne devait être soit une sorcière soit une sainte, et il était bien décidé à en avoir le cœur net. Il s'était fait accompagner d'un prêtre qui exorciserait le démon qui était peut-être en elle. Aussi sot qu'un baudet, le prêtre remplit son office, mais il en fut pour ses frais. Il blessa inutilement les sentiments de Jeanne, il insulta sa piété, puisqu'il l'avait déjà confessée auparavant ; cet ignare aurait dû se rappeler, s'il l'avait jamais su, que les démons ne souffrent pas le confessionnal, et qu'ils poussent des hurlements d'angoisse et profèrent de terribles malédictions en présence du sacrement.

Perplexe et pensif, le capitaine s'en retourna sans trop savoir quelle conduite tenir. Tandis qu'il pesait le pour et le contre, plusieurs jours s'écoulèrent. On arriva au 14 février. Ce jour-là, Jeanne se présenta de nouveau à la forteresse pour le tancer :

— En nom Dieu, messire Robert de Baudricourt, vous êtes trop dolent à m'envoyer et vous causez grand dommage par vos atermoiements. Aujourd'hui, près d'Orléans, le dauphin a perdu bataille ; il souffrira moult griefs si vous tardez davantage à me mener à lui.

Interloqué, le capitaine lui répondit :

— Aujourd'hui, ma fille, aujourd'hui ?… Comment saurais-tu ce qui s'est passé si loin d'ici aujourd'hui ? Un courrier mettrait huit à dix jours à nous parvenir.

— Mes Voix m'ont transmis la nouvelle, et elles disent vrai. Une bataille a été perdue aujourd'hui, et vous êtes en faute de me retarder.

Le capitaine fit les cent pas pendant un moment en maugréant dans sa barbe ; il laissait, de temps à autre, échapper un juron ; il se décida enfin :

— Écoute-moi, ma fille ! Va en paix, et patiente encore un peu. Si les nouvelles confirment ce que tu m'as dit, à cette seule condition, je te donnerai une missive pour le roi et te ferai conduire auprès de lui.

— Dieu soit loué ! répondit Jeanne avec ferveur. Nous n'aurons guère à attendre : dans neuf jours exactement vous me remettrez la missive.

Les gens de Vaucouleurs lui avaient déjà offert un cheval, et l'avaient armée et vêtue en soldat. Jeanne n'eut pas le temps d'essayer sa monture et d'apprendre à chevaucher ; elle se devait de rester à la disposition de tous ceux qui se pressaient pour lui parler, de leur raviver l'espoir et le moral, de les préparer à participer à la sauvegarde et à la régénération du royaume. Cette tâche l'absorbait toute la journée. Cela n'importait guère car il n'était rien qu'elle ne pût apprendre dans le temps le plus bref. Elle maîtriserait sa monture dès la première heure de monte. En attendant, ses deux frères et moi-même empruntions le cheval à tour de rôle pour apprendre à le monter. On nous initia également au maniement de l'épée et de la lance.

Le 20 février, Jeanne réunit sa petite troupe – les deux chevaliers, ses deux frères et moi-même – pour tenir conseil de guerre. « Conseil » n'est pas à proprement parler le mot qui convient, car elle ne nous consultait nullement, elle commandait. Elle nous décrivit l'itinéraire qu'elle comptait emprunter pour se rendre auprès du roi ; elle le fit en personne solidement versée dans la géographie ; son itinéraire prévoyait les détours nécessaires pour éviter, ci et là, les contrées hostiles, prouvant par là qu'elle possédait sur le bout des doigts la géographie politique aussi bien que la géographie physique ; pourtant, nul ne lui avait appris cela et elle n'avait reçu aucune instruction. Surpris, je me dis que ses Voix avaient dû l'informer. Mais, à la réflexion, je vis qu'il n'en était rien. Ses références aux dires de celui-ci, de celui-là, de cet autre, me firent comprendre qu'elle n'avait cessé d'interroger la foule des visiteurs étrangers, recueillant ainsi patiemment une masse de précisions utiles. Les deux chevaliers s'émerveillèrent grandement de son bon sens et de sa sagacité.

Elle nous ordonna de nous préparer à chevaucher de nuit ; nous devions sommeiller en tapinois et durant le jour, car la presque totalité du trajet allait se faire à travers des contrées hostiles.

Elle nous commanda aussi de prendre grand soin de celer la date de notre départ, car elle voulait qu'il se fît en grand secret. Sinon, la liesse ne manquerait pas de nous accompagner, risquant ainsi d'informer l'ennemi qui nous tendrait une embuscade quelque part.

— Nous nous sommes tout dit, conclut-elle. Il ne me reste plus qu'à vous donner, en confidence, la date du départ. Ainsi, vous aurez le temps de faire les préparatifs et vous n'aurez pas à improviser à la hâte. Nous nous mettrons en route le 23, à onze heures de nuit.

Elle nous donna congé. Les deux chevaliers étaient surpris et quelque peu troublés.

— Admettons, dit le sieur Bertrand, que le capitaine se décide à lui confier une lettre de recommandation et une escorte, le fera-t-il à temps avant le jour choisi pour le départ ? Comment peut-elle s'aventurer à décider d'une date ? C'est prendre un grand risque de décider ainsi d'une date en ces temps incertains.

— Elle a opté pour le 23, lui répondis-je, et nous devons lui faire confiance. Ce sont ses Voix, sans doute, qui lui ont révélé la date. Nous ferions mieux de lui obéir.

Nous obéîmes. Les parents de Jeanne furent seulement avertis qu'ils devaient lui rendre visite avant le 23, la prudence interdisant de leur donner la raison de cette date limite.

Le jour dit, Jeanne guetta anxieusement l'arrivée de chaque groupe de visiteurs : ses parents ne se manifestèrent pas. Nullement découragée, elle garda confiance. La nuit venue, cependant, ses espoirs fondirent, et les larmes lui vinrent aux yeux ; elle les refoula, disant :

— Il devait en être ainsi, à n'en point douter ; c'est le destin qui l'ordonne ; je dois endurer ; il le faut.

Jean de Metz tenta de la réconforter :

— Le capitaine ne s'est pas manifesté ; peut-être viendra-t-il demain et…

Il ne put terminer car Jeanne lui coupa la parole :

— À quelle fin ? Nous partons cette nuit, à onze heures.

Et nous partîmes. À dix heures, Robert de Baudricourt se présenta, en grand équipage, entouré de sa garde et d'écuyers porte-torches. Il donna à Jeanne une escorte solidement armée, des chevaux et des équipements de guerre pour ses deux frères et pour moi ; il lui remit aussi une missive pour le dauphin. Tirant son épée, il l'attacha, de ses propres mains, au ceinturon de Jeanne :

— Tu as dit vrai, mon enfant, lui dit-il. Une bataille fut bel et bien perdue le jour que tu nous as indiqué. Je tiens donc parole. Maintenant, va, va et advienne que pourra !

Jeanne lui rendit grâce et il prit congé.

La bataille perdue était l'épisode désastreux dont le souvenir restera gravé dans l'histoire sous le nom de « bataille des harengs ».

On moucha toutes les chandelles du logis. Quelque temps plus tard, nous nous faufilions, à la queue leu leu et en grand silence, à travers les ruelles désertes et obscures ; passé la porte de France, nous nous retrouvâmes en rase campagne. Seul le cliquetis des éperons et des harnois trahissait notre progression.

3

Nous étions vingt-cinq cavaliers, fortement harnachés. Nous chevauchions en double file : au centre de la formation, Jeanne et ses frères, en tête, Jean de Metz, en arrière-garde, Bertrand de Poulengy. Nos deux chevaliers encadraient la troupe pour interdire toute désertion dans cette partie du trajet. Deux ou trois heures plus tard, nous allions pénétrer en territoire ennemi où nul ne se risquerait à déserter. À notre grande surprise, par intervalles, nous entendions geindre, grogner et pester à haute voix le long de la colonne ; renseignements pris, il s'avéra que six de nos hommes étaient des rustres qui, montant à cheval pour la première fois, se maintenaient en selle avec difficulté, sans parler des maux cuisants dont ils commençaient à souffrir. Robert de Baudricourt les avait réquisitionnés en hâte et incorporés de force pour faire bon nombre ; il avait adjoint un vétéran à chacun d'entre eux pour les seconder, avec ordre de les maintenir en selle de gré ou de force, ou de les trucider s'il leur prenait la tentation de déserter.

Ces infortunés s'étaient tenus silencieux aussi longtemps qu'ils l'avaient pu, mais leurs douleurs étaient si vives qu'ils ne pouvaient les contenir davantage. Or nous venions d'entrer en pays ennemi : ils n'avaient donc plus d'autre choix que celui de continuer, nonobstant la permission que leur accorda Jeanne de s'en retourner, s'ils en avaient le cœur. Ils choisirent de poursuivre avec nous. Nous ralentîmes notre allure pour nous mouvoir avec davantage de précaution ; les nouveaux venus reçurent l'ordre de souffrir en silence pour ne pas mettre toute la troupe en danger par leurs jurons et geignements.

Peu avant l'aube, nous pénétrâmes au plus profond d'une forêt ; bientôt, à l'exception des sentinelles, nous étions tous plongés dans le sommeil en dépit du froid mordant et du sol gelé, dur comme pierre.

Vers midi, j'émergeai d'un sommeil si profond que j'en avais oublié où j'étais et ce que j'y faisais. Recouvrant mes sens, le souvenir de notre équipée nocturne me revint en mémoire. J'étais en train de songer aux événements étranges des deux mois passés, lorsque l'évidence brutale m'apparut que l'une des prophéties de Jeanne avait failli ; en effet, où donc étaient Noël et le Paladin, qui auraient dû se joindre à nous à la onzième heure ? Voyez-vous, en ce temps-là, j'étais déjà accoutumé au fait que tout ce que Jeanne prédisait devait se réaliser à l'heure dite. Troublé, voire tourmenté par cette pensée, j'entrouvris les yeux. Que vis-je ? Le Paladin en personne, adossé à un arbre et qui me contemplait de toute sa hauteur ! Cela arrive parfois, n'est-ce pas ? On pense à une personne, ou on en cause, quand, soudain, la voici qui survient. C'est un peu comme si la proximité même de cette personne vous amenait à y penser, plutôt que, comme on l'imagine généralement, par le simple effet d'une coïncidence. Quoi qu'il en fût, le Paladin était bel et bien là, à me regarder, attendant patiemment que je m'éveillasse. Sa vue me réchauffa le cœur. Je me levai d'un bond, lui serrai la main, l'entraînai à l'écart – il claudiquait comme un infirme – et le fis asseoir :

— D'où viens-tu ? Comment es-tu parvenu ici ? Et que fais-tu en tenue de soldat ? Raconte.

— J'ai chevauché avec vous cette nuit, me répondit-il.

— Par Dieu ! m'exclamai-je.

J'ajoutai, en mon for intérieur : « Ainsi, la prophétie ne se trompait pas : elle est à moitié réalisée. »

— C'est ma foi vrai, répliqua-t-il. J'ai quitté Domrémy en toute hâte pour me joindre à vous ; à une minute près, je serais arrivé trop tard, mais j'ai imploré avec tant de ferveur le capitaine de me laisser me joindre à vous que, touché par ma dévotion envers ma mère patrie, selon ses propres mots, il a fini par céder à mes prières et m'a autorisé à partir avec vous.

« Quel menteur ! » pensai-je. En réalité, il devait faire partie des six hommes que le capitaine avait recrutés de force à la dernière seconde. J'en étais certain, car la prophétie de Jeanne avait bien prévu qu'il se joindrait à nous « à la onzième heure », mais pas de son propre gré. Je lui répondis néanmoins :

— Quel plaisir de te voir ! Notre cause est si noble qu'il ne sied point au brave de se calfeutrer au logis en pareil moment.

— Se calfeutrer au logis ? Je ne le pourrais pas plus que la foudre ne peut rester cachée dans les nuées quand éclate l'orage.

— À la bonne heure ! Voilà qui est bien dit ; ces propos sont dignes de toi.

Ma remarque lui alla droit au cœur.

— Je suis heureux que tu me connaisses si bien, contrairement à d'autres. Mais ils ne vont pas tarder à savoir qui je suis. Ils apprendront à me connaître bien avant que j'en aie terminé avec cette satanée guerre.

— Je pense bien. Je suis persuadé que tu ne manqueras jamais de te distinguer du lot chaque fois que le danger se présentera.

Rien ne pouvait davantage le flatter que ces paroles ; il enfla comme une outre.

— Il n'est pas impossible, me répondit-il, et je crois me connaître, que mes exploits, durant cette campagne, te donnent à maintes reprises l'occasion de te souvenir de ce que tu viens de dire.

— Je serais fol d'en douter, assurément.

— Comme simple soldat, prouver toute ma valeur sera difficile, mais le pays n'en entendra pas moins parler de moi. Ah, si j'avais le rang qui correspond à mon mérite… si j'étais à la place de La Hire, de Xaintrailles ou du Bâtard d'Orléans… ! Bon, je me tiens coi car, Dieu merci, ce n'est pas mon genre de me vanter, comme Noël Rainguesson et d'autres. Mais ce sera une prouesse, en tout cas, quelque chose de neuf, de jamais vu en ce monde, si je puis dire : ma renommée de simple soldat grandira si haut qu'elle éclipsera la leur.

— Mais voyons, mon ami, lui dis-je, sais-tu que tu as attrapé là une idée des plus remarquables ? Es-tu conscient du gigantisme de ses proportions ? Réfléchis bien : quel mérite y aurait-il à devenir un fameux général ? Aucun. L'histoire en regorge au point d'en être saturée ; leur nombre encombre si bien notre mémoire que celle-ci ne peut en retenir tous les noms. Tandis qu'un simple soldat qui parvient à la renommée… Tu seras un cas unique dans l'histoire ! Telle la lune, ton nom luira comme un astre unique au milieu d'un firmament peuplé d'innombrables étoiles ;

il survivra à la race humaine ! Mon ami, qui t'a donné cette brillante idée ?

Sur le point d'éclater de bonheur, il se retint cependant pour ne point trahir sa fatuité. Après avoir écarté mon compliment d'une main nonchalante, il me répondit d'un ton suave :

— Ce n'est rien, voyons. Des idées de cet acabit, j'en ponds treize à la douzaine, voire de bien meilleures. D'ailleurs, je ne tiens pas celle-ci pour exceptionnelle.

— Tu m'étonnes ! Vraiment ? Cette idée est bien de toi ?

— Absolument ! Et j'en garde moult autres en réserve dans mon cellier, me dit-il en se tapotant le chef de l'index.

Il inclina son casque sur son oreille droite pour se donner un air crâne avant de poursuivre :

— Je n'ai nul besoin d'emprunter mes idées, comme Noël Rainguesson.

— En parlant de Noël, quand l'as-tu vu pour la dernière fois ?

— Pas plus tard qu'il y a une demi-heure. Il roupille, là-bas, comme un bienheureux. Nous avons chevauché ensemble la nuit dernière.

Mon cœur ne fit qu'un bond. Je me sentais heureux et apaisé à présent, bien décidé à ne plus jamais douter des prophéties de Jeanne.

— J'en suis ravi. Je suis très fier de notre village. Je vois que, par les temps qui courent, il se garde bien d'enfermer chez eux des cœurs de lion comme les vôtres.

— « Cœurs de lion », dis-tu ? De qui veux-tu parler ? De ce bambin de Noël ? Mais il jappait comme un chien qui mendie sa soupe ; il implorait qu'on le laissât en paix ; il se lamentait, disant qu'il voulait s'en retourner chez sa mère. Lui, un « cœur de lion », ce bousier ? Laisse-moi rire !

— Ma foi, je croyais qu'il s'était porté volontaire… Ce n'est pas le cas ?

— Oh, « volontaire » pour le bourreau, oui ! Quand il a appris que j'allais m'engager, il m'a prié de lui permettre de m'accompagner pour jouir du spectacle sous ma protection et partager la liesse des préparatifs du départ. En arrivant à Vaucouleurs, les rangées de torches nous menaient droit à la forteresse ; nous y avons couru ; le capitaine a aussitôt fait saisir Noël avec quatre autres marauds. Noël supplia qu'on le laissât partir ; je suppliai pour ma part qu'on me donnât sa place ; finalement, le capitaine me permit de me joindre à la troupe, mais il refusa de libérer Noël car ses lamentations le dégoûtaient. Oui, et je me demande de quel secours il pourra bien être au service du roi, car aussi vrai que je te parle, il mangera comme quatre et s'enfuira comme dix. Je déteste les marauds dans son genre qui ont un cœur de nain et un estomac d'ogre.

— Ce sont des nouvelles fort surprenantes que tu m'apprends là ; j'en suis bien contrit et déçu, moi qui le prenais pour un gaillard des plus virils.

— Je ne comprends pas, me répondit le Paladin avec un regard peiné, comment tu peux parler ainsi. Je ne comprends même pas comment tu peux entretenir une idée aussi saugrenue. Je ne déteste pas Noël, note bien ; je ne nourris aucun préjugé à son encontre ; d'ailleurs je me garde bien d'avoir des préjugés contre quiconque. Je l'aime bien, même, nous sommes de bons camarades depuis le berceau ; mais il doit m'accorder la liberté de parler franchement de ses défauts, tout comme je suis prêt à le laisser parler librement des miens, si j'en avais. Peut-être en ai-je quelques-uns, après tout ; des plus anodins, sans doute, du moins je le pense. Tu parles d'un « gaillard viril » ! Si tu l'avais entendu pleurnicher, se lamenter, pester, la nuit dernière, sous prétexte que sa selle lui meurtrissait les fesses. Pourquoi ma selle ne me faisait rien, à moi ? Je m'y sentais aussi à mon aise que si j'étais né dessus. Pourtant, moi aussi, je me tenais sur un cheval pour la première fois de ma vie. Or, tous les vétérans admiraient mon assiette ; ils n'avaient jamais vu cela, disaient-ils. Mais le pauvre Noël ? Mon pauvre vieux, ils le remettaient constamment en selle.

Des effluves de viande rôtie filtrèrent à travers la ramure : le déjeuner était prêt. Les narines du Paladin s'élargirent avec avidité. Il se releva avec peine et se retira en clopinant sous le prétexte d'aller étriller son cheval.

C'était un brave type, au fond, un géant au grand cœur. Il n'était pas méchant, dans la mesure où un chien qui aboie ne fait de mal à personne tant qu'il ne mord point ; l'âne a bien le droit de braire aussi longtemps qu'il ne lance pas de ruade. Cette monumentale carcasse caparaçonnée de muscles et de vanité délirante possédait, semblait-il, une langue calomnieuse, mais qu'y faire ? il n'y mettait aucune malice ; sans compter qu'il n'était pas responsable de cette faiblesse qui était l'œuvre de Noël Rainguesson ; ce dernier l'avait bâtie, nourrie, encouragée et perfectionnée pour sa plus grande distraction. D'esprit léger et insouciant, il lui fallait quelqu'un à houspiller, à taquiner, à ridiculiser en permanence ; bien dressé, le Paladin convenait à merveille ; le dressage eut donc lieu, rondement mené, année après année, au détriment d'autres considérations. Le résultat était parfait. Noël prisait la compagnie du Paladin au-dessus de toute autre et le Paladin quêtait anxieusement la compagnie de n'importe qui d'autre de préférence à celle de Noël. Il n'empêche qu'on rencontrait rarement le géant sans son avorton de comparse, de la même manière qu'un bœuf est rarement vu sans son compère le moucheron.

Dès que l'occasion se présenta, je m'entretins avec Noël. Je lui souhaitai d'abord la bienvenue dans notre expédition :

— C'était bien noble et brave de ta part de t'être porté volontaire, Noël.

Une lueur d'ironie s'alluma dans ses yeux.

— Oui, c'était assez noble, en effet, bien que le mérite ne fût pas mien ; j'ai reçu une aide d'importance.

— Celle de qui ?

— Celle du capitaine de Vaucouleurs.

— Comment cela ?

— Eh bien, pour tout t'avouer, j'avais quitté Domrémy à seule fin de profiter de la foule et du spectacle ; c'était la première fois que l'occasion se présentait et je ne voulais surtout pas la rater ; en bref, je n'avais nullement l'intention de m'enrôler. En route, je rattrapai le Paladin et lui tins compagnie pendant le reste du trajet, en dépit de ses vigoureuses rebuffades ; comme nous profitions de la lueur des torches des hommes du capitaine pour jouir du spectacle, celui-ci nous fit réquisitionner par surprise avec quatre autres manants pour nous rajouter à l'escorte ; c'est ainsi que je me portai « volontaire ». Mais je m'en félicite : la vie au village serait devenue bien morne en l'absence du Paladin.

— Comment a-t-il pris la chose ? Était-il content ?

— Je suppose que oui.

— Pourquoi ?

— Tout bonnement parce qu'il prétendait le contraire. Il a été pris par surprise, vois-tu ? Il est incapable de dire la vérité à moins de s'y être longuement préparé. Ce qui ne veut pas dire, note bien, qu'il s'y serait préparé s'il en avait eu le loisir ; je doute qu'il l'eût fait. Je ne le lui reproche pas, d'ailleurs. En même temps qu'il se prépare à dire la vérité, il peut tout aussi bien fomenter un mensonge ; en outre, dans ce cas, son jugement aurait été clairvoyant et l'aurait prévenu contre le danger qu'il courait à hasarder une nouvelle méthode de défense en présence de l'inattendu. Oui, plus j'y pense, plus je suis enclin à croire qu'il était aussi satisfait qu'il prétendait ne pas l'être.

— L'était-il à ce point ?

— Assurément. Il implorait merci comme un serf et gueulait tout son saoul en appelant sa mère. Il braillait que sa santé était délicate, qu'il ne savait monter à cheval, qu'il ne survivrait pas à la première journée de monte. Mais ce grand fol ne se rendait pas compte que l'ampleur de sa corpulence le trahissait. Il y avait un muid de vin, à côté de lui, qui aurait demandé quatre hommes pour le soulever. La colère du capitaine vira au rouge ; il lui flanqua un magistral coup de pied au cul en lui donnant ordre de transporter ce muid sans quoi il le ferait découper en lardons et renvoyer à sa mère dans la barrique en question. Le Paladin la souleva avec une telle aisance qu'elle lui valut une place d'honneur immédiate dans l'escorte, sans davantage de discussion.

— Oui, d'après tes dires, on peut en conclure en effet qu'il était heureux de se joindre à nous… si les indices sur lesquels tu fondes ta conclusion sont véridiques. Comment a-t-il supporté la chevauchée de cette nuit ?

— À peu près aussi bien que moi. C'était lui qui gueulait le plus, mais c'était à cause de l'énormité de son poids. On nous maintenait en selle de force. Nous sommes aussi moulus l'un que l'autre et, s'il lui prend l'envie de s'asseoir, grand bien lui fasse ; quant à moi, je préfère rester debout.

4

Jeanne ordonna le rassemblement et nous passa attentivement en revue. Elle nous tint un petit discours pour nous signifier que, en dépit de sa brutalité, la guerre pouvait se faire et se faire mieux sans qu'il fût besoin de proférer des obscénités et autres atrocités de langage ; elle nous exhorta à nous souvenir de cette admonition et à nous y conformer. Ensuite, elle ordonna une demi-heure de leçon d'équitation et désigna l'un des vétérans comme instructeur. L'exercice nous couvrit de ridicule, mais il fut riche en enseignements ; satisfaite, Jeanne nous complimenta. Elle ne prit pas elle-même de leçon ni ne participa aux manœuvres et évolutions, se contentant de rester assise sur son coursier, immobile comme une statue équestre, à nous observer. Cela lui suffisait, voyez-vous. Elle ne manquait ni n'oubliait le moindre détail de l'instruction ; son œil et son esprit enregistraient tout. Elle l'appliquait ensuite avec autant d'aisance et d'assurance que si elle l'avait longuement pratiqué.

Nous accomplîmes trois randonnées nocturnes de douze à treize lieues chacune, chevauchant sans encombre car on nous prenait pour une bande de routiers en maraude. Les gens du peuple ne sont que trop heureux de voir ce genre de troupe passer son chemin sans s'arrêter. Ces chevauchées n'en furent pas moins exténuantes et inconfortables, car rares étaient les ponts et nombreux les cours d'eau qu'il nous fallait, pour la plupart, passer à gué ; or l'eau en était glaciale et, quand nous nous allongions ensuite pour dormir sur le sol gelé ou enneigé, emmitouflés dans nos hardes mouillées, nous étions bien en peine de nous réchauffer et de trouver le sommeil, d'autant plus que la prudence nous interdisait d'allumer des feux. Nos énergies flanchaient sous l'effet mortel de ces épreuves qui, en revanche, n'affectaient nullement Jeanne : elle conservait tout entière sa fraîcheur et sa robustesse ; la même flamme animait son regard. Nous ne pouvions que nous en étonner sans parvenir à nous l'expliquer.

Mais si, jusqu'ici, le sort ne nous avait guère épargnés, que dire des cinq nuits suivantes ? Outre nos chevauchées toujours aussi éreintantes et l'eau des rivières toujours aussi glacées, nous dûmes subir sept embuscades au cours desquelles nous avons perdu deux novices et trois vétérans. La nouvelle circulait que la Pucelle de Vaucouleurs se dirigeait sous bonne escorte vers le roi ; dès lors, les routes étaient attentivement surveillées.

Ces cinq nuits découragèrent beaucoup notre commandement. Une découverte faite par Noël, qui l'avait rapportée aussitôt à nos officiers, ne rehaussait pas leur moral. Certains de nos hommes ne comprenaient pas comment faisait Jeanne pour rester alerte, vigoureuse et confiante alors que les hommes les plus robustes de la compagnie, épuisés par de trop longues étapes dans le froid mordant, se renfrognaient et devenaient irritables. Cet exemple vous montre à quel degré d'aveuglement peuvent parvenir les êtres humains qui ont pourtant des yeux pour voir. Leur vie durant, ces gens avaient vu les femmes de leur maisonnée se laisser atteler à côté d'une vache pour tirer la charrue à travers champs, tandis que l'homme les conduisait. Ils avaient été témoins d'une tonne d'évidences prouvant que la femme est bien plus endurante, plus tenace et plus solide que l'homme. Mais à quoi bon tout ce qu'ils avaient vu ? À rien. Ils n'en tiraient aucune leçon. Il leur paraissait incroyable qu'une jeune fille de dix-sept ans puisse supporter les fatigues de la guerre mieux que les vétérans aguerris de l'armée. Ils oubliaient simplement qu'une grande âme, en poursuite d'un grand dessein, peut insuffler une force indomptable dans un faible organisme et le maintenir en bon état de marche. Or, qui nous commandait, sinon la plus grande âme de l'univers ? Mais comment de tels rustres auraient-ils pu le deviner ? Leur raisonnement était au niveau de leur ignorance. Ne cessant de se quereller entre eux à ce propos en présence de Noël, ils finirent par s'accorder sur la conclusion que Jeanne était une sorcière à qui Satan conférait son étrange force et sa témérité. Ils décidèrent en conséquence d'attendre l'occasion propice pour lui ôter la vie.

De si noirs complots au sein de notre compagnie nous parurent d'une extrême gravité, aussi les deux chevaliers demandèrent-ils à Jeanne la permission de pendre ces gredins ; elle refusa tout net, disant :

— Ni eux ni quiconque ne peut attenter à ma vie tant que ma mission n'est pas accomplie. Pourquoi, alors, devrai-je souiller mes mains de leur sang ? Je vais le leur expliquer et les tancer d'importance. Mandez-les.

Quand ils lui furent présentés, elle leur exposa les faits sans ambages, comme si l'idée qu'ils puissent en douter après l'assurance qu'elle leur donnait ne lui venait même pas à l'esprit. Ces marauds furent évidemment surpris et impressionnés de l'entendre affirmer cela avec tant d'assurance car, chez les superstitieux, les prophéties exprimées avec audace ne tombent jamais dans l'oreille d'un sourd. Oui, son discours les marqua au fer rouge, mais la remarque qu'elle fit pour terminer les impressionna encore davantage. Jeanne s'adressa au meneur du complot, lui disant avec tristesse :

— Quelle pitié de te voir comploter la mort d'une autre personne quand la tienne est si proche.

Cette nuit-là, au passage de notre premier gué, son cheval se cabra et lui retomba dessus : l'homme se noya avant que les secours ne pussent intervenir. Dois-je préciser que ce fut l'unique et dernier complot que nous eûmes à souffrir ?

Cette même nuit ne fut pas sans son lot d'embuscades, mais nous ne déplorâmes aucun tué. Encore une dernière nuit et, plût à la chance, nous serions en pays ami ; nous la vîmes tomber avec sollicitude. Les nuits précédentes, nous appréhendions ces départs silencieux en pleines ténèbres, assurés d'être frigorifiés à chaque passage de gué et harcelés par l'ennemi. Mais, ce soir-là, nous ressentions l'impatience d'en finir une bonne fois pour toutes, malgré la certitude de devoir livrer des combats plus meurtriers et plus nombreux que toutes les nuits qui avaient précédé. En aval, à trois lieues environ, un frêle pont de bois enjambait la rivière fort profonde à cet endroit. Or, il était tombé toute la journée un mélange abondant de pluie et de neige. Si la rivière avait gonflé au point d'emporter le pont, nous nous retrouverions quasiment pris au piège avec de bien maigres chances de nous en tirer.

À la nuit, nous sortîmes en une seule file des profondeurs sylvestres qui nous dissimulaient et nous prîmes la route. Dès le début des embuscades, Jeanne avait décidé de chevaucher en tête, ce qu'elle fit présentement. Au bout d'une lieue, la pluie et la neige se transformèrent en grésil qui, sous l'effet des bourrasques, nous fouettait le visage ; j'enviais Jeanne et les chevaliers qui pouvaient refermer le mézail mobile de leur armet pour se protéger. Soudain, très proche, au plus profond des ténèbres, un ordre guttural fut lancé :

— Halte-là !

Nous obéîmes. Je distinguai à grand-peine une masse sombre qui, sans que je puisse le garantir, pouvait bien être celle d'un groupe de cavaliers. Un homme s'en détacha qui lança à Jeanne d'un ton irrité :

— Eh bien, vous en avez mis du temps, à la vérité. Qu'avez-vous découvert ? Est-elle derrière ou devant nous ?

— Encore derrière, répondit Jeanne avec sang-froid.

La nouvelle radoucit le ton de l'étranger, qui dit :

— Si vous m'en donnez l'assurance, capitaine, vous n'aurez certes pas perdu de temps. En êtes-vous sûr ? Comment le savez-vous ?

— Je l'ai vue de mes propres yeux.

— Vue ? La Pucelle ?…

— Assurément, je me suis infiltré dans son camp.

— Par Dieu ! capitaine Raymond, pardonnez le ton rude que je viens d'employer. Vous avez accompli là une action d'une audace admirable. Où campait-elle ?

— Dans la forêt, à une lieue à peine d'ici.

— À la bonne heure ! Je craignais qu'elle ne soit devant nous mais, à présent que nous avons la certitude qu'elle est encore derrière, tout est pour le mieux. Elle est nôtre. Nous la pendrons haut et court. Tiens, vous le ferez vous-même : nul autre que vous n'a mieux gagné le privilège de nous débarrasser de cette peste envoyée par Satan.

— Comment vous remercier ? Si nous l'attrapons, je…

— Comment si nous l'attrapons ? J'en fais mon affaire, soyez sans crainte. Un simple coup d'œil me suffira pour savoir de quoi est faite la face du trublion qui nous a causé tant de tracas ; ensuite, vous et vos gens pourrez en disposer. Combien d'hommes l'escortent-ils ?

— J'en ai compté dix-huit, mais elle avait dû en poster deux ou trois en sentinelles.

— C'est tout ? Mes forces n'en feront qu'une bouchée. Est-il vrai qu'elle n'est encore qu'une fille ?

— Oui, elle a dix-sept ans au plus.

— C'est incroyable ! Est-elle robuste ou maigrichonne ?

— Maigrichonne.

L'officier garda un moment le silence, puis :

— Se préparait-elle à lever le camp ?

— Pas quand je l'ai vue la dernière fois.

— Que faisait-elle ?

— Elle devisait avec l'un de ses officiers.

— « Devisait », dites-vous ? Elle n'aboyait pas d'ordre ?

— Non, elle parlait aussi paisiblement que nous le faisons.

— C'est bon signe. Elle se croit en sécurité. Sans cela, elle se serait montrée nerveuse et enquiquineuse comme une femelle qui renifle le danger. Puisqu'elle ne se préparait pas à lever le camp…

— Elle ne s'y préparait pas quand je l'ai vue, en tout cas.

— … et qu'elle discutait tranquillement, cela signifie que le temps n'est pas à sa convenance. Chevaucher nuitamment dans le grésil et la bourrasque ne sied point à une pucelle de dix-sept ans. Non, elle restera sûrement où elle campe. Je lui en sais gré. Cela nous permet de bivouaquer nous-mêmes. L'endroit où nous sommes s'y prête. Dressons le camp.

— À vos ordres ! Mais deux chevaliers l'accompagnent qui risquent de la convaincre de se remettre en route, surtout si le temps devient plus clément.

J'étais transi de peur. Il me tardait que nous nous retrouvions hors de danger ; ma détresse et mon angoisse étaient grandes car, selon les apparences, Jeanne faisait tout pour nous retarder et aggraver le péril. Pourtant, elle savait mieux que moi ce qu'elle faisait. L'officier lui dit :

— En ce cas, nous serons ici pour l'intercepter.

— Oui, s'ils empruntent ce chemin. Mais si elle envoie des éclaireurs, ce qu'ils découvriront risque de la persuader de couper à travers bois jusqu'au pont. Est-il prudent de laisser le pont intact ?

Je tressaillis à l'entendre.

L'officier réfléchit un moment, avant de répondre :

— Il suffirait d'envoyer un groupe pour le détruire. Mon intention était d'y maintenir le commandement, mais ce ne sera plus nécessaire.

— Avec votre permission, répondit calmement Jeanne, j'irai le détruire moi-même.

Ah ! je comprenais enfin où elle voulait en venir. J'étais heureux qu'elle ait eu la clairvoyance d'inventer ce subterfuge, ainsi que le pouvoir de garder son sang-froid et d'improviser tout en marchant sur la corde raide. L'officier répondit :

— Vous l'avez, capitaine, vous l'avez, avec ma gratitude. Si c'est vous qui le faites, ce sera bien fait. Je n'aurais pu envoyer meilleur homme à votre place.

Ils se saluèrent. Nous repartîmes. Je respirais enfin. Combien de fois, durant l'agonie de cette interminable conversation, avais-je imaginé entendre derrière nous les martèlements des sabots de la troupe du vrai capitaine Raymond ? Je respirais mieux, bien sûr, mais mon anxiété demeurait car Jeanne s'était contentée de nous dire : « En avant ! » Nous nous mîmes en route. Nous cheminions sur une seule file, dans un silence de mort, de conserve avec les formes indécises de l'interminable colonne d'ennemis à côté de nous. La tension était intolérable, mais, par bonheur, elle fut de courte durée car l'ennemi mit bientôt pied à terre et Jeanne, à mon grand soulagement, nous ordonna de prendre le trot. Avant que le commandement de descendre de cheval ne fût donné, si l'envie nous avait pris de prendre le galop, quelqu'un se serait peut-être avisé le long de la ligne de nous demander le mot de passe, mais comme nous nous dirigions tranquillement en direction du camp qui nous avait été assigné, on nous laissa passer sans autre forme de procès. Plus nous avancions, plus le nombre de nos ennemis nous apparut formidable. Leur forcc comptait peut-être cent ou deux cents hommes, mais j'eus la sensation qu'il y en avait un millier. Quand nous eûmes dépassé le dernier d'entre eux, je me sentis soulagé et, plus nous pénétrions dans l'obscurité rassurante, plus l'impression de sécurité augmentait. Je me sentis un peu mieux pendant une heure ; mais, à la vue du pont encore intact, je me sentis réellement bien. Nous le détruisîmes après l'avoir traversé. Enfin, soulagé, je me sentis… comment dire ? En vérité, il faut l'avoir senti soi-même pour en avoir une idée.

Nous nous attendions à tout moment à entendre le galop furieux de nos poursuivants car nous pensions que le vrai capitaine Raymond ne tarderait pas à arriver, révélant par la même occasion à nos ennemis que la troupe qui s'était fait passer pour sienne appartenait sans doute à la Pucelle de Vaucouleurs. Il avait dû être sérieusement retardé car, quand nous reprîmes notre progression sur la rive opposée, aucun bruit, à l'exception de ceux de la tempête, ne se fit entendre derrière nous.

Je fis alors remarquer que, tandis que Jeanne avait récolté une moisson abondante de compliments destinés au capitaine Raymond, le pauvre bougre n'allait trouver, à son retour, rien à glaner, hormis une brassée du chaume desséché des remontrances en provenance d'un commandant en humeur à veiller lui-même à la distribution.

— Sans aucun doute, me répondit Jeanne. Non seulement le commandant a commis l'erreur de confondre une troupe avec une autre à la faveur de la nuit et de la laisser passer sans exiger le mot de passe, mais en outre il se préparait à camper sur place sans même avoir songé à envoyer quiconque détruire le pont, si je ne l'en avais pas avisé ; or, c'est bien connu, nul n'est plus prompt à relever les erreurs des autres que ceux qui commettent les pires.

La naïveté avec laquelle Jeanne parlait du conseil qu'elle avait donné comme d'un présent inestimable accordé à un chef ennemi pour le sauver d'avoir commis une impardonnable erreur amusa beaucoup le sieur Bertrand. Il se mit à admirer avec quelle ingéniosité Jeanne avait trompé cet homme, sans pour autant lui dire quoi que ce soit d'autre que la stricte vérité. Cette remarque troubla Jeanne.

— Il me semble, dit-elle, qu'il s'est induit lui-même en erreur. Je me suis défendue de lui dire un mensonge pour ne pas me mettre en faute ; mais, si mes vérités l'ont trompé, elles sont peut-être devenues des mensonges, et je me serais alors rendue coupable. Plût à Dieu de me faire savoir si j'ai commis une faute !

Nous l'avons rassurée, en lui disant qu'elle n'avait rien fait de mal, et que les dangers et nécessités de la guerre autorisaient d'avoir recours à la duperie pour aider sa propre cause et nuire à celle de l'ennemi ; mais nous avions beau faire, notre discours ne satisfaisait pas Jeanne. D'après elle, même lorsqu'une grande cause courait un grand danger, il fallait, par manière de dignité, recourir, en premier ressort, aux voies honorables.

— Jeanne, lui fit observer son frère Jean, tu nous avais bien dit que tu allais chez l'oncle Laxart pour soigner sa femme ; mais tu nous avais caché ton intention d'aller plus loin ; or cela ne t'a pas empêchée de te rendre à Vaucouleurs. Tu vois ?

— Tu as raison, répondit Jeanne d'un ton empreint de tristesse. Sans vous mentir, je vous ai néanmoins et sciemment trompés. J'avais épuisé en vain toutes les voies honorables sans obtenir de pouvoir m'en aller ; or je devais partir. Ma mission l'exigeait. Mais j'ai commis une faute, je l'avoue, je ne suis point irréprochable.

Elle garda le silence pour méditer un moment sur cette question, avant d'ajouter, avec une détermination tranquille :

— Cependant, j'ai bien fait, et je n'hésiterais pas à le refaire.

Ses scrupules nous parurent excessifs, mais personne n'en fit la remarque. Si nous avions connu Jeanne aussi bien qu'elle-même se connaissait, telle que son histoire nous l'a révélée plus tard, nous aurions compris la claire signification de son propos ; nous aurions su que, contrairement à ce que nous pensions à l'époque, sa position n'était pas identique à la nôtre, qu'elle appartenait à un plan d'existence plus élevé. Pour assurer le salut de sa cause, Jeanne consentait, en effet, à sacrifier le meilleur d'elle-même, c'est-à-dire sa véracité. En revanche, elle refusait de protéger sa vie à ce prix-là. Or, l'éthique militaire nous permet de mentir pour sauvegarder soit notre vie soit une position stratégique de quelconque importance. Ses paroles nous parurent banales, à l'époque, car leur essence nous échappait, mais, aujourd'hui, leur examen *a posteriori* nous révèle un principe tellement élevé qu'il leur donne une portée sublime.

Peu après, le vent se calma, le grésil cessa de tomber et le froid se fit moins mordant. La route se transforma en tourbière dans laquelle nos chevaux s'embourbaient, ne pouvant progresser qu'au pas. La fatigue eut raison de nous et nous nous endormîmes d'épuisement sur nos selles. Le rappel des dangers qui nous menaçaient ne parvenait même pas à ranimer notre vigilance.

Cette dixième nuit nous parut plus interminable que toutes celles qui avaient précédé. En tout cas, ce fut de loin la plus dure en raison de la fatigue, accumulée depuis le début, et dont le poids s'aggravait à chaque pas. Mais personne ne nous attaqua. À l'aube, un fleuve nous apparut : c'était la Loire. En pénétrant dans la bonne ville de Gien, nous savions que nous étions arrivés en pays ami, après avoir faussé compagnie à nos ennemis en les laissant loin derrière. Ce matin-là était de bon augure.

Nous formions une troupe dépenaillée de loqueteux crottés et miteux. Par contraste, Jeanne était de loin la plus fraîche, de corps et d'esprit. Nous avions progressé à une moyenne de treize lieues par nuit en empruntant chemins et sentiers détournés remplis d'ornières. Notre marche avait été un exploit. Elle prouve ce que les hommes sont capables d'accomplir lorsqu'ils sont conduits par un chef armé d'une résolution et d'une détermination farouches.

5

À Gien, une halte de deux ou trois heures nous suffit pour nous reposer et nous restaurer. La nouvelle s'était répandue alentour que la jeune fille envoyée par Dieu pour délivrer la France était dans les murs ; les gens se pressèrent en foule vers nos quartiers pour la voir, tant et si bien qu'il devint préférable de nous mettre en quête d'un abri plus discret ; nous poursuivîmes notre route et fîmes halte au hameau de Fierbois.

Le roi n'était plus qu'à six lieues d'ici, au château de Chinon. Jeanne me dicta en hâte une missive à son intention. Elle lui disait qu'elle avait parcouru quelque cent cinquante lieues pour venir vers lui et qu'elle savait beaucoup de choses le concernant ; elle le suppliait qu'il lui accordât le privilège de les lui dire en personne. Elle ajoutait que, bien qu'elle ne l'eût jamais vu, elle reconnaîtrait son roi parmi tous autres, quel que soit son déguisement.

Les deux chevaliers partirent au grand galop porter cette lettre. Le gros de la troupe se reposa tout l'après-midi ; après souper, nous nous sentions frais et dispos, en particulier le petit groupe de Domrémois qui occupions la salle de l'auberge du village à nous seuls et qui, pour la première fois depuis dix jours interminables et éprouvants, étions exemptés d'inquiétudes de toutes sortes, de frayeurs soudaines, d'embuscades meurtrières et de dures chevauchées. Le Paladin se montra de nouveau égal à lui-même, se pavanant de part et d'autre, fabuleux monument de fatuité.

— N'est-elle point admirable, dit Noël Rainguesson, la manière dont il nous a conduits jusqu'ici ?

— Qui ? demanda Jeanne.

— Mais, le Paladin…

Ce dernier fit semblant de ne pas entendre.

— En quoi s'est-il distingué ? demanda Pierre d'Arc.

— Mais… en tout. Seule la confiance que Jeanne met en sa prudence proverbiale lui a permis de garder le moral. Pour le courage, elle pouvait compter sur nous, et sur elle-même, mais le facteur décisif en période de guerre demeure la prudence ; la prudence est la plus rare et la plus élevée des vertus ; et le Paladin en possède davantage que n'importe qui d'autre en France… que dis-je ? Il en possède davantage, peut-être, que soixante hommes en France.

— Tu cherches à te rendre intéressant, Noël Rainguesson, répondit le Paladin. Tu as la langue trop bien pendue : si tu veux t'épargner des ennuis, tu ferais mieux de t'en faire une écharpe et de t'en fourrer le bout dans l'oreille.

— Ma foi, j'ignorais que le Paladin était tellement plus prudent que d'autres, intervint Pierre. La prudence exige un minimum de jugeote, or il n'en a pas davantage que quiconque, selon moi.

— Que nenni, tu n'y es pas. La prudence n'a rien à voir avec la cervelle, laquelle, à la vérité, lui fait obstruction, car la prudence ne raisonne point, elle sent. La prudence parfaite exige au contraire une parfaite absence de cervelle. C'est une qualité qui appartient au cœur, uniquement au cœur ; elle agit à travers nos sensations. Si c'était une qualité intellectuelle, la prudence ne pressentirait un danger, par exemple, qu'en présence du danger effectif, or…

— Entendez-le conter ses balivernes, le sombre crétin ! grommela le Paladin.

— … or, la prudence, qui est, je le répète, purement une qualité de cœur et qui ne procède que des sentiments, et non de la raison, est d'une utilité infiniment plus vaste et plus sublime car elle permet de flairer et d'éviter des dangers totalement inexistants ; comme, par exemple, cette nuit où, dans le brouillard, le Paladin a pris les oreilles de son cheval pour des lances ennemies et bondi de sa selle pour grimper dans un arbre…

— Mensonge ! pur mensonge sans le moindre fondement ! J'en appelle à vous tous : gardez-vous de prêter le moindre crédit aux inventions perfides de ce misérable moulin à ragots qui ne cesse d'attenter à ma renommée et qui n'hésitera pas à mettre votre réputation en bouillie à la première occasion. Si j'ai démonté, c'était uniquement dans le but de ressangler ma selle, que je meure si ce n'est point la vérité !… Oh ! et puis, croyez-moi ou non, cela m'est bien égal !

— Voilà, c'est ça le problème avec lui, voyez-vous ! Il est incapable de discuter calmement d'un sujet donné sans s'emporter et tourner à l'aigre. Notez d'ailleurs ses défaillances de mémoire. Il se souvient bien d'avoir démonté, mais il oublie le reste, à commencer par l'arbre. C'est normal, dans un sens : il se souvient d'avoir démonté tout bonnement parce qu'il n'arrêtait pas de le faire, régulièrement, à la moindre alarme et au moindre cliquetis d'armes survenant en tête de la compagnie.

— Pourquoi choisir ce moment en particulier ? demanda Jeanne.

— Comment le saurais-je ? D'après lui, pour ressangler sa selle, d'après moi, pour grimper aux arbres. Je l'ai surpris à grimper à neuf arbres en une seule nuit.

— Tu n'as rien vu de la sorte ! Un type qui peut mentir aussi effrontément ne mérite pas le respect. Vous tous, répondez-moi : prêtez-vous foi aux sornettes de ce reptile ?

Nous nous tûmes, embarrassés. Seul Pierre lui répondit, prudemment :

— Je… en fait, je ne sais trop quoi dire… La situation est… disons délicate. Il serait injurieux de refuser de croire une personne qui affirme une vérité de façon aussi péremptoire ; cependant, je me vois contraint d'avouer, si dur que cela puisse paraître, que je ne parviens pas à croire la totalité de ce qu'affirme Noël. Non, il m'est impossible de croire que tu aies pu grimper à neuf arbres en une seule nuit.

— À la bonne heure ! s'écria le Paladin. Que dis-tu de cela, Noël Rainguesson ? Sur combien d'arbres ai-je grimpé, Pierre ?

— Sur huit, seulement.

Le rire tonitruant qui s'ensuivit chauffa à blanc la colère du Paladin.

— Patience, dit-il. Vous ne perdez rien pour attendre. Vous me le paierez, je vous le jure.

— Méfiez-vous, plaida Noël, c'est un lion quand il s'y met. J'en sais quelque chose depuis notre troisième embuscade. Quand tout fut terminé, je l'ai vu surgir comme un diable des fourrés et pourfendre, à lui tout seul, un cadavre ennemi.

— Encore une menterie ! Je te préviens charitablement que tu vas trop loin. C'est un vivant que je vais finir par pourfendre, si tu insistes.

— Tu parles de moi, bien entendu ! Quelle injustice ! Tu me blesses plus que ne pourraient le faire un millier de propos injurieux ou malicieux. Une telle ingratitude à l'égard d'un bienfaiteur…

— D'un bienfaiteur ? Depuis quand ? Qu'est-ce que je te dois au juste ?

— Tu me dois la vie. Je restais en permanence entre l'arbre et l'adversaire et tenais à distance respectueuse des centaines et des milliers d'ennemis, pendant que, haut perché, tu te rongeais les sangs. Et je l'ai fait, note bien, non pour prouver ma valeur mais par amour pour toi, parce que je ne saurais vivre sans toi.

— Alors là, trop, c'est trop ! Je ne vais pas rester plus longtemps à écouter de telles infamies. Je puis supporter tes injures, mais pas tes déclarations d'amour. Garde tes perfidies pour ceux qui ont assez d'estomac pour les digérer. Vos maigres exploits vous montent à la tête et vous couvrent d'un vernis de gloire, tandis que je n'ai cessé de dissimuler les miens tout au long du parcours. Je me portais toujours en avant pour que vous ne puissiez pas me voir et être découragés à la vue de la puissance des coups que je portais à l'ennemi. C'était mon intention d'en garder le secret caché dans ma poitrine, mais voilà que vous m'obligez à le révéler. Si vous cherchez mes témoins, ils jonchent les routes et sentiers que nous avons empruntés. Les chemins étaient boueux, je les ai pavés de cadavres. La contrée était stérile, je l'ai fertilisée du sang ennemi. À maintes reprises, j'ai reçu l'ordre de retourner à l'arrière car notre commandement ne pouvait progresser en raison des morts que j'avais entassés sur leur route. Et toi, vulgaire mécréant, tu oses prétendre que je grimpe aux arbres ! Pouah !

Le Paladin sortit en affichant un air de dignité offensée. Le récit de ses exploits imaginaires l'avait ragaillardi.

Le lendemain, nous remontâmes en selle pour nous diriger vers Chinon. Nous tournions momentanément le dos à la cité d'Orléans, si proche, prise au piège des cruels Anglais ; mais bientôt, plût à Dieu, nous ferions volte-face pour nous porter à son secours. De Gien, la nouvelle était parvenue à Orléans qu'une petite paysanne, qu'ils appelaient la Pucelle de Vaucouleurs, s'était mise en route armée de l'ordre divin de briser le siège. La nouvelle avait provoqué une grande émotion et soulevé de vifs espoirs : la première bouffée d'espérance que ces pauvres âmes respiraient depuis cinq mois. Les Orléanais avaient aussitôt envoyé des représentants au roi pour l'implorer de prendre la nouvelle au sérieux, de ne pas traiter cette aide à la légère. Leurs émissaires étaient déjà à Chinon.

À mi-chemin, nous tombâmes dans une embuscade tendue par une compagnie de soldats ennemis. Ils surgirent soudain des bois en nombre considérable. Mais nous n'étions plus tout à fait des apprentis ; nous commencions à être habitués à ce genre de surprise ; notre cœur ne faillit point et nos armes ne tremblèrent pas dans nos mains. Nous avions déjà appris à rester en ordre de bataille, toujours sur le qui-vive, prêts à affronter n'importe quel imprévu. L'apparition de ces hommes ne nous impressionna pas davantage qu'elle n'impressionna notre chef. Avant qu'ils ne se regroupent, Jeanne avait déjà lancé l'ordre : « Chargez ! » Nous leur sommes tombés dessus comme une masse, ne leur laissant pas la moindre chance ; ils nous tournèrent le dos, s'éparpillèrent comme des lapins de garenne ; lancés à leur poursuite, nous les fauchâmes comme des blés mûrs. Ce fut notre dernière embuscade, fomentée sans doute par ce traître perfide de La Trémoille, grand chambellan et favori du roi.

Nous prîmes nos quartiers dans une auberge de la petite ville dont la population se pressa en masse pour voir la Pucelle.

Ah ! quel roi assommant et quel peuple ennuyeux ! Au bout d'un certain temps, nos deux bons chevaliers, à bout de patience, revenus de leur ambassade, se présentèrent à l'auberge pour donner leur rapport. L'un et l'autre, ainsi que notre petite troupe, nous restâmes debout, en signe de déférence – comme il sied aux gens qui se trouvent en présence de personnes royales –, jusqu'à ce que Jeanne, embarrassée par cette nouvelle marque de respect, peut-être malséante ou insolite à ses yeux (bien que nous ne nous serions jamais permis d'en user autrement depuis le jour où elle avait prophétisé la mort de ce misérable traître, confirmant ainsi les nombreux signes qui indiquaient qu'elle était bien l'émissaire de Dieu), nous ordonna de nous asseoir.

— Votre lettre a dûment été remise au roi, lui dit le sieur Jean de Metz, mais ses courtisans refusent de nous accorder un entretien avec lui.

— Qui l'interdit ? demanda Jeanne.

— Personne en particulier, mais il y en a trois ou quatre, parmi les plus proches – aussi comploteurs et traîtres les uns que les autres –, qui font obstruction, et inventent moult mensonges et prétextes pour retarder l'entrevue. Les plus fourbes sont Georges de La Trémoille et ce renard cauteleux d'archevêque de Reims. Plus le roi est dolent, livré à ses plaisirs et à ses extravagances, plus ils gagnent en importance ; si notre souverain s'affirmait soudain, s'il se dressait et se battait comme un homme pour la conquête de sa couronne et de son pays, c'en serait fini de leur suprématie. Ils s'engraissent aux dépens du royaume et aux dépens du roi dont la chute inévitable ne trouble pas le moins du monde leur digestion.

— Avez-vous parlé à d'autres, à part ces deux sires ?

Aux autres courtisans ? Non. Ils se comportent en laquais et courbent l'échine devant ces deux reptiles ; suspendus à leur bouche, attentifs à leurs gestes, ils les singent en action, en pensée et en paroles ; ils nous battent froid, se détournent de nous, nous évitent. Mais nous avons parlé avec les représentants de la cité d'Orléans. Voici ce qu'ils nous ont dit, dans le feu de la colère : « Il est impensable qu'un homme, plongé dans une situation aussi désespérée que l'est le roi, puisse musarder en rêvassant de façon aussi indécente, alors même que tout s'écroule autour de lui, sans lever un doigt pour conjurer le désastre ! Quel étrange spectacle ne nous donne-t-il pas ? Le voici piégé comme un rat dans ce trou minable du royaume, avec, pour seul refuge, la masse sinistre de cette forteresse tombale, aux tentures bouffées aux mites, ornée de quelques buffets bancals pour seul mobilier, véritable antre de la tristesse et de la déchéance ; sa trésorerie se monte en tout et pour tout à quarante écus, pas un denier de plus, Dieu en est témoin ! Pas d'armée, pas même l'ombre d'une armée ; et, en hideux contraste avec cette désolante pauvreté, vous découvrez ce misérable roitelet sans couronne assiégé par un essaim de courtisans et de favoris parés des soies et des brocarts les plus riches et les plus criards qui se puissent trouver dans toute la Chrétienté. Le pire est qu'il sait fort bien que, une fois notre vaillante cité tombée – ce qui ne manquera pas de se produire à moins d'un prompt secours –, la France tombera avec elle. Ce jour-là – il le sait, à n'en point douter –, il ne sera plus qu'un hors-la-loi, un fugitif impitoyablement traqué ; dans son dos, l'étendard anglais flottera, incontesté, sur chaque parcelle de ce qui était son vaste héritage ; il le sait, il sait que notre loyale cité, dans une affreuse solitude, se livre à un combat sans merci contre la famine et les épidémies, qu'elle lutte, l'épée à la main, pour surseoir à cette calamité… Or, en dépit de cette évidence, il refuse de se porter à notre secours, voire simplement d'entendre nos suppliques ou, plus simplement encore, de nous regarder en face ! » Voilà le discours que nous ont tenu ces gens. Ils sont désespérés.

Jeanne répondit gentiment :

— C'est grande pitié, certes, mais ils ne doivent pas perdre espoir : le dauphin les recevra bientôt. Cours le leur dire.

D'ordinaire, Jeanne ne disait pas le « roi », mais le « dauphin ». À ses yeux, Charles n'était pas le roi tant qu'il n'était pas couronné.

— Nous courons le leur dire : ils seront heureux de l'entendre, car ils croient que c'est Dieu qui vous envoie. L'archevêque et son compère La Trémoille sont soutenus par un vétéran, Raoul de Gaucourt, grand maître de l'hôtel du roi, un homme qui ne manque pas de valeur, mais un militaire obtus, à l'entendement étroit. Il ne peut comprendre comment une simple paysanne, ignorante de l'art de la guerre, pourrait tenir une épée dans sa frêle main et remporter des victoires, là où les généraux les plus aguerris de France ne récoltent, depuis cinquante ans, que la défaite. Il nous écoute en se lissant la moustache et en ricanant sottement.

— Quand Dieu livre bataille, il n'importe guère que la main qui brandit Son épée soit large ou menue. Raoul de Gaucourt l'apprendra bientôt. N'y a-t-il donc personne dans ce château de Chinon qui soit de notre côté ?

— Il y a bien quelqu'un, une femme, la belle-mère du roi, Yolande, la reine de Sicile. Elle est sage et bonne. Elle a parlé avec le sieur Bertrand.

— Elle nous est favorable ; elle déteste les autres, les parasites du roi, dit Bertrand. Vivement intéressée, elle m'a posé mille questions auxquelles j'ai répondu de mon mieux. Quand j'eus terminé, elle s'est mise à réfléchir, si longtemps que je finis par croire qu'elle s'était égarée dans un songe dont elle ne se réveillerait point. Mais il n'en était rien. Au bout d'un long moment, elle murmura, comme pour elle-même : « Une enfant de dix-sept ans… une humble paysanne… ne sachant lire ni écrire… ignorant tout de l'art de la guerre, de l'usage des armes, de la conduite des armées… modeste, aimable, timide… qui jette aux orties sa houlette de bergère, qui se barde d'acier, qui se fraye un passage pendant cent cinquante lieues à travers des contrées adverses sans jamais faiblir, sans jamais se lamenter, sans écouter sa peur, qui se présente à son roi – elle qui, devant un monarque, ne saurait éprouver que terreur et épouvante –, prête à lui affirmer : "Ne crains rien, Dieu m'a envoyée pour te sauver !" Ah ! d'où peut bien venir si sublime et admirable conviction sinon de Dieu lui-même ? » Pensive, elle garda de nouveau le silence, avant de conclure : « Que ce soit Dieu ou non qui nous l'envoie, la force qui anime son âme l'élève bien au-dessus des hommes, de tous les hommes de la France d'aujourd'hui ; elle possède ce pouvoir mystérieux qui parle au cœur du soldat, qui, par miracle, transforme une bande de poltrons en une armée de guerriers intrépides, oublieux, en sa présence, de toute forme de crainte, de guerriers qui montent au combat la joie dans le regard, une chanson aux lèvres, qui déboulent sur le champ de bataille avec l'impétuosité de la tempête. Voilà l'esprit qui peut sauver la France, voilà ce qui peut seul la racheter, quelle qu'en soit l'origine ! Cet esprit l'anime, j'en suis persuadée. Sans cela, elle n'aurait jamais entrepris et enduré pareille randonnée au mépris des dangers et de l'épuisement. Il faut que le roi la rencontre seul à seul… Il la recevra ! » Sur ces mots, elle m'a congédié. Elle tiendra sa promesse. Ces bêtes malfaisantes feront tout pour la retarder, mais elle ne saurait faillir.

— Ah ! plût au Ciel qu'elle fût le roi ! s'exclama Jean de Metz avec ferveur. Les chances sont bien minces de tirer celui-ci de sa léthargie. Son cas est désespéré : il ne pense qu'à tout balancer par-dessus bord et à s'enfuir en terre étrangère. Les gens d'Orléans disent qu'un sort l'a frappé, qui le réduit à l'impuissance, et dont le mystère reste insondable.

— Ce mystère, je le connais, nous dit Jeanne, avec une tranquille assurance. Je le connais et, hormis moi, Dieu seul le sait. Aussi, quand je verrai le dauphin, je lui ferai une révélation qui le guérira de son désarroi. Alors, il redressera la tête.

J'étais mort de curiosité de le connaître, le secret de cette révélation, mais elle ne nous en a rien dit, et je ne m'attendais d'ailleurs nullement à ce qu'elle le fît. Sous son air enfantin se cachait une détermination peu loquace quand il s'agissait de choses importantes ; elle n'essayait jamais de se rendre intéressante aux yeux des petites gens ; toujours très réservée, elle savait garder un secret, à l'instar des grands hommes.

Le lendemain, la reine Yolande remporta une victoire sur les gardiens du roi ; en dépit de leurs protestations et obstructions, elle obtint une audience pour nos deux chevaliers, qui en tirèrent tout ce qu'ils pouvaient en tirer. Ils vantèrent la pureté et la beauté du caractère de Jeanne, la grandeur et la noblesse de son esprit ; ils implorèrent le souverain d'avoir confiance en elle, de croire qu'elle lui était envoyée pour sauver la France ; ils le supplièrent de lui accorder une entrevue. Ému, troublé, le roi leur promit qu'il garderait leurs paroles en mémoire et qu'il consulterait son conseil. Cela parut encourageant.

Deux heures plus tard, un grand remue-ménage se fit entendre au rez-de-chaussée de notre auberge ; l'aubergiste grimpa les marches quatre à quatre pour nous dire, haletant, qu'une délégation d'augustes gens d'Église était envoyée par le roi : « Par le roi en personne, m'entendez-vous ?... Quel insigne honneur pour mon humble auberge !... » Trop ému par « l'insigne honneur », le pauvre aubergiste, à court de souffle, n'arrêtait pas de bégayer. Nous devinâmes que les émissaires du roi venaient s'entretenir avec la Pucelle de Vaucouleurs. Il sortit précipitamment, pour revenir derechef à reculons, ployé jusqu'au sol en humble salutation, suivi de quatre évêques en grand apparat, austères et imposants, environnés d'un essaim bourdonnant de serviteurs.

Jeanne se leva aussitôt, et nous avec elle. Les évêques s'assirent. Nous nous tînmes cois pour leur laisser la parole. De toute évidence, ils étaient tellement estomaqués de constater *de visu* que la personne à l'origine de tout ce remue-ménage n'était encore qu'une enfant – elle qui les reléguait au rang de vulgaires ambassadeurs contraints de ravaler leur dignité pour lui rendre visite à l'auberge plébéienne où elle avait élu domicile –, qu'ils restèrent un moment silencieux. Leur porte-parole finit par se décider ; d'un ton péremptoire, il dit à Jeanne qu'ils avaient appris qu'elle détenait un message destiné au roi et qu'en vertu de leurs pouvoirs ils lui commandaient subséquemment de le leur transmettre, de façon succincte, sans fioritures ni périphrases inutiles.

Je contenais ma joie à grand-peine : notre message allait enfin parvenir aux mains du roi ! Je lisais la même joie, la même fierté, la même exaltation sur les visages de nos deux chevaliers, ainsi que sur ceux des frères de Jeanne. Et je savais qu'ils priaient – tout comme je priais – pour que la muette stupéfaction qui nous frappait en présence de ces grands dignitaires et qui n'aurait pas manqué de nous paralyser et de nous clouer le bec n'affectât pas Jeanne, la laissant libre de bien délivrer son message, sans trébucher, et de créer ainsi une impression favorable au moment où cela importait le plus.

Oh, mes amis ! nous étions à mille lieues de nous attendre à ce qui allait suivre ! La réponse que leur fit Jeanne nous sidéra. Elle garda tout du long une attitude des plus déférentes, la tête penchée, les mains croisées devant elle, car elle vouait invariablement le plus profond respect aux serviteurs consacrés du Seigneur. Quand le porte-parole eut fini, elle leva les yeux, les regarda calmement l'un après l'autre, pas plus intimidée par leur état et leur grandeur qu'une princesse l'eût été à sa place, et leur dit, avec simplicité et parfaite modestie de voix et de manières :

— Pardonnez-moi, mes révérends sires, mais mon message n'est destiné à nul autre que le roi.

Les prélats restèrent abasourdis. La colère leur assombrit le visage. Leur porte-parole reprit :

— Écoute, maraude ! Aurais-tu l'impudence d'ignorer l'ordre du roi et de refuser de confier ton message aux serviteurs que Sa Majesté a dûment désignés pour le recevoir ?

— Dieu n'en a désigné qu'un pour le recevoir ; aucun ordre ne prévaut sur le Sien. Je vous prie humblement de me laisser parler à mon gracieux dauphin.

— Tes paroles sont insensées ! Donne ton message ! Donne-le donc qu'on en finisse !

— Vous vous méprenez, mes très révérends pères en Dieu, et ce n'est pas bien. Je ne suis pas venue en ce lieu pour converser, mais pour délivrer Orléans, mener le dauphin dans sa bonne ville de Reims et lui poser la couronne sur la tête.

— Est-ce là ton message pour le roi ?

Jeanne répondit, avec sa simplicité coutumière :

— Pardonnez-moi, révérends sires, de me répéter : je n'ai de message à transmettre à personne d'autre qu'à mon gracieux dauphin.

Muets de rage, les émissaires royaux se levèrent et quittèrent la salle. Sur leur passage, Jeanne s'agenouilla, et nous fîmes de même.

Nous avions la mine déconfite et le cœur écrasé par le poids du désastre. L'occasion tant espérée venait d'être perdue. Nous ne comprenions pas l'attitude de Jeanne, elle qui s'était montrée si avisée jusqu'à cette heure fatale. Le sieur Bertrand prit enfin son courage à deux mains et lui demanda pourquoi elle avait gâté cette unique chance de faire parvenir son message au roi.

— Qui nous les a envoyés ? se contenta de demander Jeanne.

— Le roi.

— Qui a poussé le roi à nous les envoyer ?

Elle attendit en vain la réponse. Nous commencions à pressentir où elle voulait en venir. Elle finit par répondre elle-même :

— Le dauphin y a été poussé par les membres de son conseil. Ceux-ci comptent-ils parmi mes ennemis, et les ennemis des intérêts du dauphin, ou bien font-ils partie de mes amis ?

— Ennemis, confirma le sieur Bertrand.

— Qui veut faire parvenir un message dans toute sa pureté et sa simplicité doit-il choisir des traîtres et des menteurs pour le transmettre ?

Je vis que nous avions été stupides et que la sagesse était de son côté. Les autres le virent également. Aussi, personne ne trouva rien à redire. Jeanne poursuivit :

— Leur piège n'était pas bien malin. Ils avaient prévu d'entendre le message et, tout en faisant semblant de transmettre l'original, de le faire dévier subtilement de son propos initial. Comme vous le savez, la première partie de mon message consiste à supplier le roi de me bailler une armée et de m'envoyer briser le siège d'Orléans. Imaginez que l'un de mes ennemis redise ces mêmes paroles, les mots exacts, sans en rien omettre, mais en les privant des gestes d'humilité, du ton modeste, du regard implorant qui seuls peuvent leur donner vie et émotion, que reste-t-il de la valeur de l'argument, comment pourrait-il convaincre ? Prenez patience. Le dauphin me recevra sous peu, n'ayez crainte.

Le sieur de Metz remua la tête à plusieurs reprises en murmurant :

— Elle avait raison ; quelle sagesse ! Nous nous sommes comportés en sombres benêts, voilà tout.

J'étais d'accord ; j'aurais pu dire la même chose ; nous tous, les témoins, aurions pu dire de même. Une sorte de respect mêlé d'admiration nous envahit à la pensée que cette fille illettrée, prise par surprise, sans y être préparée, n'en était pas moins capable de démasquer les intentions perverses des puissants conseillers du roi et de les déjouer. Étonnés, émerveillés, nous nous tûmes. Nous savions à quel point elle était grande en courage, force, endurance, patience, conviction, fidélité à son devoir, dans toutes ces qualités qui font un bon et loyal soldat, et le préparent à combattre avec vaillance. À présent, nous commencions à percevoir qu'elle possédait des qualités d'intelligence qui la hissaient à un niveau plus élevé encore que ses qualités de cœur.

Dès le lendemain, Jeanne récolta les fruits de ce qu'elle venait de semer. Obligé de reconnaître et de respecter l'esprit d'une jeune fille capable d'une telle témérité et d'une telle assurance, le roi parvint à imposer sa volonté et à répondre avec des actes plutôt qu'avec des mots vides et polis. Il ordonna que Jeanne quittât cette pauvre auberge pour s'installer, avec nous tous, ses serviteurs, au château fort de Couldray ; il la confia aux bons soins de Mme Bellier, l'épouse de Guillaume Bellier, son lieutenant à Chinon. Cette royale attention eut un effet immédiat : les nobles seigneurs et les gentes dames de la cour commencèrent à affluer pour voir et entendre l'étonnante fille-soldat dont tout le monde parlait et qui avait eu l'audace de refuser de se conformer au mandat du roi. Jeanne les charma tous par sa gentillesse, sa simplicité, son éloquence spontanée ; les meilleurs et les plus capables d'entre eux reconnurent en elle une qualité indéfinissable qui la hissait au-dessus du commun des mortels ; ils virent qu'elle était faite d'une autre étoffe, qu'elle se mouvait sur un plan plus élevé. Sa célébrité se répandit. Elle se faisait ainsi nombre d'amis et de défenseurs ; quel que fût leur rang, aucun de ceux qui avaient la grâce de contempler son visage et d'entendre le son de sa voix ne s'en retournait indifférent.

6

Tous les moyens étaient bons pour nous retarder. Les ministres ne cessaient de mettre le roi en garde contre toute décision hâtive nous concernant, lui qui ne décidait rien, même en prenant son temps. Ils expédièrent un comité de prêtres – toujours des prêtres – en Lorraine avec mission d'enquêter sur le caractère et le passé de Jeanne, ce qui allait nous faire perdre plusieurs précieuses semaines. Vous voyez à quel point ils se montraient tatillons ! Ils nous faisaient penser à des gens qui, accourus pour aider un homme à éteindre l'incendie qui ravage sa maison, décideraient d'envoyer au préalable une délégation à l'étranger enquêter s'il avait toujours respecté le carême, avant de décider de lui prêter main forte.

Les jours passaient. Notre interminable attente sécrétait un profond ennui, tempéré, pour nous autres jeunes gens, par l'attente d'un grand événement ; en effet, nous n'avions jamais vu de roi ; or, un jour ou l'autre, l'occasion ne pouvait manquer de se présenter où nous jouirions de ce prodigieux spectacle, et cette vision serait un trésor que nous conserverions notre vie durant ; aussi étions-nous en permanence sur le qui-vive, en quête de la moindre chance de l'apercevoir. Il se trouve que mes camarades, moins fortunés que moi dans ce domaine, durent attendre un peu plus longtemps. Un beau jour, une grande nouvelle nous parvint : les efforts conjoints des Orléanais, de la reine Yolande et de nos preux chevaliers étaient enfin parvenus à annuler l'influence du conseil et à persuader le roi de recevoir Jeanne.

Jeanne réserva bien sûr le meilleur accueil à cette fabuleuse nouvelle, cependant elle ne perdit pas pour autant la tête ; il n'en fut pas de même pour nous, qui, dans l'anxiété de l'attente, en perdions l'appétit, le sommeil et la capacité de nous rendre utiles en quoi que ce soit. Deux jours durant, nos deux chevaliers furent la proie de terribles pressentiments et d'une grande agitation à propos de Jeanne. L'audience, en effet, était prévue en soirée. Ils craignaient que Jeanne, à peine sortie de son village, novice dans ce genre de cérémonie, éblouie par les lueurs aveuglantes des longues rangées de torches, par le décorum et le protocole, par l'affluence de tant de personnalités renommées, par le chatoiement des costumes, bref, par les splendeurs de la cour, ne soit transie de peur et ne se couvre de ridicule.

J'aurais pu les rassurer, mais ils ne m'auraient pas écouté. Notre Jeanne ? Se laisser intimider par ce piteux spectacle, par le clinquant de cette parade de dindons empanachés, par ce roitelet entouré de ses papillonnants petits ducs bigarrés comme des damoiseaux ? Elle qui avait partagé l'intimité des princes du paradis, des familiers de Dieu, qui avait vu des cortèges d'anges s'étendre jusqu'aux confins du ciel, myriades après myriades, tel un éventail infini de lumière, à la gloire aussi splendide que celle de mille soleils emplissant de lumière d'or les étendues les plus reculées de l'espace ? C'était impossible !

La reine Yolande tenait à ce que Jeanne fît la meilleure impression possible sur le roi et la cour. Elle voulait à tout prix la revêtir des étoffes les plus riches, taillées à la mode la plus princière, ornées de joyaux rares. Elle ne pouvait qu'être désappointée, car, malgré ses efforts de persuasion, elle ne put convaincre Jeanne. Celle-ci la supplia de lui laisser porter une robe simple et modeste, comme il sied à une servante de Dieu, envoyée remplir une mission sérieuse à haute portée politique. C'est ainsi que la gracieuse reine imagina et fit coudre cette robe d'une beauté et d'une simplicité ensorcelantes à laquelle il m'est impossible de repenser, encore aujourd'hui, malgré mon grand âge, sans ressentir une émotion égale à celle que provoque l'écoute d'une exquise mélodie. Car cette robe évoquait quelque chose de musical, en vérité ; elle était comme une musique destinée aux yeux et au cœur ; cette robe était un poème, un rêve fait femme ; Jeanne devenait pur esprit en la revêtant.

Elle conserva cet habit qu'elle porta à plusieurs reprises lors d'occasions exceptionnelles. La robe fait aujourd'hui partie du trésor de la ville d'Orléans, avec ses deux épées et sa bannière, auxquelles s'ajoutent de menus objets tenus pour sacrés puisqu'ils lui ont appartenu.

À l'heure dite, le comte de Vendôme, grand seigneur de la cour, arriva, richement paré, avec ses pages, écuyers et serviteurs, pour conduire Jeanne auprès du roi. Les deux chevaliers et moi-même fûmes autorisés à l'accompagner ; notre position officielle auprès de sa personne nous permit de bénéficier de ce privilège.

Nous pénétrâmes dans la vaste salle d'audience : des rangées de gardes en armures étincelantes armés de piques ; des costumes magnifiques et variés, comme des parterres de fleurs, et, pour donner de l'éclat à ces masses de couleurs, une lumière qui jaillissait de deux cent cinquante flambeaux. Un large espace libre séparait la salle en deux dans le sens de la longueur ; il donnait sur le trône, qui était surmonté d'un dais. Un homme s'y tenait assis, il portait une couronne, il était noblement et richement vêtu, couvert de joyaux, et il avait le sceptre royal en main.

S'il est vrai qu'à l'arrivée de Jeanne on l'avait ignorée ou tenue à l'écart, à présent qu'une audience lui était accordée, on la recevait avec les honneurs réservés aux grands de ce monde. À l'entrée se tenaient quatre hérauts, couverts de splendides tabards, prêts à emboucher de longues et fines trompettes d'argent d'où pendaient des gonfanons de soie aux armoiries de la maison de France. L'entrée de Jeanne et du comte fut saluée par une longue sonnerie à l'unisson, qui fut répétée à six reprises au fur et à mesure de notre progression dans la salle, sous les voûtes peintes et dorées. Nos bons chevaliers se redressèrent avec fierté, tendirent le jarret et prirent une allure superbe et martiale. Ils ne s'attendaient nullement à une réception aussi splendide en l'honneur de notre bergerette.

Le comte précédait Jeanne de deux mètres et nous la suivions à égale distance. Notre marche solennelle s'arrêta à environ huit ou dix pieds du trône. Le comte fit un profond salut, annonça à voix haute le nom de Jeanne, salua de nouveau et prit place parmi un groupe d'officiers qui se tenaient près du dais. Le cœur battant, je dévorais des yeux le personnage couronné.

Tous les regards étaient tournés vers Jeanne ; tous la contemplaient avec un regard émerveillé confinant à l'adoration ; « qu'elle est ravissante ! qu'elle est adorable ! qu'elle est divine ! » semblaient-ils dire. Leurs lèvres entrouvertes et immobiles trahissaient à quel point ces puissantes gens, qui font habituellement fi des autres, s'étaient oubliés pour une fois, perdus dans l'unique objet de leur contemplation. Ils paraissaient subjugués par une vision.

Ils finirent par revenir à eux-mêmes, par émerger de l'enchantement, par s'en débarrasser comme d'une ivresse ou de toute autre forme d'intoxication. Ils se mirent alors à observer Jeanne avec un intérêt neuf et différent. Ils paraissaient curieux de voir ce qu'elle allait faire, comme si leur attention avait une raison spéciale et secrète de se porter sur elle.

Elle ne fit aucune salutation, pas la moindre inclination de la tête ; immobile, elle regardait en direction du trône dans le plus parfait silence. Il n'y avait rien d'autre à voir à présent.

Je regardai furtivement Jean de Metz : la pâleur de son visage me surprit.

— Que se passe-t-il, mon vieux ? lui murmurai-je.

Il me chuchota, à voix si basse que j'eus peine à l'entendre :

— Ils lui ont tendu un piège. Ils ont profité d'une allusion contenue dans sa lettre. Elle va se fourvoyer et ils se gausseront d'elle. Cet individu sur le trône n'est pas le roi.

J'observai Jeanne de dos. Sa pose faisait comprendre qu'elle avait le regard fixé sur le trône. Curieusement, ses épaules et sa nuque me parurent exprimer la perplexité. Détournant le regard, elle parcourut lentement et comme au hasard les rangs des courtisans, pour s'arrêter sur un jeune homme modestement vêtu ; le visage de Jeanne s'éclaira, elle courut vers lui, se jeta à ses pieds, lui enserra les genoux des deux bras, et lui dit, d'une voix délicate et mélodieuse, apanage de sa naissance, chargée à présent d'une profonde tendresse et émotion :

— Dieu vous donne vie, gentil roi !

Stupéfait, enivré de bonheur, de Metz s'écria :

— Par Dieu, quel prodige est-ce là !

Il me saisit la main, en écrasa tous les os dans sa poigne de fer, ajoutant, en secouant sa crinière :

— Maintenant, voyons ce que ces marauds peinturlurés auront à dire !

Mais le jeune homme modestement vêtu répondit à Jeanne :

— Tu te trompes. Je ne suis point le roi, Jeanne. Voilà le roi ! ajouta-t-il en désignant le trône.

Le visage de Jean de Metz s'empourpra d'indignation. Fou de rage, il murmura entre ses dents :

— Quelle honte de se gausser de la sorte, alors qu'elle est sortie victorieuse du premier mensonge ! Je m'en vais proclamer à tous…

— Tiens-toi tranquille ! lui chuchotai-je, en même temps que le sieur Bertrand, en le forçant à rester en place.

Jeanne n'avait pas bougé ; toujours à genoux, le visage aussi radieux, elle lui répondit d'une voix vibrante :

— En nom Dieu, gentil prince, c'êtes vous et non autre.

L'inquiétude de Jean de Metz s'évanouit. Il s'exclama :

— En vérité, elle ne devinait point, elle savait ! À quoi a-t-elle pu le reconnaître ? C'est miraculeux. Quelle joie ! Je ne me mêlerai plus de ses affaires, car elle est à la hauteur de toutes les situations ; ce qu'elle a en tête ne peut profiter du vide de la mienne.

Son interruption me fit perdre quelques phrases du dialogue échangé entre Jeanne et le roi. Je surpris cependant la question suivante du roi :

— Qui es-tu et que me veux-tu ?

— Gentil dauphin, j'ai nom Jeanne la Pucelle et, par moi, vous mande le Roi des cieux que vous serez sacré et couronné dans la ville de Reims et vous serez lieutenant du Roi des cieux qui est roi de France. Et s'il plaît à vous, gentil sire, de désigner la Pucelle comme vrai chef de guerre et de lui donner vos gens d'armes…

Jeanne marqua une pause, avant d'ajouter, une lueur de malice dans les yeux :

— … la Pucelle portera secours à votre bonne ville d'Orléans, brisera le siège des Anglais et les boutera hors.

Le visage amusé du roi s'assombrit à l'écoute de ce discours par trop martial qui faisait passer, dans l'air putride de sa cour décadente, le souffle puissant et viril des campements militaires et des champs de bataille. Son sourire un peu crispé disparut. Son air se fit grave et pensif. Au bout d'un moment, il fit un léger signe de la main ; tous les courtisans s'écartèrent et le laissèrent seul, en compagnie de Jeanne. Les chevaliers et moi-même nous dirigeâmes vers l'autre bout de la salle. À l'invitation du roi, Jeanne se releva ; ils se mirent à converser en privé.

Une intense curiosité avait dévoré les hôtes dans l'attente de la réaction de Jeanne. Ils avaient vu, à présent, et n'étaient pas peu surpris de constater qu'elle avait accompli cet incroyable miracle selon les termes de sa lettre ; ils étaient encore plus surpris de s'apercevoir que, loin d'être impressionnée par la pompe et les splendeurs qui l'environnaient, Jeanne s'adressait au monarque avec un naturel et une aisance dont ils n'osaient faire preuve, en dépit de leur expérience.

Quant à nos deux chevaliers, Jeanne les comblait d'une telle fierté qu'ils ne trouvaient plus leurs mots, impuissants à comprendre comment elle avait pu traverser pareille épreuve sans commettre la moindre maladresse ni le moindre impair qui aurait pu ternir la grâce et le mérite de sa remarquable performance.

Jeanne et le roi s'entretinrent longuement, sérieusement, à voix basse. Trop éloignés pour les entendre, nous ne pouvions qu'observer les résultats apparents de leur entretien. Parmi ceux-ci, les témoins de la scène en remarquèrent un en particulier tant il fut mémorable et surprenant, au point que l'histoire le perpétua grâce à certaines dépositions faites au procès de réhabilitation. Nous en ignorions, à l'époque, la signification, mais nous savions tous qu'il était d'importance. En effet, nous vîmes le roi se départir de son indolence coutumière pour se redresser soudain comme un homme fier, affichant un air d'immense et radieuse surprise. C'était comme si Jeanne lui avait fait une révélation un peu trop belle pour y croire, mais dont la teneur n'en faisait pas moins son bonheur et son édification.

Longtemps après, nous avons fini par apprendre quel avait été le contenu secret de leur conversation ; aujourd'hui, nous le connaissons et le monde le connaît. Ainsi se déroula cette partie de leur entretien (comme chacun peut le lire dans les livres d'Histoire) : perplexe, le roi demanda à Jeanne qu'elle lui montrât un signe ; il ne demandait pas mieux que d'avoir foi en elle, en sa mission, en l'origine surnaturelle de ses Voix, qui lui révélaient, il n'en doutait point, des sagesses celées au commun des mortels, mais comment pouvait-il totalement la croire, à moins que ces mêmes Voix ne prouvassent leur authenticité de façon irréfutable ? Alors, Jeanne lui répondit :

— Je donnerai un signe irréfutable. Un désarroi secret vous ronge le cœur, dont vous ne parlez à quiconque ; l'incertitude fait fondre votre courage, vous induit en tentation de tout rejeter et de fuir le royaume. Depuis bien longtemps, en votre for intérieur, vous priez Dieu, vous implorez Sa grâce pour qu'Il vous délivre de ce doute, même si, le faisant, vous risquez d'apprendre que vous n'avez nul droit au royaume.

C'est ce qui surprit le plus le roi. Car elle disait vrai : cette prière était un secret qu'il gardait jalousement par-devers lui, que personne, hormis Dieu, ne connaissait. Il lui dit alors :

— Ce signe suffira. Je sais, maintenant, que tes Voix sont de Dieu. Elles disent vrai en cela ; si elles t'en ont dit davantage, dis-le-moi : je te croirai.

— Elles répondent à votre incertitude. Je vous apporte leurs paroles de vérité : vous êtes vrai héritier de France, et fils de roi. Ainsi parle Messire Dieu ! Relevez la tête et ne doutez plus. Donnez-moi mes gens d'armes et envoyez-moi accomplir ma tâche !

Révéler au dauphin qu'il était issu de royale lignée ne pouvait que le mettre en confiance, l'inciter à se tenir droit et à se comporter en homme, le délivrer des incertitudes qui le rongeaient et le convaincre de son droit légitime à la couronne. S'il nous avait été permis de pendre haut et court la totalité des membres pestilentiels de son conseil, laissé à lui-même, le roi aurait volontiers exaucé les prières de Jeanne et l'aurait envoyée combattre. Seulement voilà, ces viles créatures, tenues en échec, n'en étaient pas matées pour autant : elles allaient prouver leur infernale habileté à inventer d'autres manœuvres dilatoires.

L'accueil splendide accordé à Jeanne – honneur réservé aux personnages de haut rang – lors de sa venue au palais avait comblé notre fierté, mais il n'était rien comparé au triomphe de son départ. Car, si les honneurs de son arrivée avaient été dignes des grands de ce monde, ceux de son départ étaient d'habitude réservés aux personnes de sang royal. Le roi, en personne, mena Jeanne par la main jusqu'à la grande porte de sortie, entre les haies chatoyantes de courtisans et de courtisanes qui se courbaient sur leur passage, tandis que sonnaient les trompettes d'argent. Le roi lui donna congé, avec des paroles exquises ; il se courba légèrement devant elle en lui baisant la main. Comme d'habitude, Jeanne s'en retourna plus riche en honneur et en réputation qu'à son arrivée.

Le dauphin accorda une autre faveur royale à Jeanne : il la fit raccompagner en grande pompe au fort de Couldray, accompagnée de torches et escortée par sa garde d'honneur, seuls soldats qu'il possédât. Ces hommes étaient d'ailleurs splendidement équipés et blasonnés, bien qu'ils n'eussent jamais vu la couleur de leur solde depuis leur enfance, à ce qu'on raconte. La nouvelle des prodiges accomplis par Jeanne en présence du roi s'était déjà répandue à cent lieues à la ronde, aussi la route était-elle noire d'une foule accourue pour l'apercevoir, tellement compacte que ce fut à grand-peine que nous nous frayâmes un chemin. Quant à discuter entre nous, inutile d'y songer : nos tentatives se noyaient dans la marée houleuse des clameurs puissantes qui s'élevaient sur notre passage et qui précédaient nos pas tout au long du trajet.

7

Condamnés à endurer d'interminables atermoiements, nous finîmes par nous résigner à notre sort, par en supporter vaillamment la triste monotonie, par laisser couler les heures mornes et les jours sans fin, dans l'espoir qu'un changement survînt, s'il plût à Dieu de l'ordonner. Seul le Paladin faisait exception. Je veux dire qu'il était le seul d'entre nous qui nageait dans le bonheur, qui prenait du bon temps. Il devait son humeur gaillarde en grande partie à ses nouveaux habits, dont il avait fait l'emplette dès son arrivée. Il les avait acquis de seconde main ; il s'agissait rien de moins que d'un équipement complet de cavalier espagnol : chapeau empanaché à larges bords, manches et col bordés de dentelles, pourpoint et basque de velours pourpre, un peu passé, courte houppelande suspendue aux épaules, chausses évasées dans le haut et à la poulaine, longue rapière sanglée au côté, et tout le saint-frusquin. Sur l'immense carrure du Paladin, ce pittoresque harnachement était du plus bel effet. Il le revêtait chaque fois qu'il n'était pas de garde. Alors, il se pavanait alentour, une main négligemment posée sur la garde de sa rapière, l'autre lissant ses moustaches ; les badauds, béats d'admiration, s'arrêtaient pour jouir du spectacle. Il faut bien admettre qu'il avait fière allure, que sa silhouette contrastait avec celle du gentilhomme français de l'époque, engoncé dans un habit terne et étriqué.

Le Paladin était devenu la reine de la ruche bourdonnante du petit hameau niché à l'ombre de l'enceinte sévère du château de Couldray. Il régnait en maître sur la salle d'auberge, où il lui suffisait d'ouvrir la bouche pour que tout le monde lui prêtât une oreille des plus attentives. Tous ces laboureurs et ces artisans écoutaient, bouche bée, le grand voyageur devant l'Éternel qu'il prétendait être, avec un intérêt nimbé d'admiration. N'avait-il point parcouru le monde ? En effet, la distance qui sépare Domrémy de Chinon représentait un trajet plus important que celui qu'ils pouvaient espérer faire leur vie durant ; et il avait connu la bataille, dont il savait conter les brutalités et les duels, les périls et les embûches, avec un art consommé qui n'appartenait qu'à lui seul. Il était le coq du poulailler, un vrai héros d'hôtellerie ; il attirait le chaland comme le miel attire les mouches ; il était la mascotte de l'aubergiste, de sa femme et de sa fille, dont il avait fait ses serviteurs, ravis et obligeants.

La plupart des conteurs, qui maîtrisent l'art rarissime et divin de narration, n'ont qu'un défaut, mais il est de taille : celui de répéter sans cesse, sans le varier, leur passage favori. Cela leur fait du tort, car, à force de répétitions, ils finissent par devenir fastidieux. Mais ce n'était pas le cas avec le Paladin, dont l'art était des plus consommés. Son récit d'une bataille était plus captivant la dixième fois que la première, parce qu'il ne la racontait jamais de la même façon. C'était, à chaque reprise, une toute nouvelle bataille, infiniment plus grandiose et plus meurtrière que la précédente, avec beaucoup plus de morts du côté ennemi, plus de désastres et de destructions alentour, davantage de veuves et d'orphelins, et plus de souffrances et de sang versé sur le champ de bataille. C'était au point que lui-même ne parvenait plus à reconnaître ses batailles les unes des autres, excepté de nom. Quand il avait conté la même une bonne douzaine de fois, il devait l'oublier un moment au profit d'une nouvelle : la précédente avait fini par prendre des proportions telles que le territoire de la France n'y suffisait plus et qu'elle débordait chez les voisins. Mais ses auditeurs refusaient de le laisser passer à une autre bataille, sachant que l'ancienne était meilleure et qu'elle allait s'améliorer aussi longtemps que la France suffirait à la contenir. Ainsi, au lieu de lui crier, comme ils l'auraient fait s'il avait été un autre : « Cesse de rabâcher et conte-nous quelque chose de nouveau », ils réclamaient, d'une voix unanime, pleine d'impatience : « S'il te plaît, raconte-nous de nouveau l'embuscade de Beaulieu ; redis-la-nous trois ou quatre fois ! » Rares sont les conteurs, même parmi les plus experts, qui ont reçu si beau compliment au cours de leur carrière.

Au début, quand le Paladin nous entendait narrer les splendeurs de l'audience royale, il souffrait le martyre de n'y avoir pas été admis avec nous. Le lendemain, ses histoires étaient toutes consacrées à ce qu'il « aurait » fait, s'il avait été présent ; deux jours plus tard, les mêmes histoires contaient ce qu'il « avait » fait, alors qu'il était présent. Son moulin à paroles était bien huilé et on pouvait lui faire confiance pour la suite. Au bout de trois soirées, ses batailles étaient provisoirement mises de côté et, dans la salle d'auberge pleine à craquer, ses admirateurs, subjugués par sa Fabuleuse Histoire de la Royale Réception, ne voulaient entendre qu'elle ; tout refus de sa part de la leur raconter de nouveau les aurait plongés dans le désespoir.

Caché, Noël Rainguesson écouta toute l'histoire ; il vint me chercher ; ensemble, nous sommes retournés à l'auberge. Une obole glissée dans la main de la femme de l'aubergiste nous permit d'assister à la scène depuis son arrière-salle privée.

La vaste salle d'auberge était plutôt douillette et confortable ; tables et chaises étaient réparties sur le sol irrégulier de dalles rouges, et un feu ronflait et crépitait dans l'immense cheminée. On n'aurait pu trouver meilleur endroit pour passer cette nuit de mars, fraîche et venteuse. La clientèle était nombreuse et variée ; chacun dégustait joyeusement le vin qu'on lui avait servi et tous devisaient en bons voisins en attendant leur historien favori. L'aubergiste et son épouse, ainsi que leur ravissante fille, se démenaient comme de beaux diables, de-ci de-là, virevoltant entre les tables et faisant de leur mieux pour honorer les commandes. La salle avait bien une bonne douzaine de pas de long. Un espace, au centre, était réservé au passage du Paladin. Au bout, on avait dressé une estrade de neuf pieds de large, à laquelle on accédait par trois marches ; elle supportait un énorme fauteuil devant une petite table.

Parmi les buveurs se trouvaient nombre de visages devenus familiers : le cordonnier, le maréchal-ferrant, le forgeron, le charron, l'armurier, le vigneron, le tisserand, le boulanger, le meunier avec son tablier blanc, etc. Et, bien entendu, le plus voyant et le plus important de tous, le barbier, qui faisait aussi office de chirurgien et d'arracheur de dents, comme dans tous les villages du royaume. Son métier consistant à retirer les dents cariées et à saigner les adultes une fois par mois pour les maintenir en bonne santé, il connaît bien son monde ; les rapports qu'il entretient avec des gens de diverses conditions en font un expert en étiquettes diverses et en bonnes manières, ainsi qu'un bonimenteur de premier ordre. Il y avait aussi quelques charretiers, bouviers, maquignons, rémouleurs, colporteurs, et bien d'autres.

Le Paladin fit une entrée indolente, comme s'il flânait, au hasard, en passant. Une acclamation sonore retentit à son entrée ; le barbier se précipita vers lui, lui souhaita la bienvenue avec force courbettes et lui prit la main pour y poser ses lèvres minces et sèches. Il commanda alors, d'une voix tonitruante, pour le Paladin, une fillette du meilleur vin. La fille de l'aubergiste vint la poser sur l'estrade, avant de faire sa révérence et de s'en retourner ; le barbier l'appela pour lui dire à voix haute d'ajouter le prix de la fillette à son ardoise. Sa générosité souleva des exclamations enthousiastes dans l'assemblée, ce qui eut l'heur de lui plaire énormément et de faire scintiller ses yeux de rat ; mais, après tout, il faut bien avouer que, quand nous nous livrons à un geste de générosité et de galanterie, nous aimons naturellement que les autres le remarquent.

Le barbier invita alors les gens à trinquer à la santé du Paladin, ce qu'ils s'empressèrent de faire le plus cordialement du monde, en entrechoquant les unes contre les autres et en même temps leurs cruches d'étain tout en proférant de sonores acclamations. C'était merveille de voir à quel point ce jeune fanfaron de Paladin s'était rendu populaire en terre étrangère et en si peu de temps ; il ne devait cette brillante promotion qu'à sa volubilité – talent qui n'était, au début, qu'un talent comme les autres, mais qui avait fini, à force d'entraînement, par se décupler, ce qui lui valait les succès et les récompenses habituels en pareil cas.

L'audience se rassit et se mit à frapper les tables avec les cruches en scandant : « La royale réception !

la royale réception ! la royale réception ! » Le Paladin prit l'une de ses poses favorites, son grand chapeau empanaché penché crânement vers la gauche, les plis de sa capeline retombant de ses larges épaules, une main élégamment posée sur la poignée de sa rapière et l'autre levant son gobelet. Le silence se fit. Le Paladin commença par une sorte de curieuse et courte révérence, qu'il avait dû voir quelque part, porta son gobelet à la bouche, pencha la tête en arrière et en engloutit le contenu tout entier d'une seule et interminable gorgée. Le barbier se précipita pour l'en débarrasser et le poser sur sa table. Superbe de dignité et de contenance, le Paladin se mit alors à déambuler de part et d'autre de son estrade ; il déclamait son histoire tout en marchant, interrompant par moments sa déambulation pour, dans une tragique immobilité, fixer son regard sur l'assemblée, tout en poursuivant son récit.

Nous avons assisté à sa représentation trois nuits de suite. Le charme indéniable qui s'en dégageait n'avait rien à voir avec le simple amusement que procure un gros mensonge. Nous découvrîmes qu'il émanait de la sincérité même du Paladin. Il ne mentait pas sciemment : il croyait dur comme fer à ce qu'il racontait. Pour lui, le récit d'origine était un fait véridique et, chaque fois qu'il ajoutait un détail, le nouveau détail prenait aussi valeur de fait. Il prenait à cœur son extravagante narration comme le poète prend à cœur son épopée ; son enthousiasme désarmait la critique – en tout cas pour ce qui le concernait. Personne ne croyait en ses balivernes, mais tout le monde savait que lui y croyait.

Il introduisait ses ajouts sans prévenir, sans y mettre d'emphase, avec naturel, de telle sorte que, souvent, on ne s'apercevait pas tout de suite qu'un changement avait eu lieu. La première nuit, le capitaine de Vaucouleurs n'était encore que « le capitaine de Vaucouleurs » ; la deuxième nuit, il en parlait comme « son oncle, le capitaine de Vaucouleurs » ; la troisième nuit, il devenait « son père, le capitaine de Vaucouleurs ». Il ne paraissait nullement conscient des variantes extraordinaires qu'il introduisait : elles coulaient naturellement de ses lèvres, sans le moindre effort. La première nuit, le capitaine enrôle le Paladin dans l'escorte militaire de Jeanne comme simple soldat ; la deuxième nuit, son oncle le capitaine l'envoie à la Pucelle pour commander son arrière-garde ; la troisième nuit, son père le capitaine confie à la charge du Paladin le commandement général du détachement, Pucelle comprise. La première nuit, le capitaine parle du Paladin comme d'un garçon anonyme et sans ascendance, mais « destiné à acquérir un nom et un lignage » ; la deuxième nuit, son oncle le capitaine en parle comme du dernier et du plus digne descendant du Paladin le plus valeureux de Charlemagne ; la troisième nuit, il est le descendant en ligne directe des douze Paladins à la fois. Trois nuits suffirent au comte de Vendôme pour passer du statut de « simple rencontre » à celui de « compagnon de jeux » et, pour terminer, de « beau-frère ».

Quant à la « royale réception », elle grandit dans des proportions tout aussi démesurées. D'abord, il n'y eut que douze trompettes d'argent au lieu de quatre, puis il y en eut trente-cinq et, pour terminer, quatre-vingt-seize, sans compter un nombre tellement impressionnant de tambours qu'il dut porter la longueur de la salle de cinq cents à neuf cents pieds pour pouvoir y abriter tous ses trouvères et musiciens. Bien entendu, le nombre de spectateurs grandit d'autant.

Les deux premières nuits, il se contenta de décrire avec nombre d'exagérations l'incident le plus dramatique de la « réception », mais la troisième nuit, il ajouta l'illustration à la description. Il fit asseoir le barbier dans son propre siège pour représenter le faux roi. Il décrivit ensuite la manière dont les courtisans observaient la Pucelle, avec un vif intérêt et une joie contenue, dans l'attente de la voir tomber dans le piège du subterfuge et se faire écarter définitivement par la tempête de rires sardoniques qui allaient s'ensuivre. Il travailla la scène jusqu'à plonger l'assemblée dans une fièvre brûlante d'excitation et d'attente anxieuse du dénouement. Il parvint alors à l'apogée de son numéro. Se tournant vers le barbier, il lui dit :

— Mais voici ce que fit la Pucelle : elle fixa, sans trembler, du regard le visage de ce chenapan – comme je regarde le tien, exactement dans la même attitude que la mienne –, puis elle tendit le doigt vers lui et, se tournant vers moi, elle me commanda, du même ton calme et déterminé qui avait été le sien au cœur des combats : « Ôte-moi ce faquin de ce trône ! » Sur ce, je m'avançai, saisis le faquin en question au collet – comme je te saisis –, le soulevai – comme je te soulève –, et je le tins suspendu ainsi dans les airs comme s'il se fût agi d'un enfant.

Ne pouvant contenir plus longtemps son enthousiasme, l'assemblée tout entière se leva, hurlant, tapant des pieds et frappant les tables avec les gobelets, littéralement enivrée par la splendide démonstration de force brute que leur offrait le Paladin – nulle part dans la salle ne pouvions-nous discerner l'ombre d'un ricanement ; pourtant, le spectacle pathétique de ce pauvre barbier, suspendu en l'air comme une poupée de son, manquait totalement de la moindre dignité.

— Puis, poursuivit le Paladin, je reposai ce faquin sur ses pieds – comme je te repose –, désireux de mieux assurer ma prise pour le jeter par la fenêtre – ce que la Pucelle m'interdit de faire, acte magnanime qui sauva à temps la vie du gredin. Ensuite, la Pucelle se retourna, promena lentement son regard sur la foule, de ces yeux qui sont comme les fenêtres de son âme par lesquelles sa sagesse immortelle contemple le monde, débusque ses mensonges et découvre la noix de vérité cachée dans les entrailles de la coquille, et s'arrêta à la vue d'un jeune homme modestement vêtu, à qui elle dit : « Je suis ton humble servante, ô mon Roi ! » À ces mots, l'assemblée, stupéfaite, poussa une immense clameur portée par six mille voix, à faire trembler les murailles.

Pour terminer, le Paladin se lança dans une description, poussée jusqu'à l'extrême limite de l'aberration, mais des plus pittoresques, de la fin de la « réception ». Il retira de son annulaire un gros écrou de verrou en cuivre, que lui avait donné, dans la matinée, un valet d'écurie, et, le brandissant à l'assemblée, il conclut :

— Alors, le gracieux dauphin donna congé à la Pucelle comme il seyait à son rang et, se tournant vers moi, il me dit, d'une voix grave : « Fils de Paladin, je te fais présent de cette chevalière, en souvenir de ce jour mémorable entre tous. N'hésite pas à la montrer, si tu es dans le besoin, pour te faire connaître. Et, par-dessus tout, me dit le roi en posant un doigt sur ma tempe, garde bien cette précieuse cervelle que tu possèdes : la France en aura besoin. Et puis, veille sur son coffret, car la couronne ducale l'ornera, un beau jour. » Je pris la chevalière, m'agenouillai pour baiser la main du roi et lui dis à mon tour : « Sire, partout où la gloire m'appelle, j'irai ; partout où le danger et la mort veillent, je me trouverai ; chaque fois que la

France et le Trône auront besoin de mon aide – je préfère ne rien dire pour ne pas me vanter –, mes actes parleront pour moi, je n'ai point d'autres vœux. » Ainsi s'achève cet épisode fabuleux et solennel, qui fut de si bon augure pour l'avenir du pays et de la couronne. Rendons grâce à Dieu ! Debout ! Remplissez vos coupes ! Trinquons à la France et au Roi !

Tous ensemble firent cul sec, dans un tonnerre d'applaudissements et de hourras, qui retentirent pendant au moins deux minutes, tandis que pavoisait notre grand benêt de Paladin, qui contemplait la scène du haut de son estrade, avec un sourire débonnaire et béat de contentement.

8

Lorsque Jeanne révéla au roi le secret de l'énigme qui lui torturait le cœur, les doutes du souverain furent levés. Il crut qu'elle était l'envoyée de Dieu. Livré à lui-même, il ne fait aucun doute que l'héritier du trône de France l'aurait envoyée accomplir sur-le-champ son importante mission. Mais Charles n'était pas seul. La Trémoille et cette belette mitrée d'archevêque de Reims le connaissaient comme leur poche. Pour que leur tour soit joué, il leur suffisait de dire ceci – et ils le dirent, naturellement :

— Vous nous dites, sire, que les Voix de cette fille vous ont révélé, par sa bouche, un secret connu seulement de vous-même et de Dieu. Nous n'en disconvenons pas. Mais comment être sûr que ses Voix ne proviennent pas de Satan, à qui elle servirait de porte-parole ? Vous courriez dès lors un grand danger. Votre Majesté devrait diligenter une enquête approfondie avant de se lancer dans pareille aventure.

Ces mots suffirent. L'appréhension glaça l'âme du roi qui rapetissa comme peau de chagrin ; il appointa sur-le-champ une commission d'évêques chargés officiellement de rendre visite à Jeanne et de l'interroger, jusqu'à prouver de façon indubitable si le don surnaturel qu'elle détenait provenait du ciel ou de l'enfer.

Un parent du roi, le duc d'Alençon, emprisonné par les Anglais depuis trois ans, venait d'être libéré sous la promesse d'une forte rançon. La renommée de la Pucelle lui étant parvenue – on ne parlait que d'elle partout dans le pays –, il vint à Chinon pour voir de ses propres yeux quel genre de personne elle pouvait bien être. Le roi manda Jeanne et l'introduisit auprès du duc. Elle lui dit, sans préambule :

— Vous, soyez le très bienvenu ; plus ils seront ensemble de sang royal, le mieux ce sera.

Ils conversèrent un moment, ce qui eut le résultat attendu : quand ils se séparèrent, le duc était devenu son ami et son avocat.

Le lendemain, Jeanne assista à la messe du roi, puis elle soupa à sa table avec le duc. Le dauphin commençait à apprécier à la fois sa compagnie et sa conversation. Cette dernière lui était fort utile car, comme tous les rois, il ne parvenait à tirer de la bouche des gens du peuple que des phrases prudentes, anodines, évasives, ou calquées sur ses propres mots ; ce type de conversation suscite vite un ennui profond et irritant ; en contraste, la façon qu'avait Jeanne de s'exprimer était fraîche et spontanée, sincère et honnête, dégagée de toute contrainte ou fausse pudeur. Elle exprimait ce qu'elle avait sur le cœur avec franchise et droiture. Les paroles de Jeanne faisaient, sur les lèvres desséchées du roi, trop accoutumées à l'eau tiédasse des mares putrides de la plaine, l'effet d'une eau fraîche et limpide s'écoulant d'un torrent de montagne.

Après le souper, dans les prés du château de Chinon, Jeanne leur fit une démonstration d'équitation et de maniement de la lance qui ravit tellement le duc qu'il lui fit présent d'un destrier noir.

Chaque jour, la commission d'enquête épiscopale venait questionner Jeanne à propos de ses Voix et de sa mission ; les prélats s'en retournaient ensuite faire leur rapport au roi. Leurs manières de fouines n'impressionnaient nullement Jeanne. Contre elle, pièges et menaces étaient peine perdue : les menaces, elle s'en moquait, quant aux pièges, ils se refermaient sur le vide. Elle répondait aux questions avec une franchise désarmante. Elle savait que les évêques étaient mandatés par le roi, et que la loi et la coutume voulaient qu'elle répondît à toutes leurs questions, mais cela ne l'empêcha nullement d'avouer franchement au roi, à sa propre table, avec sa naïveté coutumière et désarmante, qu'elle ne répondait qu'aux questions qu'elle trouvait de son goût.

Les évêques finirent par conclure qu'ils ne pouvaient dire si Jeanne était ou non une envoyée par Dieu. Ils étaient prudents, voyez-vous. Deux puissants groupes divisaient la cour ; pencher trop dans un sens revenait fatalement à déplaire à l'un des deux groupes ; il leur parut donc préférable de se tenir prudemment sur la ligne médiane et de laisser à d'autres le soin de trancher, et c'est ce qu'ils firent. Leur rapport final déclarait que le cas de Jeanne était au-dessus de leur compétence et recommandait qu'il soit confié aux mains des très sages et fameux docteurs de l'université de Poitiers. Ils s'en lavèrent les mains et se contentèrent de laisser à la postérité un jugement médiocre fondé sur les réticences pleines de sagacité de Jeanne : à leurs yeux, déclarèrent-ils, elle n'était qu'« une humble et gentille bergerette, très candide, mais peu encline à converser ».

Ce n'était vrai qu'à leur égard. S'ils avaient eu le privilège de la côtoyer, comme nous l'avions fait, dans les pâturages de Domrémy, ils auraient vu que sa langue était aussi bien pendue qu'une autre, dès lors qu'elle ne blessait personne.

C'est ainsi que nous dûmes nous rendre à Poitiers, pour y endurer trois semaines de délai supplémentaires durant lesquelles cette pauvre enfant se retrouva chaque jour en butte aux questions et aux harcèlements d'un aréopage composé de… devinez qui ? Je vous le donne en mille ! Des experts de la stratégie, sans doute, puisqu'elle briguait l'honneur de mener une armée contre les ennemis de la France ? Non, malheureusement ! Il ne s'agissait ni plus ni moins que d'un aréopage de prêtres et de moines – érudits et casuistes renommés – connus pour leur science théologique ! Au lieu de réunir une commission composée de guerriers et de militaires pour savoir si ce valeureux petit soldat était apte à mener une armée à la victoire, ils lui imposèrent toute une galerie de coupeurs de cheveux en quatre et de beaux phraseurs, chargés de savoir si la piété dudit petit soldat était ferme, et sa doctrine sans faille. Les rats dévoraient la maisonnée mais, au lieu d'examiner les canines et les griffes du chat, ils n'étaient concernés que par sa piété. Si c'était un chat dévot, à la conduite irréprochable, peu importaient ses qualités de chasseur de rat, elles n'étaient d'aucune importance.

Jeanne ne perdit rien de sa tranquillité de contenance face à ce tribunal austère, composé de célébrités ensoutanées, et à la solennité de ses pompes et de ses cérémonies ; elle faisait comme s'il s'agissait d'un spectacle, et non d'un procès dont elle était l'accusée. Elle restait assise, seule sur son banc, en toute quiétude. Sa sublime innocence décontenançait la sagesse de ces hommes de science, son ignorance la protégeait comme une forteresse. Leurs artifices tortueux, leur science livresque et les projectiles divers qu'ils lui lançaient rebondissaient sur la muraille d'insouciance de Jeanne pour retomber inertes sur le sol ; ils ne pouvaient déloger la garnison qu'elle abritait derrière ses murs : l'esprit et le grand cœur de Jeanne, les gardiens protecteurs de sa mission.

Elle répondait avec une franchise désarmante à toutes leurs questions ; elle leur narra l'histoire de ses visions, de ses expériences avec les archanges, de ce que ceux-ci lui avaient révélé. Sa manière de narrer les faits, tellement fraîche, enthousiaste et sincère, les leur faisait paraître si vivants et concrets que ces juges, pourtant pragmatiques et endurcis, s'oublièrent un moment et restèrent assis, immobiles et médusés, pour l'écouter jusqu'au bout, charmés et émerveillés. Et, si vous souhaitez entendre un autre témoignage que le mien, lisez celui d'un témoin qui déposa sous serment au procès de réhabilitation et qui déclara qu'elle contait son histoire « avec grande et noble simplicité et dignité » : ses dires ne diffèrent en rien des miens. Dix-sept ans : elle n'avait que dix-sept ans ! Seule, sur son banc, sans assistance. Et, sans la moindre frayeur, elle affrontait chaque jour cet aréopage de doctes savants en loi et théologie. Privée des artifices enseignés dans les écoles, elle s'appuyait uniquement sur le charme qui lui était naturel : sa jeunesse, sa sincérité, sa voix douce et musicale qui les enchantait. N'était-ce pas merveille à voir ? Si je le pouvais, je reproduirais devant vous la scène telle que je la vis ; alors, je sais ce que vous en diriez.

Je le répète, elle ne savait ni lire ni écrire. Un jour qu'ils la harcelaient d'arguties, de raisonnements, d'objections, et de nombre de trivialités verbeuses et éventées, tirées des œuvres de celui-ci, celui-là, et cette autre grande autorité théologique, à bout de patience, elle les confronta pour leur dire sévèrement :

— Je ne sais ni A ni B. Tout ce que je sais est ceci : je suis venue par le commandement du Roi des cieux pour délivrer Orléans des mains des Anglais et pour couronner le roi à Reims ; quant aux choses dont vous débattez, elles n'ont aucun intérêt.

Bien entendu, ce furent des jours pénibles pour elle, tout autant que pour ceux qui y prirent part. Mais son fardeau fut de loin le plus lourd, car elle ne jouissait d'aucun repos, tandis que ceux qui la questionnaient pouvaient s'absenter et se reposer quand bon leur semblait. Elle ne montra pourtant aucun signe d'impatience ou de fatigue ; sauf à de très rares occasions, elle était d'humeur égale. En règle générale, tout au long de la journée, elle gardait son calme et sa vigilance, tout en ferraillant avec ces vieux maîtres d'armes de la scolastique et en s'en sortant sans une égratignure.

Un jour, un dominicain lui lança une question vicieuse, mais dont la nouveauté fit dresser l'oreille de chacun ; quant à moi, je me mis à trembler, me disant, dans mon for intérieur : « Pauvre Jeanne ! la voici bien attrapée, car il n'y a rien à répondre à cette question. »

Le perfide dominicain commença ainsi, avec indolence, comme si de rien n'était :

— D'après toi, Dieu veut délivrer la France du joug anglais, n'est-ce pas ?

— Oui, c'est Sa volonté.

— Et, si j'ai bien compris, tu veux qu'on te donne des gens d'armes pour aller secourir Orléans ?

— Oui, et le plus tôt sera le mieux.

— Puisque Dieu est tout-puissant, Il est donc capable d'accomplir tout ce que désire Sa volonté, n'est-ce pas ?

— Très certainement. Aucun doute là-dessus.

Le dominicain n'attendait que ça. Il releva la tête et lança sa question, avec un ton triomphant :

— Alors, réponds-moi : si Dieu veut libérer le peuple de France des calamités qui l'accablent et qu'Il est capable d'accomplir Sa volonté, pourquoi aurait-Il besoin de gens d'armes ?

La question provoqua un soudain brouhaha agité.

Les cous se tendirent, les mains se portèrent aux oreilles, chacun voulait ne rien perdre de la réponse. Le dominicain, fier de lui, branlait du chef en regardant alentour en quête d'approbation. Mais Jeanne n'était nullement perturbée. Elle répondit sans la moindre note d'inquiétude :

— Dieu vient en aide à ceux qui s'aident eux-mêmes. En nom Dieu, les gens d'armes batailleront et Dieu donnera la victoire.

Une lueur d'admiration éclaira les visages comme un rayon de soleil. Le dominicain lui-même parut heureux de voir sa botte si joliment parée. J'entendis un vénérable évêque murmurer, avec ce langage coloré des prêtres et des gens du peuple de cette robuste époque :

— Ah ! la mâtine, elle dit vrai ! Dieu voulait tuer Goliath : Il envoya un bambin comme elle pour le faire à Sa place !

Une autre fois, alors que l'enquête n'en finissait pas, que tous, à l'exception de Jeanne, somnolaient de fatigue, un frère prêcheur, qui s'appelait Seguin Seguin, professeur en théologie à l'université de Poitiers, un homme sarcastique à l'humeur maussade, harassait Jeanne avec toutes sortes de questions posées dans un français bâtard mêlé de patois limousin – il venait de Limoges.

— Comment, lui demanda-t-il, que tu pouvais comprendre les anges ? En quelle jactance te parlaient-ils ?

— En français.

— À la bonne heure ! c'est grand plaisir de voir notre langage couvert d'un tel honneur ! Leur français était-il bon ?

— Meilleur que le vôtre, en tout cas !

Jeanne dit cela avec un gloussement de malice. Ses yeux durent affecter un air innocent que nous lui connaissions bien. Tout le monde s'esclaffa. Le frère Seguin venait de trouver son maître. Il poursuivit :

— Crois-tu en Dieu ?

— Oui, mieux que vous.

Jeanne lançait ce genre de reparties en affectant une nonchalance irritante.

Le frère Seguin perdit patience. Il la couvrit de sarcasmes et finit par exploser de colère :

— Fort bien ! Je te le déclare, puisque tu crois si bien en Dieu : Dieu ne veut pas que l'on croie en toi sans un signe. Où est ton signe ? Montre-le !

La question enflamma Jeanne. Elle se leva d'un bond et rétorqua d'un ton ardent :

— En nom Dieu, je ne suis pas venue à Poitiers pour faire signes ; mais conduisez-moi à Orléans et je vous montrerai les signes pour lesquels j'ai été envoyée. Et donnez-moi mes gens d'armes en telle quantité qu'il vous semblera bon.

Un feu brûlait dans son regard. Ah ! la splendide petite héroïne que voilà ! Il y eut un applaudissement général. Elle se rassit en rougissant, car sa nature délicate répugnait à ce genre de démonstration.

La repartie de Jeanne et son trait d'humour à propos du français lui firent gagner deux points contre Seguin Seguin, alors que, de son côté, il faisait chou blanc contre Jeanne. Cependant, si maussade que fût son humeur, l'homme était droit et honnête, comme en témoigne l'Histoire ; au procès de réhabilitation, il aurait pu omettre ces dialogues s'il l'avait voulu ; or il les mentionna dans son témoignage.

Durant l'un des derniers jours de ces trois pénibles semaines, les gens de robe, vernis d'érudition, livrèrent un dernier assaut, assaillant Jeanne d'objections et d'arguments tirés des Saintes Écritures. Jeanne semblait terrassée. Elle se ressaisit et s'écria :

— Oyez, vous tous ! le Livre de Dieu est bien plus vaste que tout ce que vous en dites, et je Le soutiens. Et je vous dis qu'il y a des choses dans ce Livre que vous ne sauriez lire, malgré tous vos savoirs.

Depuis le premier jour, Jeanne était l'invitée de dame Rabateau, l'épouse d'un avocat au Parlement de Paris. Le soir tombé, les grandes dames de la ville venaient la voir en cette demeure pour s'entretenir avec elle ; pas seulement les dames, d'ailleurs, mais également de vieux avocats, des conseillers, des érudits du Parlement et de l'université de la ville. Ces hommes austères, habitués à soupeser les choses les plus insolites et contestables pour les considérer avec précaution, pour les tourner et les retourner sous tous les angles possibles tout en continuant à douter, venaient la voir, nuit après nuit, pour tomber, de plus en plus profondément, sous le charme de ce quelque chose de mystérieux, d'indéfinissable, cette fascination évanescente et inexprimable qui était le don suprême de Jeanne d'Arc, de ce quelque chose de conquérant et de convaincant que ceux d'en haut et ceux d'en bas reconnaissaient et ressentaient, mais qu'aucun, en haut comme en bas, ne parvenait à décrire ou à exprimer. Et, l'un après l'autre, ils finissaient inéluctablement par abdiquer, disant : « Cette enfant… c'est Dieu qui nous l'envoie. »

Durant le jour, Jeanne, devant son tribunal, soumise aux lois rigides de la procédure, subissait les questions ;

ses juges avaient le beau rôle ; mais la nuit, le tribunal, c'était elle ; la situation était renversée : elle présidait librement, et ses juges l'écoutaient. Les objections et chausse-trapes que ses juges plaçaient à grand-peine sur son chemin durant le jour, Jeanne les faisait disparaître la nuit. Elle finit par gagner le cœur de ses juges et par remporter son procès haut la main, sans une seule voix contre elle.

Quel magnifique spectacle offrait ce tribunal quand le président lut la sentence, du haut de sa chaire, devant tous les membres les plus éminents de la ville qui avaient pu obtenir admission et trouver une place.

Le cérémonial d'ouverture se déroula selon la coutume de l'époque, puis l'assemblée se tut et la lecture commença, dans le plus profond recueillement, ce qui permit à chaque mot de se répercuter jusqu'au tréfonds de la salle :

— Après en avoir dûment discuté, nous déclarons solennellement par la présente que Jeanne d'Arc, dite la Pucelle, est bonne chrétienne et bonne catholique ; qu'il n'y a rien en elle ou dans ses paroles qui soit contraire à la foi ; que le roi peut et doit accepter l'aide qu'elle lui apporte : la repousser serait faire offense à l'Esprit-Saint et se priver du soutien de Dieu.

Les juges se levèrent. Un tonnerre d'applaudissements et de clameurs éclata, sans retenue, s'amenuisant pour mieux repartir encore, et encore. Je perdis Jeanne de vue. Une déferlante humaine l'engloutit. C'était à qui parvenait à la toucher, à la congratuler, à lui rendre grâce, à elle et à la France, dont le sort venait de lui être officiellement confié.

9

Jour de gloire que celui-là ! Quelle splendeur à voir ! Elle avait remporté la victoire ! Quelle erreur de la part de ce La Trémoille et des détracteurs de Jeanne de l'avoir laissée mener son propre tribunal durant la nuit.

La commission de prêtres, dépêchée en Lorraine, officiellement pour enquêter sur son caractère, en réalité pour la décourager à force de délais et la pousser à l'abandon, revint faire son rapport : c'est bien simple, son caractère était… immaculé ! Notre affaire était décidément en bonne voie. Le verdict suscita l'émotion générale. La France s'éveilla soudain d'entre les morts en tout lieu où se répandait la nouvelle. Auparavant, les gens, soumis et désabusés, baissaient la tête et se débinaient dès qu'ils entendaient prononcer le mot « guerre » ; à présent, ils accouraient de toutes parts pour s'engager sous la bannière de la Pucelle de Vaucouleurs ; les accents martiaux des hymnes de guerre et le roulement des tambours emplissaient l'air. Je me souvins de la réponse de Jeanne, le jour où, dans notre village, je lui avais prouvé, avec faits et chiffres à l'appui, que la France était un cas désespéré, que rien ne pourrait soulever les gens du peuple de leur léthargie : « Les tambours battront le rappel ! Les soldats répondront ! Et ils marcheront ! »

On dit qu'un malheur ne vient jamais seul. Dans notre cas, le dicton s'appliqua à notre bonne fortune qui, une fois lancée, ne cessa de nous submerger comme une marée bienfaitrice. Les prêtres débattaient ferme pour savoir si l'Église pouvait autoriser une femme-soldat à revêtir un habit d'homme. Deux des plus grands savants et théologiens de l'époque – l'un d'eux avait été le recteur de l'université de Paris – rendirent leur verdict. Ils décrétèrent que, dès lors que Jeanne « devait faire un travail d'homme et de soldat, il était juste et légitime qu'elle s'habillât comme l'exigeait la situation ».

C'était un point essentiel de gagné. Oh ! oui, vague après vague de bonnes aubaines ne cessaient de déferler. Passons sur les vaguelettes pour nous consacrer à la grande lame, celle qui nous souleva comme des bouchons de liège et faillit nous noyer de bonheur. Le jour du grand verdict, des courriers avaient été envoyés vers le roi. Le lendemain matin, les accents guerriers du clairon nous parvinrent dans la clarté limpide de l'air glacé. Nous tendîmes l'oreille pour les compter : un, deux, trois, pause… un, deux, pause… un, deux, trois et encore pause… Ce signal nous fit bondir sur nos pieds pour nous précipiter dehors à toutes jambes car c'était celui qui était réservé aux hérauts du roi quand ils devaient faire une proclamation au peuple. Tandis que nous courions, les gens se jetèrent hors de chaque maison, s'engouffrèrent dans les sentes et ruelles, hommes, femmes, enfants, tous excités et s'enveloppant à la hâte dans quelque vêtement pour se protéger du froid. Le clairon continuait de sonner, la ruée se faisait de plus en plus dense, la ville entière finit par se retrouver dehors, déboulant comme un flot de la rue principale. Nous parvînmes enfin à la place centrale, qui était noire de monde. Là, debout sur le haut piédestal de la grande croix, se tenait le héraut, brillamment costumé, entouré de ses valets. Peu après, il commença sa lecture avec la voix de stentor propre à son office :

— Oyez tous, oyez ! Avis à la population ! Sachez tous que, dorénavant, le plus grand, le plus illustre, Charles, roi de France par la grâce de Dieu, dans sa grande bonté, a conféré à sa servante bien-aimée, Jeanne d'Arc, dite la Pucelle, le titre, les bénéfices, l'autorité et la dignité de chef de guerre des armées de France !

À ces mots, un millier de bonnets s'envolèrent et, de la multitude, s'éleva un hurlement de joie et de délire qui fit rage au point de sembler ne point vouloir jamais se terminer. La foule finit par se calmer, permettant au héraut de terminer son annonce :

— Le roi a désigné, pour lui servir de lieutenant et de général d'état-major, un prince de la maison royale, Son Illustrissime Grâce Jean duc d'Alençon !

Chef de guerre, avec un prince de sang à ses ordres ! Hier, elle n'était rien ! Aujourd'hui, elle était au pinacle. Hier, elle n'était même pas sergent, même pas caporal, même pas simple soldat ! Aujourd'hui, en une étape, elle était au sommet ! Hier, elle ne valait même pas une nouvelle recrue. Aujourd'hui, elle donnait des ordres à La Hire, Poton de Xaintrailles, Dunois, le Bâtard d'Orléans, et à tant d'autres, vétérans de renom, maîtres illustres du métier des armes. Tel était le contenu de mes pensées, tandis que j'essayais de prendre conscience de l'étonnant et miraculeux événement qui venait d'avoir lieu.

Mon esprit se prit à vagabonder en direction du passé. Il tomba en arrêt sur une image, aussi fraîche dans ma mémoire que si elle datait d'hier – elle datait d'ailleurs des premiers jours de janvier. C'était celle d'une petite paysanne d'un village lointain, qui n'avait pas encore fêté ses dix-sept ans ; elle et son village étaient aussi inconnus que s'ils avaient été situés à l'autre bout du globe. Elle venait de ramasser un pauvre vagabond, sans toit et sans amis, et l'avait ramené chez elle : un chaton femelle gris, famélique et décharné qu'elle avait nourri, réconforté, et dont elle avait gagné l'amitié. Mis en confiance, le petit animal dormait du sommeil du juste, enroulé dans son giron. Jeanne tricotait quelque collant rustique et elle songeait, elle rêvait – à quoi, nul ne le sait. Or, ce chaton vient tout juste de devenir une chatte adulte que sa petite maîtresse est déjà chef de guerre des armées de France, assistée par un prince de sang, et que son nom a surgi de l'obscurité de son village pour grimper au zénith, comme le soleil de midi, visible de tous les coins reculés du pays ! Rien que d'y penser, j'en étais tout chaviré. C'était tellement extraordinaire que cela semblait impossible.

10

Le premier acte officiel de Jeanne fut de me dicter une lettre à l'adresse du capitaine anglais qui assiégeait Orléans, pour le sommer de libérer toutes les places fortes en sa possession et de quitter la France. Elle devait y penser depuis quelque temps et en avoir arrangé les mots dans sa tête, car ils s'écoulèrent de ses lèvres avec fluidité pour former un texte puissant et vivifiant. Mais, après tout, je ne saurais en jurer car elle avait toujours eu l'esprit de repartie et une langue à la hauteur ; or j'observai, au cours de ces dernières semaines, que ses facultés décuplaient chaque jour. Cette lettre devait être expédiée de Blois. Hommes, vivres et argent s'offraient en abondance à présent. Jeanne transforma Blois en un centre d'incorporation et d'entrepôt de vivres dont elle confia la direction à La Hire.

Le Bâtard, Dunois – qui appartenait à la maison ducale d'Orléans et y commandait la garnison –, ne cessait d'appeler Jeanne en renfort depuis des semaines ; arriva l'un de ses messagers, le vieux Jean d'Aulon, un vétéran, homme de confiance d'une grande droiture. Le roi le garda pour le mettre au service de Jeanne comme commandant de sa garde personnelle et de sa maison militaire. Il permit également à Jeanne de choisir elle-même le reste de ses hommes, selon les critères de nombre et de dignité qui convenaient à la grandeur de son rang. Il donna l'ordre qu'ils fussent bien équipés en armes, vêtements et chevaux.

Pendant ce temps, à Tours, le roi faisait fabriquer, à l'intention de Jeanne, une armure complète, faite de l'acier le mieux trempé, plaquée d'argent, ornée de ciselures, polie comme un miroir.

Les Voix de Jeanne lui avaient révélé qu'une ancienne épée avait été enterrée derrière l'autel de l'église Sainte-Catherine-de-Fierbois. Elle envoya Jean de Metz la quérir. Les prêtres de l'église en ignoraient l'existence ; une fouille fut entreprise et, en effet, l'épée fut trouvée à l'endroit indiqué, enterrée à faible profondeur. Le fourreau manquait et elle était couverte de rouille. Les prêtres la firent polir et l'envoyèrent à Tours où nous devions venir la prendre. Ils firent également faire un fourreau de velours vermeil ; les gens de Tours en fabriquèrent un autre de drap d'or ; mais Jeanne, qui voulait porter cette épée durant la bataille, écarta les fourreaux trop voyants et s'en fit tailler un dans du bon cuir. D'après la rumeur, l'épée aurait appartenu à Charlemagne, mais l'affirmation manquait de fondement. Je m'apprêtai à affûter cette vieille lame quand Jeanne me dit que cela n'était pas nécessaire : elle ne voulait tuer personne. Elle s'en servirait comme d'un symbole d'autorité.

À Tours, elle donna les instructions pour la fabrication de son étendard, ainsi que d'un pennon. C'est un Écossais du nom de John Powder qui peignit l'étendard, fait de boucassin blanc avec des franges de soie. L'image montrait notre Seigneur Dieu, le Sauveur, assis en jugement dans les nuées du ciel ; deux anges étaient à ses pieds, une fleur de lys dans les mains ; il portait l'inscription Jesus Maria ; sur l'envers, figurait la couronne de France soutenue par deux anges. Le pennon représentait un ange offrant un lis à la Vierge Marie.

La ville de Tours bourdonnait comme une ruche. On entendait parfois résonner des marches militaires, d'autres fois le martèlement sourd de troupes en marche, des escadrons de nouvelles recrues en partance pour Blois ; les chants patriotiques, les cris et les hourras emplissaient l'air nuit et jour ; la ville grouillait d'étrangers, les rues et auberges étaient pleines, le remue-ménage de préparatifs divers s'étalait partout à la ronde, et tous les visages affichaient un air de belle humeur. Autour de l'état-major de Jeanne s'amassait en permanence une foule de gens désireux d'entrevoir le nouveau chef des armées ; s'ils avaient la chance de l'apercevoir brièvement, ils devenaient pratiquement hystériques ; ils y réussissaient rarement car, le plus souvent, Jeanne était occupée à établir des plans de campagne, à recevoir des rapports, à donner des ordres, à expédier des courriers, accordant ses rares moments de temps libre aux personnalités qui patientaient dans son antichambre. Quant à nous, nous ne la voyions quasiment plus, tant elle était occupée.

Nous étions d'humeur taciturne, partagés entre l'espoir et le désespoir, penchant plutôt vers le désespoir. Jeanne n'avait pas encore choisi sa maison militaire. Nous savions qu'elle allait être submergée de propositions faites par des gens influents et de grand renom, alors que nul, connu ou inconnu, ne nous recommandait. Elle pouvait pourvoir à tous les postes, y compris les plus humbles, avec des jeunes gens qui portaient des noms prestigieux, dont les familles pouvaient lui apporter garantie et soutien en cas de difficulté. Les impératifs de la politique allaient-ils lui accorder la liberté de nous choisir pour faire partie de sa suite ? Loin de partager la gaieté des gens de la ville, nous nous sentions quelque peu inquiets et déprimés. Parfois, nous soupesions nos maigres chances et leur donnions la meilleure contenance possible, mais sans trop y croire. La simple mention du sujet plongeait le Paladin dans l'angoisse ; là où nous pouvions à la rigueur caresser quelque espoir, il n'en avait aucun. En général, Noël Rainguesson était plutôt enclin à laisser de côté ce sujet douloureux, sauf en présence du Paladin. Une fois que nous en discutions, Noël lui dit :

— Réjouis-toi, Paladin ! J'ai rêvé de toi la nuit dernière : tu étais le seul d'entre nous à obtenir un poste. Pas très élevé, j'en conviens, mais c'était tout de même une fonction, du genre laquais ou garde du corps, ou quelque chose comme ça.

Le Paladin en fut tout aise, joyeux presque, car il croyait aux rêves prémonitoires, ainsi qu'aux superstitions du même acabit. Il répondit, avec un soupir d'espoir :

— Ah ! plût au Ciel que tu dises vrai. Crois-tu que cela arrivera ?

— Assurément ! mes rêves se réalisent toujours, aussi puis-je pratiquement certifier que cela arrivera.

— Noël, je t'embrasserai si ce rêve se réalise, oui, par Dieu, je t'embrasserai ! Servir le chef des armées de France, et que le monde entier l'apprenne, et que la nouvelle parvienne au village, et provoque la stupeur de tous ces idiots qui prétendaient que je resterais toute ma vie un incapable, quel bonheur ce serait ! Penses-tu que cela arrivera, Noël, le penses-tu vraiment ?

— Oui-da ! je t'en donne ma parole.

— Noël, si cela arrive, je ne t'oublierai jamais… serrons-nous la main ! Je porterai une superbe livrée et la nouvelle fera le tour du village. Ces bestiaux s'exclameront : « Comment, lui, valet du chef de guerre, sous les yeux admiratifs du monde entier ? Ah, le mâtin ! il en a fait du chemin celui-là ! »

Le Paladin se mit à marcher de long en large en échafaudant des plans à une telle vitesse que nous ne pouvions le suivre. Soudain, la joie fit place au plus sombre désespoir :

— Oh ! non, c'est impossible, cela n'arrivera jamais ! Ce serait compter sans l'incroyable stupidité que j'ai commise à Toul. Je l'avais mise au rencard, ces semaines passées, en espérant que Jeanne l'oublierait, mais comment pourrait-elle l'oublier ? Elle ne le peut. Mais, après tout, ce n'était pas vraiment ma faute. J'ai bien prétendu qu'elle m'avait promis de m'épouser, mais ce sont les autres qui m'ont poussé à le faire, je le jure !

Le géant était au bord des larmes. Il se ressaisit et continua, d'une voix teintée de remords :

— C'est le seul mensonge que j'aie jamais proféré, et…

Ses propos furent noyés dans un vacarme de jurons et d'exclamations outragées. Avant qu'il puisse reprendre son discours, l'un des serviteurs de Jean d'Aulon apparut pour nous dire que l'on nous mandait à l'état-major. Nous nous levâmes, et Noël nous apostropha :

— Vous voyez ! qu'est-ce que je vous disais. Le don de prophétie est en moi. Elle va lui confier un poste et nous devrons lui rendre hommage. Venez tous !

Mais le Paladin, trop honteux, refusa de nous suivre.

Jeanne, qui était entourée d'un groupe d'officiers armés de pied en cap, nous aperçut dès notre entrée. Elle nous souhaita aussitôt la bienvenue avec un grand sourire. Elle nous dit qu'elle nous avait tous nommés pour faire partie de sa maison militaire, parce qu'elle voulait que ses vieux amis demeurassent à son côté. Ce fut une heureuse surprise d'être ainsi honorés, alors qu'elle aurait pu nommer à notre place des gens de noblesse et d'importance, mais les mots nous firent défaut pour lui exprimer notre gratitude : Jeanne était parvenue à un rang bien trop élevé pour nous. Nous nous avançâmes l'un derrière l'autre, pour recevoir notre mandat des mains de notre chef, Jean d'Aulon. Chacun d'entre nous obtenait un titre honorable. Les deux chevaliers avaient le plus prestigieux ; puis venaient les deux frères de Jeanne ; j'étais son premier page et secrétaire ; un jeune homme nommé Raimond servait de second page ; Noël était son messager ; elle avait deux hérauts, ainsi qu'un chapelain et aumônier, Jean Pasquerel. Elle avait déjà nommé un maître de bouche et nombre de domestiques. Elle regarda alentour avant de demander :

— Mais où est donc passé le Paladin ?

Le sieur Bertrand répondit :

— Il croyait ne pas avoir été invité, Votre Excellence.

— Mais ce n'est pas bien. Qu'on le mande !

Le Paladin fit une entrée de chien battu. Penaud et craintif, il fit halte sur le seuil, incapable de faire un pas de plus. Jeanne lui dit, d'une voix avenante :

— Je t'ai observé quand nous chevauchions ensemble. Tu as mal débuté mais, par la suite, tu as fait des progrès. On me raconte que, sur le tard, tu es devenu un beau parleur, mais je suis sûre qu'il y a un homme en toi. Je vais le faire naître.

Le visage du Paladin s'éclaira à ces mots.

— Me suivras-tu où j'irai ?

— Jusqu'en enfer, s'il le faut ! répondit sans hésiter le Paladin.

Je me dis en mon for intérieur : « Ma parole ! elle vient de transformer ce fanfaron en héros. Encore un de ses miracles, sans aucun doute ! »

— Je te crois, dit Jeanne. Tiens, je te confie mon étendard. Tu le porteras à mon côté sur tous les champs de bataille et, quand la France sera sauvée, tu me le rendras !

Le Paladin saisit la bannière, qui reste à ce jour le souvenir le plus précieux que nous avons conservé de Jeanne d'Arc. D'une voix brisée par l'émotion, il répondit :

— Si, par malheur, je me montre indigne d'une aussi belle marque de confiance, mes compagnons, ici présents, me feront l'amitié de m'ôter la vie. Je les charge de ce devoir, sachant que je puis compter sur eux.

11

Je regagnai le camp en compagnie de Noël. Vivement impressionnés, nous cheminâmes un moment en silence. Noël finit par émerger de ses réflexions pour me confier :

— Bon, d'accord, « les premiers seront les derniers » et vice versa, mais c'est tout de même surprenant. Notre bœuf de labour vient d'être élevé à une hauteur plutôt vertigineuse, n'est-ce pas ?

— Assurément ! Je n'en reviens pas. Il a obtenu le poste le plus prestigieux de nous tous.

— Par Dieu, oui ! Des généraux, Jeanne en a treize à la douzaine ; si besoin est, elle peut en nommer d'autres, mais elle n'a qu'un seul et unique porte-étendard.

— Tu dis vrai. C'est, après celui de Jeanne, le grade le plus en vue dans l'armée.

— Et le plus convoité, parce que le plus honorable. Deux fils de duc ont tenté de l'obtenir, n'est-ce pas ? Et, de tous ces gens nobles et importants, c'est notre majestueux moulin à vent qui l'obtient. Eh bien ! quelle fabuleuse promotion quand on y songe !

— Surprenante, en effet. Toutes proportions gardées, c'est la copie conforme de celle de Jeanne.

— Je ne sais trop à quoi il faut l'attribuer. As-tu une explication ?

— Oui, je me l'explique assez bien, enfin, je crois…

Ma réponse surprit Noël. Il me jeta un coup d'œil de côté, comme pour vérifier que je parlais sérieusement, puis il me dit :

— Je croyais que tu blaguais, mais je me trompe, apparemment. Si tu peux élucider ce mystère, je t'en serai reconnaissant. Quelle est ton explication ?

— Je crois en avoir une. Tu as sans doute remarqué que notre chevalier en chef tient des propos pleins de sagesse, qu'il a la tête bien posée sur ses larges épaules. Un jour que nous chevauchions de conserve, nous devisions des talents extraordinaires de Jeanne. Il me tint ce discours surprenant : « Mais, par-dessus tout, elle a l'œil voyant. – L'œil voyant ? lui rétorquai-je à la légère, rien de plus banal… Je suppose que nous l'avons tous. – Oh, que non ! me répondit-il. Bien peu le possèdent. » Il m'expliqua alors ce qu'il entendait par là. L'œil ordinaire, me dit-il, ne distingue que la surface des choses et il fonde son jugement là-dessus, tandis que l'œil voyant perce au travers, il lit les cœurs et les âmes, y découvre des qualités qui n'apparaissent pas en surface et que l'œil ordinaire ne saurait distinguer. Il me fit remarquer que le plus puissant génie militaire finit par succomber s'il ne possède pas l'œil voyant, c'est-à-dire s'il n'a pas la capacité de lire dans le cœur des hommes et de choisir ses subordonnés avec un jugement infaillible. Mais si son intuition lui dit que tel homme est un bon stratège, que tel autre est capable de faire montre d'audace et de mener un assaut meurtrier, que celui-là a la ténacité du bouledogue, alors, il peut nommer chacun au bon poste de combat et remporter la bataille ; le commandant qui n'a pas l'œil voyant, au contraire, mélangera les rôles et les gens, et il perdra la bataille. Je découvris que cela s'appliquait à merveille à notre Jeanne. Te souviens-tu de cette nuit d'hiver où, enfant, elle vit entrer ce vagabond ? Son père et nous tous l'avions pris pour un mécréant ; mais elle distingua immédiatement l'honnête homme derrière ses haillons. Quand, invité par le capitaine de Vaucouleurs, je dînai à sa table, je ne vis rien de particulier en nos deux chevaliers, et pourtant j'étais resté assis avec eux à discuter pendant deux heures ; Jeanne, qui ne fut présente que cinq minutes et à qui aucun d'entre eux n'adressa la parole, les identifia sur-le-champ comme étant des hommes de valeur et de dignité ; depuis, ils ont amplement confirmé son jugement. Qui a-t-elle choisi pour diriger, à Blois, l'entraînement de cette cohue infernale de nouvelles recrues, composée de routiers armagnacs à la débandade et de diablotins crachés par l'antre des Enfers, tous autant qu'ils sont ? Elle leur a tout simplement envoyé Satan, le chef des démons en personne, je veux parler de La Hire, cet ouragan guerrier, ce ruffian sans foi ni loi, ce blasphème incarné, ce Vésuve de grossièreté en constante éruption. Est-il capable de mater cette meute de chiens enragés ? Mieux que quiconque, puisqu'il appartient à leur monde, dont il est le maître diable ; il les vaut tous à lui seul ; ce sont ses rejetons. Jeanne lui en a confié le commandement jusqu'à son arrivée à Blois. Et alors, que va-t-il se passer ? Elle les prendra sans doute personnellement sous sa coupe, ou bien je la connais mal, en dépit des nombreuses années passées dans son intimité. Ce sera assurément un spectacle à ne pas manquer : notre Jeanne, pure et digne, revêtue de son blanc harnois, imposant sa volonté à ce tas de fumier, à ces canailles, à ces hommes de sac et de corde, condamnés à l'enfer de la damnation.

— La Hire ! s'écria Noël. Le héros de nos tendres années ! Oh ! comme il me tarde de le voir en personne !

— Et moi donc ! Son nom me fait frémir aujourd'hui autant que quand nous étions encore des garnements.

— Je rêve de l'entendre jurer…

— Et tu l'entendras, il y a fort à parier ! Je préfère ses jurons aux prières des autres. La Hire est l'homme le plus franc qui soit, c'est-à-dire le plus naïf. Un jour, quelqu'un lui reprochait ses rapines durant ses raids. Il répondit : « Si Dieu le Père était soldat, Il n'hésiterait pas à piller. » Je le tiens pour l'homme de la situation, à Blois. Jeanne l'a regardé avec son œil voyant, voilà tout !

— Ce qui me ramène à notre question de départ. J'éprouve une affection profonde pour le Paladin. Pas uniquement parce que c'est un bon compagnon, mais aussi parce qu'il est en quelque sorte mon enfant ; c'est moi qui l'ai fabriqué tel qu'il est devenu : une outre gonflée de vent, le catholique le plus hâbleur de la Chrétienté. Sa bonne fortune me réjouit, certes, mais, comme je n'ai pas l'œil voyant, j'avoue que je me serais bien gardé de lui attribuer le poste le plus dangereux de l'armée. Je l'aurais affecté à l'arrière pour achever les blessés et piller les cadavres.

— Eh bien, nous verrons. Jeanne connaît probablement sa vraie valeur bien mieux que nous. Et, si tu veux mon avis, quand quelqu'un comme Jeanne d'Arc dit à un homme qu'il est brave, il la croit et sa foi le grandit ; il suffit de se croire brave pour le devenir ; l'essentiel est fait.

— Voilà ! tu y es ! s'écria Noël. Jeanne possède la bouche créatrice aussi bien que l'œil voyant ! nous y sommes. La France était pleutre et résignée ; Jeanne d'Arc a parlé à la France ! Depuis lors, celle-ci, soudain debout, s'avance la tête haute.

On me manda pour écrire une lettre sous la dictée de Jeanne. Pendant le jour et la nuit qui suivirent, nos différents uniformes furent coupés par les tailleurs du roi ; nos harnois furent forgés. Nous étions superbes à voir, que ce soit en tenue guerrière ou en tenue civile. En civil, ses habits aux étoffes rares et richement colorées transformaient le Paladin en une tour de gloire éclairée par l'apothéose du soleil couchant ; en tenue guerrière, notre Paladin, roide, sanglé et empanaché, caparaçonné de l'acier le plus étincelant, atteignait à une majesté incomparable.

Les ordres avaient été donnés pour notre marche vers Blois. C'était un beau matin, au ciel limpide, à l'air frais et revigorant. Notre large compagnie trottait sur deux lignes, précédée par Jeanne et le duc d'Alençon, suivis par Jean d'Aulon et notre porte-étendard, puis par le reste de la troupe. Nous offrions aux regards émerveillés un beau spectacle, comme vous pouvez l'imaginer. Alors que nous plongions à travers la foule en délire pour nous y frayer un chemin, tel le laboureur qui creuse un sillon, avec Jeanne qui saluait de droite et de gauche de la tête, son armure d'argent étincelant sous les rayons du soleil levant, les spectateurs savaient que le rideau se levait sur le premier acte d'un drame prodigieux qui allait se dérouler devant leurs yeux ; ils exprimaient leurs espoirs croissants en hourras d'enthousiasme d'une force tellement renversante qu'elle nous ébranlait au plus profond de nos entrailles plus qu'elle n'assourdissait nos oreilles. Au loin, à l'autre bout de la rue, nous entendîmes les notes nasillardes et acidulées des fifres et des cornemuses, et nous aperçûmes une nuée de lances qui se mouvaient à l'unisson. Le soleil matinal se réfléchissait doucement sur les armures montées sur de puissants destriers ; les rayons du soleil n'éclairaient que le fer des lances du rougeoiement de leur feu ; le tout formait comme une nébuleuse de lumière opaline nimbée du vif scintillement d'une constellation ; ces cavaliers étaient notre garde d'honneur. Ils nous rejoignirent et la procession fut au complet. La première marche de guerre de Jeanne d'Arc s'ébranlait. Le rideau était levé.

12

Nous fûmes à Blois en trois jours. Oh, ce camp ! son souvenir restera gravé dans ma mémoire ! Quel pandémonium ! Il n'y avait pas plus de discipline parmi ces brigands qu'il n'en existe parmi les loups et les hyènes. Ils titubaient, ivres morts, poussant force cris et hurlements, jurons et insanités, jouant à toutes sortes de cavalcades sauvages et désordonnées. L'endroit fourmillait de garces, épaisses et vulgaires, qui titillaient en permanence ces brutes paillardes toujours prêtes à la plus tapageuse lubricité.

Dans cette cour des miracles, Noël et moi avons eu notre première vision de La Hire. Il répondait à l'image de nos rêves les plus fous. Il était immense, d'allure superbement martiale ; sa cotte de mailles le protégeait de la tête aux pieds ; un plumet insolent ornait son bassinet ; une immense rapière lui pendait au côté.

Il accourait pour offrir ses respects à Jeanne ; en chemin, il apostrophait sa troupe :

— La Pucelle arrive ! Vous n'avez pas honte ? Quel spectacle indigne osez-vous offrir aux yeux de notre commandant en chef !

Sa manière de restaurer l'ordre n'appartenait qu'à lui. Il l'imposait à l'aide de ses énormes poings.

Il avançait, en jurant, en maudissant, il flanquait un coup par-ci, un coup par-là, un coup ailleurs et, chaque fois que le poing s'abattait, un homme s'effondrait.

— Enfer et damnation ! hurlait-il. Tituber et jurer comme tu le fais alors que le commandant est dans le camp ? Garde à vous, vaurien !

Et l'homme s'étalait de tout son long sur le sol. La Hire avait une notion très particulière du garde-à-vous…

Fascinés, nous suivîmes le vétéran jusqu'au quartier général, en l'écoutant, en l'observant, en l'admirant – en le dévorant des yeux serait plus juste, lui qui était notre héros, et celui de tous les enfants de France, depuis le berceau jusqu'à ce jour béni entre tous. Le souvenir me revint en mémoire du jour où Jeanne avait administré une sévère rebuffade au Paladin, dans les pâturages de Domrémy, parce qu'il avait profané à la légère ces noms prestigieux – La Hire, le Bâtard d'Orléans –, lui affirmant qu'elle tiendrait comme un immense privilège d'avoir la chance de poser son regard, de loin, ne serait-ce qu'une seule fois, sur ces grands hommes. Eh bien, voici que nous étions devant l'un de ces héros, justement – et qu'était-il en train de faire ? Incroyable, mais vrai : il s'avançait vers elle en se découvrant pour recevoir ses ordres…

Laissant La Hire imposer le calme, par ses méthodes originales, à un groupe de ses brigands massés près du quartier général, nous le devançâmes pour jeter un œil sur la maison militaire de Jeanne et les grands chefs de son armée qui étaient tous réunis au complet. Ils étaient six, tous officiers de grand renom, hommes de belle prestance, en armure complète ; le grand amiral de France était de loin le plus élégant et le plus impressionnant.

La Hire fit son entrée. La stupéfaction se peignit sur son visage à la vue de la grande beauté et de l'extrême jeunesse de Jeanne. Le sourire radieux avec lequel Jeanne l'accueillit témoignait du bonheur qu'elle éprouvait à rencontrer pour la première fois le héros de sa tendre enfance. La Hire s'inclina très bas en tenant son bassinet dans sa main protégée par le gantelet. Il lui fit un petit compliment de son cru qui ne manquait pas d'allure, d'autant plus qu'il était quasiment dénué de jurons ; à l'évidence, d'emblée, ils se plurent l'un l'autre.

La cérémonie des présentations fut bientôt terminée et les autres sortirent. La Hire resta avec Jeanne, à siroter son vin et à converser en riant, comme s'ils étaient de vieux camarades. Elle en profita pour lui donner certaines instructions, en sa qualité de maréchal de camp, qui lui coupèrent le souffle. Pour commencer, elle ordonna que les ribaudes devaient toutes quitter les lieux sur l'heure, sans la moindre exception. Puis que les débordements sauvages devaient cesser, que les vins et alcools devaient être distribués en quantités raisonnables et limitées, que la discipline la plus stricte devait régner en lieu et place de la licence. Pour finir, elle porta la surprise à son comble avec cet ordre, qui fit bondir La Hire hors de son armure :

— Tout homme qui combat sous ma bannière doit se confesser régulièrement à un prêtre et être absous de tout péché ; en outre, toutes les recrues devront assister à l'office divin deux fois par jour.

Muet de stupeur pendant une bonne minute, La Hire finit par répondre avec un air de chien battu :

— Mais, ma douce enfant, je les ai tirés de l'enfer, mes tendres chérubins ! Eux, assister à l'office ? Ils vont nous maudire !

Et il poursuivit dans cette veine en débitant un torrent pathétique d'arguments et de blasphèmes qui finirent par plonger Jeanne dans une hilarité irrépressible et la firent rire, rire et rire encore, comme elle n'avait plus ri depuis l'époque où elle jouait dans les pâturages de Domrémy. Cela faisait plaisir à entendre.

Mais comme elle ne cédait point, c'est le vieux soldat qui capitula. Il dit que si tels étaient ses ordres, il obéirait et ferait de son mieux pour qu'ils soient respectés. Au passage, il en profita pour se rincer le gosier avec une copieuse rasade de jurons, puis il promit à Jeanne qu'il allait faire sauter la cervelle de celui qui refuserait de renoncer au péché et de mener pieuse existence. Cette promesse eut le don de provoquer de nouveau l'hilarité de Jeanne, qui prenait vraiment du bon temps. Mais elle ne consentit pas à ce genre de conversion. Elle lui répondit que la conversion devait être volontaire.

La Hire la rassura aussitôt, lui promettant qu'il épargnerait les volontaires, et qu'il n'abattrait que les autres.

Il n'était pas question, rétorqua Jeanne, de tuer un seul d'entre eux ! Proposer à un homme de se porter volontaire en le menaçant de mort s'il ne le faisait pas, insista-t-elle, revenait à l'entraver ; elle voulait qu'ils se sentissent totalement libres.

La Hire poussa un profond soupir : il en ferait l'annonce, répondit-il, mais il doutait fort qu'un seul de ses hommes assistât à l'office s'il ne s'y rendait lui-même. Il n'était pas au bout de ses surprises.

— Mais, mon ami, toi aussi, tu vas y aller ! confirma Jeanne.

— Moi ? Impossible ! Oh, c'est insensé !

— Pas du tout ! Tu iras à l'office : deux fois par jour !

— Par le diable ! Mais je rêve ! ou j'ai encore trop bu ! à moins que mes oreilles ne me jouent des tours. J'irais plutôt…

— Je ne sais que trop où tu irais… Tu commenceras demain matin ! Tu verras, après quelque temps, cela te paraîtra naturel. Ne prends pas cet air de chien battu. Bientôt, tu n'y penseras plus.

La Hire tenta de prendre une contenance, mais il en fut incapable. Après un soupir interminable, il finit par céder :

— Bon, c'est bien parce que c'est toi, parce que si c'était quelqu'un d'autre, je jure sur…

— Ne jure point ! Cesse de jurer !

— Cesser ? Impossible ! Par le diable, je t'en supplie… comment… mais…, mon général, c'est… ma langue maternelle !

Il supplia tellement Jeanne de considérer son défaut avec indulgence qu'elle finit par consentir à lui en laisser un petit bout : elle lui permettait de jurer sur son bâton de commandement.

Assagi, La Hire s'engagea alors à ne jurer que sur son bâton en sa présence et à tenter de s'amender le reste du temps. Il doutait de parvenir à surmonter une si vieille et tenace habitude qui lui réchauffait le cœur dans ses vieux jours.

Le vieux lion repartit quelque peu dompté et civilisé – je n'irais pas jusqu'à dire radouci et affectueux, ces qualificatifs ne lui convenant guère. Noël et moi étions certains que, dès qu'il serait hors de portée de l'influence bénéfique de Jeanne, son tempérament reprendrait le dessus et qu'il renoncerait à assister à la messe. Aussi nous levâmes-nous de bon matin pour vérifier.

Nous nous trompions. Il vint. Si incroyable que cela puisse paraître, il arriva, à grandes enjambées, déterminé à accomplir son devoir jusqu'au bout, en affichant un air aussi pieux et composé que possible, tout en grommelant et en sacrant entre ses dents comme un charretier ivre. La preuve était faite que quiconque entendait la voix de Jeanne et la regardait dans les yeux tombait irrésistiblement sous son charme. Nul ne pouvait rester le même après cette expérience. Satan s'était converti, voyez-vous ! Et le reste s'ensuivit.

Jeanne chevauchait à travers le camp et, partout où apparaissait sa silhouette jeune et gracile, sanglée dans son armure étincelante, avec ce doux visage de surcroît, ces hommes sans foi ni loi, rudes et brutaux, croyaient voir apparaître le dieu de la guerre en personne, descendu des nuées. Surpris, d'abord, ils se mirent très vite à la vénérer. Ensuite, elle put disposer de leurs personnes comme elle l'entendait.

En trois jours, le camp fut nettoyé et rangé de fond en comble ; les barbares qui y logeaient se pressaient à l'office divin deux fois par jour comme de bons enfants. Les garces avaient déserté le camp. La Hire fut le premier surpris de cette métamorphose qu'il ne pouvait s'expliquer. Quand l'envie de sacrer le prenait à la gorge, il sortait du camp. Il était ainsi : pécheur par nature et habitude, mais plein d'un respect superstitieux pour les lieux saints.

L'enthousiasme que ressentaient ces nouvelles recrues à l'égard de Jeanne, leur dévotion envers elle, leur désir brûlant d'en découdre en son nom avec l'ennemi, dépassaient tout ce que La Hire avait jamais vu au cours de sa longue carrière. Il ne trouvait pas de mot pour exprimer l'admiration et l'étonnement qu'il ressentait devant ce mystère et ce miracle. Lui qui, au début, ne donnait pas le moindre crédit à son armée, lui accordait à présent toute son estime et sa confiance.

— Il y a encore deux ou trois jours, répétait-il, j'aurais hésité à lancer mes gars à l'assaut d'un poulailler ; aujourd'hui, avec eux, je pourrais défoncer les portes de l'enfer.

Jeanne et La Hire étaient devenus inséparables. Quel amusant et insolite contraste ils formaient, tous les deux ! Elle était aussi petite et fragile qu'il était gigantesque et puissant ; ses cheveux grisonnaient et il approchait du crépuscule de l'existence tandis qu'elle était dans la fraîcheur de l'âge ; la trogne tailladée et tannée comme du vieux cuir du soldat contrastait avec les joues fraîches et lisses de Jeanne ; elle était si gracieuse et lui si sombre ; elle était pure et innocente alors qu'il était la vivante encyclopédie du péché ; ses yeux à elle reflétaient charité et compassion, ceux du baroudeur, l'éclair et le tonnerre ; quand le regard de Jeanne tombait sur vous, les bénédictions et la paix de Dieu vous inondaient, tandis que le regard de La Hire, mieux valait l'éviter.

Ils parcouraient le camp une douzaine de fois par jour pour l'inspecter, le vérifier, en rectifier le moindre détail. Chacune de leurs apparitions déclenchait l'enthousiasme. Ils chevauchaient de conserve, lui, massif et musculeux, elle, chef-d'œuvre de douceur et de grâce ; lui, forteresse imprenable d'airain, elle, fragile statuette d'orfèvrerie ; dès que ces brigands et criminels repentis les apercevaient, ils s'écriaient, d'une voix pleine d'admiration et d'affection :

— Les voilà : Satan et le page du Christ !

Durant les trois jours que nous passâmes à Blois, Jeanne travailla d'arrache-pied à réconcilier La Hire avec Dieu, à le libérer de l'esclavage du péché, à insuffler dans ce cœur impétueux la sérénité de la religion. Elle l'exhortait, elle l'encourageait, elle le suppliait de prier. Il tint bon, pendant trois jours, en l'implorant de façon presque pathétique de le laisser tranquille et de ne le dispenser que d'un seul devoir : celui de prier. Il était prêt à faire n'importe quoi, pour elle, n'importe quoi ! Elle n'avait qu'un ordre à donner et il se jetterait au feu pour elle ! Mais qu'elle lui épargne cette épreuve. Tout mais pas cela. Il ne saurait prier, il n'avait jamais prié, il ignorait tout de la prière, il ne savait pas les mots.

Et pourtant, si incroyable que cela puisse paraître, Jeanne gagna même sur ce terrain, elle remporta cette improbable victoire. Elle réussit à faire prier La Hire. Cela seul suffit à prouver que rien n'était impossible à Jeanne. En effet, il finit par joindre ses mains gantées de cotte de mailles et, debout, il formula sa prière. Une prière tirée d'aucun missel, une prière bien à lui, que personne ne lui avait soufflée, une prière du fond du cœur :

— Beau Sire, Dieu, je supplie que tu fasses pour La Hire ce que tu aimerais que La Hire fît pour Toi si tu étais La Hire et que La Hire fût Dieu[1].

Ensuite, il remit fièrement son bassinet sur la tête et sortit de la tente de Jeanne en affichant l'air d'intense satisfaction qui caractérise celui qui vient de résoudre une difficulté infiniment complexe et délicate à la satisfaction de toutes les parties concernées.

Si j'avais su qu'il venait de prier, j'aurais compris pourquoi il avait une allure aussi altière. Mais je ne pouvais le deviner.

J'approchais de la tente de Jeanne. À la vue de La Hire, qui sortait et s'éloignait avec sa belle

1. Cette prière a été empruntée souvent par nombre de nations durant les cinq cents ans qui se sont écoulés depuis. Mais La Hire en est bien l'auteur. Ce fait est officiellement consigné dans les Archives nationales de France. Michelet y a apposé le sceau de son autorité. (Mark Twain)

prestance, je me réjouis du spectacle qu'il offrait tant il paraissait fier de lui. Mais, en pénétrant dans la tente, je m'arrêtai, interdit, sur le seuil, car j'entendis – ou plutôt je crus entendre – Jeanne en train de sangloter, pleurant toutes les larmes de son corps, comme si elle se mourait. Or, je me trompais du tout au tout. En réalité, elle était écroulée de rire, d'un rire homérique provoqué par la prière de La Hire.

Ce n'est que trente-six ans plus tard que j'appris la vérité. Alors… oh ! alors…, je m'effondrai en sanglots à cette vision de gaieté sublime, de liberté et de jeunesse, qui émergea soudain devant mon regard, hors de la brume opaque qui enveloppait le souvenir de cette époque révolue. Car, entre-temps, le don divin du rire s'était éteint en moi à jamais.

13

Nous sortîmes de Blois en grand nombre et en splendide équipage. Nous prîmes la route en direction d'Orléans. La première partie du rêve de Jeanne prenait enfin corps. Nous autres, jeunes gens, voyions une armée en marche pour la première fois : quel impressionnant spectacle ! En effet, quoi de plus exaltant que la vue de cette interminable colonne, s'allongeant jusqu'à l'infini, se ployant au gré des méandres de la route comme un gigantesque serpent. Jeanne chevauchait en tête, avec ses écuyers ; venait derrière un groupe de prêtres qui chantaient le *Veni Creator* précédés de la bannière de la Croix ; puis suivait une forêt étincelante de lances en mouvement. Chaque régiment était commandé par les plus grands généraux armagnacs : La Hire, le maréchal de Boussac, Gilles de Rais, Florent d'Illiers, Poton de Xaintrailles.

Dans leur genre respectif, chacun d'entre eux était une brute. Leurs qualités s'étageaient en trois degrés : brutal, plus brutal, encore plus brutal ; La Hire les dominait d'un cheveu, certes, mais seulement d'un cheveu. Ils n'étaient, après tout, que d'illustres brigands en titre. L'habitude invétérée du désordre leur avait fait perdre jusqu'à la moindre notion d'obéissance, s'ils l'avaient jamais eue.

— Obéissez en toutes choses à votre chef de guerre, leur avait ordonné le roi, n'entreprenez rien sans l'informer, ne faites rien dont elle n'ait pas donné l'ordre !

Futiles recommandations ! Ces oiseaux de proie planaient au-dessus des lois. Ils n'obéissaient que très rarement au roi, uniquement lorsque leurs intérêts étaient concomitants avec les siens. Pourquoi obéiraient-ils à la Pucelle ? D'abord, ils ignoraient tout du verbe « obéir », ensuite, ils ne pouvaient prendre au sérieux ses compétences militaires. Comment et où une petite paysanne aurait-elle pu acquérir la moindre notion du complexe et terrible métier de la guerre en gardant ses moutons ?

Ils ne songeaient pas une seconde à obéir à Jeanne, sauf, bien entendu, si leur savoir et leur expérience de vétérans leur démontraient que ce qu'elle attendait d'eux était précisément ce qu'il convenait de faire, d'après les règles élémentaires du combat. On ne peut le leur reprocher. Aucun général digne de ce nom n'aurait pris Jeanne au sérieux, militairement parlant, avant de l'avoir vue à l'œuvre, avant qu'elle n'ait brisé le siège d'Orléans et remporté victoire sur victoire durant la campagne de la Loire qui s'ensuivit.

Jeanne leur était-elle inutile ? Loin de là. Ils la chérissaient comme la terre nourricière chérit le soleil ; ils comptaient sur sa lumière pour faire pousser le froment, mais ils estimaient que la récolte leur appartenait de plein droit. Ils éprouvaient une sorte de respect superstitieux à son égard, la croyant imbue d'un pouvoir surnaturel et mystérieux capable d'accomplir des miracles hors de leur portée, comme par exemple d'insuffler vie et force dans une armée de poltrons et de les transformer en héros.

Dans leur esprit, « avec » elle, ils étaient tout, « sans » elle, ils n'étaient rien. Elle servait d'inspiration sacrée au soldat, qu'elle rendait apte à combattre ; mais, quant à lui laisser diriger elle-même les opérations sur le champ de bataille, il n'en était pas question. C'était leur prérogative. Eux, les généraux, combattraient, tandis qu'elle, Jeanne, assurerait leur victoire. Voilà ce qu'ils avaient en tête : une sorte de paraphrase inconsciente de la réponse de Jeanne au frère dominicain.

C'est la raison pour laquelle ils n'hésitèrent pas à jouer un tour à Jeanne. Elle avait une idée très précise de la stratégie qu'elle comptait adopter. Son projet était de progresser en direction d'Orléans sur la rive nord de la Loire. Elle en donna l'ordre à ses généraux. Ils convinrent entre eux que ce serait pure folie, une erreur fatale, que l'on ne pouvait s'attendre à mieux de la part d'une donzelle ignorante de toute stratégie. Ils envoyèrent un courrier dans ce sens au Bâtard d'Orléans. Il se rangea à leur avis et il leur recommanda d'user de stratagème pour contourner l'ordre de Jeanne.

Ils y parvinrent, et ils la trompèrent. Elle leur faisait confiance ; elle ne se doutait pas une seconde qu'ils la traiteraient ainsi ; elle ne se tenait pas sur ses gardes. Ce fut une rude leçon pour elle, dont elle se souvint par la suite. Elle fit en sorte que cela ne se reproduisît pas.

Pourquoi, aux yeux des généraux, l'idée de Jeanne était-elle insensée alors qu'elle ne l'était pas de son point de vue ? Parce qu'elle voulait attaquer les Anglais en force et de front pour les forcer à lever le siège immédiatement, en leur livrant bataille, tandis que les généraux voulaient recourir à la tactique habituelle qui consistait à assiéger les assiégeants et à les affamer en les coupant de leurs arrières – un plan qui aurait demandé des mois pour son exécution.

Les Anglais occupaient une série de forteresses, nommées bastilles, qui ceinturaient la ville. Ces fortins interdisaient l'accès à toutes les portes sauf une. Aux yeux des généraux français, l'idée de prendre d'assaut ces places fortes et de les franchir pour faire pénétrer l'armée dans Orléans était pure folie : il en résulterait, craignaient-ils, la destruction pure et simple de l'armée. Leur opinion n'était sans doute pas dénuée de sens d'un point de vue strictement militaire, ou plutôt elle aurait pu avoir quelque sens s'ils n'avaient pas ignoré un détail d'importance : persuadés que la Pucelle était de mèche avec Satan, les soldats anglais avaient le moral au plus bas. Leur superstition les privait de l'essentiel de leur hardiesse. Les hommes de la Pucelle, en revanche, débordaient de bravoure, d'enthousiasme et de zèle.

Jeanne serait venue aisément à bout de l'obstacle des bastilles anglaises. Malheureusement, il n'allait pas en être ainsi. Ses généraux l'avaient privé de sa première chance de délivrer un coup puissant en faveur de son roi.

Durant la halte nocturne, Jeanne garda son armure pour dormir à même le sol. La nuit fut glaciale. Quand elle se remit en marche au petit matin, elle se sentait physiquement aussi roide que son harnois. Comme couverture, le métal n'est pas ce qu'on fait de plus chaleureux. Cependant, la joie qu'elle ressentait à se rapprocher du théâtre de sa mission la réchauffait davantage qu'aucun feu de camp n'aurait pu le faire.

Son enthousiasme et son impatience grandissaient au fur et à mesure de la progression de l'armée. Mais, à Olivet, en vue d'Orléans, ses sentiments s'effondrèrent pour laisser place à l'indignation. Elle vit en effet qu'elle avait été grugée : le fleuve la séparait de la ville.

D'emblée, elle voulut en profiter pour s'attaquer à l'une des trois bastilles qui gardaient notre rive afin de forcer le passage sur le pont qu'elles interdisaient – projet qui, s'il avait réussi, aurait contraint l'ennemi à lever le siège immédiatement –, mais la peur ancestrale qu'inspiraient les Anglais prit le dessus : ses généraux implorèrent Jeanne de n'en rien faire. La troupe, elle, brûlait de donner l'assaut, mais les soldats durent prendre leur mal en patience. Nous reprîmes la route pour faire halte en un lieu opposé à Chécy, à six milles en amont d'Orléans.

Dunois, le Bâtard d'Orléans, accompagné de quelques chevaliers et de représentants du peuple, était venu souhaiter la bienvenue à Jeanne. Celle-ci fulminait encore en raison de la fourberie dont elle avait été la victime ; elle n'était pas d'humeur à échanger des politesses, même avec l'une des idoles vénérées de sa tendre enfance. Elle lui demanda à brûle-pourpoint :

— Êtes-vous le Bâtard d'Orléans ?

— Oui, je le suis, et je me réjouis de votre arrivée.

— Est-ce vous qui avez donné le conseil que je vienne ici, de ce côté du fleuve, et que je n'aille pas tout droit là où sont Talbot et les Anglais ?

Sa brusquerie surprit tellement Dunois qu'il ne trouva rien à répondre de satisfaisant. Bredouillant de vagues excuses, il finit par confesser que des raisons impérieuses d'ordre militaire l'avaient poussé à donner ce conseil.

— En nom Dieu, lui répliqua Jeanne, le conseil de mon Seigneur est plus sage et plus sûr que le vôtre. Vous avez cru me tromper et c'est vous surtout qui vous trompez. Je vous apporte meilleur secours qu'il ne vous en est venu d'aucun soldat et d'aucune cité :

c'est le secours du Roi des cieux. Il ne vient pas par amour pour moi, mais de Dieu lui-même qui, à la requête de Saint Louis et de saint Charlemagne, a eu pitié de la ville d'Orléans et n'a voulu souffrir que les ennemis eussent le corps du seigneur d'Orléans et sa ville.

Jeanne poursuivit :

— Quant aux vivres pour sauver de la famine le peuple d'Orléans, ils se trouvent chargés sur des navires en aval de la cité ; or les vents sont contraires, les bateaux ne peuvent remonter le courant. En nom Dieu, dites-moi, vous qui êtes si sage, ce que votre conseil avait en tête quand il a décidé d'une telle aberration ?

Dunois et son entourage bredouillèrent quelques futilités, mais finirent par avouer qu'une sottise avait été commise.

— Assurément, répliqua Jeanne, et à moins que Dieu Lui-même ne prenne la situation en main et ne change la direction des vents pour corriger votre sottise, nul ne saurait y remédier.

Aux yeux des témoins, il était clair qu'en dépit de son inexpérience Jeanne détenait un solide bon sens ; quant à son charme et à sa gentillesse, il ne fallait point trop s'y fier et se croire autorisé à la tromper.

Il se trouve que Dieu décida de prendre la situation en main et de corriger la « sottise ». Par un effet de Sa grâce, le vent tourna. Ainsi, la flottille, chargée de vivres et de bétail, put remonter le fleuve pour ravitailler la cité affamée ; les Orléanais réussirent à les récupérer en détournant l'attention des assiégeants par une sortie opérée contre la bastille Saint-Loup.

C'est alors que Jeanne recommença à houspiller le Bâtard d'Orléans :

— Vous voyez cette armée ?

— Oui !…

— Se trouve-t-elle sur cette rive-ci du fleuve sur recommandation de votre conseil ?

— Oui !…

— En nom Dieu, dites-moi, votre conseil, si sage et si avisé, pourrait-il m'expliquer en quoi mon armée est plus utile ici qu'au fond de l'océan ?

Dunois se livra à quelques tentatives maladroites pour expliquer l'inexplicable, pour excuser l'inexcusable, mais Jeanne le coupa court :

— Répondez-moi, mon bon sire : mon armée a-t-elle la moindre utilité de ce côté-ci du fleuve ?

Le Bâtard confessa qu'elle n'en avait aucune, en effet, en tout cas en relation avec le plan de bataille que Jeanne avait prévu.

— Cependant, sachant cela, vous avez eu l'audace de contrevenir à mes ordres. Puisque la place de l'armée est de l'autre côté du fleuve, m'expliquerez-vous enfin ce qu'elle fait ici ?

L'embrouille n'était que trop évidente. Tout faux-fuyant devenait inutile. Embarrassé, Dunois finit par admettre que, puisque l'ennemi interdisait le libre accès au seul pont existant, il n'y avait pas d'autre moyen de corriger l'erreur commise que de renvoyer l'armée à Blois afin de lui faire effectuer le même parcours, mais sur la rive opposée, précisément celui que Jeanne avait prévu dans son plan originel.

N'importe quelle jeune fille, après s'être imposée à un vétéran de la trempe de Dunois, en aurait ressenti quelque fierté, mais Jeanne ne prit pas les choses ainsi. Elle se contenta de faire quelques remarques sur le temps précieux qui venait d'être perdu, puis, sans tarder, elle donna les ordres pour la retraite. Elle se sentait navrée de laisser son armée s'en retourner, tant elle avait confiance dans la vaillance de ses soldats, dans le feu de leur enthousiasme ; avec eux, elle se sentait d'attaque à affronter la puissance de l'Angleterre tout entière.

Une fois les dispositions prises pour le retour de l'armée, Jeanne, avec Dunois, La Hire et un millier d'hommes, se rendit à Orléans, où la ville brûlait d'impatience de la connaître. Il était huit heures du soir quand, avec la troupe, elle pénétra dans la ville par la porte de Bourgogne. Le Paladin la précédait avec son étendard. Elle chevauchait un coursier blanc et portait en main la sainte épée de Fierbois. Si vous aviez vu Orléans à cet instant ! Quel délire ! Une marée humaine illuminée par un firmament de torches, un ouragan de hourras et de cris de bienvenue, un battement effréné de cloches sous un tonnerre de canons, c'était… la fin du monde ! Partout, éclairés par les lueurs des torchères, on pouvait voir, pressés les uns derrière les autres, des multitudes de visages levés, bouche grande ouverte, joues inondées de larmes. Jeanne se frayait difficilement un passage à travers la masse compacte de spectateurs ; la blancheur de son armure la faisait ressembler à une statue d'argent qui glissait lentement sur un pavement de têtes. Les gens les plus proches la contemplaient à travers un rideau de larmes avec le regard extasié d'hommes et de femmes à l'apparition d'un personnage divin. Ivres de gratitude, les gens simples embrassaient ses pieds et ceux qui ne pouvaient le faire s'efforçaient de toucher son cheval du bout des doigts.

Aucun geste de Jeanne ne leur échappait. Le moindre de ses mouvements était commenté et applaudi :

— Oh ! elle sourit… regardez-la !

— Elle soulève son casque pour saluer quelqu'un ! Mon Dieu, qu'elle est belle et gracieuse !

— Elle caresse la tête de cette femme de sa main protégée par le gantelet.

— C'est à croire qu'elle est née sur un cheval. Voyez-la se retourner sur sa selle et baiser la poignée de son épée en direction de ces dames qui, de leur fenêtre, lui ont jeté un bouquet de fleurs !

— Oh ! la la : une pauvresse qui lui tend son bébé… Elle l'embrasse… oh ! qu'elle est adorable !

— Quelle silhouette délicate et gracieuse, et quel beau visage ! Elle irradie de santé et de vigueur !

La longue bannière de Jeanne frôla une torche, la frange prit feu. Elle se pencha aussitôt et, d'un geste vif et assuré, étouffa la flamme de sa main.

— Elle ne craint pas le feu ! Elle n'a peur de rien ! s'exclama la foule, qui exprima son admiration par un tonnerre d'applaudissements.

Jeanne chevaucha ainsi jusqu'à la cathédrale où elle rendit grâce à Dieu. Le peuple remplit la nef pour joindre sa dévotion à celle de la jeune fille. Puis Jeanne reprit sa laborieuse traversée de la foule, sous les lueurs sauvages des torches, jusqu'à la demeure de maître Jacques Boucher, le trésorier du duc d'Orléans. C'est lui qui serait son hôte aussi longtemps qu'elle aurait à demeurer dans la ville, et c'est sa fille qui lui tiendrait compagnie. La liesse du peuple se poursuivit jusque tard dans la nuit, ponctuée de sonneries de cloches et de coups de canon.

Jeanne d'Arc se trouvait enfin à pied d'œuvre, prête à accomplir sa mission.

14

Jeanne était prête. Mais elle devait attendre l'arrivée de son armée pour se mettre au travail.

Le lendemain matin, le samedi 30 avril 1429, elle s'enquit du sort du messager qui n'était toujours pas revenu après avoir porté sa lettre de sommation aux Anglais ; dictée alors que nous étions encore à Poitiers, elle avait été expédiée de Blois. C'est un document remarquable à plus d'un titre : pour son audacieuse franchise, pour son courage, pour la puissance de son style, et pour la naïve confiance qui anime son auteur dans sa capacité à parachever la tâche prodigieuse qu'elle s'était donnée, ou, si vous le préférez, qui lui avait été donnée. Sa lecture évoque les splendeurs de la guerre et le grondement des tambours. Elle révèle l'âme guerrière de Jeanne, qui n'avait qu'un rapport assez lointain avec l'humble bergerette qu'elle avait été. Cette damoiselle inculte, qui n'avait jamais rien dicté à quiconque, encore moins de documents officiels adressés à des rois ou des généraux, s'exprima par des phrases d'une vigueur aussi sûre que si ce genre de tâche lui avait été familier depuis son enfance. En voici une traduction en français moderne :

JESUS MARIA

Roi d'Angleterre, et vous duc de Bedford, qui vous dites régent du royaume de France ; vous, Guillaume de la Poule, comte de Suffolk, Jean, sire de Talbot, et vous, Thomas, sire de Scales, qui vous dites lieutenant dudit duc de Bedford, faites raison au Roi du Ciel, rendez à la Pucelle qui est ici envoyée de par Dieu, le Roi du Ciel, les clefs de toutes les bonnes villes que vous avez prises et violées en France. Elle est ici venue de par Dieu pour réclamer le sang royal. Elle est toute prête de faire la paix, si vous lui voulez faire raison, pourvu que France vous rendiez, et payiez pour l'avoir tenue. Et vous tous, archers, compagnons de guerre, gentilshommes et autres qui êtes devant la ville d'Orléans, allez-vous-en en votre pays de par Dieu ; et si ainsi ne faites, attendez nouvelles de la Pucelle qui vous ira voir sous peu, à vos grands dommages. Roi d'Angleterre, si ainsi ne faites, je suis chef de guerre et en quelque lieu que j'atteindrai vos gens en France, je les ferai en aller, veuillent ou ne veuillent. Et s'ils ne veulent obéir, je les ferai tous occire ; je suis ici envoyée de par Dieu, le Roi du Ciel, corps pour corps, pour vous bouter hors de toute France. Et s'ils veulent obéir, je les prendrai en miséricorde. Et n'ayez point une autre opinion, car vous ne tenez point le royaume de France de Dieu, le Roi du Ciel, fils de sainte Marie, mais le tiendra le roi Charles, le vrai héritier ; car Dieu, le Roi du Ciel, le veut comme cela lui fut révélé par la Pucelle. Si vous ne voulez croire ces nouvelles de par Dieu et la Pucelle, en quelque lieu que nous vous trouverons, nous frapperons dedans et ferons un tel tapage qu'il y a bien mille ans qu'en France il n'y en eut si grand. Et croyez bien fermement que le Roi du Ciel enverra plus de force à la Pucelle que vous ne sauriez lui mener de tous assauts, à elle et à ses bonnes gens d'armes ; et nous verrons qui aura meilleur droit de vous ou de Dieu du Ciel. Vous, duc de Bedford, la Pucelle vous prie et requiert que vous ne vous fassiez point détruire. Si vous lui faites raison, vous pourrez encore venir en sa compagnie là où les Français feront le plus beau fait qui jamais fut accompli pour la Chrétienté ; et si vous ne faites ainsi, de vos bien grands dommages qu'il vous souvienne sous peu.

La dernière phrase invitait les Anglais à se joindre à elle pour partir en croisade afin de délivrer le Saint-Sépulcre.

Cette sommation était restée sans réponse ; pire, le héraut de Jeanne qui l'avait acheminée et délivrée n'était pas revenu du camp anglais. Elle envoya deux autres hérauts porteurs d'une nouvelle lettre sommant les Anglais de lever le siège et de lui retourner son messager manquant. Les hérauts revinrent sans leur camarade. Ils ne rapportèrent du camp anglais qu'une note adressée à Jeanne par les Anglais disant qu'ils allaient l'attraper et la brûler si elle ne déguerpissait pas pendant qu'il en était encore temps pour reprendre son métier de vachère.

L'insulte ne tracassa pas Jeanne outre mesure. Elle se contenta d'une remarque sur l'attitude déplorable des Anglais, qui invitaient sur leur tête un désastre imminent et une destruction probable alors qu'elle faisait tout son possible pour qu'ils repartissent chez eux sains et saufs.

C'est alors qu'elle imagina le stratagème suivant. Elle dit à ses hérauts :

— Retournez voir le sire de Talbot et, de la part de la Pucelle, dites-lui ceci : « Sortez de vos bastilles avec votre champion et je sortirai de nos murs avec le mien ; si je vous bats, retirez-vous de France en paix ; si vous me battez, brûlez-moi, si vous le désirez. »

Je n'ai pas ouï cela, mais Dunois l'a entendu et il en a témoigné. Le nouveau défi de Jeanne fut rejeté.

Le dimanche matin, ses Voix, à moins que ce ne fût tout simplement son intuition, la prévinrent que quelque chose de louche se tramait. Elle ordonna à Dunois de se rendre sur l'heure à Blois pour prendre le commandement de l'armée et la ramener en toute hâte à Orléans. Jeanne avait agi avec sagesse car, sitôt arrivé à Blois, Dunois y trouva Regnault de Chartres et un groupe de favoris du roi qui tentaient de démobiliser l'armée et d'interdire aux officiers de la faire marcher sur Orléans. La sournoiserie de ces mécréants était illimitée. Ils concentrèrent leur attention sur Dunois, mais celui-ci avait déjà essuyé l'ire de la Pucelle et ne souhaitait pas renouveler l'expérience. Sous son commandement, l'armée s'ébranla bientôt.

15

Nous tous, qui faisions partie de la maison militaire de Jeanne, vécûmes l'attente du retour de l'armée comme un conte de fées. Nous étions introduits dans le beau monde. Pour nos deux chevaliers, ce fait ne représentait rien de nouveau, mais pour nous, petits villageois, l'expérience était neuve et exaltante. Quiconque était proche de la Pucelle de Vaucouleurs jouissait d'une belle réputation ; on recherchait notre compagnie ; c'est ainsi que les frères d'Arc, Noël, le Paladin, d'humbles paysans qu'ils étaient, devinrent des gentilshommes, des personnalités influentes. C'était merveille de voir la rapidité avec laquelle leur timidité et leur balourdise de campagnards fondaient à vue d'œil sous la plaisante chaleur du soleil de la respectabilité jusqu'à disparaître et se muer en une aisance surprenante dans l'art de se mouvoir au sein de leur nouvel entourage.

Le Paladin, en particulier, était devenu l'homme le plus gaillard du monde. Sa langue débridée s'en donnait à cœur joie ; il prenait de plus en plus de plaisir à s'entendre parler. Il commença par s'inventer un patrimoine ancestral prestigieux qu'il déployait partout à la ronde et qu'il ennoblissait à qui mieux mieux ; très vite, tous ses aïeux devinrent des ducs. Il reprit le récit de toutes ses anciennes batailles pour les ornementer de faits d'armes inédits et les agrémenter de boucheries plus terrifiantes en y ajoutant l'emploi de l'artillerie. À Blois, pour la première fois, l'occasion nous avait été donnée de voir quelques canons ; à Orléans, ils se comptaient par centaines ; de temps à autre, nous contemplions le spectacle impressionnant d'une énorme bastille anglaise disparaissant derrière l'écran de fumée blanche de ses pièces d'artillerie, crachant à intervalles des langues de feu qui s'en échappaient comme de la gueule d'autant de dragons. Spectacle grandiose, à la vérité, qui, accompagné de coups de tonnerre retentissants, enflammait l'imagination du Paladin et lui permettait de travestir les modestes échauffourées de nos embuscades en de hauts faits d'héroïsme surhumain qui les rendaient méconnaissables pour celui qui les avait vécus.

Vous aurez sans doute deviné qu'un élément extérieur enfiévrait l'imagination du Paladin, qui n'était autre que Catherine Boucher, la fille aînée de la maisonnée, âgée de dix-huit ans, en tout point ravissante. Elle eût été aussi jolie que Jeanne si elle avait eu ses yeux. C'était impossible, évidemment. Personne n'a jamais eu les yeux de Jeanne. Ils étaient incomparables : profonds, riches, merveilleux au-delà de toute expression. Ils parlaient toutes les langues – les mots devenaient inutiles. Un regard, un simple regard de Jeanne avait des effets renversants ; il était capable de convaincre un menteur de confesser son imposture, de rabattre l'arrogance d'un homme fier pour lui imposer l'humilité, d'insuffler la bravoure dans le poltron, de mater la témérité du plus brave, d'apaiser les haines les plus féroces, d'imposer le calme et l'obéissance à la passion la plus tumultueuse, de convaincre le sceptique, de rendre l'espoir au désespéré, de purifier l'impur, de persuader… ah ! c'est bien cela ! voilà le mot que je cherchais : *persuasion* ! Rien ni personne ne résistait à son pouvoir de persuasion : le dangereux maniaque de Domrémy, le curé bannisseur de fées, le tribunal ecclésiastique de Toul, le sceptique et superstitieux Laxart, l'obstiné capitaine de Vaucouleurs, l'héritier dolent de la couronne de France, les sages et érudits de l'université de Poitiers, La Hire, le favori de Satan, Dunois, le Bâtard d'Orléans, ce mercenaire arrogant qui n'acceptait d'autre loi que la sienne – tous, sous le regard de Jeanne, devenaient de prestigieux trophées qu'elle remportait grâce à ce don fabuleux qui faisait d'elle un merveilleux et surprenant mystère.

Nous nous mêlions volontiers aux gens importants, qui se pressaient dans la large demeure de notre hôte, avides de faire la connaissance de Jeanne ; ils nous comblaient de faveurs et nous étions aux anges. Mais, à ce bonheur, nous préférions les moments plus intimes où, après le départ des invités de marque, la famille et quelques douzaines d'amis proches se réunissaient pour le simple plaisir de passer une agréable soirée en bonne compagnie. C'est alors que nous cinq donnions le meilleur de nous-mêmes, stimulés que nous étions par la fascination exercée sur nous par Catherine. Pour la première fois de notre existence, nous étions amoureux ; pour notre infortune, notre coup de foudre avait été provoqué par l'apparition de la même personne au même moment. Catherine avait le cœur gai et plein d'entrain ; je me souviens encore avec tendresse de ces quelques soirées où il me fut permis de partager le plaisir de sa présence et de sa franche camaraderie en compagnie de ses parents charmants.

Dès le premier soir, ce maudit Paladin provoqua notre jalousie car, dès lors qu'il enfourchait son cheval de bataille, il accaparait toute la conversation et il devenait impossible d'en placer une. Tous ces braves gens, devenus son public favori, subissaient depuis plusieurs mois les affres d'une véritable guerre ; or, l'écoute de ce gigantesque sac à vent en train de conter ses campagnes imaginaires, de patauger dans le sang et d'en répandre partout alentour les plongeait dans un état d'hilarité proche de l'apoplexie. Quant à Catherine, sa joie atteignait un apogée d'intensité qui, poussée plus loin, aurait risqué de la tuer. À notre grand regret, elle se gardait bien de rire aux éclats. Masquant soigneusement son fou rire derrière un éventail, elle riait aux larmes au point que ses côtes manquaient d'éclater. Quand le Paladin en avait terminé avec une bataille, et que nous commencions, enfin, à respirer un peu en espérant un moment de répit, la cruelle lui posait mille questions – d'une voix si douce et si persuasive que j'en étais ulcéré –, sur de menus détails des débuts de la bataille qui, disait-elle, l'avaient vivement intriguée. Est-ce que ça n'était pas trop lui demander que d'en refaire le récit un peu plus détaillé ?… Et voilà que nous étions derechef plongés dans la bataille, avec une pléthore de mensonges supplémentaires auxquels le Paladin n'avait pas songé auparavant.

Comment vous faire partager ma souffrance ? Pour la première fois de mon existence, j'étais mort de jalousie. Je trouvais intolérable de voir cette créature jouir d'une aussi bonne fortune, tellement imméritée, alors que je me morfondais pendant des heures à attendre que cet amour de fille m'accordât une fraction de seconde d'attention. Assis à côté d'elle, je tentai, à deux ou trois reprises, de l'entreprendre sur de menus exploits que j'avais moi-même accomplis, lors de ces batailles – tout en rougissant de honte de m'abaisser à ce genre de vantardise –, las ! elle ne voulait rien entendre, elle n'en avait que pour le Paladin, refusant obstinément de me prêter l'oreille. Pis, l'une de mes tentatives d'interruption lui ayant fait perdre une bribe ou deux du récit fantastique de ce fantoche, elle le supplia de répéter le passage en question, ce qui lui fit reprendre son récit depuis le début et multiplier d'autant le carnage et la destruction. Je ressentis une telle humiliation à l'avortement de ma tentative que je préférai abandonner la partie plutôt que tenter ma chance à nouveau.

L'égoïsme du Paladin vexait les autres autant que moi, sa bonne fortune aussi, d'ailleurs, et c'était bien, à la réflexion, l'objet essentiel de nos jalousies. Nous partagions les mêmes souffrances. C'est ainsi que d'anciens rivaux deviennent frères dès lors que les assaille une douleur commune et que l'emporte un ennemi commun.

Chacun d'entre nous se faisait fort de plaire et d'attirer l'attention pourvu qu'une seule et même personne n'accaparât pas tout le temps disponible sans laisser la moindre chance aux autres. J'avais écrit un poème, auquel j'avais consacré une nuit entière – poème dans lequel je célébrai, avec un bonheur sans égal, le plus délicatement du monde, les charmes de la douce enfant. Je me gardai bien de mentionner son nom, évidemment, mais n'importe qui pouvait le deviner car le titre, *La Rose d'Orléans*, suffisait à lui seul, du moins je le croyais, à le révéler. Mon poème célébrait la pureté et la délicatesse de cette rose d'un blanc immaculé, qui croissait sur le rude terreau de la guerre, et qui contemplait, de ses yeux délicats, l'affreuse machinerie de la mort. Soudain – notez le symbole –, à la vue de la nature pécheresse de l'homme, son front se couvre de honte, à tel point qu'elle devient rouge en une seule nuit. De blanche, elle devient rouge, voyez-vous. J'étais l'unique inventeur de cette image saisissante.

Adonques, devenue rouge, la rose émet son doux parfum qu'elle répand sur la cité assiégée. À peine les combattants des deux camps hument-ils son arôme qu'ils laissent tomber leurs armes et s'effondrent en sanglots. J'avais aussi inventé cette idée, d'une originalité foudroyante. Ainsi se terminait cette partie du poème.

Alors, j'établissais une comparaison audacieuse entre ma bien-aimée et le firmament – pas l'ensemble du firmament, bien sûr, une partie seulement. Elle est la Lune, poursuivie par les constellations, dont le cœur brûle d'amour pour elle ; mais elle n'arrête pas sa course, elle ne les écoute pas, car elle en aime un autre. Elle aime d'amour un pauvre et indigne soupirant, qui vit sur terre, qui affronte le danger, la mort, la mutilation possible sur le champ de bataille rougi de sang humain, qui mène une guerre interminable contre un impitoyable ennemi pour la protéger de la mort, pour sauver sa cité de la destruction. Quand les constellations qui la poursuivent comprennent quel destin amer les écrase – admirez l'idée –, leur cœur se brise, leurs larmes jaillissent, emplissant la voûte céleste d'une splendeur féerique car ces larmes ne sont autres que… une pluie d'étoiles filantes. Idée audacieuse, n'est-ce pas ? Audacieuse, c'est bien le mot ; et belle, pathétique, merveilleusement pathétique, même, une fois parée de la splendeur des rimes. À la fin de chaque strophe, un refrain de deux lignes célébrait le pauvre hère, l'amant terrestre, si loin de sa bien-aimée, séparé peut-être à jamais d'elle qu'il aimait tant, devenant de plus en plus pâlichon, dolent et maigrichon, dans son agonie, tandis qu'il s'avançait inéluctablement vers la tombe cruelle. C'était le plus touchant : même mes camarades avaient peine à contenir leurs larmes en entendant Noël dire ces vers. Il y avait huit strophes dans la première partie du poème – la partie horticole, si j'ose dire, qui avait trait à la rose – et huit strophes dans la partie astronomique, ce qui faisait seize strophes en tout. Notez que j'aurais pu aussi bien en écrire cent cinquante, si je l'avais voulu, tant je me sentais inspiré, enflammé par de sublimes pensées, mais cent cinquante, c'eût été un peu long à réciter en public, tandis que seize était un chiffre raisonnable, d'autant plus que la performance pouvait être bissée, au gré de l'auditoire.

Mes compagnons étaient éberlués que j'eusse pu composer un poème de cette envergure de mon propre chef. Je l'étais tout autant qu'eux, car j'ignorais que je possédais ce talent. M'eût-on demandé, la veille, si j'en étais capable, j'aurais répondu par la négative.

Il en est ainsi avec chacun d'entre nous. Parvenus à la moitié de notre existence, nous ignorons encore que de telles qualités sont en nous, alors qu'elles s'y trouvaient dès le départ et qu'elles n'attendaient qu'un déclic pour se révéler. Il en fut ainsi avec mon grand-père qui mourut d'une tumeur maligne sans que ses proches s'en doutassent. Ce qui vaut pour une maladie en vaut autant pour un don. Il avait suffi à mon destin de croiser la route de cette adorable fille pour que jaillît mon poème, sans qu'il m'en coûtât davantage de peine pour le rimer, pour le polir à la perfection, qu'il n'en faut pour lancer une pierre dans un étang. Si l'on m'avait posé la question, j'aurais répondu que le don n'était pas en moi, alors qu'il y était.

Mes compagnons, surpris et charmés, vantaient les qualités de mon poème. Ils y voyaient surtout une bonne occasion de moucher le Paladin. Mon chef-d'œuvre répondait au besoin impérieux de lui imposer le silence et de le remettre à sa place. Noël Raingues-son débordait d'admiration pour ce poème ; il aurait aimé en composer un semblable, mais le talent lui manquait. En revanche, une demi-heure lui suffit pour le retenir par cœur ; il avait une manière des plus pathétiques de le réciter. Noël était un merveilleux acteur. Il nous imitait La Hire – ou n'importe qui d'autre – à la perfection. J'étais incapable de réciter comme lui, j'avais bien tenté de leur lire mon poème, mais mes compagnons m'avaient arrêté, refusant de l'entendre d'une autre bouche que celle de Noël. Soucieux de créer la meilleure impression sur Catherine et sur le public, je chargeai Noël de le déclamer. Il en fut très touché. Il ne pouvait croire que je parlais sérieusement. Il me suffisait, lui ai-je répondu, que le public sache que j'en étais l'auteur. Mes compagnons exultaient. Noël m'assura que tout ce qu'il demandait était de pouvoir prouver à ces bonnes gens que nous étions capables de pensées plus nobles et plus élevées que les fanfaronnades bellicistes du Paladin.

Mais encore fallait-il saisir l'occasion ! Après avoir envisagé un certain nombre de douteux stratagèmes, nous finîmes par jeter notre dévolu sur celui qui nous parut le plus sûr. Il consistait à laisser le Paladin se lancer dans l'un de ses récits de bataille, de l'interrompre en lui disant qu'on l'appelait, de laisser Noël le remplacer pour finir le récit de la bataille, dans le style du Paladin, en l'imitant à la perfection. Cela devait provoquer les applaudissements nourris de la salle, ce qui mettrait le public dans les meilleures dispositions du monde pour entendre le poème. Ce double triomphe devait sonner le glas de la faconde de notre porte-étendard – ou, à tout le moins, modifier son comportement, ce qui nous ouvrirait une chance pour l'avenir.

Le lendemain soir, je ne me mêlai pas à la compagnie. Je laissai le Paladin commencer sa tirade. Au moment où il se préparait à fondre sur l'ennemi à la tête de ses troupes, je me présentai à la porte dans mon uniforme officiel pour l'interpeller et lui annoncer qu'un messager s'était présenté pour nous informer que le capitaine La Hire désirait s'entretenir avec le porte-étendard de la Pucelle. En toute hâte, le Paladin sortit. Prenant sa place, Noël s'excusa pour l'interruption. Comme il connaissait personnellement tous les détails de cette bataille, avec la permission de l'auguste assemblée, il proposa d'en terminer le récit au bénéfice de tous. Sans attendre la réponse, il se lança dans une imitation du Paladin d'une telle perfection de pose, de ton, de gestes, d'attitudes, que le public, ravi du spectacle, se mit à hululer de plaisir. Les gens se répandaient en spasmes, en convulsions, en transports frénétiques d'hilarité. Les larmes ruisselaient le long de leurs joues. Plus ils riaient, plus Noël se sentait inspiré, et plus grandes étaient les merveilles qu'il contait. Le fou rire finit par tourner au hurlement. La plus étonnante à voir était Catherine Boucher, qui se mourait littéralement en extases : elle n'était plus que saccades et suffocations. Victoire, dites-vous ? Le mot est pâle : c'était Charles Martel à Poitiers.

Le Paladin, qui ne s'absenta que deux minutes, découvrit assez vite le pot aux roses. Il se hâta de revenir. En s'approchant de l'huis, il entendit Noël faire son numéro et il comprit qu'il était le dindon de la farce. Il choisit donc de demeurer près de la porte, mais hors de vue, pour assister au spectacle jusqu'au bout. Le tonnerre d'applaudissements qui éclata quand Noël eut terminé résonna bien doux à nos oreilles. Il se poursuivit longtemps, ponctué par des sifflets réclamant un bis.

Noël était intelligent. Il savait que l'atmosphère la plus favorable à l'écoute d'un poème d'inspiration élevée et mélancolique était celle créée par une joie franche et saine, qui préparait idéalement les cœurs pour le puissant contraste qui allait suivre.

Il attendit patiemment que les rires fussent retombés. Son visage prit alors un masque d'une tragique gravité, qui déteignit rapidement sur le public. Les gens se turent, attentifs et intrigués. C'est alors qu'il entama, d'une voix aux timbres chauds et variés, les premiers vers de *La Rose d'Orléans*. Il déclamait à la perfection, en respectant le rythme ; chaque ligne qui tombait dans les oreilles enchantées des auditeurs provoquait des chuchotements admiratifs : « Que c'est beau ! délicat ! exquis ! »

Le Paladin, qui s'était brièvement absenté au début du poème, revint à ce moment-là ; il encadra son immense carcasse dans l'embrasure de la porte. Nonchalamment appuyé contre le mur, comme en transe, bouche bée, il contemplait la prouesse de son concurrent. Quand Noël entama la seconde partie, et que mon fameux refrain à fendre l'âme étreignit l'émotion des auditeurs, le Paladin commença à essuyer ses larmes avec le dos d'une main, puis avec le dos de l'autre, alternativement. Quand revint le refrain, il se mit à renifler bruyamment, avec force sanglots, et à s'essuyer les yeux avec les manches de son justaucorps. Il attirait tellement l'attention qu'il commença à déconcentrer Noël, ce qui eut un mauvais effet sur le public. Au retour du refrain, le Paladin s'effondra en larmes, mugissant comme un veau, ce qui coupa court à l'émotion et provoqua des rires étouffés dans l'assistance. À partir de ce moment, tout alla de mal en pis. Je n'avais jamais vu pareille déroute. Tirant une gigantesque serviette de son pourpoint, le Paladin se mit à s'en tamponner énergiquement les yeux, tout en laissant s'échapper le plus infernal des mugissements, entremêlé de sanglots, de grognements, de haut-le-cœur, d'aboiements, de quintes retentissantes, de reniflements, de braillements, de hurlements – il se tordait de-ci, de-là, tout en poussant des clameurs tragiques, en agitant sa serviette en l'air, en s'essuyant toujours aussi énergiquement les yeux, tout en essorant ladite serviette, c'était infernal ! On n'entendait plus rien du poème depuis longtemps. On ne s'entendait même plus penser. Noyé par le vacarme, Noël, navré, effondré, se taisait. Les spectateurs n'en pouvaient plus de rire à gorge déployée. C'était le spectacle le plus dégradant que j'aie jamais vu. Soudain, se fit entendre le bruit caractéristique de casseroles que produit une armure en mouvement sur un homme lancé en pleine course. Puis, tout près de mon visage, éclata le rire le plus sauvage, le plus monstrueux qui ait jamais retenti dans les tympans d'un être humain. Je tournai la tête. C'était La Hire ! Ses gantelets posés sur les hanches, la tête penchée en arrière, les mâchoires écartées dans un rictus obscène pour mieux laisser libre cours à son ouragan d'hilarité, il en était indécent. Le pire n'était pas encore survenu. Il survint ! À l'autre porte, un brouhaha eut lieu ; la hâte, la tension soudaine, les va-et-vient de gens officiels, indiquaient l'arrivée imminente de quelque personnalité importante. Jeanne d'Arc apparut soudain. L'assemblée se leva aussitôt. Les larmes aux yeux, incapables de réprimer leur fou rire, les spectateurs faisaient de leur mieux pour recouvrer un semblant de sérieux et de dignité. La Hire tenta vainement de refermer sa bouche et de se composer une posture, mais, voyant la Pucelle se mettre à son tour à rire aux éclats, et saisissant du premier coup d'œil le burlesque de la situation, il rendit grâce à Dieu, et le tremblement de terre de son hilarité reprit, plus puissant et destructeur que jamais.

La tristesse de tels événements laisse un goût amer. Je ne m'étendrai pas davantage sur cette occasion perdue. Faut-il préciser que la beauté suprême du poème passa totalement inaperçue ?

16

Ce triste épisode me rendit nauséeux et, le lendemain, je dus m'aliter. Mes compagnons d'infortune ne se portaient guère mieux. Sans ce malaise, n'importe lequel d'entre nous aurait pu saisir la chance qui échut au Paladin. Il advient parfois que Dieu, dans Sa compassion infinie, comble de bienfaits ceux qui sont dénués de talent afin de compenser leurs défauts, contraignant injustement les autres à peiner pour gagner ce que les moins doués obtiennent par leur seule chance. C'est Noël qui nous fit cette juste et profonde observation.

Le Paladin se pavanait en ville toute la sainte journée pour le simple plaisir d'entendre les gens chuchoter d'une voix admirative : « Psitt ! regarde ! le porte-étendard de Jeanne d'Arc ! » Il bavardait ainsi avec des gens de toutes conditions ; il apprit de la bouche d'un batelier que quelque chose se tramait du côté des bastilles situées sur la rive opposée. Le soir venu, le Paladin, désireux d'en savoir plus, s'entretint avec un déserteur qui venait de la bastille des Augustins ; l'homme lui révéla que les Anglais avaient prévu, à la faveur de la nuit, de renforcer leurs garnisons de ce côté-ci du fleuve ; leur intention était, au petit matin, de se jeter en force sur Dunois et notre armée, au moment de leur passage le long des bastilles, et de les tailler en pièces. Les Anglais se réjouissaient d'avance car, pensaient-ils, en l'absence de la Pucelle, les soldats français, reprenant leurs vieilles habitudes, ne manqueraient pas de jeter leurs armes et de se disperser comme des lapins de garenne.

Le Paladin rapporta la nouvelle à dix heures du soir. J'étais de garde au moment où il demanda à parler à Jeanne. Je ressentis un pincement de jalousie devant la chance qui lui était échue. Jeanne fit son enquête et, une fois certaine que la nouvelle était fondée, à mon grand dam, elle félicita chaleureusement le Paladin :

— Belle action ! Je te félicite ! Tu nous as sans doute épargné un désastre. Ton nom et le service que tu viens de rendre seront dûment mentionnés.

Le Paladin salua en se courbant très bas. Quand il se redressa, il mesurait deux toises. Gonflé comme une outre, il me bouscula au passage, avec un clin d'œil goguenard, en chantonnant à voix basse le début de mon infortuné refrain :

— « Oh ! larmes funèbres ! oh ! larmes sépulcrales ! oh ! tristes et douces larmes !... » Fais pas cette tête, mon vieux ! mon nom sera simplement mentionné au roi, voilà tout !...

Ah ! le misérable ! si Jeanne avait pu être témoin de son comportement ! mais elle était bien trop occupée à établir un plan d'action. Elle m'envoya quérir d'urgence Jean de Metz. En toute hâte, celui-ci se rendit chez La Hire pour lui communiquer l'ordre de Jeanne de se tenir prêt, en tenue de combat, à cinq heures du matin, en compagnie du sieur de Villars, de Florent d'Illiers et de cinq cents lances. La légende parle de quatre heures trente, mais ce n'est pas exact : j'étais présent quand Jeanne donna l'ordre.

Cinq minutes avant l'heure prévue, nous étions en route. À environ deux lieues de la ville, nous rencontrâmes la tête de la colonne de notre armée qui arrivait dans le sens inverse. Dunois fut tout aise de nous voir. En effet, à l'approche des fameuses bastilles de sinistre réputation, les soldats commençaient à manifester des signes de nervosité. Apprenant que la Pucelle venait de les rejoindre, l'armée se sentit aussitôt rassurée ; la bonne nouvelle se répandit à la vitesse de l'éclair le long de la colonne, saluée par des hourras de bienvenue. Dunois pria Jeanne de s'arrêter en bord de route afin que ses hommes la voient en passant devant elle et soient assurés que la nouvelle de sa présence n'était pas une ruse pour raviver leur courage. Elle prit donc position sur le talus avec son état-major. Ragaillardis, les soldats des différents bataillons prirent une allure martiale et passèrent fièrement devant la Pucelle en la saluant de puissants hourras.

Jeanne était armée de pied en cap, sauf la tête, couverte d'une coiffe de velours que la cité d'Orléans lui avait offerte à son arrivée. Elle donnait l'impression d'avoir une quinzaine d'années. La vue des soldats la faisait tressaillir d'émotion, allumait des lueurs guerrières dans son regard et lui colorait les joues. Alors, sa beauté irradiait tellement qu'elle en devenait surnaturelle. Quelque lueur subtile lui donnait un éclat particulier qui la distinguait des autres mortels.

Un homme gisait, allongé sur le dos, au sommet des ballots de vivres d'un des chariots de ravitaillement. Des cordes lui liaient chevilles et poignets. Jeanne fit signe à l'officier chargé du convoi. Il s'approcha d'elle et la salua.

— Qui est cet homme, attaché, là-haut ? demanda-t-elle.

— Un prisonnier, mon général.

— Quelle faute a-t-il commise ?

— C'est un déserteur…

— Que comptez-vous en faire ?

— Le pendre… Nous ne pouvions le faire en route et rien ne pressait.

— Dis-m'en plus à son sujet.

— C'est un très bon soldat. Il a demandé une permission pour aller voir sa femme qui se mourait. Elle lui a été refusée. Il est parti sans autorisation. Entre-temps, nous avons pris la route et il nous a rejoints seulement hier soir.

— Il vous a « rejoints », dis-tu ? Il s'est présenté de lui-même ?

— Oui, volontairement.

— Et tu appelles ça « déserter » ?… En nom Dieu, amène-le-moi !

L'officier libéra l'homme et l'amena à Jeanne, les poignets encore entravés. C'était un géant : il mesurait près de sept pieds, avec une carrure à l'avenant. Ses traits dégageaient une impression de puissance physique irrésistible. L'officier lui retira son casque, qui révéla une abondante tignasse de cheveux noirs comme du jais. Une énorme cognée pendait à son ceinturon. Debout, près du coursier de Jeanne, l'homme était si grand que sa tête baissée était à hauteur du visage de Jeanne qui, en comparaison, paraissait encore plus menue que d'habitude. Un air de profonde mélancolie se peignait sur ses traits, comme si tout intérêt dans la vie avait déserté son âme.

— Montre tes mains ! lui ordonna Jeanne.

Quand il entendit cette voix, amicale et douce, l'homme releva la tête. Une ombre de nostalgie traversa sa face, comme s'il venait d'entendre une mélodie familière qu'il aurait aimé écouter de nouveau. Il tendit ses poignets. Jeanne tira son épée pour couper ses liens.

— Ah ! prenez garde, madame ! s'écria l'officier.

— Plaît-il ? fit Jeanne.

— C'est un condamné !

— Je le vois bien. Je le prends sous ma responsabilité.

Jeanne coupa ses liens. Trop serrés, ils lui avaient lacéré les poignets jusqu'au sang.

— Quelle pitié ! s'exclama Jeanne. Du sang… apportez-moi de quoi panser ses plaies !

— Mon général, dit l'officier, ce n'est pas votre rang. Je vais quérir quelqu'un pour le faire.

— Encore ! Grand Dieu ! Tu devras chercher loin pour trouver quelqu'un qui fait de meilleurs pansements que moi. J'ai appris le métier avec les laboureurs et les animaux. Quant à mes nœuds, ils sont meilleurs que les tiens ; les miens ne lui auraient pas coupé les chairs.

L'homme regardait, en silence, tandis que Jeanne le pansait. Il lui jetait des regards furtifs, à la dérobée, comme un animal qui reçoit une caresse inattendue et se demande à qui appartient cette main. La suite de Jeanne, absorbée dans la contemplation de son chef en train de bander la main de l'homme, en oublia l'armée qui poursuivait son défilé dans un nuage de poussière. J'ai souvent vu des gens faire de même à la vue de quelque chose qui sort du quotidien. Un jour, à Poitiers, je vis deux évêques et une douzaine de clercs groupés en train de regarder un homme qui peignait une enseigne ; fascinés, parfaitement immobiles, ils l'observaient en silence ; il se mit à pleuvoter, mais ils n'y prêtèrent aucune attention ; quand ils finirent par s'en apercevoir, chacun d'entre eux poussa un profond soupir, regarda en l'air avec une expression de surprise, se demandant soudain ce que lui et les autres faisaient là. Les gens sont ainsi faits. On ne peut les changer. Il faut les prendre comme ils sont.

— Voilà, fit Jeanne d'un ton satisfait. Nul n'aurait mieux fait. Dis-moi, maintenant. Que s'est-il passé ? Dis-moi tout.

— Voici, mon ange. D'abord, ma mère est morte, puis ce fut le tour de mes trois enfants, l'un après l'autre, en deux ans. La famine… J'ai eu la grâce de les voir mourir et de les mettre en terre. Puis ma pauvre femme est tombée malade. J'ai supplié qu'on me permette d'aller la voir, elle qui m'était si chère, le seul être qui me restait au monde. J'ai supplié à genoux. Mais ils ne m'ont pas permis. Pouvais-je la savoir mourante, abandonnée de tous ? Lui laisser croire que je l'avais abandonnée ? M'aurait-elle laissé mourir seul, à sa place ? M'aurait-elle abandonné, si ses pieds avaient pu la porter jusqu'à mon chevet, au seul risque de sa vie ? Ah ! elle serait venue, elle aurait marché sur le feu pour venir me voir ! Je suis donc allé la voir. Elle est partie dans mes bras. Je l'ai mise en terre. À mon retour, l'armée était déjà loin. Mais j'ai les jambes longues. Pour l'homme vaillant, le jour compte assez d'heures. Aussi ai-je pu rejoindre mon régiment la nuit dernière.

Jeanne murmura, comme si elle pensait tout haut :

— Cela paraît véridique. S'il dit vrai, il n'y a pas grand risque à faire une entorse au règlement. Pourvu que ce soit vrai, bien sûr…

Se tournant soudain vers l'homme, Jeanne lui dit :

— Je veux voir tes yeux. Regarde-moi !

Leurs regards se rencontrèrent, un long moment.

— Cet homme est gracié, fit Jeanne à l'officier. Tu peux disposer…

Elle demanda à l'homme :

— Tu courais à une mort certaine en rejoignant l'armée, le savais-tu ?

— Oui, je le savais.

— Alors pourquoi es-tu revenu ?

— Parce que je cherchais la mort, répondit-il, simplement. Ma femme était mon seul bien au monde. Je n'avais plus rien à aimer…

— Mais non ! tu as la France ! les fils de France ont toujours leur mère. Ils ont toujours quelque chose à aimer. Tu vivras pour la France, et tu la serviras !

— Je vous servirai !

— Tu combattras pour la France !

— Je combattrai pour vous !

— Tu seras le soldat de la France !

— Je serai votre soldat !

— Tu donneras ton cœur à la France !

— Je vous donne mon cœur ! je vous donne mon âme, si j'en ai une ! je vous donne ma force, qui est grande ! car j'étais mort et vous m'avez rendu à la vie. Je n'avais plus de raison de vivre, à présent j'en ai une. Vous êtes la France, pour moi. Vous êtes ma France ! je n'en veux point d'autre.

Jeanne sourit, touchée par le grave enthousiasme de l'homme. Enthousiasme solennel, en vérité, car il était plus profond que la simple gravité.

— Il en sera fait selon ton désir. Comment t'appelles-tu ?

— On me surnomme le Nain, répondit l'homme sans sourire, en manière de plaisanterie, je suppose…

Jeanne rit de bon cœur.

— Oui-da, sans nul doute ! Quel usage fais-tu de cette énorme cognée ?

Le soldat géant répondit, sans se départir de cette gravité qui devait correspondre à sa nature profonde :

— Elle m'aide à convaincre certaines gens de respecter la France.

Jeanne éclata de rire.

— As-tu donné beaucoup de leçons ?

— Oui ! un nombre considérable…

— Tes élèves ont-ils bien appris la leçon ?

— Assurément ! ils se tenaient on ne peut plus sages et paisibles, après coup…

— Je n'en doute point. J'ai besoin d'un garde du corps, d'une ordonnance… cela te conviendrait-il ?

— J'aimerais infiniment, si j'en suis digne…

— Alors, tu le seras ! On te fera une armure. Tu continueras à enseigner ton art. Monte l'un de ces chevaux et suis mon équipage partout où nous nous rendons.

C'est ainsi que le Nain nous rejoignit. C'était un bon compagnon. Jeanne l'avait repéré du premier coup d'œil. Une fois de plus, elle ne s'était pas trompée. Nul ne lui fut plus loyal. Il devenait le diable quand il maniait sa hache de guerre. Sa stature était telle que notre Paladin, à côté de lui, paraissait ordinaire. Il s'entendait bien avec tout le monde. Il nous prit tout de suite en amitié, nous autres jeunes gens ; il devint l'ami des deux chevaliers ; il se faisait un ami de quiconque croisait son chemin ; mais, par-dessus tout, ce qui touchait de près ou de loin à Jeanne devenait plus précieux à ses yeux que le monde entier.

Oui, c'est ainsi que nous l'avons trouvé : allongé, pieds et poings liés, sur un chariot, allant en silence vers une mort certaine ; et personne pour prononcer un mot de compassion pour le pauvre hère. Ce fut une superbe recrue. Nos chevaliers le traitaient comme leur égal. Ils le surnommaient parfois « Bastille », d'autres fois « Feu d'Enfer », en hommage à sa manière originale et somptueuse de combattre. Ils ne lui auraient pas donné ces surnoms s'ils n'avaient éprouvé une grande affection pour lui.

Pour le Nain, Jeanne et la France étaient une seule et même entité ; à ses yeux, Jeanne incarnait l'esprit de la France. Il ne se départit jamais de cette idée ; et Dieu sait qu'elle était vraie ! L'humilité de son regard lui permettait de voir ce que d'autres manquaient de reconnaître. C'était assez remarquable quand on y songe. Aux yeux du Nain, Jeanne représentait notre pays, incarné dans le corps le plus gracieux qui fût. Quand elle paraissait en public, tout le monde voyait Jeanne d'Arc ; le Nain, lui, voyait la France.

Il lui arrivait parfois de l'appeler « Jeanne de France ». On voit à quel point l'idée était profondément ancrée en lui. Certains de nos rois furent nommés ainsi, mais bien peu furent aussi dignes qu'elle d'une aussi sublime appellation.

Quand l'armée eut terminé de défiler, Jeanne reprit la tête de la colonne. Nous commencions à passer devant ces sombres et menaçantes bastilles, au point d'apercevoir les hommes qu'elles abritaient, debout près des affûts de leurs canons, prêts à cracher la mort dans nos rangs. Une étrange faiblesse me saisit alors, comme un malaise ; tout se mit à tourner, à devenir pâle, à se troubler ; mes compagnons ne se portaient pas mieux que moi. Même le Paladin, qui me précédait, ne semblait pas en mener large. Quant à moi, mon regard ne cessait de fixer anxieusement ces monstrueuses forteresses, qui me donnaient la chair de poule.

Jeanne, elle, se sentait parfaitement à l'aise. Elle était visiblement au paradis. Droite et fière, son allure contrastait avec la mienne. Le plus insupportable était le silence. On n'entendait pas un son, à part le craquement des selles et des étriers, le bruit des pas, les ébrouements des chevaux, irrités par la poussière soulevée par leurs sabots. J'avais moi-même une envie atroce d'éternuer, mais, par prudence, je me retenais de peur d'attirer l'attention.

Mon rang m'interdisait de donner des ordres. Sinon, j'aurais volontiers commandé que nous allions au trot. Il me semblait inopportun de rester au pas dans pareilles circonstances. Au moment où nous passions devant une énorme bombarde, dont nous n'étions séparés que par une douve, un baudet anglais rompit le silence en poussant un braiment retentissant. Surpris, mon destrier fit une ruade qui me désarçonna à demi. Heureusement pour moi, Bertrand de Poulengy me rattrapa à temps, ce qui m'évita de tomber au sol en armure, au risque de ne pouvoir me relever. Des remparts, le rire gras des gardes anglais se fit entendre. Ils oubliaient qu'il y a un début à tout et qu'eux-mêmes n'auraient pas mieux fait, surpris par un braiment aussi satanique.

Les Anglais ne nous lancèrent aucun défi ni ne tirèrent le moindre coup de semonce. Le bruit courut, après coup, que quand leurs hommes avaient aperçu la Pucelle, au premier rang, la voyant si radieuse, leur courage et leur vaillance s'étaient affaissés, chez la plupart, et avaient disparu totalement chez les autres. Pour eux, cette créature ne pouvait être de ce monde, elle descendait en ligne directe de Satan ; aussi, par mesure de prudence, les officiers ne les poussèrent pas au combat. Il paraît que certains de leurs officiers étaient eux-mêmes hantés par cette terreur superstitieuse. En tout cas, ils se gardèrent bien de nous provoquer et nous franchîmes leurs terrifiantes bastilles en paix.

Durant la marche, Dunois informa Jeanne que les Anglais attendaient une armée de renforts commandée par John Falstaff. L'Histoire dit qu'elle se serait tournée vers lui pour lui lancer :

— Bâtard, Bâtard, en nom Dieu, je te commande que, aussitôt que tu sauras la venue de ce Falstaff, tu me le fasses savoir, car s'il passait sans que je le sache, je te promets que je te ferai ôter la tête !

Il est possible que Jeanne ait dit cela ; mais, sans prétendre le nier totalement, je tiens à affirmer que je ne l'ai pas entendue prononcer ces paroles. Si elle les avait réellement prononcées, elle devait faire allusion à la tête « officielle » de Dunois, à son titre de commandement. Cela ne ressemblait guère à Jeanne de menacer de mort un compagnon de combat. Elle n'en avait pas moins appris à se méfier, à juste titre, de ses généraux ; elle voulait sans cesse donner l'assaut, confronter l'ennemi ; eux diluaient ses tactiques, préférant épuiser les Anglais. Comme ces vétérans expérimentés n'avaient pas foi en ses capacités, ils penchaient évidemment pour leurs stratégies et faisaient avorter les siennes.

En revanche, j'ai clairement entendu Jeanne tenir des propos que l'Histoire ne semble pas avoir retenus. Elle fit remarquer que les garnisons sur la rive opposée avaient été dégarnies à présent au profit de celles de notre côté, et que donc le point stratégique s'était déplacé sur l'autre rive. Elle voulait s'y rendre pour s'emparer des forts qui gardaient le pont, ce qui aurait eu pour effet de rétablir la communication avec les fiefs français, de l'autre côté du fleuve, et de contraindre l'ennemi à lever le siège. Mais les généraux se dérobèrent. En privé, ils cherchaient un moyen de la dissuader et de la retarder. Ils y parvinrent pendant quatre jours.

Tout Orléans attendait anxieusement aux portes de la ville l'arrivée de notre armée. Elle fut accueillie par des hourras, qui se prolongèrent pendant toute la marche des soldats, à travers les ruelles, jusqu'aux différents lieux de garnison prévus pour eux. Les hommes n'eurent pas besoin de berceuse pour s'endormir. Ils s'effondrèrent comme une masse sur leur paillasse pour s'enfoncer aussitôt dans le sommeil du juste. Leur épuisement n'était pas feint : Dunois les avait houspillés tout au long du trajet, les forçant à presser le pas. Durant les vingt-quatre heures qui suivirent son arrivée, la glorieuse armée ne fut qu'une masse de ronflements sonores.

17

À notre retour, un copieux petit déjeuner nous attendait. La famille Boucher nous fit l'honneur de le prendre avec nous. L'aimable et vieux trésorier, ainsi que sa femme et sa fille, voulaient tout savoir de nos aventures. Personne ne demandait quoi que ce soit au Paladin, mais il ne s'en lança pas moins dans le récit. À présent que son grade élevé le plaçait légèrement au-dessus de nous tous, à l'exception de Jean d'Aulon qui ne prenait pas ses repas avec nous, le Paladin, passant outre aux titres de noblesse des deux chevaliers et du mien, n'hésitait pas à prendre la parole à sa convenance, c'est-à-dire tout le temps, suivant en cela son penchant naturel.

— Dieu merci, déclara-t-il, nous avons trouvé une armée en parfaite condition. Je n'ai jamais vu, je crois, un troupeau d'animaux aussi superbes.

— « Animaux » ? demanda Catherine, d'une voix perplexe.

— Permettez-moi de vous expliquer ce qu'il entend par là, dit Noël. Il…

— Je t'interdis d'expliquer quoi que ce soit à ma place, interrompit le Paladin, d'un ton hautain. J'ai de bonnes raisons de penser…

— C'est ce que je vous disais, rétorqua Noël. Il croit toujours avoir de « bonnes raisons de penser » parce qu'il est persuadé qu'il pense, mais il se trompe. Il n'a rien vu de l'armée. Je l'ai observé à son insu. Une vieille habitude le tenaillait.

— Laquelle ? demanda Catherine.

— La prudence, répondis-je sottement, pour m'immiscer dans la conversation.

Ma remarque était malvenue. Le Paladin s'en saisit au bond :

— Il ne t'appartient guère, dit-il, de critiquer la prudence de quiconque… Toi qui tombes de cheval au seul braiment d'un inoffensif aliboron !

Et tout le monde de rire de bon cœur. Honteux de ma remarque hâtive, je répondis :

— C'est injuste de dire que je suis tombé à cause du braiment d'un âne. L'émotion était la seule cause de ma chute, uniquement l'émotion.

— Si tu préfères l'appeler ainsi, je n'ai pas d'objection. Comment appelleriez-vous ce genre d'« émotion », sieur Bertrand ?

— Eh bien… en fait, elle est assez compréhensible, je suppose. À présent que vous savez comment vous comporter dans un combat rapproché, vous n'avez plus à rougir de ce point de vue. Mais défiler ainsi sous l'œil de la mort, sans rien pouvoir faire, sans le moindre bruit, sans musique, sans la moindre action à tenter, n'est pas des plus faciles. À ta place, Louis, je n'hésiterais pas à appeler par son vrai nom cette émotion particulière. Il n'y a aucune honte à la ressentir.

Ce discours, franc et sensible, me décida à répondre dans le même esprit :

— C'était la peur, tout simplement. Merci de me l'avoir suggéré…

— Le mieux était de le reconnaître, dit le vieux trésorier. Tu as bien fait, mon garçon.

J'en fus tout aise. Catherine ajouta :

— Je le pense aussi.

Je me félicitai de m'être ainsi tiré de ce mauvais pas.

Jean de Metz ajouta :

— Nous étions regroupés en rangs serrés quand le baudet se mit à braire. Tout était tellement silencieux, jusque-là… Je doute qu'une jeune recrue puisse éviter un sursaut de frayeur en pareil cas.

Il regarda alentour, avec l'air franc et honnête de quelqu'un en quête d'approbation. Chaque fois que ses yeux rencontraient un regard, la tête de la personne s'inclinait en signe d'assentiment. Même celle du Paladin, à la grande surprise de tous. Le crédit du porte-étendard remonta d'un cran. C'était intelligent de sa part. Personne ne le croyait capable de dire la vérité comme je l'avais fait, sans y avoir été préparé. Je suppose qu'il cherchait avant tout à impressionner favorablement la famille. Le vieux trésorier dit alors :

— Pour passer ainsi devant les bastilles, je suppose qu'il faut avoir les nerfs aussi solides que pour affronter des fantômes en pleine obscurité, n'est-ce pas ? Qu'en pense notre porte-étendard ?

— Je l'ignore, monsieur, répondit le Paladin. J'avoue que j'aimerais bien voir un fantôme, à l'occasion…

— Vraiment ? s'exclama Catherine. Nous en avons un, justement ! Aimeriez-vous faire sa connaissance ? Le rencontrer ?…

Son enthousiasme était tellement charmant et spontané que le Paladin, sans prendre le temps de réfléchir, répondit que oui. Aucun d'entre nous n'osant avouer sa peur, nous nous portâmes volontaires, les uns après les autres, la mort dans l'âme. Catherine applaudit de bonheur ; ses parents n'étaient pas moins heureux qu'elle, car, nous dirent-ils, les fantômes qui hantaient leur demeure leur avaient causé bien des misères et des frayeurs, non seulement à eux-mêmes, mais aussi à leurs parents et grands-parents, depuis des générations. Personne n'avait osé affronter ces pauvres spectres pour leur demander quelle avait été leur infortune, de sorte que la famille puisse conjurer leur malheur, les apaiser et leur permettre de recouvrer paix et tranquillité.

18

Il était environ midi. Je bavardais avec Mme Boucher. Tout paraissait tranquille. Soudain, Catherine, tout excitée, fit irruption dans la pièce :

— Vite, messire, vite ! La Pucelle somnolait dans ma chambre quand elle s'est brusquement éveillée en s'écriant : « Le sang français est en train de couler ! ma cuirasse, mes armes, vite ! » Son géant gardait la porte. Il est allé quérir d'Aulon qui l'a armée en toute hâte. Le géant et moi sommes en train de prévenir vos compagnons. Hâtez-vous ! Courez ! Si bataille il y a, protégez la Pucelle. Ne la laissez pas risquer sa vie. Inutile qu'elle s'expose. Il suffit aux soldats de la savoir en train de les regarder pour les encourager. Ne la laissez pas combattre. Prenez-y garde !

Je sortis en courant, non sans avoir lancé, avec un brin d'ironie – j'ai toujours aimé manier l'ironie, pour laquelle on me dit assez doué :

— Oh ! rien de plus simple : j'y veillerai, ne craignez rien…

À l'autre bout de la maison, je trouvai Jeanne, en armure, qui se précipitait vers la porte :

— Ah ! Louis, le sang français est répandu et tu ne m'en as rien dit, méchant garçon !

— Je l'ignorais, madame. On n'entend aucun bruit d'armes. Tout est calme.

— Sous peu, tu entendras tonner la guerre, dit-elle en sortant.

Elle disait vrai. Nous n'avions pas eu le temps de compter jusqu'à cinq que le grondement, produit par une multitude d'hommes et de chevaux lancés en pleine course, se fit entendre, accompagnés de cris rauques de commandement ; puis, à distance, nous parvint le bruit sourd de bombardes et de canons ; la multitude passa en ouragan devant la demeure.

Nos chevaliers et leurs compagnons déboulèrent à leur tour, en armes, mais sans chevaux. Notre troupe se mit à courir derrière Jeanne, le Paladin en tête, portant la bannière. La foule se composait pour moitié de citoyens et pour moitié de soldats. Aucun officier ne la commandait. À la vue de Jeanne, un hourra s'éleva.

— Un cheval !… Un cheval ! s'écria-t-elle.

Une douzaine de montures lui furent aussitôt proposées. Elle bondit en selle en criant :

— Laissez passer ! faites place… ! place à la Pucelle d'Orléans !…

Ce nom, qui l'a immortalisée, fut employé ici pour la première fois. Et, grâce à Dieu, j'étais présent pour l'entendre ! La foule se fendit, comme les eaux de la mer Rouge, et Jeanne, prenant son envol, s'engouffra dans cette allée humaine en hurlant :

— En avant ! Vaillants cœurs de France, suivez-moi !

Nous galopâmes dans son sillage sur nos chevaux d'emprunt, l'étendard en tête, la foule se refermant derrière nous.

Notre allure contrastait du tout au tout avec notre marche en crabe de la veille, entre les bastilles. Nous nous sentions pleins d'allant. L'explication de ce tumulte soudain était venu de ce que la cité et sa garnison, si longtemps résignées et effrayées, avaient repris courage depuis l'arrivée de Jeanne ; les habitants ne pouvaient plus retenir leur envie de sauter à la gorge de l'ennemi et de prendre leur revanche. C'est ainsi que, sans en attendre l'ordre, plusieurs centaines de soldats et de citoyens, mus par une impulsion irrésistible, s'étaient précipités hors les murs par la porte de Bourgogne pour charger l'une des plus formidables forteresses de Talbot, la bastille Saint-Loup. Malheureusement, les Anglais les avaient étrillés. La nouvelle parvint à la cité, qui s'en émut, ce qui avait provoqué le rassemblement furieux de la foule qui suivait sur nos talons.

Tandis que nous franchissions les portes, nous rencontrâmes un groupe qui ramenait les blessés du front. Leur vue provoqua l'émotion de Jeanne, qui s'écria :

— Ah ! le sang français ! mes cheveux se dressent à sa vue !

Bientôt, nous étions sur le champ de bataille, au milieu de l'action. Jeanne prenait son baptême de guerre, et nous avec elle.

La bataille se déroulait en plein champ. En effet, la garnison de Saint-Loup avait effectué une sortie pour repousser les assaillants ; les Anglais, forts de leurs victoires précédentes, étaient rassurés dès lors qu'aucune « sorcière » n'était alentour. Des renforts venaient de les rejoindre en provenance de la bastille de Paris. À notre arrivée, les Orléanais, débordés, étaient en train de refluer. Mais la charge de Jeanne à travers la mêlée, bannière déployée, au cri de : « En avant ! hardis ! suivez-moi ! », opéra un changement soudain. Faisant volte-face, les Français remontèrent à l'assaut, en masse, comme soulevés par la houle océane. Ils balayèrent les Anglais, les frappant à grands coups d'épée, de masses d'armes, les transperçant de leurs lances, se faisant fendre, frapper et transpercer à leur tour, spectacle terrible et fantastique à voir.

Sur le champ de bataille, le Nain ne remplissait encore aucun rôle déterminé, c'est-à-dire qu'il n'avait pas de grade ni de fonction. Il les choisissait à son gré. Précédant Jeanne, il lui frayait une route. Le spectacle des casques anglais éclatant en fragments sous les coups de sa gigantesque cognée était terrible à voir. Il appelait son style de combat « le casse-noix ». Ça y ressemblait, en effet. Il fraya pour Jeanne une voie royale, pavée de métal et de cadavres. Jeanne et son équipe s'y engouffrèrent, si bien que, précédant le gros de nos troupes, nous nous retrouvâmes environnés d'Anglais, derrière et devant nous. Les chevaliers nous avaient intimé l'ordre de former un cercle protecteur autour de Jeanne et, quoi qu'il arrive, de faire face en permanence vers l'extérieur du cercle. Nous le fîmes, et le fîmes bien. Le Paladin gagna alors notre respect. Sous le regard de Jeanne, plein d'élan et d'enthousiasme, il oublia sa couardise congénitale en présence du danger, il oublia ce que peur voulait dire, et il se comporta, dans cette bataille bien réelle, avec un courage infiniment supérieur à celui qu'il s'attribuait dans les récits de ses exploits imaginaires ; à chacun de ses coups, un ennemi s'effondrait.

La clairière humaine dans laquelle nous nous étions enfermés finit par s'entrouvrir sous la poussée du gros de nos forces, resté à l'arrière, qui nous rejoignit en poussant un grand cri. Les Anglais battirent en retraite, nous opposant vaillante résistance. Acculés, ils tenaient bon, résistant pied à pied à nos charges ; nous faisant constamment face, ils se réfugiaient petit à petit à l'intérieur du fort, tandis que leurs réserves, des remparts, nous arrosaient d'un déluge de flèches, de carreaux d'arbalètes et de boulets de pierre.

Les troupes ennemies étaient à présent à l'abri derrière leurs murailles. À l'extérieur, nous nous retrouvâmes en compagnie de blessés français et anglais, environnés de cadavres des deux camps. Le spectacle était horrible à voir, surtout pour nous autres jeunes gens qui le contemplions pour la première fois. Nos modestes embuscades de février s'étaient déroulées en pleine nuit ; le sang, les membres mutilés et les visages des morts se distinguaient mal dans la pénombre. Nous les voyions soudain en plein jour, dans toute leur cruauté.

Sur ces entrefaites, Dunois, accouru de la cité au grand galop, avait plongé au cœur de la bataille. Chevauchant son destrier écumant, il parvint à hauteur de Jeanne pour la couvrir de chaleureux compliments. Pointant sa main gantée en direction des murailles de la ville, où une multitude de drapeaux flottaient au vent, il lui cria que, massée sur les remparts, la populace venait d'être témoin de son extraordinaire exploit et se préparait à lui faire, à elle et à la troupe, une formidable réception.

— Quoi, maintenant ? Il est trop tôt, Bâtard ! Pas encore.

— Pourquoi, pas encore ? Que comptes-tu faire de mieux ?

— Bâtard, nous n'en sommes qu'au début ! Nous prenons la forteresse…

— Tu ne parles pas sérieusement… Elle est imprenable. N'en faites rien, Jeanne, ce serait trop dangereux. Laisse-moi ordonner la retraite.

Le feu de la guerre brûlait dans le cœur de Jeanne, qui s'irrita d'entendre un tel discours.

— Bâtard, Bâtard ! s'écria-t-elle. Combien de temps encore joueras-tu du côté de ces maudits Anglais ? Nous ne bougeons pas tant que la place n'est pas nôtre. À l'assaut ! Sonnez la charge !…

— Ah ! mon général !…

— Assez de temps perdu, Bâtard ! Sonnez, clairons ! À l'assaut !

Cette lueur étrange, que nous appelions la « lumière-bataille », brillait dans ses yeux. Nous apprîmes à la connaître, plus tard, dans le feu du combat.

Les notes martiales du clairon retentirent ; les troupes y répondirent par un cri puissant ; l'assaut commença alors contre cette formidable forteresse, dont les contours se perdaient dans la fumée de ses propres canons, qui tonnaient et crachaient leur mitraille.

Nous fûmes repoussés à maintes reprises. Heureusement, Jeanne ne cessait d'aller et venir pour encourager les hommes et ranimer leur vaillance. Durant trois longues heures, notre marée humaine monta et reflua, remonta et reflua, encore et encore. Finalement, La Hire, qui nous avait rejoints, lança un ultime et irrésistible assaut : la bastille Saint-Loup tomba entre nos mains ! Nous la passâmes au peigne fin, nous emparant de ses provisions, armes et munitions, avant de la détruire.

L'armée et les Orléanais se répandirent en cris de joie et se mirent en quête de leur chef de guerre, pour lui rendre hommage et la remercier ; après quelque temps, nous finîmes par la trouver ; elle était seule, assise à l'écart, parmi les cadavres, le visage enfoui dans ses mains, et elle pleurait – elle n'était qu'une jeune fille, après tout, une héroïne, certes, mais une gamine, au cœur tendre et compatissant. La pensée des mères de tous ces décédés, amis comme ennemis, faisait couler ses larmes.

Parmi les prisonniers se trouvaient quelques prêtres en habit. Jeanne les prit sous sa protection, ce qui leur sauva la vie. On eut beau lui affirmer qu'il s'agissait sans doute de combattants déguisés, elle n'en eut cure :

— Qu'en savons-nous ? Ils portent l'habit du Seigneur… Même s'il n'y en a qu'un seul qui le porte légitimement, il vaut mieux sauver la vie des coupables plutôt que de souiller nos mains du sang d'un innocent. Je les logerai, les nourrirai et les renverrai sains et saufs dans leurs foyers.

Nous retournâmes à la cité, toutes bannières déployées, avec nos canons et nos prisonniers. Les habitants, emprisonnés dans leurs murailles depuis sept longs mois, venaient d'être témoins de la première action de guerre victorieuse accomplie par les Français. Je vous laisse deviner les réjouissances qui s'ensuivirent. Jeanne était devenue leur idole. La presse des gens qui se bousculaient pour l'apercevoir était si grande que nous nous frayâmes un chemin à grand-peine à travers les rues. Son nouveau nom était sur toutes les lèvres. Pour tous et pour toutes, elle était devenue « la Pucelle d'Orléans » ! Je suis heureux d'avoir entendu ce nom être prononcé pour la première fois.

La famille Boucher accueillit Jeanne comme s'il s'agissait d'une des leurs qui aurait échappé, contre toute espérance, à un danger mortel. Ils lui reprochèrent de s'être exposée ainsi au danger des heures durant. Incapables de comprendre que son intention de départ était de se comporter en véritable guerrier, ils lui demandèrent si elle s'était portée au cœur de l'action de son propre chef, ou par accident, surprise par un mouvement de troupe inattendu. Ils la supplièrent d'être plus prudente la fois suivante. Le conseil était avisé, certes, mais il tombait dans des oreilles peu enclines à l'entendre, et encore moins à le suivre.

19

Épuisés par de longues heures de combat, nous avons dormi le restant de l'après-midi, prolongeant notre somme jusqu'en début de soirée. Frais et dispos, nous nous levâmes pour souper. Pour ma part, j'aurais préféré oublier cette sombre histoire de revenants ; les autres partageaient sans doute mes sentiments car ils ne parlèrent que de la bataille, en évitant soigneusement le sujet. C'était merveille d'entendre le Paladin, à présent. Ses exploits, bien réels cette fois, lui permettaient d'empiler à loisir les tas de cadavres, une quinzaine ici, dix-huit là-bas, trente-cinq un peu plus loin… Mais, si palpitant fût-il, son récit ne faisait que reculer l'échéance. Il ne pouvait se prolonger à volonté. Une fois la bastille emportée et sa garnison dévorée toute crue, il n'aurait plus rien à raconter, à moins que Catherine Boucher ne lui offrît la chance de se lancer derechef dans une version révisée – ce que nous espérions, pour une fois –, mais elle ne semblait pas y tenir. Au contraire, elle bondit sur la première ouverture qui se présenta pour nous replonger le nez dans ce projet angoissant de chasse au spectre.

C'est ainsi que, la mort dans l'âme, vers onze heures du soir, nous la suivîmes, avec ses parents, dans la chambre hantée, en emportant force chandelles, ainsi que des torches que nous enfonçâmes dans les ouvertures prévues à cet effet. La demeure était vaste, les murs épais, et cette pièce était située dans une aile reculée qui avait été abandonnée en raison de sa sinistre réputation.

La pièce était large. Elle avait dû servir de salle à manger car, au centre, trônait une grande et lourde table de chêne des mieux préservée ; les chaises, en revanche, étaient très vermoulues ; quant aux tapisseries, fanées par les ans, elles tombaient en lambeaux. L'abondance et l'épaisseur des toiles d'araignée qui pendaient du plafond témoignaient d'au moins un siècle d'abandon.

— D'après la tradition familiale, nous expliqua Catherine, ces fantômes sont invisibles. On les entend, seulement. Il semblerait que cette pièce ait été plus grande qu'elle ne l'est à l'heure actuelle. Ce mur aurait été construit plus tard, pour condamner un réduit qui, s'il existe, ne doit communiquer avec rien ; ni l'air ni la lumière du jour n'y pénètrent, semble-t-il. Ce doit être une véritable oubliette. Patientez ici, et vous verrez bien ce qui va se passer.

Catherine ne nous en dit pas plus. Elle et ses parents sortirent, nous laissant seuls. Les bruits de leurs pas sur les dalles de pierre le long du corridor s'estompèrent, puis disparurent. Un silence profond et insolite s'ensuivit, qui me troublait davantage encore que notre marche muette le long des bastilles. Nous nous assîmes, en nous jetant par intermittence des coups d'œil inquiets ; de toute évidence, nous étions tous aussi mal à l'aise les uns que les autres. Plus le silence se prolongeait, plus notre inquiétude grandissait. Le vent décida de se mettre de la partie : il mugissait de façon sinistre, ce qui me rendait fou. Pour une fois, j'aurais aimé être assez courageux pour avouer ma peur. Quelle honte y a-t-il, en effet, à craindre les fantômes puisque nous autres, vivants, ne pouvons rien contre eux ? En outre, s'agissant de fantômes invisibles, ils n'en étaient que plus effrayants. Qui sait ? Peut-être partagions-nous leur compagnie, à notre insu… Je sentais passer comme le souffle d'une haleine froide qui m'enveloppait les épaules et me caressait les cheveux. J'en avais la chair de poule. J'éprouvais d'autant moins de honte à manifester ma peur que mes compagnons, eux aussi, subissaient l'épouvante provoquée par ces contacts subtils. Au fur et à mesure que le temps passait – qui nous semblait une éternité – nos visages prenaient une pâleur de cire ; nous commencions nous-mêmes à ressembler à une assemblée de spectres.

Un faible, distant, lent et étrange « dong !… dong !… » se fit entendre : une cloche, dans le lointain, qui sonnait minuit. Après le dernier coup, le déprimant silence retomba sur nous. Je ne cessais de regarder à la dérobée les masques livides de mes compagnons, tout en frémissant au contact de ces terrifiantes et subtiles caresses sur mes épaules et sur mon cou.

Une minute passa…, puis deux…, puis trois… Soudain, un long et profond gémissement se fit entendre. Nous bondîmes, les jambes tremblantes. Le son provenait du réduit muré. Une pause…, puis nous ouïmes distinctement des sanglots étouffés, mêlés à de pitoyables lamentations. Une seconde voix, basse et sourde, qui semblait tenter de la réconforter, se joignit à la première. Enfin les deux voix reprirent à l'unisson leurs gémissements et leurs sanglots, échangeant par intermittence de douces paroles de réconfort qui dégageaient une impression de tristesse compatissante et de désespoir infini. C'était pitoyable à entendre.

Ces voix paraissaient si proches, si humainement touchantes, que toute notion de fantôme ou de spectre disparut de nos esprits. Jean de Metz brisa le sortilège en s'écriant d'une voix forte :

— Allons, compagnons ! abattons ce mur, et délivrons ces pauvres êtres qui y sont enfermés ! Ici, le Nain, avec ta hache !

Le Nain bondit, balançant sa cognée des deux mains. Nous saisîmes les torches. Bang ! Vlan ! les vieilles briques s'écroulèrent sous les coups du géant. En moins de temps qu'il ne faut pour le dire, un trou, assez large pour laisser passer un bœuf, était percé dans le mur. Nous y plongeâmes sans hésiter, avec nos torches.

Rien ! Le réduit était totalement vide ! Sur le sol gisait une épée rouillée, à côté d'un éventail poussiéreux.

Vous en savez autant que moi. Je n'ai rien de plus à vous offrir que ces pathétiques reliques pour permettre à votre imagination de tisser autour d'elles la romance de votre choix et reconstituer le cruel destin des misérables prisonniers de ces oubliettes, disparus depuis une éternité.

20

Le lendemain, Jeanne voulut retourner se battre, mais c'était le jour de l'Ascension. Publiquement, prétendant faire montre de piété, le conseil de guerre des généraux refusa, avec une hypocrisie ostentatoire, de profaner cette fête sacrée en versant le sang. En privé, ils ne manquèrent pas de la profaner en complotant, une activité dans laquelle ils étaient passés maîtres. Ils se réunirent, sans Jeanne, pour décider de la suite des événements. Ils convinrent de tenter ce qui leur paraissait la meilleure chose à faire dans les circonstances : feindre une série d'attaques contre la plus grosse bastille de la rive nord pour contraindre les Anglais, soucieux de la défendre, à dégarnir les bastilles les plus importantes de la rive opposée, ensuite traverser le fleuve en force et, enfin, faire tomber ces forteresses. Le pont ainsi libéré, la communication de la ville avec la Sologne, alors territoire français, serait rétablie.

L'entrée inopinée de Jeanne prit les généraux par surprise. Elle leur demanda quel était l'objet de leur réunion et ce qu'ils avaient décidé. Se refusant à lui dévoiler leur plan, ils lui répondirent simplement qu'ils avaient prévu d'attaquer, le lendemain matin, la bastille la plus importante de la rive d'Orléans. Le porte-parole des généraux n'en dit pas davantage.

— Et puis ?... fit Jeanne.

— Rien de plus... C'est tout !

— À qui ferez-vous avaler ces sornettes ? Dois-je croire que vous avez perdu la raison ?

Jeanne se tourna vers Dunois :

— Bâtard, toi qui as du bon sens, réponds-moi : si nous attaquons et prenons cette bastille, quel avantage aurons-nous gagné ?

Hésitant, le Bâtard bougonna quelques explications dont aucune ne répondait à la question. Exaspérée, Jeanne l'interrompit :

— Ta réponse me suffit, mon bon Bâtard... Donc, puisque le Bâtard ne peut trouver le moindre avantage à s'emparer de cette forteresse, je suppose qu'il serait vain de demander à l'un d'entre vous d'en dire plus. Vous perdez un temps précieux à concocter toutes manières de stratagèmes qui ne font que repousser l'échéance. Que me celez-vous ? Bâtard, encore une fois, je suis sûre que, dans mon dos, votre conseil de guerre vient de décider d'une stratégie. En gros, quelle est-elle ?

— Elle n'a pas varié depuis sept mois : entreposer des vivres pour un long siège et patienter jusqu'à ce que, pris de lassitude, les Anglais s'en aillent.

— En nom Dieu ! Sept mois ne suffisent-ils donc pas pour que vous vouliez y ajouter encore un an ? Fi de vos pusillanimités ! L'Anglais déguerpira dans trois jours !

— Ah ! général, général ! la prudence exige...

— Mourir de faim par prudence !... C'est cela que vous appelez faire la guerre ! Je vous le redis, si vous ne le savez déjà : les circonstances nouvelles ont renversé les règles du jeu. L'endroit où porter nos coups n'est plus le même : il se situe sur l'autre rive, à présent. Nous devons nous emparer des forts qui gardent le pont. Les Anglais savent que nous tenterons l'assaut. En ce moment, ils rendent grâce à votre piété mal placée qui nous fait perdre un temps précieux. À la faveur de la nuit, ils vont renforcer leurs défenses en prévision de notre attaque de demain. Cette perte d'un jour nous rendra la tâche plus dure, car nous devrons traverser et prendre d'assaut les forts des Tourelles qui, grâce à vous, seront pleins à craquer de soldats anglais. À la vérité, Bâtard, cette assemblée sait, aussi bien que moi, qu'il n'y a pas d'autre solution.

Dunois acquiesça, ajoutant que celle-ci paraissait néanmoins dangereuse et impraticable. Parlant au nom du conseil de guerre, le Bâtard avoua que, puisqu'ils étaient d'avis qu'il valait mieux ne rien tenter et patienter en vue d'un long siège, où les Anglais s'enliseraient, ils craignaient quelque peu l'impétuosité de Jeanne.

— Voyez-vous, lui dit-il, de notre côté, nous avons de bonnes raisons de penser qu'une longue attente jouera en notre faveur, tandis que, de votre côté, vous voulez tout prendre d'assaut !

— Et comment, je le veux ! Non seulement je le veux, mais je le ferai ! Vous avez ma parole, ici et maintenant ! Demain, dès l'aube, nous attaquons les bastilles de la rive sud.

— Songeriez-vous à les prendre d'assaut ?

— Nous les prendrons d'assaut !

La Hire entra en boitant. Il entendit la dernière remarque de Jeanne.

— Par mon bâton ! s'exclama-t-il. Voilà qui est parlé ! Ouais, c'est le bon refrain, mon général : « Nous les prendrons d'assaut ! »

Il salua à la ronde avant de venir serrer la main de Jeanne.

Un membre du conseil intervint :

— Si nous attaquons la bastille Saint-Jean, les Anglais auront le temps de…

— Oubliez la bastille Saint-Jean, l'interrompit Jeanne. Les Anglais sont assez futés pour l'abandonner et renforcer les forts qui gardent le pont dès qu'ils nous verront traverser.

Elle ajouta d'un ton ironique :

— Même votre conseil de guerre verrait cela, je suppose ?

Elle les salua et se retira. La Hire leur fit remarquer :

— Elle n'est qu'une enfant, pensez-vous. Si vous tenez tant à cette idée saugrenue, gardez-la, mais moi, je vous le dis, toute enfant qu'elle est, elle comprend aussi bien que vous les complexités du jeu de la guerre. Et, si vous voulez mon opinion, et même si vous ne la voulez pas, je suis persuadé, grand Dieu, qu'elle en apprendrait au meilleur d'entre vous.

Jeanne disait vrai. Sagaces, les Anglais avaient compris que les Français venaient de changer radicalement ; qu'ils en avaient terminé avec les atermoiements et les dérobades ; qu'au lieu de subir les coups, c'était à leur tour d'en donner. En vue de l'assaut du lendemain, le commandement anglais, à la faveur de l'obscurité, ordonna le transfert de larges renforts des bastilles de la rive nord à celles de la rive sud.

La cité se réjouit de la nouvelle qu'enfin, après toutes ces années d'humiliation, la France allait passer à l'offensive ; la France, accoutumée à la retraite, allait attaquer ; la France, habituée à la reculade, allait défier l'ennemi et le frapper. Le peuple jubilait. Les remparts étaient noirs de monde, ce matin-là, pour acclamer l'armée française et la regarder effectuer une manœuvre nouvelle et insolite : se diriger résolument vers les Anglais au lieu de leur tourner le dos. Je vous laisse imaginer la liesse qui éclata quand la population aperçut Jeanne, qui chevauchait en tête de l'ost, son étendard déployé claquant fièrement dans la brise matinale.

Notre traversée du fleuve fut lente et laborieuse, car nous disposions d'un nombre insuffisant d'embarcations. Notre débarquement sur l'île aux Toiles ne rencontra pas d'obstacles. Un pont de bateaux nous permit de franchir le bras qui nous séparait de l'autre rive, où nous prîmes pied en bon ordre et sans encombre ; la veille, il y avait encore une forteresse à cet endroit, la bastille Saint-Jean, mais, comme l'avait prévu Jeanne, les Anglais l'avaient désertée et détruite, avant de se réfugier dans la bastille des Augustins.

Nous longeâmes la berge. Parvenue devant les Augustins, Jeanne planta en terre son étendard. Nous faisions face au premier des ouvrages militaires qui protégeaient le pont des Tourelles. Les clairons sonnèrent l'assaut. Deux charges furent lancées, dans un bel élan ; mais nous n'étions pas en nombre suffisant car le gros de nos troupes n'avait pas encore débarqué. Nous nous préparions à tenter un troisième assaut, quand nous vîmes surgir la garnison anglaise de Saint-Pryvé qui accourait pour prêter main-forte à leurs compagnons des Augustins. Ces derniers en profitèrent pour faire une sortie en force qui contraignit notre petite troupe à battre en retraite. Profitant de notre déroute, les Anglais nous poursuivaient en nous taillant en pièces et en nous lançant des insultes.

Jeanne se dépensait sans compter pour rallier les hommes, mais le découragement les avait saisis. L'ancienne frayeur des Anglais avait fait succomber leur courage trop neuf. La colère s'empara de Jeanne. Elle ordonna aux clairons de sonner la charge. Tournant bride, elle se mit à hurler :

— S’il y en a parmi vous une douzaine qui ne sont pas des lâches, qu’ils me suivent !

Elle s’élança. En réponse à son appel, plusieurs douzaines d’hommes la suivirent. Ce fut au tour de nos poursuivants, surpris de la voir revenir à l’assaut avec une poignée de soldats, de subir l’expérience de la peur. « C’est une sorcière, une enfant de Satan ! » se disaient-ils. Effrayés, ils firent volte-face et s’enfuirent, les jambes à leur cou.

Au son du clairon, nos bataillons en fuite se regroupèrent. Voyant l’étendard de la Pucelle se diriger vers l’ennemi qui se dispersait en grand désordre, leur courage se ranima et ils nous rattrapèrent.

La Hire accourut à son tour avec ses hommes, qui nous rejoignirent au moment précis où nous plantions pour la deuxième fois notre étendard devant le rempart des Augustins. Nous étions en force, à présent. La tâche n’en restait pas moins ardue, mais nous l’accomplîmes avant la nuit, sous les encouragements constants de Jeanne et de La Hire, qui nous répétaient que nous pouvions, que nous devions nous emparer du fort. Les Anglais se battirent… comme des Anglais, c’est tout dire ! Nous lançâmes un assaut après l’autre, à travers la fumée, les flammes et le tonnerre des canons. Quand tomba le crépuscule, un dernier élan nous livra la place. Notre étendard flotta enfin sur ses remparts.

Les Augustins nous appartenaient. Si nous voulions libérer le pont et briser le siège, nous devions prendre aussi les Tourelles. Nous venions d’accomplir un exploit. Jeanne était déterminée à accomplir le suivant. Nous devions camper sur place, nous accrocher à notre acquis pour terminer notre tâche le lendemain. Jeanne tenait à éviter que les hommes ne dépensent inutilement leurs forces en beuveries, en bagarres et en pillages. Aussi ordonna-t-elle d’incendier les Augustins, vivres et boissons compris, à l'exception de l'armement et des munitions.

Nous étions tous épuisés après cette journée de dur labeur. Jeanne l'était tout autant que nous. Elle décida néanmoins de passer la nuit avec l'armée devant les Tourelles afin d'être prête pour l'assaut du lendemain. Les généraux l'admonestèrent et la persuadèrent de retourner se reposer chez maître Boucher pour être fraîche et dispose pour cette grande tâche. Elle devait aussi soigner son pied blessé par un jet de pierre. Nous repassâmes le fleuve avec elle.

Comme la veille, la ville était en liesse ; les cloches sonnaient à toute volée ; chants, cris et beuveries se répandaient à flots dans les rues. Chacune de nos sorties avait fourni de bonnes raisons de se réjouir aux habitants, qui en avaient manqué cruellement durant les sept mois qui avaient précédé notre arrivée. Aussi, pour se rattraper, s'en donnaient-ils à cœur joie.

21

Pour échapper à la cohue journalière des visiteurs et prendre un peu de repos, Jeanne se réfugia avec Catherine dans la chambre qu'elles partageaient. Après avoir pansé la plaie de Jeanne, elles prirent leur souper. Sur ce, au lieu de se mettre au lit, Jeanne, en dépit de son épuisement et des protestations de Catherine, envoya le Nain me quérir. Elle souhaitait expédier une missive à Domrémy, à l'adresse du père Fronte, pour qu'il en fasse lecture à sa mère. Elle me dicta la lettre. Après un préambule de tendres salutations pour sa mère et sa famille, elle disait ceci :

— J'en viens au sujet de ma lettre : si la nouvelle vous parvient que j'ai été blessée au combat, surtout, ne vous en inquiétez nullement et ne prêtez l'oreille à quiconque tenterait de vous faire croire que la blessure est sérieuse.

Catherine interrompit Jeanne :

— Mais ce sont là paroles qui risquent de les effrayer. Raturez cette phrase, Jeanne, raturez-la ! Patientez un jour ou deux, puis écrivez que votre pied, qui avait été blessé, vient de guérir, car c'est ce qui va arriver. Évitez de provoquer l'inquiétude de votre mère.

En réponse, Jeanne éclata de son rire espiègle et spontané d'antan qui tintait comme des clochettes.

— Mon pied… pourquoi devrais-je mentionner cette égratignure ? Je ne songeais pas à cela, mon cœur.

— Avez-vous une autre blessure, pire que celle-ci, dont vous auriez omis de me parler ? À quoi pensiez-vous…

Vivement inquiète, Catherine avait bondi, pour quérir baumes et compresses, mais Jeanne la rattrapa, la fit se rasseoir et la rassura :

— Doucement, ma mie, soyez sans crainte, je ne suis pas blessée, en tout cas pas encore. J'écris à ma mère au sujet d'une blessure que je vais recevoir demain, pendant l'assaut contre les Tourelles.

Catherine eut l'air ahuri de quelqu'un qui tente en vain de percer une énigme. Elle répondit, avec un soupçon de détresse dans la voix :

— Une blessure que vous risquez d'attraper… À quoi sert-il d'inquiéter votre mère à propos d'une blessure que vous n'attraperez peut-être pas ?

— Ce n'est pas un risque, mais une certitude : je vais être blessée !

L'énigme demeurant une énigme, Catherine reprit :

— Vous allez… ces mots ne vous ressemblent pas. Chassez de votre esprit ce funeste pressentiment, qui ôte de votre cœur paix et courage. Ne le gardez pas en votre sein, débarrassez-vous-en, par pitié ! Il troublera inutilement votre sommeil ; nous gardons l'espoir…

— Mais c'est une certitude, pas un pressentiment. Et elle ne m'inquiète pas le moins du monde. Seule l'incertitude suscite l'anxiété…

— Jeanne, comment pouvez-vous savoir de façon certaine que cela va se produire ?

— Ce sont mes Voix qui me l'ont révélé.

— Ah ! en ce cas… Mais êtes-vous sûre que ce sont bien vos Voix ?

— Je le suis, cela se produira, aucun doute là-dessus.

— C'est terrible ! Depuis quand le savez-vous ?

— Depuis… plusieurs semaines, je suppose. Louis, tu devrais t'en souvenir. Cela fait combien de temps, déjà ?

— Vous en avez parlé d'abord au roi, à Chinon, il y a sept semaines. Vous l'avez de nouveau mentionné le 20 avril, puis le 22, il y a donc environ deux semaines, d'après mes notes.

Ces précisions surprenantes étaient de nature à bouleverser Catherine, mais il y avait belle lurette que je ne m'en étonnais plus. On s'habitue à tout en ce bas monde.

— Et pourquoi demain, en particulier ? s'étonna Catherine. Pourquoi toujours la même date ? Une erreur n'est-elle pas possible, une confusion… ?

— Non, répondit Jeanne. La date est bien celle du 7 mai, et pas une autre.

— Alors il ne faut surtout pas quitter la maison avant que ce jour funeste ne soit passé. Vous n'y songez pas, Jeanne. Promettez-moi de ne pas sortir.

Loin d'être persuadée, Jeanne lui répondit :

— Cela ne m'avancerait à rien, ma tendre amie. La blessure doit avoir lieu et elle doit survenir demain. Si je la fuis, c'est elle qui me cherchera. Le devoir m'ordonne de me rendre demain à cet endroit ; je devrais y aller quand bien même la mort m'y attendrait. Dois-je faillir à mon devoir par peur d'une blessure ?

— Vous êtes bien entêtée, Jeannette.

— Le meilleur service que je puis rendre à la France est d'encourager ses soldats pour qu'ils bataillent vaillamment et remportent la victoire.

Après un temps de réflexion, Jeanne ajouta :

— Cependant, il faut savoir parfois se montrer raisonnable. Je veux bien faire quelque chose pour vous qui êtes si bonne pour moi. Aimez-vous la France, Catherine ?

Intrigué, je me demandai où Jeanne voulait en venir. La question froissa quelque peu Catherine, qui répondit d'un ton réprobateur :

— Qu'ai-je fait pour mériter une telle question ?

— Bien sûr, vous aimez la France, ma mie, je n'en ai jamais douté. Ne m'en veuillez pas et répondez-moi : vous est-il arrivé de mentir ?

— Ma vie durant, je n'ai jamais intentionnellement proféré un mensonge. J'ai fait des farces, certes, mais je n'ai jamais menti sciemment.

— Voilà qui est bien. Vous aimez la France et vous ne mentez pas. Je puis donc reposer ma confiance en vous. Je vous laisse le soin de décider ce que je dois faire demain : sortir ou rester à la maison ?

— Oh ! je vous remercie de tout mon cœur, Jeanne ! Vous êtes si bonne de me faire cette faveur ! Mais vous allez rester, bien sûr, vous ne bougerez pas d'ici !

Vivement soulagée, Catherine enlaça Jeanne pour la couvrir de caresses et de baisers dont la moitié d'entre eux m'aurait comblé, et qui me rappelèrent à quel point j'étais privé de ce qui me consumait le cœur.

— Vous devrez cependant envoyer un mot à l'état-major de l'armée pour prévenir que je ne viendrai pas.

— Avec joie ! Je n'y manquerai pas.

— Bien ! Il vaudrait mieux y mettre les formes. Voulez-vous que je vous dicte la lettre ?

— Bien sûr. Vous seule connaissez la procédure et l'étiquette, je n'ai aucune expérience dans ce domaine.

— Eh bien, que pensez-vous de ceci : « Avis aux généraux de l'état-major et aux troupes royales, en garnison ou sur le champ de bataille ! Le chef de guerre des armées de France ne combattra pas les Anglais demain par peur d'être blessée. » Signé : au nom de Jeanne d'Arc, Catherine Boucher qui aime la France.

Une pause, un long silence s'ensuivit, qui m'incita à jeter un coup d'œil à la dérobée pour prendre la mesure de la situation. Un sourire espiègle éclairait le visage de Jeanne, tandis que le pourpre colorait les joues de Catherine, dont les lèvres se mirent à trembler et les yeux à se mouiller de larmes.

— Oh ! mon Dieu, que j'ai honte ! s'écria-t-elle. Vous êtes si noble, si brave, si sage, et moi si sotte, si ridicule !

La pauvre enfant se mit à sangloter. Je brûlais d'envie de la prendre dans mes bras pour la réconforter, mais Jeanne le fit à ma place et, bien sûr, je ne pipai mot. Jeanne le fit d'ailleurs avec grande tendresse ; j'en aurais volontiers fait autant, mais, comme ce n'était ni le lieu ni le moment de tenter quoi que ce soit de ce genre, je préférai m'abstenir ; je suppose que j'ai bien fait, mais je n'ai aucun moyen de le vérifier ; je dois bien avouer que le remords m'assaille, parfois, à l'idée que j'ai peut-être laissé passer une chance qui aurait pu changer ma vie et la rendre plus heureuse et plus belle, hélas, qu'elle ne l'a été. C'est pourquoi le souvenir de cette scène pleine d'humour et de tendresse ravive inexorablement mon chagrin ; je ne puis le raviver sans ressentir un pincement au cœur.

Rien ne vaut une farce innocente pour remonter le moral et redonner de la vigueur au corps. Le petit piège que Jeanne venait de tendre à Catherine valait tous les remèdes et les longs discours pour tenter de lui prouver à quel point ce qu'elle exigeait de Jeanne était farfelu. Catherine sécha bien vite ses larmes et se mit à rire en pensant à la tête qu'auraient faite les Anglais, s'ils avaient appris les raisons invoquées par le commandant des armées de France pour bouder le champ de bataille. Elle admit volontiers qu'une telle excuse leur aurait donné du bon temps.

Nous reprîmes notre lettre, sans effacer le passage en question. Jeanne était de belle humeur, mais ses messages à cette amie-ci, à cette amie-là, à cette autre, finirent par raviver le souvenir de notre village, de l'Arbre aux fées, de la prairie en fleurs, des moutons paisibles et de la douceur bucolique de notre humble contrée. Les noms familiers se mirent à trembler sur ses lèvres. Quand vint le tour d'Hauviette et de la petite Mengette, sa voix se brisa, elle dut s'arrêter.

— Dites-leur mon amour, mon tendre amour, mon profond amour, celui du fond de mon cœur ! Je ne reverrai plus jamais notre demeure…

Sur ces entrefaites, le confesseur de Jeanne, Jean Pasquerel, arriva en compagnie d'un fringant chevalier qu'il lui présenta. Il s'agissait du sieur Gilles de Rais qui venait, porteur d'un message. Il avait pour instruction de l'informer de la décision du conseil de guerre qui se résumait ainsi : ce qui avait été accompli précédemment suffisait ; il fallait se satisfaire de ce que Dieu venait d'accorder ; la ville, amplement ravitaillée, pouvait soutenir un long siège ; la sagesse ordonnait de retirer les troupes qui campaient sur l'autre rive en vue d'une guerre purement défensive. Ainsi en avaient-ils décidé !

— Les incurables poltrons ! s'écria Jeanne. Ainsi, leur prétendue sollicitude pour ma fatigue n'était qu'un stratagème pour m'éloigner de mes troupes. Retournez, de ma part, le message suivant – pas au conseil de guerre, je n'ai rien à dire à ces demoiselles d'honneur déguisées en hommes – que j'adresse à La Hire et au Bâtard, qui, contrairement aux autres avortons, sont de vrais hommes. L'armée doit rester où elle campe ! Je les rends personnellement responsables de cet ordre formel. L'offensive prévue pour demain aura bien lieu. Vous pouvez disposer, mon bon sire.

Elle ajouta à l'intention du religieux :

— Levez-vous demain bon matin, plus tôt que ne l'avez fait aujourd'hui, et faites du mieux que vous pourrez ; tenez-vous toujours auprès de moi, car demain j'aurai beaucoup à faire, et plus que je n'eus jamais, car demain le sang me sortira du corps au-dessus de mon sein.

22

Au chant du coq, après la messe, nous nous préparions à sortir, quand nous rencontrâmes, dans le hall, le maître de maison qui se désolait de voir Jeanne sur le point de partir sans avoir rien mangé. Il la supplia de prendre au moins une collation, mais elle lui répondit qu'elle n'en avait pas le temps. Elle était anxieuse de s'emparer de cette dernière bastille, seul obstacle qui barrait la route à la rédemption de la France. Maître Boucher fit une dernière tentative :

— Comment vous remercier, nous autres, pauvres citoyens, privés de poisson depuis des mois, et qui, grâce à vous, pouvons de nouveau nous en régaler ? Nous avons une superbe alose pour le petit déjeuner. Prenez le temps d'en prendre quelques bouchées.

— Oh ! sous peu, vous ne manquerez point de poisson. Ce soir, les rives du fleuve seront vôtres : vous pourrez y pêcher tant qu'il vous plaira.

— Je ne doute point que vous accomplirez des merveilles, mais rien ne presse. Laissez-vous donc tenter, mangez un morceau en prévision de l'effort. L'un de nos proverbes recommande à celui qui doit traverser deux fois la rivière en bateau de manger du poisson s'il ne veut pas couler à pic.

— Il ne vaut rien pour moi, puisque je ne la traverserai qu'une seule fois en bateau.

— Ne me dites pas que vous ne reviendrez pas parmi nous.

— Oui-da, mais pas en bateau !

— Et comment reviendrez-vous ?

— Dame, par le pont !

— Écoutez ça, par le pont… En ce cas, général, je vous en supplie, mangez donc de notre poisson pour vous donner des forces, il est délicieux.

— Mettez-en de côté pour le souper. Je reviendrai avec un prisonnier anglais qui en aura sa part.

— Ah ! s'il doit en être ainsi… Mais ventre creux doit peu entreprendre et cesser vite. Quand serez-vous de retour ?

— Dès que le siège d'Orléans sera levé. Allons-y !

Nous sortîmes. Désemparés, des groupes de citoyens et de soldats déambulaient dans les rues. Une même tristesse semblait les accabler. Aucun sourire n'éclairait les lèvres, un air lugubre allongeait les visages, comme si une calamité soudaine venait d'abattre tout espoir et toute gaieté. Nous en fûmes surpris, car les jours précédents nous avaient accoutumés à mieux. À peine les gens aperçurent-ils la Pucelle que la rue s'anima et que la même question se mit à voler de bouche en bouche :

— Où va-t-elle ? Où se rend-elle ?

L'entendant, Jeanne s'écria à la cantonade :

— Où voulez-vous que j'aille ? Je vais prendre les Tourelles !

Comme par miracle, ces quelques mots transformèrent l'humeur funèbre en une joie, en un délire indescriptible. Des acclamations d'enthousiasme éclatèrent et parcoururent les rues dans toutes les directions ; les cadavres ambulants qui les peuplaient une minute auparavant s'animèrent soudain pour renaître à la vie, à l'action, à l'aventure. Des soldats surgirent de la foule anonyme pour se rassembler autour de notre étendard ; nombre de citoyens robustes s'armèrent de piques et de lances pour se joindre à nous. Au fur et à mesure de notre marche, notre nombre se multipliait. Les acclamations s'amplifiaient. Les fenêtres donnant sur la rue s'ouvrirent à deux battants, faisant apparaître des visages radieux, dont les vifs encouragements ajoutaient au vacarme qui suivait notre progression.

Le conseil des généraux avait ordonné la fermeture de la porte de Bourgogne qu'ils faisaient garder par la milice commandée par Raoul de Goncourt, le bailli d'Orléans. Ses ordres étaient d'interdire à Jeanne toute sortie pour l'empêcher de lancer son attaque contre les Tourelles. Cette trahison avait plongé la cité dans la détresse. Mais ce sentiment s'était évanoui. Les citoyens avaient foi en Jeanne, la sachant capable de tenir tête au conseil de guerre, et ils avaient bien raison.

Arrivée devant la porte, Jeanne ordonna à Goncourt de l'ouvrir et de lui céder le passage. Il répondit qu'il n'en avait pas le droit, que les ordres étaient formels.

— À l'exception de celle du roi, nulle autorité ici n'est au-dessus de la mienne. Si l'ordre que vous avez reçu provient du roi, prouvez-le-moi.

— Je n'ai pas dit que l'ordre venait du roi, mon général.

— En ce cas, dégage la voie, ou il t'en cuira !

Il commençait à en débattre, mais, comme tous ceux de son espèce, il avait le verbe haut mais le geste rare. Jeanne coupa court à ses arguments par un seul mot :

— Chargez !

Fonçant dans le tas, nous n'eûmes aucune peine à bousculer les gardes et à nous frayer un passage. La douloureuse surprise du bailli faisait peine à voir.

Il n'était pas accoutumé à une telle impudence. Il s'en défendit, après coup, en prétendant qu'il avait été coupé au milieu d'un argument impérieux, auquel Jeanne n'aurait pu répondre, qui prouvait qu'il ne devait pas la laisser passer.

— Elle vous a pourtant bien répondu, lui rétorqua son interlocuteur.

Nous franchîmes la porte dans un grand charivari, provoqué surtout par nos rires tonitruants ; avant qu'il fût peu, notre troupe avait franchi le fleuve et se dirigeait vers les Tourelles. Nous devions, en premier lieu, nous emparer d'un ouvrage appelé « le boulevard », mais qui, en temps ordinaire, ne portait aucun nom. Il communiquait avec la bastille par un pont-levis sous lequel coulait un bras de la Loire, au courant profond et impétueux.

Le boulevard était puissamment gardé et Dunois doutait de notre capacité à l'emporter. Jeanne, de son côté, n'en doutait nullement. Elle ordonna à notre artillerie de le bombarder toute la matinée. Puis, vers midi, elle commanda l'assaut et en prit la tête. Nous plongeâmes dans la douve à travers la fumée sous une tempête de projectiles ; hurlant des encouragements, Jeanne s'élança sur les barreaux d'une échelle quand survint cette infortune que nous savions devoir la frapper : un carreau d'arbalète transperça son armure et se planta dans sa chair entre le cou et l'épaule. La douleur vive, le sang jaillissant à flots de son sein eurent raison de la pauvre enfant qui s'écroula à la renverse. Effondrée sur le sol, elle se mit à pleurer amèrement.

Les Anglais hurlèrent d'une joie féroce et tentèrent une sortie pour s'emparer d'elle. Pendant quelques minutes, toute la puissance des belligérants se concentra autour du lieu où gisait Jeanne. Anglais et Français menaient un combat désespéré pour sa possession. En effet, Jeanne représentait la France pour les uns comme pour les autres. Quiconque remportait emportait la France, pour l'éternité. En cet endroit précis, en cet espace réduit, pendant dix minutes, se joua le sort de la France pour les temps à venir.

Si les Anglais avaient réussi alors à capturer Jeanne, Charles VII aurait dû fuir le pays, le traité de Troyes se fût appliqué à la lettre, la France, déjà propriété de la couronne anglaise, serait devenue, sans plus de contestation, une province anglaise, et le serait demeurée jusqu'au Jugement dernier. Le sort de toute une nation, d'un royaume entier dépendait de l'issue d'une échauffourée qui ne dura pas plus de temps qu'il n'en faut pour cuire un œuf dur. Pour la France, ces dix minutes furent les plus déterminantes de son Histoire. Quand les livres nous parlent d'heures, ou de jours, ou de semaines au cours desquels s'est joué le destin de cette nation ou de cette autre, ne manquez pas de vous souvenir – et vous autres, cœurs français, ne manquez pas de battre à sa mémoire – de ces dix minutes fatidiques pendant lesquelles la France, qui se nommait alors Jeanne d'Arc, gisait, ensanglantée, au fond d'une douve, les champions de deux pays se disputant sa possession.

Et souvenez-vous du Nain. Car son immense stature servit de rempart pour protéger Jeanne, tout du long. Il abattait le travail de dix hommes. Tenant sa cognée à deux mains, chaque fois qu'il l'abattait, il prononçait ces trois mots : « Pour la France ! » et un casque anglais volait en éclats. À l'abri derrière un monceau de cadavres ennemis cerclés de fer, bûcheron sublime, il faisait son ouvrage ; quand, enfin, la victoire fut de notre côté et que nous pûmes former un bouclier humain autour d'eux, le Nain prit Jeanne dans ses bras, escalada une échelle avec autant d'aisance que s'il avait porté un nourrisson et courut la mettre à l'abri ; une foule anxieuse les suivit, car Jeanne ruisselait de sang de la tête aux pieds ; son armure était inondée non seulement de son propre sang, mais aussi de celui d'ennemis tombés sur elle dans la mêlée.

La pointe métallique du carreau d'arbalète était encore fichée dans la plaie. On dut la lui retirer. La douleur suffoqua Jeanne, qui se mit à sangloter. Après avoir pansé la plaie avec de l'huile, on y appliqua une compresse de lard.

Allongée dans l'herbe, affaiblie par la souffrance, Jeanne usait les forces qui lui restaient à ordonner la poursuite du combat. La bataille faisait rage, certes, mais à contrecœur, car les hommes ne se comportaient en héros intrépides que sous son regard. Ils ressemblaient au Paladin, qui, livré à lui-même, avait peur de son ombre, mais qui devenait un lion dès lors que Jeanne le regardait.

Le soir tombé, Dunois, découragé, fit sonner le clairon.

— Quoi ! s'écria Jeanne, on sonne la retraite ?

Oubliant sa blessure, elle fit annuler l'ordre, ordonna au capitaine de l'artillerie de faire tonner cinq fois ses bombardes en rapide succession. Une force, commandée par La Hire et demeurée en réserve sur la rive d'Orléans, n'attendait que ce signal pour lancer une attaque de diversion contre les Tourelles par le pont.

Jeanne parvint à remonter à cheval. Quand nos gens la virent arriver, ils poussèrent un cri de joie et se rassemblèrent en vue d'un ultime assaut contre le boulevard. Jeanne chevaucha tout droit à l'endroit précis où elle avait reçu sa blessure. Debout, sous une pluie de flèches et de projectiles, elle ordonna au Paladin de dresser la hampe de son étendard en direction des murailles et de lui dire quand la frange toucherait les pierres.

— L'étendard touche ! s'exclama-t-il.

— Maintenant ! s'écria Jeanne. La place est vôtre ! Entrez-y ! Sonnez, clairons, pour le dernier assaut ! Maintenant, tous ensemble, en avant !

Et l'ultime assaut fut lancé, irrésistible. Les échelles ployaient sous le nombre des assaillants, les remparts se couvrirent des nôtres, la place fut emportée dans un élan splendide à voir. On peut vivre un millier d'années sans avoir jamais le privilège de contempler spectacle aussi magnifique. Nous nous battions au corps à corps, comme des fauves, pied à pied, car ces maudits Anglais ignoraient ce que le mot « capituler » veut dire. Il n'y avait qu'un seul moyen de leur prouver que la partie était perdue : les tuer ! Même une fois morts, disait-on, ils continuaient à douter.

Nous étions trop occupés pour les entendre. Cependant, les cinq coups de bombarde furent tirés d'affilée peu après l'assaut. Tandis que nous donnions et recevions coup pour coup dans l'espace confiné du fortin, les réserves du côté d'Orléans envahissaient le pont et attaquaient les Tourelles du côté opposé. Un brûlot fut amarré sous le pont-levis qui reliait les Tourelles au boulevard, de sorte que, au moment où nous repoussions les Anglais, les contraignant à regagner les Tourelles en empruntant le pont-levis, les poutres en feu s'effondrèrent sous leur poids et ils se noyèrent en masse dans le fleuve. Les eaux bouillonnantes les engloutirent inexorablement en raison du poids de leur armure. C'était pitié de voir ces hommes valeureux périr de façon aussi funeste.

— Mon Dieu ! s'écria Jeanne. Ayez pitié de leur âme !

Émue devant leur infortune, elle tomba en sanglots. Prise de compassion, elle pleurait le sort cruel de ces brutes qui, trois jours durant, ne cessaient de l'insulter de façon des plus grossières chaque fois qu'elle leur adressait un ultimatum. Elle plaignit surtout le chef de la compagnie, William Glasdale, un chevalier des plus valeureux. Couvert d'acier des pieds à la tête, il plongea dans l'eau comme le ferait une lance, sans reparaître à la surface.

À l'aide de poutres et de fagots, nous improvisâmes un pont qui nous permit de passer du côté des Tourelles et d'anéantir le dernier nœud de résistance des Anglais qui interdisait encore à la ville de se ravitailler. Avant la nuit, la tâche de Jeanne était accomplie : sa bannière flottait sur les remparts des Tourelles. Elle avait tenu sa promesse : briser le siège d'Orléans !

Les sept mois de blocus avaient pris fin. Cette tâche, que les généraux les plus aguerris de France estimaient impossible à mener, que les ministres du roi et le conseil de guerre avaient tout fait pour lui interdire de l'accomplir, la petite bergère de dix-sept ans venait de l'achever, mettant un point final à son œuvre immortelle, et ce en quatre jours.

Les bonnes nouvelles voyagent aussi vite que les mauvaises. À peine nous préparions-nous à regagner notre camp en empruntant le pont que la cité tout entière s'illumina de feux de joie, sous les bénédictions du Ciel ; les coups de canon et le tintamarre des cloches surpassaient, s'il en était possible, le vacarme que les Orléanais avaient fait retentir les jours précédents.

Nul ne saurait décrire ce qui nous attendait lorsque nous entrâmes dans la ville. Les milliers de gens parmi lesquels nous dûmes nous forcer un passage versaient des larmes si abondantes qu'elles auraient pu grossir le fleuve ; pas un visage dont les joues ne ruisselaient à torrents ; heureusement, les pieds de Jeanne étaient recouverts d'acier, sinon, les innombrables baisers qu'ils recevaient les auraient mis en pièces. « Noël ! Noël ! Vive la Pucelle d'Orléans ! » hurlait la foule en délire. Nous entendîmes ce cri des milliers de fois : « Vive notre Pucelle ! »

Dans toute l'Histoire, aucune autre jeune fille n'est jamais parvenue à un sommet de gloire aussi fabuleux que celui qu'atteignit Jeanne d'Arc ce jour-là. Vous pourriez penser que ce concert de louanges lui monta à la tête. Qu'elle savourait les délices de la musique enchanteresse des hommages et des applaudissements. Ce serait mal la connaître ! Une autre l'aurait fait, certes, mais pas elle. Elle possédait le cœur le plus merveilleux et le plus simple qui ait jamais battu dans poitrine humaine. Elle se rendit tout droit à sa chambre, où elle s'effondra sur son lit pour dormir, comme l'aurait fait n'importe quelle autre enfant épuisée par un dur labeur. Quand ils apprirent que Jeanne, blessée, se reposait, ses admirateurs interdirent tout passage et tout tintamarre dans sa rue. Ils montèrent la garde toute la nuit pour veiller sur son sommeil. « Elle nous a apporté la paix, qu'elle dorme en paix ! » répétaient-ils.

Tous se réjouissaient à l'idée que la contrée allait être débarrassée de toute présence anglaise dès le lendemain. Tous juraient par le nom de Dieu que les citoyens, ainsi que leurs descendants, n'allaient jamais cesser de tenir ce jour pour sacré, en souvenir de Jeanne. Aujourd'hui, cela fait plus de soixante ans qu'ils tiennent parole, et il n'y a aucune raison pour qu'ils ne tiennent pas cette parole pour toujours. Jamais Orléans n'oubliera le huitième jour de mai ; la ville ne manquera jamais de célébrer la Fête de Jeanne d'Arc, la plus sacrée entre toutes.

23

À l'aube, Talbot et ses soldats évacuèrent leurs bastilles et se retirèrent en bon ordre, sans rien incendier, ni rien détruire, ni rien emporter ; ils abandonnèrent leurs forteresses telles qu'elles étaient la veille, approvisionnées, équipées et armées en vue d'un long siège. Les Orléanais n'en croyaient pas leurs yeux : ils étaient de nouveau libres d'aller et venir, de passer et de repasser leurs portes comme bon leur semblait, sans quiconque pour les arrêter ou les rudoyer ; quant au terrible Talbot, le fléau des Français, l'homme dont le nom suffisait à lui seul à briser la vaillance de l'armée française, il venait de décamper, vaincu, contraint à une honteuse retraite grâce à l'intervention d'une simple jeune fille.

La cité se vida de ses habitants. Un flot d'humanité se répandit hors les murs par les écluses de chaque porte grande ouverte. La foule envahit les bastilles pour s'emparer des vivres et des munitions, avant de transformer ces monstrueuses forteresses en d'immenses feux de joie, pareils à des volcans dont les colonnes de fumée semblaient supporter la voûte céleste.

La joie des enfants surtout faisait plaisir à voir. Pour certains d'entre eux, les sept mois écoulés représentaient un pan entier de leur existence. Ils en avaient oublié jusqu'à la couleur de l'herbe. Leurs retrouvailles avec les prés verdoyants et fleuris leur firent écarquiller les yeux, accoutumés à la crasse des rues et venelles. Ce fut un émerveillement. Ils s'éparpillèrent dans les vastes étendues qui longent les rives du fleuve pour courir, danser, jouer, se battre, s'ébrouer, se rouler dans l'herbe, oublier le confinement oppressant de leur grise et monotone captivité. Ils revinrent, à la tombée du jour, les bras remplis de fleurs, épuisés, certes, mais revigorés par le grand air et l'exercice.

Après avoir mis le feu aux bastilles, les habitants formèrent une procession qui, sous la conduite de Jeanne, se rendit d'église en église, de chapelle en chapelle, en chantant des hymnes d'action de grâce et en remerciant le Seigneur d'avoir délivré Orléans. À la nuit tombée, en l'honneur de Jeanne et de ses capitaines, les habitants illuminèrent la cité et organisèrent toutes sortes de réjouissances et de festivités. Quand ils se couchèrent, les lueurs du soleil rosissaient déjà l'horizon. Quant à nous, nous étions en selle pour nous rendre à Tours où nous attendait le roi.

Notre marche triomphale à travers la contrée en aurait tourné la tête à plus d'un, mais pas à Jeanne. Tout au long de la route, nous chevauchions entre deux haies de gens du bon peuple qui exprimaient leur émotion et leur gratitude. Ils entouraient Jeanne pour lui embrasser les pieds, toucher son cheval ou son armure ; certains s'agenouillaient et posaient leurs lèvres sur les empreintes laissées par les sabots de son cheval.

Le pays tout entier se répandait en louanges à son sujet. Les princes de l'Église envoyaient au roi des missives qui vantaient ses prouesses et la comparaient aux saints et aux héros de la Bible ; ils encourageaient le monarque à ne pas permettre à l'incrédulité, à l'ingratitude, ou à d'autres sentiments bas et triviaux d'interdire ou de contrecarrer l'aide divine qui se manifestait par son action victorieuse. Leurs lettres, au ton prophétique, puisaient leur inspiration dans la connaissance approfondie que possédaient ces grands hommes du caractère ingrat et oublieux du roi.

Le monarque s'était rendu à Tours pour y rencontrer Jeanne. Aujourd'hui, ce misérable se fait appeler Charles le Victorieux. Il oublie qu'il doit ce nom aux victoires que d'autres ont remportées pour lui ; à l'époque, nous le surnommions Charles le Vil, ce qui lui convenait mieux, comme son comportement ultérieur l'a prouvé. Quand nous fûmes introduits devant lui, il trônait, environné d'un essaim de damoiseaux et de favoris. Sur ses genoux reposait une levrette naine qu'il caressait d'une main dolente et qui grondait hargneusement en montrant les dents au plus infime mouvement qui la perturbait.

Jeanne dut ainsi s'agenouiller devant la majesté de la France, mais aussi devant le stupide animal, ce qui me parut humiliant. Qu'avait fait cet homme en faveur de son royaume pour que Jeanne dût s'agenouiller devant lui, alors qu'elle venait d'accomplir, au prix de son sang, la seule action d'éclat faite en France depuis cinquante ans ? Ils auraient dû échanger leurs rôles.

Cependant, pour être honnête, Charles se comporta pour l'occasion bien mieux qu'à son habitude. Après avoir confié sa mascotte à un courtisan, il se décoiffa, comme si Jeanne avait été la reine, descendit de son trône, lui tendit la main pour l'aider à se relever et lui rendit grâce, publiquement et à voix haute, en exprimant sa joie et sa gratitude pour son extraordinaire exploit. Mon aversion pour cet homme date d'une époque postérieure à cette scène. S'il s'était comporté, par la suite, avec la même noblesse d'âme, je n'éprouverais pas le moindre ressentiment contre lui.

Il se conduisit, ce jour-là, en parfait gentilhomme.

— Relève-toi, lui dit-il, ô notre incomparable chef de guerre ! Tu as combattu vaillamment et tu mérites nos royales faveurs.

Il remarqua la pâleur de Jeanne.

— Ne reste point debout. Tu as versé ton sang pour la France, ta blessure est encore fraîche. Viens, mon enfant !

Il la mena à un siège et il s'assit à côté d'elle.

— À présent, parle avec franchise, à nous qui te devons tant et qui confessons notre dette devant cette noble assemblée. Que désires-tu pour récompense ? Réponds-nous.

J'étais couvert de honte devant une telle trivialité. Mais c'était injuste, car comment cet homme aurait-il pu connaître cette merveilleuse enfant en quelques semaines alors que nous, qui avions passé notre enfance avec elle, découvrions chaque jour de nouvelles facettes de son caractère dont nous ne soupçonnions pas l'existence auparavant ?

Le rouge monta aux pommettes de Jeanne à la pensée que son roi puisse s'imaginer un instant que son dévouement pour son pays était motivé par la recherche d'une récompense. Elle pencha la tête pour cacher son visage, comme le font les filles quand elles rougissent. La voyant troublée, le roi changea de sujet et se mit à vanter les prouesses de Jeanne durant la prise des Tourelles. Quand elle se fut remise de ses émotions, il renouvela sa question à propos de la récompense, en demandant à Jeanne de bien vouloir la nommer. Les courtisans tendirent tous l'oreille, curieux d'entendre quelles seraient les prétentions de la Pucelle. Quand vint la réponse, la surprise qui se peignit sur tous les visages prouvait qu'ils ne s'attendaient nullement à telle requête.

— Gracieux et noble dauphin, je n'ai qu'un unique souhait, un seul…

— Parle, mon enfant, parle !

— Que vous n'attendiez pas davantage, sire. Mon armée est forte et vaillante. Mes soldats brûlent d'impatience de finir leur tâche : permettez-moi de vous conduire à votre bonne ville de Reims pour y recevoir la couronne.

Le roi eut un mouvement de recul.

— À Reims ? Mais c'est impossible, voyons ! Il nous faudrait marcher en pays anglais…

Comment croire que cette assemblée de parasites était composée de Français ? Les courtisans, dans un premier temps surpris et courroucés par la courageuse proposition de Jeanne, affichèrent aussitôt un intense sourire de satisfaction et de soulagement à l'écoute de l'objection du roi. Abandonner leur vie indolente pour la dure réalité de la guerre, aucun de ces damoiseaux enrubannés ne voulait en entendre parler !

Jeanne plaida ardemment sa cause.

— Noble dauphin, je vous en prie, ne laissez pas passer l'occasion. Elle est favorable, vraiment favorable. Les circonstances s'y prêtent admirablement. Notre armée exulte de la victoire, alors que les Anglais souffrent de la défaite. Tout délai compromettrait l'avenir. Si nous ne profitons pas maintenant de cet avantage, nos gens ne comprendront pas, ils se mettront à douter, ils perdront confiance. Pendant ce temps, l'Anglais reprendra courage, recouvrera sa hardiesse. Le moment est venu : je vous supplie, sire, de venir avec moi, le plus tôt possible, jusqu'à Reims.

Le roi secouait la tête d'un air dubitatif. D'un regard, il quêta l'avis de La Trémoille, qui ne se fit pas prier pour le donner :

— Sire, la prudence la plus élémentaire s'oppose à un tel projet. Songez aux places fortes anglaises qui gardent la Loire, et à toutes celles qui interdisent le passage vers Reims…

Jeanne l'interrompit :

— Si nous languissons davantage, elles seront encore plus menaçantes car elles recevront des renforts. En tirerons-nous avantage ?

— Eh bien, non…

— Alors, que suggérez-vous ? Que faut-il faire, d'après vous ?

— Attendre…

— Attendre quoi ?

Le ministre hésita, sachant qu'il n'avait aucune proposition positive à avancer. Il était surtout froissé de s'en faire remontrer ainsi, par une fille, devant toute la cour. Irrité, il tenta de couper court à la discussion :

— On ne discute pas en public des affaires de l'État !

Jeanne lui rétorqua calmement :

— Je vous demande humblement pardon. Mon ignorance est cause de mon impudence. J'ignorais, mon bon sire, que votre ministère traitait des affaires de l'État.

Une expression de surprise ennuyée se peignit sur le visage du ministre, qui tomba dans le piège en répondant d'un ton sarcastique :

— Je suis le chambellan du roi. Comment les responsabilités que j'assume ne seraient-elles pas affaires d'État ? Explique-toi !

— Mais parce qu'il n'y a point d'État ! fit Jeanne, avec le plus grand calme.

— Point d'État !…

— Non, mon bon sire, il n'y a pas l'ombre du moindre État, et donc nul besoin d'un chambellan. Le territoire de la France représente tout au plus quelques acres de terres ; un simple capitaine suffirait à veiller sur son intendance, qui ne peut être affaire d'État, le mot est trop large.

Surpris, dans un premier temps, le roi ne broncha pas. Il éclata, au contraire, d'un rire franc, spontané et cordial. Les courtisans l'imitèrent, mais en détournant la tête, discrètement. Furieux, La Trémoille ouvrit la bouche pour répliquer, mais le roi intervint en levant la main :

— Paix ! Elle est sous notre royale protection. Elle dit la vérité, la franche vérité, celle que nous n'entendons que trop rarement. Avec toutes ces dorures, qui nous embellissent et dont nous nous entourons, nous ne sommes guère plus qu'un simple bailli, dont le bailliage se réduit à quelques acres, et dont tu n'es, elle dit vrai, que l'intendant.

Le roi se remit à rire.

— Jeanne, notre petit chef de guerre, franc et loyal, nous diras-tu enfin ta récompense ? D'abord, nous allons t'anoblir. Pour armes, ton blason portera la couronne, l'épée en pal et deux fleurs de lys d'or, sur champ d'azur. Dis-nous, quel est ton vouloir ?

Un murmure d'admiration envieuse parcourut l'assemblée. Jeanne secoua la tête et réitéra sa demande :

— Ah ! beau et noble dauphin, travailler pour la France, me donner sans compter pour la France est en soi suprême grâce ! Je n'en veux point d'autre. Pour unique récompense, je demande celle qui m'est la plus chère, la plus urgente : vous conduire à Reims pour y recevoir la couronne royale. Dois-je m'agenouiller pour vous en supplier ?

Le roi posa sa main sur le bras de Jeanne pour l'arrêter. Ses yeux brillèrent soudain d'un feu viril, sa voix se fit plus volontaire :

— Non ! Reste assise. Tu nous as convaincu. Il en sera fait selon…

Un signe de mise en garde du chambellan l'arrêta dans son élan. Il termina sa phrase sur un ton moins ferme :

— … oui… bon ! disons, que nous allons y songer… C'est une possibilité que nous allons considérer attentivement. Es-tu satisfaite, bouillant petit soldat ?

Le visage de Jeanne, qui s'était éclairé au début de la réponse royale, s'assombrit en entendant la suite ; ses yeux se mouillèrent de larmes de déception. Après une pause, prise d'une impulsion subite, Jeanne lui dit :

— Oh ! mon bon dauphin, profitez de moi, je vous supplie, profitez-en ! Je ne durerai pas longtemps.

— Pas longtemps ?…

— Je durerai un an, guère plus !

— Mais, mon enfant, avec un corps sain et robuste comme le tien, tu dureras au moins cinquante ans bien sonnés.

— Détrompez-vous, sire. Dans un an, tout au plus, ma fin viendra. Le temps passe et il reste tant à faire ! Profitez de moi, c'est une question de vie ou de mort pour la France !

Ce discours passionné provoqua l'émotion des courtisans eux-mêmes. Le roi, soudain grave et visiblement remué, se leva, dégaina son épée, la posa lentement sur l'épaule de Jeanne en prononçant ces mots :

— Tu es si simple, si vraie, si grande, si noble ! Par cette accolade, tu fais dorénavant partie de la noblesse de France, dont tu as tant mérité ! Nous anoblissons aussi ta famille et ta descendance, en lignée féminine comme en masculine. Pour distinguer ta maison et l'honorer au-dessus de toute autre, nous lui accordons un privilège unique dans l'histoire du royaume : les femmes de ta lignée auront pouvoir d'anoblir leurs époux, quand ceux-ci ne seront pas de leur rang.

Une vive surprise se peignit sur les visages de ceux qui assistaient à cette scène sans précédent. Le roi marqua une pause solennelle en regardant alentour d'un air satisfait, avant de reprendre :

— Debout ! Jeanne d'Arc, qui te nommes dorénavant Jeanne du Lys, en reconnaissance pour les coups que tu as frappés pour la défense du lys de France. Ton écusson portera notre couronne royale, ta victorieuse épée et deux fleurs de lys. Elles symboliseront à jamais ta noblesse.

« Jeanne du Lys » se releva. La jeunesse dorée et blasonnée de la cour se pressa autour d'elle pour l'accueillir dans ses rangs, la congratuler, l'appeler par son nouveau nom. Jeanne en fut un peu décontenancée. Ces honneurs subits, en regard de son humble condition et de sa naissance, l'intimidaient. S'il n'avait tenu qu'à elle, elle aurait mieux aimé continuer à s'appeler Jeanne d'Arc. « Dame du Lys », cela sonnait un peu trop précieux ! Tandis que Jeanne d'Arc, rien qu'à l'entendre, ce nom, à lui seul, faisait battre les cœurs.

24

Toute la ville, et bientôt tout le pays, fit grand cas de la nouvelle. C'était un peu irritant. Le roi avait anobli Jeanne d'Arc ! Pensez donc ! Les gens ne parlaient que de cela. Jeanne fit soudain l'objet de l'envie et de l'étonnement. On aurait dit que quelque chose d'extraordinaire et de merveilleux venait de lui arriver. Mais nous autres, ses compagnons, n'en avions cure. Pour nous, aucun honneur officiel ne pouvait rajouter quoi que ce soit à la gloire de Jeanne. À nos yeux, elle brillait déjà comme le soleil du paradis ; comparé à son éclat, cet anoblissement nous paraissait aussi pâle qu'une chandelle. Quant à Jeanne, cette nouveauté la laissait indifférente ; elle ne lui prêtait pas davantage d'importance que le soleil ne lui en eût prêté à sa place.

Il n'en fut pas de même pour ses deux frères. La dignité à laquelle ils venaient d'être élevés les comblait de fierté et de bonheur. À les voir si heureux, Jeanne à son tour en éprouva quelque joie. Le roi avait fait preuve d'astuce : pour contourner le problème que lui posait la bravoure de Jeanne, il avait accordé une faveur insigne à sa famille, qu'elle aimait tant.

Jean et Pierre paradèrent sans attendre avec leurs nouveaux écussons. Leur compagnie fut recherchée par les gens de la noblesse aussi bien que par les manants. Notre porte-étendard nous fit observer, avec une pointe d'amertume, combien l'un et l'autre se montraient soudain imbus de leur personne, à quel point leur gloire nouvelle leur montait à la tête. Ils ne dormaient plus, nous dit-il ironiquement ; en effet, pendant leur sommeil, ils ne se souvenaient pas qu'ils étaient nobles, aussi dormir était devenu pour eux une perte de temps.

— Durant les cérémonies militaires et officielles, murmura le Paladin, ils ne pourront faire valoir leur préséance, mais durant les cérémonies civiles et les réceptions publiques, je crains qu'ils ne soient placés immédiatement derrière toi et nos deux chevaliers ; Noël et moi-même risquons de nous trouver relégués au dernier rang, qu'en dis-tu ?

— Je le crains fort, en effet, répondis-je.

— Je m'en doutais, oh ! comme je m'en doutais ! Que dis-je, je m'en doutais ! J'en étais sûr, oui, je le savais bien ! je parle comme un fou !

— Absolument ! intervint Noël Rainguesson. D'ailleurs, j'avais noté quelque chose d'assez naturel dans ta remarque.

Nous éclatâmes de rire.

— Tu te crois malin, n'est-ce pas ? Un de ces jours, Noël Rainguesson, je vais te tordre le cou pour de bon…

— Paladin, l'interrompit le sieur de Metz, tes craintes ne sont pas infondées. Elles sont même en dessous de la réalité. Ne vois-tu pas que, pendant les cérémonies militaires et les réceptions publiques, les deux frères auront préséance sur nous tous, sur tous les membres de la maison militaire de Jeanne, sur chacun d'entre nous ?

— Comment cela ?

— Attends, et tu verras ! Il suffit de regarder leurs armoiries. Leur écusson porte le lys de France. Il est royal, mon vieux, royal, tu comprends ? Les fleurs de lys s'y trouvent par décision du roi, tu saisis ? Ce sont les armoiries de la maison de France. Est-ce que tu en mesures l'importance ? Hier, pour la dernière fois, nous précédions ces deux garçons. Désormais, à part le duc d'Alençon, qui est prince du sang, aucun seigneur des environs n'aura préséance sur eux.

La caresse d'une plume aurait suffi à renverser le Paladin. Son visage avait pris une pâleur sinistre. Il nous avoua, tout penaud :

— Je l'ignorais. J'étais bien loin de m'en douter. Comment aurais-je pu le savoir ? Quel âne je fais ! En les croisant, ce matin, je les ai salués comme d'habitude par un simple « Bonjour ! », que j'adresse à tout le monde… Je ne voulais pas me montrer incorrect. J'ignorais ce que tu viens de me révéler. Quel âne je fais ! Oui, c'est bien ça, je ne suis qu'un âne bâté !

— Voilà qui est parlé ! dit Noël Rainguesson. Mais je ne comprends pas ta surprise…

— Tu ne comprends pas ? Tu ne comprends pas…

— Non ! Je ne vois là rien de nouveau. Chez certains, c'est une condition permanente. Une condition permanente entraîne l'uniformité, qui suscite à son tour la monotonie, laquelle, par la loi de fatalité, se change en lassitude. Il eût été plus logique et rationnel de ta part de manifester une profonde lassitude à l'idée d'être un âne. Manifester de la surprise aggrave ton ânerie, car la condition intellectuelle qui permet à un individu d'être surpris et de secouer la torpeur monotone…

— Suffit, Noël Rainguesson, suffit ! Ferme ton clapet avant que je ne me fâche. J'aimerais mieux ne plus t'entendre pendant quelques jours, voire une semaine, veux-tu ? Ton caquet m'horripile.

— C'est la meilleure ! Mais qui, de nous deux, parle le plus, dis-moi un peu ? Si tu ne veux pas entendre mon clapet, comme tu dis, alors cesse de m'imposer ta conversation…

— Je n'ai rien imposé à personne !

— Que cela te plaise ou non, tu l'as fait ! Et je suis en droit de me sentir offusqué par ta façon de me traiter. Quand on provoque, on bouscule, on force quelqu'un à prendre la parole, il n'est ni juste ni courtois d'insulter cette personne en qualifiant son discours de « caquet ».

— Oh, la ferme ! Quelqu'un pourrait-il donner à téter à ce bambin pour qu'il arrête de bramer. Dis, Jean de Metz, es-tu absolument certain de cela ?

— De quoi, exactement ?

— De ce que Jean et Pierre auront la préséance sur toute la noblesse des environs, à part le duc d'Alençon ?

— Cela ne fait aucun doute à mes yeux.

Notre porte-étendard devint tout pensif pendant un moment. Un profond soupir souleva le pourpoint de velours et de soie qui recouvrait sa large poitrine :

— Quel immense honneur, tout de même ! Jusqu'où la chance peut-elle mener ? Mais je m'en moque, après tout. Quel intérêt y a-t-il à devenir, par l'effet du hasard, un emblème peinturluré ? Cela m'est bien égal. À tout prendre, je préfère être où j'en suis aujourd'hui grâce à mon seul mérite que de toucher au zénith par accident, catapulté au sommet grâce à l'exploit de quelqu'un d'autre. Pour moi, le mérite personnel est la seule chose qui compte. Foin de tout le reste !

Une sonnerie impérieuse de clairon interrompit la discussion et mit fin à notre petite réunion.

25

Les jours s'écoulaient, mornes et stériles : rien n'était décidé, rien n'était entrepris. Malgré son zèle, notre armée rongeait son frein ; nos hommes ne mangeaient pas tous les jours à leur faim. Leur solde n'était pas versée, la caisse restait vide, les troupes manquaient de vivres. Les privations eurent raison de la splendide armée de Jeanne, qui finit par se démanteler, à la grande joie des courtisans du roi. La détresse de la Pucelle faisait peine à voir : elle assistait, impuissante, à la dissolution de son armée victorieuse, dont il ne resta bientôt plus qu'un squelette.

Un jour, n'en pouvant plus, Jeanne se rendit au château de Loches, où le roi se prélassait. Elle le trouva en conversation avec trois de ses conseillers : Robert Le Maçon, chancelier de France, Christophe d'Harcourt et Gérard Machet, l'évêque de Castres. Le Bâtard d'Orléans aussi était présent. C'est grâce à lui que l'on connaît les détails de cette entrevue. Jeanne se mit à genoux et embrassa les jambes du roi, en disant :

— Noble dauphin, ne tenez plus tant et si longuement conseil, mais venez le plus tôt possible à Reims pour recevoir la digne couronne.

Christophe d'Harcourt intervint :

— Jeanne, parles-tu au roi sur le conseil de tes Voix ?

— Oui, et le temps presse.

— Adonques, nous diras-tu, en présence du roi, de quelle manière ton mystérieux conseil procède-t-il pour communiquer avec toi ?

Une tentative de plus pour inciter Jeanne à commettre une imprudence ou à avancer quelque prétentieuse affirmation. Rien de cela ne se produisit. La réponse fut simple, directe, et l'évêque lui-même n'y trouva rien à redire. Elle répondit que, quand quelque chose n'allait pas, parce qu'on ne voulait pas s'en remettre à elle du fait de sa mission, elle se retirait à l'écart et priait Dieu, se plaignant à Lui que ceux à qui elle parlait ne la croyaient pas facilement. En réponse à sa prière, elle entendait une voix qui lui disait : « Va, fille-Dieu, va, va, va, je serai à ton aide, va ! » Jeanne ajouta :

— Quand j'entends cette voix, je ressens une grande joie et désire rester toujours en cet état !

Le Bâtard rapporta que, quand Jeanne prononça ces paroles, son visage s'illumina ; elle exultait en levant les yeux vers le ciel.

Jeanne plaida, insista, raisonna. Elle gagnait du terrain, malgré l'opposition des conseillers du roi. Elle supplia, implora qu'on lui permît de se mettre en route. Ne trouvant plus rien à lui opposer, les ministres finirent par admettre que cela avait été une erreur d'avoir laissé l'armée se démembrer, mais qu'il était trop tard pour y remédier. Or, comment aller à Reims sans une armée ?

— Levons-en une ! répondit Jeanne.

— Cela prendra six semaines.

— Quelle importance ? Commençons, commençons !

— Trop tard ! le duc de Bedford rassemble des troupes pour renforcer ses bastions le long de la Loire.

— Oui, et pendant ce temps-là, nous débandons les nôtres. Quelle pitié ! il n'y a plus de temps à perdre ; il nous faut bouger en toute hâte.

Le roi objecta que, pour se rendre à Reims, il lui faudrait passer l'obstacle des forteresses anglaises.

— Nous les prendrons d'abord, assura Jeanne. Ensuite, vous marcherez.

Le roi se rangea à cet avis. Il attendrait, en sécurité, que la voie se libérât.

Quand Jeanne revint au camp, elle était pleine d'allant. Tout se mit rapidement en place. Des annonces furent proclamées pour recruter des soldats. Un camp de recrutement fut établi à Selles-en-Berry, où nobles et roturiers se présentèrent en grand enthousiasme.

Une bonne part du mois de mai venait d'être perdue, mais, dès le 6 juin, Jeanne avait déjà réuni une nouvelle armée et se tenait prête à partir. Elle possédait alors huit mille hommes, ce qui faisait un beau nombre pour une contrée aussi réduite. C'étaient tous des vétérans. En fait, à l'époque, la plupart des Français étaient des soldats aguerris ; la coutume en avait surtout fait de très bons coureurs. Depuis un bon siècle, ils ne cessaient de fuir. Ce n'était pas leur faute. Ils manquaient de bons chefs, ou bien, quand ils en avaient un, celui-ci n'était pas en mesure de prouver sa valeur. Le roi et sa cour ne cessaient de trahir leurs généraux ; ceux-ci, à leur tour, ne respectaient pas la volonté du roi et n'en faisaient qu'à leur tête, faisant fi de l'intérêt commun. Comment remporter des victoires dans cette situation ? C'est pourquoi il n'était guère surprenant que l'habitude des soldats français fût de s'enfuir pour garder la vie sauve. Ces hommes n'avaient besoin que d'un chef de guerre, investi de réels pouvoirs, qui les soutînt et les encourageât dans leur tâche ; il leur fallait un chef doté de toute l'autorité nécessaire, et non plus du dixième d'une autorité qu'ils devaient partager avec neuf autres généraux, dotés eux aussi de leur propre dixième. À présent qu'ils avaient un chef qui commandait vraiment et dont l'esprit et le cœur étaient dédiés au seul métier de la guerre, les résultats ne se faisaient pas attendre. Ils avaient Jeanne d'Arc et, sous son autorité, leurs jambes de soldats leur servaient à avancer sur l'ennemi au lieu de le fuir.

Oui, l'allant de Jeanne faisait plaisir à voir. Elle s'affairait à droite, à gauche, elle était partout à la fois. Jour et nuit, elle parcourait le camp pour activer les préparatifs. Quand elle inspectait les troupes, on entendait les hommes l'acclamer avec enthousiasme. Il y avait de quoi, car elle incarnait l'éclat de la jeunesse, de la beauté, de la grâce, de la joie de vivre et d'agir. Et chaque jour qui passait la rendait de plus en plus ravissante à regarder.

Un jour, les deux fils du comte de Laval se présentèrent : de beaux jeunes gens, armés de pied en cap, issus de l'une des plus prestigieuses maisons de France. Ils n'avaient de cesse qu'ils ne rencontrent Jeanne d'Arc. Le roi les avait fait venir pour les présenter à la Pucelle. Loin de les décevoir, Jeanne leur inspira d'emblée une admiration qui atteignit vite la ferveur. À l'écoute de sa voix mélodieuse, à la vue de son visage et de ses yeux, vivantes expressions de son âme, ils se crurent en face d'un poème épique incarné, d'une éloquence rare, belle et enivrante, comme de la musique martiale. L'un des deux garçons, Guy de Laval, écrivit à sa famille : « Cela semble chose toute divine de son fait, et de la voir et de l'ouïr. » On ne pouvait dire mieux.

Il eut le bonheur de revoir Jeanne au moment où elle allait se mettre en route pour sa campagne de la

Loire. Voici comment il la décrit : « Je la vis monter à cheval, armée tout en blanc, sauf la tête, une petite hache à la main, sur un grand coursier noir, qui, à la porte de son logis, se démenait très fort et ne souffrait pas qu'on le montât ; alors, elle dit : "Menez-le à la Croix", celle qui était devant l'église voisine du chemin. Et alors, elle monta sans qu'il se bougeât, comme s'il fût lié. Et alors, elle se tourna vers la porte de l'église qui était bien proche : "Vous, les prêtres et gens d'Église, faites procession et prières à Dieu." Et alors, elle se retourna et se remit en chemin, son étendard déployé et sa petite hache à la main, en disant : "Tirez en avant, tirez, en avant !" Et son frère, qui est venu depuis huit jours, partit aussi avec elle tout armé en blanc. »

Moi aussi, j'ai vu la scène, telle que le jeune Laval l'a décrite. Et je revois encore Jeanne, dans la lumière de cette chaude après-midi de juin, la hachette à la main, la tête coiffée d'une coiffe de feutre ornée d'un panache, l'armure étincelante de blancheur. Je revois la scène comme si c'était hier. J'étais membre de sa maison militaire, de la maison militaire de Jeanne d'Arc.

Le jeune comte mourait d'envie de partir avec elle, mais le roi le retint. La Pucelle lui fit alors cette assurance, qu'il consigna ainsi dans sa lettre : « Lorsque le roi prendra son chemin vers Reims, tu iras avec lui, me promit-elle. »

Jeanne avait pris cet engagement après avoir fait ses adieux à la duchesse d'Alençon. Cette dernière craignait tant pour son époux que, si elle avait osé, elle l'eût volontiers supplié de cesser de combattre. Elle embrassa Jeanne en la serrant sur son cœur et elle lui demanda, d'une voix suppliante, en lui caressant la tête :

— Veillez sur lui, ma très chère. Jurez-moi d'en prendre bien soin, je vous en supplie.

— Chère Dame, lui répondit Jeanne, n'ayez crainte, je vous le rendrai en bonne santé, et en tel état ou même meilleur qu'il est à présent.

Émue aux larmes, la duchesse embrassa Jeanne sur le front en guise d'adieu.

Nous nous mîmes en route le 6 juin. Le 9, après une halte à Romorantin, Jeanne faisait une entrée triomphale à Orléans, saluée par de grands coups de canon, sous une houle de bannières, d'oriflammes et de drapeaux qui flottaient au vent. Son état-major au complet la suivait, en grand équipage : le duc d'Alençon, Dunois, le Bâtard d'Orléans, le maréchal de Boussac, Louis de Granville, le seigneur de Culant, amiral de France, Ambroise de Loré, Étienne de Vignoles, surnommé La Hire, Gauthier de Brussac, et tant d'autres illustres capitaines.

C'était splendide à voir : les applaudissements et acclamations habituelles, la foule compacte, la presse pour voir et toucher Jeanne… Franchissant tous ces obstacles, nous retrouvâmes notre logis préféré, la maison de maître Boucher, avec son épouse et ma jolie Catherine. Tous couvrirent Jeanne de baisers. J'aurais volontiers embrassé Catherine, moi aussi, mais le moment propice n'était toujours pas venu. Elle était pourtant ravissante et douce ! Je l'ai aimée dès le premier jour ; et je garde son image, dans mon cœur, depuis bientôt soixante-trois ans. Aujourd'hui, vieux et solitaire, je la revois encore, jeune, fraîche, riante, espiègle, adorable, pure, divine, comblant son foyer de grâces et de bénédictions ; je la revois comme si c'était hier.

26

Comme auparavant, le roi avait recommandé à ses généraux de ne rien tenter sans l'accord de la Pucelle. Mais, contrairement à la dernière fois, l'ordre fut suivi. Il l'a d'ailleurs été pendant toute la glorieuse campagne de la Loire.

Pour un changement, c'était un changement ! Il prouve la qualité de la réputation que le jeune et fougueux chef de guerre venait de se bâtir après à peine dix jours passés sur le champ de bataille. Cette victoire contre le doute et le soupçon, cette conquête de la foi et de la confiance de l'armée dépassaient tout ce que les vétérans de l'état-major avaient accompli en l'espace de trente ans. Quand Jeanne, à peine âgée de seize ans, avait plaidé elle-même sa propre cause, lors du procès de Toul, ses juges, hommes pourtant dignes et austères, n'avaient pu s'empêcher de la qualifier de « merveilleuse enfant ». Ils ne croyaient pas si bien dire.

Certes, ses généraux ne tentèrent plus rien sans l'accord de Jeanne, mais certains n'en pensaient pas moins. Ses tactiques audacieuses et sa stratégie offensive en faisaient trembler plus d'un. C'est ainsi que, durant la journée du 10 juin, tandis que Jeanne organisait son plan d'attaque et distribuait ordre sur ordre, les discussions, arguments et contre-arguments allaient bon train chez certains vétérans.

Dans l'après-midi, ils se réunirent en conseil de guerre. En attendant l'arrivée de Jeanne, ils commencèrent à deviser de la situation. Leur discussion n'est pas consignée dans les registres, mais j'étais présent ; je puis donc la mentionner, sachant que vous me croirez sur parole.

Gauthier de Brussac représentait les plus timorés ; les plus audacieux, qui soutenaient Jeanne, étaient Jean d'Alençon, La Hire, Dunois, le maréchal de Boussac et quelques chefs de qualité.

D'après Brussac, la situation ne se présentait pas favorablement : Jargeau, la première place forte à emporter, était puissamment gardée. Ses remparts regorgeaient de pièces d'artillerie, servies par sept mille Anglais, sous les ordres de Suffolk, secondé par les redoutables frères La Poule. L'idée de Jeanne, qui prévoyait d'enlever la place en la prenant d'assaut, lui paraissait trop risquée ; il était d'avis de tenter de la persuader de recourir à la tactique plus éprouvée d'un siège effectué dans les règles de l'art.

Il ne put en dire davantage. Secouant énergiquement le plumet qui ornait son bassinet, La Hire explosa :

— Par Dieu, cette fille connaît bien son métier ! Nul ne peut lui en remontrer…

Jean d'Alençon se leva pour l'approuver bruyamment, suivi par Dunois et une demi-douzaine d'autres, qui s'indignèrent que l'on puisse, en secret ou en public, remettre en question l'autorité et le talent de Jeanne comme chef de guerre. Quand ils eurent fini de témoigner, La Hire termina par cette harangue :

— Certains d'entre nous refusent d'évoluer. Les circonstances changent, mais ils refusent de changer avec elles. Ils ne connaissent que les chemins battus, les vieilles tactiques, ordonnées par leurs aïeux et qu'ils s'obstinent à suivre à leur tour, et qu'ils suivront jusqu'à la saint-glinglin. Messeigneurs, les choses ont changé, changé du tout au tout ! Un génie militaire d'envergure se trouve parmi nous, qui a vu ces modifications. Une voie nouvelle s'ouvre à nous, que, dans sa clairvoyance, Jeanne a tracée pour nous. Pour l'heure, nul ne peut faire mieux qu'elle. Le vieil état des choses était la défaite, encore la défaite, toujours la défaite ! Nos troupes combattaient la peur au ventre, à leur corps et à leur cœur défendant, sans jamais caresser l'espoir de la plus infime victoire. Avec de tels hommes, il était impensable de prendre d'assaut la moindre place forte. L'unique solution consistait à s'installer, à affamer la population, en attendant qu'elle se rendît. La situation n'est plus la même. Aujourd'hui, c'est tout le contraire ! Nos hommes ont le feu au ventre, ils en veulent, ils pètent de fureur et d'énergie, ils sont comme un volcan prêt à exploser ! Et vous voudriez qu'on les laissât dépérir d'ennui en nous enlisant dans un siège interminable ? Mais, grand Dieu du ciel et de la terre ! Jeanne d'Arc, elle, va le libérer, ce feu ! elle va le lancer contre l'ennemi, comme un ouragan ! Rien ne prouve davantage la splendeur et la sagesse de son génie militaire que cette perception intime du changement à venir, que sa vision sûre et immédiate de la meilleure façon de l'utiliser. Avec elle, pas d'hésitation, pas de dérobade, pas de doute, pas d'atermoiement, pas de paresse, pas d'assoupissement ! Avec Jeanne, c'est l'assaut permanent ! À l'assaut, à l'assaut, à l'assaut, encore à l'assaut, toujours à l'assaut ! Traquer sans relâche l'ennemi, jusque dans son repaire, puis lâcher l'ouragan français et emporter la place d'assaut ! C'est ça, qui me botte, avec Jeanne ! Il n'y pas de place pour l'ennui. Alors, Jargeau ? Jargeau ? Ouais, eh bien, quoi, Jargeau… ? Ses remparts, ses douves, son donjon, sa terrifiante artillerie, ses terribles sept mille vétérans anglais, Suffolk et toute la bande ? Et alors ? Nous, nous avons Jeanne d'Arc ! Et, par la splendeur de Dieu, je vous le dis, moi, votre Jargeau, elle est déjà tombée !

La harangue de La Hire convainquit les récalcitrants. On n'entendit plus le moindre murmure de doute quant à la stratégie de Jeanne. Tous les capitaines se rassirent de fort bonne grâce et devisèrent paisiblement de choses et d'autres.

Jeanne, qui passait, entra. Ils se levèrent et la saluèrent avec leurs épées. Elle leur demanda s'ils désiraient quoi que ce soit. La Hire répondit :

— Tout va pour le mieux, capitaine ! Nous venons de résoudre un petit problème. Certains se demandaient si nous étions vraiment en mesure de nous emparer de Jargeau.

Jeanne éclata de son rire habituel, spontané et cristallin, qui avait le don de mettre son entourage de joyeuse humeur :

— Soyez sans crainte, car il n'y a pas lieu d'en avoir. Nous allons donner l'assaut aux Anglais, et vous verrez ce qu'il adviendra.

Son regard se fit plus grave et rêveur, comme si un souvenir d'enfance lui revenait soudain. Elle ajouta, d'une voix douce, comme dans un songe :

— Je suis sûre que Dieu conduit cette affaire et qu'Il nous baillera la victoire ; sinon, je préférerais garder mes brebis que de nous exposer à de tels périls.

La famille Boucher nous offrit un souper d'adieu, ce soir-là, mais Jeanne ne put y participer, car la ville d'Orléans avait préparé un grand banquet en son honneur et elle avait dû s'y rendre avec son état-major.

Après le souper, un groupe de jeunes gens et de jeunes filles de la ville vint nous tenir compagnie. Nous oubliâmes, un moment, notre condition de soldats en guerre. Nous redevînmes, le temps d'une soirée, de simples garçons et filles, jeunes, pleins de sève, de vie et de gaieté. Il y eut des danses, des chansons, des jeux, toutes sortes de farces et de bruyants éclats de rire, une fête comme j'avais eu rarement l'occasion d'en faire dans ma vie. Dehors, à intervalles, on entendait le sourd piétinement de troupes en marche, qui se dirigeaient vers le lieu où, au petit matin, allait se jouer une scène grandiose et tragique, sur les tréteaux sanglants du théâtre des batailles. L'époque était à ce genre de contraste. En me dirigeant vers ma paillasse, je passai devant un autre contraste : notre Nain, gigantesque, en armure, posté en sentinelle devant la porte de Jeanne, sombre incarnation du dieu de la guerre, avec, sur son épaule, enroulé sur lui-même, un chaton, paisiblement endormi.

27

Nous avions fière allure, le lendemain matin, quand notre armée franchit les sombres et menaçantes portes d'Orléans, avec nos étendards déployés et notre splendide Jeanne, entourée de son grand état-major, chevauchant en tête de nos interminables colonnes. Les frères Laval s'étaient joints à nous ; leur naissance prédestinait ces garçons au métier de la guerre, puisque leur grand-père n'était autre que Bertrand Du Guesclin, l'ancien connétable de France. Louis de Bourbon, Gilles de Rais et le vidame de Chartres faisaient partie du cortège.

Nous ressentions, à juste titre, un peu d'anxiété ; en effet, nous avions appris qu'une force de cinq mille hommes, commandée par John Falstaff, se dirigeait vers Jargeau pour en renforcer la garnison. Heureusement, cette troupe ne nous menaçait pas encore. Pour d'obscures raisons, Falstaff prenait son temps : quatre jours à Étampes, quatre autres jours à Janville, il ne se pressait guère.

Dès notre arrivée à Jargeau, nous nous sommes attelés à la tâche. Sans attendre, Jeanne lança une puissante attaque contre les ouvrages avancés ; nos hommes réussirent à y faire une percée, à s'y établir et à consolider leur position. Mais, peu après, une sortie en masse de l'ennemi les en délogea. Jeanne lança alors son cri de guerre et prit la tête d'un nouvel assaut, sous un feu nourri de l'artillerie adverse. Blessé dès le début de l'engagement, le Paladin fut mis hors de combat ; Jeanne lui prit l'étendard des mains et le brandit énergiquement, sous une pluie de projectiles, en hurlant des encouragements à ses hommes. Pendant quelque temps, ce ne fut que tumulte, collision de l'acier contre l'acier, mêlées confuses de soldats engagés dans de féroces corps à corps, dans le beuglement sourd des canons, au milieu d'une épaisse et suffocante fumée, dont le voile opaque s'effilochait parfois pour laisser transparaître la vision fugitive d'une mince silhouette argentée, objet de nos espoirs et de notre confiance. À chacune de ces apparitions, de dos, toujours de dos, face à l'ennemi, nous savions que tout allait pour le mieux. Enfin, un grand cri fut poussé, un hourra de victoire et d'allégresse : les faubourgs venaient de tomber !

Les faubourgs nous appartenaient. Nous avions contraint l'ennemi à se claquemurer derrière ses remparts : l'assiégeant était devenu l'assiégé. Nous campâmes sur le lieu même que Jeanne venait d'emporter, car la nuit tombait.

La Pucelle profita du répit pour adresser une sommation aux Anglais. S'ils se rendaient, elle leur promettait la vie sauve : ils pourraient même quitter la ville avec leurs chevaux. Elle savait pertinemment qu'elle était en mesure de s'emparer de cette place forte ; elle n'en proposa pas moins cette grâce, à une époque où l'on avait coutume de massacrer sans pitié des garnisons entières, voire les habitants des cités capturées, y compris les femmes et les enfants. Certains d'entre vous doivent se souvenir encore des atrocités commises par Charles le Téméraire, dont eurent à souffrir les hommes, les femmes et les enfants de

Dinant, quand, il y a quelques années, il s'empara de cette ville. La grâce que Jeanne offrait à la garnison anglaise n'avait pas de précédent ; elle était en tout point magnanime. Dès qu'elle avait la situation en main, Jeanne s'efforçait toujours d'épargner la vie et l'honneur des combattants ennemis.

Les Anglais demandèrent une trêve de quinze jours pour considérer la proposition. Sachant que Falstaff était en chemin avec cinq mille hommes, Jeanne refusa. Elle leur fit une nouvelle proposition : s'ils partaient dans l'heure, ils pourraient emporter, outre leurs chevaux, leurs armes individuelles.

Mais les vétérans anglais avaient la caboche trop dure : Jeanne essuya un nouveau refus. Elle ordonna à l'armée de préparer l'assaut pour neuf heures, le lendemain matin. Après le dur combat que les hommes venaient de mener, Jean d'Alençon estimait que l'heure était bien matinale, mais Jeanne la jugeait propice et exigea qu'on s'y tînt. Elle laissa éclater l'enthousiasme qui la brûlait quand la bataille était imminente.

— Besognons ! besognons ! et Dieu besognera avec nous !

Nous avions été à deux doigts de perdre notre cher Paladin, ce jour-là, sans l'intervention opportune du Nain qui l'avait tiré de la mêlée après qu'il fut blessé. Inconscient, il eût risqué d'être piétiné par les sabots de nos propres chevaux si le géant ne l'avait promptement secouru. Peu après, le Paladin reprit connaissance. Deux ou trois heures lui suffirent pour se remettre sur pied. Fier comme pas deux, il montrait sa blessure à tout le monde et se pavanait, la tête emmitouflée dans un énorme pansement qui lui faisait comme un turban. Il n'était qu'un grand enfant, singulièrement naïf. Sa vanité était naturelle et nul ne lui en voulait. Une pierre, lancée par une catapulte, avait fendu son casque et l'avait blessé à la tête. Elle devait avoir tout au plus la taille et le poids d'un crâne humain. Dans la bouche du Paladin, elle grossit démesurément ; sous peu, l'ennemi l'avait enseveli sous les décombres d'un bâtiment entier.

— Ne le contrariez surtout pas, nous recommanda Noël Rainguesson. Demain, ce sera une cathédrale.

Et, bien entendu, le lendemain, c'était bien une cathédrale que l'ennemi avait déversée sur le crâne de notre brave Paladin, l'individu doté de l'imagination la plus échevelée qu'il m'ait été donné de connaître.

Debout, dès l'aube, Jeanne galopait à droite et à gauche pour surveiller les préparatifs de l'assaut. Elle prenait un soin particulier à pointer, avec une précision minutieuse, les différentes pièces d'artillerie. Elle le fit avec une telle qualité de jugement qu'elle gagna l'admiration de son commandant en second. Il en témoignera au cours du procès de réhabilitation qui se tiendra un quart de siècle plus tard.

Dans sa déposition, en effet, le duc d'Alençon explique qu'à Jargeau, ce matin du 12 juin, Jeanne avait pris ses dispositions, non comme l'eût fait un novice, mais comme « un capitaine qui aurait pratiqué vingt ou trente années, surtout dans la préparation de l'artillerie, car c'est en cela qu'elle se comportait fort bien ».

Ainsi, les plus expérimentés capitaines des armées de France couvraient Jeanne d'Arc d'éloges, non seulement pour ses qualités guerrières en général, mais surtout pour son génie à disposer et à utiliser l'artillerie.

Qui avait enseigné des choses aussi étonnantes à notre bergerette, elle qui ne savait ni lire ni écrire et qui n'avait jamais reçu la moindre initiation dans les sciences de la guerre ? C'est une énigme à laquelle on ne connaît aucun antécédent ; il est impossible de la résoudre par la logique ; l'Histoire mondiale n'offre aucun exemple qui puisse lui être comparé ; aucun général, si génial fût-il, n'a jamais remporté de succès comparables sans y avoir été préparé soit par l'étude, soit par des expériences dures et répétées sur le champ de bataille. En Jeanne, toutes ces remarquables capacités, ces étonnants pouvoirs étaient innés ; une intuition infaillible lui permettait sans doute de les utiliser.

À huit heures, tout mouvement s'arrêta : on n'entendit plus la moindre parole, le moindre bruit. Tout se figea dans une attente muette. Le silence, lourd de tension, se fit impressionnant. Même le vent était tombé. Les drapeaux et les bannières, sur les tours et les remparts, pendaient, inertes, le long de leurs hampes. Les gens que nous apercevions avaient, d'instinct, cessé toute activité ; ils attendaient, dans une immobilité de statues, figés dans une sorte d'écoute attentive. Jeanne avait établi son poste de commandement dans les faubourgs. Notre vue plongeait sur les sentes et ruelles alentour. Nous pouvions voir beaucoup de gens. Tous écoutaient, sans broncher. Un homme, qui se préparait à planter un clou sur la porte de son échoppe, avait suspendu son geste. La main gauche tenait le clou ; la droite brandissait le marteau ; mais il se retenait de frapper ; il écoutait, la tête inclinée sur le côté. Les enfants avaient cessé leurs jeux. Je me souviens encore d'un petit garçon surpris pendant qu'il jouait au cerceau ; sa badine pendait, inutile, vers le sol, au lieu de faire mouvoir le cerceau ; il restait debout, bouche bée, laissant le cerceau finir sa course, puis chanceler sur le sol. Une jolie jeune fille, dans l'embrasure d'une fenêtre, un broc à la main, était en train d'arroser ses géraniums, mais l'eau avait cessé de couler car elle écoutait. Partout à la ronde, on voyait des silhouettes littéralement pétrifiées ; partout à la ronde, tous les mouvements étaient suspendus et il pesait un silence de mort.

Jeanne d'Arc leva lentement son épée. Elle la rabattit et, à ce signal, le silence se déchira en lambeaux : l'un après l'autre, bombardes et canons crachèrent leurs boulets, vomirent leurs flammes, laissèrent exploser leur tonnerre. Des tours et des remparts, l'artillerie ennemie répondit à la nôtre. En une minute, tourelles et créneaux disparurent, masqués derrière un écran de fumée blanche, qui flottait, immobile, dans un air qui puait la mort. Dans l'embrasure de sa fenêtre, la jeune fille laissa tomber son broc, joignit les mains comme pour une dernière oraison, avant qu'un boulet ne la déchiquetât.

Le duel d'artillerie se poursuivit sans relâche. Chaque camp pilonnait sans pitié le camp ennemi. La fumée et le bruit étaient infernaux. La cité endurait de cruels dégâts. Les boulets éventraient les demeures. Les pierres et les rocs, projetés haut dans les airs par les catapultes, bien au-dessus du nuage de fumée, retombaient avec un sifflement aigu et crevaient les toitures. Des chaumières en feu s'élevaient des colonnes de flammes et de fumées jusqu'au firmament.

Le temps se mit de la partie ; le ciel se couvrit ; un violent aquilon se leva. Les rafales de vent dispersèrent la fumée, découvrant les remparts. Mieux ajustés, les tirs ennemis des canons et catapultes se firent plus précis ; des cratères commencèrent à se creuser autour de nous. L'un des canons anglais semblait nous avoir repérés : ses boulets se rapprochaient dangereusement. Jeanne le désigna du doigt et dit à Jean d'Alençon :

— Gentil duc, retire-toi de cet endroit, sinon cette machine te tuera.

Le duc suivit son conseil. Monseigneur du Lude, qui avait imprudemment pris sa place, eut la tête emportée.

Jeanne attendait patiemment le moment propice pour ordonner l'assaut. Enfin, aux environs de neuf heures, elle s'écria :

— C'est le moment ! À l'assaut ! Sus, sus !

Les clairons sonnèrent, les tambours battirent la charge.

Le bataillon chargé de cette besogne se précipita vers une grosse brèche que nos pilonnages concentrés avaient pratiquée dans le mur d'enceinte, démolissant la moitié supérieure de sa hauteur. Au pas de course, nos hommes hissèrent en toute hâte maintes échelles sur lesquelles nous nous ruâmes. Le duc d'Alençon estimait que l'assaut était un peu prématuré.

— Ah, gentil duc, craindrais-tu ? lui répondit Jeanne. Ne sais-tu pas que j'ai promis à ta femme de te ramener sain et sauf ?

Le fossé devint l'enjeu de la bataille. Les créneaux se remplirent de soldats ennemis qui nous balançaient sur la tête, avec l'énergie du désespoir, des avalanches de pierres. Un gigantesque Anglais nous causait plus grand dommage à lui tout seul que dix hommes à la fois. Il se tenait sur les brèches les plus aisées à atteindre et, de là, il projetait sur nos hommes des rocs tellement énormes qu'ils brisaient l'échelle en précipitant dans le vide toute la file des grimpeurs. Le plaisir qu'il prenait au spectacle de notre déconfiture le faisait éclater d'un rire tonitruant. L'ayant repéré, le duc d'Alençon alla trouver notre meilleur canonnier, Jean le Lorrain.

— Pointe-moi ta machine sur ce démon, lui dit-il.

Du premier coup, le Lorrain atteignit l'Anglais en pleine poitrine. Son corps gigantesque fut projeté dans le vide, comme un pantin désarticulé, en direction de la cité.

L'ennemi résistait vaillamment à nos assauts répétés, tant et si bien que nos gens se lassèrent ; la fatigue et le découragement eurent raison d'eux. Ce que voyant, Jeanne lança son fameux cri de guerre et se jeta dans la mêlée, encadrée par le Nain et le Paladin qui, en dépit de sa blessure, refusait de confier son étendard aux mains d'un autre. Elle commença à grimper sur une échelle, quand une pierre se brisa sur son casque. Elle tomba à la renverse. Le Nain la releva aussitôt. Derechef, elle remonta sur l'échelle, en criant aux soldats :

— Amis, amis, sus ! Notre Sire a condamné les Anglais ; à cette heure, ils sont nôtres, ayez bon cœur !

Mues par un formidable élan, nos troupes se ruèrent en poussant de féroces cris de guerre. Nous envahîmes en masse les remparts, qui grouillèrent très vite de soldats français en furie. Les défenseurs s'enfuirent. Nous les poursuivîmes. Jargeau était tombée !

Le comte de Suffolk était cerné et acculé. Dunois et Jean d'Alençon l'invitèrent à se rendre. Mais sa fierté lui interdit de remettre son épée à des subordonnés. Il répondit :

— Plutôt mourir ! Je me rendrai à la Pucelle d'Orléans, et à nul autre.

C'est ce qu'il fit. Jeanne le traita avec grande courtoisie.

Sous la pression de nos hommes, ses deux frères se défendaient vaillamment en reculant pas à pas en direction du pont-levis. Leurs gardes tombaient les uns après les autres sous nos coups. La tuerie se poursuivit sur le pont. Projeté par-dessus la rambarde, Alexandre de La Poule tomba à l'eau et se noya. Jean de La Poule décida de se rendre mais, comme Suffolk, il voulut choisir une personne digne de son rang. Un officier français, Guillaume Renault, le pressait au corps. Jean de La Poule lui demanda :

— Êtes-vous un gentilhomme ?

— Oui !

— Êtes-vous un chevalier ?

— Non !

Alors, sur le pont inondé de sang, au milieu du tumulte et du carnage, Jean de La Poule prit tout son temps pour armer chevalier Guillaume Renault, en lui donnant l'accolade d'usage, puis, avec une parfaite élégance, il saisit son épée par la lame et lui tendit la garde, en signe de reddition.

Ce fut un grand jour, mémorable entre tous, une splendide victoire ! Nous détenions un grand nombre de prisonniers. Jeanne nous ordonna de leur laisser la vie. Nous les ramenâmes avec nous à Orléans, où nous fîmes une entrée triomphale, accompagnée des habituelles acclamations.

Un hommage d'un genre nouveau fut rendu, en cette occasion, à notre glorieux chef de guerre. Nos nouvelles recrues s'arrangeaient pour s'approcher d'elle et toucher son épée, comme s'ils désiraient s'approprier un peu du pouvoir mystérieux d'invincibilité qu'elle paraissait détenir.

28

Les troupes avaient grand besoin de repos. Deux jours leur furent accordés.

Dans la matinée du 14 juin, j'étais occupé à écrire, sous la dictée de Jeanne, dans un cabinet discret qu'elle utilisait chaque fois qu'elle voulait se soustraire aux visites officielles. Catherine Boucher entra, s'assit et lui demanda :

— Puis-je vous parler, Jeanne ?

— Qu'est-ce qui te préoccupe ?

— La pensée des dangers que vous courez m'a empêchée de dormir la nuit dernière. Le Paladin m'a conté que vous aviez dit au duc d'Alençon de ne pas demeurer à l'endroit où il se tenait pour ne pas être tué par un boulet qui le menaçait ; le duc a eu la vie sauve grâce à vous.

— Eh bien, n'ai-je pas eu raison ?

— Bien sûr, mais vous-même êtes restée au même endroit. Pourquoi avoir pris un tel risque ?

— Mais je n'étais pas personnellement en danger.

— Comment pouvez-vous affirmer cela, Jeanne, avec les projectiles mortels qui sifflaient autour de vous ?

Jeanne se mit à rire. Elle tenta, en vain, de détourner la conversation, mais Catherine insista :

— Le danger était permanent et il n'était pas nécessaire de demeurer dans un lieu aussi exposé. En outre, vous avez de nouveau mené plusieurs assauts en personne. Vous tentez trop la Providence, Jeanne. Je veux que vous me fassiez une promesse. Vous devez me jurer de laisser aux autres le soin de mener les assauts, quand il est nécessaire d'en mener, et de veiller davantage sur votre personne, lors de ces horribles combats. M'en ferez-vous le serment ?

Jeanne rit de bon cœur, mais elle résista de toutes ses forces et refusa de prêter le moindre serment. Troublée et mécontente, Catherine se rassit. Elle reprit :

— Jeanne, serez-vous toujours soldat ? Ces guerres sont si longues, interminables. On sait quand elles commencent, non quand elles finissent.

Jeanne répliqua, avec un éclair de bonheur qui s'alluma dans son regard :

— Le plus dur du travail de cette campagne sera achevé dans les quatre jours qui viennent. Le reste sera plus aisé et moins sanglant. Oui, à la vérité, en quatre jours, la France remportera un autre trophée, aussi glorieux que la délivrance d'Orléans, qui représentera son second pas vers la liberté.

Catherine répéta en murmurant les mots de Jeanne, en la regardant comme si elle était en transe : « Quatre jours… quatre jours… » Elle finit par lui demander, avec une voix dans laquelle perçait un étonnement émerveillé :

— Jeanne, d'où vient-il que vous sachiez cela ? Car vous le devinez, je vous crois sans peine.

— Oui, répondit Jeanne, je le sais… je le sais… Je frapperai, frapperai encore et, avant que soit fini le quatrième jour, je frapperai une dernière fois.

Elle garda le silence. Nous nous rassîmes, songeurs. Pendant une longue minute, Jeanne contempla le sol ;

ses lèvres remuaient, mais aucun son n'en sortait. Enfin, elle prononça les paroles suivantes, d'une voix à peine audible :

— Pendant mille ans, le pouvoir anglais en France ne se remettra pas de ce coup.

J'en avais la chair de poule. Ces mots exprimaient une intensité étrange et inquiétante. Jeanne était retombée en transe, comme jadis, dans les pâturages de Domrémy, quand elle prophétisait notre future participation à la guerre et qu'elle ignorait, après coup, ce qu'elle nous avait dit. Elle n'était pas consciente, mais Catherine ne le savait pas. Elle répliqua, avec gaieté :

— Je le crois, je le crois, et j'en suis fort aise ! Après cela, vous reviendrez parmi nous et vous serez des nôtres, votre vie durant ; et nous vous aimerons, et nous vous honorerons toujours.

Un léger spasme de douleur assombrit le visage de Jeanne, qui murmura de cette même voix de songe :

— Avant qu'il soit deux ans écoulés, je finirai de cruelle mort !

Je bondis en levant la main, pour arrêter le cri que Catherine allait pousser. Je la pressai alors de sortir doucement du cabinet et, surtout, de ne rien dire à personne de ce qui s'était passé. Je lui dis que Jeanne s'était endormie et qu'elle venait de rêver. Catherine comprit. Elle me chuchota en retour :

— Oh, je suis bien aise que ce ne soit qu'un rêve ! On aurait dit une prophétie…

Catherine sortit sur la pointe des pieds.

« On aurait dit une prophétie… » Je savais bien, moi, qu'il s'agissait d'une prophétie. Aussi, je m'effondrai en sanglots, car je sus que nous allions perdre Jeanne.

Celle-ci se mit à trembler légèrement, puis elle revint à elle. Me voyant en train de pleurer à chaudes larmes, elle bondit sur ses pieds et s'approcha de moi, dans un élan de sympathie et de compassion. Elle posa une main sur ma tête :

— Mon garçon ! Qu'y a-t-il ? Regarde-moi ! Que se passe-t-il ?

Je dus lui mentir ; il m'en coûta, mais je n'avais pas le choix. Je pris une lettre sur l'écritoire, écrite par je ne sais qui à propos de je ne sais quoi, et lui dit qu'elle venait d'arriver en provenance du père Fronte qui nous informait que l'Arbre aux fées des enfants venait d'être abattu par quelque mécréant.

Je ne pus en dire plus. Elle m'arracha la lettre des mains, la tourna et la retourna dans tous les sens, en pleurant amèrement et en répétant :

— Oh, le cruel, le cruel ! qui a pu commettre pareil méfait ? Pauvre Arbre aux fées de Bourlemont ! le voilà parti… nous qui l'aimions tant ! Montre-moi le passage qui narre cette terrible nouvelle !

Et moi, misérable menteur, je lui indiquai les prétendus mots, qu'elle se mit à regarder intensément à travers l'écran de ses larmes, en me disant qu'elle les voyait bien et qu'ils décrivaient cet acte haineux.

Une voix forte retentit alors dans le corridor :

— Messager de Sa Majesté ! Je porte une dépêche à l'adresse du chef de guerre des armées de France !

29

J'étais certain que Jeanne avait eu la vision de l'Arbre aux fées. Quand, exactement ? Je l'ignorais. Sans doute quelques jours avant qu'elle ne supplie le roi d'utiliser ses services pendant qu'il était encore temps, quand elle lui avait précisé qu'elle ne durerait qu'un an, guère plus. Sur le moment, je n'y avais pas prêté grande d'attention, mais, plus tard, la conviction me vint qu'à l'époque elle avait déjà eu la vision de l'Arbre, qui lui avait sans doute délivré un message d'espoir. Sinon, elle ne se serait pas montrée d'aussi belle humeur les jours suivants. L'annonce de sa mort proche n'avait rien de lugubre, pour Jeanne ; elle signifiait au contraire la fin de l'exil, la permission de retourner chez elle.

Oui, Jeanne avait bien vu l'Arbre. Nul n'avait prêté une oreille attentive à la prédiction qu'elle avait faite au roi, parce que personne ne souhaitait l'entendre. Tout le monde préférait l'ignorer afin de poursuivre, en toute quiétude, sa petite routine quotidienne, placide et confortable. Tout le monde, sauf moi. J'ai dû porter, seul et sans soutien, mon terrible secret. C'était un faix pesant, un joug amer, qui allait me briser le cœur, quotidiennement. Elle allait mourir, et mourir sous peu. J'avais tout prévu, sauf ça. Elle paraissait si conquérante, le symbole incarné de la jeunesse et de la fraîcheur ; elle remportait, chaque jour que Dieu faisait, le droit de durer, longtemps, de jouir d'une vieillesse paisible, entourée d'honneurs. À l'époque, le vieil âge me paraissait un sort honorable et enviable. Imbus de préjugés, aveuglés par l'ignorance, tous les jeunes gens pensent de même, je suppose. Elle avait donc vu l'Arbre. La nuit, notre refrain revint hanter mes songes :

Et quand, dans l'errance de l'exil,
Nous reviendra désir de te revoir,
Oh ! Montre-toi vite à nos yeux !

À l'aube, l'appel des clairons et les roulements de tambours interrompit mes songeries. Un nouveau jour de dure chevauchée nous attendait : notre sanglante tâche n'était pas achevée.

Nous avons marché sur Meung, sans faire halte. Après nous être emparés du pont, où nous avons laissé une patrouille de garde, nous avons poursuivi notre marche vers Beaugency, où le lion Talbot, la terreur des Français, commandait la garnison. À notre arrivée, les Anglais se réfugièrent, sans combattre, derrière la muraille protectrice du château, et nous avons campé dans la ville désertée.

Talbot s'était absenté. Il était allé à la rencontre de Falstaff et de ses cinq mille hommes.

Jeanne installa ses batteries et canonna le château jusqu'à la nuit tombée. La nouvelle nous parvint que le connétable, Arthur comte de Richemont, venait à notre aide, avec ses troupes. Il avait été disgracié par le roi en raison des sournoises machinations de La Trémoille et de ses laquais. Sous la menace de l'arrivée prochaine de Falstaff et de ses vétérans, l'aide de Richemont tombait à pic. En fait, ce dernier voulait proposer ses services à Jeanne depuis le début, à l'époque où nous marchions encore sur Orléans, mais, sous l'influence pernicieuse de ses conseillers, le roi avait commis la stupidité de repousser toute réconciliation.

Ces détails ont quelque importance car ils témoignent d'un talent insoupçonné de Jeanne : la diplomatie. Il est bien rare de rencontrer cette qualité, signe de grande maturité, chez une jeune campagnarde de dix-sept ans, mais elle la possédait au plus haut niveau.

Jeanne voulait accueillir le connétable à bras ouverts. La Hire le souhaitait aussi, ainsi que les fils Laval, et la plupart des autres chefs. Seul Jean d'Alençon, qui secondait Jeanne, s'y refusait avec une obstination bornée et surprenante. Il répétait qu'il avait reçu l'ordre du roi de repousser l'aide de Richemont ; s'il ne pouvait respecter cet ordre, il menaçait de quitter l'armée. C'eût été un désastre complet. Jeanne s'efforça de le persuader, en lui répétant que le salut de la France importait davantage que ces mesquineries, même quand il s'agissait d'un ordre donné par l'âne bâté qui tenait le sceptre royal. Le plus surprenant est qu'elle y parvint. Elle convainquit Jean d'Alençon que, dans l'intérêt du pays, il devait désobéir au roi, se réconcilier avec le connétable et lui réserver le meilleur accueil. Ce jour-là, Jeanne accomplit un remarquable exploit diplomatique. Toutes les qualités que les hommes tiennent pour grandes et nobles, Jeanne d'Arc les possédait.

Tôt, dans la matinée du 17 juin, nos éclaireurs signalèrent l'approche de Talbot, Falstaff et leur armée. Nous partîmes à leur rencontre, laissant Arthur de Richemont et ses hommes garder Beaugency pour interdire à la garnison de sortir du château. En fin d'après-midi, nous arrivâmes enfin en vue de l'ennemi.

Falstaff avait tenté de raisonner Talbot. Il lui avait répété, avec insistance, qu'il serait plus avisé d'éviter, pour l'instant, une confrontation directe avec la Pucelle ; qu'il valait mieux distribuer les troupes fraîches le long de la Loire pour en renforcer les garnisons et prévenir leur capture ; qu'il suffirait, ensuite, d'attendre patiemment l'arrivée des renforts en provenance de Paris ; qu'il était préférable, dans un premier temps, d'épuiser l'armée de Jeanne en la harcelant par des escarmouches quotidiennes, puis, au moment propice, de l'attaquer en masse et de l'anéantir. Ce John Falstaff était un vieux sanglier, bardé d'expérience et de sagesse. Mais l'orgueilleux Talbot ne voulut rien entendre. Il fulminait encore de l'humiliation sanglante que la Pucelle lui avait infligée à Orléans ; depuis, il n'arrêtait pas de jurer, par Dieu et par saint Georges, qu'il voulait la détruire, dût-il pour cela l'affronter seul. Falstaff avait fini par céder, tout en répétant qu'ils risquaient de perdre, en une seule fois, tout ce qu'ils avaient acquis à grand-peine durant tant d'années.

L'ennemi avait pris position. Les Anglais attendaient, rangés en ordre de bataille, leurs archers en premières lignes, avec des pieux estoqués devant eux ; ces pieux, fichés en terre, étaient destinés à briser les charges de cavalerie.

Le crépuscule s'annonçait. Un héraut anglais vint à notre rencontre pour nous défier ; d'un ton arrogant, il nous invita à attaquer. Jeanne ne s'en offusqua point, ignora le piège tendu et conserva son sang-froid ; elle lui répondit calmement :

— Retourne dire à tes chefs qu'il est trop tard pour ce soir. Demain, plaise à Dieu et à Notre-Dame, nous nous verrons de plus près.

Avec l'obscurité nocturne, la pluie se mit à tomber, le genre de bruine légère qui apporte avec elle paix et sérénité. Vers dix heures, Jean d'Alençon, Dunois, La Hire, Poton de Xaintrailles et quelques autres chefs vinrent à la tente de Jeanne pour s'entretenir avec elle. Certains pensaient que c'était pitié d'avoir décliné l'offre de bataille, d'autres l'approuvaient. Poton demanda à Jeanne pourquoi elle l'avait repoussée.

— Pour plus d'une raison. Ces Anglais sont nôtres : ils ne peuvent nous échapper. Pourquoi, dans ce cas, prendre des risques inutiles ? Le jour était sur son déclin. Quand on combat avec des forces amoindries, il vaut mieux disposer de tout son temps et de la claire lumière du jour : neuf cents des nôtres gardent le pont de Meung, sous l'ordre de Gilles de Rais, mille cinq cents autres, sous l'ordre du connétable de Richemont, gardent le pont et la garnison de Beaugency…

— Ces réductions de troupes, lui fit observer Dunois, sont regrettables, certes, mais indispensables. Nous n'en aurons pas davantage demain.

Jeanne, qui marchait de long en large, se mit à rire, de son rire franc et amical. Elle s'arrêta devant le vieux lion de guerre et toucha du doigt l'une des plumes qui ornait son couvre-chef en lui demandant :

— Bâtard, mon bon Bâtard, dis-moi, toi qui es si avisé, laquelle de tes plumes ma main touche-t-elle ?

— Comment le saurais-je ?

— En nom Dieu, Bâtard, tu ne peux me répondre sur une si petite chose et tu crois pouvoir m'en prédire une plus importante : ce que contient l'estomac d'un demain qui n'est pas encore né. Comment sais-tu que ces hommes ne seront pas des nôtres ? Je crois, moi, qu'ils le seront.

Cette phrase suscita des murmures. Tous voulurent savoir ce qui lui faisait dire cela. La Hire, lui, la crut sur parole.

— Laissez tomber ! dit-il. Si elle le croit, ça va arriver !

Poton de Xaintrailles désira en savoir davantage :

— Vous avez mentionné plusieurs raisons de refuser le combat ?

— Oui. L'une d'entre elles était que le jour déclinait et que nous étions en nombre réduit, ce qui rendait l'issue de la bataille douteuse. Or, quand nous combattrons, l'issue devra être décisive. Et elle le sera !

— Que Dieu vous entende ! Y avait-il d'autres raisons ?

— Oui, une autre encore…

Jeanne hésita un moment, avant de terminer sa phrase :

— Aujourd'hui, ce n'était pas le bon jour. C'est comme ça ! C'est écrit…

Les hommes allaient la presser de questions, mais Jeanne leva la main et ils firent silence :

— Ce sera la plus noble et miséricordieuse victoire, leur dit-elle, que Dieu ait jamais accordée à la France. Je vous supplie, messeigneurs, de ne pas me demander comment et d'où je tiens ces choses, mais de vous contenter de savoir que c'est la pure vérité.

La joie, la conviction et la confiance se peignirent sur chaque visage. Les murmures de la conversation reprirent, vite interrompus par un messager qui apportait des nouvelles fraîches en provenance des avant-postes : depuis une heure environ, un fort remue-ménage et des mouvements de troupes se faisaient entendre dans le camp anglais, ce qui était inusité, étant donné l'heure tardive, pour une armée au repos. Nos espions s'y étaient glissés à la faveur de la pluie et de l'obscurité. Ils en revenaient. D'après leurs observations, d'importants contingents d'hommes avaient évacué le camp en tapinois et se dirigeaient vers Meung.

Cette nouvelle provoqua la surprise des généraux.

— Ils font retraite, dit Jeanne.

— On le dirait bien, fit d'Alençon.

— Assurément, ajoutèrent La Hire et Dunois.

— C'est des plus inattendu, remarqua Louis de Bourbon, mais on en devine aisément la raison.

— Oui, répondit Jeanne. Talbot a dû réfléchir. Sa dure caboche s'est ramollie. Il compte s'emparer du pont de Meung pour le franchir et s'enfuir par l'autre rive. Son geste livre sa garnison de Beaugency à la merci des événements, avec bien peu de chances de nous échapper, mais il n'a pas le choix ; s'il tient à éviter la bataille, il n'a pas d'autre solution. Mais il n'aura pas le pont. Nous y veillerons.

— Oui, approuva Jean d'Alençon, nous allons le suivre pour veiller au grain. Et Beaugency ?...

— J'en fais mon affaire, gentil duc. La prise de Beaugency ne me demandera pas plus que deux heures, sans faire couler le sang.

— Quand vous leur apprendrez la nouvelle, ils s'empresseront de se rendre.

— Oui ! et, dès l'aube, je serai avec toi, à Meung, où nous passerons prendre Arthur de Richemont et ses mille cinq cents hommes ; quand le pauvre Talbot apprendra la reddition de Beaugency, cela devrait l'affecter.

— Par la sainte messe, c'est ma foi vrai ! s'écria La Hire. Il va récupérer en hâte sa garnison de Meung pour faire retraite sur Paris. Nous récupérerons nos troupes qui gardent le pont et celles qui surveillent Beaugency, ce qui nous fera au bas mot deux mille soldats aguerris de plus, ceux que vous nous avez promis il y a moins d'une heure. L'Anglais nous facilite la tâche et nous évite bien des tracas ! Vos ordres, mon général, quels sont vos ordres ?

— C'est bien simple : nous accordons à nos hommes trois heures de repos. À une heure du matin, l'avant-garde se met en marche, sous ton commandement, avec Poton comme second ; à deux heures, un autre bataillon se met en route, commandé par Alençon. Mon bon duc, tu te contenteras de suivre l'ennemi de loin ; garde-toi bien de l'accrocher. De mon côté, je pars, sur l'heure, avec ma garde, à Beaugency ; ma besogne terminée, je vous rejoindrai avant l'aube avec les hommes de Richemont.

Elle tint parole. Sa garde personnelle se mit en selle. Nous sommes partis, dans l'obscurité et sous une pluie battante, en emmenant avec nous un prisonnier anglais qui devait nous servir à confirmer la nouvelle du départ de Talbot. Nous couvrîmes rapidement la distance. Aussitôt arrivés, nous avons adressé une semonce au château. Le lieutenant de Talbot, René Guétin, convaincu qu'il n'y avait plus d'espoir pour sa garnison, décida qu'il serait vain de tenter de résister. Il ne s'attendait pas à la moindre concession, ce qui n'empêcha nullement Jeanne de lui en accorder, et des plus généreuses. Ses hommes auraient la vie sauve et pourraient se retirer en emportant leurs chevaux, leurs armes individuelles, ainsi que des vivres et des biens d'une valeur d'un louis d'argent chacun. Ils pouvaient se rendre où bon leur plairait, à condition de ne pas prendre les armes contre les Français pendant dix jours.

Avant l'aube, nous avions rejoint notre armée, avec Arthur de Richemont et ses hommes, sauf une patrouille que nous avions laissée pour garder Beaugency. Un bruit sourd de canonnade nous parvint du front : Talbot avait commencé à attaquer le pont. Mais, très vite, avant la levée du jour, le bruit s'arrêta.

Guétin avait envoyé une estafette, qui avait passé nos lignes grâce à un sauf-conduit accordé par Jeanne, pour informer Talbot de la reddition de Beaugency. Le messager était arrivé avant nous. Dès qu'il apprit la nouvelle, Talbot avait préféré tourner bride et quitter les lieux pour se hâter en direction de Paris. Quand le jour se leva, il avait déjà disparu, ainsi que le sire de Scales et la garnison de Meung.

Quelle belle moisson de forteresses anglaises nous venions de récolter en seulement trois jours ! Des années durant, ces places fortes n'avaient cessé de défier la France, avec une fière assurance, jusqu'à notre arrivée.

30

À l'aube de ce mémorable 18 juin, on ne trouvait plus trace de l'ennemi nulle part à la ronde. Je n'en fus guère troublé ; je savais que nous ne manquerions pas de le dénicher et de le frapper ; de lui assener le coup décisif, un coup dont le pouvoir anglais n'allait pas se remettre, le coup puissant prédit par Jeanne lors de sa transe.

L'ennemi s'était engagé dans la vaste plaine de la Beauce – une étendue désolée, sans route ni chemin bien tracé, couverte de broussailles, parsemée çà et là de bosquets d'arbres ; le type de contrée où une armée pouvait disparaître aisément à la vue en se fondant dans le paysage. Les marques encore fraîches laissées par les troupes anglaises se distinguaient dans la terre meuble : nous n'avions qu'à les suivre. Elles indiquaient une progression en bon ordre, sans confusion ni panique.

Nous devions rester sur nos gardes, car nous pouvions, à tout moment, tomber dans une embuscade. Jeanne avait dépêché plusieurs patrouilles en éclaireur, sous les ordres de La Hire, de Poton et d'autres capitaines, pour sonder les environs. Certains officiers commençaient à montrer des signes de nervosité ; ce jeu de cache-cache les inquiétait ; ils ne se sentaient pas rassurés. Devinant leur anxiété, Jeanne s'écria, avec impétuosité :

— En nom Dieu, que craignez-vous ? Nous devons frapper ces Anglais, et nous le ferons ! Ils ne peuvent nous échapper. Même s'ils se cachent dans les nuées du ciel, nous les dénicherons.

Nous approchions du village de Patay, qui n'était plus qu'à une lieue environ. C'est alors que notre patrouille, battant les fourrés, débusqua un cerf. Paniqué, l'animal s'enfuit à grands bonds et disparut. Une minute ne s'était pas écoulée qu'un tumulte s'éleva, en direction de Patay. C'était la soldatesque anglaise. Claquemurés en garnison depuis de longs mois, las de ne manger que des vivres moisis et avariés, les soldats anglais ne purent retenir de bruyantes exclamations à la vue de cette viande fraîche qui bondissait parmi eux. La pauvre bête ne le sut jamais, mais elle coûta très cher à ces hommes qui la désiraient avec un si bel appétit. En effet, les Français savaient maintenant où se trouvaient les Anglais, lesquels, de leur côté, ignoraient que leurs ennemis étaient si proches.

La Hire fit halte et envoya un chevaucheur prévenir le gros de l'armée. Jeanne se réjouit de la nouvelle. Le duc d'Alençon lui dit :

— Fort bien, nous les avons trouvés : allons-nous les combattre ?

— Avez-vous de bons éperons, prince ?

— Que dites-vous ? Est-ce que nous allons leur tourner le dos ?

— Nenni ! Ce sont les Anglais qui ne se défendront pas et seront vaincus, et il vous faudra avoir de bons éperons pour leur courir sus.

Nous rejoignîmes La Hire. Entre-temps, les Anglais nous avaient repérés. Talbot avait divisé ses forces en trois corps. D'abord venait l'avant-garde, puis l'artillerie, enfin, loin derrière, suivait le gros de ses troupes. Maintenant, les buissons ne le dissimulaient plus, il était en rase campagne. Il posta son artillerie et son avant-garde, flanquées par cinq cents archers, le long des haies qui bordaient un chemin que devait – du moins c'est ce qu'il prévoyait – emprunter notre armée. Il espérait tenir cette position jusqu'à l'arrivée du corps principal de l'armée anglaise. John Falstaff ordonna à ses cavaliers de se mettre au galop pour rejoindre Talbot au plus vite. Saisissant l'occasion, Jeanne commanda à La Hire de les charger, ce qu'il fit, avec son élan coutumier, en se lançant avec ses chiens de meute qui déferlèrent comme un ouragan.

Dunois et Alençon voulaient le suivre, mais Jeanne leur dit :

— Non, pas encore, attendez !

Ils attendirent en piaffant d'impatience sur leurs selles. Mais Jeanne, elle, tenait bon. Elle regardait la bataille, droit devant, suivant chaque mouvement de troupe, observant tout, pesant, calculant, mesurant chaque ombre, chaque angle, chaque minute, chaque fraction de minute ; sa grande âme, pleinement éveillée et active, se manifestait dans son regard, dans son maintien, dans la noblesse de sa pose ; elle était patiente, calme, maîtresse d'elle-même et de la situation.

Elle regardait au loin, là-bas, s'éloigner, s'estomper, leurs panaches s'élevant puis replongeant, s'élevant puis replongeant, de plus en plus loin, le torrent impétueux du bataillon diabolique de La Hire, dont la silhouette dominait celle de ses hommes, tenant à bout de bras son immense épée, comme la hampe d'une oriflamme.

— Oh ! voyez : Satan et ses monstres infernaux, regardez-les charger ! murmura un officier, d'un ton admiratif.

La Hire et ses hommes galopaient toujours, de plus en plus proches des Anglais de Falstaff lancés eux aussi au galop.

Et La Hire pénétra comme un coin dans leur masse. Il bouscula la cavalerie ennemie, frappa les Anglais de toutes ses forces, brisa leur charge et les dispersa. Debout sur leurs selles, le duc et le Bâtard, ne pouvant se contenir davantage, se tournèrent vers Jeanne et l'implorèrent :

— Maintenant !…

— Non, attendez, leur dit-elle la main levée.

Jeanne continuait d'observer, attentive, dans l'attente du moment décisif.

Leur charge brisée, détournés de leur direction initiale, encore au galop, les cavaliers de Falstaff durent se replier, pour se regrouper, en direction de l'avant-garde de Talbot. Les soldats de ce dernier crurent que la cavalerie anglaise fuyait devant une attaque des Français. Pris de panique, ils se dispersèrent de tous les côtés, avec Talbot à leurs trousses, qui jurait et pestait contre eux pour les rallier.

C'était le moment ! Jeanne éperonna son coursier, pointa son épée et s'écria :

— Suivez-moi !

Le buste allongé sur l'encolure de son coursier, elle se mit à galoper comme le vent !

Nous la suivîmes et déboulâmes à notre tour dans la confusion générale de la déroute anglaise. Pendant trois longues heures, nous pûmes tailler, estoquer, briser, hacher, fendre, poignarder tout à loisir. Enfin, le clairon sonna la fin des combats.

La bataille de Patay venait d'être remportée. Jeanne démonta. Elle contempla en silence le spectacle terrifiant qui l'environnait. Un moment perdue dans ses pensées, elle finit par dire :

— Dieu soit loué ! Aujourd'hui, notre Sire a frappé l'ennemi d'une main forte.

Elle releva la tête, regarda au loin, puis ajouta, comme si elle pensait tout haut :

— Le pouvoir anglais ne se relèvera jamais de ce coup, même dans mille ans.

Elle se tourna alors vers ses généraux. Une lueur de gloire éclairait son visage et son regard :

— Amis, compagnons, soldats, le croirez-vous ? Le comprenez-vous ? Notre France est sur la voie de la liberté !

— Et c'est grâce à Jeanne d'Arc ! tonna La Hire.

Il passa devant elle en se courbant très bas. Les autres capitaines suivirent, en faisant de même. La Hire bougonna en passant :

— Que je sois damné si ce n'est pas vrai !

Bataillon après bataillon, notre armée victorieuse défila devant Jeanne d'Arc en clamant, avec fierté :

— Vive la Pucelle d'Orléans ! Qu'elle vive à jamais !

Souriante, Jeanne les saluait au passage avec son épée étincelante.

Plus tard, j'ai eu l'occasion de revoir la Pucelle, sur le champ de bataille ensanglanté de Patay. Le crépuscule tombait. C'est alors que je la retrouvai, à proximité du lieu où gisaient les morts et les moribonds, allongés côte à côte, fauchés comme l'andain après la moisson. Nos hommes, pensant le tuer, avaient blessé à mort un prisonnier anglais. Le malheureux était trop pauvre pour proposer une rançon. À distance, Jeanne avait vu la scène ; elle avait aussitôt galopé vers l'endroit où se déroulait le drame, mais elle n'était pas arrivée à temps pour prévenir cette cruauté ; sitôt démontée, elle avait envoyé quérir un prêtre et s'était assise à côté du moribond. Elle avait posé la tête de son ennemi agonisant sur ses genoux et, quand je l'aperçus, elle était en train de lui prodiguer de douces paroles de réconfort, pour accompagner sa mort, comme l'aurait fait l'une de ses sœurs ; des larmes féminines de compassion ne cessèrent d'inonder ses joues jusqu'au moment où le soldat anglais rendit l'âme[1].

1. Lord Ronald Gower (*Joan of Arc*, p. 82) écrit : « Michelet a découvert ce témoignage dans la déposition du page de Jeanne d'Arc, Louis de Conte, qui fut probablement un témoin oculaire de la scène. » Il dit vrai. En effet, cela fait partie de sa déposition lors du procès de réhabilitation de 1456. (Mark Twain)

31

Jeanne disait vrai : la France était sur le chemin de la liberté.

La guerre de Cent Ans arrivait à sa fin. Pour la première fois depuis ses débuts, cette guerre ne profitait plus aux Anglais.

Faut-il juger une bataille d'après le nombre des morts et l'ampleur des destructions qu'elle provoque, ou bien d'après les résultats qui s'ensuivent ? Tout le monde s'accorde à penser que l'importance d'une bataille se mesure à ses résultats. Jugée selon ce critère, la victoire de Patay compte parmi les rares batailles d'une importance majeure qui aient jamais été remportées depuis que les peuples recourent à l'emploi des armes pour résoudre leurs différends. Il est même permis de croire que Patay occupe une place à part, que ce conflit surclasse les autres confrontations armées de l'Histoire. En effet, avant la bataille, la France, épuisée, semblait pousser ses derniers soupirs ; son cas paraissait désespéré aux yeux de tous les docteurs de la politique ; trois heures après, à l'issue de la bataille, cette même France, guérie, entrait en convalescence. Non seulement elle était convalescente, mais il ne lui suffisait que d'un peu de repos et de quelques potions des plus banales pour recouvrer la santé. Un médecin de campagne aurait pu les lui prescrire.

Nombreux ont été les pays moribonds qui n'en ont réchappé qu'au prix d'une longue série, d'une lugubre succession de batailles, dont la sanglante litanie se prolongea sur de longues années. Un seul pays y est parvenu en remportant une unique bataille : ce pays est la France, et cette bataille est celle de Patay.

Souvenez-vous-en ! Et soyez-en fiers, vous autres, petits Français, car il s'agit là du fait de guerre le plus marquant des longues et riches annales de votre pays. Quand vous serez grands, si vous vous rendez en pèlerinage sur le champ de bataille de Patay, découvrez-vous, par respect devant cet immense monument, un monument dont le sommet atteint le firmament. De tout temps, les pays victorieux ont pour habitude de construire des mémoriaux sur leurs champs de bataille, pour perpétuer le souvenir de l'action qui y a été accomplie et le nom des braves qui l'ont accomplie. La France oubliera-t-elle Jeanne d'Arc et Patay ? La France décidera-t-elle de commémorer cette splendide victoire par un monument digne de sa grandeur ? L'avenir le dira…

Mais jetons un bref regard vers le passé et examinons certains faits insolites et impressionnants. La guerre de Cent Ans a commencé en 1337. Elle a fait rage pendant des années et des années, jusqu'au jour où l'Angleterre a terrassé la France par le coup terrible de Crécy. La France s'est relevée, a résisté, année après année, pour s'écrouler une fois encore sous un coup tout aussi dévastateur, celui de Poitiers. La France rassembla une fois de plus ses faibles forces ; la guerre reprit de plus belle ; elle dura et dura, année après année, décennie après décennie. Des enfants naquirent, grandirent, se marièrent, moururent : la guerre continuait ; leurs enfants grandirent, se marièrent, moururent : la guerre se poursuivait ; leurs enfants, devenus adultes à leur tour, virent la France s'effondrer une fois de plus sous le coup le plus terrible de tous : l'affreux désastre d'Azincourt. Et la guerre continua à faire rage, année après année ; ces enfants se marièrent à leur tour, et ainsi de suite…

La France n'était que ruine, désespoir, désolation. Sa moitié nord appartenait à l'Angleterre, à qui nul ne la disputait ni ne la contestait ; sur la moitié sud, qui n'appartenait encore à personne, l'étendard anglais n'allait pas tarder à flotter ; quant au roi de France, il se préparait à jeter sa couronne aux orties et à passer les mers.

Mais voici venir une innocente pucelle de village, issue des obscurs confins du royaume : elle se dresse contre cette vieille et hideuse guerre, ce monstrueux sinistre qui consume tout sur son passage, qui ravage son pays natal depuis trois générations. Débute alors la campagne militaire la plus brève et la plus surprenante de toute l'Histoire des hommes et des nations. En sept semaines, tout est terminé. En sept semaines, la pucelle de village a terrassé le monstre, qui sévissait depuis quatre-vingt-dix ans. À Orléans, elle lui assène un coup terrible ; à Patay, elle lui brise les reins.

C'est à peine croyable, mais encore plus difficile à comprendre. On serait bien en peine d'expliquer de façon satisfaisante une aussi fabuleuse et stupéfiante suite d'événements.

Sept semaines. Avec, ici et là, quelques tueries. La plus sanglante restant celle de Patay, où les Anglais entamèrent les hostilités avec six mille hommes, dont deux mille restèrent sur le terrain. C'est bien peu, si on les compare aux trois défaites précédentes – Crécy, Poitiers et Azincourt – où les Français perdirent près de cent mille soldats, sans compter ceux qui tombèrent au cours de milliers d'escarmouches tout au long de cette guerre. La liste des victimes de cette guerre est d'une longueur décourageante. Les soldats tombés se comptent par centaines de milliers ; ceux des femmes et des enfants, victimes innocentes de brutalités diverses, d'absence de soins et de famines, se montent à des millions.

C'était un ogre, cette guerre ; un ogre qui, pendant un siècle, a dévoré hommes et femmes de France de ses crocs ensanglantés. Jusqu'au jour où, d'un seul geste de sa main menue, cette enfant de dix-sept ans a frappé l'ogre et l'a abattu d'un seul coup. Ci-gît, sur le champ de bataille de Patay, la guerre de Cent Ans, pour ne jamais plus se réveiller !

32

La nouvelle de la grande victoire de Patay ne mit que vingt-quatre heures pour se répandre dans toute la France. Dès qu'un homme l'apprenait, il bondissait de joie, rendait gloire à Dieu et se précipitait chez son voisin pour la lui annoncer ; celui-ci, à son tour, courait à perdre haleine jusqu'à la prochaine ferme, et ainsi de suite. C'est ainsi que, sans relâche, le mot battait la campagne ; si un homme l'apprenait en pleine nuit, quelle que fût l'heure, il bondissait de son lit et portait la bonne nouvelle au prochain îlot d'humanité. La joie contenue dans ce message inondait le pays comme les rayons du soleil se répandent sur la contrée après une éclipse. L'image s'applique d'autant mieux que la France, pour ainsi dire, venait de subir les effets d'une interminable éclipse qui l'avait recouverte d'un catafalque de ténèbres, et que cette marée lumineuse repoussait de son irrésistible et blanche splendeur.

La nouvelle parvint à Yeuville ; elle précédait les troupes ennemies en fuite ; la ville se révolta contre les occupants anglais et ferma ses portes au nez de leurs compatriotes venus s'y réfugier. Elle vola jusqu'à Montpipeau, Saint-Simon et d'autres forteresses anglaises ; sitôt mises au courant, les garnisons incendiaient la place et prenaient la clef des champs.

Un détachement de notre armée occupa Meung et mit la ville à sac.

Quand nous revînmes à Orléans, la liesse qui régnait dans la cité était cinquante fois supérieure à toutes celles que nous avions connues auparavant, ce qui veut tout dire. La nuit venait de tomber ; les illuminations étaient tellement somptueuses que nous avions la sensation de plonger dans une mer de feu ; quant au bruit, acclamations de la multitude, tonnerre des canons, tintamarre des cloches, nos tympans n'avaient jamais subi vacarme aussi infernal. De toutes parts, s'élevait un cri qui déferla sur nous comme la tempête quand nous franchîmes les portes de la ville : « Bienvenue à Jeanne d'Arc ! Place, place au sauveur de la France ! » On entendait aussi crier : « Crécy est vengé ! Poitiers est vengé ! Azincourt est vengé ! Vive Patay ! »

Une folie ! absolument inimaginable… On avait placé les prisonniers au centre de la colonne. Quand le peuple aperçut son vieil ennemi, Talbot, qui l'avait fait danser si longtemps au rythme brutal et impérieux de sa musique militaire, je vous laisse imaginer la clameur qui s'éleva, d'une ampleur impossible à décrire. La vue de leur pire ennemi comblait les Orléanais de bonheur. Ils voulurent s'emparer de lui et le pendre ; aussi, pour le protéger, Jeanne le fit-elle défiler avec elle en tête de la colonne. Ils formaient un couple surprenant.

33

Orléans était donc plongée dans un délire de félicité. La ville avait invité le roi et se livrait à de somptueux préparatifs pour l'accueillir dignement. Mais Sa Majesté ne daigna pas faire le déplacement. À l'époque, le roi était encore le serf de La Trémoille. Or, le serf rendait visite à son maître, au château de Sully-sur-Loire.

À Beaugency, Jeanne s'était engagée à réconcilier le roi avec le connétable Arthur de Richemont. Elle emmena donc ce dernier avec elle à Sully-sur-Loire et elle remplit sa promesse. Les exploits de Jeanne d'Arc sont au nombre de cinq : la levée du siège d'Orléans, la victoire de Patay, la réconciliation de Sully-sur-Loire, la campagne pacifique, le couronnement du roi.

Parlons tout d'abord de la campagne pacifique qui a précédé le sacre. C'est ainsi que l'on nomme la longue marche que Jeanne a entreprise en pays ennemi, d'abord de Gien jusqu'à Reims, puis jusqu'aux portes de Paris, en capturant toutes les villes et forteresses anglaises qui se trouvaient sur son passage ; et cela grâce au prestige de son nom, sans verser une goutte de sang ; de ce point de vue, c'est l'une des campagnes militaires les plus surprenantes de l'Histoire ; des nombreux exploits guerriers de Jeanne, c'est, en tout cas, le plus glorieux.

Parmi les accomplissements importants de Jeanne se range aussi la réconciliation de Sully-sur-Loire. Nul autre qu'elle n'aurait pu la mener à bien ; en fait, aucune personnalité de haut rang ne s'y serait risquée. Son intelligence, sa science militaire, son habileté politique faisaient du connétable de Richemont l'homme le plus capable de France. Il était d'une loyauté éprouvée et d'une probité absolue, vertus qui ne pouvaient que lui attirer l'hostilité des courtisans.

En rétablissant Richemont dans la faveur royale, Jeanne réussit à assurer la réalisation complète de la grande œuvre qu'elle avait entamée. Avant de le rencontrer, Jeanne ne connaissait pas Richemont ; elle fit sa connaissance lors de sa première entrevue, quand il se joignit à elle avec ses troupes. Or, en lui, elle reconnut d'emblée celui qui allait achever et parfaire sa tâche, et lui donner des fondations durables. Une telle qualité de jugement est étonnante pour une jeune fille de son âge. Oui, elle avait bien l'œil voyant, selon l'expression de nos chevaliers. Oui, elle possédait en effet ce don exceptionnel, l'un des plus rares et des plus précieux qu'il soit donné d'avoir. Certes, l'essentiel venait d'être fait ; il ne restait rien de bien extraordinaire à accomplir, mais le peu qui restait à faire ne pouvait être confié aux imbéciles qui entouraient le roi ; cela exigeait, en effet, un doigté infaillible en matière de diplomatie, joint à la volonté et au pouvoir de harceler militairement l'ennemi, avec ténacité et pugnacité. De temps à autre, pendant encore un quart de siècle, il allait falloir engager victorieusement un certain nombre de batailles, qu'un homme valeureux pouvait livrer sans déranger indûment le reste du pays ;

ainsi, de façon sûre et progressive, les Anglais allaient devoir quitter à jamais la France.

C'est exactement ce qui arriva. Plus tard, après la mort de Jeanne, sous l'influence de Richemont, le roi allait devenir un homme, un vrai roi, un brave guerrier, entreprenant et courageux. Six ans à peine après Patay, il allait prendre lui-même la tête de plusieurs assauts, combattant avec de l'eau jusqu'à la ceinture au fond des douves des forteresses, escaladant des échelles de siège sous un feu nourri avec une audace qui lui aurait gagné l'admiration de Jeanne d'Arc. Charles VII et Richemont ont fini par débarrasser la France de toute présence anglaise, y compris dans les régions où les Anglais régnaient depuis trois cents ans. Dans ces provinces, une grande précaution était de rigueur car la domination anglaise s'y était exercée de façon bénigne et équitable, or celui qui a été bien traité n'est généralement pas enclin au changement.

Lequel des cinq exploits de Jeanne fut le plus grand ? D'après moi, ils le furent tous, à tour de rôle. Ils se valent tous. Aucun n'est plus grand que le suivant. Chacun d'entre eux forme une étape essentielle de l'ascension. On ne peut en laisser un seul de côté ni le remplacer par un autre.

Prenons le couronnement. Ce chef-d'œuvre de diplomatie est sans parallèle dans l'Histoire. Le roi n'en soupçonnait nullement l'importance. Ses ministres non plus, du reste, ni l'astucieux Bedford, le représentant de la Couronne anglaise. Cet avantage, d'une importance incalculable, était à la portée à la fois du roi et du duc de Bedford, qui auraient pu l'un et l'autre l'utiliser. Le roi ne pouvait le faire qu'après un déplacement audacieux de ses pions, tandis que Bedford, lui, n'aurait eu aucun effort à fournir. Mais ni l'un ni l'autre n'était conscient de sa valeur et ne songea à en tirer avantage. De tous les hommes avisés qui vivaient à l'époque en France, une seule personne avait estimé à sa juste valeur, depuis le début, ce joyau délaissé, car elle ne cessa jamais d'en parler comme d'un élément primordial de sa mission : Jeanne d'Arc !

Comment le savait-elle ? Tout simplement parce qu'elle était une paysanne. C'est aussi simple que cela. Elle appartenait au peuple et elle connaissait le peuple ; les autres vivaient dans la sphère éthérée des gens de pouvoir, qui ignorent tout de cette réalité que recouvre le mot « peuple ». Généralement, on prête assez peu d'importance à cette masse floue, informe, indéterminée, que l'on nomme le peuple, appellation généralement assez méprisante. C'est une attitude étrange, car le peuple est l'unique soutien du trône ; en l'absence de ce soutien, rien au monde ne peut sauver un trône.

Maintenant, considérez ce simple fait : en France, à l'époque, tout ce que le curé de la paroisse pensait, ses ouailles le pensaient également ; ils estimaient leur curé, ils le vénéraient même ; il était leur ami fidèle, leur protecteur, leur réconfort, leur unique secours en cas de besoin ; il jouissait de leur confiance ; tout ce qu'il leur demandait, ils le faisaient, avec une obéissance aveugle et affectueuse, quel qu'en fût le prix. Pour résumer : le curé de la paroisse représentait l'autorité morale du pays. Il suffisait que tous les curés de tous les villages de France retirassent leur soutien au roi pour que celui-ci ne fût plus que l'ombre de lui-même. Il n'avait plus qu'à abdiquer.

Un prêtre est consacré dans son office par la main de Dieu, qui agit par l'intermédiaire de l'évêque, représentant désigné de Dieu sur la terre. Cette consécration est définitive ; nul ne peut la remettre en question ; le plus naïf des paroissiens sait cela. Aux yeux du curé et de ses paroissiens, donc, quiconque a été oint par Dieu remplit une fonction dont l'autorité ne peut être contestée par aucun pouvoir terrestre. Aux yeux du curé et de ses paroissiens, un roi qui n'a pas été couronné ressemble à une personne qui serait destinée aux saints ordres mais qui n'aurait pas encore reçu le sacrement de l'ordination. Autrement dit, un roi qui n'avait pas été couronné était douteux ; à peine la main de l'évêque, qui est le serviteur de Dieu, a-t-elle oint le roi que le doute est levé ; le curé et ses paroissiens deviennent aussitôt ses loyaux sujets ; tant que le roi vivra, ils ne reconnaîtront pas d'autre souverain que lui.

Aux yeux de Jeanne d'Arc, cette jeune et simple paysanne, Charles VII ne pouvait être roi tant qu'il n'était pas couronné ; en attendant, il n'était que le dauphin, c'est-à-dire l'héritier du trône. D'ailleurs, jusqu'à la cérémonie du sacre, Jeanne ne l'a jamais appelé autrement que le « dauphin ». Jeanne était comme un miroir qui reflétait l'image des habitants les plus humbles de France. Aux yeux de cette force obscure et sous-jacente qui se cache sous le nom de « peuple », avant le sacre, Charles VII n'était pas encore roi, mais seulement dauphin. À partir de la cérémonie du sacre, et grâce à ce sacrement, il est devenu, de façon indubitable et irrévocable, le roi de France.

Comprenez-vous, à présent, l'importance primordiale de la manœuvre que représentait le sacre sur l'échiquier politique de l'époque ? Bedford ne l'a compris qu'après coup ; il tenta, mais trop tard, de corriger son erreur en faisant couronner, à son tour, son roitelet anglais.

Les actions les plus remarquables de Jeanne peuvent se comparer à une partie d'échecs. Elle réussit à manœuvrer toutes ses pièces dans un ordre impeccable, avec une dextérité parfaite, qui donna à tous ses mouvements leur pleine efficacité. Chacun de ses coups, au moment où il était accompli, paraissait plus génial que les autres ; le résultat final les fait apparaître, tous autant qu'ils sont, comme également essentiels et importants.

34

La campagne de la Loire qui venait de s'achever libérait la voie qui menait à Reims. Les obstacles qui s'opposaient au sacre étaient écartés. Quant à Jeanne, sa mission divine devait s'achever avec cette cérémonie. Bientôt, elle en aurait fini avec la guerre ; elle allait retrouver son foyer et ses troupeaux pour ne les plus quitter. Elle en rêvait déjà. Elle avait hâte de voir son rêve se réaliser. Elle en parlait avec tant d'enthousiasme que je commençais à douter des deux prophéties annonciatrices de sa mort prochaine ; plus ma croyance en ces prophéties vacillait, plus je me sentais encouragé à en douter.

Le roi ne se sentait pas encore pleinement rassuré à l'idée de se rendre à Reims, car il fallait traverser une région gardée par de puissantes forteresses anglaises. Jeanne, elle, n'en faisait pas grand cas ; ces places fortes ne lui inspiraient guère de crainte, car elle comptait sur le profond découragement qui affectait les troupes anglaises.

Une fois de plus, c'était Jeanne qui avait raison. Notre marche sur Reims fut, à vrai dire et à quelques incidents mineurs près, une promenade d'agrément. Pour éviter de nous ralentir, Jeanne ne s'encombra d'aucune pièce d'artillerie, tant elle était sûre de pouvoir s'en passer. Le 29 juin, nous avons quitté Gien avec douze mille hommes. Le roi chevauchait entre la Pucelle et le duc d'Alençon. Ils étaient suivis par quelques princes du sang, le Bâtard d'Orléans, le maréchal de Boussac et l'amiral de France. Puis venaient La Hire, Poton de Xaintrailles, La Trémoille, et une longue procession de nobles et de chevaliers.

Nous campâmes trois jours devant Auxerre. Les bourgeois de la cité nous fournirent des vivres et envoyèrent une délégation à la rencontre du roi, mais nous n'entrâmes pas dans la ville.

Saint-Florentin ouvrit ses portes au roi.

Le 4 juillet, nous avons atteint Saint-Phal, une localité située à cinq lieues de Troyes, une ville qui représentait beaucoup à nos yeux ; nous nous souvenions, en effet, de notre ami le Tournesol qui, sept ans auparavant, brandissait un drapeau noir en signe de deuil pour nous annoncer la terrible nouvelle du traité de Troyes qui livrait la France à l'Angleterre par le truchement du mariage forcé de la fille de notre lignée royale avec le boucher d'Azincourt. Les Troyens n'y étaient pour rien, bien entendu, mais nous ne pouvions empêcher la colère de monter en nous à ce souvenir ; nous priions pour qu'un grave malentendu eût lieu qui nous permît de nous emparer de la place et de la raser. La ville abritait une importante garnison de soldats anglais et bourguignons, qui attendaient des renforts en provenance de Paris. Avant la tombée de la nuit, nous campions devant ses portes et nous eûmes le plaisir d'étriller un bataillon de défenseurs malavisés qui avaient tenté une sortie contre nous.

Jeanne somma la garnison de se rendre. Cette mise en demeure fit ricaner son capitaine, à qui il n'avait pas échappé que nous manquions d'artillerie. Il y répondit de façon ostensiblement grossière. Les cinq jours suivants donnèrent lieu à moult consultations et négociations, sans aucun résultat. Découragé, le roi s'apprêtait à s'en retourner. Il craignait, en effet, de poursuivre son chemin en laissant derrière lui la menace que représentait une place forte de cette importance. C'est alors que La Hire tint des propos cinglants à l'adresse de certains conseillers du roi :

— Nous avons entrepris cette expédition à l'initiative de la Pucelle d'Orléans. Je suis d'avis que nous devrions entendre son jugement, qui fait préséance sur celui de quiconque d'autre, quel que soit son rang ou son ascendance.

C'étaient des propos sages et de bon aloi. Le roi fit quérir la Pucelle et lui demanda son avis sur la situation. Pleine d'assurance, elle répondit :

— En trois jours, sire, la place sera vôtre.

— Si nous pouvions en être certains, intervint le chancelier, nous attendrions volontiers six jours.

— Six jours… En nom Dieu, sire, nous franchirons les portes demain !

Jeanne monta en selle et passa ses troupes en revue en criant :

— Au travail ! Activez les préparatifs ! Besognons, les amis, besognons ! Nous donnons l'assaut demain à l'aube !

Elle mit elle-même la main à la tâche, payant de sa personne, comme n'importe quel soldat. Elle ordonna la fabrication de quantité de claies et de fagots pour combler le fossé, et elle prit une part active à ce dur labeur.

À l'aube, Jeanne se plaça en tête des troupes d'assaut. Le clairon retentit, donnant le signal de l'attaque. Un drapeau blanc apparut soudain sur les remparts de la ville. Troyes se rendait sans coup férir.

Le lendemain, le roi entra dans la ville, avec Jeanne à son côté, accompagnée du Paladin porteur de l'étendard. Ils précédaient notre armée, dont les rangs grossissaient chaque jour davantage.

Un curieux incident se produisit. Les conditions de reddition passées avec la garnison autorisaient les soldats anglais et bourguignons à emporter « leurs biens » avec eux. C'était justice car, sans cela, ils ne pourraient acheter leur ravitaillement. Ils devaient tous emprunter la même porte pour quitter la ville ; aussi, au moment prévu, nous autres, jeunes gens, en compagnie du Nain, nous fîmes le guet à cette porte, pour voir passer nos ennemis. Nous les vîmes arriver, en une seule colonne, les fantassins en tête. Tandis qu'ils approchaient, nous nous aperçûmes que chacun d'entre eux transportait sur son dos un volumineux fardeau ; la vue de ces simples soldats en possession d'un aussi considérable butin nous étonna grandement. Quand ils arrivèrent à notre hauteur, l'explication nous sauta aux yeux : chacun d'entre eux transportait un prisonnier français sur son dos ! Ils emportaient « leurs biens », leur propriété, profitant pleinement de l'autorisation accordée par le traité.

Ils étaient dans leur droit : ces prisonniers leur appartenaient, c'était indéniable. Nous ne pouvions remédier nous-mêmes à la situation, mais nous nous efforçâmes cependant de lui trouver une solution. Nous envoyâmes en toute hâte un messager prévenir Jeanne, tandis que nos gardes interdisaient à la colonne ennemie d'aller plus avant, afin de gagner du temps. Un gros Bourguignon perdit patience, jura que nul ne saurait l'arrêter et qu'il allait sortir sur l'heure avec son prisonnier. Il déchanta vite, car nous lui prouvâmes son erreur en lui barrant fermement le passage. Il explosa en imprécations et en jurons variés, jeta son fardeau sur le sol, remit son infortuné prisonnier sur ses pieds, tira son coutelas et nous prit à partie, d'un ton menaçant :

— D'après vous, je ne puis l'emporter, hein ? Mais il est mien, non ? Nul ne peut le contester. Puisque je ne puis emporter mon bien, je ne vois qu'une solution : je vais l'égorger. C'est mon droit, même des crétins comme vous ne peuvent le nier. Vous aviez tout prévu sauf ça, n'est-ce pas, vermines d'Armagnacs ?

Son prisonnier, misérable et famélique, nous suppliait, avec un regard implorant, de lui sauver la vie ; il balbutiait quelque chose à propos de sa femme et de ses enfants qui l'attendaient à la maison. Sa supplique nous fendit l'âme, mais que pouvions-nous faire ? Le Bourguignon était dans son droit. Nous ne pouvions que plaider de notre mieux la cause de son prisonnier. C'est ce que nous fîmes, au grand plaisir du Bourguignon, que nos efforts amusaient beaucoup. Il tenait sa main en coupe derrière son oreille pour mieux nous entendre, en riant aux larmes. C'était des plus humiliant. Le Nain finit par intervenir :

— Je vous prie, jeunes messires, de m'accorder une chance de convaincre ce vilain ; en matière de persuasion, j'ai comme un don particulier, comme vous le diront tous ceux qui me connaissent bien. Je vous vois sourire ; autant pour ma vanité, je vous l'accorde. Cependant, avec votre permission, j'aimerais m'entretenir un moment avec lui, juste pour voir.

Sur ce, le Nain s'approcha du Bourguignon et commença à lui tenir un gentil petit discours, d'un ton affable et courtois. Il en vint à prononcer le nom de la Pucelle ; il tenait à expliquer à ce soldat combien, avec sa générosité naturelle de cœur, Jeanne allait apprécier sa mansuétude et le complimenter pour le bon geste qu'il était sur le point de faire…

Il ne put terminer son discours. Le Bourguignon lui coupa la parole en éructant une grossière insulte contre Jeanne d'Arc. Nous allions lui sauter dessus quand le Nain, dont le visage avait blêmi, nous repoussa fermement :

— Permettez ! Ne suis-je point son garde du corps ? C'est mon affaire…

Sa main droite se porta soudain à la gorge du gros Bourguignon. Il la serra très fort en soulevant son propriétaire sur la pointe des pieds.

— Tu insultes la Pucelle, lui dit-il. Or la Pucelle est la France. La langue qui commet cette vilenie doit prendre congé.

On entendit un craquement sourd d'articulations et d'os broyés. Les yeux du Bourguignon, soudain fixes et vitreux, grossirent démesurément dans ses orbites. Le teint de son visage vira au pourpre violacé. Ses mains s'agitèrent un moment dans les airs avant de retomber, molles et inertes ; un dernier spasme secoua son corps, puis il se détendit et se figea dans l'immobilité. Le Nain rouvrit sa main : le Bourguignon s'effondra, avec un bruit mat et feutré, de toute sa masse, sur le sol.

Nous coupâmes les liens du prisonnier en lui disant qu'il était libre. Son humilité de reptile se mua soudain en une joie hystérique, et sa peur abjecte en une rage puérile. Au lieu de décamper sans demander son reste, il se rua sur le cadavre pour le botter, lui cracher au visage, le piétiner, lui enfourner de la boue plein la bouche, en riant, en se gaussant de lui, en lui expédiant des salves de jurons, des bordées d'insanités bestiales. C'était assez prévisible, dans un sens : on ne recrute pas de fantassins dans les couvents. La scène amusa quelques spectateurs, en laissa d'autres de marbre, mais ne surprit personne. Tout à ses gambades et à ses cabrioles, l'ex-prisonnier s'aventura sans y prendre garde tout près de la file des Bourguignons ; l'un d'eux saisit l'occasion et, rapide comme l'éclair, il lui trancha la gorge de son couteau ; sa victime poussa un cri suraigu et inarticulé avant de s'effondrer sur le sol ; une giclée de sang vermeil issu de sa carotide décrivit un beau jet rectiligne jusqu'à une distance d'au moins dix pieds. Un rire général éclata dans les deux camps. Ainsi se termina l'un des plus pittoresques épisodes de ma carrière militaire.

Sur ces entrefaites, Jeanne arriva. L'incident la troubla. Elle prêta une oreille attentive aux récriminations de la garnison ennemie.

— Le bon droit est de votre côté, leur dit-elle. Il n'y a aucun doute. Un mot aussi vague et ambigu n'aurait pas dû être introduit dans ce traité. Cependant, vous ne pourrez pas emporter avec vous ces pauvres hères. Ce sont des Français, et je ne vous le permettrai pas. Le roi versera une rançon pour chacun d'eux. Attendez ici de mes nouvelles. Surtout, ne touchez pas à un seul cheveu de ces malheureux ; autrement, je vous promets, moi qui vous parle, de vous le faire payer très cher.

L'affaire close, les prisonniers sains et saufs pour l'instant, Jeanne repartit en hâte auprès du dauphin pour lui demander cette faveur ; elle repoussa énergiquement les avis contraires et elle tint bon. Le dauphin finit pas céder. Il l'autorisa à faire comme elle l'entendait. Jeanne revint et, au nom du roi, elle racheta tous les captifs.

35

À Troyes, nous eûmes le plaisir de revoir le lieutenant du roi, Guillaume Bellier, qui avait reçu Jeanne dans son château de Chinon alors qu'elle venait tout juste de quitter sa contrée natale. Elle le nomma sur-le-champ bailli de la ville, avec la permission du dauphin.

Et nous voici repartis sur les routes. Châlons se rendit sans coup férir. C'est près de cette cité que Jeanne répondit à quelqu'un qui lui avait demandé ce qu'elle craignait dans le futur : « Je ne crains rien, si ce n'est la trahison ! » Qui pourrait y songer ? Qui serait capable d'envisager une chose pareille ? Et pourtant, elle venait de prophétiser. En vérité, l'homme est un bien pitoyable animal.

Nous avons poursuivi notre marche, inlassablement. Enfin, le 16 juillet, nous sommes arrivés en vue du but ultime de notre interminable chevauchée : les hautes tours de la cathédrale de Reims, qui s'élevaient à l'horizon ! Des hourras retentirent, poussés par toute l'armée. Quant à Jeanne d'Arc, bien droite sur son coursier, vêtue de son blanc harnois, elle contemplait le lointain, ravissante, belle comme un rêve ; une joie indescriptible, surnaturelle, se peignait sur son visage. Sa sublime mission s'achevait sur un triomphe.

Demain, elle pourrait prononcer ces mots : « Ma tâche est terminée ! Permettez-moi de m'en aller… »

Nous avons campé, dans la hâte, l'agitation, le tumulte des préparatifs. L'archevêque et les dignitaires de la ville nous rendirent visite ; à leur suite vint défiler la foule des citadins et des campagnards, portant des bannières et jouant de la musique ; ils envahissaient le camp, vague après vague, ivres d'allégresse. Toute la nuit, les Rémois durent travailler d'arrache-pied pour préparer la ville en vue de la cérémonie, jouant de la scie et du marteau, décorant et festonnant les rues et les places, parant l'intérieur et l'extérieur de la cathédrale d'opulentes tentures afin de la revêtir de splendeur.

Nous nous sommes mis en route de bon matin. La cérémonie du sacre commençait à neuf heures ; elle devait durer cinq heures. Nous savions que la garnison anglo-bourguignonne avait abandonné toute velléité de barrer la route à la Pucelle. Les portes nous seraient grandes ouvertes et la ville se tenait prête à nous accueillir dans la liesse.

La matinée était agréable, ensoleillée, mais fraîche et revigorante. L'armée était en grande forme, superbe à voir, tandis qu'elle sortait du camp en s'étirant au fur et à mesure qu'elle s'éloignait pour sa dernière marche, au cours de cette campagne pacifique du couronnement.

Jeanne, sur son coursier noir, entourée de son état-major, avait pris position pour une dernière revue d'adieu. Il n'était pas prévu, en effet, qu'elle poursuive sa vie de soldat, qu'elle continue de combattre, avec ces hommes ou avec d'autres, après cette journée. L'armée le savait. Les soldats étaient persuadés qu'ils voyaient pour la dernière fois la frimousse enfantine de leur gracieux chef de guerre, devenu leur mascotte, leur fierté, l'objet de leur dévotion, à qui ils attribuaient toutes sortes de titres de noblesse de leur invention, tels que Fille-Dieu, Salut de la France, Aimée de la Victoire, Page du Christ, et d'autres encore, plus tendres et plus intimes, que les hommes rudes donnent volontiers aux enfants qu'ils aiment. Nous eûmes la surprise d'assister alors à quelque chose de totalement improvisé, suscité par l'émotion ressentie de part et d'autre. Auparavant, quand ils défilaient, les hommes de chaque bataillon poussaient de viriles acclamations et marchaient la tête haute, le regard fier, au roulement des tambours, au son des fifres et des clairons qui jouaient des hymnes de victoire. Aujourd'hui, c'était totalement différent. S'il n'y avait eu un son impressionnant, en fermant les yeux, on se serait cru au royaume des morts. On n'entendait que lui, dans la torpeur estivale, ce son unique : le grondement sourd de l'ost en marche. Au moment où la masse des rangs serrés défilait dans le plus profond silence, quand ils passèrent devant Jeanne, les hommes levèrent tous la main droite et la posèrent sur leur tempe, la paume tournée vers l'avant, les yeux tournés vers elle, en signe de reconnaissance, comme un ultime adieu muet. Ils gardèrent leur salut, main levée en signe de respect et de dévotion, pendant plusieurs pas après l'avoir dépassée. Trop émue, Jeanne s'essuyait parfois les yeux avec un bout d'étoffe ; alors, un imperceptible frémissement d'émotion traversait les visages rudes des soldats qui défilaient.

Généralement, après une victoire, un défilé militaire submerge l'âme des témoins de jubilation. Celui-ci, en revanche, nous brisait le cœur.

Nous approchions du manoir de l'archevêque où le dauphin avait passé la nuit. Sa Majesté était prête. Un bref galop nous permit de reprendre notre place en tête de l'armée. Comme d'habitude, une foule de campagnards accourait de tous côtés pour se masser le long de la route et regarder passer Jeanne. Nous traversions une vaste étendue herbeuse et ces lignes de paysans faisaient comme une double haie entre laquelle nous chevauchions. On aurait dit une immense ceinture, joliment colorée, qui s'étirait de chaque côté de la route. Les filles et les femmes portaient un chemisier blanc et une robe rouge vif. Elles ressemblaient à une longue frise, ornée de lys et de coquelicots, qui se déroulait sous nos yeux à l'infini. Ces jours derniers, c'était comme si nous avancions dans une allée bordée de fleurs multicolores, mais, au lieu d'être dressées sur leur tige, ces fleurs s'agenouillaient sur notre passage ; oui, elles s'agenouillaient, ces fleurs humaines, les mains tendues vers Jeanne d'Arc et le visage inondé de larmes de gratitude. Les femmes qui se tenaient au bord de la route lui saisissaient les pieds pour les embrasser et poser sur eux leurs joues humides. Pendant tout le trajet, je n'ai vu personne, de l'un ou l'autre sexe, qui ne se fût pas découvert et agenouillé sur le passage de Jeanne. Plus tard, durant le procès en condamnation, ces scènes touchantes de tendresse populaire seront citées à sa charge. Cet inique tribunal l'accusera d'avoir fait l'objet d'un culte, d'avoir été adorée par le peuple, ce qui, d'après ses juges mécréants, prouvait qu'elle était une hérétique.

Nous approchions de la cité. La longue courbe des remparts, ponctuée de tours, qu'égayaient des milliers d'étendards, était noire de monde. L'air, obscurci par les nuages de fumée, vibrait du fracas de l'artillerie. Nous franchîmes les portes de la ville en grand apparat et formâmes une immense procession qui serpenta le long des rues. Les guildes de marchands et d'artisans, en habits de cérémonie, précédées de leurs bannières, nous emboîtaient le pas. Les rues et les ruelles grouillaient de gens qui nous acclamaient ; les fenêtres, et même les toitures débordaient de monde ; de riches étoffes vivement colorées pendaient des balcons ; les milliers de mouchoirs agités aux fenêtres, vus en perspective du haut de nos montures, semblaient une tempête de neige.

Le nom de Jeanne avait été introduit dans la liturgie du sacre, honneur insigne jusqu'ici réservé aux personnes de sang royal. Mais des marques plus humbles de vénération lui furent rendues, dont elle tirait autant de fierté : les gens du peuple avaient fait frapper quantité de médailles à son effigie, marquées de ses armoiries, qui leur servaient de porte-bonheur. On en voyait partout à la ronde.

Nous fîmes une halte au palais archiépiscopal, où le roi et Jeanne devaient loger. Le roi envoya chercher la sainte ampoule, le flacon d'huile sainte, à l'abbaye de Saint-Remi. Cette huile n'était pas de l'huile ordinaire ; elle avait été faite au Ciel, ainsi que le flacon ; des anges l'avaient apportée à cette abbaye lors du baptême de Clovis. Je le savais déjà car le père Fronte m'en avait conté l'histoire à Domrémy. Je ne puis vous exprimer l'émoi qui me saisit quand je vis ce flacon ; j'étais conscient que je regardais de mes propres yeux quelque chose qui avait appartenu au Ciel ; quelque chose qui avait été apporté par des anges, envoyés sans aucun doute par Dieu Lui-même ? Or, j'étais en train de voir ce quelque chose, là, sous mes propres yeux. À un moment donné, j'aurais presque pu le toucher. Mais j'ai pris peur, car Dieu Lui-même l'avait peut-être touché. Sans doute l'avait-Il touché.

C'est avec l'huile de ce saint flacon que l'on avait oint Clovis, puis, à sa suite, tous les rois de France. En effet, depuis l'époque de Clovis, c'est-à-dire depuis neuf cents ans. Comme je vous le disais, le roi avait envoyé chercher le flacon d'huile sacrée, et nous l'attendions. Sans cette huile, le sacre n'aurait eu aucune validité.

Pour obtenir le flacon, il fallait procéder selon un cérémonial très ancien. Sans cela, l'abbé de Saint-Remi, qui était le gardien héréditaire de la sainte ampoule, n'aurait pu la céder. Comme le voulait la coutume, donc, le roi désigna cinq personnes appartenant à la plus haute noblesse pour chevaucher, en grand apparat, jusqu'à la chapelle de Saint-Remi, et servir de garde d'honneur à l'archevêque de Reims et à ses chanoines qui devaient demander la sainte ampoule au nom du roi. Quand les cinq chevaliers furent prêts à partir, ils s'agenouillèrent sur un rang, joignirent les mains devant leur visage et firent serment sur leur propre tête d'apporter le flacon sacré en toute sécurité et de le rapporter à Saint-Remi après le sacre. Sous cette noble escorte, l'archevêque et sa suite se mirent en route pour Saint-Remi. L'archevêque était en habit de cérémonie, coiffé de la mitre et il tenait sa crosse en main. Le groupe se présenta devant le porche de Saint-Remi et prit position de manière à recevoir dignement la sainte ampoule. Les accents majestueux de l'orgue soutenaient un chœur de voix graves et profondes ; l'archevêque et sa suite aperçurent, venant à leur rencontre, du fin fond obscur de la chapelle, une longue rangée de cierges allumés. C'était l'abbé, en tenue sacerdotale, qui portait le flacon, suivi de sa congrégation. Il tendit cérémonieusement la fiole à l'archevêque, qui prit le chemin du retour. C'était très impressionnant car, tout le long du trajet, la sainte ampoule chemina entre deux rangées d'hommes et de femmes qui étaient allongés à plat ventre et plongés en prière, tandis que passait cette chose impressionnante qui venait tout droit des Cieux.

La procession parvint au grand portail de la façade occidentale de la cathédrale. L'archevêque pénétra à l'intérieur, au son des cantiques. Des milliers de gens emplissaient l'immense vaisseau. Seule l'allée centrale restait libre. L'archevêque et ses chanoines s'y engouffrèrent. Derrière eux, les cinq chevaliers revêtus d'armures étincelantes, porteurs de leur bannière seigneuriale, les suivaient à cheval.

Quelle vision magnifique ! Oh ! leur chevauchée, dans l'immensité caverneuse de la nef, éclairés au passage par les rayons de lumière multicolore en provenance des gigantesques vitraux ! On ne peut rêver spectacle plus grandiose !

Ils chevauchèrent ainsi jusqu'au chœur, situé à une distance d'au moins quatre cents pieds du portail, à ce que l'on dit. L'archevêque les remercia. Ils le saluèrent en courbant la tête si bas que le plumet de leur heaume effleura l'encolure de leur destrier. Puis, faisant danser et caracoler leurs fières montures, ils partirent à reculons jusqu'à la sortie – c'était très gracieux à voir. Arrivés au portail, ils firent cabrer leurs chevaux, les firent virevolter, puis ils disparurent au grand galop.

Pendant quelques minutes, un long silence s'imposa, comme dans l'attente de quelque chose, un silence si profond qu'on aurait dit que l'innombrable assemblée dormait paisiblement. On aurait pu entendre une mouche voler. Soudain, quatre cents trompettes se mirent à retentir à l'unisson et deux silhouettes se dessinèrent en contre-jour dans l'arche gothique du grand portail occidental : c'était Jeanne et le roi. Ils s'avancèrent lentement, côte à côte, sous une tempête d'ovations, une explosion de clameurs et de cris, soutenus par le tonnerre des orgues et les hymnes lancés à pleine voix par les chœurs. Derrière Jeanne venait le

Paladin avec l'étendard déployé. Il faut avouer qu'il avait fière allure. Il était conscient que tout le monde le regardait et admirait la splendeur du surcot qui recouvrait son armure.

À côté du Paladin marchait le sieur d'Albret, qui remplaçait le connétable de France et qui tenait l'épée royale.

Ensuite venaient les six pairs laïques de France, en grande tenue : trois princes du sang, La Trémoille et les deux frères Laval.

Ils étaient suivis par les six pairs ecclésiastiques : l'archevêque de Reims et les évêques de Laon, Châlons, Orléans, Noyon et Langres.

Derrière eux venaient les grands généraux d'état-major, que tout le monde s'efforçait de reconnaître. Au milieu du brouhaha, on distinguait des cris qui révélaient où se trouvaient deux d'entre eux : « Longue vie au Bâtard d'Orléans ! – Vive Satan La Hire ! »

L'auguste procession finit par prendre place : la cérémonie du sacre pouvait commencer. Elle fut longue et imposante, ponctuée de prières, de cantiques, de sermons, et des solennités qui conviennent à ce genre d'occasion. Jeanne, tenant son étendard, resta debout pendant toute la durée du sacre, à côté du roi. Arriva enfin le moment tant attendu : le roi prêta serment et fut oint avec le saint chrême. Un pair du royaume, splendidement accoutré, se présenta, accompagné de ses pages et de ses écuyers. Il portait la couronne de France qui reposait sur un coussin. Il s'agenouilla et la tendit au roi. Celui-ci parut hésiter. En fait, il hésita, car il tendit la main et, soudain, il suspendit son geste ; sa main resta immobile au-dessus de la couronne, les doigts entrouverts, prêts à la saisir. Cela ne dura qu'un bref instant, mais un instant notoire, car il faillit provoquer un arrêt du cœur aux innombrables spectateurs, qui en eurent le souffle coupé. Le roi, donc, arrêta son geste un bref moment ; son regard chercha celui de Jeanne ; leurs yeux se rencontrèrent. Elle lui fit un sourire qui exprimait toute la joie que pouvait lui offrir si belle âme. Le visage du roi s'illumina et il sourit en retour. Il prit alors la couronne et, d'un geste royal, il l'éleva lentement et se la posa sur la tête.

Les clameurs qui s'élevèrent sont indescriptibles. Ce n'étaient que cris, hurlements, ovations, d'une puissance inimaginable, soutenus par le chant des chœurs et les ronflements puissants des grandes orgues. Dehors, les cloches battaient à toute volée au milieu du tonnerre des canons.

Le rêve fou, le rêve incroyable, le rêve impossible de la petite paysanne venait de s'accomplir : l'héritier du trône de France était couronné et la suprématie anglaise brisée !

Jeanne était comme transfigurée. Une joie divine illuminait son visage. Elle tomba à genoux aux pieds du roi et le contempla, en pleurant à chaudes larmes. Ses lèvres tremblantes laissèrent passer quelques douces paroles, qu'elle prononça d'une voix basse, brisée par l'émotion :

— Gentil roi, ores est exécuté le plaisir de Dieu qui voulait que je lève le siège d'Orléans et que je vous amène en cette cité de Reims recevoir votre saint sacre en montrant que vous êtes vrai roi et celui auquel le Royaume doit appartenir. J'ai accompli la tâche qui m'était échue. Avec votre bénédiction, permettez-moi, doux sire, de retourner auprès de ma mère, pauvre et âgée, qui a grand besoin de moi.

Le roi l'invita à se relever. Puis, devant l'assemblée, il évoqua ses exploits en la couvrant de louanges ; il confirma ses titres de noblesse et il l'éleva à la dignité de comte ; il lui accorda une maison militaire et des officiers en nombre correspondant à son rang.

— Tu as sauvé notre Couronne, lui dit-il. Parle, demande, ordonne. Quels que soient tes désirs, ils seront satisfaits, quoi qu'il en coûtât au Royaume.

C'étaient des propos dignes d'un roi. Jeanne se remit à genoux :

— Gentil roi, si, dans votre compassion infinie, vous daignez en donner l'ordre, je vous supplie d'exempter d'impôts mon village, qui est pauvre et durement touché par la guerre.

— L'ordre est donné. Poursuis…

— Cela suffit.

— C'est tout ? Mais encore…

— Ce sera tout ! Je ne désire rien d'autre.

— Mais ceci n'est rien, moins que rien ! Demande… n'aie crainte !

— Je ne le puis, gentil roi. N'insistez pas. Je n'ai point d'autre vœu.

Le roi parut déçu. Il garda un moment le silence, comme s'il tentait de comprendre, de saisir toute la mesure d'un désintéressement aussi inattendu. Il releva la tête et déclara :

— Elle vient de sauver un royaume et d'en couronner le roi… Cependant, tout ce qu'elle désire, tout ce qu'elle accepte est cette infime faveur, destinée à d'autres, et non à elle-même. C'est très bien ainsi. C'est un acte en tout point conforme à la dignité de celle qui porte en son cœur des richesses qui dépassent toutes celles qu'un roi pourrait lui octroyer. Il en sera fait selon sa demande. Nous décrétons, donc, qu'à partir de dorénavant, Domrémy, le village natal de Jeanne d'Arc, la Pucelle d'Orléans, la libératrice de la France, sera exempté d'impôts, à jamais.

Les trompettes d'argent retentirent, jubilatoires. Vous voyez, Jeanne avait eu la vision de cette scène quand elle était en transe, dans les pâturages de Domrémy, et que nous lui avions demandé quelle récompense elle demanderait au roi s'il venait à lui en proposer une. Vision ou pas, son acte prouve en tout cas que les honneurs qui lui étaient échus ne lui montaient pas à la tête et qu'elle était restée aussi simple, aussi désintéressée qu'à cette époque.

Oui, Charles VII venait d'exempter Domrémy « à jamais ». Souvent, la gratitude des rois et des nations finit par se flétrir, leurs promesses sont vite oubliées, voire délibérément violées. Fils et filles de France, vous pouvez être fiers de votre pays, car il a tenu parole. Soixante-trois ans ont passé depuis ce jour. Les impôts de la région de Domrémy ont été collectés soixante-trois fois ; tous les villages alentour les ont payés, à l'exception d'un : Domrémy. Le fermier général ne rend jamais visite à Domrémy. Domrémy ne connaît plus depuis longtemps la frayeur de son apparition tant redoutée. Soixante-trois livres de comptes ont été remplis, qui sont conservés dans les archives et que tous peuvent vérifier. En tête de chaque page de ces soixante-trois livres est écrit le nom d'un village ; en dessous s'alignent les colonnes des chiffres de la collecte des impôts ; pour tous les villages, sauf un seul. C'est bien la vérité, je vous l'assure. Chaque livre de comptes contient une page dédiée à Domrémy, mais, sous le nom, aucun chiffre n'est mentionné. À la place des chiffres, trois mots sont écrits ; ces mêmes trois mots reviennent invariablement chaque année ; la page est blanche, à l'exception de ces trois mots de gratitude écrits en travers, comme un touchant mémorial : « Domrémy-la-Pucelle – rien. »

« La Pucelle – rien ! » C'est court, mais cette concision en dit long. C'est une nation qui s'exprime ainsi. Nous sommes devant quelque chose qui est totalement dénué de sentiments, un gouvernement qui déclare à ses agents : « Découvre-toi et passe ton chemin ; ainsi l'ordonne la France ! » Oui, la promesse a été tenue ; elle le sera toujours ; « à jamais », avait déclaré le roi[1].

À deux heures de l'après-midi se termina la cérémonie du sacre. La procession se reforma, avec Jeanne et le roi en tête. Elle se dirigea lentement vers la sortie en retraversant la cathédrale, au milieu des acclamations de la foule et du son fracassant des instruments de musique, le tout faisant un vacarme fabuleux à entendre. Ainsi se terminait le troisième jour le plus important de l'existence de Jeanne. Ils sont d'ailleurs très proches : le 8 mai, le 18 juin et le 17 juillet.

1. La promesse, tenue pendant plus de trois cent soixante ans, a été oubliée durant la Révolution et l'est demeurée depuis lors. Jeanne n'a jamais réclamé la gloire, pourtant la France l'a aimée et honorée ; Jeanne n'a jamais demandé qu'on lui élève une statue, pourtant la France lui en a érigé des milliers ; Jeanne n'a jamais demandé qu'une basilique soit construite à Domrémy, pourtant la France en a construit une ; Jeanne n'a jamais demandé à être sanctifiée, pourtant c'est en cours. Tout ce que Jeanne n'a jamais demandé lui a été accordé à profusion ; mais la seule chose qu'elle ait jamais demandée et qu'elle a obtenue lui a été retirée. Il y a là quelque chose d'infiniment pathétique. La France doit à Domrémy plus de deux cents ans d'impôts indûment recouvrés. Existe-t-il, sur tout le territoire de la France, un seul citoyen français qui voterait contre le remboursement de cette dette ? (Mark Twain)

36

Nous remontâmes en selle et reprîmes notre chevauchée dans le sens inverse. Le spectacle, mémorable, présentait aux regards le plus riche assortiment de costumes et de coiffes qui se pût voir. Au fur et à mesure que nous progressions entre les rangs de la multitude, les gens du peuple se courbaient, comme le blé mûr devant la faux du moissonneur ; ils s'agenouillaient, en criant : « Noël ! » à l'adresse de leur roi à présent consacré et de la libératrice de la France qui l'accompagnait. Après avoir traversé la cité, alors que nous approchions du palais archiépiscopal où nous nous rendions, nous fûmes témoins, sur la droite, devant une humble auberge à l'enseigne du « Baudet », d'un spectacle des plus insolites : celui de deux hommes debout ! Ces manants n'étaient pas agenouillés, mais debout ! debout, au milieu de la foule agenouillée, complètement inconscients, dans un état second, les yeux exorbités, comme hallucinés. Leurs pauvres hardes trahissaient leur condition de vilains. Deux gardes se dirigèrent vers eux pour leur enseigner les bonnes manières, mais, avant qu'ils ne les eussent saisis au collet, Jeanne leur cria : « Halte ! » Elle glissa à bas de sa monture et se jeta dans les bras de l'un de ces paysans en lui prodiguant des marques évidentes d'affection. C'était son père. Le second était son oncle, Durand Laxart.

La nouvelle se répandit et des hourras de bienvenue s'élevèrent aussitôt, partout à la ronde. Nos deux compères jouirent d'une célébrité immédiate ; ils firent même des envieux. Tout le monde se les arrachait pour pouvoir se vanter, par la suite, d'avoir rencontré le père de Jeanne d'Arc et son oncle maternel. Jeanne accomplissait ce genre de miracle avec une déconcertante facilité. Elle était comme le soleil : partout où ils tombaient, ses rayons nimbaient de gloire la chose la plus humble et anodine.

Le très gracieux roi lui dit :

— Amène-les-moi.

Jeanne présenta ses deux parents au souverain. Le visage de la Pucelle irradiait de bonheur et de tendresse filiale ; en revanche, son père et son oncle tremblaient d'appréhension, triturant leur couvre-chef de leurs mains pataudes. Devant la foule partagée entre l'envie et l'admiration, le roi leur donna sa main à baiser. Il déclara au vieux Jacques d'Arc :

— Rends grâce à Dieu d'avoir engendré cette enfant, dispensatrice d'immortalité. Toi qui portes un nom qui survivra à celui de bien des dynasties royales, il ne sied point que tu restes découvert devant notre gloire éphémère : recouvre-toi !

Vraiment, le roi avait fière allure et l'air princier quand il prononçait d'aussi nobles paroles. Il manda le bailli de Reims, qui arriva sans tarder, se décoiffa et s'inclina très bas.

— Ces deux-là seront nos hôtes ! lui dit le roi.

Autant préciser tout de suite que papa d'Arc et l'oncle Laxart refusèrent obstinément de déménager de la modeste auberge où ils avaient élu domicile et qui convenait à leur rang. Le bailli leur proposa de bien plus prestigieux logis, ainsi que toutes sortes de distractions, mais ces timides paysans n'en avaient cure ; ils déclinèrent ces invitations et on les laissa en paix. Ils n'en auraient pas profité. Se sachant gauches et maladroits, ils n'osaient faire le moindre geste de peur de commettre quelque bévue. Le bailli fit pourtant de son mieux pour les mettre à l'aise et rendre leur séjour agréable. Il ordonna à l'aubergiste de leur réserver tout un étage, de pourvoir libéralement au moindre de leurs désirs et de lui envoyer sa note. Le bailli leur fit don d'un cheval à chacun, avec le harnachement complet. Ce présent les combla de fierté et de bonheur, au point qu'ils ne trouvèrent les mots pour le remercier. De leur vie, ils n'avaient jamais rêvé posséder un jour quelque chose d'aussi fabuleux ; ils ne se faisaient pas à l'idée que leurs montures fussent réelles et bien vivantes, que ces bêtes superbes n'allaient pas s'évanouir en fumée. Ils vivaient un véritable conte de fées. Ils détournaient sans cesse la conversation vers le chapitre des animaux afin de pouvoir mentionner « leurs chevaux » et vanter leurs mérites en long, en large et en travers ; ils savouraient leurs propos, s'en pourléchaient les babines, allongeaient les jambes tout en se glissant les pouces sous les aisselles en signe d'intense satisfaction. Ils se sentaient aussi fiers que devait l'être le bon Dieu quand, après avoir créé le monde, Il contempla les myriades de constellations qui se répandaient dans les profondeurs obscures du firmament en se répétant que tout ceci était à Lui, rien qu'à Lui ! C'étaient de grands enfants, qui nageaient dans le bonheur, de grands enfants parmi les plus simples qui fussent.

En début d'après-midi, la cité offrit un grand banquet en l'honneur du roi et de la Pucelle. La cour et l'état-major y furent conviés. On manda le père d'Arc et Laxart, mais ils n'acceptèrent de s'y rendre qu'à la condition qu'on leur permît de rester à l'écart, dans une tribune, d'où ils pourraient contempler la scène à loisir sans être intimidés. Ils s'y installèrent confortablement et purent jouir ainsi, en toute quiétude, de l'opulence du spectacle ; quand ils virent, de leurs propres yeux, les hommages rendus à leur enfant, qui ne perdait rien de sa sérénité en dépit des honneurs qui lui étaient prodigués, des larmes de reconnaissance inondèrent leurs joues.

Mais la sérénité de Jeanne n'allait pas tarder à fondre. Elle avait tenu bon tout au long d'un fort gracieux discours du roi, des chaleureux éloges prononcés par Jean d'Alençon et le Bâtard ; elle avait enduré le tonnerre et les cymbales de la voix d'airain de La Hire, dont l'éloquence emporta d'assaut la bruyante approbation des convives ; mais une force irrésistible mit à bas la sérénité de Jeanne. En effet, à la fin du banquet, le roi leva la main pour réclamer le silence. Il attendit que le moindre bruit eût cessé.

Le silence se fit, si profond qu'il en était palpable. Soudain, d'un coin obscur de la vaste salle, s'éleva une voix plaintive. Avec des accents d'une douceur, d'une tendresse, d'une poignante mélancolie, parvinrent à nos oreilles, à travers la quiétude feutrée qui était descendue sur la noble assemblée, les naïves paroles de notre pauvre et simple chansonnette de *L'Arbre aux fées de Bourlemont*... L'émotion fut trop forte : Jeanne s'effondra. Elle enfouit son visage dans ses mains et fondit en larmes. D'un seul coup, la pompe et les honneurs s'envolèrent en fumée ; elle redevint l'enfant qui gardait ses troupeaux dans les étendues paisibles des verts pâturages de Domrémy. La guerre, les blessés, le sang, la mort, la férocité et le tumulte des batailles, tout cela s'évanouit, comme un mauvais rêve.

Tel est le pouvoir de la musique, magicienne parmi les magiciennes : elle lève sa baguette, prononce de mystérieuses formules, et la réalité disparaît pour faire place à nos chimères et à nos songes revêtus de chair.

Cette surprise, si délicate, si touchante, était due à l'initiative du roi. En vérité, cet homme dissimulait, dans les replis de sa nature complexe, quelques beautés. Il était rare d'en avoir un aperçu, car les intrigues des La Trémoille et autres courtisans occupaient la plupart du temps le devant de la scène ; le roi se réfugiait alors dans son indolence coutumière, préférant s'épargner les soucis et laisser ces gredins agir à leur guise.

Le soir venu, notre petit contingent de Domrémois, les membres de la garde personnelle de Jeanne, prit du bon temps en compagnie du père et de l'oncle, dans l'appartement privé qu'on leur avait octroyé à l'auberge. Nous éclusions force rasades en écoutant les derniers potins de Domrémy et des environs. Un paquet volumineux fut livré de la part de Jeanne ; on devait le garder jusqu'à sa venue. Elle finit par arriver ; elle renvoya ses gardes en leur disant qu'elle dormirait sous le même toit que son père, dans l'une des chambres de l'étage. Ainsi, elle aurait l'impression de se retrouver chez elle. Naturellement, nous autres, les membres de sa garde, par respect pour Jeanne, nous nous étions levés et nous restions debout en attendant un signe de sa part. Elle nous ordonna de nous rasseoir. Elle s'aperçut alors que, pour nous imiter, les deux vieillards s'étaient levés aussi ; ils attendaient, embarrassés, dans une attitude des moins militaires, ce qui la fit glousser de rire, mais elle se retint de crainte de les vexer. Elle les fit se rasseoir et s'installa entre eux deux ; elle leur saisit les mains :

— Trêve de cérémonie entre nous, maintenant, leur dit-elle. Nous redevenons des égaux et gentils compagnons, comme par le passé ; j'en ai terminé avec la guerre, à présent. Je retourne à la maison avec vous. Ensuite, j'aviserai…

Elle s'arrêta, comme si un doute ou un pressentiment l'effleurait. Mais elle l'écarta et reprit, avec ardeur :

— Oh, que vienne ce jour où nous retournerons chez nous ensemble !

Surpris, son vieux père répliqua :

— Pourquoi cette hâte, mon enfant ? Es-tu lasse d'accomplir ces étonnants exploits qui te valent la renommée, alors que tu es sur le chemin de la gloire ? Es-tu prête à sacrifier cette belle amitié qui te lie à tous ces princes, à ces grands capitaines, pour venir parmi nous trimer comme une souillon, pour redevenir une moins que rien ? Cela fait offense à la raison.

— Bien parlé ! approuva Laxart. Son discours est surprenant, incompréhensible. Cela me surprend encore plus de l'entendre dire qu'elle ne veut plus être soldat que de l'avoir entendue dire qu'elle voulait l'être. Or, et c'est moi qui vous le dis, c'était déjà la chose la plus étrange que j'eusse jamais entendue de ma vie. J'aimerais bien qu'on m'explique.

— C'est bien simple, répondit Jeanne. Je n'aime pas les coups et la souffrance, et je n'ai jamais éprouvé l'envie d'en infliger. J'ai toujours eu horreur des querelles ; le bruit et le tumulte n'ont jamais été mon fort ; j'aime la paix, la tranquillité, et toutes les créatures vivantes. Étant ainsi faite, comment ai-je pu endurer ces batailles, le sang et les blessures qui les accompagnent, la peine et le deuil qui les suivent ? Parce que Dieu, par l'intermédiaire de Son ange, m'en a donné l'ordre. Pouvais-je Lui désobéir ? Je n'ai fait que ce que l'on m'a ordonné de faire. Que m'a-t-Il ordonné exactement ? Deux choses : faire lever le siège d'Orléans et faire sacrer le roi à Reims. Aujourd'hui, ma tâche est accomplie. Je suis libre. Pensez-vous que quand un pauvre soldat s'effondrait devant moi, ami ou ennemi, ce drame ne provoquait pas une souffrance terrible dans mon propre corps, que je ne ressentais pas la douleur de sa famille et de ses compagnons dans mon propre cœur ? C'est un tel soulagement pour moi de me savoir bientôt libre, de savoir que je ne reverrai plus ces cruautés, que je ne vivrai plus ces tourments de l'esprit ! Pourquoi ne retournerais-je pas dans mon village, pour redevenir ce que j'étais auparavant ? Pour moi, c'est le paradis ! Et vous, vous êtes surpris que ce soit là mon désir ? Ah ! on voit bien que vous êtes des hommes, rien que des hommes ! Ma mère, elle, me comprendrait.

Ne sachant trop quoi dire, ils restèrent cois, le regard un peu perdu.

— Oui, finit par avouer le vieux Jacques d'Arc, ta mère, il est vrai – mais je n'ai jamais vu une femme comme elle – se fait du souci, bien du souci même ; elle passe des nuits blanches à se morfondre à ton sujet. Quand la tempête fait rage, elle se lamente : « Ah ! ayez pitié, mon Dieu ! Ma Jeannette est dehors, avec ses pauvres soldats tout mouillés. » Quand c'est l'éclair qui frappe et le tonnerre qui gronde, elle se tord les mains, elle tremble : « Cela ressemble au bruit de ces terrifiants canons ! elle est sans doute sur quelque champ de bataille, en train de chevaucher sous la mitraille, et je ne suis pas là pour la protéger ! »

— Oh, ma pauvre mère, quelle pitié, quelle pitié !

— Oui, c'est une femme étrange, je l'ai souvent observé. Quand nous parvenait la nouvelle d'une victoire, que tout le village devenait ivre de joie et de fierté, elle se précipitait alentour pour s'entendre répéter la seule nouvelle qui lui importait : que tu étais vraiment saine et sauve ! Alors elle tombait à genoux et louait le Seigneur, aussi longtemps qu'il lui restait du souffle ; elle ne rendait grâces à Dieu que pour ta sauvegarde : elle ne mentionnait jamais la victoire que tu venais de remporter. Elle répétait : « Maintenant, c'est fini. Maintenant, la France est sauvée. Maintenant, elle reviendra parmi nous. » Bien sûr, elle était très déçue. Aussi continuait-elle à se lamenter.

— Tais-toi, père, tais-toi, tu me brises le cœur. Je serai si bonne pour elle quand je reviendrai à la maison. Je travaillerai pour elle, je serai son réconfort. Elle n'aura plus à souffrir à cause de moi.

Elle poursuivit dans cette veine. Puis l'oncle Laxart lui dit :

— Tu as accompli la volonté de Dieu, ma douce, te voilà quitte. C'est la vérité. Nul ne le contredira. Mais, dis-moi, qu'en pense le roi ? Tu es son meilleur soldat. Que feras-tu si Sa Majesté t'ordonne de rester ?

Cette simple question lui fit l'effet d'un coup !

Jeanne dut attendre un moment pour recouvrer ses esprits. Alors, elle répondit, très simplement, sur un ton résigné :

— Le roi est mon seigneur. Je ne suis que sa servante.

Elle garda le silence. Elle resta songeuse un moment, puis elle reprit courage et nous lança d'un ton joyeux :

— Allons, chassons ces moroses pensées ! Elles ne siéent point au moment. Donnez-moi plutôt des nouvelles du village.

Les deux vieux compères se mirent à potiner jusqu'à plus soif. Tous les ragots du village y passèrent ; c'était amusant à entendre. Par gentillesse, Jeanne tentait de nous faire participer à la conversation, mais nos cœurs n'y étaient pas. Elle commandait, et nous n'étions rien. Son nom était illustre dans la France entière, et nous n'étions que d'invisibles anonymes. Elle était la compagne de princes et de héros, et nous n'étions que d'humbles et obscurs soldats. Elle dominait tous les pouvoirs et toutes les puissances sur la terre, car elle recevait ses ordres directement de Dieu. En un mot, et pour tout dire, elle était Jeanne d'Arc ! Pour nous, elle était tout simplement divine. Un abîme insondable nous séparait d'elle. Nous ne pouvions nous permettre la moindre familiarité. Non, voyez-vous, c'était tout bonnement impossible.

Elle restait humaine, pourtant, bonne, gentille, simple, aimable, joyeuse, charmante, innocente ! Ce sont les mots qui me viennent à la bouche, pour le moment, mais ils sont trop pauvres. Ils ne suffisent pas, ils ne permettent pas d'exprimer la totalité, voire la moitié de la réalité de Jeanne. Nos deux vieillards ne comprenaient pas vraiment qui était leur fille et leur nièce ; comment l'auraient-ils su ? Entourés d'une pauvre et ignorante humanité, ils ne pouvaient établir de comparaison. Pour eux, après un bref moment de gaucherie et de timidité, Jeanne était redevenue une fille du village. C'était un peu surprenant, sidérant même, voire inquiétant. Ils se comportaient de façon si naturelle, si confortable en sa présence. Ils s'adressaient à elle comme ils auraient parlé à n'importe quelle autre fille de France.

Le vieux Laxart se mit alors à nous conter l'histoire la plus triviale, la plus sotte qu'il nous eût été donné d'entendre ; or, pas une seconde, ni lui ni papa d'Arc ne se doutèrent à quel point cette histoire rocambolesque manquait de dignité, qu'elle ne recelait rien qui vaille, qu'elle n'avait pas le moindre intérêt. Ils la croyaient triste et pathétique, alors qu'elle était du plus parfait burlesque. Du moins, elle était telle à mes yeux. Cependant, elle fit beaucoup rire Jeanne ; plus l'histoire tournait au tragique, plus elle la faisait rire. Le Paladin nous révéla ensuite qu'il en aurait volontiers ri, lui aussi, si Jeanne n'avait pas été là ; pour une fois, Noël Rainguesson tomba d'accord avec lui.

L'histoire contait la mésaventure qui était survenue au vieux Laxart, un jour où il avait dû se rendre à des funérailles à Domrémy, il y avait deux ou trois semaines de cela. Nous avions remarqué qu'il avait le visage et les mains tuméfiées. Il avait d'ailleurs prié Jeanne de lui passer quelque baume sur ses contusions pour les soulager. Pendant qu'elle le pansait et le réconfortait, il lui conta son histoire.

— Te souviens-tu de ce taurillon à la robe noire dont tu prenais soin avant de nous quitter pour venir ici ? demanda-t-il à Jeanne.

— Bien sûr, lui répondit-elle.

L'animal l'avait même prise en affection et, de son côté, elle s'entendait à merveille avec lui. Elle lui demanda de ses nouvelles. Laxart répondit qu'il était devenu un jeune taureau des plus fringants et qu'il allait jouer un rôle central dans ces funérailles.

— Quoi, le taureau ? s'exclama Jeanne, surprise.

— Non, moi, bien sûr ! précisa Laxart.

Il ajouta cependant que le taureau y avais pris lui aussi une part fort active, sans y avoir été invité. En effet, l'oncle se trouvait aux environs de l'Arbre aux fées ; allongé dans l'herbe, vêtu de ses meilleurs habits de deuil, la tiédeur de l'air aidant, il s'était assoupi. À son réveil, la position du soleil lui indiqua qu'il se faisait tard et qu'il n'avait plus un moment à perdre s'il voulait assister à l'enterrement. Inquiet, il commença à courir, quand il avisa le jeune taureau qui paissait à proximité ; il se dit qu'il pourrait bien faire un bout de chemin sur son dos pour gagner du temps. À l'aide d'une corde, il improvisa un licou et se plaça à califourchon sur la bête. Le taureau, qui n'était pas accoutumé à être traité comme un mulet, se mit à ruer, à bondir, à caracoler furieusement de droite et de gauche. Comprenant son erreur de jugement, l'oncle Laxart voulut en redescendre immédiatement pour se mettre en quête de quelque monture un peu plus docile, mais il était trop tard. Le taureau perdit alors réellement patience. Furieux, il dévala à toute vitesse la pente en direction du village, la queue tendue, en poussant de terrifiants mugissements. Aux abords du village, il bouscula un essaim d'abeilles, qui se joignirent à eux et décidèrent de les accompagner. Elles formèrent autour des deux compères un nuage tellement opaque qu'il les dissimulait à la vue. Ledit nuage bourdonnait, piquait, dardait, plantait, les harcelait furieusement, les rendant fous de douleur et de rage. Le taureau mugissait et ruait de plus belle ; l'oncle hurlait de terreur. C'est ainsi que, l'un sur l'autre, ils traversèrent le village comme un ouragan et chargèrent la procession funèbre qui venait de se former. Tout le monde se dispersa d'un côté et de l'autre, chacun des fuyards dûment poursuivi par une nuée d'abeilles enragées. Des funérailles, ne demeura sur place que le défunt, stoïque, qui ne bougea pas de son cercueil. Tout le reste, curé et enfants de chœur compris, avait pris la poudre d'escampette. Parvenu à la rivière, le taureau y plongea la tête la première. Quand les villageois réussirent à grand-peine à repêcher l'oncle Laxart, celui-ci avait bu la tasse et il avait le visage aussi boursouflé qu'une brioche aux noix.

Ainsi se terminait ce récit burlesque. L'oncle se mit alors à regarder Jeanne d'un air totalement ahuri. Morte de rire, la pauvre avait dû s'enfouir le visage dans un édredon pour étouffer ses spasmes et masquer son hilarité.

— Qu'a-t-elle à rire ainsi, d'après vous ? demanda-t-il.

Le vieux Jacques d'Arc la regarda d'un air tout aussi perplexe en se grattant le sommet du crâne. Il finit par abandonner toute tentative d'explication et répondit qu'il n'en savait rien.

— Quelque chose a dû nous échapper, dit-il placidement.

L'un et l'autre étaient persuadés que leur histoire était des plus tragiques. À mes yeux, elle était ridicule et dénuée d'intérêt. En tout cas, c'est ainsi que je la jugeais alors ; c'est ainsi que je la considère aujourd'hui encore. On ne peut tirer de cette anecdote la moindre leçon utile, à part, bien sûr, le fait qu'il ne faut jamais se rendre à des funérailles à dos de taureau, mais cela, n'importe quelle personne sensée éviterait de commettre pareille bévue, sans qu'il fût besoin de la mettre en garde.

37

Nos deux grands et précieux enfants avaient été anoblis par le roi, mais ils n'en avaient pas pris conscience. La notion était abstraite pour eux ; elle manquait de substance ; leur esprit ne pouvait la saisir. D'ailleurs, ils se moquaient bien de leurs titres de noblesse ; ils ne vivaient que pour leurs chevaux. Eux, ils étaient bien réels, c'était un fait concret, qui ne manquerait pas de créer la sensation à Domrémy. Quelqu'un se mit à parler de la cérémonie du sacre. Le vieux Jacques d'Arc remarqua alors que ce serait une grande chose de pouvoir dire, de retour au village, qu'ils se trouvaient dans la ville même où s'était déroulé le grand événement. Jeanne parut troublée.

— Cela me rappelle soudain, lui dit-elle, que vous étiez ici et que vous ne m'avez pas fait prévenir. Vous étiez en ville ! J'aurais pu vous trouver une place parmi les gens de la noblesse ; vous auriez été les bienvenus ; ainsi, vous auriez vous-mêmes assisté au couronnement et vous auriez pu en conter les merveilles au village. Pourquoi ne m'avoir pas prévenue ?

Son vieux père eut l'air embarrassé. Visiblement, il ne savait quoi dire. Mais Jeanne le regardait bien en face, les mains posées sur ses épaules, et elle attendait une réponse. Il fallait bien qu'il s'exécute. Il la serra contre lui et lui dit, d'une voix émue :

— Cache ton visage, mon enfant, pour permettre à ton vieux père de te faire une confession. Je… vois-tu… tu comprends… Comment pouvais-je savoir que tous ces honneurs ne t'avaient pas monté à la tête ? Je ne voulais pas te faire honte devant…

— Père !…

— Mais j'avais surtout peur. Je me souvenais des cruels propos que j'avais tenus contre toi, dans ma colère. Dieu t'avait désignée pour être soldat, et le plus grand soldat du royaume ! Mais, dans ma stupide ignorance, j'avais osé dire que je préférais te noyer de mes propres mains si tu trahissais ton sexe et si tu couvrais de honte notre nom et notre famille. Comment avais-je pu dire une chose pareille, à ton sujet, toi qui es si bonne, si innocente ! J'avais peur, car je me sentais coupable. Comprends-tu, maintenant, mon enfant, et me pardonnes-tu ?

Jeanne le réconforta. Elle le cajola, lui tapota le dos, lui caressa le visage, en le suppliant d'oublier ces paroles maladroites. Il les oublierait, jusqu'à ce qu'elle fût morte. Elles lui reviendraient alors en mémoire.

Son vieux père était curieux de savoir ce que Jeanne éprouvait quand elle se trouvait au cœur de la bataille, quand s'entrechoquaient les lames étincelantes qui fendent, coupent et percent les chairs, quand les coups frappaient son bouclier, que le sang giclait sur elle, soit de la face éclatée de son voisin de droite, soit de la mâchoire écrasée de son voisin de gauche, et que les chevaux se cabraient, tombaient à la renverse sur leurs cavaliers, quand le premier rang, enfoncé par une charge ennemie, se mettait à reculer et que les hommes se faisaient désarçonner autour d'elle, et qu'un étendard, arraché de la main de son porteur tué, lui fouettait le visage et lui masquait un bref moment le tumulte qui l'environnait. Cette évocation provoquait l'excitation de son père. Il faisait les cent pas en lui posant question sur question, sans prendre le temps d'écouter la réponse. Pour finir, il s'arrêta devant sa fille, au milieu de la pièce, et se mit à la détailler de haut en bas.

— Non ! lui dit-il, je ne comprends pas. Tu es si petite, si frêle. Quand je t'ai vue en armure, aujourd'hui, tu m'as donné le change. Mais dans ces habits de soie et de velours, tu as l'air d'un joli page, pas d'un foudre de guerre. J'aimerais bien te voir à l'œuvre, un peu, pour rassurer ta mère. Voilà qui l'aiderait peut-être à dormir, la pauvre ! Allons ! montre-moi quel soldat tu fais, que je puisse le lui rapporter.

Elle le lui montra. Elle lui tendit une pique et lui fit exécuter quelques mouvements d'attaque. Elle lui apprit aussi à marcher au pas. Il avait l'air terriblement maladroit, mais, comme il ne se doutait pas qu'il le paraissait, il se sentait très fier. Les ordres brefs et impérieux l'excitaient beaucoup.

Jeanne lui donna aussi une leçon d'escrime. C'était un peu au-dessus des forces de son père, et surtout de son âge. Jeanne maniait l'épée comme un vétéran, mais le vieillard n'était naturellement pas à la hauteur. Il avait peur de la moindre feinte, il se baissait, trébuchait, se penchait à droite, puis à gauche, un peu comme une femme effrayée par une chauve-souris. Il était difficile à Jeanne de lui prouver son talent. Si La Hire avait été là, c'eût été différent. Il m'est arrivé de les voir s'exercer ensemble. Jeanne était plus agile que La Hire, qui n'en restait pas moins un redoutable escrimeur. Mais Dieu, que Jeanne pouvait être rapide ! Elle parvenait à toucher La Hire de la pointe de son épée et à revenir en position de garde avant qu'il eût eu le temps de parer le coup. Les spectateurs ne voyaient qu'un éclair étincelant qui fendait l'air, rien de plus, mais le coup avait été porté.

Nous commandions à boire en abondance, à la santé du bailli, ce qui réjouissait l'aubergiste. Sans être ivres, le vieux Laxart et le père d'Arc n'en commençaient pas moins à se sentir d'humeur guillerette. Ils sortirent ce qu'ils avaient acheté pour rapporter chez eux : d'humbles objets, très bon marché, mais qui seraient des plus utiles. Ils remirent à Jeanne un présent de la part du père Fronte et un autre de la part de sa mère. Le premier était une médaille de la Sainte Vierge et le second un ruban de soie bleue long d'une aune. Elle en ressentit une joie enfantine ; elle en était visiblement très touchée. Elle ne cessait d'embrasser ces pauvres choses, comme s'il s'était agi de cadeaux rares et coûteux. Elle épingla la médaille sur son justaucorps, et manda quelqu'un chercher son armet pour y nouer elle-même le ruban. Ce ruban béni par sa mère, nous confia Jeanne, suscitait en elle l'envie de retourner faire la guerre pour y combattre avec encore plus de vaillance qu'auparavant.

Le vieux Laxart lui dit alors qu'il ne voyait aucun inconvénient à ce qu'elle retournât faire la guerre, mais qu'elle devait leur rendre visite auparavant, car tous, au village, brûlaient d'envie de la revoir :

— Ils sont très fiers de toi, ma chérie. Plus fiers qu'aucun village ne peut l'être de quiconque d'autre. Leur fierté est légitime. C'est la première fois qu'un village a mis au monde une personne comme toi, dont on peut être aussi fier, que l'on peut se vanter d'avoir connue. Ils donnent ton nom à toutes les créatures possibles et imaginables. Tu nous as quittés il y a six mois à peine, et, déjà, un nombre prodigieux de nourrissons portent le nom de Jeanne. Au début, Jeanne suffisait, puis ce fut Jeanne-Orléans et, dernièrement, Jeanne-Orléans-Beaugency. Même chose pour les animaux. Tout le monde se souvient de ton amour des bêtes, aussi croient-ils te rendre hommage en les appelant par ton nom. Aujourd'hui, si quelqu'un s'avise à crier « Jeanne d'Arc ! » sur le pas de sa porte, il court le risque de voir débouler une ribambelle de chats, de chiens et de toutes sortes de volatiles, qui croient qu'on les appelle ou qui tentent le coup au bénéfice du doute, espérant avoir leur part de pâtée. La petite chatte que tu avais adoptée porte évidemment ton nom. Le père Fronte l'a prise sous sa protection. Elle est devenue la mascotte du village, sa fierté même. Les gens accourent de partout à la ronde pour voir, caresser, contempler, admirer la chatte de Jeanne d'Arc. Tout le monde te le confirmera. Un jour, un étranger lui a jeté une pierre, sans se douter que la chatte t'appartenait ; le village faillit le pendre ; s'il n'y avait eu le père Fronte…

Laxart se tut : quelqu'un venait d'entrer. C'était un envoyé du roi. Il portait un message de Sa Majesté à l'intention de Jeanne. Je le lui lus. Le roi lui signifiait qu'il avait beaucoup réfléchi à son sujet, qu'il avait consulté les autres capitaines, et qu'il se voyait contraint de lui demander de rester pour l'instant à la tête des armées et de renoncer à sa démission. Il la priait également de venir sur l'heure participer à un conseil de guerre. Aussitôt, au milieu du silence nocturne, on entendit le son familier des cris de commandement et des roulements de tambours qui indiquaient l'arrivée imminente de sa garde.

Le chagrin voila un moment le visage de Jeanne, mais il ne dura guère. La fillette qui souffrait du mal du pays fit place à Jeanne d'Arc, le chef de guerre des armées de France, que le devoir appelait.

38

Ma double fonction de page et de secrétaire me permit d'accompagner Jeanne au conseil de guerre. Elle entra dans la salle avec l'allure d'une déesse en courroux. Qu'était devenue la gamine qui, quelques minutes auparavant, s'extasiait encore sur un simple ruban et riait aux larmes en écoutant les jérémiades d'un idiot du village qui avait chargé un enterrement en montant un taureau assailli par un essaim d'abeilles ? On serait bien en peine de le dire. Elle s'était tout bonnement envolée, sans laisser de trace.

Jeanne se dirigea droit vers la table du conseil et resta debout. Son regard parcourut les visages qui lui faisaient face. Quand il s'arrêtait sur l'un d'entre eux, il luisait comme une flamme ou il brûlait comme un tison. Elle devina d'emblée où elle devait frapper. Elle fit un signe de tête en direction des capitaines :

— À vous, je n'ai rien à dire. Vous n'avez pas convoqué ce conseil de guerre.

Se tournant vers les membres du conseil privé du roi, elle poursuivit :

— C'est à vous que je m'adresse. Un conseil de guerre ! C'est impensable ! Il n'y a qu'une chose à faire, et vous appelez un conseil de guerre ! Un conseil est utile s'il permet de choisir entre deux ou plusieurs directions. À quoi peut bien servir un conseil de guerre quand il n'y a qu'une décision à prendre ? Imaginez un homme dans un bateau, sa famille est en train de se noyer, et il convoque ses amis pour leur demander ce qu'il doit faire ! Un conseil de guerre, en nom Dieu ! Dans quel but ?

Elle se tut, regarda La Trémoille droit dans les yeux et le fixa du regard. En silence, elle le jaugea, tranquillement, tandis que l'excitation commençait à gagner l'assistance. Elle dit alors, d'une voix calme et délibérée :

— Tout homme sain d'esprit, dont la loyauté à son roi n'est pas feinte, sait pertinemment qu'il ne nous reste qu'une chose à faire : marcher sur Paris !

La Hire abattit son poing sur la table en signe d'approbation. La Trémoille blêmit, mais il domina sa colère et se tint coi. Tiré de son indolence, le roi contempla la scène avec une lueur d'intérêt dans le regard. L'esprit de la bataille coulait malgré tout dans ses veines et un discours franc et audacieux pouvait l'éveiller. Jeanne attendit pour voir si le grand chambellan aurait l'audace de défendre sa position, mais l'homme d'expérience qu'il était préféra ne point gâcher ses forces en ramant à contre-courant. Il eut la sagesse d'attendre d'avoir les oreilles du roi à son entière disposition, ce qui ne saurait tarder.

Ce renard roué de grand chancelier prit alors la parole. Il dit à Jeanne, d'une voix doucereuse et persuasive, en se frottant les mains :

— Serait-il courtois, Votre Excellence, de faire brutalement campagne sans attendre au préalable une réponse du duc de Bourgogne ? Vous l'ignorez sans doute, mais des négociations entre nous et Sa Seigneurie ont été entamées, qui risquent d'aboutir à une trêve de quinze jours. En contrepartie, nous aurions sa promesse de nous céder Paris sans coup férir. Cela nous épargnerait la fatigue et le coût d'une campagne.

Jeanne lui répondit, d'une voix grave :

— Messire, nous ne sommes pas dans un confessionnal. Rien ne vous obligeait à nous révéler une telle honte en public.

Le visage du chancelier s'empourpra.

— Une honte ? s'insurgea-t-il. Qu'y a-t-il de honteux là-dedans ?

Jeanne lui répondit d'une voix calme et précise, dénuée de passion :

— Les mots sont aisés à trouver pour vous répondre. Je connais tous les détails de cette farce, messire, bien qu'il ait été prévu de me laisser dans l'ignorance. Ceux qui l'ont complotée avaient de bonnes raisons pour dissimuler une telle bouffonnerie dont la lettre et l'esprit peuvent se résumer en deux mots.

Le grand chambellan crut bon de faire preuve d'ironie :

— Tiens donc, répondit-il. Votre Excellence nous fera-t-elle l'honneur de les partager avec nous ?

— Avec grand plaisir : lâcheté et trahison !

Cette fois-ci, les poings de tous les capitaines s'abattirent en même temps sur la table. Les yeux du roi brillèrent de plaisir. Piqué au vif, le chancelier bondit sur ses pieds et s'adressa à Sa Majesté :

— Sire, j'en appelle à votre protection !

Mais le roi lui fit signe de se rasseoir.

— Paix ! Vous auriez dû la consulter avant d'entreprendre ces négociations. Elles concernent tout autant le domaine de la guerre que celui de la diplomatie. Il est normal qu'on lui permette de s'exprimer aujourd'hui sur ce sujet.

Le chambellan fulminait, mais il se rassit. Il fit remarquer à Jeanne :

— Par charité, je préfère penser que vous ignorez qui suggéra ces mesures que vous avez l'audace de condamner avec autant de légèreté.

— Gardez votre charité pour d'autres, messire. Chaque fois qu'une mauvaise action est commise qui va à l'encontre des intérêts de la France et qui porte atteinte à son honneur, tout le monde, hormis les trépassés, connaît les noms des deux principaux conspirateurs.

— Sire, sire, une telle insinuation…

— Ce n'est pas une insinuation, messire, c'est une accusation. J'accuse nommément le grand chancelier et le grand chambellan du roi.

Cette fois-ci, les deux hommes bondirent sur leurs pieds en exigeant du roi qu'il calmât les élans de franchise de Jeanne. Mais le roi ne se sentait pas d'humeur à leur donner satisfaction. D'habitude, ses conseils ne lui donnaient à boire que de l'eau plate. Aujourd'hui, il dégustait du meilleur vin dont le bouquet généreux convenait mieux à son humeur.

— Assis, et calmez-vous ! En justice, ce qui est accordé à l'un doit aussi l'être à l'autre. Prenez cela en compte et montrez-vous justes avec elle. Quand l'avez-vous épargnée ? Combien de fois ne m'avez-vous pas parlé d'elle en termes les plus durs, en l'accusant de toutes sortes de noirceurs ?

Le roi ajouta, une lueur d'ironie dans le regard :

— Je ne vois pas vraiment de différence entre elle et vous, hormis le fait qu'elle a la franchise de vous accuser en face tandis que vous, c'est derrière son dos que vous l'accablez.

Le roi était assez satisfait de sa dernière remarque ; elle avait visiblement atteint son but, car ses deux ministres s'étaient ratatinés dans leur siège, La Hire avait éclaté de rire et les autres capitaines s'étaient esclaffés. Jeanne profita de l'humeur enjouée du roi pour résumer la situation :

— Depuis le début, reprit-elle à l'adresse des deux conseillers, vos manœuvres dilatoires nous ont retardés ; cette manie de délibérer, de délibérer, quand il n'est nul besoin de délibérer et qu'il n'y a qu'une chose à faire : combattre. Nous avons libéré Orléans le 8 mai ; nous aurions pu nettoyer la région en trois jours, ce qui nous aurait épargné le carnage de Patay. Nous aurions pu être ici, à Reims, il y a six semaines ; aujourd'hui, nous serions déjà à Paris. En six mois, nous aurions pu dire adieu à tous ces Anglais. Mais, après Orléans, nous n'avons pas frappé un seul coup. Nous avons campé dans la contrée, à quelle fin ? Officiellement, pour tenir des conseils de guerre, en réalité, pour donner le temps à Talbot de recevoir des renforts. Résultat : nous avons dû livrer bataille à Patay. Après Patay, les délibérations ont repris, nous faisant perdre de nouveau un temps précieux. Ô mon roi, j'aimerais tant vous convaincre ! Une fois encore, l'occasion s'offre à nous. Il suffit de nous dresser et de frapper. Ordonnez-moi de marcher sur Paris ! Dans les vingt jours, j'en fais serment, Paris sera vôtre, dans six mois, la France sera vôtre ! Nous n'avons plus que six mois de labeur devant nous. Si nous ne saisissons pas notre chance, il vous faudra vingt ans pour accomplir le même travail. Commandez, ô gentil roi, commandez !

— Pardonnez-moi ! interrompit le chancelier qui voyait une dangereuse expression d'enthousiasme se peindre sur le visage du roi. Marcher sur Paris ? Votre Excellence oublierait-elle que nombre de forteresses anglaises nous barrent la route ?

— Voici ce que j'en fais, de vos forteresses anglaises ! répliqua Jeanne en claquant dédaigneusement des doigts. D'où sommes-nous partis, récemment ? De Gien. Pour aller où ? À Reims. D'insurmontables obstacles nous barraient la route : des forteresses anglaises ! Que sont-elles devenues ? Elles sont françaises, à présent, et elles ne nous ont rien coûté.

Les capitaines l'applaudirent chaleureusement. Jeanne marqua une pause, avant de poursuivre :

— Oui, hier, des forteresses anglaises nous barraient la route, aujourd'hui, des forteresses françaises barrent la route aux Anglais. Les forteresses anglaises qui barrent notre route sur Paris ne sont pas garnies d'une nouvelle race d'Anglais. Ce sont les mêmes Anglais, avec les mêmes peurs, les mêmes interrogations, les mêmes faiblesses, la même superstition qui leur fait croire que la main de Dieu s'est abattue sur eux. Nous n'avons qu'à marcher ! Sans plus attendre… Ces forteresses seront nôtres, Paris sera nôtre, la France sera nôtre ! Commandez, ô mon roi, commandez à votre servante…

— Arrêtez ! s'écria le chancelier. Ce serait de la folie d'infliger un tel affront au duc de Bourgogne. Le traité que nous espérons conclure avec lui…

— Oh ! le traité… que vous espérez conclure avec lui ! Le duc vous ignore depuis des années ; il n'arrête pas de vous défier. Seraient-ce vos paroles doucereuses et vos propos subtils qui ont adouci ses manières et l'ont encouragé à prêter l'oreille à vos propositions ? Non, ce sont nos coups… les coups que nous lui avons assenés sur le museau ! C'est la seule leçon que ce rebelle obstiné est capable de comprendre. Il vous considère comme des sacs à vent. Le traité que vous espérez conclure avec lui… quelle blague ! Lui, nous livrer Paris ? Nul n'est moins prêt que lui à le faire. Lui, nous livrer Paris ? C'est Bedford qui en ferait une tête ! Quel lamentable prétexte ! Même un aveugle verrait que vos pourparlers et votre trêve de quinze jours n'ont qu'un seul motif : donner le temps à Bedford de réunir ses forces contre nous. Trahison, encore une fois, trahison ! Vous convoquez un conseil de guerre qui n'a rien à conseiller et rien à décider. Pendant ce temps, Bedford, lui, ne convoque aucun conseil. Il sait, lui, ce qu'il ferait à notre place. Sur-le-champ, il pendrait tous les traîtres et il marcherait sur Paris ! Debout, mon bon roi ! La voie est libre, Paris vous appelle, la France vous implore. Parlez, et…

— Sire, c'est de la folie, de la folie pure ! Votre Excellence, nous ne pouvons revenir sur nos promesses : nous avons proposé un traité, nous devons parlementer avec le duc de Bourgogne.

— Et c'est précisément ce que nous allons faire ! répliqua Jeanne.

— Ah, bon ! et comment ?

— À la pointe de nos lances !

La salle entière se leva. Les soldats présents applaudirent à tout rompre. Les applaudissements se prolongèrent. Dans le tumulte, on entendit gronder la voix de La Hire :

— À la pointe de nos lances ! Par Dieu, quelle belle musique !

Le roi se leva aussi. Il dégaina son épée, la saisit par la lame, s'avança vers Jeanne et lui plaça la garde dans le creux de la main.

— Voici, ton roi se soumet. Porte-la à Paris.

Les applaudissements reprirent de plus belle. Ainsi se termina un conseil de guerre historique qui fit couler beaucoup d'encre.

39

Il était minuit sonné. La journée avait été fertile en excitations et en labeurs de toutes sortes, mais Jeanne n'en avait cure. Le travail passait en premier, son lit pouvait attendre. Les capitaines la suivirent dans ses appartements d'où elle leur distribua ses ordres en toute hâte avant de les renvoyer à leurs postes de commandement respectifs ; de là, des messagers se dispersèrent dans maintes directions, faisant clopiner les pas de leurs chevaux sur le pavé des rues silencieuses ; peu après, au loin, les sons des clairons et les roulements des tambours indiquaient que des préparatifs étaient en cours : l'avant-garde de l'armée devait s'ébranler à l'aube.

Les capitaines étaient tous partis, mais je dus rester : c'était à mon tour de travailler. Jeanne commença à marcher de long en large en me dictant une missive à l'adresse du duc de Bourgogne dans laquelle elle l'invitait à déposer les armes et à faire la paix avec le roi. S'il voulait se battre, elle l'invitait à aller combattre les Sarrasins : « *Pardonnez-vous l'un à l'autre de bon cœur, entièrement, ainsi que doivent faire loyaux chrétiens, et, s'il vous plaît de guerroyer, allez contre les Sarrasins*[1]. » La missive était un peu longue, mais

1. En français dans le texte. *(N.d.T.)*

elle était bien écrite et le ton était parfait. À mon avis, cette lettre officielle est l'une des plus raffinées, des plus simples, des plus directes et des plus éloquentes que Jeanne ait jamais dictées.

Un courrier partit au galop pour la porter à son destinataire. Jeanne me donna congé en me priant de me rendre à l'auberge où se trouvait son père et d'y passer la nuit. Le matin, je devais remettre à son père le paquet qu'elle y avait laissé. Il contenait des présents pour ses parents et ses amis de Domrémy, ainsi qu'une robe de paysanne qu'elle s'était achetée pour elle-même. Elle ajouta qu'elle irait dire adieu à son père et à son oncle dans la matinée, s'ils avaient toujours l'intention de s'en aller au lieu de visiter la cité.

Je me gardai bien de lui donner mon avis, bien sûr, mais j'aurais pu lui dire que rien ne retenait ses deux parents. Ils risquaient de manquer l'occasion unique d'être les premiers à rapporter au village l'immense nouvelle : Domrémy était exemptée d'impôts à jamais ! Ils avaient hâte d'entendre battre le tocsin et de jouir des acclamations enthousiastes des habitants. Patay, Orléans, le sacre étaient certes des événements auxquels les deux compères accordaient une vague importance ; mais, à leurs yeux, ils ne représentaient que de colossales et brumeuses abstractions. Tandis que les impôts, ça, c'était du concret !

Quand j'arrivai à l'auberge, pensez-vous qu'ils étaient couchés ? Bien sûr que non. Ils étaient même passablement éméchés. Quant au Paladin, il revivait ses batailles en grand style, sous les applaudissements nourris des deux compères, qui faisaient trembler les murs de l'auberge. Quand j'entrai, le Paladin leur jouait la bataille de Patay. Son énorme buste penché en avant, il leur dessinait les positions et les déplacements des différents corps d'armée à grands traits tracés sur le plancher de l'auberge à l'aide de sa gigantesque épée ; les deux paysans, pliés en deux, les mains posées sur leurs genoux écartés, les yeux écarquillés, observaient la scène en s'exclamant et en émettant toutes sortes de grognements approbateurs et admiratifs.

— Oui, parfaitement, c'est ici que nous attendions, ici même… Nous attendions les ordres. Nos destriers s'ébrouaient, ruaient, donnaient des signes d'impatience tant ils avaient hâte de se mettre au galop. Nous étions contraints de nous pencher en arrière pour leur serrer les rênes. Enfin, le mot tant attendu fut prononcé : « Chargez ! » Et nous avons chargé !

Le Paladin poursuivit dans cette veine. Il faut bien avouer qu'il était en grande forme, cette nuit-là. Quel style ! C'était merveille de voir ces innocents paysans boire ses paroles comme du petit-lait. Leur enthousiasme faisait plaisir à voir ; le tonnerre de leurs applaudissements aurait réveillé les morts et fait voler le toit en éclats. Épuisés, ils finirent par se calmer un peu pour reprendre leur souffle. Le vieux Laxart dit au Paladin d'un ton admiratif :

— On dirait que tu vaux une armée à toi tout seul.

— Absolument, intervint Noël Rainguesson, d'un ton très convaincu. Et pas seulement dans la région. Son nom propage la terreur jusque dans les terres les plus lointaines… rien que son nom ! D'un froncement de sourcils, le Paladin fait trembler Rome et fait pousser des dents aux poules. Absolument ! Certains vont jusqu'à affirmer…

— Noël, tu cherches les ennuis à ce qu'on dirait. Je n'ai qu'un mot à dire et, dans ton intérêt…

La scène habituelle se déroulait. On savait quand elle commençait, mais nul ne pouvait en prédire la fin. Aussi je leur délivrai le message de Jeanne et montai me coucher.

Comme prévu, Jeanne vint faire ses adieux à sa famille dans la matinée. Ils s'embrassèrent tous trois tendrement et versèrent des larmes en abondance sous les regards de toute une foule qui compatissait. Montés sur leurs précieux chevaux, Jacques d'Arc et Durand Laxart s'éloignèrent au trot pour porter au plus vite la grande nouvelle au village. Leur assiette laissait fort à désirer ; se tenir en selle représentait une nouveauté pour eux.

Comme prévu aussi, à l'aube, l'avant-garde de l'armée s'était ébranlée au son des fifres, toutes bannières déployées. Le gros de l'armée suivit à huit heures. Puis arrivèrent les ambassadeurs du duc de Bourgogne, ce qui nous fit perdre le reste de la journée ainsi que le jour d'après. Mais Jeanne veillait au grain et ils en furent pour leur peine. Nous ne partîmes que le matin suivant, le 20 juillet, à l'aube… pour parcourir en tout et pour tout six lieues ! La Trémoille avait récupéré tout son ascendant sur l'esprit versatile du roi. Celui-ci fit halte à Saint-Marcoul pour y prier pendant trois jours. Nous perdions un temps précieux, au profit de Bedford, qui en fit bon usage.

Nous ne pouvions poursuivre notre route sans emmener le roi avec nous ; le laisser en arrière revenait à le livrer à la merci des conspirateurs. Jeanne disputa, raisonna, implora ; enfin, nous pûmes nous remettre en chemin.

Comme l'avait prévu Jeanne, notre progression tenait davantage de la promenade que de la campagne militaire. Les forteresses anglaises qui jalonnaient notre route se livrèrent sans opposer de résistance ; nous y mettions nos propres garnisons et passions notre chemin. Bedford s'était remis en campagne à la tête d'une nouvelle armée ; le 25 juillet, ses forces et les nôtres se rencontrèrent ; la bataille paraissait inéluctable, quand Bedford préféra la voie du bon sens, fit demi-tour et repartit en direction de Paris. La chance avait tourné de notre côté. Nos hommes brûlaient d'enthousiasme.

Mais, le croirez-vous ? Notre pauvre roi sans volonté se laissa persuader par ses misérables conseillers de retourner à Gien, d'où nous avions pris la route de Reims en vue du sacre. Une trêve de quinze jours venait d'être conclue entre lui et le duc de Bourgogne. Nous étions condamnés à nous morfondre à Gien, jusqu'à ce que le duc ait tenu son engagement de nous remettre les clefs de la capitale sans coup férir.

Nous fîmes route vers Bray. Le roi changea alors de nouveau d'avis et nous intima l'ordre de reprendre la direction de Paris. Jeanne me dicta une lettre adressée aux habitants de Reims pour les encourager à garder l'espoir, en dépit de la trêve, et leur promettre qu'elle ne les oublierait pas. Sa lettre mentionne la trêve, avec sa franchise coutumière : « *De cette trêve qui a été faite, je ne suis pas contente, et je ne sais si je la tiendrai. Si je la tiens, ce sera seulement pour garder l'honneur du roi*[1]. » Jeanne ajoute qu'elle ne permettra pas que l'on abuse de la bonne volonté du roi et qu'elle gardait son armée en bon ordre pour reprendre les combats une fois la trêve terminée.

La pauvre enfant ! Elle devait batailler à la fois contre l'Angleterre, contre la Bourgogne et contre les conspirateurs français. C'était trop pour une seule personne. Elle était de taille à se mesurer aux Anglais et aux Bourguignons, mais que pouvait-elle faire contre une conspiration, d'autant plus que la victime

1. En français dans le texte. *(N.d.T.)*

des comploteurs, le roi, était quasiment volontaire ? Ces attentes, ces volte-face, ces hésitations la faisaient cruellement souffrir ; le découragement la gagnait parfois, voire les larmes. Un jour, elle confia à son fidèle ami, le Bâtard d'Orléans :

— Plaise à Dieu mon créateur que je puisse maintenant me retirer, laisser les armes et m'en aller servir mon père et ma mère en gardant les brebis, avec ma sœur et mon frère qui se réjouiraient tant de me revoir !

Le 12 août, nous campions près de Dammartin. Un peu plus tard, une escarmouche nous opposa à l'arrière-garde de Bedford. Nous espérions livrer une bataille décisive le lendemain, mais Bedford décampa dans la nuit et poursuivit sa route en direction de Paris.

Charles VII envoya des hérauts pour recevoir la reddition de Beauvais. L'évêque Pierre Cauchon, le fidèle ami et laquais de l'Angleterre, avait fait tout ce qui était en son pouvoir pour s'y opposer, mais en vain. À l'époque, ce misérable était encore un inconnu. Bientôt, son nom allait faire le tour du globe et devenir synonyme d'opprobre pour la France. Pardonnez-moi, mais je ne puis me retenir, en prononçant ce nom, de cracher en imagination sur la tombe de ce mécréant.

Compiègne se rendit et amena les couleurs anglaises. Le 14, nous campions à deux lieues de Senlis. Bedford fit volte-face, revint sur nous et prit position. Nous avançâmes à sa rencontre, mais nos efforts pour le faire sortir de ses retranchements faillirent, alors qu'il s'était juré de nous affronter en terrain découvert. La nuit tomba. Nous espérions entrer en action le lendemain matin, mais il avait décampé de nouveau.

La 18 août, nous entrions dans Compiègne, en chassions la garnison anglaise et hissions les couleurs royales.

Le 23, Jeanne donna ordre de marcher sur Paris. Mécontents, le roi et sa clique manifestèrent leur désapprobation en se retirant à Senlis qui venait de se rendre. En quelques jours, maintes forteresses se rendirent : Creil, Pont-Saint-Maxence, Choisy, Gournay-sur-Aronde, Remy, La Neuville-en-Hez, Moguay, Chantilly, Saintines. Le pouvoir des Anglais vacillait, s'effritait un peu plus à chacun de nos pas. Mais le roi persistait à faire la moue, inquiet qu'il était de notre avancée vers la capitale.

Le 2 août 1429, Jeanne établissait son camp à Saint-Denis, en vue des remparts de Paris.

Mais le roi continuait à craindre et à tergiverser. Ah ! si seulement il nous avait appuyés du poids de son autorité ! Découragé, Bedford avait décidé d'abandonner toute résistance et de concentrer ses forces dans la seule province qui lui était restée loyale : la Normandie. Ah ! si seulement nous avions pu persuader le roi de rester avec nous, et de nous encourager par sa présence et son assentiment, à cet instant décisif !

40

Missives sur missives furent dépêchées au roi. Il promettait à chaque fois de venir, mais il n'en faisait rien. Le duc d'Alençon alla le trouver ; il réitéra sa promesse, mais il ne la tint pas. Cette comédie nous fit perdre neuf précieuses journées. Le 7 septembre, il tint enfin sa promesse et vint nous voir à Saint-Denis.

Pendant ce temps, devant l'attitude velléitaire du roi, l'ennemi reprenait courage. Il entreprit des préparatifs pour la défense de la ville. Chaque jour qui passait diminuait d'autant les chances de Jeanne. Lasse d'attendre, elle commanda l'assaut pour huit heures le lendemain matin. Il débuta à l'heure dite.

Après avoir pointé son artillerie, Jeanne commença à canonner le bastion qui protégeait la porte Saint-Honoré. Dès que les brèches furent suffisantes, vers midi, nous avons donné l'assaut et emporté le bastion. Nous nous sommes alors attaqués à la porte proprement dite. Nous nous sommes rués sur elle, de façon répétée, à grands coups de bélier. Jeanne menait l'assaut, avec son étendard à côté d'elle. Une fumée épaisse nous environnait et nous essuyions une pluie nourrie de toutes sortes de traits.

Nous venions de lancer un ultime assaut qui devait, à l'évidence, faire céder la porte et nous livrer Paris

– et la France avec –, quand un carreau d'arbalète atteignit Jeanne à la cuisse. Dès qu'elle s'effondra, nos hommes reculèrent, au bord de la panique. Sans elle, ils ne se sentaient plus rassurés. Elle était l'armée à elle toute seule.

Mise hors de combat, Jeanne refusa de se laisser évacuer. Elle nous supplia de livrer un dernier assaut, tant elle était certaine de l'emporter :

— Je prendrai Paris ou je mourrai !

Contre sa volonté, le sire de Gaucourt et le duc d'Alençon l'emmenèrent hors des fossés.

Malgré sa blessure, Jeanne ne se sentait nullement découragée. Elle brûlait d'enthousiasme. Elle répétait qu'elle se ferait porter devant la porte, le lendemain matin, et qu'en moins d'une heure Paris serait prise. Elle aurait tenu parole, ça ne fait aucun doute. Elle n'oubliait qu'un détail : le roi, qui était redevenu le valet de son éminence grise, La Trémoille. Et que fit le roi ? Il interdit cette nouvelle tentative.

Que voulez-vous ? Un émissaire du duc de Bourgogne venait d'arriver, avec lequel un nouveau compromis, pire que les précédents, se tramait.

Vous le devinez sans peine, ce nouvel échec brisa le cœur de Jeanne. Sa blessure et son amère déception troublèrent son sommeil cette nuit-là. À plusieurs reprises, les sentinelles entendirent des sanglots étouffés qui venaient de la chambre où elle reposait, à Saint-Denis, accompagnés de la plainte suivante :

— On pouvait l'emporter !… On pouvait l'emporter !…

Elle se traîna hors de son lit, le lendemain matin, espérant qu'une nouvelle attaque serait livrée. Le duc d'Alençon avait fait jeter un pont de bateaux pour traverser la Seine. Elle pourrait passer le fleuve et tenter un nouvel assaut sur un autre flanc… Mais le roi eut vent de l'entreprise et fit démolir le pont de bateaux d'Alençon. Pis : il annonça la fin de la campagne. Bien pis : il accepta de signer une nouvelle trêve, prolongée indéfiniment, par laquelle il s'engageait à ne plus menacer Paris et à ramener son armée sur les bords de la Loire d'où elle était partie.

Jeanne d'Arc, qui n'avait jamais été terrassée par ses ennemis, venait de l'être par son roi. Elle avait dit qu'elle ne craignait rien excepté la trahison. La trahison était patente. Elle suspendit son blanc harnois en ex-voto dans la basilique royale de Saint-Denis et alla trouver le roi en le priant de la libérer de ses fonctions et de la laisser retourner chez elle. Une fois de plus, elle agissait sagement. C'en était fini des grandes manœuvres, des mouvements de troupes audacieux. À l'issue de la trêve, les combats à venir allaient se résumer à des escarmouches, improvisées au hasard des rencontres, à des échauffourées que l'on pouvait confier aux subalternes, qui n'exigeaient pas la présence d'un génie militaire. Mais le roi refusa de la laisser partir. Il lui répondit que la trêve ne concernait pas la France entière, qu'il fallait veiller sur les forteresses françaises pour qu'elles restassent sous le contrôle des Français, bref, qu'il avait encore besoin d'elle. En réalité, La Trémoille voulait garder Jeanne à portée de sa main, afin de pouvoir la contrôler et la faire trébucher.

Les Voix de Jeanne se firent entendre de nouveau : « Reste à Saint-Denis ! » lui dirent-elles. Sans la moindre explication, sans en donner la raison. Ses Voix parlaient au nom de Dieu ; pour Jeanne, elles avaient préséance même sur un ordre du roi. Jeanne décida donc de rester. La Trémoille en prit peur. Le pouvoir qu'elle détenait ne permettait pas au chambellan de la laisser seule : elle risquait de jeter à bas tous ses plans. Il persuada le roi d'employer la contrainte. Jeanne fut obligée de céder : blessée, elle ne pouvait résister. Plus tard, au tribunal, elle témoignera qu'on l'emmena contre sa volonté ; sans sa blessure, nul n'aurait pu la contraindre. Ah ! elle en avait du caractère, cette frêle jeune fille ! assez pour affronter et défier tous les pouvoirs temporels. Nous ne saurons jamais pourquoi les Voix lui avaient ordonné de rester à Saint-Denis. Si Jeanne avait été en mesure d'obéir à ses Voix, l'Histoire de France serait différente de celle que l'on publie dans les livres. De cela, nous en sommes sûrs.

Le 13 septembre, la grande armée, triste et découragée, se mit en route en direction du sud, vers la Loire. Détail notoire : les troupes marchaient sans musique, comme pour des funérailles. Au fond, c'était bien ce dont il s'agissait : une longue, affreuse marche funèbre, sans personne pour nous acclamer, pour nous encourager ; aux larmes des amis répondaient les rires des ennemis. Nous arrivâmes enfin à Gien, ville d'où nous nous étions mis en campagne en direction de Reims, moins de trois mois auparavant, toutes bannières déployées, oriflammes flottant au vent, au son des fifres et des tambours, l'excitation de notre victoire toute fraîche de Patay brillant encore sur nos visages, sous les hourras de la multitude qui chantait nos louanges et nous souhaitait bonne route.

Il tombait une pluie maussade. Le jour était sombre et le ciel en berne. Rares étaient les spectateurs. Nul ne nous accueillit en nous souhaitant la bienvenue. Le silence, la pitié et les larmes étaient au rendez-vous.

Le roi démobilisa cette superbe armée de héros. Elle roula ses étendards et remisa ses armes : la disgrâce de la France était totale. La Trémoille était ceint de la couronne de la victoire. Jeanne d'Arc, l'invincible, était vaincue.

41

Oui, il en était ainsi : Jeanne tenait Paris et la France dans sa main ; elle écrasait du talon l'abominable guerre de Cent Ans. Mais le roi lui avait donné ordre d'ouvrir la main et de lever le pied.

Suivirent huit longs mois de pérégrinations en compagnie du roi, de son conseil et des damoiseaux de sa cour, dégénérés, prétentieux, qui ne songeaient qu'à folâtrer, à batifoler, à danser, à conter fleurette, à chasser au faucon. La cour vagabondait de ville en ville, de château en château. Ce genre d'existence n'était pas déplaisant pour nous, qui faisions partie de la maison militaire de Jeanne, mais, pour elle, c'était un supplice. Elle le subissait davantage qu'elle ne le vivait. Le roi faisait des efforts sincères pour lui rendre la vie agréable ; ses attentions à son égard étaient délicates et constantes. Alors que les courtisans étaient soumis à une étiquette pointilleuse, le souverain accordait à Jeanne le privilège d'une entière liberté. À part une visite au roi une fois par jour, ponctuée de quelques paroles aimables, rien d'autre n'était exigé d'elle. Naturellement, elle se replia sur elle-même, comme une recluse, claquemurée dans ses appartements, en laissant couler le profond ennui des jours, avec, pour seule compagnie, ses pensées moroses et ses dévotions, et, pour seules distractions, des plans d'improbables combats.

En imagination, elle déplaçait des bataillons d'un point à un autre, en calculant la distance à parcourir, le temps requis pour chaque troupe, la nature du terrain à traverser, de manière à les faire se rencontrer au même endroit, au même jour et à la même heure, afin de livrer bataille. C'était son passe-temps favori, son unique distraction, qui l'aidait à supporter le fardeau du désespoir et de l'inaction. Elle y passait des heures, comme d'autres jouent aux échecs. Ce jeu l'absorbait entièrement, lui reposait l'esprit et mettait un baume sur son cœur meurtri.

Elle ne se plaignait jamais. Cela ne lui ressemblait guère. Elle était de ceux qui souffrent en silence. Elle ne se sentait pas moins comme un aigle en cage, qui aspire au grand air, à l'ivresse des sommets, à la joie sauvage des tempêtes.

Des soldats démobilisés et disponibles, devenus vagabonds, sillonnaient les chemins. À plusieurs reprises, quand sa captivité lui pesait trop, Jeanne obtint la permission d'en recruter assez pour former un escadron de cavaliers afin d'en découdre avec l'ennemi.

À Saint-Pierre-le-Moûtier, comme au bon vieux temps, nous avons eu le plaisir de la voir mener assaut sur assaut, de se faire repousser, de rallier ses troupes pour charger de nouveau, avec une allégresse et un enthousiasme communicatifs. La tempête de projectiles se fit telle que le vieux Jean d'Aulon, qui était blessé, sonna la retraite. Le roi l'avait chargé de veiller à ce que Jeanne ne souffrît rien de fâcheux. Il crut que tout le monde l'avait suivi. Il se retourna pour vérifier, quand il aperçut Jeanne qui, en compagnie de sa maison militaire, poursuivait le combat comme si de rien n'était. Il chevaucha vers nous et pria Jeanne de se retirer, en lui demandant pourquoi elle restait seule avec une poignée d'hommes. Elle retira son armet et lui répondit, les yeux rieurs :

— Une poignée d'hommes, Dieu du Ciel ! mais j'ai cinquante mille de mes gens et je ne partirai pas d'ici avant d'avoir pris la ville. Mon bon et brave Jean, fais donc sonner la charge !

Il le fit. Nous avons escaladé les remparts et pris la ville. Le vieux Jean d'Aulon crut que Jeanne avait l'esprit un peu dérangé. Mais elle voulait dire qu'au fond du cœur elle se sentait aussi forte que si elle avait commandé cinquante mille hommes, d'où son expression fantaisiste. À mon avis, elle ne pouvait dire plus vrai.

Puis il y eut cette escarmouche, près de Lagny, où, en champ découvert, nous avons, à quatre reprises, chargé les Bourguignons. La dernière attaque fut victorieuse et nous rapporta un beau butin en la personne de Franquet d'Arras, un cruel chef de bande qui terrorisait les environs.

Après quelques aventures du même genre, nous avons fini par nous retrouver, vers la fin mai 1430, à proximité de Compiègne. Jeanne décida de se porter au secours de la ville, qui était assiégée par le duc de Bourgogne.

Je venais d'être blessé et ne pouvais chevaucher sans aide, aussi le Nain avait eu la bonté de me prendre en croupe, ce qui me permit, en me retenant à lui, de suivre la troupe. Nous montâmes en selle à minuit. Il pleuvait des cordes. Nous progressions lentement et dans le plus grand silence, car nous devions passer les lignes ennemies. Nous n'avons été interpellés qu'une seule fois. Au lieu de répondre, nous avons continué d'avancer, furtivement, à pas feutrés, et nous sommes passés sans incident. Vers les trois heures du matin, nous avons atteint Compiègne, au moment où les premières lueurs de l'aube pointaient à l'orient.

Jeanne se mit sans tarder au travail. Elle s'entretint avec le capitaine de la garnison, Guillaume de Flavy. Ils tombèrent d'accord sur un plan d'action. Celui-ci prévoyait une sortie en fin d'après-midi pour nous mesurer à l'ennemi dont les forces étaient divisées en trois bataillons postés sur la rive opposée de l'Oise, dans la plaine. L'une des portes qui gardait la ville donnait sur un pont. Ce pont était défendu, de l'autre côté du fleuve, par le type d'ouvrage avancé qu'on appelle un boulevard, lequel commandait aussi l'accès à une chaussée surélevée qui menait tout droit à travers la plaine jusqu'au village de Margny, occupé par les Bourguignons. Une autre compagnie bourguignonne campait à Clairoix, village situé à deux milles en amont de la route ; un bataillon anglais tenait Venette, à un mille et demi en aval. Le tout formait comme un arc et une flèche : la chaussée était la hampe de la flèche, dont le boulevard était l'empenne et Marguy la pointe ; Venette était l'une des extrémités de l'arc et Clairoix l'autre.

Le plan de Jeanne prévoyait d'emprunter la chaussée pour se rendre droit sur Marguy, de s'emparer de la place, puis de marcher aussitôt sur Clairoix pour en capturer le camp et, enfin, de faire demi-tour pour affronter le plus difficile : les troupes de réserve du duc de Bourgogne qui étaient stationnées derrière Clairoix, à Bienville. La garnison de Guillaume de Flavy, avec ses archers et l'artillerie, devait garder le boulevard et interdire aux troupes anglaises de barrer la chaussée afin de ne pas couper les possibilités de repli de Jeanne. Une flottille de barques couvertes mouillait à proximité du boulevard pour offrir une possibilité supplémentaire de retraite en cas de nécessité.

Nous étions le 23 mai. À quatre heures de l'après-midi, Jeanne franchit les murs de la ville avec un escadron de six cents lances pour livrer son dernier combat.

Rien que d'y penser, j'en ai le cœur brisé. Je m'étais fait transporter sur les remparts, d'où je pouvais suivre le déroulement des opérations. Ce que j'ai manqué me fut narré plus tard par nos deux chevaliers et par d'autres témoins oculaires. Jeanne passa le pont et s'engagea sur la chaussée, suivie de sa troupe. Elle portait une huque de drap d'or par-dessus son armure. De loin, j'apercevais cet élégant vêtement qui ondulait au vent, qui claquait, qui se soulevait, qui retombait, comme s'il jouait avec le soleil.

Le temps était clair et la vue sur la plaine dégagée. Bientôt, sur notre gauche, nous vîmes venir les troupes anglaises. Elles progressaient rapidement et en bon ordre. Le soleil faisait reluire leurs armes.

Jeanne donna l'assaut contre les Bourguignons retranchés dans Marguy, mais ils repoussèrent son attaque. Les troupes de Clairoix quittèrent leur camp pour venir leur prêter main-forte. Jeanne rassembla ses troupes pour renouveler l'assaut, mais les nôtres furent repoussés de nouveau. Livrer deux assauts coup sur coup prend du temps, or le temps commençait à manquer. Les Anglais de Venette approchaient dangereusement de la chaussée ; du boulevard, on ouvrit un feu nourri dans leur direction, ce qui les força à s'abriter. Jeanne exhorta ses troupes et mena une dernière charge, qui emporta Marguy. Jeanne fit tourner aussitôt ses troupes vers notre droite et les lança à la rencontre des forces de Clairoix qui approchaient. Le choc fut rude. Les deux armées se jetèrent l'une sur l'autre à plusieurs reprises, en essayant de déborder sur leurs flancs, la victoire penchant tantôt d'un côté, tantôt de l'autre.

Soudain, nul ne sait pourquoi, la panique s'empara de nos gens. On en ignore la raison. Certains disent que la canonnade avait fait croire aux hommes des premiers rangs que les Anglais nous avaient coupé la route et nous encerclaient ; d'autres disent, au contraire, que ce furent les hommes des derniers rangs qui crurent que Jeanne venait d'être tuée. Toujours est-il que tous se dispersèrent et se précipitèrent sur la chaussée, dans une fuite éperdue en direction du boulevard. Jeanne tenta de les rallier et de leur faire rebrousser chemin, en criant qu'ils étaient à deux doigts de la victoire. Ils n'en avaient cure. Le flot humain se divisait en deux devant elle et les fuyards passaient à ses côtés, sourds à ses exhortations. Jean d'Aulon la supplia de se hâter à faire retraite tant qu'il en était encore temps, mais elle refusa. Il saisit le licou de son coursier et l'entraîna de force vers les remparts. Les hommes continuaient de fuir sur la chaussée surélevée dans une confusion et un mélange indescriptibles d'hommes en déroute et de chevaux emballés. Notre artillerie dut cesser le tir pour ne pas toucher les Français. Ce que voyant, les Anglais à gauche et les Bourguignons à droite en profitèrent pour s'avancer sans risque, prendre nos hommes à revers et les enfermer comme dans les mâchoires d'une tenaille. Devant le boulevard, la houle des troupes ennemies réunies submergea le faible nombre de nos gens ; coincés dans l'angle formé par l'enceinte du boulevard et les bords surélevés de la chaussée, ils livrèrent un combat désespéré et tombèrent l'un après l'autre.

Guillaume de Flavy, qui suivait la bataille des remparts, dut fermer la porte et relever le pont-levis. Jeanne se retrouva prisonnière, à l'extérieur de la cité.

Sa garde personnelle fondit à vue d'œil. L'un après l'autre, nos deux bons chevaliers s'effondrèrent, blessés ; les deux frères de Jeanne subirent le même sort ; puis ce fut le tour de Noël Rainguesson. Tous furent atteints alors qu'ils protégeaient Jeanne des coups qui la menaçaient. Il ne resta plus que le Nain et le Paladin. Ils refusèrent de se rendre. Comme des tours d'acier dégoulinantes de sang, ils lui firent un rempart de leur corps en tenant, aussi longtemps qu'ils purent, l'ennemi en respect. Chaque fois que la cognée de l'un ou l'épée de l'autre s'abattait, un ennemi de plus mordait la poussière. Ces bons compagnons, d'une belle et noble simplicité d'âme, firent leur devoir avec une loyauté imperturbable jusqu'au bout ; ils se battirent comme des lions avant de connaître une fin honorable. Paix à leur mémoire ! Ils m'étaient si chers l'un et l'autre.

On entendit des hurlements de victoire, de sauvages acclamations. Jeanne résistait encore, en faisant d'énergiques moulinets de son épée, mais un archer la saisit par sa huque et la traîna à terre. Elle fut emmenée, prisonnière du duc de Bourgogne, suivie par ses ennemis en délire.

La nouvelle se répandit aussitôt ; elle courut de bouche à oreille ; partout où elle tombait, les gens étaient frappés comme de paralysie ; tous murmuraient, hébétés, en se parlant à eux-mêmes, comme dans leur sommeil : « La Pucelle d'Orléans a été prise… Jeanne d'Arc est prisonnière… Celle qui a sauvé la France est tombée ! » Ces malheureux répétaient ces mots sans bien comprendre ce qu'ils signifiaient, ni pourquoi Dieu avait permis pareille tragédie. Pauvres gens !

Tours et d'autres cités se sont mises en berne, en attachant, en signe de deuil, d'immenses tentures de drap noir qui pendaient du rebord des toitures. Mais ce n'était rien à côté du deuil ressenti par tous les paysans de France. Ces pauvres hères n'auraient pu vous l'exprimer, mais ils n'en étaient pas moins meurtris. L'âme du pays tout entier était en berne.

Ainsi prit fin cette journée fatidique du mardi 23 mai 1430. Le rideau se refermait sur le dernier acte de la tragédie guerrière la plus étonnante, la plus pathétique, la plus merveilleuse qui ait jamais été jouée sur la scène mondiale. La chevauchée de Jeanne d'Arc venait de s'achever.

LIVRE III

LE PROCÈS ET LA MORT

1

Je ne m'étendrai pas sur l'ignominie de l'été et de l'hiver qui suivirent la capture de Jeanne. Au début, je ne m'inquiétais pas trop pour elle : je m'attendais tous les jours à apprendre la nouvelle que Jeanne, mise à rançon, avait été rachetée par le roi – pas uniquement par le roi, mais par la France entière, reconnaissante. Les lois de la guerre accordaient à Jeanne le privilège d'être mise à rançon. Elle n'était pas un hors-la-loi, mais un soldat ; le roi l'avait nommée officiellement chef de guerre des armées de France ; elle ne s'était rendue coupable d'aucun crime. Elle ne pouvait être détenue indéfiniment une fois la rançon payée.

Mais les jours passaient sans qu'aucune offre pour le paiement de la rançon fût proposée. Incroyable, mais vrai ! Ce mutisme royal était-il dû à l'influence de ce reptile de La Trémoille ? Toujours est-il que le souverain resta coi. Il ne fit pas la moindre proposition ni le moindre effort pour libérer cette malheureuse enfant qui avait tant fait pour lui.

Malheureusement, d'autres se montraient plus empressés. À peine la nouvelle de la capture de Jeanne eut-elle atteint Paris, au lendemain du drame, que les Anglais et les Bourguignons de la capitale firent un tintamarre assourdissant, qui dura un jour et une nuit, au son des cloches et des canons. Le lendemain, l'Université de Paris adressait une lettre au duc de Bourgogne qui exigeait la remise de la prisonnière aux mains de l'Inquisition afin d'y répondre de l'accusation d'idolâtrie.

Les Anglais étaient à l'origine de cette initiative. Ils agissaient en coulisse et l'Église servait de paravent. Leur motif était simple : seule l'Église était en mesure non seulement d'ôter la vie de Jeanne, mais surtout de ruiner son influence, de couvrir d'opprobre les valeurs de chevalerie et d'héroïsme que symbolisait son nom ; les Anglais pouvaient détruire son corps, mais ils étaient impuissants à noircir ou à ruiner sa réputation ; au contraire, s'ils s'avisaient de tuer Jeanne, elle serait magnifiée pour l'éternité. Or Jeanne d'Arc représentait la seule autorité, en France, dont les Anglais ne se gaussaient pas, le seul pouvoir qu'ils prenaient au sérieux. S'ils parvenaient à faire pression sur l'Église pour qu'elle supprimât Jeanne d'Arc après l'avoir condamnée au préalable comme idolâtre et hérétique, prouvant ainsi qu'elle n'était pas l'envoyée du Ciel mais un suppôt de Satan, alors, mais alors seulement, la suprématie anglaise avait quelque chance d'être rétablie.

Le duc de Bourgogne avait bien compris cela, mais il préférait attendre. Il supputait que le roi de France ne manquerait pas de lui racheter Jeanne à un bien meilleur prix que les Anglais. Il l'emprisonna dans l'un de ses châteaux et il attendit, pendant de longues semaines. Il était malgré tout un prince français ; peut-être éprouvait-il quelque remords à l'idée de céder Jeanne aux Anglais. Mais vaine fut l'attente du duc car nulle offre de paiement de la rançon ne se manifesta du côté français.

Un jour, Jeanne joua un tour à son geôlier. Non contente de lui fausser compagnie, elle l'enferma dans la pièce où il la retenait prisonnière. Une sentinelle, qui la vit s'échapper, l'intercepta. Elle fut ramenée en prison.

Elle fut transférée à Beaurevoir, un château mieux gardé que le précédent. C'était au début du mois d'août. Sa captivité durait déjà depuis plus de deux mois. Elle fut emprisonnée au sommet d'une tour haute de soixante pieds. Elle s'y morfondit pendant environ trois mois et demi. Durant ces cinq longs mois de captivité, Jeanne savait par ouï-dire que les Anglais, avec l'aide de l'Église, marchandaient son rachat comme un maquignon marchande le prix d'un mulet ; elle savait aussi que la France se tenait coite, que son roi se tenait coi, que ses amis se tenaient cois. Quelle pitoyable indifférence !

En dépit de cette ingratitude, quand le bruit parvint à Jeanne que Compiègne, assiégée de nouveau, était sur le point de tomber, et que nos ennemis avaient promis de n'épargner aucun habitant, pas même les enfants de sept ans, son sang ne fit qu'un tour et elle décida sur-le-champ de venir à notre rescousse. Elle déchira les draps de son lit, en tordit les lambeaux, les noua bout à bout pour en faire une corde, puis, nuitamment, se laissa descendre le long de la muraille. Mais la corde improvisée céda et Jeanne tomba dans le fossé. Elle se blessa dans sa chute et s'évanouit de douleur. Elle resta inconsciente pendant trois jours sans boire ni manger.

Heureusement, des secours nous parvinrent en la personne du comte de Vendôme, qui brisa le siège et sauva Compiègne du désastre. C'était un cuisant et coûteux échec pour le duc de Bourgogne, dont la trésorerie avait souffert. C'était le moment ou jamais de faire monter les enchères sur la rançon de Jeanne d'Arc. Les Anglais s'empressèrent de lui déléguer un évêque français, le tristement célèbre Cauchon, évêque de Beauvais. Il briguait le siège archiépiscopal de Rouen, qui était vacant et qu'on lui avait promis s'il menait sa mission à bien. Il avait exigé de présider le tribunal ecclésiastique qui devait juger Jeanne, sous le prétexte que le champ de bataille où elle était tombée se trouvait dans son diocèse.

Selon les us de l'époque, la rançon d'un prince du sang se montait à dix mille livres tournois. Cette somme, une fois offerte, ne pouvait être refusée.

Ce fut la somme que proposa Cauchon pour obtenir Jeanne : une rançon bien royale pour la petite paysanne de Domrémy, qui prouve assez l'importance considérable que lui accordaient les Anglais. L'offre fut acceptée. Jeanne d'Arc, le sauveur de la France, fut cédée contre dix mille livres tournois. Jeanne fut vendue à ses pires ennemis, aux ennemis de son pays, aux ennemis du royaume qui, depuis un siècle, frappaient, piétinaient, dépouillaient la France, pour le plaisir de l'humilier ; à ces ennemis mêmes que Jeanne avait cinglés, terrassés, qu'elle avait contraints de respecter les valeurs chevaleresques de la France, que sa force d'âme avait insufflées dans le cœur de son peuple ; des ennemis voués à sa perte car elle était la seule puissance capable de se dresser victorieusement entre le triomphe de l'Angleterre et la déchéance de la France. Elle fut vendue à un prélat français par un prince français, pendant que le roi français et le peuple français, ingrats et indifférents, se tenaient cois.

Et que disait Jeanne de tout cela ? Rien. Pas un seul mot de reproche ni d'amertume n'a jamais franchi ses lèvres. Elle était au-dessus de tout cela. Elle était Jeanne d'Arc. C'est tout dire.

Comme soldat, elle était irréprochable. De ce point de vue, on ne pouvait rien prouver contre elle. Seul un subterfuge pouvait la détruire. On en trouva un : la faire juger par l'Église pour crimes commis contre la religion. Si le tribunal n'en découvrait pas, il suffirait d'en inventer. Cette crapule de Cauchon allait s'en charger.

Rouen fut choisie comme lieu du procès. La ville se trouvait alors au cœur du territoire contrôlé par les Anglais. Ses habitants vivaient depuis si longtemps sous la domination anglaise qu'à part la langue ils n'avaient plus grand-chose de français. Une puissante garnison protégeait la cité contre toute attaque de l'extérieur. Vers la fin du mois de décembre 1430, on y conduisit Jeanne. Elle y fut jetée, enchaînée, dans un donjon.

Et la France ne bougeait toujours pas. Comment expliquer ce mystère ? Je ne vois qu'une raison. Souvenez-vous : dès que Jeanne n'était plus à leur tête, les Français reculaient ; en revanche, chaque fois qu'elle les menait au combat, ils balayaient tout sur leur passage, aussi longtemps bien sûr qu'ils continuaient d'apercevoir sa blanche armure et sa bannière devant eux. Si, par malheur, elle était blessée, ou qu'ils la croyaient morte, comme à Compiègne, la panique s'emparait aussitôt d'eux et ils déguerpissaient. J'en conclus qu'ils n'avaient pas eu le temps de se transformer suffisamment. Ils subissaient encore le sortilège maléfique d'une suite d'échecs destructeurs. Ils manquaient de confiance en eux et en leurs chefs. Ils avaient souffert trop longtemps l'amère expérience d'incessantes trahisons. Avant l'arrivée de Jeanne, en France, c'était à qui trahissait l'autre : les rois trahissaient leurs vassaux et leurs connétables, lesquels, à leur tour, trahissaient leurs suzerains et se trahissaient les uns les autres. Les soldats ne pouvaient faire confiance qu'à Jeanne. Si elle tombait, tout s'écroulait avec elle. Elle était comme le soleil dont les rayons font fondre la glace qui retient prisonnière l'eau du torrent impétueux. Dès que le soleil s'éclipse, le torrent gèle de nouveau. C'est pourquoi la disparition de Jeanne fit retomber la France et son armée dans l'état d'où elle les avait tirées : celui de cadavres, incapables de penser, d'espérer, de vouloir, de décider.

2

Ma blessure me causa bien du tracas jusque vers le milieu du mois d'octobre ; la fraîcheur automnale me revigora et m'aida à reprendre des forces. Pendant tout ce temps, la rumeur persistait que le roi était sur le point d'offrir la rançon pour racheter Jeanne. J'eus la faiblesse d'y croire ; j'étais trop jeune, pas suffisamment mûr pour connaître la petitesse et l'ingratitude de notre race humaine, qui s'accorde tellement d'importance, convaincue à tort de sa supériorité intrinsèque sur les animaux.

En octobre, je commis l'erreur de m'estimer assez vigoureux pour prendre part à deux sorties contre nos ennemis, mais, le 23, je fus de nouveau blessé. La chance me fuyait. Le 25, pendant la nuit, nos assiégeants décampèrent ; dans le désordre et la confusion qui s'ensuivit, un de leurs prisonniers réussit à s'échapper et à trouver refuge dans Compiègne. Il entra en clopinant dans ma chambre, le teint blafard, cadavérique.

— Quoi ? Toi, vivant ? Noël Rainguesson !…

C'était lui, en effet. Ce fut, comme vous le devinez, de fort joyeuses retrouvailles ; mais le plaisir d'être à nouveau réunis n'entamait pas notre tristesse. Nous ne pouvions prononcer le nom de Jeanne. La voix nous faillait. Nous parlions d'elle par des sous-entendus ; nous disions « elle », ou « la sienne », mais prononcer son nom était au-dessus de nos forces.

Nous avons échangé des nouvelles de nos compagnons de la maison militaire. Le vieux Jean d'Aulon, blessé et prisonnier, était resté au service de Jeanne, avec la permission du duc de Bourgogne. Jeanne était traitée avec le respect dû à son rang, comme tout prisonnier de guerre pris lors d'un combat honorable. Ce traitement se poursuivit – nous l'avons appris par la suite – jusqu'au jour où elle tomba entre les mains de ce bâtard satanique, Pierre Cauchon, évêque de Beauvais.

Noël ne cessait de louer, en termes nobles et affectueux, les qualités de notre grand dadais de porte-étendard, le Paladin, dont la voix s'était tue à jamais. Il avait remporté toutes ses batailles, les réelles comme les imaginaires ; il avait accompli son devoir, jusqu'au bout ; le livre de sa vie s'était refermé sur le plus grand des honneurs.

— Quand je repense à son aubaine ! s'exclama Noël, les larmes aux yeux. Quel verni il faisait ! Vois combien la chance lui a souri, du début jusqu'à la fin, sur le champ de bataille et en dehors ; il était en permanence le favori du public ; tout le monde recherchait sa compagnie ; les plus splendides occasions d'accomplir des prouesses lui furent offertes, et il les a accomplies. Au début, nous le surnommions le Paladin pour plaisanter, mais nous avons continué à l'appeler ainsi parce qu'il méritait ce surnom. Et, enfin, la chance suprême, le voici qui meurt sur le champ de bataille ! Il meurt sous le harnois ; il meurt fidèle à son poste, l'étendard à la main ; il meurt – fortune incroyable ! – sous le regard admiratif de Jeanne d'Arc ! Il a bu la coupe de la gloire jusqu'à la dernière goutte ; il est parti en paix, heureux, en jubilant ; l'amer désastre que nous sommes contraints de vivre lui a été épargné. Quelle bonne aubaine, quelle chance inouïe ! Et nous deux ? Quels péchés avons-nous donc commis, toi et moi, pour souffrir d'être encore sur cette terre, nous qui méritions pourtant tout aussi bien notre place parmi les bienheureux décédés ?

Il me raconta l'anecdote suivante :

— Nos ennemis ont arraché l'étendard sacré des mains du Paladin et ils l'ont emporté. C'était leur butin le plus précieux, après Jeanne. Mais il n'est plus en leur possession. Il y a un mois, nous avons risqué nos vies – les deux chevaliers, d'autres prisonniers et moi-même. Nous..., enfin, je le leur ai dérobé, et nous l'avons fait parvenir, par l'intermédiaire de gens de confiance, à Orléans où il repose en sécurité.

Cette nouvelle me combla de bonheur et de gratitude. J'ai souvent revu l'étendard de Jeanne d'Arc, chaque fois que je me suis rendu à Orléans, tous les 8 mai, comme invité d'honneur de la ville, pour présider aux banquets et aux processions – depuis que les frères de Jeanne ont quitté cette terre, bien sûr. L'étendard demeurera sous la garde attentive et amoureuse des habitants de cette bonne ville, pendant un millier d'années, sans aucun doute, aussi longtemps qu'il en restera un lambeau[1].

Deux ou trois semaines après notre conversation, une nouvelle incroyable nous parvint, qui nous fit

1. L'étendard y fut conservé précieusement pendant trois cent soixante ans. Il a été détruit par le feu, avec deux épées, un chapeau à plumes, plusieurs costumes d'apparat et d'autres reliques de la Pucelle, durant la Révolution. Il ne reste plus rien qui ait appartenu à Jeanne d'Arc, à l'exception de quelques manuscrits signés de sa main. (Mark Twain)

l'effet d'un coup de tonnerre et nous laissa pantois : Jeanne d'Arc avait été vendue aux Anglais !

Pas une seconde nous n'avions envisagé la possibilité d'une pareille horreur ! Nous étions jeunes et peu au fait de la nature humaine, comme je vous le disais. Nous étions fiers de notre pays, sûrs de la noblesse de son cœur, de sa générosité, de sa reconnaissance. Nous n'attendions pas grand-chose du roi, mais nous attendions tout de la France. La nouvelle nous était parvenue que, dans maintes villes, des religieux conduisaient des processions pour encourager leurs ouailles à sacrifier un peu de leur argent et de leurs biens pour le rachat de la libératrice que le Ciel nous avait envoyée. Que la somme pour le rachat de sa rançon allait être réunie ne faisait aucun doute à nos yeux !

Mais c'était terminé, désormais, fini l'espoir ! Quelle ne fut pas notre amertume ! Notre ciel s'était voilé de noir. Toute joie s'enfuit de nos cœurs. Ce compagnon, allongé sur le lit voisin du mien, était-il vraiment Noël Rainguesson, ce joyeux luron qui abordait la vie comme une plaisanterie permanente, à qui le rire semblait plus précieux que sa propre vie ? Non ! Ce gai Noël, je n'allais plus jamais le revoir. Il avait le cœur brisé. Il traînait sa douleur, l'air absent ; la cascade de son rire s'était tarie à la source.

En fait, c'était un moindre mal car le désespoir de Noël correspondait à ma propre humeur. Nous nous tenions compagnie. Il soigna mes blessures avec une grande patience, pendant de longues semaines. Enfin, en janvier, je me sentis d'aplomb, capable de reprendre la route.

— Nous partons ? me demanda Noël.

— Allons !

Ces mots suffisaient. Nos cœurs étaient déjà à Rouen, il ne nous restait plus qu'à y transporter nos corps. Le plus cher de notre existence était enfermé dans cette forteresse, là-bas. Nous ne pouvions secourir Jeanne, mais ce nous serait au moins de quelque réconfort de la sentir proche, de respirer l'air qu'elle respirait, de toucher la pierre des murs qui l'emprisonnaient. Nous risquions d'y être arrêtés, nous aussi, mais nous allions tout faire pour l'éviter, en laissant à la chance et au destin le soin d'en décider.

Nous nous sommes mis en route. Le changement survenu dans le pays nous surprit. Nous pouvions choisir notre chemin et aller où bon nous semblait sans être inquiétés ni brutalisés. Quand Jeanne d'Arc guerroyait, il régnait une sorte de terreur panique un peu partout. À présent qu'elle était hors de combat, cette peur s'était évanouie. Personne ne nous regardait de travers, personne ne paraissait inquiet de nous croiser, personne ne nous questionnait sur nous ou nos affaires, tout le monde semblait indifférent.

La Seine pouvait nous éviter les fatigues d'un périple à travers les terres. Nous avons donc choisi ce mode de transport. Un bateau nous a menés jusqu'à une lieue de Rouen. Il nous a débarqués sur la rive gauche, qui donne sur la plaine, et non sur l'autre rive plus escarpée. Il était impossible d'entrer et de sortir de Rouen sans autorisation. Les Anglais craignaient qu'une action ne fût tentée pour délivrer Jeanne.

Nous n'avons pas été inquiétés. Dans la plaine, nous avons élu domicile chez une famille de fermiers qui nous offrirent le vivre et le couvert pendant une semaine. Nous les avons aidés dans leurs travaux quotidiens pour payer notre écot et nous en faire des amis. Nous nous sommes procuré des vêtements semblables aux leurs, que nous avons revêtus. Après avoir gagné leur confiance, nous découvrîmes qu'en secret leur cœur battait pour la France. Nous leur avons tout révélé, avec la plus grande franchise. Ils se montrèrent disposés à faire de leur mieux pour nous aider. Un plan assez simple fut alors décidé. Pour pénétrer sans encombre dans la cité, nous allions faire semblant de mener avec eux un troupeau de moutons au marché local. Un matin, tôt, nous avons tenté l'aventure. Il bruinait ; le temps était triste et mélancolique. Nous avons franchi les portes sans tracas. Nos nouveaux amis connaissaient des gens qui habitaient au-dessus d'un modeste marchand de vin, dans une haute et pittoresque demeure située dans l'une des venelles qui partent de la cathédrale et descendent vers le fleuve. Ils nous confièrent à leurs soins. Le lendemain, ils nous apportèrent nos propres habits et le reste de nos affaires. La famille Pierron, chez qui nous étions hébergés, était française de cœur. Nous n'avions donc aucun secret pour elle.

3

La nécessité nous poussa à chercher un moyen de gagner notre pitance. Quand les Pierron apprirent que je savais lire et écrire, ils me recommandèrent à leur confesseur qui m'obtint une place auprès d'un bon prêtre nommé Guillaume Manchon ; il avait été désigné pour être le greffier du procès en accusation de Jeanne, dont la date approchait. Je me trouvai soudain en curieuse posture : j'allais servir de clerc au greffier du procès de Jeanne d'Arc. Cette situation risquait de devenir inconfortable pour peu que l'on eût vent de mon inclination personnelle et de la nature exacte de mes occupations précédentes. Mais le danger était minime. Dans son for intérieur, Manchon éprouvait de la sympathie pour Jeanne, et il ne me trahirait pas. Quant à mon nom, je l'avais abandonné pour ne garder que mon prénom, qui me faisait passer pour une personne de basse extraction.

J'assistai Manchon dès le début de la procédure, à partir de la fin du mois de janvier. Je l'accompagnai à plusieurs reprises dans la citadelle où Jeanne était retenue prisonnière, mais nous n'avions pas accès au donjon où elle était enfermée, aussi n'ai-je pu la voir.

Manchon me conta la suite des événements qui avaient précédé notre arrivée. Depuis qu'il était entré en possession de Jeanne, Cauchon s'était employé à réunir le tribunal idoine en vue de l'éradication de la Pucelle. L'entreprise lui avait coûté de longues semaines. L'Université de Paris lui avait envoyé un groupe d'ecclésiastiques dévoués et expérimentés qui tous partageaient son hostilité à l'encontre de la Pucelle ; de son côté, il avait convié un certain nombre de religieux de provenances diverses, mais du même acabit ; il était ainsi parvenu à constituer un impressionnant tribunal qui réunissait une cinquantaine de personnalités réputées. Elles portaient toutes des noms français, mais leurs intérêts et leurs sympathies penchaient nettement du côté anglais.

Paris avait aussi envoyé un vicaire de l'Inquisition, car Jeanne allait être jugée en justice d'Église. C'était un homme juste et droit. Il déclara que ce tribunal n'avait pas juridiction pour tenir ce procès et il refusa donc sa collaboration. D'autres de ses confrères firent une réponse identique.

L'inquisiteur avait raison. Le procès intenté à Jeanne avait déjà été jugé à Poitiers, où un tribunal ecclésiastique avait tranché en sa faveur. Le tribunal de Poitiers était plus important que celui de Rouen car il était présidé par l'archevêque de Reims, qui avait autorité sur Cauchon. Une cour de moindre importance s'apprêtait donc à refaire un procès dont le verdict avait déjà été prononcé par une plus haute cour. C'était juridiquement inacceptable. Cauchon n'était pas qualifié à plus d'un titre : Rouen ne faisait pas partie de son diocèse ; Jeanne n'avait pas été reconduite à son domicile, qui était toujours Domrémy ; il présidait le tribunal alors qu'il s'était déclaré publiquement l'ennemi de la prisonnière ; il était donc incompétent pour la juger. Mais ces difficultés seraient aplanies. Non sans réticence, le chapitre de Rouen finit par accorder la juridiction territoriale à Cauchon. On exerça également une pression sur l'inquisiteur, si forte qu'il dut se soumettre.

Puis le représentant du petit roi d'Angleterre livra officiellement Jeanne en jugement à l'évêque de Beauvais, en émettant la réserve suivante : si ce tribunal manquait à condamner l'accusée, elle devrait lui être restituée !

Cette pauvre Jeanne, abandonnée de tous et de toutes, n'avait donc pas la moindre chance d'en réchapper. Abandonnée était le mot exact. On l'avait jetée dans un sombre donjon, en compagnie d'une demi-douzaine de soldats anglais de la plus basse extraction, qui la surveillaient jour et nuit. Ils ne la quittaient jamais et restaient présents dans la salle où avait été construite une cage de fer dans laquelle on la tenait enchaînée par le cou, les poignets et les chevilles. La nuit, elle était enchaînée à son lit. Il n'y avait personne de sa connaissance à côté d'elle, en tout cas pas une seule femme. Alors, abandonnée… le mot est faible pour décrire condition aussi misérable.

L'homme qui avait capturé Jeanne était un vassal de ce Jean de Luxembourg qui l'avait vendue au duc de Bourgogne. Ce même Jean de Luxembourg eut l'audace de venir montrer son sale visage à Jeanne dans sa geôle. Il lui rendit visite en compagnie de deux comtes anglais, Warwick et Stafford. Cette limace lui dit qu'il la ferait libérer si elle promettait de ne jamais reprendre les armes contre les Anglais. Les conditions de sa captivité n'avaient en rien brisé l'esprit de repartie de Jeanne. Elle lui rétorqua :

— En nom Dieu, vous vous moquez de moi, car je sais bien que vous n'en avez ni le pouvoir ni le vouloir.

Il insista. En Jeanne se réveillèrent soudain sa fierté et sa dignité de soldat. Elle lui répondit, en lui montrant ses chaînes :

— Regardez-les ! Elles en savent plus que vous, assez pour prédire l'avenir. Je sais bien que ces Anglais me feront mourir, parce qu'ils croient après ma mort gagner le royaume de France. Mais seraient-ils cent mille de plus qu'ils ne sont à présent, ils n'auront pas le royaume.

Furieux, Stafford – un homme fort et libre contre une pauvre fille enchaînée et réduite à l'impuissance – tira sa dague et voulut la poignarder. Warwick s'interposa. C'était un homme prudent. Ôter la vie de la Pucelle de façon aussi simple et expéditive ? L'envoyer au ciel alors qu'elle était encore en état de grâce ? Cette brute de Stafford avait bien failli tout gâcher en faisant de la prisonnière l'idole de toute la France. Enflammé par l'esprit de Jeanne devenue martyre, le pays risquait de se soulever, de se libérer, de remporter la victoire finale. Non, il fallait la conserver à tout prix pour un sort bien plus cruel et humiliant.

L'heure de l'ouverture du procès approchait. Depuis plus de deux mois, Cauchon ratissait à droite et à gauche pour réunir des éléments de preuve, des suspicions, des conjectures, tout ce qui pourrait être utilisé à charge contre Jeanne. En même temps, il ne manquait pas de supprimer les innombrables témoignages qui lui parvenaient en faveur de la Pucelle. Il disposait de moyens illimités pour préparer à sa convenance le dossier à charge et il les utilisa tous.

Jeanne, elle, n'avait personne à sa portée pour l'aider à préparer sa défense. Elle était enchaînée dans sa geôle, sans le moindre ami qu'elle pût appeler à l'aide. Quant à ses témoins, ils étaient bien loin ; ils combattaient sous l'étendard français, alors qu'elle allait être jugée par un tribunal anglais. Si l'un d'entre eux était assez fou pour se présenter à Rouen, il serait arrêté sur l'heure et pendu sans autre forme de procès. La prisonnière allait devoir être son unique témoin, sous l'épée de Damoclès d'un verdict de mort déjà rendu avant même que l'huissier n'ouvrît les portes pour la première séance.

Quand Jeanne apprit que le tribunal se composait de prélats à la solde des Anglais, elle demanda qu'un nombre égal de religieux sympathiques à la France leur fût ajouté. Cauchon eut un sourire narquois à la lecture de sa demande et ne daigna pas y répondre.

Les lois de l'Église accordaient à Jeanne l'aide d'un avocat, pour la conseiller sur la manière de répondre et lui éviter de tomber dans les pièges tendus par l'accusation. Elle l'ignorait sans doute, car personne ne l'avait informée, mais elle n'en fit pas moins la demande. Nouveau refus de Cauchon. Elle insista, en plaidant sa grande jeunesse, son ignorance de la procédure, de la complexité des lois. Rien n'y fit : Cauchon ne voulut rien entendre. Elle devrait se débrouiller seule tout au long du procès. Cet homme avait une pierre à la place du cœur.

Cauchon composa le procès-verbal, la liste des crimes dont on l'accusait, qui constituait le fond du dossier d'accusation. Des crimes ? La liste se résumait à de simples soupçons, tirés du caniveau de la rumeur publique. On la « soupçonnait » d'être coupable d'hérésie, de sorcellerie et d'autres crimes contre la religion.

D'après les lois ecclésiastiques, avant l'ouverture d'un procès de cette nature, une enquête préliminaire devait être effectuée sur le passé de l'accusé afin de déterminer ses origines et son caractère. Le résultat de l'enquête devait figurer dans le procès-verbal d'accusation dont il faisait partie intégrante. C'est ce qui avait été fait avant le procès de Poitiers. L'Église renouvela l'opération et délégua un prêtre à Domrémy. Il recueillit les informations et rendit son rapport. Le prêtre témoigna, sans la moindre ambiguïté, que le caractère de Jeanne était d'une nature en tout point conforme à celui « qu'il eût voulu trouver en sa propre sœur ». Le rapport confirmait celui de Poitiers.

Cette enquête était donc favorable à Jeanne, me direz-vous ? Certes, elle l'eût été, si le rapport avait jamais vu la lumière du jour. Mais Cauchon, qui veillait au grain, le fit disparaître du procès-verbal. Prudence oblige, aucun des assesseurs ne posa la moindre question à son sujet.

On pourrait penser que Cauchon, à l'issue de préparatifs aussi minutieux, était fin prêt pour son procès. Que non pas. Il lui restait encore un sale coup à tramer en vue de la destruction de Jeanne.

L'une des personnalités envoyées par l'Université de Paris était un ecclésiastique du nom de Nicolas Loiseleur. Affable et de belle prestance, il s'exprimait d'une voix doucereuse, avec des manières engageantes et empreintes de courtoisie. Son apparence était trompeuse car, en réalité, il n'était qu'un vil hypocrite et un tricheur. Il fut introduit dans la même prison que Jeanne, nuitamment, déguisé en cordonnier. Il se fit passer pour un compatriote de Jeanne, natif de la région de Domrémy ; il professa un grand et secret amour pour la France, et lui révéla sa condition de prêtre. Heureuse de pouvoir partager sa solitude avec quelqu'un de sa contrée, encore plus heureuse de pouvoir se confier et se confesser à un homme d'Église, Jeanne lui ouvrit son cœur. Il l'entendit en confession et, en retour, ce misérable lui prodigua maints faux conseils qui, si sa sagesse innée ne l'avait protégée contre leur utilisation, l'auraient conduite d'emblée à la ruine.

Bien entendu, le secret de la confession interdisait d'utiliser les révélations faites par Jeanne à ce Loiseleur, mais un témoin quelconque pouvait les écouter, qui, lui, ne serait pas tenu au secret, d'où le stratagème utilisé. Cauchon avait fait percer un trou à travers la muraille et, l'oreille collée à cet orifice, il avait tout entendu de la confession de Jeanne. D'où ces hommes puisaient-ils leur inspiration pour traiter avec une telle cruauté cette malheureuse enfant ? Quel mal leur avait-elle fait ?

4

Le mardi 20 février, dans la soirée, j'étais occupé à quelques copies que m'avait confiées mon maître quand il rentra. Il avait l'air accablé et inquiet : le procès de Jeanne devait s'ouvrir le lendemain matin, me confia-t-il, et je devais me tenir prêt à le seconder.

Je m'attendais, bien sûr, depuis longtemps à entendre un jour ou l'autre cette fatidique nouvelle ; elle ne m'en a pas moins coupé le souffle ; je me mis à trembler comme feuille morte. Sans m'en douter, je devais entretenir, au fond de moi-même, le secret espoir qu'à la dernière minute quelque chose allait survenir, un miracle quelconque, qui préviendrait la tenue de ce maudit procès ; que La Hire, à la tête de son bataillon infernal, ferait voler en éclats la porte du sinistre donjon où l'on tenait Jeanne enfermée et arracherait cette noble enfant des griffes cruelles de ses bourreaux ; que Dieu, dans Sa toute clémence, lui tendrait une main compatissante. Soudain… il n'y avait plus d'espoir.

Le procès devait se dérouler en public dans la chapelle du château fort de la ville. Accablé de tristesse, j'allai avertir Noël, afin qu'il s'y rendît assez tôt pour y trouver une place assise. Il aurait ainsi la chance d'apercevoir ce visage tant vénéré, devenu si précieux pour nous. En chemin, à l'aller comme au retour, je dus passer au travers d'une foule de soldats anglais et de badauds français en train de cancaner avec une mine réjouie. La ville ne parlait que de l'événement du jour.

J'entendis à maintes reprises prononcer la même remarque, accompagnée du même ricanement cruel :

— Ce gros lard d'évêque a enfin obtenu ce qu'il voulait ; il pourra nous jouer sa musique et faire danser la putain satanique des Armagnacs.

Je discernai, cependant, ici ou là, sur certains visages parmi la foule, comme une ombre de pitié et de détresse. Du reste, ces visages n'appartenaient pas toujours à des Français. Certes, la plupart des soldats anglais haïssaient Jeanne car ils la craignaient, mais certains n'en admiraient pas moins son courage et son caractère indompté.

Au petit matin, je me rendis au tribunal avec Manchon. La foule se pressait aux abords de la forteresse. La chapelle était déjà pleine. On n'y admettait plus que les personnes dont la présence était requise officiellement. Nous nous assîmes aux places qui nous étaient destinées. Cauchon, qui présidait le tribunal, trônait sur un fauteuil plus élevé que les autres. Devant lui siégeaient les cinquante dignitaires ecclésiastiques qui composaient le tribunal. Ces prélats occupaient les plus hautes fonctions de l'Église. Leurs visages graves respiraient le savoir et la connaissance ; ils appartenaient à des vétérans de la stratégie judiciaire, versés dans les arcanes de la scolastique, habiles à placer toutes manières de pièges devant les pas des personnes ignorantes et sans méfiance. Je contemplai cette armée de redoutables bretteurs de la légalité, tous réunis à seule fin de décider d'un verdict déjà déterminé, à l'exception de tout autre ; je songeai que la pauvre Jeanne allait devoir se battre seule contre toutes ces bedaines sacrées pour préserver sa vie et sa réputation ; quelle chance pouvait bien avoir une pauvre campagnarde de dix-neuf ans dans un combat aussi inégal ? Rien que d'y penser, mon cœur sombra dans le plus profond désespoir. Quand j'observai la face rougeaude du président du tribunal, dont le ventre grassouillet s'ouvrait et se refermait à chacune de ses poussives respirations, que je remarquai son triple menton, dont les plis obscènes dégoulinaient sur son col de martre, sa trogne couperosée, son teint barbouillé, son nez monstrueux comme un chou-fleur, son regard fourbe de brute insensible, mon cœur sombra encore plus bas. Et quand je m'aperçus que ces puissants prélats craignaient tous cet homme, au point que je les voyais se recroqueviller sur leur siège quand ses yeux porcins se posaient sur eux, le peu d'espoir que j'entretenais encore fondit et disparut à jamais.

Il ne restait qu'un siège vacant dans toute la salle : un petit banc, disposé le long du mur opposé, sur une courte estrade, en vue du public. De chaque côté du banc se tenaient des hommes d'armes, casqués, la poitrine couverte d'un plastron, les mains protégées par des gantelets, aussi droits et rigides que leur pique. Ce banc me parut dérisoire et pathétique, car je devinai sans peine à qui il était destiné. Il me rappelait cette cour de justice de Poitiers, où Jeanne, assise sur un banc semblable, avait combattu, calmement, avec la malice pour toute arme, ces mêmes docteurs de l'Église et du Parlement. Elle en était sortie victorieuse, sous les applaudissements, pour aller conquérir l'univers et y répandre la gloire de son nom.

Que sa silhouette était alors délicate et menue, qu'elle était belle, notre Jeanne, et conquérante, dans la fraîcheur de ses dix-sept ans ! Quels beaux jours nous avions vécus ! Ce temps était si proche – elle n'avait, après tout, aujourd'hui, que dix-neuf ans – et pourtant, en si peu de temps, quel chemin parcouru, que de merveilles accomplies !

Mais aujourd'hui, tout cela appartenait à un passé révolu. Depuis neuf longs mois, Jeanne croupissait de geôle en geôle, privée d'air et de lumière, privée d'amitié, elle, l'enfant du soleil, l'amie des oiseaux et de toutes les créatures libres et sauvages. Elle devait être accablée, anéantie par une si longue captivité, privée de ressort, découragée, sachant combien son cas était désespéré. Oui, tout avait bien changé.

On entendait un murmure indistinct de conversations feutrées, mêlé au bruissement des longues robes des magistrats, au frottement de leurs chausses sur les dalles de pierre, toute une combinaison de bruits sourds qui emplissaient la grande salle. Soudain, le président tonna :

— Faites venir l'accusée !

Je retins mon souffle. Mon cœur battait à se rompre. Le silence s'imposa, lourd, hostile. Non seulement les bruits cessèrent, mais ce fut comme s'ils ne s'étaient jamais produits. Plus le moindre son, un silence oppressant, dont le poids m'écrasait. Toutes les têtes regardaient en direction de la porte. Le public allait enfin voir apparaître, en chair et en os, pour la première fois, quelqu'un dont le nom représentait, avant ce jour, l'incarnation d'un prodige, une incantation, une formule magique.

Le silence se prolongeait. Alors, au loin, du fin fond des interminables corridors pavés de pierre du château, un bruit métallique se fit entendre, lent, régulier, inexorable : *clang... clang... clang...*

La libératrice de la France… Jeanne d'Arc… enchaînée…

La tête me tourna. Tout vacilla autour de moi. Ah ! je compris, à mon tour, ce qu'était la douleur !

5

Je vous promets, sur mon honneur, de vous rapporter fidèlement, sans rien en celer ni déformer, les détails de ce sordide procès. Mon témoignage sera aussi honnête et détaillé que celui que rapporta Guillaume Manchon qui, avec mon aide, notait chaque jour les minutes des différentes séances. Avec une nuance, cependant : je m'accorderai le droit d'intervenir, au fur et à mesure, pour commenter ou expliquer certains points des délibérations, pour vous permettre d'en mieux saisir les subtilités. Je me permettrai d'ajouter par-ci par-là des détails qui seront peut-être de quelque intérêt pour vous, comme ils le furent pour moi, mais qui n'ont pas été jugés dignes de figurer dans les registres officiels.

Mais je reprends le fil de mon récit. Des bruits sinistres de chaînes que l'on traîne nous parvenaient du fin fond des corridors obscurs de la forteresse. Ils nous annonçaient l'arrivée imminente de Jeanne.

Elle apparut. Un frémissement parcourut l'assemblée, laquelle retint son souffle. Deux gardes la talonnaient. Elle progressait, tête baissée, à pas lents, car les fers lui pesaient, et elle était visiblement lasse. Elle portait des vêtements d'homme, entièrement noirs de la tête aux pieds. Ses poignets et ses chevilles étaient entravés.

Elle fit une courte halte avant d'arriver à son banc, sous un rayon de soleil qui tombait d'un vitrail ; elle leva lentement le visage. Quelle émotion ! sa face livide, blanche comme l'albâtre, contrastait de façon si poignante avec le noir absolu qui moulait la minceur de son corps. Son visage était pur, délicat, enfantin, d'une beauté ineffable, infiniment triste et doux ! Mais alors, quand son regard indompté se fixa sur son juge, aussitôt tout son corps se redressa, comme pour le défier, affichant une allure noble et martiale. À cette vue, mon cœur bondit de joie ! Quelque chose me dit que tout allait encore pour le mieux, que ses tortionnaires ne l'avaient pas encore brisée, qu'elle était toujours Jeanne d'Arc ! Oui, il devenait clair à mes yeux que ce juge tant redouté serait impuissant à étouffer, à terroriser le libre esprit qui vivait au sein de cet être de lumière.

Elle se rendit à sa place, monta sur l'estrade, s'assit sur le banc, ramena ses chaînes sur son giron, y laissa reposer ses mains menues et blanches, et elle attendit, tranquille, digne. Jeanne était visiblement la seule personne à ne ressentir ni émotion particulière ni excitation. À ce moment, un robuste soldat anglais, au visage buriné, debout au premier rang des spectateurs, leva sa grosse paluche et, d'un geste respectueux, d'une belle galanterie, il la salua, comme le font les militaires. Jeanne lui adressa un petit sourire amical et lui rendit son salut. Cet intermède provoqua des applaudissements discrets de sympathie que le juge réprimanda sévèrement.

Commença alors le célèbre procès d'Inquisition connu dans l'Histoire sous l'appellation de « Procès de condamnation de Jeanne d'Arc ». Il réunissait un puissant aréopage de cinquante experts en théologie contre une simple novice, seule contre tous. Et personne pour seconder la novice !

Le président du tribunal résuma les éléments à charge du procès, les témoignages collectés, les soupçons qui pesaient sur l'accusée. Il demanda alors à Jeanne de s'agenouiller et de jurer qu'elle s'engageait à répondre de façon précise et véridique à toutes les questions qui lui seraient posées.

L'esprit de Jeanne n'avait rien perdu de son acuité. Elle se méfia aussitôt des implications suspectes susceptibles de se tapir derrière une demande raisonnable et naturelle en apparence. Elle répondit avec cette même simplicité qui, plus d'une fois, avait désarmé ses adversaires durant le procès de Poitiers :

— Je refuse. Je ne sais sur quoi vous voulez m'interroger. Peut-être allez-vous me demander telles choses que je ne vous dirai pas.

Le tribunal fulmina. Des protestations indignées se firent entendre. Jeanne n'en avait cure. Cauchon tenta de couvrir le tumulte, mais sa colère était telle que sa voix s'étranglait :

— Avec l'aide de Notre-Seigneur, nous vous conjurons de faire diligence en cette matière pour le plus grand bien de votre conscience. En prêtant serment sur les sacro-saints Évangiles, vous jurerez de dire la vérité sur ce que l'on vous demandera concernant la matière de foi et toutes autres choses que vous saurez.

Pour donner quelque force à l'impuissance de ses mots, il claqua son pupitre de sa main lourde et épaisse.

Jeanne répondit, calmement :

— De mes père et mère, de ce que j'ai fait depuis que j'ai pris le chemin de France, volontiers je jurerai ; mais pour les révélations qui m'ont été faites de par Dieu, je ne les ai jamais dites ni révélées à personne, si ce n'est au seul Charles qui est mon roi…

Une nouvelle explosion de colère indignée, accompagnée d'injures et de gestes menaçants, l'interrompit ; elle dut attendre que cessât le brouhaha. Alors, la pâleur de son visage se colora un peu ; elle se redressa, fixa son juge du regard et termina sa phrase d'une voix claire :

— … et je ne les révélerai pas, même si on doit me couper la tête.

Peut-être avez-vous déjà vu le spectacle d'une assemblée de Français qui délibèrent. À peine eut-elle prononcé ces mots que le juge et la moitié du tribunal étaient debout, à brandir leurs poings en direction de l'accusée, à tempêter, à vitupérer tous en même temps, tellement fort qu'on ne s'entendait même plus penser. Le charivari dura plusieurs minutes. Plus il empirait, plus Jeanne se montrait sereine et indifférente. Quand les hurlements de ces dignes magistrats se furent calmés, Jeanne leur demanda, avec une trace de malice dans le regard :

— Beaux seigneurs, parlez l'un après l'autre, et je répondrai à tous.

À l'issue de trois heures de furieux débats concernant la question du serment, la situation n'avait en rien progressé. De son côté, l'évêque exigeait que Jeanne prêtât le serment qu'il imposait, de l'autre, elle refusait obstinément de prêter un serment autre que celui qu'elle proposait. Le seul changement apparent était physique et ne concernait que le président et ses assesseurs : ils avaient tous la voix enrouée ; tassés au fond de leurs sièges, complètement avachis, les yeux hagards, ils étaient visiblement épuisés par leur propre agitation provoquée par cette futile controverse ; en contraste, Jeanne, l'air toujours aussi frais et dispos, conservait sa placidité et ne semblait pas outre mesure affectée.

Le vacarme se calma enfin, pour laisser place à une assez longue pause. Le président accéda à la demande de l'accusée et, d'une voix teintée de colère et d'amertume, la pria de prêter le serment qui lui convenait. Jeanne se mit aussitôt à genoux et posa sa main sur le missel qu'on lui tendit. Le grand soldat anglais ne put se retenir d'exprimer le fond de sa pensée :

— Par le sang Dieu, si cette fille était anglaise, il y a longtemps que nous l'aurions sortie d'ici !

Le soldat en lui répondait à la voix du soldat en elle. Quel désaveu cinglant, quel acte d'accusation contre la mollesse du caractère français, contre la déloyauté française ! Ah ! je sais bien que s'il avait prononcé ces quelques mots en présence des habitants d'Orléans, cette ville, ivre de gratitude, éperdue d'adoration pour Jeanne, se serait levée jusqu'au dernier homme, jusqu'à la dernière femme, pour marcher sur Rouen. Certaines paroles, qui couvrent l'homme de honte et lui imposent l'humilité, brûlent la mémoire comme un fer rouge et y demeurent incrustées. Les paroles de ce soldat anglais ont brûlé la mienne.

Après le serment de Jeanne, Cauchon lui demanda son nom, le lieu de sa naissance, son âge, et lui posa quelques questions concernant sa famille. Elle y répondit. Il l'interrogea sur l'éducation qu'elle avait reçue.

— Ma mère m'a appris le *Pater Noster*, l'*Ave* et le *Credo*. Je n'ai appris ma croyance que de ma mère.

Nombre de questions aussi anodines lui furent posées. Tout le monde ressentait la fatigue, à l'exception de Jeanne. Le tribunal se préparait à se retirer. C'est alors que Cauchon interdit à Jeanne de s'évader de prison, sous peine de se rendre coupable d'hérésie – étrange logique !

— Je n'accepte pas cette défense. Si je m'évade, personne ne pourra me blâmer d'avoir enfreint ou violé ma foi parce que je n'ai donné ma foi à quiconque.

Elle se plaignit alors des entraves de fer et pria le tribunal de les lui faire enlever, puisqu'elle était enfermée dans un donjon d'où elle ne pouvait s'enfuir. L'évêque refusa ; il lui rappela qu'elle avait tenté à deux reprises de s'évader. Elle se contenta de répondre, tandis qu'elle se préparait à sortir en compagnie de ses gardes :

— C'est ma foi vrai qu'ailleurs j'ai voulu m'évader ; je le voudrais encore…

Elle ajouta, d'une voix tellement pathétique qu'elle aurait dû, selon mon sentiment, inspirer à tous la pitié :

— … comme il est licite à toute personne incarcérée ou prisonnière.

Elle sortit. Il régnait à présent le plus profond silence. Il rendait d'autant plus douloureux et pénibles les raclements de ces abominables chaînes.

Jeanne avait une présence d'esprit stupéfiante ! On ne pouvait la prendre en défaut. À peine s'était-elle installée sur son banc qu'elle nous a immédiatement reconnus, Noël et moi. L'émotion de rencontrer son regard nous fit immédiatement rougir comme des pivoines ; mais le visage de Jeanne, lui, demeura imperturbable, comme si de rien n'était. Par la suite, ses yeux ont quêté le soutien des nôtres au moins une cinquantaine de fois, mais ils ne firent que passer sur nous, sans s'attarder, sans trahir le moindre signe de reconnaissance. N'importe qui d'autre aurait affiché un air surpris en nous apercevant. Si elle l'avait fait, nous eussions été dans de beaux draps.

Noël et moi sommes retournés ensemble à notre logis, en silence, absorbés que nous étions l'un et l'autre dans nos sombres pensées.

6

Cette nuit-là, Guillaume Manchon me révéla que, pendant toute la séance, Cauchon avait donné ordre à deux de ses clercs de se dissimuler dans l'embrasure d'une fenêtre pour noter les réponses de Jeanne, en déformant et en détournant leur sens. Sa félonie avait été éventée. Un cœur battait dans la poitrine de ces deux clercs, que révoltait si basse besogne. Quand ils revirent l'évêque, ils lui rendirent des notes qui reproduisaient fidèlement les propos de Jeanne. Cauchon les maudit et leur intima l'ordre de ne plus se retrouver sur son chemin, sinon il les ferait noyer ; c'était sa menace favorite. La nouvelle de son méfait se répandit, suscitant maints commérages des plus déplaisants pour lui. Je fus réconforté de savoir que ce sinistre évêque n'allait pas tenter de sitôt de recourir à ce genre de tricherie.

Le lendemain, à notre arrivée à la citadelle de Rouen, nous découvrîmes qu'un changement était survenu : la veille, la chapelle s'étant révélée trop exiguë, le tribunal était déplacé dans une vaste chambre située à l'extrémité de la grande salle du château. Le nombre de juges avait été porté à soixante-deux. L'accusée, elle, restait désespérément seule.

On amena la prisonnière. Elle avait le teint toujours aussi blême, mais elle ne paraissait pas plus lasse que la veille. Et pourtant ! Hier, elle était restée assise cinq longues heures, sur son banc, les chaînes sur son giron, tourmentée, menacée, persécutée par ces misérables, sans boire une goutte d'eau, car on ne lui offrit rien pour se restaurer – et, comme vous vous en doutez, elle n'était pas du genre à mendier quoi que ce fût à ses tortionnaires. Elle venait de passer la nuit enchaînée dans son donjon humide et venteux. Et pourtant, la revoilà, aussi calme et composée que la veille, parée pour le combat. Elle était bien la seule personne qui ne montrait aucun signe de fatigue ni de nervosité.

On commença la séance. Par quoi pensez-vous qu'elle commença ? Exactement par le même point qu'hier, celui qui avait soulevé d'interminables délibérations. Cauchon ouvrit les débats :

— Nous vous requérons et exhortons, sous les peines de droit, de prêter serment, et de jurer simplement et absolument de dire la vérité sur les questions que nous vous poserons.

Jeanne répondit sans s'émouvoir :

— Je vous ai déjà fait ce serment hier, il devrait suffire.

L'évêque insista, insista encore, de plus en plus irrité, mais Jeanne, têtue, secouait la tête et ne répondait pas. Elle finit par redire :

— Je vous ai fait ce serment hier, il doit bien vous suffire.

Et elle ajouta en soupirant :

— Vous me chargez trop !

L'évêque insista encore, commanda de nouveau, mais rien n'y faisait. Il finit par céder et confia l'interrogatoire de Jeanne à un vieux renard matois et rusé, passé maître en duperies, Beaupère, un docteur en théologie.

— À présent, Jeanne, lui demanda ce fin stratège, vous devrez parler de façon franche et véridique et répondre aux questions que je vais vous poser.

Jeanne ne somnolait point. Elle vit clair dans son jeu :

— Vous pourriez me demander telle chose sur laquelle je vous répondrai la vérité et sur une autre je ne vous répondrai pas. Si vous étiez bien informés de moi, vous devriez vouloir que je sois hors de vos mains. Je n'ai rien fait que par révélation.

Beaupère changea son angle d'attaque. Il tenta de la faire trébucher sous couvert de questions anodines et inoffensives en apparence :

— Dans votre jeunesse, avez-vous appris quelque métier ?

— Oui, à coudre draps de toile et filer…

Alors, le soldat invincible, le vainqueur de Patay, la destructrice du lion Talbot, la libératrice d'Orléans, le chef de guerre des armées de France, celle qui avait fait couronner son roi, Jeanne d'Arc se redressa, leva fièrement le menton et, avec une satisfaction évidente, elle ajouta ces mots d'une invraisemblable et touchante naïveté :

— … et je ne crains femme de Rouen pour filer et pour coudre !

La foule des spectateurs applaudit à tout rompre, ce qui eut l'heur de plaire à Jeanne ; des sourires amicaux se dessinèrent sur les lèvres de certains spectateurs. Cauchon s'emporta contre le public et lui intima l'ordre de se tenir tranquille.

— À quelles autres tâches étiez-vous occupée dans votre foyer ?

— J'aidais ma mère dans tous les travaux de la maison et j'emmenais les bêtes à la pâture.

Sa voix trembla un peu, mais nul ne le remarqua. Quant à moi, le souvenir de ces jours enchanteurs me fit monter les larmes aux yeux et je ne pus distinguer clairement mon écritoire pendant un moment.

Beaupère, avec grande précaution, répéta une question à laquelle Jeanne avait déjà refusé de répondre peu de temps auparavant. Il lui demanda si elle avait pour habitude, en ce temps-là, de recevoir le sacrement d'eucharistie aux autres fêtes que celle de Pâques.

— Passez outre, fit Jeanne pour toute réponse.

J'entendis alors un assesseur confier à son voisin :

— En temps ordinaire, nos accusés sont de bien dociles créatures, des proies aisées à intimider. Mais vraiment, il est bien difficile d'effrayer cette enfant ou de la prendre en défaut.

À ce moment, l'assemblée tendit l'oreille car Beaupère, dans son interrogatoire, aborda un sujet délicat, qui éveillait l'intérêt et la curiosité de tous : la question des Voix de Jeanne. Son intention était de susciter de sa part quelque réponse imprudente qui pourrait signifier que ses Voix provenaient de Satan. En effet, le moindre commerce avec le diable l'aurait envoyée au bûcher, sans autre forme de procès.

— Quand avez-vous commencé à ouïr ce que vous appelez vos Voix ?

— Quand j'eus l'âge d'environ treize ans, j'eus une voix venant de Dieu pour m'aider à me gouverner. Et la première fois, j'eus grand-peur. Et vint cette voix quasi à l'heure de midi, en été, dans le jardin de mon père.

— Aviez-vous jeûné auparavant ?

— Oui.

— La veille ?

— Non, pas la veille.
— De quelle direction venait-elle ?
— J'entendis la voix sur le côté droit, vers l'église.
— Venait-elle accompagnée d'une clarté ?
— Oh ! oui, une grande clarté. Quand je vins en France, j'entendais souvent cette voix.
— Comment était cette voix ?
— Il me semblait que c'était une digne voix. Je crois que cette voix était envoyée de par Dieu. Lorsque j'eus entendu par trois fois cette voix, je connus que c'était la voix d'un ange.
— Compreniez-vous ce qu'elle vous disait ?
— J'ai bien compris cette voix.
— Quel enseignement cette voix vous donnait-elle pour le salut de votre âme ?
— Elle m'enseigna à me bien conduire, à fréquenter l'église ; la voix me dit qu'il était nécessaire que moi, Jeanne, je vienne en France.
— Sous quelle forme votre voix vous est-elle apparue ?
Jeanne regarda le prélat d'un air soupçonneux.
— De cela, je ne vous répondrai pas.
— Entendiez-vous souvent cette voix ?
— Deux ou trois fois par semaine ; la voix me disait que je devais venir en France et quitter mon village.
— Votre père savait-il que vous vouliez partir ?
— Non. La voix me disait simplement de venir en France, et que je ne pouvais plus durer où j'étais.
— Que vous disait-elle d'autre ?
— Que je ferais lever le siège mis devant Orléans.
— Mais encore ?
— Elle me dit en outre d'aller dans la ville forte de Vaucouleurs trouver Robert de Baudricourt, capitaine de ce lieu, et qu'il me donnerait des gens pour aller

avec moi. Je lui répondis que j'étais une pauvre fille, qui ne savait monter à cheval ni conduire la guerre.

Jeanne conta alors aux gens du tribunal comment elle s'était fait rebuter à Vaucouleurs, qu'elle avait dû patienter, mais qu'elle avait finalement obtenu ses gens d'armes pour partir en campagne.

— Quel habit portiez-vous ?

Le tribunal de Poitiers avait décrété que, dans la mesure où Dieu avait désigné Jeanne pour faire besogne d'homme, il devenait légitime qu'elle portât un habit d'homme et qu'elle ne pouvait être soupçonnée, ce faisant, de vouloir insulter la religion. Mais cela n'avait pas d'importance aux yeux de ce nouveau tribunal qui était déterminé à employer toutes les armes, même les plus viles, les plus émoussées, pour en finir avec Jeanne ; un usage immodéré allait être fait de celle-ci jusqu'à la fin de ce procès.

— Je portais habit d'homme, ainsi qu'une épée que m'avait donnée Robert de Baudricourt.

— Qui vous a avisée de prendre habit d'homme ?

Cette question, qui sera maintes fois répétée par la suite, éveilla d'emblée les soupçons de Jeanne, qui préféra éviter d'y répondre.

Mais Beaupère répéta la question. Jeanne l'ignora.

— Répondez, je vous l'ordonne.

— Passez outre, rétorqua Jeanne.

Beaupère laissa la question de côté, pour l'instant.

— Que vous a dit Robert de Baudricourt au moment de votre départ ?

— Il fit jurer à ceux qui me conduisaient de bien veiller sur moi. À moi, il me dit : « Va, va, et advienne que pourra ! » Après un certain nombre de considérations oiseuses sur divers sujets, la question des vêtements masculins de Jeanne revint sur le tapis.

Elle insista sur le fait qu'elle ne pouvait faire autrement que de se vêtir en soldat.

— Fut-ce la voix qui vous commanda de prendre habit d'homme ?

— Tout ce que j'ai fait de bien, je l'ai fait par le commandement des Voix, répondit Jeanne posément.

Comme Jeanne refusait d'en dire davantage, l'interrogatoire explora d'autres sujets avant d'aboutir à sa première entrevue avec le roi, à Chinon. Elle expliqua qu'elle réussit à reconnaître son roi, qu'elle n'avait pourtant jamais vu, grâce aux indications de ses Voix. Les détails de l'entrevue furent passés au crible. Finalement :

— Entendez-vous encore souvent cette voix ?

— Il n'est pas de jour que je ne l'entende ; j'en ai bien besoin.

— Quelle récompense en espérez-vous ?

— Je n'ai jamais demandé à ladite voix d'autre récompense que le salut de mon âme.

— Les Voix vous invitaient-elles à toujours suivre l'armée ?

— La voix me dit de demeurer dans la ville de Saint-Denis en France, et je voulais y demeurer ; contre ma volonté, les seigneurs m'ont emmenée. Si je n'avais pas été blessée, je ne serais pas partie.

— Où avez-vous été blessée ?

— Dans les fossés de Paris, en venant de ladite ville de Saint-Denis, durant l'escarmouche devant la ville de Paris.

La question suivante révéla où Beaupère voulait en venir :

— N'était-ce pas alors jour de fête ?

Cette question suggérait sournoisement qu'une voix en provenance de Dieu n'aurait jamais permis ni conseillé la violation d'une fête sacrée pour commettre un acte de guerre ou de violence.

Jeanne, un moment troublée, finit par répondre qu'elle croyait bien que ce fût jour de fête.

— Alors, dites-nous, était-il bien de lancer une attaque ce jour-là ?

Ce coup était de nature à percer une première brèche dans la muraille de défense de Jeanne, demeurée intacte jusque-là. Un silence pesant plana immédiatement dans la salle, qui trahissait l'attente générale. Mais la réponse de Jeanne déçut l'assemblée. Elle se contenta de faire un léger signe de la main, comme pour chasser une mouche, en disant d'un ton parfaitement indifférent :

— Passez outre !

Un léger sourire éclaira brièvement certains visages parmi les plus graves et sévères de l'assemblée ; d'aucuns n'hésitèrent pas à rire ouvertement. Un piège laborieusement tendu venait de se refermer dans le vide.

Le tribunal se leva. Ses membres siégeaient depuis des heures et se sentaient las. La majeure partie de leur temps avait été dépensée en interrogatoires oiseux sur les événements de Chinon, l'exil du duc d'Orléans, la première sommation de Jeanne aux Anglais, etc. Mais ces questions, apparemment improvisées, étaient truffées de pièges bien dissimulés. Jeanne était parvenue à tous les éviter. Elle le devait en partie à la chance qu'accordent naïveté et innocence, en partie aux effets du hasard, en partie aussi grâce à la clarté de son extraordinaire intuition.

Ce harcèlement incessant – une meute de chiens enragés lancés à la poursuite d'un chaton – d'une pauvre fille, privée d'amis, enchaînée, allait encore se prolonger pendant fort longtemps. Je vais devoir vous relater la suite déprimante de ces interrogatoires du début jusqu'à la fin.

Un quart de siècle après la disparition de Jeanne, le pape réunira un autre tribunal aussi imposant afin de réexaminer toute l'histoire. Le nouveau jugement, qui lavera le nom devenu illustre de Jeanne d'Arc de la moindre tache, jettera sur le traitement infligé à l'accusée par le tribunal de Rouen et sur le cruel verdict l'opprobre d'une perpétuelle exécration. Guillaume Manchon et certains juges qui siégeaient à Rouen feront partie des témoins qui déposeront dans le nouveau procès dit de réhabilitation. Pour stigmatiser ces affreux interrogatoires, Guillaume Manchon déposera le témoignage suivant :

> Quand Jeanne parlait de ses apparitions, on l'interrompait presque à chaque mot qu'elle disait. Durant le procès, Jeanne fut harcelée de nombreuses et diverses interrogations ; presque chaque jour avaient lieu des interrogatoires le matin, qui duraient environ trois ou quatre heures ; et, parfois, de ce qu'avait dit Jeanne, on extrayait des interrogations difficiles et subtiles, au sujet desquelles ils l'interrogeaient de nouveau après déjeuner durant deux ou trois heures. Et souvent il y avait translation d'un interrogatoire à l'autre, en changeant la matière d'interroger ; et, nonobstant ce changement, elle répondait prudemment et avait une très bonne mémoire, car très souvent elle disait : « Je vous ai ailleurs répondu à ce sujet » ; ou disait : « Je m'en rapporte au clerc » en me désignant.

Suit maintenant le témoignage livré par l'un des juges de Jeanne. Gardez en mémoire le fait que ces gens ne parlent pas seulement de deux ou trois jours de dépositions, mais d'une suite considérable de jours :

> En certaines choses, ils allaient chercher des complications, mais elle s'en tirait fort bien ; parfois, ils interrompaient les interrogatoires, passant d'un sujet à l'autre, pour voir si elle changerait son propos. Ils faisaient de longs examens qui duraient communément de deux à trois heures, si bien que les docteurs qui y assistaient étaient très fatigués. Parfois, ceux qui l'interrogeaient coupaient leur interrogatoire, si bien qu'elle pouvait à peine y répondre : l'homme le plus sage du monde y eût répondu avec peine. Jeanne répondait avec prudence, si bien que, pendant trois semaines, je la croyais inspirée.

Ah ! oui, Jeanne possédait bien la présence d'esprit que je lui prête ! Vous voyez le témoignage qu'en a laissé l'un de ces prélats qui ont déposé sous serment, un homme trié sur le volet, choisi tout particulièrement en raison de ses connaissances, de son expérience, de sa sagesse, sans compter, ne l'oublions pas, de son hostilité marquée contre l'accusée. D'après sa description, cette simple campagnarde s'était montrée apte à tenir tête aux assauts répétés de soixante-deux experts. Ces champions de la rhétorique sortaient tout droit de l'illustre Université de Paris ; Jeanne, elle, sortait tout droit de la bergerie, de l'étable ! Oui, elle était grande, elle était vraiment sublime ! Il avait fallu six mille ans à l'humanité pour produire une Jeanne d'Arc. On ne verra pas sa pareille sur la terre pendant cinquante mille ans. Du moins, c'est mon opinion.

7

Le lendemain, 24 février, s'ouvrit la troisième journée des interrogatoires qui se déroulèrent dans la même salle spacieuse que la veille. Ils débutèrent de la même manière que les deux séances précédentes. À la fin des préparatifs, une fois les soixante-deux dignitaires de l'Église en longues robes confortablement engoncés dans leurs fauteuils, les gardes et huissiers présents à leur poste, Cauchon, du haut de son trône, ordonna de nouveau à Jeanne de poser sa main sur le missel et de prêter serment.

Un feu s'alluma dans le regard de Jeanne. Elle se leva et se tourna vers l'évêque :

— Je vous le dis, messire, prenez bien garde, vous qui vous dites mon juge ; vous assumez une lourde tâche et vous me chargez trop.

Ces mots provoquèrent un beau charivari. Cauchon lui lança une menace terrible : celle d'une condamnation immédiate en cas de refus. Mon sang se glaça et je vis bien des visages pâlir, car cela signifiait ni plus ni moins le bûcher ! Mais Jeanne lui répondit, sans se démonter :

— Tout le clergé de Rouen ou de Paris ne saurait me condamner, s'il n'en a le droit !

Le tumulte reprit de plus belle. Certains spectateurs applaudirent. Jeanne se rassit. L'évêque insista encore.

— J'ai assez juré par deux fois, lui répondit-elle. Cela doit suffire.

— Votre refus de prêter serment, hurla l'évêque, vous rend suspecte.

— J'ai juré deux fois. Cela suffit.

Comme l'évêque persistait, Jeanne finit par concéder :

— Je suis prête à dire la vérité, mais je ne dirai point tout ce que je sais.

L'évêque continua à la tourmenter, tant et si bien qu'elle finit par lui dire d'un ton las :

— Je suis venue de par Dieu ; je n'ai que faire ici ; renvoyez-moi à Dieu, de qui je suis venue.

C'était pitié de l'entendre car cela revenait à dire : « Vous voulez ma vie : prenez-la et laissez-moi en paix. »

Impitoyable, l'évêque tonna encore une fois :

— Je vous ordonne…

— Passez outre ! le coupa Jeanne.

De guerre lasse, Cauchon abandonna la partie. Avant de se retirer, il réussit cependant à soutirer un compromis à Jeanne qui, voyant la possibilité de quelque protection, s'empressa de l'accepter. Son serment n'engagerait que les affaires touchant strictement le procès. Ainsi, elle ne craindrait plus de s'aventurer en dehors de limites bien précises. L'évêque lui avait accordé davantage de concessions qu'il ne l'aurait voulu, au-delà en tout cas de ce qu'il entendait respecter.

Beaupère reprit l'interrogatoire de l'accusée. Nous étions en carême. Le théologien y vit une possibilité de la prendre en défaut sur la question de ses devoirs religieux.

— À quelle heure avez-vous mangé et bu pour la dernière fois ?

Si elle avait fauté en matière de nourriture, ni sa jeunesse ni le fait qu'elle était mal nourrie en prison n'auraient pu la préserver du soupçon de négliger les commandements de l'Église.

— Je n'ai ni mangé ni bu depuis hier après-midi.

Le prélat l'interrogea de nouveau sur ses Voix.

— Quand avez-vous entendu la voix qui vient à vous ?

— Je l'ai entendue hier et aujourd'hui.

— À quelle heure ?

— Hier, c'était tôt le matin.

— Que faisiez-vous alors ?

— Je dormais ; la voix m'a réveillée.

— En vous touchant le bras ?

— La voix m'a réveillée sans me toucher.

— Avez-vous remercié la voix ? Vous êtes-vous agenouillée ?

Le prélat avait Satan en tête. Il espérait sans doute, subrepticement, qu'un détail finirait par révéler qu'elle avait rendu hommage à l'ennemi de Dieu et de l'humanité.

— Oui, répondit Jeanne, je l'ai remerciée. Je me suis mise à genoux au pied de mon lit où l'on me garde attachée, j'ai joint les mains, et j'ai imploré la voix de m'éclairer quant aux réponses que je dois donner à vos questions.

— Que vous a-t-elle répondu ?

— Elle m'a dit que je devais vous répondre hardiment.

Jeanne se tourna une fois de plus vers Cauchon :

— Évêque, vous dites que vous êtes mon juge ; prenez garde à ce que vous faites, parce que en vérité je suis envoyée de par Dieu et vous vous mettez vous-même en grand danger.

Beaupère lui demanda si les conseils donnés par la voix n'étaient pas inconstants et variables.

— Non. Elle ne se contredit pas. Aujourd'hui même, elle m'a redit de vous répondre hardiment.

— La voix vous a-t-elle interdit de rien dire de ce qu'on vous demandera ?

— Je ne vous répondrai pas là-dessus. Et j'ai des révélations touchant le roi que je ne vous dirai pas.

Une grande émotion la saisit, les larmes lui jaillirent des yeux et elle ajouta avec forte conviction :

— Je crois fermement, aussi fermement que je crois en la foi chrétienne et que Dieu nous a rachetés des peines de l'enfer, que cette voix vient de Dieu et par Son ordre !

Beaupère poursuivit l'interrogatoire sur le chapitre de la voix. Jeanne répondit qu'elle n'était pas libre de dire tout ce qu'elle savait.

— Cette nuit même, ma voix m'a dit beaucoup de choses pour le bien de mon roi, que j'aimerais bien que le roi sache en ce moment, car il en serait plus joyeux à dîner.

— Votre voix vous obéirait-elle si vous lui demandiez de porter un message à votre roi ?

— Je ne sais pas si la voix voudrait obéir, à moins que ce ne fût la volonté de Dieu…

Jeanne resta pensive un moment, perdue dans ses pensées. Elle fit alors une remarque dans laquelle Beaupère, toujours en alerte, vit une ouverture possible, une chance de la prendre au piège. Il se garda bien de bondir dessus, de trahir la joie qu'il éprouvait de l'avoir saisie au vol, comme l'aurait fait un imprudent novice. Non, nul ne s'aperçut qu'il avait repéré la remarque de Jeanne. Au contraire, faisant comme si de rien n'était, il se mit à interroger Jeanne sur une foule de sujets anodins, de façon à la prendre par surprise, à la frapper dans le dos, pour ainsi dire.

La remarque imprudente de Jeanne était la suivante :

— Si ce n'était la grâce de Dieu, je ne saurais rien faire.

Le tribunal, qui commençait à voir clair dans le jeu du théologien, observait son approche prudente avec une attention soutenue et cruelle. Épuisée, Jeanne commençait à s'assoupir. Sa vie courait un danger imminent, mais sa vigilance était en défaut. Le moment était venu. L'air de rien, Beaupère posa doucement son traquenard :

— Savez-vous si vous êtes en la grâce de Dieu ?

Parmi les juges se trouvaient deux ou trois personnes d'honneur. Jean Lefèvre en faisait partie. Il bondit sur ses pieds et s'écria :

— C'est une question terriblement ardue ! L'accusée ne saurait y répondre !

La colère empourpra le visage de Cauchon à l'idée que quelqu'un osait tendre une planche de salut pour sauver l'enfant de la noyade.

— Silence ! hurla-t-il. Asseyez-vous ! L'accusée répondra à la question.

Il n'y avait pas d'espoir, pas d'issue à ce dilemme. Qu'elle réponde par oui ou par non, Jeanne allait au désastre. D'après les Écritures, il est impossible de savoir si l'on est en état de grâce ou pas. Seul un cœur de pierre pouvait tendre un piège aussi vicieux à une fille ignorante et en éprouver de la fierté. Le moment, terrible pour moi, me sembla durer une éternité. L'assemblée était très excitée. Jeanne contempla un moment ces faces avides de ses yeux impassibles. Puis, d'une voix douce, empreinte d'une belle humilité, Jeanne prononça cette réponse immortelle, qui jeta à bas ce terrible piège comme un fétu :

— Si je n'y suis, Dieu m'y mette, et si j'y suis, Dieu m'y garde.

Ah ! L'effet produit par cette simple phrase ne peut être décrit. Un silence de tombe s'ensuivit, qui plana un moment sur l'assemblée des prélats. Stupéfaits, ceux qui l'interrogeaient se regardaient les uns les autres en hochant la tête. Certains firent le signe de la croix. J'entendis Lefèvre murmurer :

— Une telle réponse dépasse la sagesse de l'homme ordinaire. Où cette enfant puise-t-elle son extraordinaire inspiration ?

Beaupère tenta de reprendre le fil de son interrogatoire, mais l'humiliation de la défaite pesait trop lourd sur lui.

Il posa à Jeanne un millier de questions sur son enfance, sur la chênaie qu'on appelait le Bois Chesnu, voisine de sa maison natale, sur les fées, sur nos jeux innocents et nos rondes enfantines autour de notre bel Arbre aux fées, sur la source qui coule à côté. Ces poignantes évocations d'une enfance bénie brisèrent la voix de Jeanne qui se mit doucement à pleurer. Mais elle se ressaisit et fit de son mieux pour répondre à toutes les questions.

Alors, pour terminer, le théologien revint sur la question des vêtements masculins que portait Jeanne. Ce sujet, si anodin puisse-t-il sembler, ne fut jamais perdu de vue tout au long de cette impitoyable partie de chasse dont le gibier était une innocente enfant ; cette menace resta suspendue en permanence au-dessus de sa tête tout au long de la procédure.

— Désirez-vous un habit de femme ?

— Volontiers, si l'on me fait sortir d'ici pour me mener en prison de femmes. Ici, je n'en veux point.

8

La séance suivante du tribunal eut lieu le mardi 27 février. Le croirez-vous ? Passant outre à l'accord passé avec Jeanne de s'en tenir à l'examen des matières touchant au procès, Cauchon la requit encore une fois de jurer de dire la vérité sur tout ce qu'on lui demanderait. Elle lui répondit :

— Vous devez être content, j'ai assez juré.

Jeanne tint bon et Cauchon dut s'incliner. L'interrogatoire reprit sur le chapitre des Voix de Jeanne.

— Votre voix était-elle celle d'un ange ou d'un saint ou d'une sainte ou de Dieu sans intermédiaire ?

— C'étaient les voix de sainte Catherine et sainte Marguerite.

— Comment savez-vous qu'il s'agit de ces deux saintes ? Les reconnaissez-vous bien l'une de l'autre ?

— Je sais bien que ce sont elles et je les reconnais bien l'une de l'autre.

— De quelle manière ?

— Par le salut qu'elles me font. Il y a bien sept ans passés qu'elles m'ont choisie pour me gouverner. Je les reconnais parce qu'elles se nomment à moi.

— Quelle fut la première voix qui vint à vous, lorsque vous étiez âgée de treize ans environ ?

— Ce fut saint Michel que je vis devant mes yeux ; et il n'était pas seul, il était accompagné d'anges du ciel.

— Avez-vous vu saint Michel et les anges corporellement et réellement ?

— Je les ai vus des yeux de mon corps, aussi bien que je vous vois ; et quand ils me quittaient, je pleurais et j'aurais bien voulu qu'ils m'emportassent avec eux.

L'immense ombre blanche qui enveloppa Jeanne sous l'Arbre aux fées de Bourlemont me revint alors en mémoire ; rien que d'y penser, j'en frémissais encore, et pourtant l'événement ne datait pas d'hier.

— Sous quelle apparence et sous quelle forme saint Michel vous est-il apparu ?

— Je n'ai pas encore permission de le dire.

— Que vous a dit l'archange la première fois ?

— Vous n'aurez pas encore de réponse aujourd'hui.

Jeanne voulait sans doute dire qu'elle voulait demander au préalable la permission à ses Voix.

C'est alors que, après un certain nombre de questions relatives aux révélations qu'elle avait communiquées au roi, Jeanne se plaignit de la futilité de cet interrogatoire :

— Je vous répète, comme je l'ai dit auparavant et souvent dans ces séances, que j'ai déjà répondu en détail à toutes ces questions devant le tribunal de Poitiers. Si vous mettez cela en doute, je voudrais bien que l'interrogateur ait une copie du livre qui est à Poitiers où j'ai naguère été interrogée.

On ne lui répondit pas. Le sujet fut laissé de côté. Le registre du jugement de Poitiers n'avait pas été retenu, car son contenu se fût révélé des plus embarrassants pour le tribunal de Rouen. Poitiers concluait en effet que la mission de Jeanne était divine, alors qu'il s'agissait, pour le tribunal de Rouen, de prouver au contraire que la mission de Jeanne était démoniaque. Il autorisait également Jeanne à porter des habits d'homme alors que le propos de cette cour était de faire passer pour un crime contre l'Église le port de vêtements masculins.

— Qui vous a poussée à venir en France ? Votre propre désir ?

— Je ne suis venue en France que par le commandement de Dieu. J'aimerais mieux être écartelée avec des chevaux que d'être venue en France sans la permission de Dieu.

Beaupère revint sur la question des vêtements masculins, tentant de transformer ce détail en affaire de la plus haute importance. Jeanne perdit quelque peu patience ; elle l'interrompit :

— L'habit, c'est peu de chose et des moindres ; je n'ai pas pris l'habit d'homme par le conseil d'homme de ce monde. Je n'ai pris cet habit ni rien fait que par le commandement de Dieu et de ses anges.

— Ce n'est point Robert de Baudricourt qui vous a commandé de le porter ?

— Non !

— Pensez-vous avoir bien fait de prendre habit d'homme ?

— Pour tout ce que j'ai fait par le commandement du Seigneur, j'ai bien fait d'obéir.

— Mais, en ce cas particulier, pensez-vous avoir bien fait en prenant l'habit d'homme ?

— Il n'y eut rien au monde dans ce que je fis qui ne fût du commandement de Dieu.

Beaupère tenta plusieurs manœuvres pour amener Jeanne à se contredire, ou pour mettre ses paroles en contradiction avec les Écritures. En vain. Il revint alors sur le chapitre de ses visions, des lumières dont elles étaient nimbées, de la relation de Jeanne avec le roi, etc.

— Y avait-il un ange sur la tête de votre roi quand vous l'avez vu pour la première fois ?

— Par Notre-Dame !

Jeanne contint son irritation, pour terminer sa phrase plus calmement :

— S'il y était, je ne sais, et ne l'ai point vu.

— Y avait-il de la lumière autour de lui ?

— Il y avait plus de trois cents chevaliers et cinquante torches, sans compter la lumière spirituelle.

— Comment votre roi a-t-il ajouté foi à vos dires ?

— En raison des signes que je lui avais donnés et des conseils des clercs.

— Quelle révélation avez-vous faite à votre roi ?

— Je vous ai toujours dit que vous ne le tirerez pas de ma bouche.

Jeanne ajouta :

— Pendant trois semaines, j'ai été interrogée par des clercs à Chinon et à Poitiers. Mon roi eut un signe sur ces faits avant qu'il voulût croire en moi ; quant aux clercs, ils furent de cette opinion qu'il leur semblait, dans mon fait, n'y avoir que du bien.

Beaupère laissa, pour le moment, la question de côté. Il aborda le sujet de l'épée miraculeuse de Fierbois, pour voir s'il y trouvait matière à convaincre Jeanne de quelque méfait de sorcellerie.

— Comment saviez-vous qu'une ancienne épée se trouvait enfouie dans la terre, derrière l'autel de l'église de Sainte-Catherine-de-Fierbois ?

Jeanne, qui n'avait rien à cacher sur cette question, répondit sans se faire prier :

— Je sus que l'épée se trouvait là par mes Voix. J'ai écrit aux gens d'Église de ce lieu qu'il leur plût que j'aie cette épée et ils me l'envoyèrent. Elle n'était pas enterrée profondément sous terre, à ce qu'il me semble. Les gens d'Église la frottèrent et, sur-le-champ, la rouille tomba sans effort.

— La portiez-vous quand vous avez été vaincue à Compiègne ?

— Non. J'ai porté continuellement ladite épée depuis que je l'eus jusqu'au jour où je quittai Saint-Denis après l'assaut sur Paris.

Cette épée, toujours victorieuse, dont les circonstances de la découverte étaient si mystérieuses, devint suspecte de quelque enchantement.

— Cette épée était-elle magique ? Quelles bénédictions avez-vous faites ou fait faire sur ladite épée ?

— Je n'y ai jamais fait ni fait faire une quelconque bénédiction et n'aurais su quoi faire. J'aimais bien cette épée parce qu'elle avait été trouvée en l'église de Sainte-Catherine que j'aimais bien.

Jeanne aimait cette église qui était dédiée à l'une des saintes femmes qui lui apparaissaient.

— Avez-vous posé votre épée sur un autel pour qu'elle fût plus fortunée ?

— Non.

— Avez-vous prié pour qu'elle fût plus fortunée ?

— N'est-il pas naturel de vouloir que mon harnais fût plus fortuné ?

— Si ce n'était pas l'épée que vous portiez à Compiègne, quelle épée portiez-vous ?

— L'épée d'un Bourguignon que j'ai fait prisonnier à Lagny. Je l'ai portée jusqu'à Compiègne, parce que c'était une bonne épée de guerre, propre à donner de bonnes buffes et de bons torchons[1].

Le contraste entre la délicatesse de Jeanne et le rude langage de soldat qu'elle venait d'employer en toute simplicité fit sourire le public.

1. De bons coups. *(N.d.T.)*

— Qu'est devenue l'autre épée ? Où se trouve-t-elle à présent ?

— La question a-t-elle trait au procès ?

Embarrassé, Beaupère ne répondit pas.

— Aimiez-vous mieux votre étendard ou votre épée ?

Les yeux de Jeanne se mirent à briller à l'évocation de son cher étendard.

— J'aimais mieux, de beaucoup, voire quarante fois, mon étendard que mon épée. Je portais moi-même l'étendard quand on montait à l'assaut, pour éviter de tuer personne.

Elle ajouta alors, en toute naïveté, avec cet étrange contraste entre le côté enfantin de sa personnalité et la gravité du sujet :

— Je n'ai jamais tué personne.

Cette remarque en fit sourire plus d'un. Ce n'est guère surprenant si vous songez à la fragilité, à la gentillesse, à l'innocence que Jeanne incarnait. Il était difficile de croire qu'elle avait pris part à des scènes de violence et de carnage. Elle semblait si peu faite pour ce gente de brutalités.

— Durant l'assaut final, à Orléans, aviez-vous dit à vos soldats que les flèches envoyées par l'ennemi, les pierres lancées par les catapultes ou les boulets lancés par les canons ne pouvaient frapper nul autre que vous ?

— Non. La preuve, plus de cent de mes gens furent blessés. Je leur ai dit d'être braves et de ne point avoir peur, car nous ferions lever le siège. J'ai reçu un vireton d'arbalète au cou pendant l'assaut donné contre la bastille du pont, mais sainte Catherine m'a réconfortée et j'ai guéri dans les quinze jours, sans pour autant cesser de monter à cheval et de vaquer à mes occupations.

— Saviez-vous d'avance que vous seriez blessée ?

— Oui. Je le savais bien et je l'avais dit à mon roi. Je tenais cela de mes Voix.

— Quand vous avez pris Jargeau, pourquoi n'avez-vous pas mis son capitaine à rançon ?

— Je lui ai offert de quitter la place, sain et sauf, avec sa garnison ; sinon, on les prendrait d'assaut.

— C'est ce que vous avez fait, à ce que crois ?

— Oui.

— Vos Voix vous ont-elles conseillé de prendre la place d'assaut ?

— Je ne m'en souviens pas.

Ainsi se termina cette longue et pénible séance, qui n'avait donné aucun résultat. Ses juges avaient employé tous les moyens possibles pour confondre Jeanne, la convaincre d'avoir mal pensé, mal agi, d'avoir fait preuve de déloyauté envers l'Église, d'avoir commis de graves péchés dans son enfance ou plus tard, sans résultat. Elle sortait indemne de l'épreuve.

Cela décourageait-il le tribunal ? Bien sûr que non. Ses membres étaient naturellement surpris, stupéfaits même, de découvrir que leur tâche était bien plus ardue qu'ils ne l'avaient prévu. Mais ils disposaient de maints alliés sur lesquels ils pouvaient compter, comme la faim, le froid, l'épuisement, la menace, la fourberie ; et ils n'avaient, en face d'eux, qu'une fille ignorante et sans protection qui ne pouvait manquer de succomber, tôt ou tard, à leurs manœuvres sournoises de harcèlement, de tomber dans l'une des innombrables trappes qu'ils plaçaient devant ses pas.

En dépit d'un résultat décevant, le tribunal avait-il fait quelque progrès durant ces interrogatoires ? Sans doute que oui. Les juges avaient sondé le terrain, creusé ici, fouillé là, et ils avaient fini par découvrir une ou deux pistes dont ils sauraient bien tirer profit.

Par exemple, l'habit d'homme, les Voix, les visions… Ils ne doutaient pas que Jeanne eût reçu la visite d'êtres surnaturels qui lui avaient parlé et l'avaient conseillée. Ils ne doutaient pas davantage des miracles accomplis par Jeanne, comme d'avoir reconnu son roi parmi la foule anonyme des courtisans, ou d'avoir su qu'une épée était enfouie sous terre. Tout cela leur paraissait plausible car nous savons bien que l'air est rempli de démons ou d'anges invisibles à nos yeux, mais visibles aux regards des gens qui s'adonnent à la magie, d'un côté, ou des saints d'une pureté immaculée, de l'autre. Mais ces prélats, en tout cas la plupart d'entre eux, étaient persuadés que les visions, les Voix, les miracles de Jeanne ne provenaient pas de Dieu, mais du démon. Ils espéraient, au moment voulu, prouver leur nature diabolique de façon indubitable, d'où leur façon persistante de tourner autour du pot, de revenir à intervalles réguliers sur ces questions, de les aborder sous cet angle ou cet autre, qui n'avait rien d'un passe-temps. Ce tribunal poursuivait inexorablement la tâche qu'il s'était fixée : la destruction de Jeanne.

9

La séance suivante eut lieu le jeudi 1er mars, en présence de cinquante-huit juges – les absents se reposaient.

Comme à l'accoutumée, Jeanne fut requise de jurer qu'elle répondrait à toutes les questions qu'on lui poserait. Cette fois-ci, elle garda son calme. Elle se sentait protégée par la clause de réserve, admise à contrecœur par Cauchon, de ne l'interroger que dans les limites du procès-verbal ; aussi se contenta-t-elle d'éluder une fois de plus la question. Elle ajouta, avec sa candeur habituelle :

— Mais pour tout ce qui touche au procès, je parlerai volontiers et dirai l'entière vérité, aussi vraie et complète que si j'étais devant le pape.

Jeanne venait d'offrir à ses juges un cadeau inespéré ! À l'époque, nous avions deux ou trois papes ; il n'y en avait qu'un seul de vrai, bien entendu, mais qui se serait risqué à le nommer ? Tous s'ingéniaient à éluder la question pour ne pas être pris en défaut et s'attirer d'ennuis avec les partisans d'un autre pape. Jeanne donnait donc à ses juges l'occasion de la faire chuter sur un point. Cauchon ne manqua pas d'en tirer avantage. Il lui demanda, d'une voix neutre et indolente :

— Quel est, selon vous, le véritable pape ?

L'assemblée retint son souffle et tendit l'oreille. Jeanne allait-elle enfin trébucher ? Sa réponse remit Cauchon à sa place et en fit sourire plus d'un dans l'assistance.

— Y en aurait-il deux ? lui demanda Jeanne d'une voix ingénue.

L'un des prélats, qui comptait parmi les plus lettrés et qui était en outre un excellent assesseur, s'exclama, d'une voix assez forte pour être entendu d'une bonne partie de l'assemblée :

— Par Dieu, quelle réplique magistrale !

Cauchon se garda bien de répondre à la question de Jeanne. Dès qu'il se fut remis de son embarras, il recommença à la harceler :

— Est-il vrai que le comte d'Armagnac vous a écrit une lettre pour vous demander auquel des trois papes il devait obéir ?

— Oui, et je lui ai répondu.

Des copies des deux missives furent produites et lues. Jeanne précisa alors que sa réponse avait été mal copiée. La lettre du comte lui avait été lue alors qu'elle montait en selle et s'apprêtait à partir.

— Aussi ai-je dicté quelques mots à la hâte pour lui dire que j'allais lui répondre de Paris ou d'ailleurs dès que je serais en repos.

Cauchon lui demanda de préciser quel pape elle tenait pour le bon.

— Je n'ai pas pu enseigner au comte d'Armagnac à quel pape il devait obéir. Quant à ce qui est de moi, je crois au seigneur pape qui siège à Rome.

Le président du tribunal passa à d'autres sujets. Le greffier produisit et lut une copie de la première lettre que me dicta Jeanne ; adressée aux Anglais, elle les sommait d'abandonner le siège d'Orléans et de quitter la France. C'était une prouesse épistolaire pour une novice de dix-sept ans.

— Reconnaissez-vous cette lettre qui vient d'être lue ?

— Oui, hormis quelques erreurs, certains mots qui me donnent trop d'importance.

Sachant où Jeanne voulait en venir, la honte m'envahit.

— Par exemple, je n'ai pas dit « rendez à la Pucelle… », mais « rendez au roi… » ; et je n'ai pas dit « chef de guerre »… Ces mots ont été rajoutés par mon secrétaire, qui a peut-être mal ouï ou oublié ce que je lui ai dicté.

Elle évita de regarder dans ma direction en prononçant ces paroles. J'avais fort bien ouï et rien oublié. J'avais volontairement changé les mots, parce que Jeanne était réellement chef de guerre ; elle avait le droit légitime de porter ce titre, qu'elle méritait amplement ; quant au roi, qui pouvait songer à « rendre » quoi que ce fût à ce moins que rien ? S'il fallait « rendre » quelque chose, ce devait être à la Pucelle de Vaucouleurs, déjà célèbre et formidable, avant même d'avoir frappé son premier coup.

J'aurais été mis dans de beaux draps si cet impitoyable tribunal avait découvert que le scribe de ce document, le secrétaire de Jeanne, était présent dans la salle d'audience ; non seulement présent, mais qu'il prenait note des minutes du procès ; et qu'un jour encore lointain il allait pouvoir témoigner contre les mensonges et distorsions introduites dans ces mêmes minutes par Cauchon, et dénoncer publiquement sa hideuse infamie !

— Reconnaissez-vous avoir dicté cette lettre ?

— Je le reconnais.

— Vous repentez-vous ? Vous rétractez-vous ?

Jeanne laissa éclater son indignation :

— Jamais ! Même ces vilaines chaînes ne peuvent détruire l'espoir suscité par ces mots. Qui plus est…

Elle se leva. Une lumière divine éclaira son visage tandis que ses paroles s'écoulaient de ses lèvres blêmes comme une lave brûlante :

— Avant qu'il soit sept ans, les Anglais abandonneront plus grand gage qu'ils ne firent devant Orléans, et…

— Silence ! Asseyez-vous !

— … et ils perdront tout en France !

Arrêtons-nous un moment sur cette dernière prédiction. Démobilisée, l'armée française n'était plus. La France ne bougeait pas, le roi ne bougeait pas, rien ne laissait prévoir que le connétable Arthur de Richemont sortirait de sa réserve pour achever la grande œuvre entreprise par Jeanne d'Arc. En dépit de cela, elle fit publiquement, avec une assurance imperturbable, une prophétie que l'avenir a confirmée.

En effet, cinq ans plus tard, en 1436, Paris tombait entre nos mains et notre roi y faisait une entrée triomphale, ceint des lauriers de la victoire. Ainsi s'accomplit la première partie de la prédiction de Jeanne – en réalité l'entière prédiction car, une fois Paris dans les mains du roi, le reste de la France était acquis.

Vingt ans plus tard, la totalité de la France fut nôtre, à l'exception de Calais.

Cet épisode rappelle une autre prédiction de Jeanne. Quand elle voulut prendre Paris, ce qui aurait été chose facile si notre roi y avait consenti, pour le convaincre, elle lui affirma que le moment était idéal, qu'une fois Paris entre nos mains, la conquête du reste de la France se ferait en six mois ; mais, avait ajouté Jeanne comme une mise en garde, si le roi laissait passer cette occasion, vingt ans lui seraient alors nécessaires pour récupérer la France.

Là encore, elle disait vrai. Paris tomba en 1436. Le reste fut conquis laborieusement, cité par cité, place forte par place forte ; il fallut exactement vingt ans pour achever la tâche.

Oui, le 1er mars 1431, debout, devant cet auditoire, sous les regards de tous, Jeanne prononça cette extraordinaire, cette incroyable prédiction. Il arrive parfois qu'une prophétie se révèle correcte, mais bien souvent, après examen, on en vient à la soupçonner d'avoir été prononcée après les faits. Ici, ce n'est pas le cas. Cette prédiction de Jeanne fait partie intégrante du procès ; elle fut notée dans les minutes officielles dès l'instant où elle fut prononcée, bien des années avant son accomplissement. Vingt-cinq ans après la mort de Jeanne, la copie en sera produite au cours du procès de réhabilitation. Manchon et moi-même avons pu en attester l'authenticité. Les juges survivants du procès actuel confirmeront d'ailleurs l'exactitude des notes dans leurs témoignages.

L'étonnante prédiction de Jeanne suscita un beau tumulte qui mit un moment à se calmer. Le prétoire était quelque peu troublé car une prophétie, qu'elle vienne du ciel ou de l'enfer, est une chose inquiétante, voire terrifiante. L'expression en était sincère et forte, et les juges auraient payé cher pour en connaître l'origine.

L'interrogatoire reprit.

— Comment savez-vous que cela va arriver ?

— Je sais bien cela par révélation qui me fut faite. Je le sais aussi sûrement que je vous vois assis devant moi.

Cette réponse n'était pas de nature à amoindrir le sentiment de malaise de l'assemblée. Aussi, après maints atermoiements, le juge écarta le sujet et en choisit un autre qui était davantage à sa convenance.

— Dans quelle langue vos Voix vous parlent-elles ?

— En français.

— Sainte Marguerite aussi ?

— Comment parlerait-elle anglais puisqu'elle n'est pas du parti des Anglais ?

Des saints et des anges qui osaient ne pas parler anglais ? Quel affront ! Mais on ne pouvait les assigner au tribunal pour les punir. Il en allait autrement pour la pauvre Jeanne dont la remarque ironique n'avait pas échappé à ses juges qui allaient s'en souvenir.

— Vos saints et vos anges portent-ils des couronnes, des anneaux aux oreilles ou ailleurs ?

Jeanne, qui trouvait ce genre de question triviale et futile, y répondit sans y prêter d'importance, mais le sujet lui rappela soudain un détail dont elle s'empressa de faire la remarque à Cauchon :

— J'avais deux anneaux. On me les a pris durant ma captivité. Vous en avez un à moi. C'est mon frère qui me l'a donné. Rendez-le-moi. Sinon, je vous charge de le donner à l'Église.

Le juge se dit que, peut-être, ces anneaux servirent à des sortilèges. En ce cas, ils pourraient faire tomber Jeanne.

— Où est l'autre anneau ?

— Entre les mains des Bourguignons.

— Qui vous l'a donné ?

— Mon père et ma mère.

— Décrivez-le.

— Il n'y a pas de pierre et il porte les noms « Jésus Marie » gravés.

Évidemment, cet anneau parut peu propice à l'invocation du démon ; la piste fut donc abandonnée. Cependant, pour faire bonne mesure, l'un des assesseurs demanda à Jeanne si elle avait jamais guéri quelqu'un en le touchant avec l'anneau. Elle répondit que non.

— À propos des fées qui avaient coutume de se réunir près de Domrémy, si l'on en croit la tradition, on raconte qu'une nuit d'été votre marraine les a surprises à danser près de l'Arbre de Bourlemont. Serait-il possible que vos prétendus saints et anges ne fussent que des fées ?

— Cela n'est pas de votre procès.

Elle n'en dit pas davantage.

— Avez-vous conversé avec les saintes Marguerite et Catherine sous l'arbre dont il a été fait mention ?

— Je ne m'en souviens pas.

— Ou bien à la source qui est près de l'arbre ?

— Oui, quelquefois.

— Quelles promesses vous firent-elles ?

— Aucune, si ce n'est par permission de Dieu.

— Mais encore, quelles promesses ?

— Cela n'est pas de votre procès du tout ; cependant, entre autres choses, elles m'ont dit que mon roi serait rétabli dans son royaume, que ses adversaires le veuillent ou non.

— Quoi d'autre ?

Jeanne marqua une pause, avant d'ajouter humblement :

— Elles m'ont promis de me mener au paradis.

Si les visages trahissent ce qui se dissimule dans l'esprit des hommes, tout laissait croire qu'une certaine frayeur venait de s'insinuer chez quelques assesseurs, qui se demandaient sans doute s'ils n'étaient pas en train de martyriser une vraie servante de Dieu. Tout mouvement et chuchotement cessa. Le silence s'alourdit.

Peut-être avez-vous noté, et cela depuis le début du procès, que la nature des questions posées à Jeanne indique que ses questionneurs connaissaient l'essentiel des réponses avant de lui soutirer des aveux. De toute évidence, ils étaient au courant de certains secrets de Jeanne, de détails intimes de son existence – ce dont Jeanne ne se doutait guère. Il ne leur restait plus qu'à l'acculer pour la contraindre à une confession publique.

Vous vous souvenez sans doute de ce Loiseleur, ce prêtre hypocrite et pervers, l'espion de Cauchon. Vous vous rappelez que, se croyant protégée par le secret de la confession, Jeanne, en toute confiance, lui contait les détails les plus secrets de son histoire, hormis ceux qui touchaient aux révélations surnaturelles que ses Voix lui avaient intimé de celer à tous – et que Cauchon, ce juge inique, écoutait ces confessions en cachette.

Vous comprendrez maintenant pourquoi les juges de Jeanne se révélaient capables de la bombarder de questions fort minutieuses, dont la précision et la malignité étaient de nature à surprendre quiconque ignorait le sinistre exploit de ce Loiseleur, qui en était la source. Mais revenons au tribunal et reprenons le fil des interrogatoires.

— Avez-vous eu une autre promesse ?

— Oui, mais je ne vous en dirai rien car cela ne touche pas votre procès ; avant trois mois, je vous dirai l'autre promesse.

La question qui suit prouve que le juge savait où il voulait en venir :

— Vos Voix vous ont-elles dit qu'avant trois mois vous serez délivrée de prison ?

Le visage de Jeanne trahissait parfois une légère surprise devant l'étonnante perspicacité de ses juges. Son étonnement s'afficha brièvement à l'énoncé de cette question :

— Ce n'est pas de votre procès, répondit-elle ; cependant, je ne sais quand je serai libérée. Ceux qui veulent m'ôter de ce monde pourront bien s'en aller avant moi.

Un frisson parcourut l'assemblée.

— Votre conseil vous a-t-il dit que vous serez délivrée de votre prison actuelle ?

Le conseil de Jeanne l'avait certainement promis et le juge ne l'ignorait pas.

— Parlez-m'en dans trois mois, je vous répondrai là-dessus.

La prisonnière prononça cette phrase avec une telle joie dans le regard, en dépit de son épuisement ! Jeanne serait donc libérée dans trois mois. Ses Voix le lui avaient révélé. Elles avaient dit vrai, du reste, au jour près, puisque la « délivrance » aura lieu le 30 mai. Mais nous savons aujourd'hui qu'elles avaient caché à Jeanne le moyen par lequel elle serait libérée, laissant la malheureuse baigner dans une miséricordieuse ignorance.

Ainsi, dans trois mois, Jeanne retournerait chez elle, à Domrémy ! Car c'est évidemment l'interprétation que Noël et moi avons donnée à cette révélation, dont le contenu nous fit aussitôt rêver. Nous n'avions plus qu'à compter les jours, les heures, les minutes. Le temps s'écoulerait vite, à présent. Nous allions ramener notre idole à la maison. Là-bas, loin de la pompe et du tumulte du monde, nous allions reprendre notre heureuse existence, telle qu'elle avait débuté, au grand air, au soleil, en compagnie de nos amis du village, des animaux familiers, au milieu des prés, des bois, sur les berges de la rivière au cours paisible. Nous aurions le cœur en paix. Oui, nous en rêvions, et c'est ce rêve qui nous aida à supporter le calvaire de ces trois longs mois, jusqu'à leur terrible accomplissement. En effet, si nous avions su comment tout cela allait finir, il nous aurait été impossible d'en supporter le déroulement jusqu'au bout.

Voici l'interprétation que nous avons donnée à la prédiction faite par les Voix de Jeanne : un remords cuisant finirait un jour ou l'autre par avoir raison de la pusillanimité de Charles VII ; le roi fomenterait, en grand secret, un plan audacieux pour libérer la Pucelle, avec l'aide des anciens compagnons de combat de celle-ci, notamment Jean d'Alençon, Dunois, La Hire et Poton de Xaintrailles. Comme prévu, la délivrance de Jeanne aurait lieu dans trois mois. Nous avions donc tout le temps de nous préparer à y prendre une part active.

Durant cette séance d'interrogatoire et les suivantes, Jeanne fut sommée de façon insistante de donner le jour exact de sa délivrance. Elle ne put répondre car les Voix ne lui avaient pas permis de le faire. De toute manière, elles ne lui avaient pas précisé le jour exact.

Depuis le terrible accomplissement de cette prophétie, je reste persuadé que Jeanne se doutait que la mort serait sa délivrance. Mais certainement pas le genre de mort qui lui fut infligée ! Jeanne était divine, intrépide au cœur de la bataille, mais elle n'en était pas moins humaine ; une sainte, certes, quelque peu angélique, mais aussi une jeune fille de chair et d'os, aussi fragile, sensible et tendre que n'importe quelle fille du monde. Alors, cette mort affreuse… non, elle n'aurait pas survécu à ces trois longs mois d'attente si elle avait su qu'une fin aussi atroce l'attendait. Jeanne savait, dix-huit jours à l'avance, qu'elle serait blessée, ainsi que le jour précis où cela devait arriver ; lorsque survint l'incident, elle n'en fut pas moins apeurée et elle n'en a pas moins pleuré, comme l'aurait fait n'importe quelle jeune fille. En soi, la mort ne lui faisait pas peur. Oui, c'est probablement ainsi qu'elle avait interprété la prophétie sur sa délivrance ; en effet, la joie éclairait son visage quand elle l'annonça.

Jeanne croyait peut-être qu'elle allait simplement mourir dans son lit, en prison. C'est pourquoi elle semblait si heureuse, comblée même : les portes du paradis s'ouvriraient en grand devant elle ; elle n'aurait plus longtemps à endurer son calvaire, sa récompense était proche. Cette foi devait l'emplir de bonheur, l'encourager à la patience, lui insuffler l'audace de celle qui n'a plus rien à perdre, lui donner l'envie de livrer son dernier combat, comme un bon petit soldat. Elle ferait tout pour se sauver, bien sûr, car c'était dans sa nature, mais elle était prête à mourir sur le front, si telle était sa destinée.

Je reviens au procès. La question fut donc posée à Jeanne de la date précise de sa délivrance.

— Je vous ai toujours dit que vous ne sauriez pas tout. Il faudra qu'une fois je sois délivrée. Et je veux avoir permission si je vous le dirai ; c'est pourquoi je demande un délai.

— Vos Voix vous interdisent-elles de dire la vérité ?

— Voulez-vous que je vous dise ce qui va arriver au roi de France ? Je vous dis encore qu'il gagnera le royaume de France ; je le sais aussi bien que je sais que vous êtes devant moi à l'audience.

Jeanne soupira. Elle ajouta, après une pause :

— Je serais morte si ce n'avait été la révélation qui me réconforte chaque jour.

On lui posa alors des questions triviales sur les vêtements portés par saint Michel, sur son apparence extérieure, etc. Elle y répondit du mieux qu'elle put, mais il était visible que ces questions la faisaient souffrir.

— J'éprouve une grande joie quand je le vois ; il me semble, quand je le vois, que je ne suis pas en état de péché mortel. Parfois, les saintes Catherine et Marguerite me font volontiers confesser, de temps en temps et tour à tour.

— Quand vous vous confessez, croyez-vous être en état de péché mortel ?

La réponse de Jeanne n'offrit aucune ouverture à ses ennemis pour l'impliquer. L'interrogatoire passa alors aux révélations qu'elle avait faites au roi. Le tribunal avait tenté à maintes reprises d'arracher ce secret à Jeanne, sans aucun succès.

— Quant au signe que vous avez donné à votre roi…

— Je vous ai déjà dit de ne pas me questionner dessus.

— Quel était ce signe ?

— Vous ne le saurez pas de moi.

La question concernait surtout l'entretien privé que Jeanne avait eu avec le roi. Loiseleur avait révélé que le signe en question était une couronne qui prouvait la vérité de la mission de Jeanne. Le mystère demeure entier, cependant, même aujourd'hui, à propos de la nature de cette couronne. Il le demeurera sans doute jusqu'à la fin des temps.

— Avez-vous vu une couronne sur la tête de votre roi quand vous lui avez montré le signe ?

— Je ne puis vous le dire sans parjure.

— Votre roi avait-il une couronne quand il était à Reims ?

— À ce que je pense, mon roi prit avec plaisir la couronne qu'il trouva à Reims ; mais une bien plus riche lui fut offerte par la suite.

— Avez-vous vu cette couronne ?

— Je ne puis vous le dire sans encourir un parjure. Et, si je ne l'ai pas vue, j'ai entendu dire qu'elle est riche et opulente.

Le juge continua de harceler Jeanne à propos de cette mystérieuse couronne, mais il n'obtint rien de plus de sa part. Le président du tribunal mit fin à la séance. La journée avait été longue et difficile pour tous.

10

Après une journée de repos, le tribunal se réunit de nouveau le samedi 3 mars.

Ce fut l'une des audiences les plus houleuses. Les juges perdaient patience. Une soixantaine d'ecclésiastiques distingués, d'illustres tacticiens, des bretteurs redoutés de la légalité avaient délaissé d'importantes fonctions, où leur présence était indispensable, pour accomplir la tâche la plus simple et la plus aisée qui fût : condamner à mort une petite paysanne de dix-neuf ans qui ne savait ni lire ni écrire, qui n'entendait rien à la procédure, qui ne pouvait citer aucun témoin pour sa défense, à qui l'on avait refusé l'aide d'un avocat ou d'un conseiller, qui devait affronter une série d'interrogatoires dirigés par un juge hostile qui commandait à une armée d'assesseurs dévoués. En deux heures, pensaient-ils, l'affaire serait expédiée, et l'accusée terrassée et condamnée. Ils se trompaient. Les heures devenaient des jours ; l'escarmouche se transformait en siège ; la chose la plus aisée au monde se révélait terriblement ardue ; la victime qui, au départ, semblait ne pas peser davantage qu'une plume, résistait, aussi solide et tenace qu'un roc ; et le droit de rire de cette déconfiture appartenait à la petite paysanne, et non au prétoire.

En réalité, Jeanne ne riait guère ; le persiflage n'était pas dans sa nature. Mais d'autres ne se privaient pas. Toute la ville en faisait des gorges chaudes. Le tribunal le savait et se sentait offensé dans sa dignité. Ses membres cachaient mal leur irritation.

C'est pourquoi, comme je vous le disais, la séance fut houleuse. De toute évidence, les juges avaient décidé d'en finir, d'arracher de la bouche de Jeanne la matière nécessaire pour conclure le procès. Ils ne la connaissaient pas encore assez bien. Ils livrèrent bataille avec l'énergie du désespoir ; tout le monde participa à l'interrogatoire ; Jeanne fut assaillie de questions qui fusaient de tous les côtés à la fois.

La séance débuta comme à l'accoutumée :

— Nous te requérons de jurer simplement et absolument de dire la vérité sur ce qu'on te demandera.

— Je suis prête à jurer comme je l'ai déjà fait.

La question fut de nouveau répétée, accompagnée de menaces diverses. Jeanne tint bon et l'audience dut porter sur d'autres sujets. Une demi-heure fut consacrée à ses apparitions : cheveux, vêtements, aspects, tout y passa, tout fut épluché, dans l'espoir de récolter quelque réponse condamnable, mais en vain.

On revint ensuite sur le port de vêtements masculins. L'interrogatoire refit le tour des questions précédentes, avant d'en aborder de nouvelles :

— Votre roi, ou votre reine, ne vous ont-ils pas requise quelquefois de déposer l'habit d'homme ?

— Cela n'est pas de votre procès.

— Croyez-vous que vous auriez péché mortellement en prenant un habit de femme ?

— J'agis mieux en obéissant et en servant mon souverain seigneur, c'est-à-dire Dieu.

Ensuite, la question de l'étendard de Jeanne fut abordée, dans l'espoir d'y trouver quelque preuve de magie ou de sorcellerie.

— Les autres gens d'armes ne se firent-ils pas des panonceaux à l'image du vôtre ?

— Mes compagnons de guerre faisaient faire des panonceaux à la ressemblance des miens, pour se distinguer du reste des troupes.

— Lesdits panonceaux étaient-ils renouvelés très souvent ?

— Quand les lances étaient rompues, on en faisait de nouveaux.

— Avez-vous dit à vos gens que les panonceaux faits à la ressemblance des vôtres portaient chance ?

Son honneur de soldat blessé par une aussi sotte question, Jeanne se raidit et répliqua, avec vivacité et dignité :

— Je leur disais simplement : « Entrez hardiment parmi les Anglais ! » et j'y entrais moi-même !

Chaque fois que Jeanne exprimait son dédain envers ces Français serviles qui servaient de laquais aux Anglais, ceux-ci trépignaient de rage. Une bonne trentaine d'imposants magistrats se levèrent aussitôt pour tempêter à qui mieux mieux contre la prisonnière. Jeanne n'en avait cure.

Le calme revenu, l'interrogatoire reprit.

On cita à l'encontre de Jeanne les marques naturelles de dévotion et de reconnaissance qu'elle recevait du public, tandis qu'elle aidait la France à se relever après un siècle de honte et de servitude.

— Avez-vous fait faire des images ou des peintures de vous-même ?

— Non. À Arras, j'ai vu une peinture de moi-même, toute armée et présentant des lettres à mon roi, avec un genou fléchi. Mais je n'ai jamais fait faire cette image ni une autre.

— Ceux de votre parti ont-ils fait faire un service, une messe ou des oraisons en votre honneur ?

— S'ils ont fait faire quelque service, ce n'est pas par mon commandement ; s'ils ont prié pour moi, il me semble qu'ils n'ont pas fait mal.

— Ceux de votre parti croient-ils fermement que vous êtes envoyée par Dieu ?

— Je ne sais s'ils le croient ; qu'ils le croient ou non, je suis cependant envoyée par Dieu.

— Ceux de votre parti avaient-ils bonne croyance en vous croyant envoyée par Dieu ?

— S'ils croient que je suis envoyée par Dieu, ils ne sont point abusés en cela.

— Connaissiez-vous la pensée de ceux de votre parti quand ils baisaient vos pieds, vos mains et vos vêtements ?

— Ils étaient heureux de me voir, aussi faisaient-ils ces choses ; je n'aurais pu les empêcher, quand bien même l'aurais-je eu à cœur. Les pauvres venaient volontiers à moi parce que je ne leur apportais point de déplaisir, bien plutôt je les aidais à supporter leur malheur.

Voyez avec quelle modestie Jeanne évoque le spectacle infiniment touchant de ses chevauchées à travers la France, entre deux haies de gens simples éperdus de dévotion.

« Ils étaient heureux de me voir… » Heureux ? Ils étaient transportés de joie, oui ! Quand ils ne lui pouvaient baiser les mains, les pieds ou un pan de vêtement, ils se prosternaient dans la boue pour baiser les empreintes laissées par son cheval. Ils l'adoraient, ils la vénéraient. C'était ce que tentaient de prouver ces maudits prélats. Mais pouvait-on blâmer Jeanne d'une erreur commise par d'autres ? Les humbles l'admiraient, donc elle commettait un péché mortel. Curieuse logique !

— Avez-vous levé quelque enfant sur les fonts baptismaux ?

— J'en ai levé à Troyes et Saint-Denis ; j'ai donné aux fils le nom de Charles, en l'honneur de mon roi, et aux filles le nom de Jeanne.

— Les femmes ne faisaient-elles pas toucher leurs anneaux à l'anneau que vous portiez au doigt ?

— Maintes femmes ont touché mes mains et mes anneaux ; mais je ne sais leur pensée ni leur intention.

— À Reims, votre étendard fut-il admis en l'église ? Vous teniez-vous près de l'autel l'étendard en main pendant le sacre ?

— Oui.

— Lorsque vous traversiez le pays, alliez-vous dans les églises pour y recevoir le sacrement d'eucharistie et de pénitence ?

— Oui.

— Receviez-vous lesdits sacrements en habit d'homme ?

— Oui, mais je ne me souviens pas les avoir reçus en armes.

Par cet aveu, Jeanne cédait un peu de terrain sur l'autorisation que lui avait accordée le tribunal ecclésiastique de Poitiers de se vêtir en homme. Les juges changèrent de sujet, préférant ne pas éveiller son attention sur une erreur minime qu'elle saurait redresser grâce à son flair naturel. La séance houleuse avait eu quelque peu raison de sa vigilance.

— Quel âge avait l'enfant que vous avez ranimé à Lagny ?

— Je ne sais. Les jeunes filles de la ville priaient pour la vie de l'enfant ; j'ai prié avec elles.

— Poursuivez.

— Finalement, la vie apparut dans l'enfant qui bâilla trois fois. Il était noir comme ma tunique. Quand il bâilla, la couleur commença à lui revenir et il fut baptisé. Aussitôt, il mourut et fut inhumé en terre bénite.

— Pourquoi avez-vous sauté de la tour de Beaurevoir ?

— Pour aller secourir la cité de Compiègne.

Les juges insinuèrent qu'il s'agissait en réalité d'une tentative criminelle de suicide pour éviter de tomber entre les mains des Anglais.

— Avez-vous dit que vous aimeriez mieux mourir que d'être en la main des Anglais ?

Jeanne répondit avec franchise, sans y voir de malice.

— Oui. J'ai dit que j'aimerais mieux rendre mon âme à Dieu que d'être en la main des Anglais.

Les juges lui reprochèrent alors, après sa chute de la tour de Beaurevoir, d'avoir été courroucée et d'avoir blasphémé le nom du Seigneur, puis d'avoir blasphémé de nouveau quand elle apprit la nouvelle de la défection du commandant de Soissons. Cette accusation froissa Jeanne.

— Je n'ai jamais maudit saint ou sainte, protesta-t-elle, et je n'ai jamais eu coutume de jurer !

11

Les audiences furent interrompues. Il était temps : Cauchon perdait du terrain. Certains membres du tribunal ne pouvaient se retenir d'éprouver quelque élan de sympathie envers Jeanne, pour son courage, sa présence d'esprit, sa ténacité, la noblesse de son caractère, sa vivacité, le combat héroïque qu'elle menait seule contre l'adversité. S'il laissait la situation s'aggraver, l'évêque courait le risque de voir son plan s'effondrer.

Il fallait réagir. Cauchon, que la compassion n'étouffait guère, prouva cependant qu'il n'en était pas entièrement dénué. Il prit en pitié tous ces pauvres assesseurs, contraints de subir les fatigues de ce fastidieux procès, alors qu'une poignée d'entre eux suffisaient à le mener à bout. Oh ! le bon juge que voilà ! Quel dommage qu'il ne songeât pas, dans le même temps, à soulager la fatigue de sa prisonnière !

Il libéra tous les juges, à l'exception de quelques-uns soigneusement triés sur le volet. Il choisit des tigres. Si, par mégarde, un agneau au cœur tendre s'était glissé parmi eux, ce ne pouvait être que par erreur ; de toute manière, Cauchon savait comment traiter un agneau quand il en découvrait un.

Il réunit un conseil restreint qui, durant cinq jours, passa au crible l'ensemble des réponses de l'accusée. Ils rejetèrent tout ce qui leur était inutile, autrement dit tout ce qui plaidait en faveur de Jeanne ; ils conservèrent tout ce qui servait leurs desseins, autrement dit tout ce qui pouvait la noircir et lui porter tort ; ils s'en servirent pour poser les fondations d'un nouveau procès qui, en apparence, ne faisait que poursuivre la tâche du précédent.

Un autre changement survint. Les séances publiques n'avaient pas joué en faveur de Cauchon. En ville, les discussions allaient bon train et d'aucuns prenaient en pitié l'infortunée prisonnière. Aussi fut-il décidé que les séances se tiendraient dorénavant à huis clos. Noël ne pouvait donc plus y assister. Je lui fis parvenir la nouvelle car je n'avais pas le courage de la lui annoncer moi-même. Ainsi prévenu, sa peine serait moindre quand je le reverrais dans la soirée.

Le samedi 10 mars, le procès reprit, à huis clos. Une semaine s'était écoulée depuis la dernière fois où j'avais vu Jeanne. Son apparition me fit un choc terrible. Elle paraissait affaiblie, épuisée, indifférente, lointaine. Ses réponses prouvaient qu'elle ne prêtait plus la même attention à ce qui se passait et se disait. Un honnête tribunal n'en aurait pas tiré avantage, sachant que la vie de l'accusée était en jeu. Mais celui-ci, au contraire, loin de l'épargner, en profita pour la harceler pendant des heures, avec une férocité impitoyable, pour profiter pleinement de la chance qui s'offrait à lui, la première depuis le début.

Tourmentée par leurs questions incessantes, Jeanne commença à se contredire à propos du « signe » qu'elle avait donné au roi. Le lendemain, pendant des heures, le sujet revint sur le tapis. Jeanne finit par livrer certains détails que ses Voix lui avaient interdit de révéler ; elle se mit à présenter comme des faits concrets ce qui relevait davantage du domaine de l'allégorie ou des visions.

Le troisième jour d'interrogatoire, Jeanne me sembla plus alerte, moins épuisée. Elle paraissait avoir récupéré son état normal ; en tout cas, elle s'en tira fort bien. De nombreuses tentatives eurent lieu pour lui arracher certains secrets, mais elle les déjoua, et répondit avec prudence et sagesse.

— Savez-vous si les saintes Catherine et Marguerite haïssent les Anglais ?

— Elles aiment ce que Dieu aime et haïssent ce que Dieu hait.

— Dieu hait-il les Anglais ?

— De l'amour ou de la haine que Dieu a pour les Anglais, je ne sais.

Sa voix recouvrant soudain son ton martial, Jeanne puisa au fond d'elle-même l'audace d'ajouter :

— Mais je sais que Dieu enverra victoire aux Français et que les Anglais seront boutés hors de France, excepté ceux qui périront !

— Dieu était-Il pour les Anglais quand ils étaient prospères en France ?

— Je ne sais si Dieu haïssait les Français ; mais je crois qu'Il voulait permettre qu'ils fussent battus pour leurs péchés.

C'était une façon plutôt naïve d'expliquer un châtiment qui avait duré quatre-vingt-seize ans. Mais nul n'y trouva à redire. Car nul, parmi ce tribunal, n'aurait ressenti le moindre remords à punir un pécheur pendant quatre-vingt-seize ans, s'il en avait eu le pouvoir ; et nul, dans ce tribunal, ne rêvait d'un Dieu qui fût plus clément que les hommes.

— Avez-vous jamais embrassé les saintes Catherine et Marguerite ?

— Je les ai embrassées toutes les deux.

Un air d'intense satisfaction se peignit sur la face porcine de Cauchon.

— Quand vous pendiez des guirlandes dans l'Arbre de Bourlemont, le faisiez-vous en l'honneur des saintes qui vous apparaissaient ?

— Non.

Nouvel air de satisfaction. Sans doute Cauchon en déduisait-il que Jeanne agissait ainsi, mue par un amour coupable pour les fées.

— Quand les saintes venaient à vous, leur faisiez-vous la révérence en vous agenouillant ou en vous inclinant ?

— Oui, je leur faisais le plus de révérence que je pouvais.

Les juges abordèrent alors le fait que Jeanne avait celé ses visions à ses parents. Ils en firent grand cas. En fait, une note écrite en marge du procès prouve qu'ils accordèrent une importance particulière à ce menu détail : « Elle tut ses visions à ses parents et à son entourage. » Ce signe de déloyauté envers ses parents apparut sans doute comme une preuve de l'origine satanique de sa mission.

— Croyiez-vous bien faire en partant sans la permission de vos père et mère, alors qu'on doit honorer père et mère ?

— Dans toutes les autres choses, j'ai bien obéi à mes père et mère, excepté pour ce départ ; mais, depuis, je leur ai écrit et ils m'ont pardonné.

— Puisque vous leur avez demandé pardon, pensiez-vous commettre un péché ?

— Puisque Dieu le commandait, je devais le faire ! Puisque Dieu le commandait, eussé-je eu cent pères et cent mères, eussé-je été fille de roi, néanmoins je serais partie.

— Avez-vous demandé à vos Voix si vous pouviez dire votre départ à vos père et mère ?

— Les Voix voulaient que je le leur dise. Je l'aurais fait volontiers si ce n'eût été la peine que je leur aurais causée si je leur avais dit mon départ.

Ceux qui interrogeaient Jeanne voyaient en son attitude volontaire la preuve d'une obstination pleine d'orgueil et de vanité, qui devait l'inciter à quêter des honneurs sacrilèges.

— Vos Voix ne vous ont-elles pas appelée fille de Dieu, fille de l'Église, fille au grand cœur ?

Jeanne répondit en toute simplicité :

— Oui. Avant le siège d'Orléans et depuis, tous les jours, quand elles me parlent, elles m'ont fréquemment appelée Jeanne la Pucelle fille de Dieu.

D'autres preuves d'orgueil et de vanité furent cherchées.

— Quel cheval montiez-vous quand vous avez été prise ? Qui vous l'a donné ?

— Mon roi.

— Avez-vous eu jamais d'autres richesses de votre roi ?

— Je ne demandais jamais rien à mon roi, sinon de bonnes armes, de bons chevaux et de l'argent pour payer les gens de ma maison militaire.

— Aviez-vous un trésor ?

— Oui. J'avais dix ou douze mille écus ; mais ce n'était pas un grand trésor pour conduire la guerre.

— L'avez-vous encore ?

— Non. C'est l'argent de mon roi. Ce sont mes frères qui le gardent, à ce que je pense.

— Quelles armes avez-vous offertes dans l'église de Saint-Denis ?

— Mon blanc harnais en entier, ainsi qu'il convient à un homme d'armes, ainsi qu'une épée que je gagnai devant Paris.

— Avez-vous fait cela pour qu'on adorât ces armes ?

— Non. Je le fis par dévotion, comme il est accoutumé chez les gens d'armes quand ils sont blessés ; parce que je fus blessée, devant Paris.

Rien ne pouvait atteindre les cœurs de pierre des juges de Jeanne, ni leurs imaginations engourdies – rien, pas même la belle image, si joliment évoquée, de la fille-soldat blessée, qui suspend en ex-voto sa légère armure afin qu'elle tienne compagnie aux terrifiantes, poussiéreuses et gigantesques cottes de mailles des défenseurs historiques de la France. Non. L'image n'évoquait rien à leurs yeux, à moins bien entendu qu'ils n'y décelassent quelque méchanceté, quelque cruauté, quelque blessure de plus à infliger à l'innocente créature.

— Aidiez-vous votre étendard plus que votre étendard ne vous aidait ?

— La victoire n'appartenait ni à moi-même, Jeanne, ni à mon étendard ; elle appartenait tout entière au Seigneur.

— L'espérance d'avoir la victoire était-elle fondée en l'étendard ou en vous-même, Jeanne ?

— L'espérance était fondée dans le Seigneur, et en nul autre.

— Quelqu'un a-t-il fait flotter votre étendard autour de la tête de votre roi, lorsqu'il fut couronné à Reims ?

— Non. Pas que je sache.

— Pourquoi votre étendard fut-il plus porté dans l'église de Reims, au sacre de votre roi, que les étendards des autres capitaines ?

Alors tomba des lèvres de Jeanne cette réponse, si infiniment touchante, qui survivra éternellement, aussi longtemps que survivra le langage, qui reste parfaite dans toutes les langues, qui ébranlera tous les cœurs compatissants, où qu'ils soient, jusqu'au dernier jour :

— Il avait été à la peine, c'était bien raison qu'il fût à l'honneur.

Quelle simplicité ! Quelle splendeur ! Ces quelques mots surpassent en éloquence les plus belles envolées des grands maîtres de l'art oratoire. L'éloquence était un don inné chez Jeanne d'Arc. Les mots coulaient de ses lèvres sans effort, sans préparation. Ils étaient aussi splendides que ses prouesses d'armes, aussi sublimes que son caractère. Ils prenaient leur source dans un cœur immense ; puis un esprit aussi vaste que l'océan les laissait s'écouler.

12

La manœuvre suivante, exécutée par cette coterie d'assassins consacrés, est tellement abjecte qu'il m'est impossible d'en parler, aujourd'hui encore, malgré mon grand âge, de façon impartiale et modérée.

Dès les prémices de sa relation avec ses Voix, à Domrémy, Jeannette enfant avait décidé, solennellement, de consacrer sa vie au Seigneur ; elle s'était vouée, corps et âme, à Son service. Ses parents, vous vous en souvenez, pour la dissuader de partir à la guerre, l'avaient fait citer devant le tribunal de Toul pour la contraindre à un mariage qu'elle n'avait jamais promis de contracter – un mariage avec notre brave sac à vent de Paladin, devenu plus tard le porte-étendard de Jeanne, tombé héroïquement sur le champ de bataille, il y a aujourd'hui soixante ans, paix à son âme ! Vous vous souvenez que Jeanne, âgée de seulement seize ans, avait assuré elle-même sa propre défense devant l'honorable cour et qu'elle avait remporté haut la main ce procès, jetant à bas le témoignage du Paladin avec une telle habileté que l'un des juges, médusé, avait parlé d'elle comme d'une « merveilleuse enfant ».

Vous comprendrez aisément la fureur que je ressentis quand j'entendis ces faux prêtres renverser délibérément la situation et accuser Jeanne d'avoir cité le Paladin à comparaître à Toul, parce qu'il lui aurait promis de l'épouser et qu'elle, Jeanne, aurait voulu l'y contraindre.

Ces gens ne connaissaient pas la honte et ne reculaient devant rien pour acculer cette pauvre fille. Ils tentaient de prouver qu'elle avait commis un parjure, qu'elle avait violé un serment solennel qu'elle aurait, d'après eux, prêté en présence des saintes femmes.

Jeanne donna les détails véritables de l'histoire, mais elle perdit patience en la racontant et finit son récit par quelques mots bien sentis à l'adresse de Cauchon, dont ce misérable doit se souvenir aujourd'hui encore, quel que soit le lieu où macère ce qui lui tenait d'âme.

Le reste de la séance et une bonne partie de la suivante furent consacrés au vieux thème éculé du port du vêtement masculin. Le comportement de ces dignes prélats était des plus méprisables, car ils savaient pertinemment pourquoi Jeanne tenait tant à s'habiller ainsi : des gardes anglais de la plus basse catégorie partageaient en permanence sa cellule, même durant son sommeil : il était évident qu'un habit d'homme protégeait davantage son intimité qu'un vêtement de femme.

Le tribunal savait également que l'un des projets de Jeanne avait été de délivrer le duc d'Orléans, retenu en exil en Angleterre ; ils étaient curieux de savoir comment elle entendait s'y prendre. Le plan de la Pucelle était tout ce qu'il y a de plus réaliste ; elle le décrivit, avec sa simplicité et sa franchise habituelle :

— J'aurais fait prisonniers un assez grand nombre d'Anglais de ce côté-ci de la mer ; si je n'en avais pas pris assez, j'aurais passé la mer pour aller en force le chercher en Angleterre.

C'était sa manière de faire. Quand une action devait être entreprise, elle s'y lançait tout entière, sans tergiverser à perte de vue. Elle ajouta en soupirant :

— Si j'avais duré trois ans librement, j'aurais délivré le duc d'Orléans.

— Avez-vous reçu permission de vos Voix de partir de prison chaque fois qu'il vous plaira ?

— Je l'ai demandé plusieurs fois, mais je ne l'ai pas encore.

— Partiriez-vous si vous voyiez les portes ouvertes ?

— Oui, répondit franchement Jeanne. Je verrais en cela le commandement de Dieu. « Aide-toi, Dieu t'aidera », dit le proverbe. Sans permission de Dieu, je ne m'en irai pas.

Alors, il se passa quelque chose qui semble indiquer – j'en suis encore aujourd'hui convaincu – que Jeanne espérait secrètement que le roi la ferait libérer. Elle dut envisager un moment qu'elle serait délivrée par l'intervention de ses anciens compagnons de bataille, comme Noël et moi le rêvions. En tout cas, l'idée a dû lui traverser l'esprit.

L'évêque de Beauvais fit quelques remarques auxquelles Jeanne répondit qu'il n'était pas un bon juge, qu'il présidait indûment le tribunal et que, ce faisant, il se mettait en grave danger.

— Quel est ce danger ? lui demanda Cauchon.

— Je ne sais. Sainte Catherine m'a dit que j'aurai secours. Je ne sais si ce sera en étant délivrée de prison, ou quand je serai en jugement, s'il surviendra un trouble par lequel je pourrai être libérée. Je crois que ce sera l'un ou l'autre.

Jeanne marqua une pause, avant d'ajouter ces quelques mots, mémorables entre tous, car nous ignorons si elle en avait compris ou non la signification, mots dont le mystère se dévoila plus tard, quand ils ont révélé leur véritable sens au monde entier :

— Mais le plus souvent, mes Voix me disent que je serai délivrée par grande victoire.

Jeanne s'interrompit de nouveau. Mon cœur battait à se rompre. Pour moi, cette grande victoire ne pouvait signifier que l'irruption soudaine de nos bons vieux capitaines hurlant leur cri de guerre, le choc de l'acier contre l'acier, et l'enlèvement de Jeanne d'Arc, portée en triomphe. Mais cette vision fut de courte durée. Car Jeanne releva la tête et termina sa phrase avec ces paroles si souvent citées car les hommes s'interrogent sur leur signification – paroles qui m'ont saisi d'effroi tant elles sonnaient comme une prédiction :

— Et mes Voix me répètent : « Prends tout en gré, ne te soucie pas de ton martyre : tu viendras finalement dans le royaume du paradis. »

Pensait-elle au feu, au bûcher ? Cela m'étonnerait. Je crois qu'elle songeait seulement aux chaînes, aux mauvais traitements, aux insultes qu'il lui fallait souffrir dans sa captivité. Le terme de martyre se justifiait bien assez pour décrire ce calvaire.

Le juge qui questionnait Jeanne s'appelait Jean de La Fontaine. Il chercha à tirer avantage de ce qu'il venait d'entendre.

— Depuis que vos Voix vous ont dit qu'à la fin vous irez au paradis, vous tenez-vous assurée d'être sauvée et de ne point être damnée en enfer ?

— Je crois fermement ce que mes Voix m'ont dit, à savoir que je serai sauvée.

— Cette réponse est de grand poids.

— Aussi je la tiens pour un grand trésor.

— Après cette révélation, croyez-vous que vous puissiez faire un péché mortel ?

— Je n'en sais rien, mais de tout je m'en rapporte à Dieu.

— Puisque vos Voix vous ont révélé que vous serez sauvée, avez-vous besoin de vous confesser ?

Le collet venait d'être posé. La simplicité et l'humilité de la réponse de Jeanne le privèrent de sa proie :

— On ne peut trop nettoyer sa conscience.

Nous en étions au dernier jour du nouveau procès. Jeanne sortait de l'épreuve avec tous les honneurs. La bataille avait fait rage. Les moyens les plus inavouables avaient été employés pour accabler l'accusée ; jusqu'ici, ils avaient tous failli. Les inquisiteurs n'avaient pas obtenu satisfaction. Ils se résolurent à tenter un dernier effort. Leur tentative eut lieu le samedi 17 mars. Un piège d'importance fut tendu à Jeanne dès le début de la séance :

— Voulez-vous vous soumettre à la détermination de notre sainte mère l'Église pour tous vos faits et dits, que ce soit bien ou mal ?

Cette question vicieuse mettait Jeanne en grand péril. Si elle répondait à la légère par oui, elle remettait sa mission céleste en question en permettant à ses juges de décider de son origine et de son inspiration. Si elle répondait par non, elle se rendait coupable d'hérésie.

Jeanne fut égale à elle-même. Elle établit une distinction claire entre l'autorité de l'Église qu'elle reconnaissait, car elle en était un fidèle sujet, et le caractère particulier de sa mission. Elle dit qu'elle aimait l'Église et qu'elle voudrait la soutenir de toutes ses forces pour la foi chrétienne. Mais, quant aux bonnes œuvres qu'elle a accomplies durant sa mission, elle s'en rapporta au Roi du ciel qui lui avait ordonné de les accomplir.

Le juge insista de nouveau en lui demandant si elle se rapporterait de ses dits et faits à la détermination de l'Église.

— Je m'en rapporte à Dieu qui m'a envoyée, répondit Jeanne. M'est avis que c'est tout un de Dieu et de l'Église, et qu'on n'en doit pas faire de difficulté.

Jeanne releva le visage pour regarder celui qui l'interrogeait en face :

— Pourquoi faites-vous difficulté de cela ?

Jean de La Fontaine en profita alors pour préciser à Jeanne qu'il y avait deux Églises : l'Église triomphante, représentée par Dieu, les saints, les anges et les âmes déjà sauves, et qui a son siège au paradis, et l'Église militante, représentée par le pape, les cardinaux, les prélats de l'Église, le clergé, et tous les bons chrétiens et catholiques, et qui a son siège sur terre ; cette dernière est gouvernée par le Saint-Esprit et ne peut errer. Il termina par la question :

— Vous soumettez-vous à l'Église militante ?

— Je suis venue au roi de France de par l'Église victorieuse de là-haut sur son commandement ; à cette Église-là, j'ai soumis tout ce que j'ai fait. Quant à l'Église militante, je ne répondrai pas autre chose maintenant.

Prenant note de son refus, le tribunal compta bien en tirer profit dans le futur, mais les juges abandonnèrent provisoirement le sujet pour tourner en rond une fois de plus autour des thèmes usés jusqu'à la corde qui avaient trait aux fées, aux visions, à l'habit d'homme, etc.

Dans l'après-midi, Cauchon décida, en personne, de présider à cette ultime séance d'interrogatoires. Vers la fin, l'un des juges posa la question suivante :

— Vous avez dit à mon seigneur évêque de Beauvais que vous lui répondriez à lui et aux gens commis par lui tout autant que vous répondriez à notre très saint seigneur le pape ; toutefois, il y avait de nombreuses questions auxquelles vous ne vouliez pas répondre. Répondriez-vous à notre seigneur le pape, qui est le vicaire de Dieu, plus pleinement que vous avez répondu au seigneur évêque de Beauvais ?

Alors, un coup de tonnerre retentit :

— Menez-moi devant notre seigneur pape ! Je lui répondrai sur tout ce que je devrai répondre.

Le visage de l'évêque blêmit. Ah, si Jeanne avait su, si seulement elle avait su ! Elle venait de creuser une mine sous cette muraille de conspiration, qui aurait pu faire sauter dans les airs le noir dessein de Cauchon, mais elle l'ignorait. Sa réponse était spontanée ; elle n'en soupçonnait pas le pouvoir et personne n'était là pour le lui révéler. Je le savais, Manchon le savait également, mais comment pouvions-nous approcher Jeanne pour la prévenir ? Jeanne d'Arc venait de remporter une victoire de plus, mais elle n'en était pas consciente. Épuisée par la maladie, par une journée d'interminable controverse, elle ne prêta aucune attention à l'effet produit par sa réponse et, de toute manière, elle n'aurait pu en deviner les raisons.

En effet, Jeanne venait tout simplement d'en appeler à Rome. Elle en avait le droit. Si elle avait persisté dans cette direction, l'échafaudage monté par Cauchon se serait effondré comme château de cartes. L'évêque ne manquait pas d'audace, mais si audacieux fût-il, il n'aurait pu éternellement s'opposer à la demande de Jeanne pour peu que celle-ci persistât à la réitérer. Mais elle était ignorante de ses droits.

Rome n'avait aucun intérêt à détruire l'envoyée de Dieu. Rome lui aurait accordé un procès équitable, ce qui suffisait pour la blanchir. Jeanne en serait sortie libre, honorée et bénie.

Mais le destin en avait décidé autrement. Cauchon créa immédiatement une diversion en bombardant Jeanne de toutes sortes de questions sur des sujets qui n'avaient rien à voir avec celui-ci ; puis, une fois l'incident clos et oublié, il s'empressa d'expédier le procès jusqu'à sa conclusion.

Jeanne se retira d'un pas lourd, en faisant traîner ses chaînes. Anéanti, dans un état second, je me disais : « Jeanne vient tout juste de prononcer le seul mot qui aurait pu la sauver, la délivrer ; et la voilà qui repart à la mort ; oui, à une mort certaine, je le sais bien, je le sens bien. Ces mécréants vont doubler sa garde. Ils ne vont permettre à personne de l'approcher, de peur que quelqu'un ne lui suggère de répéter ce mot. Ah ! quel jour amer dans ma misérable existence ! »

13

Ainsi venait de s'achever le deuxième procès mené à huis clos dans la prison de Jeanne. Le résultat n'était guère probant. Ce procès était encore plus inique que le précédent, en particulier pour un détail de la procédure : les chefs d'accusation ne furent pas communiqués à Jeanne, qui devait donc se battre dans le noir absolu. Elle ne pouvait préparer sa défense ni déjouer les pièges qu'on lui tendait.

Un jour, durant cette série d'audiences, un avocat normand, maître Jean Lohier, passa par Rouen. Cauchon en profita pour lui faire lire les minutes des séances, en le priant de lui donner son opinion. Lohier répondit que ce procès n'était pas valide, et il lui en énuméra les raisons. Premièrement, il se tenait à huis clos, et les assesseurs ne pouvaient parler et intervenir librement ; deuxièmement, le procès remettait en question l'honneur et la légitimité du roi de France, or, non seulement Charles VII n'avait pas été convoqué mais, en outre, il n'y avait personne qui fût désigné par lui pour le représenter ; troisièmement, la prisonnière n'était pas informée des chefs d'accusation ; quatrièmement, l'accusée, nonobstant son jeune âge, son ignorance de la procédure et les dangers qu'elle courait, devait assurer seule la totalité de sa défense sans l'aide ni les conseils d'un avocat.

Cauchon explosa de fureur et s'en prit sauvagement à Lohier en l'insultant et en le menaçant de le faire jeter dans la Seine. Pour sauver sa peau, ce dernier dut s'enfuir au plus vite de Rouen.

Comme je vous le disais, ce deuxième procès s'était achevé sans avoir donné les résultats escomptés. Cauchon ne se découragea nullement. Il pouvait monter procès sur procès, si nécessaire. On lui avait promis le siège archiépiscopal de Rouen s'il parvenait à obtenir l'excommunication de la jeune fille et sa condamnation au bûcher : l'objectif méritait l'effort. Contre cette récompense, il était prêt à faire brûler vives une cinquantaine de jeunes filles, toutes aussi innocentes que Jeanne.

Il se remit donc au travail. En neuf jours, avec l'aide de ses assistants et grâce à son imagination perverse, il parvint à extraire des témoignages de Jeanne assez de matériau pour bâtir un monstrueux libelle qui ne comptait pas moins de soixante-dix articles !

Le lendemain, mardi 27 mars, l'épais document fut transporté au château. Commença alors la troisième partie du procès, laquelle se déroula devant un prétoire d'une douzaine de juges soigneusement choisis.

Le tribunal délibéra. On décida de lire la totalité du libelle à l'accusée. La remarque de maître Lohier n'était pas tombée dans l'oreille d'un sourd ; sans compter que cette lecture fastidieuse, qui prit plusieurs jours, ne pouvait manquer d'épuiser la prisonnière. Jeanne devrait répondre de façon claire et prêter serment à chaque article ; en cas de refus, elle serait excommuniée. L'évêque resserrait l'étau autour de sa victime.

L'accusée fut introduite. L'évêque de Beauvais ouvrit la séance par un discours répugnant d'hypocrisie. Il déclara que ses assistants étaient de très savants ecclésiastiques, experts en droit divin et humain, qui voulaient et entendaient procéder avec Jeanne avec pitié et mansuétude, ne cherchant nullement à se venger ni à la punir corporellement, mais à l'instruire et à la ramener à la voie de la vérité et du salut.

Le pire était à venir. Désireux, sans doute, de se garder d'une autre critique exprimée par maître Jean Lohier, Cauchon eut l'effronterie de faire une proposition à Jeanne dont la perfidie vous fera bondir de surprise indignée. Constatant que Jeanne n'était pas assez savante ni suffisamment instruite dans les lettres et en des matières aussi ardues pour délibérer seule de ce qu'elle devrait faire ou répondre, l'évêque de Beauvais, nommé promoteur dans ce procès, lui offrait de choisir une ou plusieurs personnes, parmi ses assistants présents, pour la conseiller sur ce qu'elle devrait faire ou répondre.

Songez-y ! Des assistants comme Loiseleur et autres reptiles du même acabit ! Autant proposer à l'agneau les conseils avisés du loup. Jeanne leva le regard vers Cauchon pour vérifier s'il parlait sérieusement ; voyant qu'il prétendait le faire, elle déclina l'offre.

L'évêque ne s'attendait pas à moins. Il avait, de son côté, fait preuve d'impartialité. Son offre magnanime serait consignée dans les minutes. C'était l'essentiel.

Il somma Jeanne de répondre à chaque article sur les chefs d'accusation. Un refus de sa part entraînerait l'excommunication immédiate ; il en serait de même si elle ne répondait pas dans le délai imparti.

Thomas de Courcelles commença la lecture, article par article, de l'interminable document. Jeanne répondit à chaque article ; parfois, elle se contenta de nier la véracité des faits qui lui étaient reprochés ; d'autres fois, elle renvoya ses juges aux réponses déjà faites, contenues dans les registres des procès précédents.

Quel étrange et monstrueux document ! Une véritable exhibition, un étalage indécent de la méchanceté intrinsèque de la nature humaine, de cette vile créature qui a l'audace de se prétendre à l'image de Dieu ! Jeanne d'Arc était la noblesse incarnée, la pureté incarnée, la vérité, la bravoure, la générosité, la compassion, la modestie, le désintéressement incarnés. Elle était aussi pure et innocente que les fleurs des prés ; sa nature et son caractère étaient d'une gentillesse et d'une sensibilité sans pareilles. Or cet ignoble document en livre un portrait exactement contraire ; il proclame l'opposé de la vérité de son être. Rien de ce qu'elle fut n'y apparaît ; tout ce qu'elle ne fut jamais y est exposé en détail.

Le document la prononce et la déclare sorcière, devineresse, fausse prophétesse, invocatrice et conjuratrice d'esprits malins, magicienne, mal pensante en matière de foi catholique, schismatique, sacrilège, idolâtre, apostate, blasphématrice envers Dieu et ses saints, scandaleuse, séditieuse, troublant et empêchant la paix, excitant les hommes à la guerre, altérée de sang humain et incitant à le répandre, ayant abandonné sans honte la décence et la réserve de son sexe, prenant sans pudeur l'habit infâme et l'état des soldats, séductrice des princes et des gens simples, usurpatrice des hommages et du culte divin, permettant et consentant à être vénérée et adorée en donnant ses mains et ses vêtements à baiser.

C'est bien simple, chaque fait de la vie de Jeanne s'y trouve tordu, perverti, déformé. L'enfant qu'elle était aimait les fées ; elle avait joué et dansé autour de leur arbre et de leur source ; la voilà présentée comme une invocatrice d'esprits démoniaques. Jeune fille, elle avait relevé la France de la boue, l'avait poussée à combattre pour sa liberté, l'avait menée de victoire en victoire, la voilà devenue une perturbatrice de la paix et une incitatrice à la guerre – ma foi, elle le fut, en effet, et la France sera fière d'elle, pendant les siècles à venir, et la remerciera de l'avoir été ! On l'avait vénérée, adorée – qu'y pouvait-elle, la pauvre, et qui pouvait l'en blâmer ? Le vétéran, usé et humilié, la nouvelle recrue, timide et malhabile, buvaient dans ses yeux l'esprit de la guerre ; de leur arme, ils touchaient son épée, puis, sans hésiter, ils s'avançaient droit sur l'ennemi, formidables et invincibles. La voilà présentée comme une sorcière !

Cet infâme document poursuit dans la même veine, abondant en détails abominables, transformant l'eau fraîche et limpide, la source même de vie, en un bouillon infect et empoisonné, l'or pur en scories, les innombrables témoignages d'une vie noble et belle en preuves d'une existence vulgaire et corrompue.

Bien entendu, les soixante-dix articles ne faisaient que rabâcher tout ce qui avait été énoncé lors des précédents procès. Aussi ne vais-je pas m'étendre sur celui-ci. En fait, Jeanne elle-même n'y répondit que très brièvement, se contentant d'un « Ce n'est pas vrai ! Passez outre ! », ou bien d'un « J'ai déjà répondu à cela, demandez au clerc ce que contient son registre », ou d'autres répliques semblables.

Jeanne refusa de laisser l'Église militante examiner et juger sa mission. Il fut pris note de son refus.

Elle nia l'accusation d'idolâtrie, ainsi que celle d'avoir recherché à se faire aduler par ses hommes :

— Si quelques-uns ont baisé mes mains ou mes vêtements, ce ne fut point provoqué par moi, ni de ma volonté ; j'ai fait ce qui était en mon pouvoir pour l'empêcher.

Elle eut le courage de déclarer à ce tribunal terrifiant qu'elle ne tenait pas pour certain que les fées fussent des créatures du diable. Le plus grave péril la menaçait, mais sa nature lui commandait de ne dire que la vérité, sans se soucier des conséquences. On prit note de sa remarque.

Elle refusa, comme précédemment, de revêtir un habit de femme en contrepartie de l'autorisation de se confesser.

— Quand on reçoit le sacrement, la manière d'être vêtue n'a que peu d'importance aux yeux du Seigneur Dieu.

On l'accusa d'obstination et d'endurcissement dans le mal parce qu'elle refusait de quitter définitivement ses habits d'homme et de prendre habit de femme pour entendre la messe.

— J'aime mieux mourir que de révoquer ma promesse faite à Dieu.

On lui reprocha de s'être comportée comme un homme, pendant la guerre, au lieu de s'adonner aux humbles travaux domestiques convenant au sexe féminin. Elle répondit à cette sotte accusation avec un dédain martial :

— Quant aux travaux de femme, il y a bien assez d'autres femmes pour les faire.

Chaque fois que je voyais Jeanne recouvrer un peu de sa fierté de soldat, je ressentais un grand réconfort. Aussi longtemps qu'elle conservait cette verve, elle restait Jeanne d'Arc, la guerrière, affrontant son destin.

— Il nous apparaît que la mission que vous prétendez tenir de Dieu ne consiste qu'à faire la guerre et à répandre le sang.

Jeanne répondit très simplement que la guerre n'était pas son dessein premier, mais qu'elle venait en second :

— D'abord, je demandais que l'on fît la paix. Si la paix était refusée, alors je combattais.

Les juges confondaient les Bourguignons et les Anglais en parlant des ennemis contre lesquels Jeanne luttait. Elle répondit qu'en actes et en paroles elle les distinguait, car, les Bourguignons étant des Français, ils méritaient un traitement moins rude que les Anglais.

— Quant au duc de Bourgogne, je l'ai requis par lettres et par mes ambassadeurs qu'il y eût la paix entre mon roi et le duc ; mais, quant aux Anglais, la seule paix qui convienne est qu'ils retournent dans leur pays, en Angleterre.

Elle ajouta que, même envers les Anglais, elle avait fait preuve de dispositions pacifiques, car elle les a toujours invités à se retirer avant de les attaquer.

— S'ils m'avaient entendue, dit-elle, ils auraient agi sagement.

Alors, Jeanne répéta une fois encore sa prédiction, avec insistance :

— Avant sept ans, les Anglais en auront la preuve.

Ses juges recommencèrent à la harceler à propos de son habit d'homme. Ils tentaient de la persuader de l'abandonner. Je ne comprenais pas les raisons de leur acharnement, tant ce détail me paraissait dérisoire. Mais nous savons à présent que cela faisait partie de leur noir dessein. Aussi poursuivirent-ils leurs efforts dans ce sens.

Un doute fut jeté sur l'authenticité de la mission de Jeanne en raison de l'ignorance et de la simplicité de l'instrument choisi par Dieu. Cela fit sourire Jeanne, qui répliqua simplement :

— Le Seigneur choisit Ses instruments où il Lui plaît.

Ses juges lui demandèrent quelle prière elle faisait pour invoquer ses conseils d'en haut. Elle leva son visage opalin et elle prononça sa prière en joignant ses mains enchaînées :

— Très doux Seigneur, en l'honneur de votre sainte Passion, je vous requiers, si vous m'aimez, de me révéler ce que je dois répondre à ces gens d'Église. Je sais bien, quant à l'habit, par quel commandement je l'ai pris, mais je ne sais point de quelle manière je dois le laisser. Qu'il vous plaise de me l'enseigner !

On la chargea d'avoir renié tous les préceptes de Dieu et de ses saints en osant commander à des hommes d'armes, allant jusqu'à usurper la fonction et le titre de chef de guerre. Cette accusation toucha la fierté chevaleresque de Jeanne. Elle respectait les ecclésiastiques, mais le soldat qu'elle était n'avait que peu de patience et de considération pour les opinions des religieux sur le chapitre de la guerre. Dans sa réponse, elle alla droit au but, sans s'embarrasser d'explications ni d'excuses :

— Je n'étais chef de guerre que pour rosser les Anglais !

La mort guettait Jeanne à chaque réponse, mais quelle importance ! De voir se tortiller sur leur siège ces ignobles Français qui léchaient les chausses des Anglais la réjouissait. Elle ne manquait jamais une occasion de leur porter une botte. Ces petites reparties la ragaillardissaient.

Ils l'accusèrent d'immodestie parce que, quand elle était en campagne, elle partageait jour et nuit la compagnie des soldats.

— En ville et dans le logis, j'avais toujours une femme avec moi. Dans les champs, je gardais mon harnois pour dormir.

Jeanne et sa famille avaient été anoblis par le roi. On l'accusa d'avoir recherché les honneurs. Elle répondit qu'elle n'avait jamais demandé cette faveur au roi, qui avait agi de son propre chef.

Ainsi prit fin ce troisième procès, dont les résultats étaient aussi décevants que ceux des précédents.

Peut-être qu'un quatrième procès finirait par avoir raison de l'invincibilité apparente de la jeune fille. Tenace, l'évêque de Beauvais s'attela aussitôt à la tâche.

Il nomma une nouvelle commission chargée de résumer les soixante-dix articles du libelle précédent en douze assertions substantielles propres à livrer un nouvel assaut contre l'accusée. Ce travail lui prit plusieurs jours.

Dans l'intervalle, un jour, Cauchon, accompagné par Manchon et deux de ses assistants, Isambard de La Pierre et Martin Ladvenu, rendit visite à Jeanne, dans sa prison, pour tenter de la contraindre à révoquer sa mission et à la faire examiner par les représentants de l'Église militante, c'est-à-dire par lui-même et ses suppôts.

Jeanne refusa une fois de plus. Isambard de La Pierre la prit en pitié et s'aventura à lui demander si elle préférait que son procès fût renvoyé devant le concile de Bâle, où se trouvaient en nombre égal des ecclésiastiques favorables au roi de France et d'autres favorables aux Anglais.

Jeanne s'écria aussitôt qu'elle serait heureuse d'être jugée par un tribunal aussi justement constitué ; mais, avant que frère Isambard pût en dire davantage, Cauchon, furieux, le fit taire en s'écriant :

— Taisez-vous, par le diable !

À ce moment-là, Manchon s'aventura lui aussi à faire preuve d'un peu de bravoure, bien qu'il craignît pour sa vie. Il demanda à Cauchon s'il devait noter la soumission de Jeanne envers le concile de Bâle dans les minutes.

— Ce n'est pas utile ! répliqua l'évêque.

— Ah ! fit Jeanne d'un ton de reproche. Vous prenez note de tout ce qui est contre moi, mais vous omettez ce qui parle pour moi.

Quelle pitié ! Ces mots auraient touché le cœur d'une brute. Mais Cauchon était pire qu'une brute.

14

Nous étions au début du mois d'avril. Jeanne était souffrante. Elle était tombée malade le 29 mars, le lendemain de la clôture du troisième procès ; son état empirait depuis la scène déplaisante qui s'était déroulée dans sa cellule. C'était bien dans la nature de Cauchon de tirer avantage de sa faiblesse physique.

Examinons brièvement certains détails de ces douze assertions – que j'appellerai les Douze Mensonges – qui résumaient les chefs d'accusation rassemblés contre Jeanne.

La première accuse Jeanne d'affirmer être certaine de son salut, alors qu'elle n'a jamais dit quoi que ce soit de semblable. Elle dit également que Jeanne refusait de se soumettre à l'Église, ce qui est totalement faux. Elle était prête en effet à soumettre ses actions au jugement du tribunal de Rouen, à l'exception de celles accomplies durant sa mission en réponse au commandement de Dieu, et dont elle réservait le jugement à Dieu. Elle refusait de reconnaître Cauchon et ses suppôts comme dignes représentants de l'Église, mais elle en appelait au pape de Rome et au concile de Bâle.

La sixième assertion affirme que Jeanne a admis qu'elle menaçait de faire tuer ceux qui ne lui obéissaient pas. C'était un grossier mensonge. D'après cette assertion, Jeanne prétendait n'avoir rien fait que par révélation et commandement de Dieu. En réalité, Jeanne avait répondu qu'elle n'avait rien fait de « bon » qui ne fût commandé par Dieu. Cette importante correction avait été demandée par Jeanne, mais en vain.

La neuvième assertion dit que Jeanne se vantait de n'avoir jamais commis le moindre péché, ce qu'elle n'a jamais prétendu.

Dans la cinquième assertion, le port du vêtement masculin devient un péché mortel. En ce cas, comment expliquer que Jeanne eût été autorisée par les plus hautes autorités catholiques, l'archevêque de Reims et le tribunal ecclésiastique de Poitiers, à le porter ?

Le dixième article de ces assertions exprime le vif mécontentement des juges parce que les saintes Catherine et Marguerite osaient parler à Jeanne en français, et non en anglais, et pencher pour la cause française.

Ces douze articles seront envoyés aux docteurs en théologie de l'Université de Paris pour approbation. Ils furent écrits dans la nuit du 4 avril. Manchon fit, une fois encore, preuve d'audace. En marge, il ajouta une petite note qui disait que nombre de ces articles mettaient dans la bouche de Jeanne des paroles qu'elle n'avait jamais prononcées. Cette note, que l'Université de Paris ne daigna pas considérer, est tout à l'honneur du brave Manchon.

Le lendemain, le 5 avril, les douze articles furent expédiés à Paris. Dans l'après-midi, une révolte populaire éclata à Rouen : des foules excitées se rassemblaient en quête de nouvelles fraîches. La rumeur circulait que Jeanne d'Arc agonisait. Épuisée par ces interminables séances, elle était effectivement très mal en point. Les autorités anglaises étaient consternées. En effet, si Jeanne rendait l'âme avant d'avoir été condamnée par l'Église, la pitié et l'amour du peuple en feraient aussitôt une sainte et martyre ; morte, Jeanne risquait de se révéler plus puissante encore que de son vivant.

Le comte de Warwick et le cardinal anglais de Winchester se rendirent en toute hâte au château et firent aussitôt quérir les meilleurs médecins de la ville. Warwick leur tint le discours suivant :

— Je vous ai fait mander pour que vous preniez bien soin d'elle. Pour rien au monde le roi d'Angleterre ne veut qu'elle meure de sa mort naturelle. Il la tient pour précieuse, car il l'a achetée fort cher ; aussi ne veut-il pas qu'elle meure, si ce n'est de la main de la justice et qu'elle fût brûlée. Donc, employez-vous à la guérir.

Les médecins présents demandèrent à Jeanne ce qui, d'après elle, l'avait rendue malade. Elle répondit que l'évêque de Beauvais lui avait envoyé une carpe qui l'avait incommodée.

Alors, Jean d'Estivet la rabroua et l'insulta de façon extrêmement grossière. Jeanne venait d'accuser Cauchon d'avoir tenté de l'empoisonner. Ce d'Estivet était l'un des laquais les plus dévoués de Cauchon. Il était furieux d'entendre Jeanne accuser ainsi son maître ; les Anglais en effet risquaient de nuire à la carrière de l'évêque s'ils venaient à le soupçonner de vouloir sauver Jeanne du bûcher en l'empoisonnant, les privant ainsi du profit qu'ils avaient escompté en rachetant Jeanne à prix d'or au duc de Bourgogne.

Pour faire retomber la fièvre de Jeanne, les médecins proposèrent de la saigner. Warwick les mit en garde :

— Prenez garde à la saignée, car elle est rusée et pourrait se tuer.

Les médecins n'en pratiquèrent pas moins la saignée, et la fièvre de Jeanne retomba.

Pas pour bien longtemps, car, dans la soirée, Jean d'Estivet, toujours furieux contre Jeanne parce qu'elle avait eu l'audace de soupçonner son maître d'être responsable de son empoisonnement, lui rendit une nouvelle visite dans son cachot pour la couvrir d'insultes, provoquant chez Jeanne un nouvel accès de fièvre.

Vous devinez sans peine la fureur qui enflamma Warwick quand il apprit la nouvelle de la rechute de Jeanne : sa proie menaçait de nouveau de lui échapper en raison de l'excès de zèle d'un imbécile. Warwick tança si bien ce d'Estivet que celui-ci s'empressa de se faire oublier.

Jeanne mit deux semaines à guérir. Elle finit par se rétablir. Bien qu'encore très faible, elle était cependant en mesure d'affronter de nouveau les tyrannies de ses persécuteurs sans mettre sa santé en danger. Cauchon réunit quelques-uns des docteurs en théologie et se rendit avec eux au donjon. Manchon et moi-même les accompagnâmes pour prendre des notes, c'est-à-dire pour écrire ce qui pourrait servir à Cauchon et oublier le reste.

Quand je vis Jeanne, mon cœur défaillit : elle n'était plus que l'ombre d'elle-même. Il m'était impossible de croire que la frêle créature, au visage chiffonné et chagrin, aux épaules affaissées, que j'avais devant les yeux, était la Jeanne d'Arc que j'avais si souvent vue, pleine de feu et d'enthousiasme, charger à la tête de ses troupes, sous une pluie de projectiles et dans l'enfer des canons. Son triste état me fendit le cœur.

Cauchon, lui, n'en avait cure. Il lui infligea un autre de ses petits discours, dégoulinant d'hypocrisie, dont il avait le secret. Il dit à Jeanne que, parmi ses réponses, il s'en trouvait certaines qui étaient dangereuses pour la foi. Comme elle était illettrée et ignorante des Écritures, il lui offrait de lui désigner des hommes doctes et scientifiques, honnêtes et bienveillants, qui l'instruiraient comme il se devait.

— Nous sommes hommes d'Église, ajouta l'évêque, et c'est notre vocation, notre volonté et notre inclination de nous appliquer à vous procurer le salut de votre âme et de votre corps, par toutes les voies possibles, comme nous le ferions pour nos proches et pour nous-mêmes. En cela, nous nous conformons à la coutume de l'Église qui ne ferme point son giron à qui revient à elle.

Jeanne le remercia du souci qu'il manifestait pour son salut.

— Il me semble, ajouta-t-elle, étant donné la maladie que j'ai, que je suis en grand péril de mort. S'il en est ainsi, que Dieu veuille faire de moi Son plaisir, je vous requiers d'avoir confession, sacrement d'eucharistie et inhumation en terre sainte.

En entendant ces mots, Cauchon vit s'offrir à lui une occasion inespérée. Un corps affaibli et un esprit torturés par la crainte d'aller en enfer à la suite d'une mort sans sacrement : cette sombre perspective avait de quoi faire plier la récalcitrante.

— Si vous voulez les sacrements, vous devez vous confesser comme une bonne catholique et vous soumettre à l'Église.

— Je ne saurais que vous dire d'autre, lui répondit Jeanne laconiquement.

Cauchon éleva la voix et lui dit d'un ton menaçant que plus elle craignait pour sa vie, plus elle devait s'amender ; et que, si elle voulait bénéficier des droits de l'Église, comme une catholique, elle devait se soumettre à ladite Église.

— Si le corps meurt en prison, lui répondit Jeanne, je m'attends que vous le fassiez mettre en terre sainte ; si vous ne l'y faites mettre, je m'en remets à Dieu.

L'échange se poursuivit dans la même veine pendant quelque temps. Cauchon l'exhorta de nouveau à se soumettre entièrement à l'Église. Ses menaces et ses colères n'y faisaient rien. Le corps était affaibli, certes, mais l'esprit qui lui répondait appartenait toujours à Jeanne d'Arc.

— Quoi qu'il doive m'arriver, je ne ferai ou dirai autre chose que ce que j'ai dit auparavant au procès.

Alors, ces vénérables docteurs en théologie s'y prirent à plusieurs et, à tour de rôle, tentèrent de la raisonner, en citant les Saintes Écritures ; ils essayaient de l'acheter avec la promesse des sacrements, comme s'ils tendaient un verre d'eau pure à une âme assoiffée, lui demandant en échange de se soumettre à l'Église militante. Vains furent leurs efforts.

Ils finirent cet entretien en proférant une menace, qui eût été d'une grande portée pour n'importe quel chrétien.

— Si vous ne voulez pas vous soumettre à l'Église et lui obéir, nous vous abandonnerons comme une Sarrasine !

Abandonnée par l'Église, comme une païenne ! Abandonnée par ce pouvoir auguste qui détient dans ses mains le sort de la race humaine, dont le sceptre s'étend au-delà des constellations qui scintillent dans le ciel étoilé, dont l'autorité plane sur des millions d'âmes du purgatoire, qui attendent en tremblant la rançon de la délivrance, dont un sourire nous ouvre les portes du paradis, mais dont le courroux nous livre aux flammes de l'enfer éternel, un pouvoir qui surpasse toutes les pompes de tous les empires terrestres ! Abandonnée par son roi est un arrêt de mort, un sort déjà bien cruel ; mais abandonnée par Rome, abandonnée par l'Église… quel sort bien pire que la mort : la relégation aux enfers éternels !

Je voyais déjà les vagues rougeoyantes clapoter le long des rives pourpres de ce lac infernal et les myriades de damnés, noirs comme du charbon, qui tentaient désespérément d'en échapper, montant et retombant dans les flots bouillonnants. Je savais que Jeanne partageait ma vision, tandis qu'elle réfléchissait. Je pensais qu'elle allait céder ; en vérité, je l'espérais presque, je l'avoue sans honte, car je savais que ces hommes étaient assez cruels pour exécuter leur menace et la livrer au feu éternel.

Mais, une fois encore, j'étais fou d'entretenir ce genre de pensée et d'espoir futiles. Jeanne d'Arc n'était pas faite comme tout le monde. Fidèle à ses principes, fidèle à la vérité, fidèle à la parole donnée, Jeanne d'Arc incarnait le génie même de la Fidélité, de la Fermeté absolue. Une fois sa parole donnée, elle s'y tenait ; rien ne pouvait l'en faire dévier.

Ses Voix ne l'avaient pas autorisée à faire le genre de soumission que l'on attendait d'elle. Par conséquent, elle ne se soumettait pas. Elle attendait, en parfaite obéissance, quelles qu'en fussent les conséquences.

Mon cœur pesait comme du plomb quand je sortis du donjon. Jeanne, elle, paraissait si sereine, en paix avec elle-même. Elle avait fait ce qu'elle croyait être son devoir ; cela lui suffisait ; ce qui devait suivre n'était pas de son ressort. Ses dernières paroles exprimaient à merveille cette sérénité et ce calme bienfaisants :

— Je suis bonne chrétienne et bien baptisée, et je mourrai en bonne chrétienne.

15

Deux semaines passèrent. Vint le mercredi 2 mai. Le temps avait délaissé pluies et frimas ; un parterre de fleurs sauvages tapissait clairières et vallons ; les oiseaux gazouillaient dans les ramures ; dame nature s'épanouissait sous un soleil printanier ; les esprits étaient sereins, les cœurs légers, le monde plein d'espoir et de gaieté ; la plaine qui borde l'autre rive de la Seine s'étendait à l'infini, opulente et verdoyante ; le fleuve, aux eaux scintillantes, coulait, paisible et limpide ; du haut des falaises qui dominent le pont, Rouen étalait sa splendeur, offrant aux visiteurs admiratifs l'image de la cité la plus exquise, la plus gracieuse qui se nichât sous l'arche du firmament.

Quand je vous dis que tous les cœurs baignaient dans l'allégresse, j'entends d'une manière générale. Il y avait quelques exceptions ; nous, en particulier, les amis de Jeanne d'Arc, mais surtout elle-même, bien sûr, la pauvre enfant, enchaînée dans l'antre des sinistres murailles du château. Elle se morfondait, seule, dans l'obscurité, si proche de cette explosion de lumière, mais, en même temps, si affreusement loin d'elle. Ah, comme Jeanne se languissait du moindre rayon de soleil ! Mais ces loups religieux, aux crocs acérés, qui complotaient sa mort et cherchaient à salir sa renommée, lui refusaient la moindre lumière et la moindre espérance.

Cauchon poursuivait sa sinistre et implacable entreprise.

Ce mercredi 2 mai, donc, doux et ensoleillé, fut le jour d'un autre rassemblement de robes sombres, dans la même chambre spacieuse, au bout de la grande salle du château de Rouen, sous la présidence de l'évêque de Beauvais, répandu sur son trône, avec ses soixante-deux assesseurs massés à ses pieds, gardes et clercs occupant chacun sa place respective.

Nous entendîmes de nouveau le bruit devenu familier de chaînes que l'on traîne, annonciateur de l'arrivée imminente de Jeanne. Elle entra, encadrée par les gardes, et elle alla s'asseoir à l'écart, seule, sur son banc. Elle semblait fraîche et dispose ; à la vérité, elle resplendissait, après ces quinze jours passés à l'abri des persécutions de ses tourmenteurs.

L'orateur chargé de lui faire la seconde « admonition charitable », maître Jean de Châtillon, bachelier en théologie de l'Université de Paris, avait fort bien préparé son homélie, dont il tenait le texte à la main, mais qu'il ne lisait pas, car il prétendait le connaître par cœur. La cédule paraissait pourtant fort volumineuse. Il commença à pérorer avec une certaine éloquence quand, au beau milieu d'une phrase, la mémoire lui fit défaut. Contraint de jeter un regard furtif sur son manuscrit, le bel effet oratoire qu'il cherchait à produire sur l'assemblée s'effondra. Il reprit le fil de son discours, mais, peu après, un deuxième trou de mémoire survint, suivi d'un troisième. Le visage du pauvre homme devint grenat, d'autant plus que ses confrères faisaient ouvertement semblant de déplorer son infortune tout en ricanant en sourdine, ce qui aggravait son désarroi ; quant à Jeanne, elle lui fit une remarque qui acheva de le désarçonner :

— Lisez donc votre livre ; comme ça, je pourrai vous répondre.

L'assemblée ne put retenir un éclat de rire. Le digne orateur parut si désemparé qu'il fit vraiment pitié.

Apparemment, Jeanne d'Arc s'était si bien reposée que son tempérament malicieux avait refait surface.

Jean de Châtillon finit par reprendre, en suivant les sages directives de Jeanne, c'est-à-dire en lisant tout bonnement son texte. Les douze admonitions précédentes avaient été réduites à six monitions. L'orateur s'arrêtait parfois pour poser des questions auxquelles Jeanne répondait. La nature de l'Église militante fut de nouveau exposée ; une fois encore, Jeanne fut invitée à s'y soumettre.

Elle répondit comme les fois précédentes.

— Croyez-vous que l'Église puisse errer ? lui demanda l'orateur.

— Je crois bien que l'Église militante ne peut errer ni faillir ; mais quant à mes dits et mes faits, je les mets et rapporte entièrement à Dieu qui m'a fait faire ce que j'ai fait.

— Voulez-vous dire que vous n'avez pas de juge sur terre et que notre seigneur le pape n'est pas votre juge ?

— Je ne vous en dirai pas autre chose. J'ai un bon maître, à savoir Dieu, à qui je soumets tout et non à un autre. Quant à notre seigneur pape, menez-moi à lui, et je lui répondrai.

Alors Jeanne entendit l'orateur prononcer ces mots terribles :

— Si vous ne voulez pas croire à l'Église, vous serez prononcée hérétique et serez punie de la peine du feu.

Ces paroles, qui auraient semé l'effroi sur n'importe qui d'autre, réveillèrent au contraire le cœur de lion de Jeanne d'Arc, qui répliqua, avec cette note martiale dans la voix qui avait le don de réveiller l'ardeur de ses soldats :

— Je ne vous dirai pas autre chose. Et, si je voyais le feu, je dirais tout ce que je vous dis et je n'en ferais pas autre chose.

Dans l'assemblée, nombreux furent ceux que cette réponse impressionna. Manchon risqua une fois de plus sa vie. Il ne put s'empêcher d'écrire, en marge de ses notes : *Superba responsio !* Ces deux épithètes sont inscrites dans les archives. Vous pouvez encore les lire aujourd'hui.

Superba responsio ! réponse superbe, en effet ! D'autant plus superbe qu'elle tombait des lèvres d'une jeune fille de dix-neuf ans sur laquelle planait la sombre perspective d'une mort cruelle et de la damnation.

La sempiternelle question de l'habit d'homme fut remise sur le tapis, accompagnée de l'habituel marché de dupes : si Jeanne abandonnait ce vêtement, ses juges la laisseraient entendre la messe et recevoir le sacrement d'eucharistie.

La jeune fille fit une réponse identique aux précédentes :

— Je prendrai une robe longue pour aller à l'église et recevoir le sacrement d'eucharistie, comme je vous l'ai déjà dit, pourvu qu'aussitôt après, de retour dans ma cellule, je puisse déposer cet habit et reprendre celui que je porte.

Ils poursuivirent sur le sujet, en insistant que, puisqu'elle était en prison, l'habit d'homme n'était plus nécessaire. Jeanne leur répondit :

— Quand j'aurai fait ce pour quoi j'ai été envoyée de par Dieu, je prendrai l'habit de femme.

Oui, vraiment, en ce deuxième jour de mai, Jeanne se comportait de merveilleuse façon ! Elle était en possession de toutes ses facultés ; ses juges ne parvenaient pas à la terrasser. La séance fut longue et fastidieuse. Toutes les questions déjà débattues le furent de nouveau, point par point. Jeanne combattit pied à pied, sans céder un pouce de terrain. L'orateur épuisa tous ses ressorts de persuasion, d'inspiration, d'éloquence… Le résultat commençait à nous être familier : une bataille indécise, sans vainqueur défini. La mine déconfite, les soixante-deux experts retournèrent à leur camp ; leur ennemi solitaire regagna ses positions, les mêmes qu'elle occupait auparavant.

16

Comme je vous l'ai dit, le beau temps, printanier et idyllique, faisait chanter tous les cœurs. Rouen respirait la gaieté et la légèreté ; la population saisissait la moindre occasion de se réjouir et de rire aux éclats. Quand la rumeur circula que la fille de la tour venait de remporter une victoire de plus contre le gras évêque Cauchon, les rires fusèrent de tous les côtés. La ville entière détestait ce Cauchon, que la population tenait pour un intrus. Ceux qui étaient favorables aux Anglais souhaitaient vaguement la mort de Jeanne, mais ils n'en riaient pas moins des mésaventures de l'homme qu'ils méprisaient.

Comme on peut s'y attendre, le nom de l'évêque inspirait les plaisanteries les plus grasses et les plus paillardes qui se pussent imaginer. Et Dieu sait que les occasions ne manquaient pas !

À chaque nouveau procès engagé par l'évêque contre Jeanne, les gens du peuple se répétaient à voix basse : « La truie a encore mis bas… » ; chaque fois que le procès se terminait sur un échec, les mêmes ricanaient d'un air goguenard : « Le goret a encore tout cochonné… »

C'est ainsi que le troisième jour de mai, alors que Noël et moi cheminions à travers la ville, nous entendîmes un maraud à la face hilare et à la langue bien pendue passer de groupe en groupe et répéter sa plaisanterie, provoquant un rire général :

— Foutre ! la truie a mis bas cinq portées et les a toutes cochonnées…

De temps à autre, certains avaient l'audace de chuchoter :

— Tudieu ! Soixante-trois gorets mitrés avec toute l'Angleterre de leur côté contre une péronnelle… et ils ne peuvent la déloger de la porcherie !

Cauchon logeait dans le palais archiépiscopal, solidement gardé par des sentinelles anglaises. Pourtant, les lendemains de nuits sans lune, on pouvait constater les résultats de la visite de quelques esprits farceurs, experts dans le maniement de la peinture et de la brosse, car les murs s'étaient ornés par miracle de dessins satiriques montrant un troupeau de porcs dans les poses les plus irrévérencieuses, revêtus de la robe épiscopale et coiffés de la mitre.

L'évêque de Beauvais ruminait sa déconfiture. Il lui fallut une bonne semaine pour inventer un nouveau stratagème.

Le 9 mai, Manchon et moi fûmes convoqués pour une nouvelle audience. Cette fois, nous ne devions pas nous rendre au lieu où Jeanne était emprisonnée, mais dans une autre tour, celle de l'ancien donjon. Nous pénétrâmes dans une salle basse et circulaire située au rez-de-chaussée. Le spectacle qui nous attendait me fit dresser les cheveux sur la tête : outre les prélats, se tenaient là deux bourreaux avec leurs instruments de torture ! Vraiment, l'âme de ce Cauchon se révélait tout entière dans son abominable noirceur. Ce monstre avait-il jamais été enfanté par une femme ? Se souvenait-il de sa mère ou de sa sœur ?

L'immonde prélat était déjà arrivé, en compagnie du vice-inquisiteur et de l'abbé de Saint-Corneille. Il y avait six autres ecclésiastiques, dont le sinistre Loiseleur. Le chevalet était prêt, ainsi que les bourreaux.

On amena Jeanne. Elle vit le chevalet, elle vit les bourreaux. Croyez-vous qu'elle eut un sursaut d'épouvante, un tressaillement d'horreur ? Non, rien de semblable. Au contraire, elle redressa le buste ; un pli de mépris et de dégoût lui ourla les lèvres ; mais elle ne montra aucune peur.

La séance fut mémorable, car elle fut la plus courte. Cauchon apostropha Jeanne d'une voix solennelle, en lui rappelant les divers points contenus dans le procès, que Jeanne avait autrefois niés, lui rappela-t-il, et sur lesquels elle avait répondu mensongèrement, alors que ses juges détenaient des informations certaines, des preuves et de fortes présomptions. Aujourd'hui, le tribunal était déterminé à faire l'entière vérité sur tous les points susdits. Cauchon termina en désignant du doigt le chevalet et les bourreaux :

— Voici les instruments de torture et voici les officiers qui sont prêts à vous appliquer ces tourments ! Si vous n'avouez pas la vérité, nous vous mettrons à la torture. Parlez !

Pour toute réponse, Jeanne prononça cette phrase éternelle, dite d'une voix qui ne tremblait pas, mais sans la moindre note d'arrogance :

— Vraiment, si vous me deviez faire arracher les membres et faire partir l'âme du corps, je ne vous dirais pas autre chose ; et si je vous en disais quelque chose, après, je dirais toujours que vous me l'auriez fait dire par force.

Rien ne pouvait briser cet esprit indomptable. Cauchon s'attendait à tout sauf à cela. La rumeur circula en ville, le lendemain, qu'il avait préparé avec grand soin une confession complète qu'il gardait dans sa poche, prêt à la faire signer au moindre signe de capitulation de Jeanne.

Manchon me regarda à la dérobée. Son visage reflétait une immense surprise, que l'on pouvait constater sur d'autres visages. J'entendis l'un des prélats murmurer dans l'oreille d'un autre :

— En vérité, quelle créature surprenante ! D'où lui vient son courage ?

Les juges se consultèrent un moment à voix basse. Il semblait évident, à en juger par quelques mots attrapés au hasard, que Cauchon et Loiseleur insistaient sur l'application de la torture, mais que, dans leur majorité, les autres s'y opposaient.

Finalement, Cauchon rompit leur conciliabule et, d'une voix amère, il donna ordre de reconduire l'accusée dans son cachot. J'en ressentis évidemment un immense soulagement : jamais je n'aurais imaginé que l'évêque finirait par céder.

Le soir, après son retour, Manchon nous expliqua les raisons qui avaient poussé les juges à renoncer à la torture. La première était que Jeanne risquait d'en mourir, ce qui eût déplu aux Anglais ; la seconde était que l'effet de la torture risquait d'être annulé si Jeanne revenait sur des aveux arrachés par la douleur ; quant à sa signature au bas d'une confession, la plupart des juges estimaient que même le chevalet serait impuissant à l'obtenir.

Le peuple de Rouen en fit de nouveau des gorges chaudes :

— La truie a mis bas six portées, mais les a toutes cochonnées.

Les murs du palais archiépiscopal se couvrirent d'une nouvelle décoration : un porc, coiffé de la mitre, qui portait un chevalet sur l'épaule, suivi d'un

Loiseleur en larmes. Des récompenses furent proposées contre la capture des artistes, mais personne ne vint les réclamer. Quant aux sentinelles anglaises, elles feignaient de ne pas voir les peintres au travail.

Je vous laisse à penser la fureur de l'évêque. Il avait grande difficulté à accepter l'abandon de la torture. L'idée d'infliger ces tourments à Jeanne l'avait fait saliver et il ne pouvait y renoncer. Le 12 mai, il convoqua de nouveau ses assesseurs et plaida avec insistance en faveur de l'application de la torture, mais en vain. La réponse de Jeanne en avait impressionné certains ; d'autres craignaient qu'elle ne mourût sur le chevalet ; d'autres enfin estimaient que la torture serait impuissante à contraindre Jeanne à signer une confession. Ils étaient quatorze, avec l'évêque. Onze d'entre eux votèrent contre l'emploi de la torture ; ils tinrent bon en dépit des remarques désobligeantes de Cauchon. Deux seulement votèrent en faveur de la torture : Loiseleur et Thomas de Courcelles, un plaideur de grand renom.

Le grand âge m'a enseigné les vertus d'un langage courtois et charitable, mais mes bonnes résolutions s'envolent au rappel de ces trois noms : Cauchon, Courcelles, Loiseleur.

17

Nous eûmes dix jours de répit. Les augustes théologiens de ce phénix de savoir et de sagesse qu'est la prestigieuse Université de Paris n'en finissaient pas de peser et de soupeser les douze articles – les Douze Mensonges – que leurs suppôts de Rouen leur avaient envoyés pour les soumettre à leur docte entendement.

Ce furent dix jours de loisir, pour moi. Je les passai, pour l'essentiel, à flâner dans la cité en compagnie de Noël. Mais le cœur n'y était pas. Le sort de Jeanne, qui s'assombrissait d'heure en heure, nous préoccupait trop. Nous ne cessions de comparer notre existence à la sienne : nous étions libres d'aller et venir, de profiter du soleil printanier, alors qu'elle était enchaînée dans un cachot sombre et humide ; nous profitions de notre camaraderie, alors qu'elle souffrait de la solitude ; nous ne manquions de rien, alors qu'elle survivait dans un affreux dénuement. Elle qui était accoutumée à la liberté, à la vie au grand air, à la lumière, se retrouvait encagée comme un animal, dans une lugubre obscurité, si profonde qu'elle avait peine à distinguer les rares objets qui meublaient sa geôle. Privée des milliers de sons qui composent la musique d'une vie quotidienne active, elle n'entendait plus que les bruits de pas monotones des sentinelles qui marchaient de long en large devant son cachot. Elle qui aimait tant converser librement et gaiement avec ses amis et compagnons, échanger avec eux une plaisanterie, partager un éclat de rire, n'avait plus personne à qui parler, personne à qui se confier. Née pour le compagnonnage, pour besogner dans l'allégresse, pour entreprendre et jouir de l'aventure, la voici qui était condamnée à l'ennui mortel, à la sombre monotonie, aux heures interminables, à l'inaction, au silence aigre et hostile, aux pensées stériles, celles que l'on ressasse, jour et nuit, nuit et jour, qui reviennent sans cesse, qui tournent et retournent, tourment pour le cerveau, fardeau pour le cœur. Jeanne était emmurée vivante. Elle n'était plus qu'une morte en sursis.

Un détail aggravait sa peine. Une jeune fille qui souffre a besoin du secours, de la compréhension, de la sympathie des personnes de son sexe, des soins attentifs et délicats que seule une autre femme peut lui prodiguer. Durant ces longs mois de morne captivité dans un cachot obscur, Jeanne n'a jamais aperçu un visage féminin. Son cœur aurait bondi de joie à la simple visite d'une jeune fille ou d'une femme.

Songez à ceci. Si vous voulez juger de la grandeur de Jeanne, souvenez-vous que c'est dans un lieu aussi sordide, dans des circonstances aussi adverses qu'elle affronta, seule contre tous, semaine après semaine, mois après mois, les clercs et les savants les mieux instruits, les plus habiles que la France possédait, qu'elle déjoua leurs stratagèmes, devina et évita les pièges qu'ils lui tendaient, enfonça leurs rangs, repoussa leurs assauts et sortit victorieuse de chaque engagement. Elle resta inébranlable, fidèle à sa foi et à ses idéaux ; elle affronta les chaînes, la torture, le bûcher, la menace des tourments éternels de l'enfer, en répétant obstinément ces simples mots : « Quoi qu'il advienne, j'ai donné ma parole et je la tiendrai. »

C'est ici que l'on mesure le mieux la grandeur de l'âme de Jeanne d'Arc, la profondeur de sa sagesse, la limpidité de sa pensée : dans ce combat harassant qu'elle dut livrer, non seulement contre les plus brillants érudits de France, mais aussi contre les tromperies les plus ignobles, les fourberies les plus cruelles, contre les esprits les plus pervers et les cœurs les plus endurcis qui se pussent trouver en terre païenne ou chrétienne.

Certes, Jeanne était vaillante dans la bataille, cela, nous le savons. Immenses furent son amour du pays natal, ses dons de voyante, sa loyauté. Elle s'y entendait à merveille pour convaincre les chefs récalcitrants, dénouer les conflits d'intérêts, apaiser les passions, découvrir où se nichaient le mérite et le génie. Son discours était imagé et éloquent. Elle possédait le don d'insuffler l'enthousiasme chez le désespéré, de transformer le poltron en héros. Sous son commandement, par miracle, une horde d'esclaves et de gueux devenait un bataillon de soldats redoutables qui marchaient à la mort en fredonnant une chanson. Mais ce sont d'exaltantes activités, qui stimulent le bras, le cœur, le cerveau, qui procurent d'immenses joies, celles de l'inspiration, de l'action, de la réussite. Les éloges et les récompenses y couronnent le succès ; l'âme déborde d'énergie ; les facultés sont décuplées ; découragement, fatigue, inertie se font oublier.

Oui, dans tout ce qu'elle entreprit, Jeanne d'Arc fut, certes, étonnante ; mais là où elle s'est révélée extraordinaire, ce fut durant le procès de Rouen. Alors, elle s'est élevée très au-dessus des limitations et des impossibilités de notre nature humaine. Dans des circonstances hostiles, noires, désespérées, elle accomplit un exploit qui, s'il avait été réalisé dans des conditions ordinaires, lui aurait déjà valu l'admiration de tous, et dont elle se serait sortie glorieuse et victorieuse, s'il lui avait été permis de déployer l'éventail de ses forces morales et spirituelles, si elle avait bénéficié de l'aide puissante de l'espoir, des encouragements, de l'air et de la lumière, de la présence de visages amicaux, de l'assurance d'un combat loyal et équilibré sous le regard admiratif de ses contemporains.

18

À l'issue de ces dix jours, les hauts dignitaires de la puissante Université de Paris rendirent leur verdict. Selon leur « unanime consentement », Jeanne était coupable sur tous les chefs d'accusation : elle devait, par conséquent, soit renoncer à ses erreurs, soit se voir abandonner au bras séculier pour recevoir la juste punition de son crime.

Les délégués de l'Université apportèrent ce verdict à Rouen, avec une missive à l'adresse de Cauchon, truffée de louanges dithyrambiques à son égard. Les universitaires complimentaient leur pair pour la « sincère ferveur » dont il avait fait preuve en poursuivant « cette femme que l'on appelle la Pucelle dont le poison très largement répandu a manifestement infecté le troupeau très chrétien de presque tout le monde occidental ». Pour récompense, Cauchon pouvait être assuré de recevoir, après sa mort, de la main du Tout-Puissant, « la couronne immarcescible de la gloire ».

L'évêque de Beauvais n'avait que faire d'une récompense aussi béatifique et paradisiaque, lui qui visait le très immédiat, lucratif et temporel archevêché de Rouen, pour l'obtention duquel il vendait son âme.

Le 19 mai, un tribunal composé de cinquante juges se rassembla au palais archiépiscopal pour décider du sort de Jeanne. Certains d'entre eux voulaient expédier l'affaire en la remettant d'emblée au bras séculier pour qu'elle soit exécutée ; d'autres poussaient la mansuétude jusqu'à vouloir offrir une dernière planche de salut à l'accusée en lui adressant une ultime et « charitable admonestation ».

C'est ainsi que le mercredi 23 mai, le même tribunal se réunit au château de Rouen. Jeanne fut introduite devant ses juges. Pierre Maurice, docteur en théologie sacrée et chanoine de Rouen, fit à Jeanne un bref mais sévère discours pour l'admonester qu'elle voulût renoncer à ses erreurs et se soumettre au jugement de notre sainte mère l'Église. Puis il lui lut une longue cédule qui recensait une fois de plus le chapelet de mensonges dont on l'accablait. Pour finir, il réitéra son admonestation charitable et déclara à Jeanne d'un ton impérieux et solennel :

— Si vous ne le faites pas et que vous vous obstiniez, sachez que votre âme s'engloutira dans la damnation ; quant à la destruction de votre corps, je la crains.

Imperturbable, Jeanne lui répondit :

— Si j'étais en jugement et que je visse le feu allumé, et les bois préparés, et les bourreaux prêts à bouter le feu, et que je fusse dedans le feu, je n'en dirais pourtant autre chose et soutiendrais tout ce que j'ai dit au procès jusqu'à la mort.

Un profond silence s'ensuivit, qui plana quelque temps sur l'audience. Un grand poids m'écrasait les épaules, car je sentais combien ce silence était éloquent.

Cauchon, qui présidait, se tourna vers Pierre Maurice :

— Avez-vous quelque chose à ajouter ?

— Rien d'autre, monseigneur, répondit le prélat en s'inclinant.

— Accusée, qu'avez-vous à dire ?

— Rien, répondit Jeanne.

— La séance est levée. Demain, la sentence sera prononcée. Qu'on emmène l'accusée !

À travers l'écran de mes larmes, j'eus l'impression que Jeanne sortit de la salle d'un pas digne et noble, mais j'étais trop ému pour m'en assurer.

Nous étions le 23 mai ! Une année exactement, jour pour jour, après que j'eus aperçu Jeanne qui galopait pour la dernière fois à la tête de ses troupes, son armet étincelant sous le soleil, sa huque de drap d'or vermeil flottant au vent, son étendard dressé vers le ciel… Je la vois encore charger victorieusement le camp bourguignon, trois fois de suite, avant de virer sur la droite en direction des troupes de réserve du duc de Bourgogne pour se ruer avec l'énergie du désespoir dans le dernier assaut qu'elle mena jamais.

De quoi demain sera-t-il fait ? Quelle terrible fatalité cette journée nous réservait-elle ?

19

Ainsi, Jeanne venait d'être déclarée hérétique, coupable de commerce avec les démons et de toutes sortes de crimes abominables dont le détail figurait dans les douze articles. Sa vie était entre les mains de Cauchon. Sa mission accomplie, l'évêque aurait pu l'envoyer au bûcher sur-le-champ. Mais il n'avait pas terminé son entreprise ! En effet, que penserait le public si la rumeur se répandait qu'un groupe de prélats corrompus, agissant sous la menace des Anglais, avait injustement condamné et brûlé Jeanne d'Arc, la libératrice de la France ? Une telle nouvelle ne ferait-elle pas de Jeanne une martyre, voire une sainte ? Son esprit ne risquait-il pas de ressusciter des cendres du bûcher, avec une puissance décuplée, pour rejeter les Anglais à la mer, et Cauchon avec eux ? Non, la victoire de l'évêque n'était pas complète. S'il voulait se placer au-dessus de tout soupçon, il devait fonder la culpabilité de Jeanne sur des preuves tangibles, vérifiables par le public. Or, l'accusée était la seule personne qui pouvait fournir ces preuves. Il fallait à toute force lui arracher une abjuration officielle ou, à tout le moins, quelque chose qui ressemblât à une abjuration.

Comment faire ? Depuis de longues semaines, l'évêque s'acharnait vainement sur Jeanne pour la briser. Que de temps perdu ! Comment la persuader ? La menace de la torture et du bûcher n'avait rien donné. Que restait-il ? L'épuisement physique joint à la vue des flammes, à la présence concrète du feu, agirait peut-être… C'était tout ce qui lui restait, mais cela valait la peine d'être tenté.

Il s'agissait, dans un premier temps, d'épuiser physiquement la prisonnière ; puis de provoquer sa frayeur en la mettant en présence des flammes ; enfin de profiter de son émoi et de son désarroi pour lui faire signer une lettre d'abjuration.

Mais Jeanne demanderait sans doute une lecture publique de la lettre, qu'on ne pourrait lui refuser. Pendant cette lecture, son courage lui reviendrait peut-être et elle risquait de refuser de la signer. Qu'à cela ne tienne ! La difficulté n'était pas insurmontable. Une lettre de quelques lignes, à la signification vague et anodine, lui serait lue publiquement ; elle serait subrepticement remplacée, au moment de la signature, par la véritable lettre d'abjuration, plus diserte et lourde de sens.

L'abjuration de Jeanne soulèverait une autre difficulté : la sentence qui la condamnait à la mort par le feu serait levée. Sa peine serait commuée en enfermement à vie en prison d'Église. Or sa mort seule pouvait satisfaire les Anglais. Tant qu'elle resterait en vie, même en prison, ceux-ci ne dormiraient que d'un œil. N'avait-elle point failli s'évader à deux reprises ?

Cette difficulté aussi serait contournée. En contrepartie de promesses que lui ferait Cauchon, Jeanne devrait s'engager solennellement à renoncer à l'habit d'homme. L'évêque ne tiendrait pas ses promesses, ce qui provoquerait Jeanne à ne pas tenir les siennes et la pousserait à reprendre l'habit d'homme. Ce geste ferait d'elle une relapse, bonne pour le bûcher.

Nous connaissons aujourd'hui quel était le dessein caché de Cauchon, mais nul ne s'en doutait à l'époque. Il est permis de croire que Warwick et les capitaines anglais, à l'exception peut-être du cardinal de Winchester, ignoraient tout du secret. Du côté français, seuls Loiseleur et Beaupère étaient peut-être au courant. Il n'est même pas certain que ces deux complices en connaissaient le détail ; si oui, ils étaient bien les seuls.

La coutume permet à un condamné à mort de passer en paix sa dernière nuit avant l'exécution. Cette grâce ne fut même pas accordée à Jeanne. D'après la rumeur, Loiseleur s'introduisit dans sa geôle. Se faisant toujours passer pour un religieux, un ami, un partisan secret du roi de France, qui détestait les Anglais, il put à loisir l'entretenir pendant des heures pour la pousser à faire la seule chose qui, d'après lui, était du devoir de tout honnête chrétien : se soumettre entièrement à l'Église. Ainsi, l'Église serait en droit de la soutirer des griffes de ces monstres d'Anglais, de la faire transférer en prison ecclésiastique, où elle serait convenablement et humainement traitée par des femmes gardiens. Ce fourbe connaissait le point faible de Jeanne. Il savait à quel point elle tenait en horreur la présence permanente de ses gardes anglais, brutaux, grossiers et vulgaires. Il savait aussi que les Voix de Jeanne lui avaient promis la libération, sous une forme ou une autre, et qu'elles lui avaient fait espérer qu'elle achèverait la tâche que le Ciel lui avait confiée. Loiseleur savait surtout que, s'il tenait Jeanne éveillée une bonne partie de la nuit, le lendemain matin, l'esprit de la jeune femme en serait affaibli et sa vigilance mise en défaut ; la peur des flammes aidant, son jugement serait embrouillé et elle se montrerait plus sensible aux promesses alléchantes qui lui seraient faites, alors que, dans son état normal, elle saurait en subodorer la perfidie.

Nous non plus, nous ne pouvions fermer l'œil. Je veux parler de Noël et moi. Avant la nuit tombée, nous nous sommes rendus aux abords de la porte principale qui commandait l'entrée de la ville. Nous caressions un espoir fou, fondé sur la vague prédiction des Voix de Jeanne, qui laissait entendre qu'elle serait libérée en dernier ressort par une intervention armée. La nouvelle s'était largement répandue alentour que Jeanne était condamnée à être brûlée vive le lendemain matin. Alléchés par le spectacle, nombre d'individus affluaient dans la cité ; beaucoup se voyaient refuser admission, car ils n'avaient pas de laissez-passer. Nous observions attentivement la foule, mais rien n'indiquait qu'il s'y trouvât quelques-uns de nos anciens compagnons de combat sous un déguisement quelconque. Nous n'y remarquions aucun visage familier. Les portes finirent par se refermer sur cet ultime espoir. Nous nous en retournâmes, le cœur lourd, infiniment plus déçus que nous n'aurions pu l'admettre, en pensées ou en paroles.

Il était difficile de flâner, car les rues étaient pleines de groupes d'individus louches, agités et éméchés. Vers minuit, comme nous arpentions toujours le pavé sans but précis, nos pas nous conduisirent dans le voisinage de l'abbaye de Saint-Ouen. Les préparatifs battaient leur plein. Le parvis de l'église abbatiale, illuminé par une nuée de torches, était noir de monde. Un grand nombre de portefaix, chargés de planches et de madriers, se frayaient un passage à travers la foule avant de disparaître avec leur chargement par le portail du cimetière. Nous demandâmes à l'un d'entre eux à quoi tout ceci était destiné.

— Dame ! nous répondit-il, à monter des tribunes, l'échafaud et le bûcher. Demain, à la fraîche, la sorcière des Français va cramer.

Nous nous retirâmes en toute hâte, peu désireux de fréquenter un tel lieu.

À l'aube, nous nous rendîmes de nouveau devant la porte principale. Nous entretenions un dernier espoir que nos corps las et nos esprits enfiévrés magnifiaient au-delà du probable. Nous avions entendu dire que l'abbé de Jumièges devait arriver, avec tous ses moines, pour assister au supplice de Jeanne. Notre désir fou et notre imagination débridée avaient transformé les neuf cents moines en autant de compagnons de Jeanne d'Arc déguisés ; quant à l'abbé, sous sa bure, se dissimulerait La Hire, à moins que ce ne fût Dunois ou Jean d'Alençon. Nous vîmes la masse compacte des moines franchir les portes, tous encapuchonnés de drap lourd, tandis que la foule s'écartait respectueusement sur leur passage en se décoiffant. Le cœur battant, les yeux brûlants de larmes anxieuses, nous guettions désespérément un coin de visage sous les cagoules rabattues, espérant en repérer au moins un à qui nous pourrions nous faire connaître, signaler notre présence, signifier que nous étions toujours prêts à tuer ou à mourir pour la bonne cause. Quels fous nous faisions ! Nous étions jeunes, naïfs, crédules et passablement irréfléchis.

20

Tôt le matin, j'étais assis à mon poste officiel. Deux tribunes avaient été dressées, à hauteur d'homme, dans le cimetière de l'abbaye de Saint-Ouen. Celle où je pris place était déjà remplie de prélats, de notables et de clercs. Proche de celle-ci se dressait la seconde tribune, plus large, couverte d'un tapis et protégée des rayons du soleil par un dais. Sur de larges sièges, confortables, trônaient le cardinal Henry Beaufort, l'évêque de Winchester, en compagnie de Cauchon, l'évêque de Beauvais. Les autres sièges étaient occupés par le vice-inquisiteur, trois évêques, huit abbés et la plupart des assesseurs qui avaient siégé lors des derniers procès de Jeanne.

À vingt pieds des tribunes, se dressait une pyramide de pierres, dont les gradins formaient des marches. Cette plateforme était surmontée de l'estaque, le poteau d'exécution. Autour s'empilaient bûches et fagots.

La présence du bûcher suffisait à me nouer douloureusement les nerfs ; cependant, en dépit de la terreur que sa vue m'inspirait, je ne parvenais pas à en détacher mes yeux qui ne cessaient de revenir dessus, sans doute en raison de la fascination morbide qu'exerce sur nous une vision d'épouvante.

La soldatesque anglaise occupait l'espace compris entre les tribunes et le bûcher. Derrière les hommes d'armes se pressait la foule, dont la masse compacte formait comme une étendue de trognes avides qui s'étendait à perte de vue.

On n'entendait pas un son, pas un bruit. Un silence de mort, lourd comme un catafalque, pesait sur l'assistance. Des nuages sombres et bas laissaient filtrer un clair-obscur plombé et crépusculaire. Des éclairs de chaleur striaient parfois l'horizon, ponctués des grondements sourds de lointains coups de tonnerre.

Le silence fut rompu. D'au-delà des murs d'enceinte du cimetière nous parvint un son indistinct mais familier : les aboiements gutturaux des ordres de commandement annonciateurs de l'arrivée de troupes en marche. La foule s'écarta comme la mer Morte devant Moïse. Mon cœur battit soudain la chamade : allai-je voir surgir La Hire et son bataillon infernal ? Non, l'allure des soldats n'était pas la même. Non, c'était bien la prisonnière et son escorte. Non, c'était bien Jeanne d'Arc, étroitement gardée, qui arrivait. Le peu de moral qui me restait encore sombra dans un abîme sans fond. Dans son état de délabrement, ces misérables l'obligeaient à marcher en traînant ses chaînes, sans doute pour aggraver son épuisement. Si courte qu'était la distance – quelques centaines de pas –, elle n'en représentait pas moins une épreuve pour une personne souffrante, enchaînée depuis de longs mois et dont les jambes avaient perdu l'usage de la marche. Sans compter que Jeanne, qui n'avait respiré que l'air putride de son donjon obscur, se trouvait soudain exposée à la chaleur quasi estivale.

Comme elle pénétrait d'un pas lourd et incertain dans l'enceinte, j'aperçus ce vautour de Loiseleur à son côté, la tête penchée vers elle pour mieux lui insinuer son venin à l'oreille. Nous avons appris par la suite que ce misérable était retourné la harceler le matin encore dans sa geôle, en lui faisant miroiter de fausses mais alléchantes promesses.

À peine Jeanne fut-elle installée sur l'échafaud qui lui avait été réservé qu'elle ferma les paupières et laissa retomber le menton ; elle resta assise, les mains dans son giron, indifférente à la scène, n'espérant plus rien d'autre que le repos éternel. Son visage blême paraissait d'albâtre.

Les visages de la foule s'étaient tournés vers cette frêle silhouette solitaire ; tous les spectateurs dévoraient son visage des yeux ; tous la fixaient avec une égale intensité. C'était, pour la plupart, leur première et dernière occasion de pouvoir contempler celle qu'ils rêvaient de voir depuis si longtemps, celle dont le nom et la célébrité s'étaient répandus dans l'Europe entière : Jeanne d'Arc, la splendeur du siècle, destinée à devenir la splendeur de tous les temps ! La pensée de quelques-uns se lisait dans leurs regards émerveillés : « Est-ce possible ? Ainsi, cette pauvre créature, menue et fragile, cette jeune fille au visage si mince, pâle et enfantin serait donc celle-là même qui prit d'assaut tant de forteresses, qui chargea à la tête de bataillons victorieux, qui renversa la suprématie anglaise de toute la force de sa conviction, qui combattit, seule, sans aide, cette sombre et impressionnante assemblée de clercs parmi les plus érudits de France, et qui l'aurait emporté si le combat avait été loyal ? »

Évidemment, Cauchon avait appris à se défier de Manchon dont l'inclination envers Jeanne n'était que trop manifeste ; aussi avait-il désigné un autre greffier pour officier à la place de mon maître ; nous n'avions donc rien d'autre à faire qu'à regarder la scène.

Alors, un certain Guillaume Érard, chanoine de Rouen, orateur célèbre, commença sa prédication. Jeanne releva la tête ; la détresse et la déception de devoir endurer un sermon interminable de plus se lurent brièvement sur son visage, avant qu'elle ne la laissât retomber avec résignation. Le prédicateur relut les douze articles de l'acte d'accusation, qu'il avait enjolivés de sa prose fleurie. Il lança à l'adresse de Jeanne toutes les calomnies, toutes les ignominies qui, empilées, faisaient un parfait tas de fumier. Il employa le vocabulaire le plus injurieux, les mots les plus blessants que son art oratoire consommé mettait à sa disposition ; sa voix enflait en un ouragan de fureur écumante au fur et à mesure de sa péroraison, mais ses efforts ne semblaient faire aucun effet sur l'accusée. Elle semblait perdue dans un rêve, sourde aux anathèmes du prédicateur.

Celui-ci l'apostropha :

— Ô Maison de France, tu n'as jamais eu jusqu'ici de monstre ; mais maintenant, en prêtant foi à cette femme sorcière, hérétique et superstitieuse, te voilà déshonorée !

À ces mots, Jeanne releva la tête, un éclair dans le regard.

Érard poursuivit en la pointant du doigt :

— C'est à toi, Jeanne, que je parle ! Je te dis que ton roi est hérétique et schismatique…

C'en était trop ! Ce prédicant pouvait l'insulter tant qu'il voulait avec sa prétentieuse verbosité, Jeanne n'en avait cure ; mais, jusqu'à son dernier souffle, elle ne pouvait supporter que l'on s'en prît à son roi – à ce tricheur décadent, mou et impotent qui, s'il avait été un homme, un vrai souverain, se serait trouvé ici, l'épée à la main, en train de pourchasser ces reptiles et de sauver la vie de sa plus fidèle et plus noble servante.

L'outrage que Jeanne ressentit en entendant les insultes du prédicateur lui enflamma le cœur. Elle lui lança d'une voix forte :

— Ne parle point ainsi de mon roi. Par ma foi, sire, toute révérence gardée, j'ose vous dire et jurer sur ma vie que c'est le plus noble chrétien de tous les chrétiens, et qu'il est respectueux de la foi et de l'Église, et qu'il n'est point comme vous le dites !

La foule ne put se retenir d'applaudir à tout rompre, à la grande fureur du prédicateur, à qui Jeanne venait de dérober les applaudissements qu'il quêtait depuis le début et qu'il comptait obtenir grâce à la chute bien préparée de sa superbe oraison. Il frappa du pied sur l'estrade en hurlant à l'adresse de l'huissier Jean Massieu :

— Fais-la taire !

La foule éclata de rire.

Une foule, quelle qu'elle soit, est peu encline au respect en présence d'un notable contraint d'en appeler à la force publique pour imposer le silence à une pauvre fille, malade et condamnée.

Les sympathies de la foule n'en penchaient pas moins du côté anglais. Elle n'avait fait qu'obéir à une loi de la nature, irrésistible, qui pousse n'importe quelle foule à se réjouir et à applaudir à une bonne repartie, bien balancée, quelle qu'en fût la provenance. Même goguenarde, la populace restait du côté de l'orateur. Elle s'était rassemblée pour voir brûler la condamnée et elle attendait, bien décidée à jouir du spectacle.

Le prédicateur termina sa péroraison en exhortant Jeanne, une fois de plus, à se soumettre à notre mère l'Église. Il délivra son admonestation d'une voix assurée, car Loiseleur et Beaupère lui avaient affirmé que Jeanne était épuisée et qu'elle ne résisterait guère.

À la regarder, il était difficile de leur donner tort. Elle n'en fit pas moins un dernier effort :

— Je vous répondrai. Pour ce qui est de la soumission à l'Église, j'ai répondu aux juges sur ce point. De tout ce que j'ai fait ou dit, que l'affaire soit envoyée à Rome, à notre seigneur le souverain pontife, à qui, et à Dieu d'abord, j'en appelle.

La sagesse intuitive de Jeanne la poussait à tenter ce dernier recours, qui n'était pas sans pouvoir mais dont elle ignorait la valeur. Malheureusement, dans la circonstance, en présence du bûcher, avec le bourreau prêt à bouter le feu, environnée d'escouades de soldats déterminés et armés jusqu'aux dents, cet appel désespéré à la plus haute autorité de l'Église ne pouvait guère la protéger. Il n'en fit pas moins blêmir un certain nombre d'ecclésiastiques présents. D'un revers de manche, le prédicateur en écarta bien vite la possibilité et changea vite de sujet.

Après quelques échanges infructueux, Jeanne répéta qu'elle avait agi sur le commandement de Dieu. Un nouvel essai fut tenté d'impliquer son roi et ses compagnons afin de leur faire partager sa déchéance. Elle répondit à cette nouvelle tentative :

— Je ne charge personne, ni mon roi ni un autre, de mes faits et dires. S'il y a quelque faute, c'est à moi qu'il faut l'imputer, et non à un autre.

On lui demanda si elle était prête à dénoncer ses faits et dires que les juges avaient condamnés comme démoniaques. Sa réponse créa de nouveau la confusion :

— Je me rapporte à Dieu et à notre seigneur pape…

Encore le pape ! Décidément, cela devenait embarrassant !

Les prélats s'entretinrent à voix basse. Ils conclurent qu'« il était impossible d'aller chercher notre seigneur pape aussi loin ». Dans d'autres circonstances, cette excuse, plate et hypocrite, aurait été accompagnée d'un ricanement cynique, mais leur situation était trop inconfortable pour qu'ils pussent s'en amuser vraiment.

D'autant plus que la foule commençait sérieusement à s'impatienter. Le public attendait dehors depuis des heures ; les grondements de tonnerre commençaient à se rapprocher, les éclairs à se faire plus fréquents. Il fallait conclure l'affaire au plus vite. C'est alors que Guillaume Érard tendit à Jeanne une cédule en lui intimant l'ordre d'abjurer.

— Abjurer ?… fit Jeanne. Que signifie abjurer ?

Elle entendait le mot pour la première fois. Jean Massieu le lui expliqua. Elle tenta de comprendre, mais, la fatigue et la chaleur aidant, la signification du terme lui échappait. Dans la confusion où elle se trouvait soudain plongée, elle s'écria :

— Je m'en rapporte à notre sainte mère l'Église pour savoir si je dois abjurer !

La voyant au bord de la capitulation, maître Érard enfonça le clou :

— Fais-le maintenant, sinon, aujourd'hui même, tu finiras tes jours par le feu !

Jeanne regarda en direction du bûcher. Elle vit les fagots, le poteau d'exécution, le brasier rougeoyant entretenu au pied de la pyramide. Les prélats se pressaient autour d'elle en l'implorant de signer la cédule ; elle était assourdie, harcelée de voix discordantes, d'appels impérieux, tandis qu'un grondement de colère enflait en provenance de la populace.

— Signe, Jeanne, signe ! lui répétaient les prélats. Signe, signe et tu seras sauve !

Loiseleur lui chuchotait à l'oreille :

— Suis mon conseil : sauve-toi, Jeanne !

Jeanne s'écria d'une voix plaintive :

— Ah, vous faites mal de me séduire.

Les juges joignirent leurs voix aux autres :

— Oh ! Jeanne, nous t'avons en pitié ! Reviens sur tes paroles, ou nous devrons t'abandonner au châtiment.

S'éleva alors, de l'autre tribune, la voix de stentor de Cauchon qui commençait à lire, lentement, solennellement, la sentence de mort.

Toute force abandonna Jeanne. Regardant alentour d'un air hébété, elle tomba à genoux, baissa la tête :

— J'abjure, dit-elle, d'une voix à peine audible.

Sans perdre une minute, à peine ce mot fut-il tombé de ses lèvres que Massieu lisait à Jeanne les six lignes de la courte cédule d'abjuration, dont elle répéta mécaniquement les paroles après lui, sans y prêter attention, en souriant, comme si son esprit s'était réfugié dans quelque monde lointain et béatifique.

Cette cédule fut alors subtilisée et remplacée à la hâte par une autre, plus longue, d'une quarantaine de lignes. Jeanne ne vit rien, ne remarqua rien, ne comprit rien à la farce dont elle était l'enjeu. Elle y apposa sa griffe, en expliquant d'une voix contrite qu'elle ne savait point écrire. Laurent Calot, le secrétaire du roi d'Angleterre, lui prit la main et la guida pour qu'elle inscrivît son nom en toutes lettres : JEHANNE !

Jeanne venait donc de signer… Quoi ? Elle l'ignorait. Mais les autres, eux, le savaient. La cédule qu'elle avait signée disait qu'elle confessait être une sorcière, une hérétique, une dissimulatrice, une blasphématrice du nom de Dieu et de ses anges, une assoiffée de sang humain, une fomenteuse de sédition, une créature cruelle, mauvaise, déléguée sur terre par Satan. Elle venait surtout de signer l'engagement solennel de renoncer à jamais à revêtir un vêtement masculin et de reprendre pour toujours l'habit de femme. Il y avait d'autres promesses, mais celle-ci suffirait amplement à la conduire à sa perte.

Loiseleur lui glissa à l'oreille :

— Vous avez fait une bonne journée, Jeanne, s'il plaît à Dieu, et vous avez sauvé votre âme.

Jeanne ne l'entendait pas. Elle était ailleurs. Cauchon prononça alors l'annulation de l'excommunication et la restauration de Jeanne d'Arc au sein de notre sainte mère l'Église, avec l'autorisation de recevoir les sacrements.

Ces mots-là, Jeanne les entendit. La gratitude éclaira son visage.

Mais sa joie fut de courte durée, car Cauchon poursuivit, sans un frémissement de pitié dans la voix :

— Mais parce que tu as témérairement fauté contre Dieu et la sainte Église, nous te condamnons par sentence définitive à mener une salutaire pénitence en prison perpétuelle, au pain de douleur et à l'eau de tristesse.

« En prison perpétuelle » !... Ce n'était pas ce qui était prévu. Ni Loiseleur ni les autres ne l'avaient prévenue. Loiseleur lui avait clairement assuré que « tout se passerait bien pour elle ». Quand Guillaume Érard l'exhortait à abjurer, il lui répétait qu'elle serait « libérée de captivité ».

Elle se souvint alors avec soulagement que Cauchon en personne lui avait promis qu'elle serait internée en prison d'Église, qu'elle serait gardée par des femmes, et non plus par d'infâmes geôliers anglais, brutaux et grossiers. Jeanne se tourna vers le groupe de prélats et leur dit :

— Or çà, entre vous, gens d'Église, menez-moi en vos prisons et que je ne sois plus en la main de ces Anglais.

Elle ramassa ses chaînes, prête à s'en aller avec eux.

Las ! tombèrent alors des lèvres cruelles de l'évêque de Beauvais les mots fatals, accompagnés d'un rire sardonique :

— Ramenez-la où vous l'avez prise !

Jeanne resta immobile, muette, frappée de stupeur.

Un roulement de tambour retentit. L'escorte de soldats anglais qui devait la ramener dans son cachot obscur s'avança pour récupérer sa proie. La brève lueur d'espoir qui venait de s'allumer dans le cœur de Jeanne s'éteignit alors à jamais. Elle secoua lentement la tête, d'un côté et de l'autre, comme le font ceux dont la souffrance est insoutenable. Puis elle s'éloigna lentement, le visage dans les mains, en pleurant amèrement.

21

Hormis l'évêque de Winchester, nul ne connaissait les secrets de la manœuvre de Cauchon, dont la subtilité dépassait l'entendement général. Imaginez la stupeur de la populace, des soldats anglais et d'une bonne partie des notables entassés dans leurs tribunes quand ils virent repartir la prisonnière, éplorée, certes, mais bien vivante. Leur proie leur échappait, alors qu'ils avaient attendu, patiemment, pour jouir du clou du spectacle.

Sur le moment, on n'entendit pas un mot. Les regards incrédules de la foule passaient du bûcher, vide de toute présence humaine, à celle qui aurait dû y prendre place et qui s'éloignait en leur tournant le dos. Le public se crut berné. Sa fureur éclata. Les insultes fusèrent ; le mot trahison fut lancé de partout à la fois ; des pierres se mirent à voler ; l'une d'elles manqua de très peu la tête de l'évêque de Winchester.

Le pandémonium menaçait de tourner à l'émeute. Un chapelain de l'évêque de Winchester fulminait tellement qu'il en oublia toute retenue ecclésiastique pour s'en prendre à l'évêque de Beauvais en personne. Il lui cria, en agitant le poing dans sa direction :

— *By God!* vous êtes un traître !

— Vous mentez ! se défendit Cauchon.

Lui, un traître ? Quelle injustice ! S'il y avait un Français qui ne méritait pas qu'un Anglais lui fît ce reproche, c'était bien Cauchon.

Le comte de Warwick perdit lui aussi patience. C'était un vaillant soldat, mais en matière de chicane, de manœuvres sournoises, de complots subtils, il n'y voyait pas plus loin que le bout du nez. Il s'exclama que le roi d'Angleterre avait été floué, que la sorcière venait d'échapper au bûcher. Un des prélats français le rassura bien vite :

— Seigneur, n'ayez aucun souci, nous la rattraperons bien.

Le mot se répandit peut-être à la ronde, car le tumulte finit par s'apaiser. La foule se dispersa aussi vite qu'elle s'était rassemblée. Midi sonna.

Noël et moi-même avions retrouvé notre gaieté. Est-il besoin de dire que nous n'étions pas du tout dans le secret ? Nous ne nous doutions de rien. Pour nous, Jeanne était sauve, c'était l'essentiel ! La France entière ne pourrait manquer d'apprendre la nouvelle de l'infamie qui venait de se dérouler, et alors... ses fils se rassembleraient. Leur colère serait comme la houle de l'océan soulevée par la tempête. Ils se jetteraient en force contre les remparts de cette cité de malheur qu'ils submergeraient de leur flot impétueux. Délivrée, Jeanne d'Arc reprendrait ses chevauchées victorieuses ! C'était une question de jours. Avant une semaine, la France, la noble France, la France reconnaissante, la France courroucée ébranlerait à grands coups de son poing puissant les portes de cette cité maudite ! Nous allions compter les jours, les heures, les minutes... Nos cœurs se réjouissaient d'avance à l'approche inéluctable de ce jour béni.

Nous étions jeunes.

Pensez-vous qu'après l'épreuve qu'elle venait d'endurer la prisonnière fut autorisée à se reposer, à dormir, elle qui venait de dépenser le peu de force qui lui restait à se traîner dans les corridors obscurs de son donjon ?

Que non pas ! Aucun répit ne lui fut accordé. Cauchon et ses suppôts vinrent aussitôt la harceler dans son cachot. Ils la trouvèrent prostrée, exténuée, hébétée. Ils lui répétèrent qu'elle venait d'abjurer, qu'elle s'était engagée, par serment, entre autres choses, à reprendre un vêtement de femme, qu'en cas de parjure de sa part elle serait considérée comme relapse, auquel cas l'Église l'exclurait à jamais de la communauté des croyants. Jeanne entendit ces mots sans en comprendre le sens : ils ne signifiaient rien pour elle. L'émotion et l'épuisement avaient eu raison de sa résistance ; elle ne pensait qu'à s'allonger et à dormir, pour oublier le calvaire qu'elle venait de vivre. Elle revêtit, comme un automate, la robe que Cauchon lui avait apportée.

Cauchon s'en retourna, satisfait. Jeanne n'avait fait aucune difficulté à prendre un vêtement féminin ; il l'avait informée, officiellement, du sort qui l'attendait si, par malheur, elle s'avisait de remettre un habit d'homme ; il avait des témoins pour l'attester ; l'affaire se présentait au mieux.

Mais que se passerait-il si Jeanne gardait ses vêtements de femme ?

C'est bien simple : elle serait contrainte d'en changer.

Cauchon a-t-il fait savoir aux gardiens de Jeanne que, s'ils prenaient plaisir à rendre infernale l'existence de leur prisonnière qu'ils haïssaient tant, nul ne les en blâmerait ? Sans doute, puisqu'ils s'y employèrent sans perdre un instant ; or personne ne songea à les en blâmer, bien au contraire. C'est ainsi qu'aux mains de ces brutes la vie de Jeanne, de pénible qu'elle était auparavant, tourna au cauchemar. Je ne m'étendrai pas sur les détails.

22

Durant les journées de vendredi et samedi, Noël et moi baignions dans le bonheur. Notre imagination débridée nous faisait miroiter le rêve fabuleux de la France qui se soulevait, secouait sa crinière, se mettait en route, frappait du poing à la porte de Rouen, réduisait la ville en cendres et, finalement, libérait notre belle Jeanne ! Notre imagination nous jouait bien des tours. Nous étions, comme je l'ai dit, fort jeunes.

Nous ne nous doutions pas une seconde qu'un drame affreux se déroulait dans les entrailles du donjon où Jeanne était enfermée. Maintenant qu'elle avait abjuré et que l'Église miséricordieuse l'avait admise dans son sein, nous supposions qu'elle était convenablement traitée, que sa captivité était devenue aussi décente et confortable que possible. Aussi, dans un bel optimisme, nous nous préparions fiévreusement à prendre une part active à sa libération en nous entraînant d'arrache-pied pendant ces deux jours, qui nous parurent les plus beaux de notre vie.

L'aube du dimanche se leva. J'étais déjà éveillé. Le temps s'annonçait radieux et doux. Encore allongé, je songeais tranquillement. À quoi ? À secourir Jeanne, bien entendu ! Nous ne pensions à rien d'autre.

D'assez loin, du bout de la rue, un cri me parvint à l'oreille, trop indistinct pour que je puisse en saisir la signification. Il se rapprocha. Les mots devinrent audibles : « Jeanne d'Arc est relapse ! La sorcière est condamnée ! »

Mon cœur cessa de battre. Mon sang se glaça. C'était il y a plus de soixante ans, mais j'entends encore la note triomphale de ce cri terrible, dont le glas résonna à mes oreilles, ce matin d'été-là. Nous sommes ainsi faits : l'oubli efface les souvenirs heureux, tandis que ceux qui nous ont brisé le cœur restent gravés dans la mémoire.

Très vite, d'autres voix se joignirent à celle du crieur public, qui devinrent clameur, hurlement collectif, dont la joie sauvage et cruelle sembla engloutir le monde. On entendait des gens courir, se congratuler, rire grassement ; les tambours se mirent à battre, des musiciens à jouer des marches de victoire et des hymnes de réjouissance.

Vers le milieu de l'après-midi, Manchon et moi fûmes convoqués par Cauchon au château. Entre-temps, la méfiance avait regagné la soldatesque anglaise ; un vent de révolte soufflait sur Rouen ; un coup d'œil par la fenêtre en donnait la preuve : poings tendus, regards furibonds, groupes de citoyens excités déboulant dans la rue.

Nous apprîmes qu'au château les choses allaient de mal en pis. La foule s'était rassemblée devant l'entrée, vociférant contre ce qu'elle prenait pour une autre fourberie de la part des ecclésiastiques ; à la populace en ébullition se mêlaient nombre de soldats anglais complètement éméchés. Ils étaient passés à l'acte et s'étaient emparés de membres du clergé qui tentaient de pénétrer dans le château. Les gardes avaient eu toutes les peines du monde à les secourir avant qu'ils ne se fissent écharper.

Devant la tournure que prenaient les événements, Manchon refusa tout net de s'aventurer au château sans une solide escorte. Le lendemain, Warwick lui envoya des soldats pour assurer notre protection. La situation avait empiré. Les soldats nous protégèrent contre toute attaque physique, mais nous dûmes essuyer une bordée d'insultes et de menaces quand nous nous frayâmes un passage dans la foule en colère.

L'annonce disait vrai : Jeanne était en effet relapse. Nous l'avons retrouvée assise, enchaînée, vêtue d'habits d'homme.

Jeanne n'accusait personne. Elle ne reprochait jamais aux subalternes les crimes que leur faisaient commettre leurs maîtres. Elle voyait clair, maintenant : elle avait compris que l'abus dont elle avait été la victime hier matin n'était pas dû à une initiative de ses gardiens, mais à Cauchon.

Voici ce qui s'était passé. Dimanche matin, pendant le sommeil de Jeanne, l'un des gardiens avait subtilisé ses vêtements de femme et les avait remplacés par ses habits d'homme. À son réveil, elle avait réclamé sa robe, mais ses gardiens avaient refusé de la lui rendre. Elle avait protesté, disant que l'habit d'homme lui était interdit. Rien n'y fit. Il fallait bien qu'elle couvrît sa nudité ; en outre, elle vit clairement qu'il était vain de tenter de préserver sa vie en combattant contre de tels procédés ; aussi revêtit-elle les vêtements prohibés, sachant que sa fin serait proche et inéluctable. La bataille lui parut perdue d'avance.

Notre arrivée suivait de près celle de Cauchon, du vice-inquisiteur et de quelques assesseurs. Quand j'aperçus Jeanne, assise, triste, abattue, toujours enchaînée, alors que je m'attendais à une situation sensiblement différente, je ne sus quoi penser. Le choc me terrassa.

Cauchon, lui, triomphait. La moue harassée, irritée, dégoûtée, qu'il affichait depuis quelque temps, avait fait place, comme par miracle, à un air paterne de satisfaction et de sérénité évidentes. Une malveillance sournoise et déterminée se peignait sur son visage. Dans une envolée majestueuse de robe, il s'avança vers Jeanne, écarta les jambes, se campa devant la captive pendant une bonne minute pour contempler sa victoire ; le monstre jubilait de la défaite de sa victime, qui lui vaudrait l'obtention d'un office de premier choix au service du doux Jésus, le Sauveur du monde, le Seigneur de l'univers – pourvu bien entendu que la puissante Albion tînt les promesses qu'elle lui avait faites, à lui, Cauchon, qui n'en tenait aucune.

Les assesseurs se mirent à interroger Jeanne. L'un d'entre eux, André Marguerie, dont la sagacité manquait de prudence, s'aventura à émettre des doutes quant au changement vestimentaire de Jeanne :

— Il y a quelque chose de louche là-dessous. Ce vêtement masculin ne peut lui avoir été rendu sans complicité extérieure. Le pire est même à craindre…

— Par le diable ! l'interrompit Cauchon. Vous tairez-vous ?

— Armagnac ! Sale traître ! s'écrièrent les gardiens.

Ils se saisirent de leurs lances et en menacèrent Marguerie. Nous eûmes toutes les peines du monde à les calmer. Interdit, le prélat se garda bien de poursuivre ses investigations intempestives. Les autres juges s'empressèrent de poursuivre l'interrogatoire dans le sens voulu par Cauchon.

— Pourquoi avez-vous repris cet habit d'homme ?

L'un des gardiens fit tomber par inadvertance sa lance sur le dallage, aussi n'ai-je pu saisir la réponse précise de Jeanne. Il me sembla l'entendre dire qu'elle l'avait pris de sa propre volonté.

— Mais vous aviez promis et juré de ne pas le reprendre.

Anxieux d'entendre la réponse, je tendis l'oreille. Ce que Jeanne répondit ne me surprit guère :

— Je n'avais pas compris que j'avais fait serment de ne pas reprendre l'habit d'homme.

J'en étais sûr : Jeanne ne comprenait pas ce qu'elle avait signé, sur cet échafaud, jeudi, et sa réponse le prouvait.

— Je l'ai repris, ajouta-t-elle, parce que ce qui m'avait été promis n'a pas été observé, à savoir que j'irais à la messe, que je recevrais le corps du Christ et que je serais mise hors des fers… dans lesquels je suis toujours, comme vous pouvez le voir.

— Nonobstant, vous aviez abjuré et spécialement promis de ne pas reprendre l'habit d'homme.

Jeanne tendit ses poignets enchaînés en direction de ces hommes au cœur de granit.

— J'aime mieux mourir que d'être dans les entraves de fer. Mais s'il m'est permis d'aller à la messe, qu'on me mette hors des fers, que je sois mise en prison gracieuse et que je puisse avoir femme avec moi, alors je serai bonne et ferai ce que l'Église voudra.

Cauchon renifla avec mépris. Honorer l'engagement qu'il avait pris avec elle ? Remplir les conditions ? Pour quelle raison ? Il n'avait que faire de l'engagement et des conditions ! La reprise de l'habit d'homme suffisait à condamner Jeanne, et c'est tout ce qui comptait. Mais qui sait si elle pouvait être amenée à confesser un crime encore plus grave ? L'évêque lui demanda si ses Voix lui avaient parlé, depuis jeudi :

— Oui, répondit Jeanne. Mes Voix m'ont dit, depuis jeudi, que j'avais fait un grand crime en confessant que je n'avais pas bien fait ce que j'avais fait. Quoi que j'aie dit et révoqué ce jeudi-là, je l'ai fait et dit seulement par peur du feu.

Ainsi, la crainte du feu l'avait fait signer un document dont la signification exacte lui échappait. Ses Voix et le comportement indigne de ses persécuteurs l'avaient, depuis, éclairée.

Jeanne était de nouveau elle-même ; son courage indomptable lui était revenu, ainsi que sa loyauté inébranlable envers la vérité. Avec bravoure et sérénité, elle l'exprimait de nouveau, sachant fort bien que cette expression la mènerait droit à ce bûcher dont la vue l'avait terrorisée.

La réponse de Jeanne était franche et honnête, dénuée d'échappatoire et de dissimulation. Elle me fit frémir, car je savais qu'elle la condamnait à mort. Manchon le savait aussi, qui écrivit en marge de ses notes : *Responsio mortifera*.

« Réponse mortelle », en effet. Tous ceux qui étaient présents le savaient également. Le silence tomba, semblable à celui qui règne autour d'un homme à l'agonie, quand les témoins se chuchotent les uns aux autres : « La fin est proche. »

Oui, la fin approchait à grands pas. Cependant, Cauchon, désireux de consolider son avantage, lança à Jeanne une dernière question :

— Croyez-vous encore que vos Voix sont celles des saintes Catherine et Marguerite ?

— Oui, et elles viennent de Dieu.

— Vous les aviez pourtant révoquées sur l'échafaud ?

Jeanne affirma qu'elle n'avait jamais eu l'intention de le faire et que, si elle avait jamais révoqué ses apparitions, elle l'avait fait par peur du feu et à l'encontre de la vérité.

Elle termina son aveu par ces paroles pathétiques, dans laquelle s'exprimait l'étendue de sa lassitude :

— J'aime mieux faire ma pénitence en une seule fois, en mourant, que supporter plus longtemps ma captivité en prison.

Jeanne, créature du soleil et de la liberté, aspirait tant à la délivrance qu'elle l'attendait, sous quelque forme que ce fût.

Les assesseurs sortirent ; certains avaient l'air troublé, attristé, d'autres la mine réjouie. Dans la cour du château attendaient le comte de Warwick et une cinquantaine d'Anglais venus aux nouvelles. Quand Cauchon les aperçut, il leur lança en riant :

— *Farewell, farewell*, c'est fait, faites bonne chère !

23

Quand on est jeune, on sombre bien vite dans le découragement ; c'est ce qui nous arriva, à Noël et moi ; mais l'espoir peut revenir aussi vite qu'il s'était envolé ; et c'est aussi ce qui nous arriva. La vague promesse faite par les Voix de Jeanne que sa délivrance surviendrait au dernier moment nous revint en mémoire. Ce « dernier moment » n'était pas encore venu ; maintenant qu'il était proche, qui sait si le roi ne surgirait pas, avec La Hire et ses vétérans, et toute la France derrière eux. Cette illusion nous remettait du baume au cœur ; nous croyions alors entendre le choc de l'acier, les cris de guerre, les hurlements de victoire ; nous voyions déjà notre captive, libérée de ses chaînes, l'épée à la main.

Mais notre rêve n'allait pas tarder à se révéler vain. Tard dans la nuit, Guillaume Manchon revint :

— J'arrive du château, me dit-il. J'ai un message pour vous de la part de cette malheureuse enfant.

Un message pour moi ? Si Manchon avait prêté la moindre attention, il aurait pu se douter de mon identité, découvrir en tout cas que mon indifférence à l'égard de la prisonnière n'était que feinte. Pris par surprise, je me sentis si touché et exalté de l'honneur que Jeanne me faisait que mon visage trahissait certainement mes sentiments secrets.

— Un message pour moi, mon révérend ?

— Oui, quelque chose qu'elle aimerait vous demander. Elle a remarqué votre air franc et honnête, et elle m'a demandé si vous accepteriez de lui rendre un service. Je lui ai répondu que oui et lui ai demandé de quoi il s'agissait. « Écrire une lettre à sa mère », me répondit-elle. Je lui ai dit que vous accepteriez sans doute de le faire, mais j'ai ajouté que je serais très heureux de l'écrire moi-même. Elle me dit alors que mes tâches étaient déjà très lourdes et que vous ne verriez pas d'inconvénient à lui rendre ce service. Quand je lui dis que j'allais vous faire envoyer chercher, la tristesse s'évanouit de son visage, comme si elle allait recevoir la visite d'un ami, d'un proche, la malheureuse ! Cependant, je ne pus en obtenir la permission. Les ordres sont plus stricts que jamais : nul ne peut lui adresser la parole, fors les gens d'autorité. Quand je revins le lui dire, la tristesse fondit de nouveau sur son visage. Voici ce qu'elle vous demande d'écrire à sa mère. Le message est étrange ; il ne signifie rien pour moi, mais elle m'a affirmé que sa mère allait le comprendre. En premier lieu, elle vous prie de dire toute la tendresse et la tendre affection qu'elle éprouve envers sa famille et ses amis du village, et d'ajouter qu'il n'y a plus d'espoir pour elle, car elle a reçu la vision de l'Arbre.

— Comme c'est étrange !

— Oui, étrange, en effet, mais c'est bien ce qu'elle m'a dit, en insistant que ses parents comprendraient. Pendant quelque temps, elle sembla perdue dans quelque rêve ; ses lèvres remuaient et je réussis à saisir ces quelques vers, qu'elle répéta à deux ou trois reprises ; ils semblaient la combler de paix et de contentement. Je les ai notés, pensant qu'ils pouvaient avoir quelque relation avec cette lettre, mais ce n'est pas le cas ; il devait s'agir de quelque rêverie passagère, sans signification particulière.

Je parcourus ce que Manchon avait noté, et que je m'attendais à lire :

Et quand, dans l'errance de l'exil,
Nous reviendra désir de te revoir,
Oh ! Montre-toi vite à nos yeux !

Il n'y avait donc plus d'espoir. Je sus que la lettre de Jeanne n'était qu'un prétexte pour nous envoyer un message, à Noël, à moi, à sa famille. Elle nous demandait de bannir tous vains espoirs, de nous comporter en soldats ; elle nous ordonnait de nous montrer dignes d'elle, de nous soumettre à la volonté de Dieu, seul moyen d'apaiser notre douleur. Cela ressemblait tellement à Jeanne, de toujours penser aux autres, de s'oublier totalement. Elle était navrée pour nous ; elle trouvait le temps de penser à nous, les plus humbles de ses serviteurs ; elle essayait de soulager nos peines, d'alléger notre fardeau, elle qui buvait le poison amer de la trahison, elle qui s'avançait dans la vallée lugubre de la mort.

J'ai écrit la lettre de Jeanne. Elle m'a beaucoup coûté. Je l'ai écrite avec le même stylet de bois qui m'avait servi à composer sa première dictée : sa sommation aux Anglais de devoir quitter la France, il y avait deux ans de cela ; elle n'avait que dix-sept ans. Puis j'ai cassé le stylet. La plume qui avait servi Jeanne d'Arc ne pouvait décemment servir quelqu'un d'autre.

Le lendemain 29 mai, Cauchon convoqua ses laquais ; quarante-deux d'entre eux répondirent à l'appel. On peut charitablement attribuer à la honte l'abstention des vingt autres. Ces quarante-deux condamnèrent Jeanne comme hérétique et relapse, qu'il convenait par conséquent d'abandonner au bras séculier. Cauchon les remercia. Il ordonna que Jeanne fût emmenée le lendemain matin sur la place du Vieux-Marché pour être confiée au juge civil qui la remettrait ensuite aux mains du bourreau. Elle serait donc brûlée vive.

La nouvelle se répandit. Les gens des environs se précipitèrent à Rouen pour assister à l'événement, en tout cas tous ceux qui bénéficiaient d'un laissez-passer. La foule emplissait les rues et l'excitation était palpable. Je remarquai une chose curieuse, que j'avais plusieurs fois notée auparavant : un grand nombre de personnes, parmi le peuple, éprouvaient visiblement un sentiment de pitié pour Jeanne. Il se faisait jour à chaque fois qu'elle courait un danger ; il semblait de nouveau évident, à en juger par la tristesse muette qui assombrissait certains visages.

Le lendemain, tôt dans la matinée, le dominicain Martin Ladvenu et un autre jeune frère furent envoyés auprès de Jeanne pour la préparer au supplice. Manchon et moi-même dûmes les accompagner, ce qui fut une très dure épreuve pour moi. Après avoir parcouru les sombres et sinueux corridors qui nous menaient dans l'antre de la citadelle, nous nous sommes retrouvés devant Jeanne. Elle ne nous prêta aucune attention. Elle était assise, la tête inclinée, les mains reposant sur son giron ; elle paraissait songeuse ; son visage reflétait une immense tristesse. À quoi songeait-elle ? À sa demeure, aux pâturages de Domrémy, aux amis qu'elle devait quitter ? À la trahison, à l'abandon, aux cruautés qu'on lui avait infligées ? À la mort, dont elle attendait la délivrance, maintenant si proche ?

Nous avons respecté son silence, pendant quelque temps, mais elle ne nous entendait pas, perdue comme elle l'était dans ses pensées. Alors Martin Ladvenu lui dit d'une voix douce :

— Jeanne…

Elle sursauta et leva le regard. Elle lui répondit avec un pâle sourire :

— Parle. As-tu un message pour moi ?

— Oui, ma pauvre enfant. Il te faudra du courage. Pourras-tu l'endurer ?

— Oui, murmura-t-elle.

Sa tête retomba sur sa poitrine.

— Je suis venu te préparer à mourir.

Un frisson parcourut Jeanne. Il y eut un silence. Sa respiration se fit plus courte. Alors elle demanda, à voix basse :

— C'est pour quand ?

À distance, nous parvint le tintement d'une cloche.

— Maintenant. Le moment est venu.

Jeanne frissonna de nouveau.

— Si tôt ! Ah, si tôt !

Un long silence s'ensuivit. Immobiles, nous entendions toujours la cloche tinter. Jeanne rompit le silence :

— Quelle sera ma mort ?

— Par le feu !

— Oh ! mon Dieu, je m'en doutais, je m'en doutais !…

Elle bondit sur ses pieds. Elle se mit à gémir, à agiter les mains en l'air, à se lamenter, à nous regarder, les uns après les autres, comme si elle quêtait un secours, une aide amicale ; elle, Jeanne, qui avait secouru tant de monde, y compris des ennemis blessés sur le champ de bataille.

— Hélas ! poursuivit-elle, pourquoi me traite-t-on ainsi horriblement et cruellement qu'il faille que mon corps, qui ne fut jamais souillé, soit aujourd'hui consumé et rendu en cendres ! Ah ! j'aimerais mieux être décapitée sept fois que d'être ainsi brûlée. Hélas ! si j'avais été en la prison ecclésiastique à laquelle je m'étais soumise, et que j'avais été gardée par des gens d'Église, et non par mes ennemis, ce sort misérable m'eût été épargné. Ah ! j'en appelle à Dieu, le Grand Juge, des grands torts et injustices qu'on me fait !

C'était plus que nous ne pouvions en supporter. Les autres se détournèrent, le visage inondé de larmes. Quant à moi, je me jetai aux pieds de Jeanne. Elle pensa aussitôt au danger que je courais. Elle se pencha vers moi et me murmura à l'oreille :

— Debout ! ne te mets pas en péril, grand cœur. Va ! Que Dieu te garde !

Et elle m'étreignit la main.

Ma main fut la dernière que Jeanne ait touchée. Personne n'a vu son geste, aussi l'Histoire n'en parle-t-elle pas, mais c'est pourtant la vérité.

Jeanne aperçut Cauchon qui arrivait. Elle alla à sa rencontre pour l'apostropher :

— Évêque, je meurs par vous !

Ni la honte ni l'émotion ne le touchaient. Il répondit, d'une voix grasse, veule et molle :

— Ah ! Jeanne, prenez-en patience. Vous mourez parce que vous n'avez pas tenu vos promesses et que vous êtes retournée à votre premier maléfice.

— Hélas ! si vous m'eussiez mise en prison d'Église et placée entre les mains de gardiens ecclésiastiques compétents et convenables, cela ne fût pas advenu. C'est pourquoi j'en appelle de vous devant Dieu.

Cauchon fit une grimace. Il eut l'air moins placide qu'à son entrée. Finalement, il haussa les épaules et préféra se retirer.

Pierre Maurice était entré avec Cauchon.

— Maître Pierre, lui demanda Jeanne, où serai-je ce soir ?

— N'avez-vous pas bon espoir en Dieu ?

— Oui, et par Sa grâce, je serai au paradis.

Martin Ladvenu confessa Jeanne. Elle le supplia de lui donner le Corps du Seigneur. Perplexe, le dominicain se demanda s'il pouvait donner la communion à une excommuniée. Il envoya consulter Cauchon, qui lui fit répondre qu'il pouvait accorder à Jeanne tout ce qu'elle désirait. Les dernières paroles de Jeanne à son adresse l'avaient-elles inquiété ? Quant à son cœur, elles n'avaient pu le toucher, car il n'en avait point.

L'eucharistie fut donc apportée à celle qui l'avait tant désirée tout au long de ces interminables mois de désolation. Ce fut un moment solennel. Pendant que nous étions dans le donjon, les cours intérieures du château s'étaient petit à petit remplies de gens humbles, de gens du peuple, qui avaient entendu dire ce qui se passait dans la geôle de Jeanne. D'autres s'amassaient devant l'entrée principale du château. Quand l'ostensoir, accompagné des cierges allumés, qui transportait l'hostie sacrée destinée à Jeanne dans sa prison, passa au milieu d'eux, la foule s'agenouilla et se mit à prier ; beaucoup versaient des larmes. Quand la communion fut donnée à Jeanne, dans sa cellule, un murmure s'éleva du dehors dont le son étouffé nous parvint aux oreilles : la foule entonnait, d'une voix grave et puissante, la prière des défunts.

Après que Jeanne eut reçu le Corps du Seigneur, la terreur qui s'était emparée d'elle à l'annonce de cette mort atroce avait disparu. Elle ne reviendrait plus, sauf pour un bref instant, avant de fondre définitivement, pour faire place à la sérénité et au courage qui ne la quitteraient plus jusqu'à son dernier souffle.

24

À neuf heures, en ce matin du mercredi 30 mai de l'an 1431, la Pucelle d'Orléans, libératrice de la France, dans la fleur de l'âge et de l'innocence, fut conduite sur la place du Vieux-Marché de Rouen où elle offrit sa vie en holocauste pour son pays bien-aimé et pour son roi qui l'avait abandonnée. Elle prit place dans la charrette des condamnés à mort, celle que l'on réservait d'habitude pour les criminels endurcis. Elle fut traitée de façon plus cruelle qu'un criminel puisqu'elle dut porter son jugement sur la tête, inscrit sur une mitre dont on la coiffa :

Hérétique, Relapse, Apostate, Idolâtre

Dans la charrette l'accompagnaient le frère Martin Ladvenu et maître Jean Massieu. La longue tunique blanche dont on l'avait revêtue lui donnait un air enfantin, empreint de douceur et de bonté angéliques ; au moment où elle apparut sous l'arche de la porte du château, un rayon de soleil auréola son visage opalin. Un murmure s'éleva alors du chœur des pauvres gens : « Une apparition !… Une apparition !… » Ils tombèrent à genoux et se mirent en oraison ; les femmes pleuraient à chaudes larmes ; l'hymne des morts s'éleva de nouveau, repris en chœur tout au long du chemin pour accompagner la condamnée, pour la réconforter, pour lui rendre grâce, jusqu'au bout, jusqu'au lieu du supplice. « Jésus-Christ, ayez pitié de nous ! Sainte Marguerite, ayez pitié de nous ! Priez pour elle, vous tous, saints et saintes du paradis, archanges, martyrs, priez pour elle ! Anges et saints, intercédez pour elle ! Ô Seigneur, délivrez-la ! Ô Seigneur, sauvez-la ! Ô mon Dieu, ayez pitié d'elle, nous vous en supplions ! »

Ce que rapporte la chronique est juste et vrai : « Les pauvres, les malheureux n'avaient rien d'autre à offrir à Jeanne d'Arc que leurs prières, mais tout laisse à croire qu'ils n'en furent pas avares. Rares sont les événements rapportés par l'Histoire qui soient plus pathétiques que celui de cette foule impuissante de petites gens, plongés en larmes et en prières, tenant leurs cierges allumés, à genoux, sur le pavé, au pied des murailles de la vieille forteresse. »

La même scène se reproduisait tout au long du parcours, celle d'une multitude agenouillée, d'un immense tapis brodé de l'or pâle des lueurs vacillantes des cierges, d'une vaste prairie constellée de boutons-d'or.

Tous n'étaient pas à genoux, cependant. Debout, jambes fermement écartées, coude à coude, les soldats anglais formaient une haie menaçante de chaque côté de la voie empruntée par la charrette de Jeanne. Derrière cette muraille humaine, la multitude, agenouillée…

Soudain surgit un homme, vêtu comme un clerc, qui hurlait comme un dément, suppliait, se lamentait ; il traversa la foule, bouscula la barrière des soldats, se jeta à genoux sur le passage de Jeanne et l'implora, en tendant les mains vers elle :

— Oh ! Jeanne ! pardonne-moi, pardonne-moi !

C'était Loiseleur…

Et Jeanne lui pardonna. Son cœur ne savait que pardonner, ne savait éprouver que pitié et compassion pour tous ceux qui souffraient, quelles que fussent leurs fautes. Elle ne fit aucun reproche à cette loque humaine, à ce traître qui s'était livré, jour et nuit, à toutes sortes de stratagèmes sordides pour mieux provoquer sa chute et l'envoyer à la mort.

Les soldats anglais voulaient le tuer sur-le-champ, mais le comte de Warwick lui sauva la vie. Nul ne sait ce qu'il est devenu. Il se retira dans quelque solitude pour y croupir dans la fange de ses remords.

Les deux tribunes et l'échafaud avaient été transportés du cimetière de l'abbaye de Saint-Ouen sur la place du Vieux-Marché. Les tribunes étaient occupées par les mêmes personnes que durant la cérémonie d'abjuration : d'un côté les juges de Jeanne, de l'autre les hauts dignitaires, les plus éminents étant Cauchon et l'évêque de Winchester. La foule avait envahi la place ; les fenêtres et les toits des maisons qui la bordaient étaient noirs de monde.

Les préparatifs achevés, tout bruit cessa graduellement. Un lourd silence, plein d'anxiété et d'expectation, s'imposa, solennel et impressionnant.

Sur ordre de Cauchon, un docteur en théologie du nom de Nicolas Midy fit une prédication sur le thème suivant : quand la maladie ronge un rameau de la vigne – la vigne étant l'Église –, il faut arracher ce pampre malsain de peur que la contagion ne se répande dans toute la vigne. Jeanne menaçait la pureté de l'Église, sa mort était donc une nécessité. À la fin de sa prédication, il s'adressa à la condamnée :

— Jeanne, lui dit-il d'une voix solennelle, la sainte Église ne peut plus rien pour toi. Va en paix !

Jeanne, isolée, à la vue de tous, se tenait sur un échafaud placé à l'écart pour bien signifier que l'Église l'avait abandonnée. Elle attendait la fin, patiente, résignée. Cauchon prit la parole. Il avait prévu de lire en public la cédule d'abjuration signée par Jeanne, mais, en dernier ressort, il préféra s'abstenir de peur qu'elle ne protestât, l'accusant de l'avoir contrainte à abjurer de force, ce qui aurait jeté l'opprobre sur sa réputation. Il se contenta de l'admonester, lui disant qu'elle devait se repentir de ses fautes pour obtenir son salut. Il prononça ensuite la formule d'excommunication qui séparait Jeanne du corps mystique de l'Église. Il remit enfin la condamnée au bras séculier chargé de l'exécution de la sentence.

Jeanne d'Arc, en pleurs, tomba à genoux et se mit à prier. Pour qui priait-elle, la condamnée ? Pour elle-même, pour les souffrances qu'elle avait subies, qu'elle allait subir, pour son salut ? Oh, non ! Elle priait pour son roi. Sa voix s'éleva, douce, limpide, émouvante. Pas une seconde, Jeanne ne songea à reprocher au souverain sa duplicité, son ingratitude, son lâche abandon, qui l'avait menée, elle, son humble servante, à cette fin infâme et atroce. Elle se souvenait seulement qu'il était son suzerain et qu'elle était sa féale. Elle savait, Jeanne, que, pour nuire à son roi, l'ennemi répandait sur lui le poison de la calomnie contre lequel il ne pouvait se défendre. Aussi, face à la mort, oublieuse de ses misères, de ses souffrances, elle implora justice en faveur de son roi :

— Pour ce qui est de mon roi, on n'en peut trouver de meilleur, de plus noble, de plus véridique ; sachez qu'il n'est en rien responsable de mes actes, en bien ou en mal !

Pour finir, Jeanne supplia ceux qui étaient présents, amis ou ennemis, de prier le Seigneur pour elle, de bien vouloir la pardonner et la prendre en pitié.

Rares étaient ceux qui, dans l'assistance, n'étaient pas émus, même parmi les Anglais, même parmi les juges ; bien des lèvres tremblaient, bien des yeux se mouillaient de larmes, y compris ceux de l'évêque de Winchester, en dépit de son insensibilité implacable.

Le juge séculier était censé prononcer le jugement et la sentence de mort. Troublé, il en oublia son devoir le plus élémentaire. C'est ainsi que Jeanne fut traînée au bûcher sans avoir été condamnée, comme il se devait, par la justice laïque. Tout, dans ce procès, du début jusqu'à la fin, fut donc entaché d'illégalité.

Le bailli de Rouen ordonna aux archers :

— Emmenez-la !

Puis au bourreau :

— Fais ton devoir !

Jeanne implora qu'on lui donnât une croix. N'en voyant aucune alentour, un jeune officier anglais compatissant lui en fabriqua une : il brisa en deux un bâton, en attacha les deux bouts et lui tendit la croix ainsi improvisée ; Jeanne la reçut avec des marques de dévotion, la baisa et la glissa sous sa chemise. Frère Isambard courut chercher une croix consacrée dans l'église voisine de Saint-Laurent. Jeanne embrassa aussi cette croix, la pressa contre sa poitrine, la couvrit de larmes, en implorant Dieu et les saints du paradis.

Tout en pleurant et en gardant la sainte croix sur ses lèvres, Jeanne monta les marches du bûcher, avec l'aide de frère Isambard. Le bourreau grimpa derrière elle et l'attacha à l'estaque, tandis que le public la contemplait en silence. Le bourreau redescendit pour terminer sa tâche macabre. Jeanne était maintenant seule au monde, elle qui, aux jours de liberté, était entourée de tant d'amis, de chers compagnons, elle qui avait été tant aimée.

Tout cela, je l'ai vu, de mes propres yeux brouillés de larmes. Mais je ne pus en supporter davantage. Je vais donc devoir poursuivre mon récit sur la foi de ce que d'autres yeux ont contemplé, d'autres bouches m'ont rapporté. Effondré, à l'écart, je me souviens seulement de sons atroces qui assaillirent mes oreilles, qui me déchirèrent le cœur. Mais la dernière image de Jeannc d'Arc que mes yeux ont contemplée, à cet instant tragique, fut celle d'une jeune fille au visage diaphane, intacte, dans sa prime jeunesse. Cette image, que le temps ne peut ternir, restera gravée dans mon cœur, pour toujours.

Mais je dois poursuivre…

D'aucuns espéraient qu'au moment ultime, à l'instant solennel où se repentent les criminels, Jeanne révoquerait ses hauts faits, qu'elle dénoncerait ses vaillances d'armes comme étant l'œuvre du démon, mais ils se trompaient. Elle n'y songea même pas, tant son cœur et sa conscience étaient purs et clairs. Là encore, la pensée de Jeanne se tourna vers les autres ; elle s'inquiéta du sort qui risquait de les frapper. En effet, le regard tourné vers les tours et les clochers de cette belle cité, elle s'écria :

— Rouen ! Rouen ! j'ai grand-peur que tu n'aies à souffrir de ma mort !

Une volute de fumée l'enveloppa soudain. Elle suffoqua. Saisie de panique, elle s'écria d'une voix enrouée :

— De l'eau ! de l'eau bénite !

Mais elle se ressaisit aussitôt.

La première flambée commençait à faire crépiter les fagots à ses pieds. Jeanne s'inquiéta soudain pour la sécurité de frère Isambard. Elle lui avait demandé de tenir la croix le plus près possible de son visage pour qu'elle la contemplât jusqu'à son dernier souffle. Elle supplia alors son bon confesseur de s'éloigner des flammes. Une fois rassurée, elle lui dit :

— Maintenant, tiens la sainte croix devant moi jusqu'à la fin.

Au lieu de la laisser périr en paix, celui qui ne connaissait pas la honte, Cauchon le scélérat ne voulut pas se priver du plaisir d'humilier sa victime jusqu'au dernier instant :

— Jeanne ! lui lança-t-il, je t'exhorte pour la dernière fois à te repentir et à implorer le pardon de Dieu.

— Je meurs par vous, évêque ! lui cria-t-elle en réponse.

Ce furent les dernières paroles qu'on l'entendit prononcer à l'adresse d'un simple mortel.

D'épaisses volutes de fumée et des spirales de flammes montèrent de la base du bûcher, prirent du volume et masquèrent Jeanne aux regards. Du cœur du brasier s'élevèrent des cris poussés d'une voix forte qui imploraient : « Jésus… Jésus… Jésus… » Des bourrasques écartaient parfois l'écran de fumée, laissant apparaître l'image fugitive d'un visage enfiévré tendu vers le ciel, dont les lèvres remuaient faiblement. Enfin, le brasier vomit une vague de feu compatissante qui mit un terme aux souffrances de la suppliciée. Nul ne verra plus jamais ce visage. La voix s'est tue à jamais.

Oui, elle nous avait quittés : Jeanne d'Arc !

Les mots sont pauvres : comment exprimer ce qu'on éprouve quand il ne reste plus rien au monde de ce qui était riche et beau ?

ÉPILOGUE

Jacques, le frère aîné de Jeanne, décéda à Domrémy pendant le procès de Rouen. Cette disparition s'accordait avec la prédiction que Jeanne nous avait faite, dans les pâturages, le jour où elle nous avait annoncé que nous partirions tous à la grande guerre.

Le père de Jeanne mourut de chagrin à l'annonce de la terrible nouvelle du martyre de sa fille.

La cité d'Orléans octroya une pension généreuse à la mère de Jeanne, qui y vécut, heureuse, le restant de ses jours. Vingt-quatre ans après la mort de son illustre enfant, en hiver, elle se rendit à la capitale pour prendre part à la séance solennelle de Notre-Dame de Paris par laquelle s'ouvrait le procès en réhabilitation. Paris regorgeait de gens accourus de toute la France pour seulement apercevoir la vénérable dame. Ce fut un bien touchant spectacle que de la voir traverser la foule, qui la contemplait avec dévotion, pour aller recevoir les hommages qu'on allait lui rendre dans la nef majestueuse de la cathédrale. Ses deux fils, Jean et Pierre, l'accompagnaient. Les deux jeunes gens qui, le cœur léger, avaient quitté Vaucouleurs en même temps que nous étaient devenus des vétérans aux tempes grisonnantes.

Après le martyre de Jeanne, Noël et moi sommes revenus à Domrémy. Le connétable Arthur de Richemont, qui finit par remplacer La Trémoille dans la faveur du roi, entreprit de terminer l'œuvre de Jeanne ; alors nous avons repris nos harnois et sommes retournés combattre pour le roi de France. Nous avons ainsi participé à tous les combats, sièges et embuscades qui furent menés pour finir de libérer le pays de l'emprise des Anglais. C'est ce que Jeanne aurait souhaité que nous fissions ; morte ou vivante, son désir était, pour nous, un ordre. Tous les survivants de la maison militaire de Jeanne, fidèles à sa mémoire, combattirent pour le roi jusqu'à leur dernier souffle. Habituellement, nous étions dispersés aux quatre coins du royaume, mais nous nous sommes retrouvés pour mener ensemble l'assaut victorieux contre Paris. Quel jour mémorable que celui-là, riche en réjouissances de toutes sortes ! Mais, hélas ! ce fut aussi un jour de tristesse, car Jeanne n'était pas là pour prendre part avec nous au défilé dans les rues de la capitale reconquise.

Noël et moi combattions toujours ensemble ; je lui tenais la main quand la mort l'emporta. C'était lors de la dernière grande bataille de la guerre de Cent Ans. Au cours de cette même bataille périt également l'ennemi juré de Jeanne d'Arc, le vieux Talbot, âgé de quatre-vingt-cinq ans. Sa vie entière s'était déroulée sur le champ de bataille. Quel lion superbe il faisait, avec sa crinière blanche et son caractère indomptable ! Sans oublier son énergie indestructible, car, ce jour-là, il livra un combat aussi chevaleresque et vigoureux que la plus vaillante des jeunes recrues.

La Hire survécut à Jeanne pendant treize ans. Il ne cessa jamais de combattre ; c'était la seule activité qui lui tenait à cœur dans la vie. Je ne l'ai jamais revu, car nous ne servions pas ensemble, mais j'entendais souvent parler de lui.

Dunois, le Bâtard d'Orléans, Jean d'Alençon et Jean d'Aulon vécurent assez vieux pour voir la France libérée et pour témoigner, avec Jean et Pierre d'Arc, Pasquerel et moi-même, au procès de réhabilitation. Aujourd'hui, ils reposent en paix depuis plusieurs années. Je suis le seul survivant de tous ceux qui ont combattu auprès de Jeanne d'Arc. Elle avait prédit que je survivrais jusqu'à ce que toutes ces guerres fussent oubliées, mais cette prédiction sera la seule à ne s'être pas réalisée selon les termes précis de Jeanne. En effet, dussé-je vivre encore mille ans qu'elle resterait inexacte, car tout ce qui touche à Jeanne d'Arc demeure immortel.

Les membres de la famille de Jeanne se sont mariés et ont laissé une nombreuse descendance. Ils font partie de la noblesse. Leur rang et leur nom leur confèrent des honneurs particuliers que ne reçoit ou ne peut espérer recevoir aucun autre membre de la noblesse. Vous avez sans doute remarqué comment tout le monde se découvrait sur leur passage, hier, quand ces enfants vinrent me présenter leurs respects. Cet hommage n'était pas rendu à leur titre de noblesse, mais au fait qu'ils sont les petits-neveux de Jeanne d'Arc.

Parlons maintenant du procès de réhabilitation. Jeanne fit sacrer Charles VII à Reims. Pour toute récompense, le roi laissa une meute de chiens féroces la pourchasser jusqu'à la curée sans lever le petit doigt. Pendant un quart de siècle, il montra la plus parfaite indifférence envers tout ce qui touchait à la mémoire de Jeanne d'Arc. Une excommunication prononcée par des prélats corrompus en raison de faits d'armes accomplis pour sauver son royaume et son sceptre ternissait le renom de la Pucelle, mais le roi n'en avait cure ; couverte de honte, la France aspirait à voir l'honneur de sa libératrice restauré, mais le roi n'en avait cure ; tout cela le laissait indifférent. Mais voilà que, soudain, notre indolent souverain se transforme et se montre anxieux que justice soit rendue à la malheureuse enfant. Pour quelle raison ? Un vague sentiment de gratitude se serait-il insinué subrepticement en lui ? Quelques gouttelettes salutaires de remords se seraient-elles répandues sur son cœur aride ? Vous n'y êtes pas ! Il avait une raison bien plus personnelle. Les Anglais, après s'être fait expulser du pays, faisaient valoir que le roi de France ne devait sa couronne qu'à l'intervention d'une mystificatrice, qui avait été condamnée au bûcher par des ecclésiastiques parce qu'elle était une hérétique et qu'elle agissait à l'instigation de Satan. Quelle pouvait donc être l'autorité d'un tel souverain ? Il n'y avait pas un seul pays au monde qui laisserait un roi d'aussi douteuse réputation jouir de son trône.

Il était grand temps de réagir. C'est ce qui anima Charles VII. Et c'est la raison pour laquelle il se montra soudain terriblement soucieux que justice fût dûment rendue à sa bienfaitrice.

Le roi de France en appela donc au pape. Le souverain pontife nomma une commission d'importants prélats chargés d'examiner en détail la vie et les actions de Jeanne avant de rendre leur jugement. La commission siégea à Paris, à Domrémy, à Rouen, à Orléans et en moult autres lieux. Le travail de recherches et d'enquêtes dura plusieurs mois. Elle passa au crible les minutes du procès en diffamation de Rouen. Elle interrogea le Bâtard d'Orléans, le duc d'Alençon, Jean d'Aulon, Pasquerel, Courcelles, Isambard de La Pierre, Guillaume Manchon, votre serviteur, et quelques autres dont je vous ai cité les noms ; elle interrogea également d'innombrables témoins dont les noms ne vous diront rien : anciens amis et voisins de Jeanne, à Domrémy, à Vaucouleurs, à Orléans et en d'autres lieux, ainsi que les assesseurs survivants et les témoins des procès de Rouen, de la cérémonie d'abjuration et de son supplice. Il ressortit de ces innombrables témoignages et des enquêtes attentives menées par les membres de la commission papale que le caractère et la geste de Jeanne étaient purs, sans tache, irréprochables. Tel fut le verdict de cette commission dont le rapport officiel fut enregistré pour la postérité.

J'assistai à la plupart des dépositions. Cela me permit de retrouver de nombreux visages que je n'avais pas revus depuis un quart de siècle. Mes retrouvailles avec certaines personnes me comblèrent de bonheur : quelle joie de revoir notre chère Catherine Boucher (mariée, hélas !) ou nos valeureux capitaines ! En revanche, le fait d'en revoir d'autres, les ignobles Beaupère, Courcelles et leurs confrères en scélératesse, me remplit d'amertume. Je revis Hauviette et la petite Mangette, qui approchaient de la cinquantaine à présent, et qui avaient mis au monde de nombreux enfants. Je revis le père de Noël, les parents du Paladin et du Tournesol.

Que c'était beau d'entendre Jean d'Alençon vanter les qualités de stratège de Jeanne ! Le Bâtard d'Orléans déploya toute son éloquence pour étayer cet hommage ; il évoqua avec talent la douceur et la bonté de Jeanne, son cran, son feu, son impétuosité, sans oublier sa malice, sa gaieté, sa tendresse, sa compassion, sa pureté, sa beauté, sa noblesse, sa gentillesse. Cette évocation bouleversante, qui ressuscitait Jeanne devant nos yeux, me fendit le cœur.

J'ai terminé de vous conter la geste de Jeanne d'Arc, cette admirable enfant, cette sublime personnalité. Jeanne détenait une qualité qui la rend unique au monde : je veux parler de sa pureté, vierge de tout égoïsme, dénuée de la moindre ambition personnelle. Vous pourrez chercher aussi loin qu'il vous plaira, vous ne pourrez découvrir en elle la plus petite trace de ce genre de motivation. On ne peut en dire autant d'aucune autre personnalité dont le nom appartient à l'Histoire profane.

Chez Jeanne d'Arc, l'amour du pays natal était bien davantage qu'un noble sentiment : c'était une passion ! Jeanne d'Arc symbolise le génie du patriotisme. Elle est le patriotisme incarné, le patriotisme fait chair, le patriotisme palpable, concret, visible aux yeux de tous.

Si vous prenez l'amour, la pitié, la charité, le courage, la guerre, la paix, la poésie, la musique, et que sais-je encore, vous trouverez maintes personnalités des deux sexes pour les symboliser. Mais si vous prenez l'amour de la patrie, alors une fragile jeune fille, dans sa prime jeunesse, la tête ceinte de la couronne du martyre, la main serrant l'épée qui lui servit à trancher les liens qui retenaient son pays sous le joug de la servitude, détient, seule, le droit de le symboliser, jusqu'à la fin des temps.

Postface

SAINTE JEANNE D'ARC

Un essai de Mark Twain

I

Les témoignages consignés dans les minutes des deux procès – de condamnation et de réhabilitation – nous révèlent, avec une abondance de détails, la belle et poignante histoire de Jeanne d'Arc[1]. Des nombreuses biographies qui emplissent les rayons de nos bibliothèques, celle de Jeanne est la seule dont la

1. Les minutes des procès de condamnation et de réhabilitation de Jeanne d'Arc représentent le document historique le plus remarquable qui soit dans toutes les langues du monde. Peu de gens peuvent se vanter de l'avoir lu. En Angleterre et en Amérique, il est à peine connu. Il y a trois cents ans, Shakespeare ne savait rien de la véritable histoire de Jeanne d'Arc. À son époque, elle était à peine connue, même des Français. Durant quatre cents ans, cette histoire tenait davantage du roman de geste que du récit rigoureux et historique. Après le procès de réhabilitation, la véritable histoire est restée enfouie dans les archives nationales de France, jusqu'à ce que Jules Quicherat la déterre, il y environ deux générations, et la révèle au monde dans une traduction en français moderne et compréhensible. C'est une histoire fascinante. Mais seules les minutes officielles des deux procès nous la livrent dans sa totalité. (Mark Twain)

validité nous a été confirmée sous serment. Elle nous présente, avec éclat, une carrière et une personnalité tellement extraordinaires que nous sommes conduits à en accepter la réalité en raison du fait évident qu'elle dépasse largement le domaine de la fiction. La partie publique de la carrière de Jeanne fut des plus brèves, puisqu'elle ne couvrit qu'une période de deux ans. Mais quelle carrière ! Quant à la personnalité qui rendit un tel parcours possible, on peut l'étudier avec révérence, on peut l'aimer, on peut l'admirer, mais on ne peut vraiment la comprendre ni l'expliquer à l'aide du raisonnement, si fouillé soit-il.

À l'âge de seize ans, l'existence que mène Jeanne d'Arc ne lui offre aucune possibilité d'aventures. Elle vit dans un minuscule hameau, situé en marge du monde civilisé ; elle n'a voyagé nulle part ; elle ignore tout du monde qui l'entoure, ne fréquente que d'humbles laboureurs, ne connaît aucune personne de renom, sait à peine à quoi ressemble un soldat, n'a jamais monté à cheval ni tenu une épée, ne sait ni lire ni écrire. Coudre et filer, son catéchisme, quelques prières, la vie des saints représentent l'essentiel de son savoir. Voilà, en gros, à quoi se résume la vie de Jeanne à l'âge de seize ans.

Que sait-elle des lois, des preuves, du tribunal, de l'utilité d'un avocat, de la procédure ? Rien, moins que rien. Et pourtant, armée d'une aussi sublime ignorance, elle se rend devant le tribunal ecclésiastique de Toul pour y contester une fausse promesse de mariage que ses adversaires l'accusent d'avoir rompue ; Jeanne y plaide elle-même sa cause, sans aucune aide ni conseil extérieurs. Et elle gagne son procès. Elle ne cite aucun témoin en sa faveur et se contente de prouver la mauvaise foi de l'accusation en retournant contre ses adversaires leurs propres témoignages. Sidéré, le juge prononce un non-lieu. Il ajoute, en parlant de Jeanne, qu'elle est une « merveilleuse enfant ».

Ensuite, Jeanne se rend devant le capitaine qui commande le château de Vaucouleurs pour lui demander une escorte de soldats. Elle doit, lui dit-elle, se rendre auprès du dauphin, héritier de la couronne de France, car elle est désignée par Dieu pour regagner son royaume et le faire sacrer roi. « Quoi, toi ? Mais tu n'es qu'une enfant ! » lui répond, stupéfait, l'homme de guerre, avant de renvoyer Jeanne à son foyer en conseillant à celui qui l'accompagne de lui administrer une bonne paire de claques. Jeanne lui réplique qu'elle doit obéir à l'ordre de Dieu, qu'elle va revenir et qu'il finira bien par lui donner des soldats. Elle dit vrai. Après plusieurs mois d'attente et moult rebuffades dont Jeanne n'a cure, le capitaine finit effectivement par céder. Il lui donne une escorte, tire son épée et la lui offre, en lui disant : « Va, va, et advienne que pourra ! » À l'issue d'un long et périlleux périple à travers une contrée ennemie, Jeanne réussit à voir le roi, à s'entretenir avec lui en privé et à le convaincre de l'authenticité de sa mission. L'université de Poitiers la cite alors à comparaître en lui ordonnant de prouver qu'elle est bien l'envoyée de Dieu, et non celle de Satan. Durant trois semaines, tous les jours, Jeanne devra s'asseoir devant un aréopage de doctes prélats pour répondre aux questions les plus tatillonnes. L'épreuve ne l'émeut pas le moins du monde. Elle répond, en dépit de son ignorance, aux interrogations tracassières de ses juges, sans autre aide que celle que lui apportent la clarté et la vivacité de son esprit, la simplicité et la droiture de son cœur. Elle gagne son nouveau procès et suscite, comme la fois précédente, les commentaires élogieux et étonnés de l'auguste assemblée.

À l'âge de dix-sept ans, Jeanne est nommée chef de guerre de l'armée du roi de France. Sous ses ordres, on compte un prince du sang, ainsi que les plus valeureux et légendaires capitaines du pays. À la tête de la première armée qu'elle ait jamais vue de son existence, elle marche sur Orléans, emporte, en trois assauts désespérés, les plus puissantes forteresses de l'ennemi et parvient, en à peine dix jours, à faire lever un siège sur lequel se brisaient les attaques des forces françaises depuis sept longs mois.

À l'issue d'un délai aussi inutile que stupide causé par l'instabilité caractérielle du roi et la fourberie de ses ministres, Jeanne obtient la permission de faire à nouveau campagne. Elle emporte Jargeau d'assaut, puis Meung ; elle contraint Beaugency à la reddition ; puis, en terrain découvert, contre un général anglais redoutable, Talbot, surnommé le Lion, elle remporte la victoire mémorable de Patay, qui prélude au retournement de situation de la guerre de Cent Ans. En tout et pour tout, cette campagne n'aura duré que sept semaines. Aurait-elle duré cinquante ans que les bénéfices politiques qui en découlèrent pour la France en resteraient considérables. Patay, cette bataille dont on parle peu et qui est aujourd'hui quasiment tombée dans l'oubli, représente pourtant, pour le pouvoir anglais en France, qui ne se remettra jamais de l'échec sanglant qu'il subit ce jour-là, l'équivalent de Waterloo. En effet, Patay marque le début de la fin d'une domination étrangère qui ne cessait de menacer la France depuis trois cents ans.

Suivront alors la glorieuse campagne de la Loire, la prise de Troyes, la marche triomphale, ponctuée par la reddition d'innombrables villes et forteresses, jusqu'à Reims, où Jeanne fera consacrer le roi dans la splendide cathédrale, au milieu de la liesse populaire et sous les yeux incrédules du père de Jeanne venu pour la circonstance.

Jeanne vient de restituer sa couronne et sa souveraineté perdues au monarque français ; reconnaissant, celui-ci lui demande ce qu'elle souhaite pour récompense. Rien pour moi, lui répond Jeanne, dont le seul désir est que son village natal soit, pour toujours, exempté d'impôts. Le souverain exauce la prière de Jeanne. La promesse sera tenue pendant trois cent soixante ans, avant d'être remise en cause, pour ne plus être observée depuis lors. Du temps où la France tenait la promesse faite à Jeanne par le roi, le pays était pauvre. Aujourd'hui, la France est riche et prospère, mais elle n'en récolte pas moins les impôts de Domrémy depuis plus de cent ans.

Jeanne demande au roi une autre faveur : la permission, à présent que sa mission est accomplie, de retourner en son village et d'y reprendre l'existence modeste qu'elle menait auparavant, auprès de sa mère et de ses amis d'enfance. Les brutalités de la guerre ne lui procurent aucun plaisir, le sang et les souffrances la révulsent. Dans la bataille, elle évitait de tirer son épée, craignant de se laisser emporter par l'ardeur du combat et de prendre la vie d'un ennemi. Durant le procès de Rouen, elle aura cette réplique étonnante et naïve, d'une douceur bien féminine : « Je n'ai jamais tué personne. » Cette prière de Jeanne, qui ne demandait qu'à retourner vivre en paix dans son village natal, n'est pas exaucée.

Dès lors, Jeanne décide de marcher sur Paris pour s'en emparer et en remettre les clefs au roi de France, puis de bouter définitivement les Anglais hors du pays. Les hésitations du monarque et la félonie de ses conseillers sont autant d'obstacles qui lui barrent la route. Elle force le destin, se fraye un passage jusqu'à Paris et tombe, grièvement blessée, lors du dernier assaut contre l'une des portes de la capitale. Ses hommes perdent courage – la Pucelle représente leur unique source de bravoure – et se replient. Jeanne implore qu'on la ramène en première ligne ; elle sent que la victoire est à sa portée : « Je prendrai Paris maintenant ou je mourrai ! » Mais on l'entraîne de force hors du théâtre des combats. Le roi ordonne la retraite et démobilise son armée. En observance d'une belle coutume guerrière de l'époque, Jeanne, blessée, offre au Seigneur sa blanche armure et la suspend en ex-voto dans le chœur de la basilique de Saint-Denis. Ses jours de gloire sont terminés.

Sur ordre du roi, Jeanne est contrainte de partager pendant quelque temps les frivolités de la cour. Elle subit tant bien que mal cette captivité dorée. Quand l'inaction lui pèse trop, elle rassemble un bataillon et part guerroyer, en prenant d'assaut quelques forteresses.

Enfin, lors d'une sortie contre l'ennemi, à Compiègne, le mardi 23 mai 1430, à l'âge de dix-huit ans, elle est capturée, après un vaillant combat. C'est sa dernière bataille. Le tambour ne battra jamais plus pour elle.

Ainsi se termine la carrière militaire de Jeanne, la plus remarquable, mais aussi la plus brève de l'Histoire. Elle n'aura duré qu'un an et un mois. Quand elle débute, la France n'est qu'une province anglaise ; un an et un mois plus tard, quand elle prend fin, la France est devenue ce qu'elle est aujourd'hui, c'est-à-dire tout sauf une province anglaise. Et cela en treize mois ! Il est difficile d'imaginer carrière plus brève, mais aussi plus déterminante que celle-ci. Si l'on considère les siècles qui se sont écoulés depuis lors, on dénombre environ cinq cents millions de Français qui sont nés, ont vécu et sont décédés, en profitant, tout au long de leur existence, des immenses bénéfices que la France a retirés de ces quelques mois ; aussi longtemps que la France vivra, sa dette envers Jeanne ne fera que grandir.

D'ailleurs, la France, nous a-t-on affirmé, ne manque pas une occasion d'exprimer sa gratitude envers Jeanne d'Arc. Peut-être, mais ne se montre-t-elle pas aussi un tantinet mesquine quand elle perçoit les impôts de Domrémy ?

II

Le destin a voulu que Jeanne passât le peu de temps qui lui restait à vivre emprisonnée. Elle n'était pas une criminelle, mais un prisonnier de guerre, statut qui lui donnait droit à une captivité honorable. Les lois de la guerre de son époque prévoyaient qu'elle fût mise à rançon ; elle ne pouvait être détenue dès lors qu'un prix décent était proposé pour son rachat. Jean de Luxembourg lui fit l'honneur de réclamer pour elle une rançon princière, fixée à l'époque à dix mille livre tournois. Tout laissait supposer que, mû par un geste spontané de gratitude, le roi ou la France réuniraient cette somme pour libérer leur jeune et courageuse bienfaitrice. Mais cela n'eut pas lieu. Au bout de cinq mois et demi, ni le roi ni le pays n'avaient toujours rien proposé. À deux reprises, Jeanne tenta de s'évader. Une première fois, elle réussit à enfermer son gardien derrière elle, mais elle fut découverte et reprise ; une seconde fois, elle se laissa descendre d'une tour de soixante pieds de haut, mais sa corde était trop courte. Blessée dans sa chute, elle ne put s'enfuir.

Finalement, Cauchon, évêque de Beauvais, verse la rançon. Il rachète Jeanne, apparemment pour le compte de l'Église, qui veut la juger pour le port de vêtements masculins et autres impiétés, mais en réalité pour le compte des Anglais, l'ennemi entre les mains duquel la pauvre fille craignait tant de tomber. On l'enferme dans un donjon du château de Rouen, les poignets et les chevilles entravés de fer. Une troupe de soldats anglais de la plus basse extraction la gardent, nuit et jour, en lui tenant compagnie à l'intérieur même de son cachot, et non pas à l'extérieur. En dépit d'une aussi terrible et hideuse captivité, elle ne perd pas courage : rien ne peut briser son esprit indomptable. Son emprisonnement durera une année ; contrainte de subir un procès dont l'issue ne peut que lui être fatale, Jeanne passe les trois derniers mois de son existence à combattre un impressionnant aréopage de juges ecclésiastiques, leur disputant le terrain, pied par pied, pouce par pouce, avec un sens tactique et une vaillance admirables. Le spectacle offert par cette jeune fille solitaire, abandonnée de tous, privée d'avocat et de conseiller, à qui l'on cachait les chefs d'inculpation, de même que les notes prises lors des séances quotidiennes d'interrogatoire, lesquelles auraient considérablement allégé le fardeau colossal imposé à son étonnante mémoire, qui gardait toute sa sérénité au milieu de cette impitoyable bataille, qui ne se laissait pas décourager par une adversité aussi terrifiante, est unique, émouvant, sublime, sans équivalent dans les annales de la réalité ou de la fiction.

Que de grandeur et de beauté dans les propos qu'elle tenait quotidiennement, que de fraîcheur et de spontanéité, alors qu'elle souffrait de la faim, de l'épuisement, du harcèlement des questions pressantes de ses tortionnaires ! Ses paroles parcourent l'éventail des sentiments ; elles vont du dédain et de la défiance, exprimés avec une flamme et une franchise toutes martiales, à la dignité offensée, formulée en termes simples et pathétiques ; comme par exemple le jour où, sa patience mise à bout par les manœuvres sournoises et les raisonnements alambiqués de ses juges, qui voulaient à toute force lui faire avouer de quels sortilèges elle usait pour allumer la flamme de la guerre dans l'âme de ses soldats, elle explosa soudain et leur répondit : « Je leur disais simplement : "Entrez hardiment parmi les Anglais !" et j'y entrais moi-même ! » Ou bien le jour où ses juges lui demandèrent, avec un mépris insultant, d'expliquer pourquoi son étendard avait été déployé durant le sacre du roi dans le chœur de la cathédrale de Reims, de préférence aux étendards des autres capitaines, elle prononça ces paroles sublimes : « Il avait été à la peine, c'était bien raison qu'il fût à l'honneur. » Cette phrase, tombée de ses lèvres sans la moindre préméditation, est tellement émouvante de beauté et de grâce qu'elle surclasse le meilleur de ce que l'art oratoire peut produire.

La vie de Jeanne dépend de l'issue du procès. Elle n'en est pas moins la seule personne appelée à témoigner. Elle doit se justifier devant un jury soigneusement trié à seule fin de la juger coupable, qu'elle le soit ou non. Elle sera donc jugée à partir de son propre témoignage, puisqu'il n'y en aura pas d'autre. Tous les avantages que confèrent l'érudition sur l'ignorance, l'âge sur la jeunesse, l'expérience sur l'inexpérience, la fourberie sur la candeur, tous les pièges, toutes les astuces, toutes les ruses que des intelligences rompues à ce genre d'exercice peuvent inventer seront déployés et utilisés contre elle, sans retenue, sans vergogne. La merveilleuse intuition, et l'esprit alerte et pénétrant de Jeanne parviennent à démonter ces artifices les uns après les autres. De guerre lasse, l'évêque Cauchon recourt alors à une bassesse tellement abominable que ma plume se dégrade en la décrivant : un prêtre, qui prétend venir de sa contrée natale, est introduit dans le cachot de Jeanne ; il se fait passer pour un ami, désireux de lui venir en aide ; trahissant le caractère sacré de son ministère, ce misérable l'entend en confession et parvient ainsi à lui dérober ses secrets ; Jeanne lui confie certaines révélations que lui ont faites ses Voix et que ses persécuteurs avaient tenté en vain de lui arracher ; dissimulé à proximité, un confrère de ce prêtre impie écoute ces confidences, les note soigneusement et les transmet à l'infâme Cauchon, qui utilise ensuite les secrets de Jeanne, recueillis de façon aussi méprisable, pour la mener à sa chute.

Tout au long du procès, les paroles de Jeanne seront détournées de leur vrai sens pour être utilisées à sa charge. Les réponses qu'elle fait et qui ne se prêtent à aucune distorsion disparaissent purement et simplement des minutes. Un jour, Jeanne fera à Cauchon le reproche suivant : « Ah ! vous prenez note de tout ce qui est contre moi, mais vous omettez ce qui parle pour moi ! »

Nous savons que le génie guerrier de cette jeune fille était remarquable, que ses qualités tactiques égalaient celles qui ne se peuvent acquérir que par la maturité d'une expérience militaire chevronnée ; nous savons cela grâce aux témoignages de deux vétérans qui comptaient parmi ses subordonnés : le premier était le fameux duc d'Alençon, le second était l'un des meilleurs capitaines français de l'époque, Dunois, le Bâtard d'Orléans. Mais la lecture des minutes du procès de Rouen révèle que Jeanne était aussi grande, plus grande encore peut-être, dans les tactiques plus subtiles, partant plus redoutables, du prétoire, où ses qualités de duelliste lui ont permis de tenir en échec les maîtres de la scolastique de l'époque. Ces mêmes minutes du procès de Rouen démontrent aussi que ses qualités morales égalaient largement ses qualités intellectuelles. Elles témoignent avec éloquence de son courage, doublé d'une patience et d'une ténacité hors du commun, que Jeanne réussit à conserver durant douze interminables semaines, envers et contre tout : chaînes, solitude, maladie, obscurité, faim, soif, froid, honte, insultes, mauvais traitements, manque de sommeil, duplicité, mensonges, interminables et épuisantes séances d'interrogatoires, menace de la torture en présence des bourreaux et de leurs instruments, etc. Et pourtant elle ne s'est jamais rendue, elle n'a jamais crié grâce, elle demeura jusqu'au bout invincible, inébranlable de corps comme d'esprit.

Si grande fût-elle par de nombreux aspects, elle le fut peut-être davantage par les qualités élevées que nous venons de mentionner : patience, endurance, ténacité, fermeté de granit. À une telle altitude, il est bien difficile de lui trouver un compagnon, un frère jumeau. En levant très haut le regard, nous n'apercevons, en dépit du contraste, que l'aigle captif, dont les ailes brisées battaient le rocher de Sainte-Hélène.

III

À l'issue de son procès, Jeanne est donc condamnée. Cependant, elle n'a rien concédé, rien confessé : c'est bien à elle que revient la victoire, pas à Cauchon. Mais les capacités de nuire de l'évêque sont loin d'être épuisées. Il parvient à persuader Jeanne de signer un papier anodin, qu'il fait remplacer subrepticement par un autre, lequel contient un acte d'abjuration et une confession complète de tout ce dont on a accusé Jeanne et qu'elle n'a cessé de nier tout au long de ces trois mois ; naïve, Jeanne signe ce faux document. La victoire passe dans le camp de Cauchon. Il accule Jeanne dans un piège sans issue. Abandonnant la lutte, elle dénonce la tricherie dont elle est la victime, revient sur son abjuration, réaffirme la vérité de son témoignage et part au supplice, avec la paix du Seigneur dans le cœur et, sur les lèvres, des paroles pleines d'amour et de tendresse pour le mufle qu'elle a fait couronner et la nation d'ingrats qu'elle a libérée.

Quand les flammes s'élèvent autour d'elle, elle supplie qu'on lui donne une croix que ses lèvres moribondes puissent baiser. Ce n'est pas un ami mais un ennemi, pas un Français mais un étranger, pas un compagnon d'armes mais un soldat anglais qui exaucera sa prière. Il brise un bâton sur son genou, attache les deux bouts de façon à former le symbole que Jeanne vénère et tend à la suppliciée cette croix improvisée. Son geste de compassion ne sera jamais oublié.

IV

Vingt-cinq ans plus tard débute le procès de réhabilitation. Il doit clarifier le doute qui s'est répandu sur la validité d'un souverain qui avait été reconnu et placé sur le trône par une jeune fille condamnée par l'Église comme une hérétique et parce qu'elle agissait sous l'emprise d'esprits malins. Les anciens compagnons d'armes de Jeanne, son page, son confesseur, de nombreux parents et voisins de Domrémy, les assesseurs et notaires survivants des procès de Rouen et Poitiers – toute une nuée de témoins, dont certains comptent parmi ses anciens ennemis et persécuteurs – se présentent, prêtent serment et livrent leurs témoignages qui sont soigneusement notés. Ils nous racontent, sans la moindre fioriture, la très belle et très émouvante histoire de Jeanne d'Arc, depuis son enfance jusqu'à son martyre. Le verdict nous révèle une Jeanne d'une pureté immaculée, de cœur comme d'intelligence, que ce soit en paroles, en actes ou en esprit. Cette image lui appartiendra jusqu'à la fin des temps.

Jeanne d'Arc est la merveille des siècles. Si l'on considère ses origines, les circonstances de son enfance, son sexe, le fait qu'elle a accompli les exploits qui ont bâti sa renommée alors qu'elle était encore dans sa prime jeunesse, il faut reconnaître que, aussi longtemps que survivra notre race, Jeanne sera aussi l'énigme des siècles. Quand on prend un Napoléon, un Shakespeare, un Raphaël, un Wagner, un Edison ou n'importe quelle autre personnalité hors du commun, nous constatons que l'étendue de leur talent ne justifie pas seule le résultat. L'atmosphère dans laquelle leur talent a grandi l'éclaire en partie. L'éducation, les progrès accomplis grâce à la lecture, à l'étude, les bons exemples dont ils étaient entourés, les encouragements reçus à chaque étape de leur développement, tout cela explique pourquoi leur génie était en mesure de saisir l'occasion de s'exprimer quand elle se présentait. L'atmosphère et l'environnement dans lesquels a grandi un Edison ont contribué à le révéler à lui-même et au monde. Le même Edison serait resté dans le plus parfait anonymat si le hasard l'avait fait naître en un pays où son génie pour l'invention n'aurait rencontré la moindre émulation, suscité la moindre sympathie, le moindre encouragement, comme le Dahomey, par exemple. Le Dahomey n'aurait pu produire un Edison ; au Dahomey, un Edison ne pouvait se révéler à lui-même et aux autres.

En règle générale, un génie naît aveugle ; ses paupières ne s'ouvrent que grâce aux influences subtiles d'une myriade de stimulants extérieurs.

À l'époque de Jeanne, la Lorraine représentait un peu le Dahomey pour elle. Et c'est ici que l'énigme nous confond. Que Jeanne, à sa naissance, ait possédé le génie de la stratégie, le courage de la lionne, une ténacité incomparable, un esprit qui tient du prodige, bref toutes ces fabuleuses qualités qui la caractérisent, cela, nous pouvons le comprendre. Mais qu'elle ait pu, d'emblée, utiliser avec efficacité ces mêmes qualités sans les avoir au préalable développées dans une atmosphère et un environnement propices, par l'étude, par l'entraînement, par la pratique – des années de pratique –, sans oublier l'aide infiniment précieuse de milliers d'erreurs patiemment corrigées, cela, c'est incompréhensible. Le noyau contient bien toutes les potentialités de la pêche, soit, mais la pêche qui sort directement du noyau, sans passer par l'intermédiaire de longues saisons de patiente maturation d'un arbuste, puis d'un arbre fruitier, c'est inconcevable. D'un village de bouviers et de laboureurs, situé à l'écart de toute civilisation, inhibé par des siècles de superstitions et d'ignorance, voir surgir une Jeanne d'Arc, armée de pied en cap, fin prête pour entreprendre son sidérant parcours, est un phénomène qui reste impossible à expliquer, par quelque bout qu'on le prenne.

C'est au-delà de nos capacités. Les lois humaines s'effondrent devant le cas de cette jeune fille. Jeanne est unique – absolument unique – dans l'Histoire du monde. D'autres qu'elle se sont révélés remarquables dès leur première apparition publique, par leurs qualités de commandement, leur vaillance, leur talent, leur diplomatie ; mais les années qu'ils avaient vécues auparavant les avaient préparés à accomplir ces exploits. C'est une règle qui ne connaît pas d'exception. Or Jeanne se révèle compétente en matière légale à l'âge de seize ans, alors qu'elle n'a jamais mis les pieds dans un prétoire ; sans le moindre entraînement militaire ni contact direct ou indirect avec une armée, elle se comporte en commandant aguerri dès sa première campagne ; elle fait montre d'une belle vaillance dès sa première bataille, alors qu'elle n'a jamais eu l'occasion d'exercer son courage physique – comme un garçon, par exemple, à qui l'on rappelle, tout au long de son enfance, que la couardise est interdite aux garçons et réservée aux filles. Seule, privée d'amis, ignorante, dans la fleur de l'âge, enchaînée, elle affronte, semaine après semaine, un aréopage de juges hostiles, déterminés à l'envoyer au bûcher, choisis parmi les cerveaux les plus instruits et les plus capables de France, et elle leur répond avec une sagesse innée qui tient leur érudition en échec et démonte leurs pièges. Sa naïve sagacité lui gagne, bien malgré eux, leur admiration et lui permet de remporter une victoire quotidienne contre une adversité impitoyable. Dans l'histoire intellectuelle de l'humanité, rien de semblable ne s'est jamais produit. Jeanne d'Arc reste unique par le simple fait que sa grandeur s'est manifestée sans l'aide du moindre enseignement, du moindre entraînement, de la moindre expérience propice et préparatoire. Nul ne peut lui être comparé. Tous les gens illustres se sont hissés aux sommets grâce à une atmosphère et à un entourage qui leur ont permis de révéler leur talent, de le nourrir, de l'exprimer. Il y eut, avant Jeanne, des généraux fort jeunes, mais ils étaient tous de sexe masculin, et ils avaient servi comme soldats avant d'être nommés généraux. La Pucelle, elle, débute sa carrière avec le grade de général ; elle commande la première armée qu'elle ait jamais vue ; elle la mène de victoire en victoire, sans perdre une seule bataille. Il y eut certes d'autres commandants en chef de talent, mais aucun n'avait son extrême jeunesse : Jeanne d'Arc reste le seul soldat au monde à avoir obtenu le commandement suprême de l'armée d'un pays à l'âge de dix-sept ans.

Une autre caractéristique de l'histoire de Jeanne la hisse à un niveau où elle ne rencontre plus de concurrent. En effet, nombreux furent les prophètes plus ou moins inspirés ; mais Jeanne reste la seule qui ait eu l'audace de préciser non seulement l'événement à venir, mais également sa nature exacte et la date de son accomplissement, sans jamais faillir. À Vaucouleurs, Jeanne annonce qu'elle va rencontrer le roi, lequel la nommera chef de guerre, qu'elle brisera l'hégémonie anglaise et qu'elle fera sacrer le roi à Reims. Tout se déroule exactement comme elle l'a prédit. Un mois à l'avance, elle annonce qu'elle sera blessée, en précisant à quel endroit du corps et la date précise à laquelle l'incident surviendra. La prédiction est notée dans un registre officiel trois semaines à l'avance. Le matin même de l'événement, elle renouvelle sa prédiction, qui se réalise le jour même, avant la nuit tombée. À Tours, elle prédit la fin de sa carrière militaire, qui se terminera, dit-elle, dans un an. Un an exactement après sa prédiction, la carrière de Jeanne prend fin. Elle prédit son martyre – elle emploie ce mot – qui, dit-elle, surviendra dans trois mois. Malheureusement, elle disait vrai. À une époque où rien ne permet d'espérer que la France puisse jamais se libérer du joug de la domination anglaise, Jeanne, à deux reprises, en présence de ses juges, affirme qu'avant que sept ans ne se soient écoulés, les Anglais subiront un désastre plus dévastateur encore que celui de la perte d'Orléans. Cinq ans après, les Anglais perdent Paris. D'autres prédictions du même genre se passent comme Jeanne les avait prévues, tant pour ce qui concerne la nature de l'événement que la date à laquelle, ou avant laquelle il doit survenir.

Jeanne est profondément religieuse. Elle croit fermement qu'elle converse quotidiennement avec des anges, qu'elle les contemple face à face, que ceux-ci la conseillent, la réconfortent, l'encouragent, lui communiquent des ordres en provenance directe de Dieu. Envers et contre tout, elle conserve une foi enfantine dans l'origine céleste de ses apparitions et de ses Voix, qu'aucune forme de menace, de torture ou de mort ne parvient à arracher de son cœur fidèle entre tous. Sa personnalité est belle, simple, aimable. Dans les minutes des procès, la lumière qui l'habite se dévoile à travers mille et un détails. Elle est gentille, douce, affectueuse ; elle aime son village, son foyer, ses amis ; la vue de la souffrance et de la douleur la peinent profondément ; elle est remplie de compassion ; sur le champ de bataille, à l'issue de sa plus éclatante victoire, elle oublie son triomphe pour tenir sur son giron la tête d'un ennemi agonisant et le réconforter, avec des mots de tendresse et de pitié ; à une époque où il était d'usage de se débarrasser des prisonniers encombrants en les égorgeant, Jeanne leur épargne toute cruauté inutile et leur laisse la vie sauve ; elle est compatissante, généreuse, désintéressée, magnanime ; elle est pure, dénuée du moindre vice, de la moindre bassesse. Mais elle ne cesse pas pour autant d'être une jeune fille : quand elle est blessée pour la première fois et qu'elle voit le sang couler de son sein, elle prend peur et se met à sangloter, mais elle est aussi Jeanne d'Arc ! À peine s'aperçoit-elle que ses capitaines ont ordonné la retraite qu'elle se relève, lance un nouvel assaut et emporte la place.

On ne trouve aucun défaut dans cette belle et harmonieuse personnalité.

Par un phénomène curieux, la plupart des artistes qui représentent Jeanne d'Arc semblent ne garder en mémoire qu'un seul détail, au détriment du reste : Jeanne est une paysanne. Aussi la voit-on souvent dépeinte comme une lavandière d'âge mûr, fortement charpentée, avec un costume à l'avenant et une face bovine qui reflète autant de spiritualité qu'un jambon. Esclave de ses préjugés, l'artiste semble oublier que les âmes les plus grandes ne logent jamais dans des physiques lourds et musculeux. Des muscles épais ne leur seraient d'aucune utilité dans la réalisation de leur tâche. Ils accomplissent des miracles grâce au pouvoir de l'esprit, cinquante fois plus fort et endurant que les muscles les plus noueux. Les Napoléon sont toujours petits. Ils travaillent vingt heures sur vingt-quatre, et restent frais et dispos, tandis que leurs gigantesques soldats s'écroulent d'épuisement autour d'eux. On imagine aisément à quoi ressemblait Jeanne d'Arc à partir de ce qu'elle a accompli. L'artiste devrait s'efforcer de dépeindre son âme et son esprit. Le physique approprié se dessinerait de lui-même. Alors nous la verrions apparaître, infiniment attirante : une silhouette mince, jeune, svelte, dotée de la grâce incorruptible de la jeunesse, attachante, adorable, avec son beau visage transfiguré par la lumière d'un magnifique intellect, par la flamme brûlante d'un esprit insatiable. En tenant compte de tout ce que j'ai énuméré : les circonstances, ses origines, sa jeunesse, son sexe, l'analphabétisme, la pauvreté de son environnement, les conditions hostiles dans lesquelles elle dut exercer ses fabuleux talents et remporter ses victoires, tant sur le champ de bataille que dans le prétoire, face à ces juges iniques qui l'ont condamnée à mort, Jeanne d'Arc demeure, aisément, de très loin, la personnalité la plus extraordinaire jamais produite par la race humaine.

Mark Twain, 1904

TABLE DES MATIÈRES